AS
COISAS
QUE
NUNCA
SUPERAMOS

AS COISAS QUE NUNCA SUPERAMOS

LUCY SCORE

TRADUÇÃO DE LETÍCIA CARVALHO

ALTA BOOKS
GRUPO EDITORIAL
Rio de Janeiro, 2025

As Coisas Que Nunca Superamos

ISBN: 978-85-508-2470-3

Impresso no Brasil – 1ª Edição, 2025 – Edição revisada conforme o Acordo Ortográfico da Língua Portuguesa de 2009.

Dados Internacionais de Catalogação na Publicação (CIP) de acordo com ISBD

S61c Score, Lucy

As Coisas Que Nunca Superamos / Lucy Score ; traduzido por Letícia Carvalho. - Rio de Janeiro : Alta Books, 2025.
512 p. ; 13,7cm x 21cm.

Tradução de: Things we never got over
ISBN: 978-85-508-2470-3

1. Literatura americana. 2. Romance. I. Carvalho, Leticia. II. Título.

2023-3576 CDD 813.5
CDU 821.111(73)-31

Elaborado por Odilio Hilario Moreira Junior - CRB-8/9949

Índice para catálogo sistemático:
1. Literatura americana: romance 813.5
2. Literatura americana: romance 821.111(73)-31

Alta Novel é um selo do Grupo Editorial Alta Books

Produção Editorial: Grupo Editorial Alta Books
Diretor Editorial: Anderson Vieira
Vendas Governamentais: Cristiane Mutüs
Gerência Comercial: Claudio Lima
Gerência Marketing: Andréa Guatiello

Coordenadora Editorial: Illysabelle Trajano
Produtora Editorial: Beatriz de Assis
Tradução: Letícia Carvalho
Copidesque: Beatriz Guterman
Projeto Gráfico: Marcelli Ferreira
Revisão: Denise Elisabeth Himpel
Diagramação: Natalia Curupana e Joyce Matos

ALTA BOOKS
GRUPO EDITORIAL

Rua Viúva Cláudio, 291 – Bairro Industrial do Jacaré
CEP: 20.970-031 – Rio de Janeiro (RJ)
Tels.: (21) 3278-8069 / 3278-8419
www.altabooks.com.br – altabooks@altabooks.com.br
Ouvidoria: ouvidoria@altabooks.com.br

Editora **afiliada à:**

ASSOCIADO

Para Josie, Jen e Claire, os corações mais corajosos.

UM

O. PIOR. DIA. DE. TODOS

Naomi

Não sei o que eu esperava quando entrei no Café Rev, mas juro que não era uma foto minha atrás do balcão embaixo do título bem-humorado "Não A Sirva". Um ímã de emoji carrancudo mantinha a foto no lugar.

Primeiro que eu nunca tinha colocado os pés em Knockemout, na Virgínia, muito menos feito algo para justificar uma punição tão escandalosa quanto ser negada cafeína. Segundo, o que uma pessoa tinha que fazer nesta cidadezinha empoeirada para que sua foto fosse pendurada na cafeteria local?

Rá! Em pó eirada. Porque eu estava numa cafeteria. Meu Deus, eu era engraçada quando estava cansada demais até para piscar.

Enfim, terceiro, era uma foto pouquíssimo lisonjeira. Eu parecia ter caído na gandaia com uma câmara de bronzeamento artificial e um delineador barato.

Foi então que a realidade penetrou na minha cabeça exausta, atordoada e presa à vida por um fio segurado por grampos de cabelo.

Mais uma vez, Tina tinha dado um jeito de piorar minha vida. E considerando o que acontecera nas últimas 24 horas, isso não era pouca coisa.

— Do que gos... — O homem do outro lado do balcão, aquele que poderia fazer meu precioso *latte*, deu um passo para trás e ergueu as mãos do tamanho de pratos de jantar. — Eu não quero confusões.

Ele era um cara corpulento com pele lisa e escura e uma cabeça raspada e bem modelada. Sua barba bem aparada era branca como a neve, e eu vi algumas tatuagens espreitando da gola e das mangas do macacão. O nome "Justice" estava costurado no curioso uniforme.

Tentei meu sorriso mais cativante, mas depois de passar a noite viajando e chorando com cílios falsos, parecia mais uma careta.

— Aquela não sou eu — falei, apontando para a foto com uma unha francesinha que fiz em vão. — Sou Naomi. Naomi Witt.

O homem olhou para mim com suspeita antes de fazer aparecer um par de óculos do bolso da frente do macacão e colocá-lo.

Ele piscou e me avaliou da cabeça aos pés. Vi cair a ficha.

— Gêmeas — expliquei.

— Ora, bolas — murmurou, passando uma daquelas mãos grandes na barba.

Justice ainda parecia um pouco cético. Não podia culpá-lo. Afinal, quantas pessoas tinham mesmo uma gêmea do mal?

— Aquela é a Tina. A minha irmã. Fiquei de me encontrar com ela aqui.

O porquê de a minha irmã gêmea distante me pedir para encontrá-la em um estabelecimento onde ela claramente não era bem-vinda era outra pergunta que eu estava cansada demais para fazer.

Justice ainda estava me encarando, e percebi que o olhar perdurava no meu cabelo. Por reflexo, revistei minha cabeça, e uma margarida murcha esvoaçou ao chão. *Opa.* Acho que era melhor eu ter me olhado no espelho da pousada antes de sair em público parecendo uma estranha desgrenhada e desvairada a caminho de casa após um festival de RPG.

— Aqui — falei, alcançando o bolso dos meus shorts de ioga e empurrando minha carteira de motorista para o homem. — Viu? Sou Naomi e eu quero muito, muito mesmo um *latte* gigante.

Justice pegou minha identidade e a estudou, depois olhou meu rosto de novo. Por fim, sua expressão estoica se desfez e ele começou a sorrir.

— Raios me partam. Prazer em conhecê-la, Naomi.

— É um prazer enorme conhecê-lo também, Justice. Ainda mais se vai trazer aquela cafeína de que falei.

— Vou fazer um *latte* para você que fará seu cabelo ficar em pé — prometeu.

Um homem que sabia como atender às minhas necessidades imediatas e com um sorriso? Não pude deixar de me apaixonar um pouquinho por ele ali mesmo.

Enquanto Justice colocava a mão na massa, admirei a cafeteria. Era decorada com o que parecia um estilo de garagem viril. Chapa corrugada nas paredes, prateleiras vermelhas brilhantes, piso de concreto manchado. Todas as bebidas tinham nomes como *Red Line Latte* e *Checkered Flag* Cappuccino. Era a cereja do bolo.

Havia um pequeno grupo de madrugadores bebedores de café sentado nas pequenas mesas redondas espalhadas por todo o lugar. Todas as pessoas olhavam para mim como se não estivessem *nada* satisfeitas em me ver.

— Gosta de xarope de bordo e bacon, querida? — falou Justice da máquina de café expresso reluzente.

— Eu adoro. Ainda mais se vêm em um copo do tamanho de um balde — assegurei-lhe.

Sua risada ecoou pelo lugar e pareceu relaxar o restante dos clientes que voltou a me ignorar.

A porta da frente se abriu, e eu me virei, esperando ver Tina.

Mas o homem que invadiu a cafeteria com certeza *não* era a minha irmã. Ele parecia precisar de cafeína com mais urgência do que eu.

Gostoso seria uma maneira decente de descrevê-lo. Gostoso pra caramba serviria como uma luva. Ele era tão alto que eu poderia usar meus saltos mais altos e ainda teria que inclinar a cabeça para beijá--lo — minha classificação oficial de altura masculina. Seu cabelo era loiro com a raiz mais escura, curto nas laterais e jogado para trás em cima, o que sugeria que ele tinha bom gosto e sabia se arrumar.

Ambos os critérios ocupavam o topo da minha Lista de Motivos para Me Sentir Atraída por um Homem. A barba era uma novíssima adição à lista. Eu nunca havia beijado um homem com barba e tive um interesse repentino e irracional em experimentar isso em algum momento.

Então cheguei aos olhos dele. Eram de um azul-cinza frio que me lembrava o metal de armas e geleiras.

Ele caminhou até mim e entrou no meu espaço pessoal como se tivesse um convite permanente. Quando cruzou os antebraços tatuados em frente a um peito largo, fiz um som estridente na parte de trás da garganta.

Uau.

— Pensei que tivesse sido bem claro — grunhiu.

— Hã. Quê?

Fiquei confusa. O homem estava me olhando como se eu fosse o personagem mais odiado de um reality show e ainda assim eu queria saber como ele era pelado. Eu não tinha um discernimento sexual tão ruim desde que estava na faculdade.

Culpei minha exaustão e meus abalos emocionais por isso.

Atrás do balcão, Justice interrompeu a criação do *latte* e colocou as duas mãos no ar num gesto apaziguador.

— Calma — começou ele.

— Tudo bem, Justice — assegurei-lhe. — Continue fazendo esse café, e eu cuidarei desse... *cavalheiro.*

Cadeiras foram afastadas das mesas ao nosso redor, e eu observei como cada cliente correu em fila para a porta, alguns com as canecas ainda na mão. Nenhum fez contato visual comigo ao sair.

— Knox, não é o que você pensa — tentou de novo Justice.

— Não estou para brincadeira hoje. Dê o fora — ordenou o viking. O deus da fúria loiro e gostoso estava despencando na minha lista de verificação de gostosos a uma velocidade absurda.

Apontei para o meu peito.

— Eu?

— Estou farto dos seus joguinhos. Você tem cinco segundos para sair por essa porta e nunca mais voltar — disse ele, chegando ainda mais perto até que as pontas de suas botas encostaram em meus dedos expostos nos chinelos.

Droga. De perto, parecia que tinha acabado de sair de um navio viking saqueador... ou o set de um comercial de colônia. Um daqueles estranhos e rebuscados que não fazia sentido e tinha nomes como Besta Ignorante.

— Olha aqui, *senhor.* Estou no meio de uma crise pessoal e só estou tentando tomar uma xícara de café.

— Porra, eu te avisei, Tina. Não é para você pôr os pés aqui e assediar Justice ou os clientes dele de novo, ou eu mesmo escoltarei sua bunda para fora da cidade.

— Knox...

O homem-fera mal-humorado e atraente ergueu o dedo na direção de Justice.

— Um segundo, parceiro. Parece que tenho que recolher o lixo.

— O *lixo*? — arfei. Pensei que as pessoas da Virgínia fossem amigáveis. Em vez disso, eu estava na cidade há apenas meia hora e agora estava sendo grosseiramente abordada por um viking com modos de um homem das cavernas.

— Querida, seu café está pronto — falou Justice, deslizando um copo para viagem muito grande pelo balcão de madeira. Meus olhos dispararam em direção à delícia fumegante e cafeinada.

— Nem pense em pegar aquele copo ou nós teremos problemas — disse o viking, sua voz baixa e perigosa.

Mas Leif Eriksson não sabia com quem estava se metendo hoje.

Toda mulher tinha seu limite. O meu, que reconheço ter sido demarcado longe demais, acabara de ser ultrapassado.

— Dê um passo em direção ao belo *latte* que meu amigo Justice fez especialmente para mim, e farei você se arrepender do momento em que me conheceu.

Eu era uma boa pessoa. De acordo com meus pais, eu era uma boa garota. E de acordo com o teste online que fiz há duas semanas, era um doce de pessoa. Eu não era boa em sair distribuindo ameaças.

Os olhos do homem se estreitaram e recusei-me a notar as rugas sensuais nos cantos.

— Eu já me arrependo, e toda essa maldita cidade também. Só porque pintou o cabelo não significa que vou esquecer as confusões que causou aqui. Agora se mande daqui e não volte.

— Ele acha que você é a Tina — interveio Justice.

Não interessa se esse babaca achava que eu era uma assassina em série canibal. Ele se interpôs entre mim e minha cafeína.

A fera loira virou a cabeça para Justice.

— Que diabos você está dizendo?

Antes que meu bom amigo com o café pudesse explicar, enfiei meu dedo no peito do viking. Não foi muito longe, graças à camada obscena de músculo sob a pele. Mas eu me certifiquei de usar a unha.

— Agora *você* vai *me* ouvir — comecei. — Não me interessa se acha que eu sou minha irmã ou aquele patife que elevou o preço dos medicamentos antimalária. Eu sou um *ser humano* tendo um péssimo dia depois do pior dia da vida. Eu *não* tenho mais forças para engolir sapo hoje. Então é melhor você sair da minha frente e me deixar em paz, viking.

Ele pareceu francamente confuso por um breve segundo.

Eu interpretei que era hora do café. Contornando-o, peguei o copo, dei uma fungada delicada e, em seguida, enfiei meu rosto na força vital quente e fumegante.

Bebi com gosto, deixando a cafeína realizar seus milagres enquanto sabores explodiam na minha língua. Estava certa de que o gemido inadequado que ouvi vinha da minha própria boca, mas estava cansada demais para me importar. Quando por fim abaixei o copo e passei o dorso da mão sobre a boca, o viking ainda estava parado lá, me encarando.

Virando as costas para ele, sorri para o meu herói Justice e deslizei minha nota de vinte dólares para cafés de emergência no balcão.

— Você, senhor, é um artista. Quanto te devo pelo melhor *latte* que já tomei na vida?

— Considerando a manhã que você está tendo, querida, é por conta da casa — disse, devolvendo a carteira de motorista e o dinheiro.

— Você, meu amigo, é um verdadeiro cavalheiro. *Diferente de certas pessoas.* — Lancei um olhar furioso sobre o meu ombro para onde o viking estava parado com as pernas apoiadas e os braços cruzados. Tomando outro gole da bebida, enfiei os vinte no frasco de gorjetas. — Obrigada por ser gentil comigo no pior dia da minha vida.

— Pensei que tivesse sido ontem — intrometeu-se o brutamontes carrancudo.

Meu suspiro saiu exausto quando me virei sem pressa para enfrentá-lo.

— Isso foi antes de eu te conhecer. Então posso dizer oficialmente que por pior que ontem tenha sido, hoje conseguiu superar por uma pequena margem. — Mais uma vez, voltei a atenção para Justice. — Lamento que esse imbecil tenha assustado todos os seus clientes. Mas voltarei para mais um deste em breve.

— Não vejo a hora, Naomi — falou com uma piscadela.

Virei-me para sair e esbarrei no 1,5 quilômetro de peito de homem mal-humorado.

— Naomi? — falou ele.

— Saia daqui. — Foi quase bom ser grossa uma vez na vida. Me posicionar.

— Seu nome é Naomi — afirmou o viking.

Eu estava ocupada demais tentando incinerá-lo com um olhar de raiva justificada para responder.

— Não Tina? — pressionou.

— Elas são gêmeas, cara — disse Justice, o sorriso evidente na voz.

— Cacete. — O viking enfiou a mão no cabelo.

— Estou preocupada com a visão do seu amigo — falei a Justice, apontando para a foto da Tina.

Tina tinha tingido o cabelo de loiro em algum momento da última década, tornando nossas diferenças sutis ainda mais óbvias.

— Deixei minhas lentes em casa — disse ele.

— Ao lado dos seus modos? — gracejei. A cafeína estava afetando minha corrente sanguínea, tornando-me mais mal-humorada do que eu costumava ser.

Ele não respondeu com nada além de um olhar raivoso. Suspirei.

— Saia da frente, Leif Eriksson.

— Meu nome é Knox. E por que você está aqui?

Que raio de nome era esse? Ele bebia muito suco detox? Fazia botox? Era um apelido? Para Knoxwell? Knoxathan?

— Isso não é da sua conta, *Knox*. Nada que eu faça ou deixe de fazer é da sua conta. Na verdade, minha existência não é da sua conta. Agora, por gentileza, saia da frente.

Eu estava com vontade de gritar o mais alto possível pelo máximo de tempo que pudesse, mas havia tentado isso durante a longa viagem até aqui e não ajudou.

Felizmente, o lindo traste soltou um suspiro irritado e fez a coisa racional e que preservaria sua vida, saiu da minha frente. Meti o pé da cafeteria em direção ao verão abafado com a maior dignidade possível.

Se Tina quisesse se encontrar comigo, teria de me encontrar na pousada. Eu não ia esperar enquanto era abordada por estranhos com personalidades de cactos.

Eu voltaria para o meu quarto lúgubre, tiraria todos os grampos do cabelo e tomaria banho até que a água quente acabasse. Depois descobriria o que fazer a seguir.

Era um bom plano. Só faltava uma coisa. O meu carro.

Ah, não! Meu carro e minha bolsa.

O bicicletário em frente à cafeteria ainda estava lá. A lavanderia com seus cartazes coloridos na janela ainda estava do outro lado da rua ao lado da oficina do mecânico.

Mas o meu carro não estava onde o tinha deixado.

A vaga de estacionamento em frente à loja de animais onde eu tinha espremido o carro estava vazia.

Olhei de um lado para o outro no quarteirão. Mas não havia sinal do meu confiável e empoeirado Volvo.

— Está perdida?

Fechei os olhos e apertei a mandíbula.

— Saia. Daqui.

— Qual é o seu problema agora?

Eu me virei e encontrei Knox me observando com atenção, segurando um copo de café para viagem.

— Qual é o meu problema? — repeti.

Eu queria chutá-lo nas canelas e roubar seu café.

— Não tem nada de errado com a minha audição, anjo. Não precisa gritar.

— Meu *problema* é que enquanto eu perdia cinco minutos da minha vida te conhecendo, meu carro foi rebocado.

— Tem certeza?

— Não. Nunca sei onde estaciono meu carro. Eu apenas os deixo em qualquer canto e compro novos quando não consigo achá-los.

Ele me lançou um olhar.

Revirei os olhos.

— Estou sendo sarcástica, é claro.

Estendi a mão para pegar o telefone e lembrei que eu não tinha mais um.

— Que bicho te mordeu?

— Quem quer que tenha te ensinado a demonstrar preocupação por alguém, ensinou errado. — Sem dizer mais nada, afastei-me, altiva e orgulhosa, e fui em direção ao que esperava ser a delegacia local.

Uma mão grande e forte segurou meu braço antes de eu chegar à loja seguinte.

Era a privação do sono, o emocional à flor da pele, disse a mim mesma. Esses foram os motivos que me fizeram sentir uma *faísca* intensa com o toque dele.

— Pare — ordenou, soando ranzinza.

— Me. Largue. — Debati meu braço desajeitadamente, mas ele segurou com mais firmeza.

— Então pare de se afastar de mim.

Parei de me debater em vão.

— Vou parar de me afastar se você parar de ser um babaca.

Suas narinas se expandiram enquanto ele olhava para o céu, e pensei tê-lo escutado contando.

— É sério que está contando até dez? *Eu* que fui injustiçada. *Eu* que tenho motivos para orar aos céus pedindo paciência.

Ele chegou a dez e ainda parecia irritado.

— Se eu parar de ser babaca, você vai ficar e conversar por um minuto?

Tomei outro gole de café e pensei no assunto.

— Talvez.

— Vou soltar — avisou ele.

— Ótimo — motivei.

Nós dois olhamos para a mão dele no meu braço. Pouco a pouco, ele foi largando e me soltou, mas não antes que as pontas dos dedos se arrastassem pela pele sensível da parte interna do meu braço.

Arrepios irromperam e torci para que ele não notasse. Em especial porque, no meu corpo, arrepios e reações pontudas nos mamilos tinham uma estreita relação.

— Está com frio? — Seu olhar com certeza não estava no braço ou nos ombros, mas no meu peito.

Droga.

— Sim — menti.

— Está 29ºC, e você está bebendo café quente.

— Se terminou sua lógica masculina sobre temperatura interna do corpo, eu gostaria de ir encontrar meu carro — falei, cruzando o braço livre sobre meus peitos traidores. — Talvez você pudesse me informar a direção do estacionamento de veículos rebocados mais próximo ou da delegacia?

Ele olhou para mim por longos instantes, depois balançou a cabeça.

— Vamos lá então.

— Perdão?

— Vou te dar uma carona.

— Rá! — Sufoquei uma risada. Ele estava delirando se acreditava que eu entraria de bom grado em um carro com ele.

Eu ainda estava balançando a cabeça quando ele falou de novo.

— Vamos, Daisy. Não tenho o dia todo.

DOIS
UM HERÓI RELUTANTE

Knox

A mulher estava me encarando como se eu tivesse sugerido que ela desse um beijo de língua em uma cascavel.

Não era nem para o meu dia ter começado ainda e já estava uma merda. Eu a culpava. E sua irmã idiota, Tina.

Também joguei parte da culpa em Agatha para completar, já que foi ela quem me mandou uma mensagem dizendo que Tina tinha acabado de levar seu "traseiro baderneiro" para a cafeteria.

Agora aqui estava eu, no que contava como o cantar do galo, bancando o "cara, crachá" da cidade como um idiota e discutindo com uma mulher que eu nunca tinha visto na vida.

Naomi piscou como se estivesse recobrando os sentidos.

— É brincadeira, né?

Agatha precisava ir à porra de um oftalmologista se havia confundido a morena brava com a irmã loira oxigenada, bronzeada e tatuada.

As diferenças entre elas eram bem óbvias, mesmo sem minhas lentes de contato. O rosto de Tina era da cor e da textura de um sofá de couro velho e meia-boca. Ela tinha uma boca suja coberta por linhas de expressão causadas por fumar dois maços por dia e agia como se o mundo estivesse em dívida com ela.

Naomi, por outro lado, era uma história totalmente diferente. Era mais classuda. Ela era alta como a irmã. Mas em vez da aparência de ter ficado no sol até a pele rachar, tendia mais para princesa da Disney com um cabelo grosso da cor de castanha assada. Os fios e as flores que estavam nele tentavam escapar de algum tipo de coque elaborado. O rosto era mais macio, a pele mais hidratada. Os lábios eram cheios e cor-de-rosa. Os olhos me faziam pensar no chão das florestas e campos abertos.

Enquanto Tina se vestia como uma motociclista que havia passado por um triturador de madeira, Naomi usava shorts esportivos de alta qualidade com uma regata combinando por cima de um corpo tonificado que prometia mais do que algumas boas surpresas.

Ela parecia o tipo de mulher que bastaria me olhar uma vez para dar no pé com o primeiro diretor de empresa vestindo camisa polo que pudesse encontrar.

Para a sorte dela, eu não curtia picuinhas. Ou mulheres carentes e exigentes demais. Não curtia princesas inocentes que precisam ser salvas. Não perdia tempo com mulheres que exigiam mais do que diversão e alguns orgasmos.

Mas como já tinha metido o nariz na situação, chamado-a de lixo e gritado com ela, o mínimo que eu poderia fazer era acabar logo com a situação. Depois voltaria para a cama.

— Não. Não estou brincando — afirmei.

— Eu não vou a lugar nenhum com você.

— Você não tem carro — salientei.

— Obrigada, sabichão. Sei que não tenho carro.

— Deixa eu ver se entendi. Você é uma estranha numa nova cidade. O seu carro desapareceu. E está recusando a oferta de carona porque...

— Porque você invadiu uma cafeteria e gritou comigo! Depois me perseguiu e *continua* gritando. Se eu entrar em um carro com você é mais provável eu ser cortada em pedacinhos e espalhada em um deserto do que chegar ao meu destino.

— Não tem desertos aqui. Mas tem algumas montanhas.

Sua expressão sugeria que ela não me achou prestativo ou engraçado.

Soltei o ar entre os dentes.

— Olha. Estou cansado. Recebi um alerta de que a Tina estava causando confusão na cafeteria de novo, e foi nisso que pensei estar me metendo.

Ela tomou um longo gole de café enquanto olhava de um lado para outro na rua como se estivesse considerando uma fuga.

— Nem pense nisso — disse a ela. — Vai derramar o café.

Quando aqueles lindos olhos avelã se arregalaram, eu sabia que tinha acertado em cheio.

— Tá. Mas só porque este é o melhor *latte* que já provei na vida. E esta é a sua ideia de pedido de desculpas? Porque é tão deplorável quanto a forma que você pergunta às pessoas se algo está errado.

— Foi uma explicação. Aceite ou não. — Eu não perdia tempo fazendo coisas que não importavam. Como conversa fiada ou pedidos de desculpas.

Uma moto ribombou pela rua com Rob Zombie saindo dos alto-falantes, apesar de ser apenas sete da manhã. O cara nos olhou e acelerou o motor. Wraith estava chegando aos 70 anos, mas ainda conseguia garantir uma quantidade astronômica de histórias para contar com todo o lance de coroa grisalho e tatuado que rolava com ele.

Intrigada, Naomi o observou com a boca aberta.

Hoje não seria o dia em que a Pequena Miss Margaridas no Cabelo exploraria o mau caminho.

Acenei um "vaza" com a cabeça para Wraith, tirei o precioso café da mão da Naomi e fui para a calçada.

— Ei!

Ela foi atrás como eu sabia que faria. Poderia tê-la levado pela mão, mas não gostei muito da reação que eu tinha tido quando toquei nela. Pareceu ser complicada.

— Deveria ter ficado na porra da cama — murmurei.

— Qual o seu problema? — exigiu Naomi, correndo para me alcançar. Ela estendeu a mão para o copo, mas eu o afastei e continuei andando.

— Se não quiser acabar amarrada na parte de trás da moto do Wraith, sugiro que entre na minha caminhonete.

A "Paz e Amor" desgrenhada murmurou algumas coisas descorteses sobre minha personalidade e anatomia.

— Olha. Se conseguir parar de ser uma chata de galocha por cinco minutos, eu te levo à delegacia. Você pode pegar a porcaria do carro e então vazar da minha vida.

— Alguém já disse que você tem a personalidade de um porco-espinho zangado?

Eu a ignorei e continuei andando.

— Como eu sei que você mesmo não vai tentar me amarrar? — exigiu saber.

Eu parei e a olhei de alto a baixo sem pressa.

— Linda, você não é o meu tipo.

Ela revirou os olhos com tanta força que foi um milagre eles não saltarem e caírem na calçada.

— Licença enquanto eu derramo rios de lágrimas sozinha.

Saí do meio-fio e abri a porta do passageiro da minha picape.

— Entra.

— Seu cavalheirismo é uma lástima — reclamou ela.

— Cavalheirismo?

— Significa...

— Jesus. Sei o que significa.

E eu sabia o que significava ela ter usado na conversa. Cacete, ela tinha flores no cabelo. A mulher era romântica. Outro ponto contra ela na minha lista. Mulheres românticas eram as mais difíceis de conseguir se livrar. As pegajosas. Aquelas que fingiam saber lidar com toda a ideia de "sem compromisso". Enquanto isso, planejavam se tornar "a pessoa certa", tentando convencer os homens a conhecer os pais delas e procurando vestidos de noiva por baixo dos panos.

Quando não entrou sozinha, passei por ela e coloquei o café no porta-copos.

— Não estou nada feliz com você no momento — disse ela.

O espaço entre nossos corpos estava carregado com o tipo de energia que eu normalmente sentia pouco antes de uma boa briga de bar. Perigoso, encorajante. Não dei muita atenção.

— Entre na porcaria da caminhonete.

Considerando como um pequeno milagre quando ela obedeceu, bati a porta na cara amarrada dela.

— Tudo certinho aí, Knox? — falou Bud Nickelbee da porta de sua loja de ferragens. Ele estava vestido em seu uniforme habitual, uma jardineira e uma camiseta do Led Zepplin por baixo. O rabo de cavalo, fino e cinza, que usava há 30 anos caído nas costas, fazia-no parecer um George Carlin mais pesado e menos engraçado.

— Tudo certo — assegurei-lhe.

Seu olhar passou para Naomi através do para-brisas.

— Ligue se precisar de ajuda com o corpo.

Subi ao volante e liguei o motor.

— Uma testemunha me viu entrar na caminhonete, então eu pensaria duas vezes antes de me matar a esta altura — disse ela, apontando para Bud, que ainda estava nos observando.

Era óbvio que ela não tinha escutado o comentário dele.

— Eu não vou matar você — esbravejei. *Ainda.*

Ela já estava com o cinto posto, as longas pernas cruzadas. Uma sandália estava pendurada nos dedos dos pés enquanto balançava o pé. Ambos os joelhos estavam machucados, e notei um arranhão feio em seu antebraço direito. Disse a mim mesmo que não era do meu interesse e dei marcha à ré na caminhonete. Eu a largaria na delegacia — esperava que fosse cedo o suficiente para evitar quem eu queria evitar — e me certificaria de que ela pegou a porcaria do carro. Se tivesse sorte, eu ainda poderia dar uma cochilada por mais uma hora antes que tivesse de começar oficialmente o meu dia.

— Sabe — começou ela —, se alguém entre nós tem o direito de estar chateado, esse alguém sou eu. Eu nem te conheço, e você está gritando na minha cara, se interpondo entre mim e meu café, e depois praticamente me sequestrando. Você tem zero motivos para ficar chateado.

— Você não faz ideia, anjo. Tenho muitos motivos para ficar chateado, e muitos deles envolvem sua irmã imprestável.

— Tina pode não ser a melhor das pessoas, mas isso não lhe dá o direito de ser tão cretino. Ela ainda é família — menosprezou Naomi.

— Eu não aplicaria o rótulo "pessoas" à sua irmã. — Tina era um monstro de primeiro grau. Ela roubava. Mentia. Comprava brigas. Bebia demais. Banhava-se de menos. E não tinha consideração por mais ninguém. Tudo porque achava que o mundo devia algo a ela.

— Escute, ilustre desconhecido. As únicas pessoas que podem falar dela assim são eu, nossos pais e a turma de formandos de 2003 da Andersontown High. E talvez também o corpo de bombeiros de Andersontown. Mas só porque eles ganharam esse direito. Você não, e dispenso você descontando seus problemas com a minha irmã em mim.

— Que seja — falei entre os dentes.

Nós seguimos o resto do caminho em silêncio. O Departamento de Polícia de Knockemout ficava a poucos quarteirões da via principal e dividia um prédio novo com a Biblioteca Pública da cidade. Só em vê-lo, o tique no músculo debaixo do meu olho começou.

Havia uma caminhonete, uma viatura e uma Harley Fat Boy no estacionamento. Não havia sinal do SUV do chefe. Graças a Deus pelos pequenos milagres.

— Venha. Vamos acabar com isso.

— Você não precisa entrar — menosprezou Naomi. Ela estava olhando o café vazio com olhos de cachorro abandonado.

Com um resmungo, dei meu próprio café quase intocado para ela.

— Vou te acompanhar até o balcão, garantir que estão com seu carro e depois nunca mais te ver.

— Tá. Mas não vou agradecer.

Não me dei ao trabalho de responder porque estava muito ocupado me dirigindo à porta da frente e ignorando as letras grandes e douradas acima dela.

— Prédio Municipal Knox Morgan.

Fingi que não a ouvi e deixei a porta de vidro fechar após passar.

— Há mais de um Knox nesta cidade? — perguntou ela, abrindo a porta com força e me seguindo.

— Não — falei, esperando que isso acabasse com as perguntas que não queria responder. O prédio era relativamente novo, com uma tonelada de vidro, corredores largos e aquele cheiro de tinta fresca.

— Então é o seu nome no prédio? — pressionou ela, correndo de novo para me acompanhar.

— Acho que é. — Escancarei outra porta à direita e gesticulei para ela entrar.

A repartição policial de Knockemout parecia mais um daqueles pontos de encontro de escritório compartilhado que os descolados das cidades grandes gostavam do que uma delegacia de polícia. Isso havia irritado os rapazes e as moças de farda que se orgulhavam de seu abrigo mofado e caindo aos pedaços com luzes fluorescentes piscando e tapetes manchados de décadas de criminosos.

O aborrecimento deles com a tinta brilhante e os móveis de escritório novos e lustrosos era a única coisa que eu não odiava.

A polícia de Knockemout fez o possível para reencontrar suas raízes, empilhando torres preciosas de pastas de casos em cima de mesas de bambu de altura ajustável e preparando café muito barato e muito forte 24 horas por dia, 7 dias por semana. Havia uma caixa de rosquinhas velhas aberta no balcão e impressões digitais de açúcar de confeiteiro em todos os lugares. Mas até agora nada tinha tirado o brilho de novidade do maldito edifício Knox Morgan.

O sargento Grave Hopper estava atrás de sua mesa mexendo meio quilo de açúcar no café. Um membro aposentado de moto clube, ele agora passava as noites da semana treinando o time de softball da filha e os fins de semana cortando gramados. O dele e de sua sogra. Mas, uma vez por ano, ele colocava a esposa na garupa da moto, e disparavam para reviver os dias de glória na estrada aberta.

Ele viu a mim e minha convidada e quase derrubou todo o conteúdo da caneca em cima de si.

— O que está havendo, Knox? — perguntou Grave, agora encarando Naomi sem disfarçar.

Não era segredo na cidade que minha relação com o departamento de polícia era a mínima possível. Também não era novidade que Tina era o tipo de encrenca que eu não tolerava.

— Esta é a Naomi. Gêmea da Tina — expliquei. — Ela acabou de chegar à cidade e diz que o carro foi rebocado. Vocês o deixaram lá nos fundos?

A polícia de Knockemout geralmente tinha coisas mais importantes com que se preocupar do que vagas de estacionamento e deixava os cidadãos estacionarem onde quer que quisessem, quando quisessem, desde que não fosse na calçada.

— Vou voltar depois a essa história de irmã gêmea — alertou Grave, apontando a palheta de mexer café para nós. — Mas, primeiro, só eu estou aqui até agora, e eu não reboquei nada.

Porra. Passei uma mão pelo cabelo.

— Se não foi você, faz ideia de quem poderia ter rebocado? — perguntou Naomi toda esperançosa.

Claro. Apareci para salvar o dia e trazê-la até aqui, mas quem ganhou sorriso e as palavras amáveis foi o veterano Grave.

Grave, o desgraçado, estava deitando e rolando com cada palavra dela, sorrindo para ela como se fosse um bolo de chocolate de sete camadas.

— Eis o seguinte, Tin... digo, Naomi — começou Grave. — A meu ver, há duas coisas que poderiam ter acontecido. A: você esqueceu onde estacionou. Mas uma garota como você em uma cidade tão pequena, não parece provável.

— Não, não parece — concordou ela de forma amigável e sem chamá-lo de sabichão.

— Ou B: alguém roubou seu carro.

Adeus soneca.

— Eu estacionei bem em frente à loja de animais porque estava perto do café onde eu deveria ter me encontrado com minha irmã.

Grave me lançou um olhar, e eu assenti. Era melhor acabar com esta parte, como arrancar a porra de um curativo.

— Então Tina sabia que você estava vindo para a cidade, sabia onde estaria? — esclareceu ele.

Naomi não se dava conta de onde ele queria chegar. Ela assentiu, toda ingênua e esperançosa.

— Sim. Ela me ligou ontem à noite. Falou que estava em apuros e precisava que eu a encontrasse no Café Rev às 7h da manhã de hoje.

— Olha, querida. — Grave pigarreou. — Eu não quero difamar ninguém, é claro. Mas é possível que...

— A idiota da sua irmã roubou seu carro — intervi.

Os olhos avelã de Naomi se voltaram para mim. Ela não parecia amável ou esperançosa agora. Não. Parecia querer cometer uma contravenção. Talvez até um crime.

— Temo que Knox aqui esteja certo — disse Grave. — Sua irmã tem causado confusão desde que chegou à cidade há um ano. Nem deve ser o primeiro carro em que ela pôs as mãos.

As narinas de Naomi se expandiram com delicadeza. Ela levou meu café à boca, terminou em alguns goles determinados, depois jogou o copo vazio na cesta de lixo ao lado da mesa.

— Obrigada pela ajuda. Se você vir um Volvo azul com um adesivo de para-choque escrito "Gentileza Gera Gentileza", me avise, por favor.

Meu Senhor.

— Acredito que não tenha um desses aplicativos no telefone que diz onde está seu carro, não é? — perguntou Grave.

Ela colocou a mão no bolso, depois parou e apertou os olhos por um instante.

— Eu tinha.

— Mas não tem mais?

— Estou sem telefone. O meu quebrou, hã, ontem à noite.

— Tranquilo. Posso lançar um aviso para que os policiais fiquem atentos se você me der o número da placa — disse Grave, empurrando um pedaço de papel e uma caneta na direção dela de maneira prestativa. Ela os pegou e começou a escrever em cursiva elegante e fluida. — Você também pode deixar suas informações de contato, onde está hospedada e tal, para que eu ou Nash possa atualizá-la.

O nome fez meus dentes cerrarem mais.

— Fico feliz — disse Naomi, soando tudo menos isso.

— Hã. Você tem um marido ou namorado cujas informações de contato possa adicionar?

Eu o encarei.

Naomi balançou a cabeça.

— Não.

— Talvez uma namorada ou esposa? — tentou de novo.

— Estou solteira — falou ela, soando insegura o suficiente para despertar minha curiosidade.

— Olha só! O nosso chefe também — disse Grave, tão inocente quanto um motociclista de um 1,80 metro de altura com antecedentes criminais poderia soar.

— Podemos voltar para a parte em que você diz a Naomi que entrará em contato se encontrar o carro dela, o que todos sabemos que não vai acontecer? — esbravejei.

— Bem, com essa atitude, não vamos — repreendeu ela.

Porra, era a última vez que eu iria em socorro de alguém. Não era minha função. Não era minha responsabilidade. E agora estava custando meu sono.

— Quanto tempo vai ficar na cidade? — perguntou ele enquanto Naomi rabiscava suas informações no papel.

— Apenas o tempo necessário para encontrar e matar minha irmã — respondeu ela, tampando a caneta e devolvendo o papel. — Muito obrigada por sua ajuda, sargento.

— Imagina.

Ela se virou para olhar para mim. Nossos olhares se prenderam por um instante.

— Knox.

— Naomi.

Com isso, ela saiu da delegacia.

— Como duas irmãs podem ser tão parecidas e não ter mais nada em comum? — perguntou-se Grave.

— Não me interessa — falei com honestidade e saí atrás dela.

Eu a encontrei andando e murmurando para si mesma na frente da rampa de acessibilidade.

— Qual é o seu plano? — perguntei num estado de resignação.

Ela me olhou e seus lábios se franziram.

— Plano? — repetiu, a voz falhando.

Meu instinto de sobrevivência entrou em ação. Eu odiava lágrimas. Especialmente lágrimas de persuasão feminina. Uma mulher chorando fazia eu me sentir como se estivessem me despedaçando de dentro para fora, uma arma que eu nunca revelaria a alguém.

— Não chore — pedi.

Seus olhos estavam marejados.

— Chorar? Não vou chorar.

Ela era uma péssima mentirosa.

— Não chore, porra. É apenas um carro, e sua irmã não vale nada. Não vale a pena chorar.

Ela piscou em ritmo acelerado, e eu não sabia se iria chorar ou gritar comigo de novo. Mas ela me surpreendeu ao não fazer nenhum dos dois. Endireitou os ombros e assentiu.

— Você está certo. É só um carro. Posso solicitar novos cartões de crédito, uma nova bolsa e outro estoque de molhos de mostarda e mel.

— Diga para onde precisa ir, e eu te levo. Você pode alugar um carro e seguir seu caminho. — Apontei meu polegar na direção da caminhonete.

Mais uma vez ela olhou de um lado para outro da rua, provavelmente esperando que algum herói de terno e gravata aparecesse. Quando nenhum apareceu, suspirou.

— Eu aluguei um quarto na pousada.

Havia apenas uma pousada na cidade. Uma pocilga de apenas um andar e uma estrela que não valia um nome oficial. Fiquei impressionado por ela ter realmente se hospedado lá.

Voltamos para a minha caminhonete em silêncio. Seu ombro roçou meu braço, fazendo minha pele esquentar. Abri a porta de novo para ela. Não porque eu fosse um cavalheiro, mas porque alguma parte perversa de mim gostava de estar perto.

Esperei até ela colocar o cinto antes de fechar a porta e dar a volta na caminhonete.

— Molhos de mostarda e mel?

Ela olhou para mim enquanto eu me sentava no banco do motorista.

— Você ouviu falar daquele cara que atravessou a defensa metálica de uma estrada com o carro no inverno alguns anos atrás?

Não me era estranho.

— Ele não comeu nada além de sachês de ketchup por três dias.

— Você planeja atravessar uma defensa metálica com o carro?

— Não. Mas gosto de estar preparada. E eu não gosto de ketchup.

TRÊS
UMA DELINQUENTE MIRIM

Naomi

Você está em qual quarto? — perguntou Knox. Notei que já estávamos de volta à pousada.

— Por quê? — perguntei com suspeita.

Ele soprou o ar devagar como se eu estivesse cansando a beleza dele.

— Para eu poder deixá-la na porta.

Ah.

— Nove.

— Você deixa sua porta aberta? — perguntou um segundo depois, a boca tensa.

— Claro. Esse é o costume em Long Island — falei com sarcasmo. — É assim que mostramos aos nossos vizinhos que confiamos neles.

Ele lançou outro daqueles olhares longos e franzidos.

— Não. Claro que não deixei aberta. Fechei e tranquei.

Ele apontou para o número nove. A minha porta estava entreaberta.

— Ah.

Ele colocou a caminhonete em ponto-morto onde estava parada no meio do estacionamento com mais força do que necessário.

— Fique aqui.

Pestanejei enquanto ele descia do carro e seguia em direção ao meu quarto.

Meus olhos cansados foram atraídos para a visão daqueles jeans desgastados colados a uma bunda espetacular enquanto ele se aproximava da minha porta. Hipnotizada por alguns de seus longos passos, levei um tempinho para lembrar exatamente o que eu havia deixado naquele quarto e o quanto eu não queria que Knox, mais do que ninguém, visse.

— Espere! — Saltei da caminhonete e corri atrás dele, mas ele não parou nem desacelerou.

Peguei embalo em um último ato de desespero e pulei na frente dele. Ele deu de cara com minha mão levantada.

— Saia da minha frente, Naomi — ordenou.

Quando não obedeci, ele levou uma mão ao meu estômago e me fez andar de costas até que eu estivesse em frente ao quarto oito.

Eu não sabia o que eu gostar tanto da mão dele ali dizia sobre mim.

— Não precisa entrar — insisti. — Tenho certeza de que é apenas o serviço de limpeza.

— Este lugar parece ter serviço de limpeza?

Ele tinha razão. A pousada parecia que deveria oferecer vacinas antitetânicas em vez de minigarrafas de xampu.

— Fique aqui — disse ele de novo, depois seguiu de volta para a porta aberta.

— Merda — sussurrei quando ele abriu. Consegui aguentar um total de dois segundos antes de segui-lo.

Quando dei entrada menos de uma hora atrás, eu havia achado o quarto desagradável, para não dizer outra coisa. O papel de parede laranja e marrom estava descascando em tiras longas. O tapete era um verde-escuro que parecia ser feito do lado abrasivo de uma esponja de lavar louça. Os acessórios do banheiro eram rosa chiclete, e estavam faltando vários azulejos no chuveiro.

Mas era a única opção dentro de 30 quilômetros, e pensei que eu poderia suportar por uma noite ou duas. Além disso, pensei na hora: quão ruim poderia ser?

Aparentemente muito ruim. Entre o momento em que dei entrada, arrumei minha mala, conectei meu notebook e saí para encontrar Tina, alguém entrou e saqueou o quarto.

Minha mala estava virada de cabeça para baixo no chão, alguns de seus conteúdos espalhados por todo o carpete.

As gavetas da cômoda foram puxadas para fora, as portas do armário deixadas abertas.

Meu notebook tinha desaparecido. Assim como a bolsa com zíper onde eu guardava dinheiro que eu tinha escondido na mala.

"Otária" foi rabiscado no espelho do banheiro com o meu batom favorito. Ironicamente, a coisa que eu não queria que meu viking mal-humorado visse, a coisa que valia mais do que qualquer outra roubada, ainda estava lá em uma pilha amassada no canto.

O pior de tudo, a autora do crime estava sentada na cama com tênis sujos emaranhados em um amontoado de lençóis. Ela estava assistindo a um filme de desastre natural. Eu não era boa em adivinhar idades, mas diria com segurança que ela estava na categoria criança/pré-adolescente.

— Ei, Way — disse Knox em tom severo.

Os olhos azuis da garota se afastaram da tela para pousar nele antes de retornar à TV.

— Ei, Knox.

Era uma cidade pequena. É claro que o mal-humorado da cidade e a criminosa infantil se conheciam.

— Certo, olha — falei, contornando Knox para ficar na frente da coisa no canto que eu *não* queria explicar. — Não sei se as leis de trabalho infantil são diferentes na Virgínia, mas pedi um travesseiro extra, não para ser roubada por uma delinquente mirim.

A garota me olhou de relance.

— Cadê sua mãe? — perguntou Knox, ignorando-me.

Outro dar de ombros.

— Saiu — disse ela. — Quem é sua amiga?

— Essa é a sua tia Naomi.

Ela não pareceu surpresa. Eu, por outro lado, provavelmente parecia que havia acabado de ser atirada de dentro de um canhão em direção a uma parede de tijolos.

— Tia? — repeti, balançando a cabeça na esperança de que isso corrigisse minha audição. Outra pétala de flor murcha caiu do que restava do meu coque e esvoaçou até o chão.

— Pensei que você estivesse morta — disse a garota, estudando-me com vago interesse. — Belo penteado.

— Tia? — falei outra vez.

Knox se virou para mim.

— Waylay é filha da Tina — explicou Knox devagar.

— Tina? — repeti com um grasnado.

— Parece que sua irmã pegou suas coisas — observou ele.

— Disse que a maior parte não valia nada — disse a garota.

Pisquei rapidamente. Minha irmã não tinha apenas roubado meu carro, mas também havia invadido meu quarto de hotel, o saqueado e abandonado uma sobrinha que eu não sabia que existia.

— Ela está bem? — perguntou Waylay, não tirando os olhos do tornado que voltou a aparecer na tela.

“Ela” devia ser eu. E eu sem dúvida não estava bem.

Peguei um travesseiro da cama.

— Vocês dois me dão licença, por favor? — chiei.

Sem esperar uma resposta, eu me arrastei pela porta para o sol quente da Virgínia. Os pássaros estavam chilreando. Duas motocicletas passavam, os motores produzindo um rugido ensurdecedor. Do outro lado da rua, um casal de idosos saía de uma caminhonete e ia ao restaurante para o café da manhã.

Como as coisas poderiam ter a audácia de parecerem tão normais quando toda a minha vida tinha acabado de implodir?

Segurei o travesseiro no meu rosto e soltei o grito que vinha se formando.

Os pensamentos voaram pelo meu cérebro como um ciclo de rotação turbinado. Warner tinha razão. As pessoas não mudavam. Minha irmã ainda era um ser humano terrível, e eu ainda era ingênua o suficiente para acreditar nas suas mentiras. Meu carro tinha desaparecido com minha bolsa e meu notebook. Sem falar no dinheiro que trouxe para Tina. Desde ontem à noite, eu estava sem emprego. Não estava a caminho de Paris, que tinha sido o plano há apenas 24 horas. Minha família e meus amigos pensavam que eu tinha perdido o juízo. Meu batom favorito tinha sido arruinado em um espelho de banheiro. E eu tinha uma sobrinha cuja infância inteira eu perdi.

Respirei fundo de novo e soltei um grito final para completar antes de abaixar o travesseiro.

— Calma. Você vai dar um jeito. Vai resolver tudo.

— Já acabou o discurso motivacional?

Virei e encontrei Knox encostado na moldura da porta com os braços tatuados cruzados sobre o peito largo.

— Acabei — falei, endireitando os ombros. — Quantos anos ela tem?

— Onze.

Assentindo, empurrei o travesseiro para ele e marchei de volta para o quarto.

— Então, Waylay — comecei.

Havia algo familiar no nariz arrebitado e na covinha no queixo. Ela tinha as mesmas pernas de graveto que sua mãe e eu tínhamos nessa idade.

— Então, tia Naomi.

— Sua mãe disse quando voltaria?

— Não.

— Onde você e sua mãe moram, querida? — perguntei.

Talvez Tina estivesse lá agora, analisando o roubo, pensando o que valia a pena manter e o que queria destruir só por diversão.

— Em Hillside Acres — respondeu ela, contornando-me com o olhar para ter uma visão melhor da tela que mostrava um tornado atirando vacas.

— Preciso de um minuto — anunciou Knox e acenou com a cabeça em direção à porta.

Aparentemente eu tinha todo o tempo do mundo. Todo o tempo e nenhuma ideia do que fazer. Nenhum próximo passo. Nenhuma lista de tarefas quantificando e organizando meu mundo em itens legais e organizados. Só problema em cima de desgraça em cima de desastre.

— Claro — falei, soando apenas um pouco histérica.

Ele esperou até eu passar por ele antes de sair. Quando parei, ele continuou caminhando em direção à máquina de refrigerante desbotada do lado de fora da recepção.

— É sério que quer que eu compre um refrigerante para você agora? — perguntei atordoada.

— Não. Estou tentando ir para onde a garota, que não percebe que foi abandonada, não possa ouvir — esbravejou.

Eu o segui.

— Talvez a Tina volte — falei.

Ele parou e se virou para me encarar.

— Way diz que a Tina não disse nada a ela. Só que ela tinha algo para resolver e ficaria longe por muito tempo.

Por muito tempo? O que diabos era muito no tempo de Tina? Um fim de semana? Uma semana? Um mês?

— Ai, meu Deus. Os meus pais. — Isso ia devastá-los. Como se o que fiz ontem não fosse ruim o suficiente. Consegui garantir a eles ontem à noite numa rodovia na Pensilvânia que eu estava bem e *não* estava passando por algum tipo de crise de meia-idade. E eu os fiz prometer que não mudariam seus planos por minha causa. Eles haviam partido para o cruzeiro de três semanas no Mediterrâneo hoje pela manhã. As primeiras grandes férias internacionais que já tiraram juntos.

Eu não queria que meus problemas ou o desastre de Tina arruinassem a viagem.

— O que pretende fazer com aquela garota lá dentro? — Knox apontou com a cabeça em direção à porta aberta.

— O que quer dizer?

— Naomi, quando os policiais descobrirem que Tina sumiu e deixou Waylay para trás, ela vai direto para o orfanato.

Sacudi a cabeça.

— Eu sou o parente vivo mais próximo que não é um criminoso. Sou responsável por ela. — Assim como fui por todas as outras confusões de Tina até completarmos 18 anos.

Ele lançou um olhar demorado e atento.

— Simples assim?

— Ela é família. — Além disso, não era como se eu estivesse muito ocupada no momento. Estava basicamente à deriva. Pela primeira vez em toda a minha vida, eu não tinha um plano.

E isso me aterrorizava.

— Família — bufou ele como se meu raciocínio não fosse lógico.

— Escuta. Knox, te agradeço por todos os gritos e as caronas e o café. Mas como pode ver, preciso lidar com uma situação. Então talvez seja melhor você voltar para a caverna da qual rastejou esta manhã.

— Eu não vou a lugar nenhum.

Estávamos de volta a encarar um ao outro, o silêncio carregado. Desta vez ele o rompeu primeiro.

— Deixe de enrolar, Daisy. O que vai fazer?

— Daisy?

Ele estendeu a mão e arrancou uma pétala de flor do meu cabelo com dois dedos. Margarida. *Daisy*.

Afastei sua mão e dei um passo para trás para poder pensar.

— Tudo bem. Primeiro eu preciso... — Não ligar para meus pais, com certeza. E não queria envolver a polícia, de novo, se não fosse necessário. E se a Tina aparecer dentro de uma hora? Talvez a primeira coisa que eu precisasse fazer fosse tomar mais café.

— Ligue para a porcaria da polícia e relate a invasão e o abandono da criança — disse Knox.

— Ela é minha *irmã*. Além disso, e se a Tina aparecer dentro de uma hora?

— Ela roubou seu carro e abandonou a filha. Essa porra não pode passar impune.

Esse homem insuportável, tatuado e rabugento estava certo. Não gostei nem um pouco dessa característica dele.

— Urgh! Tá. Tudo bem. Preciso pensar. Posso pegar seu celular emprestado?

Ele ficou parado olhando para mim, imóvel.

— Pelo amor de Deus. Não vou roubá-lo. Só preciso fazer uma ligação rápida.

Com um suspiro resignado, ele colocou a mão no bolso e tirou o telefone.

— Obrigada — falei enfaticamente e depois voltei para o meu quarto da pousada. Waylay ainda estava assistindo a seu filme, agora com a cabeça apoiada nas mãos.

Vasculhei a mala para encontrar um caderno e retornei para fora.

— Você anda com um caderno com números de telefone?

Knox estava olhando por cima do meu ombro.

Fiz "chiu" e liguei.

— Que é que você quer?

A voz da minha irmã sempre conseguia fazer eu me encolher por dentro.

— Uma explicação para começar — esbravejei. — Onde você está?

— Onde você está? — imitou com uma voz aguda que eu sempre odiei.

Ouvi um sopro prolongado.

— Você está *fumando* no meu carro?

— Parece que é meu carro agora.

— Quer saber? Esquece o carro. Temos coisas mais importantes para discutir. Você tem uma *filha*! Uma filha que abandonou num quarto de pousada.

— Tenho mais o que fazer. Não dá para ter uma criança me atrasando por uns tempos. Tenho um projeto importante em andamento. Por que acha que eu dei a ela um nome que significa atraso? Achei que ela poderia passar um tempo com a tia certinha e boazinha até eu voltar.

Eu estava tão brava que só consegui me engasgar com as palavras.

Knox tirou o telefone da minha orelha.

— Preste atenção e preste bem, Tina. Você tem exatos 30 minutos para voltar aqui ou vou chamar a porcaria da polícia.

Observei como seu rosto endureceu mais e a mandíbula ficou mais cerrada, exibindo covinhas sob as maçãs do rosto. Os olhos ficaram tão frios que estremeci.

— Como sempre, você é uma idiota do caralho — disse ele. — Lembre-se, da próxima vez que for pega pela polícia, terá mandados. Isso significa que o seu rabo estúpido ficará atrás das grades, e ninguém correrá para te salvar.

Ele parou por um momento e depois completou:

— Sim. Vá se foder também.

Xingou de novo e abaixou o telefone.

— Como é que você e minha irmã se conhecem? — perguntei-me em voz alta.

— Tina é uma pedra no sapato de todos desde que surgiu na cidade há um ano. Sempre à procura de dinheiro fácil. Tentou alguns esquemas tortos em algumas empresas locais, incluindo a do seu amigo Justice. Toda vez que tem um pouco de dinheiro no bolso, ela fica bêbada e provoca o caos em toda a cidade. Pequenos delitos. Vandalismo.

Sim, parecia coisa da minha irmã.

— O que ela disse? — perguntei sem querer de fato a resposta.

— Ela falou que não se importa se chamarmos a polícia. Ela não vai voltar.

— Ela disse isso? — Eu sempre quis ter filhos. Mas não assim. Não caindo de cabeça em uma etapa próxima à puberdade quando os anos de formação já se foram.

— Disse que voltaria quando quisesse — respondeu ele, digitando no telefone.

Algumas coisas nunca mudam. Minha irmã sempre fez as próprias regras. Quando bebê, dormia o dia todo e ficava acordada a noite toda. Quando criança, foi expulsa de três creches por morder. E uma vez que atingimos a idade escolar, bem, foi um novo jogo de rebelião.

— O que você está fazendo? — perguntei a Knox quando ele retornou o telefone ao ouvido.

— A última coisa que eu quero — disse com voz arrastada.

— Comprando ingressos para o balé? — teorizei.

Ele não respondeu, apenas andou a passos largos para o estacionamento com ombros rígidos. Eu não conseguia distinguir bem o que estava dizendo, mas havia um monte de *vá se foder* e *vá se ferrar*.

Adicionei "etiqueta ao telefone" à crescente lista de coisas em que Knox Morgan não levava jeito.

Ele voltou parecendo ainda mais irritado. Ignorando-me, pegou a carteira e puxou algumas notas, depois as alimentou na máquina de refrigerante.

— O que você quer? — murmurou.

— Hã. Água, por favor.

Ele apertou os botões com mais força do que eu pensava ser necessário e uma garrafa de água e duas bebidas amarelas caíram no chão.

— Aqui.

Ele empurrou a água para mim e voltou ao quarto.

— Hã. Obrigada? — falei depois que ele passou.

Debati por cerca de 30 segundos se eu deveria ou não começar a andar até encontrar uma nova realidade que fosse menos terrível. Mas foi apenas um exercício mental. Não havia como me afastar. Eu tinha uma nova responsabilidade. E com essa responsabilidade viria algum senso de propósito. Provavelmente.

Voltei ao meu quarto e encontrei Knox examinando a fechadura da porta.

— Nenhuma sutileza — reclamou.

— Disse a ela que deveria ter forçado a fechadura — disse Waylay, abrindo seu refrigerante.

— São apenas 8h da manhã, e você deu refrigerante a ela — sibilei para Knox enquanto retomava minha postura de sentinela em frente ao montículo no canto.

Ele olhou para mim, depois para além de mim. Nervosa, estendi os braços e tentei bloquear sua visão.

— Isso é algum tipo de toalha de mesa? — perguntou, olhando atrás de mim.

— Vestido de noiva — anunciou Waylay. — Mamãe disse que era feio pra dedéu.

— É, bem, Tina não saberia o que é bom gosto nem se a atingisse na cabeça com uma bolsa Birkin — falei, sentindo-me na defensiva.

— Esse vestido significa que eu tenho um tio por aí? — perguntou ela, acenando com a cabeça para a pilha de renda e anágua que uma vez fez com que me sentisse uma princesa de conto de fadas, mas agora só fazia eu me sentir uma idiota.

— Não — falei com firmeza.

As sobrancelhas de Knox se levantaram um pouco.

— Você simplesmente decidiu levar um vestido de noiva em uma viagem?

— Não sei como isso é da sua conta — falei para ele.

— Ela está com o cabelo arrumado como se estivesse indo a algum lugar chique — refletiu Waylay, olhando-me.

— Está mesmo, Way — concordou Knox, cruzando os braços sobre o peito e parecendo achar graça.

Não gostei dos dois se unindo contra mim.

— Vamos nos preocupar menos com meu cabelo e um vestido e mais com o que faremos a seguir — sugeri. — Waylay, sua mãe disse algo sobre aonde estava indo?

Os olhos da garota voltaram a se concentrar na tela. Ela balançou os ombros magros.

— Sei lá. Só falou que eu era problema seu agora.

Não sabia o que responder a isso. Felizmente não precisei responder porque uma batida rápida fez com que nós três olhássemos para a porta aberta.

O homem que estava ali me fez inspirar um pouco. Knockemout sem dúvidas criava homens atraentes. Ele vestia um uniforme azul-escuro impecável com um distintivo muito brilhante. Havia uma bela camada de barba por fazer acentuando uma mandíbula forte.

Seus ombros e peito eram largos, os quadris e a cintura afunilados. O cabelo era perto de loiro. Havia algo familiar em seus olhos.

— Knox — disse ele.

— Nash. — Seu tom era tão frio quanto os olhos.

— Ei, Way — disse o recém-chegado.

Waylay acenou com a cabeça para o homem.

— Chefe.

Seus olhos chegaram a mim.

— Você chamou a polícia? — chiei para Knox. Minha irmã era uma pessoa terrível, e eu sem dúvidas iria deixar isso claro para ela. Mas chamar a polícia parecia tão *decisivo*.

QUATRO

“VOCÊ NÃO VAI FICAR AQUI.”

Naomi

Você deve ser a Naomi — disse o policial.

Eu podia estar a meio caminho de um ataque de pânico, mas eu meio que gostei de como ele falou meu nome em um tom amigável.

Knox pelo jeito *não* havia gostado porque, de repente, colocou seu corpo musculoso bem na minha frente, com os pés plantados separadamente e os braços cruzados.

— Sou — falei, espiando em torno do Knox. O imbecil não se mexeu quando o cutuquei nas costas.

O homem olhou para Knox e, o que quer que tenha visto ali, o fez sorrir.

— Eu sou chefe da polícia nas redondezas, mas pode me chamar de Nash. Prazer em conhecê-la, Naomi. Lamento que seja nestas circunstâncias. Se importa em responder algumas perguntas?

— Hum. Tudo bem — falei, desejando de súbito ter parado para lavar o rosto e arrumar o cabelo. Minha aparência devia ser a de uma dama de honra zumbi e perturbada.

— Por que não conversamos no estacionamento? — disse Nash com um movimento de cabeça.

A atenção de Waylay estava de volta ao filme enquanto bebia açúcar verde-limão.

— Claro. — Segui e me surpreendi quando Knox se juntou a nós. Ele foi direto para o SUV de Nash, que dizia Polícia de Knockemout na lateral, e se inclinou com beligerância contra o capô.

— Não precisamos de você agora — disse Nash.

Knox mostrou os dentes.

— Se quiser que eu vá embora, vai ter que me obrigar.

— Desculpe. Ele está assim a manhã toda — expliquei a Nash.

— Querida, ele tem sido assim a vida toda — respondeu o chefe.

Não me ocorreu até que eles se encararam com olhos idênticos.

— Vocês são irmãos, não são?

— Jura? — resmungou Knox.

— Claro que somos — disse Nash, virando seu sorrisão para mim. — Sou o irmão bom.

— Só faça a porra do seu trabalho — falou Knox.

— Ah, agora você quer que eu faça o meu trabalho. Acho que vai entender como isso me confunde já que...

— Senhores — cortei. Isso não estava indo rápido o bastante. Eu estava sem energia para dissipar a tensão entre os irmãos, e tínhamos preocupações mais importantes. — Não querendo me exceder, mas podemos chegar à parte que diz respeito à minha irmã? — sugeri.

— Acho uma excelente ideia, Naomi — disse Nash, dando uma piscadela enquanto pegava uma caderneta.

Knox grunhiu.

— Vamos ouvir o seu depoimento e depois decidir o que precisamos fazer em seguida.

Um homem com um plano e um sorriso. Ele sem sombra de dúvidas era mais agradável que o irmão.

— VOCÊ ESTÁ DIZENDO que posso simplesmente tomar posse de um ser humano? — esclareci alguns minutos depois. Eu precisava mesmo de mais café. Minhas habilidades cognitivas estavam desvanecendo depressa.

— Bem, não aconselho que se refira a isso como "tomar posse". Mas, na Virgínia, o acolhimento familiar é uma maneira de as crianças terem um membro da família como guardião quando não podem estar com os próprios pais.

Posso ter imaginado, mas pensei ter visto um olhar cauteloso ser trocado entre os irmãos.

— Então eu me tornaria a guardiã da Waylay?

As coisas estavam acontecendo rápido demais. Num minuto eu estava me preparando para caminhar até o altar. No seguinte, estava subitamente encarregada de decidir o futuro de uma estranha de 11 anos.

Nash passou uma mão pelo cabelo grosso.

— Temporariamente. Dá para ver que você é uma adulta estável e saudável.

— E se eu não for? — enrolei.

— O Juizado da Infância e Juventude colocará Waylay em um lar adotivo. Se não for incômodo para você ficar na cidade por algumas semanas enquanto resolvemos as coisas, a lei não se importará com Waylay ficar com você. Se as coisas derem certo, você pode até tornar a situação permanente.

— Tudo bem. — Nervosa, limpei as mãos na parte de trás dos shorts. — O que temos para resolver? — perguntei.

— Sobretudo descobrir o que sua irmã anda tramando e o que isso significa para a tutela.

"Estou encrencada. Preciso de dinheiro, Naomi."

Mordi o lábio.

— Ela me ligou ontem à noite. Disse que precisava de ajuda e queria que eu trouxesse dinheiro. Acha que ela está em perigo?

— Que tal o seguinte? Você se concentra em Waylay e deixa que eu me preocupo com sua irmã — aconselhou Nash.

Na teoria, a ideia era boa. Mas, na minha experiência, a única maneira de garantir que uma bagunça fosse desfeita ao meu gosto era eu mesma a desfazendo.

— Você trouxe dinheiro? — perguntou Knox, os olhos em mim.

Olhei para meus pés, sentindo-me burra e constrangida. Eu devia ter sido mais esperta.

— Trouxe.

— Ela pegou?

Eu me concentrei no rosto de Nash, pois era mais amigável.

— Pensei estar sendo inteligente. Deixei metade no carro e a outra metade na mala.

Nash pareceu solidário. Knox, por outro lado, resmungou baixinho.

— Bem, acho melhor voltar lá e me apresentar direito à minha sobrinha — falei. — Por favor, me mantenha atualizada.

— Você não vai ficar aqui.

A declaração veio de Knox.

Levantei as mãos.

— Se minha presença te incomoda tanto, por que não tira férias prolongadas?

Se olhar pudesse ferver sangue, o meu teria se transformado em lava.

— Você *não* vai ficar aqui — repetiu. Desta vez, ele apontou para a porta frágil com a fechadura arrombada.

Ah. Aqui.

— Tenho certeza de que consigo arranjar uma solução — falei com entusiasmo. — Chefe...

— Me chame de Nash — insistiu ele de novo.

Knox parecia querer enfiar a cabeça do irmão na porta já danificada.

— Nash — falei, aumentando o charme. — Sabe onde Waylay e eu poderíamos ficar por algumas noites?

Knox tirou o celular do bolso e olhou para a tela enquanto os polegares se moviam com agressividade sobre ela.

— Posso levar vocês até a casa da Tina. Não é muito aconchegante, mas ela é bem menos capaz de entrar e destruir as próprias coisas — disponibilizou-se ele.

Knox guardou o telefone no bolso. Seu olhar se fixou em mim, e havia algo presunçoso em sua expressão que me deixou irracionalmente irritada.

— Isso é muito gentil da sua parte. Nem imagina como agradeço sua ajuda — falei a Nash. — Tenho certeza de que Knox tem coisas muito melhores para fazer do que passar mais tempo respirando o mesmo ar que eu.

— O prazer é meu — insistiu Nash.

— Vou arrumar o que sobrou das minhas coisas e dizer a Waylay aonde estamos indo — decidi e voltei na direção do quarto.

Meu alívio por enfim estar livre do mal-humorado e tatuado Knox foi interrompido por um barulho estrondoso.

Uma motocicleta com um homem do tamanho de um urso antes de hibernar disparou na rua a uma velocidade que certamente não estava no limite de velocidade permitido.

— Essa maldita Harvey — murmurou Nash.

— Acho melhor você ir atrás dele — disse Knox, ainda parecendo presunçoso.

Nash apontou um dedo na direção do irmão.

— Você e eu vamos ter uma conversa mais tarde — prometeu, parecendo nem um pouco contente.

— É melhor se apressar e defender a lei — falou Knox.

Nash se voltou para mim.

— Naomi, desculpe deixá-la na mão. Vou entrar em contato.

Knox balançou os dedos de forma antagônica enquanto o irmão voltava para o SUV e iniciava uma perseguição com a sirene ligada.

Mais uma vez, fiquei sozinha com Knox.

— Você não teve nada a ver com a minha carona legal e educada desaparecer, teve?

— Por que eu faria isso?

— Para passar mais tempo comigo é que não foi.

— Vamos, Daisy — disse ele. — Vamos arrumar suas tralhas. Vou levar você e Way até a casa da Tina.

— Eu prefiro que você mantenha suas mãos longe das minhas tralhas — falei com arrogância. O efeito foi arruinado pelo meu bocejo indelicado. Eu estava no limite das minhas forças e só esperava conseguir aguentar o suficiente até estar longe do viking antes de sucumbir.

CINCO
BARRIL DE QUEROSENE E SONECA

Naomi

Hillside Acres parecia mais um acampamento de festival do que um parque de trailers.

As crianças brincavam em uma pequena e bem cuidada área de recreação em um pedaço de grama que não havia se rendido ao longo verão da Virgínia. As casas móveis tinham cercas brancas e hortas. Combinações de cores criativas e pátios aconchegantes se somavam às belas fachadas.

E então havia a casa da Tina.

Era um trailer de largura simples no canto posterior do parque. A caixa bege estava se inclinando seriamente para a direita, como se parte da estrutura naquele lado estivesse faltando. As ervas daninhas que haviam aberto caminho no cascalho chegavam ao meu joelho.

O trailer do outro lado da estrada tinha uma linda varanda coberta com cordão de luzes e plantas penduradas. O da Tina tinha degraus improvisados com blocos de concreto que levavam a uma porta da frente enferrujada e entreaberta.

Knox estava encarando de novo. Mas, pela primeira vez, não era a mim. Era o aviso afixado na porta.

ORDEM DE DESPEJO.

— Fique aqui — ordenou ele sem olhar para mim ou Waylay.

Eu estava cansada demais para ficar irritada quando ele entrou todo machão.

Waylay revirou os olhos.

— Ela já está longe. Invadiu aqui antes da pousada.

Por reflexo, coloquei minhas mãos nos ombros dela. Ela saltou para trás, olhando-me como se eu tivesse tentado colocar o dedo em seu nariz.

Lembrete: não me precipitar com os afetos físicos.

— Hã, onde vocês ficavam?

Waylay deu de ombros.

— Passei as últimas duas noites na casa da minha amiga. Os pais dela não se importam de ter mais uma criança para o jantar. Não sei onde ela ficou.

As únicas vezes em que "responsável" pôde ser aplicado a Tina foi quando ela estava se passando por mim ao longo dos anos. Mesmo assim, fiquei horrorizada com a forma com que minha irmã lidava com a maternidade.

— Não está aqui — gritou Knox de dentro.

— Não disse? — Waylay subiu os degraus, e eu segui.

O trailer era pior por dentro do que por fora.

O tapete tinha se desgastado em frente à porta, formando linhas compridas e deformadas que se estendiam em todas as direções. Uma poltrona reclinável estava de frente para um móvel de madeira barato com o contorno empoeirado de um suporte de TV. Um pequeno pufe rosa estava diretamente em frente a ele.

— Ela levou a TV. Mas eu peguei o controle remoto enquanto não estava olhando — disse Waylay com orgulho.

— Bom trabalho, garota — disse Knox, bagunçando o cabelo dela.

Engolindo em seco, deixei-os na sala de estar e espreitei a cabeça na cozinha suja.

O conteúdo dos armários havia sido esvaziado em uma lata de lixo que transbordava no meio do linóleo verde. Caixas de cereais, latas de sopa, pizzas brotinho descongeladas há muito tempo. Não havia um vegetal à vista.

Havia um quarto em cada extremidade. O com a cama de casal tinha um cinzeiro em ambos os lados. Em vez de cortinas, lençóis finos estavam presos diretamente na parede para bloquear o sol. O armário e a cômoda estavam quase vazios. Tudo tinha acabado no chão ou sido arrastado porta afora. Por instinto, espiei debaixo da cama e encontrei duas garrafas vazias de bourbon.

Algumas coisas nunca mudavam.

— Ela vai voltar, sabe — falou Waylay, bisbilhotando o quarto.

— Eu sei — concordei. O que a menina não sabia era que, às vezes, anos se passavam entre as visitas.

— Meu quarto está do outro lado se quiser ver — convidou ela.

— Eu quero se você não se importar.

Fechei a porta do quarto deprimente da Tina e segui minha sobrinha pela sala de estar. A exaustão e o emocional faziam meus globos oculares ficarem quentes e secos.

— Onde está o Knox? — perguntei.

— Falando com o Sr. Gibbons lá fora. Ele é o senhorio. Mamãe deve uma porrada de aluguel atrasado — disse ela, liderando o caminho até a frágil porta de madeira falsa da sala de estar. Uma placa escrita à mão dizia "AFASTE-SE" em purpurina e quatro tons de caneta rosa.

Decidi guardar o sermão sobre o linguajar para mais tarde, quando eu não estivesse dormindo em pé.

O quarto da Waylay era pequeno, mas arrumado. Havia uma cama de solteiro sob uma linda colcha rosa. Uma estante cedendo com o peso continha alguns livros, mas era em maior parte dedicada a acessórios para o cabelo organizados em caixas coloridas.

Será que Waylay Witt era uma garota feminina?

Ela se jogou na cama.

— E aí? O que vamos fazer?

— Bem — falei com entusiasmo. — Gosto do seu quarto. Quanto ao resto do lugar, acho que podemos dar um jeito. Um pouco de limpeza, um pouco de organização... — *Um barril de querosene e uma caixa de fósforos.*

Knox entrou no cômodo como um leão zangado no zoológico. Ele tomava muito espaço e a maior parte do oxigênio.

— Pegue suas tralhas, Way.

— Hã. Tudo? — perguntou ela.

Ele assentiu rápido.

— Tudo. Naomi.

Ele se virou e saiu do cômodo. Eu podia sentir o trailer estremecer sob seus pés.

— Acho que isso significa que você deve segui-lo — disse Waylay.

— Certo. Tudo bem. Aguenta firme aí. Volto já.

Encontrei-o lá fora, com as mãos nos quadris e olhando para o cascalho.

— Há algum problema?

— Porra, vocês não vão ficar aqui.

De repente, cansada demais para funcionar, desabei contra o revestimento de alumínio do trailer.

— Olha, Knox. Até meus ossos estão cansados. Faz um milhão de horas que estou acordada. Estou em um lugar estranho em uma situação estranha. E há uma garotinha ali que precisa de alguém. Infelizmente para ela, esse alguém sou eu. Você se redimiu pelo seu comportamento cretino dando uma de motorista. Pode parar com esse negócio inconveniente de machão. Não pedi sua ajuda. Então você está livre. Preciso começar a limpar essa bagunça.

Literal e figurativamente.

— Terminou? — perguntou.

Eu estava cansada demais para ficar enfurecida.

— Sim. Terminei.

— Bom. Então coloque seu traseiro na caminhonete. Você não vai ficar aqui.

— Isso é sério?

— Vocês não vão se hospedar em uma pousada com portas de papelão ou em uma violação de saúde que chamam de trailer e que foi invadido. Além disso... — Ele interrompeu o discurso para arrancar o aviso de despejo da porta. — Este lugar não é mais da Tina. Legalmente, você não pode dormir aqui. Moralmente, eu não posso deixar você tentar. Entendeu?

Foi o discurso mais longo que ele fez na minha presença e, sendo sincera, eu não tinha energia para uma réplica.

Mas ele não estava à espera de uma.

— Então você vai colocar seu traseiro na caminhonete.

— E depois, Knox? — Eu me afastei do trailer e joguei minhas mãos para cima. — O que vem a seguir? Você sabe? Porque não tenho ideia, e isso me apavora.

— Conheço um lugar que você pode ficar. Mais seguro do que a pousada. Mais limpo do que essa bagunça do caralho.

— Knox, estou sem carteira. Sem talão de cheques. Sem telefone ou notebook. Não tenho trabalho para o qual voltar desde ontem. Como vou conseguir pagar... — Não consegui terminar a frase. Exaustão e desespero me oprimiram.

Ele xingou e passou a mão no cabelo.

— Você está dormindo em pé.

— E? — falei mal-humorada.

Ele me encarou fixamente por um bom tempo.

— Daisy, só entre na caminhonete.

— Preciso ajudar Waylay a fazer as malas — argumentei. — E preciso revirar aquele lixo, caso haja documentos importantes. Seguro, certidão de nascimento, registros escolares.

Ele deu um passo à frente e eu para trás. Ele continuou avançando na minha direção até que minhas costas encostaram na picape. Ele abriu a porta do passageiro.

— Gibbons vai avisá-la se achar algo importante.

— Mas eu não deveria falar com ele?

— Já falei. Não sou marinheiro de primeira viagem, e ele não é uma má pessoa. Ele guarda as coisas importantes que os inquilinos esquecem e sabe a que ficar atento. Ele vai me ligar se encontrar alguma coisa. Agora. Entre. Na. Caminhonete.

Subi no assento e tentei pensar em outras coisas que precisava fazer.

— Way — ladrou Knox.

— Puxa. Baixa a bola! — Waylay apareceu na porta com uma mochila e segurando dois sacos de lixo.

Meu coração estremeceu. Sua vida, todos os seus bens preciosos, cabiam em dois sacos de lixo. E nem mesmo sacos de lixo dos bons, do tipo com cordões.

Knox pegou os sacos dela e os colocou na carroceria da picape.

— Vamos.

FOI UM PASSEIO TRANQUILO, e, aparentemente, se eu não ia conversar ou brigar com Knox, também não tinha energia para permanecer consciente. Acordei de forma brusca quando a caminhonete sacudiu. Estávamos em uma estrada de terra que serpenteava pelo bosque. As árvores criavam um dossel acima de nós. Não fazia ideia se tinha acabado de cochilar ou se estávamos na estrada há uma hora.

Lembrando-me da minha situação, eu me virei e relaxei quando vi Waylay no banco de trás, sentada ao lado do monte branco e fofo que era meu vestido de noiva.

Virando-me para Knox, bocejei.

— Perfeito. Você está nos levando para o meio do nada para nos matar, não é?

Waylay riu atrás de mim.

Obstinado, Knox ficou em silêncio enquanto sacolejávamos ao longo da estrada de barro.

— Uau! — A exclamação de Waylay me fez focar na vista através do para-brisa.

Um amplo riacho meandrava ao longo da estrada antes de penetrar na floresta. Logo à frente, as árvores desbastaram, e eu vi o "uau". Era uma grande casa de madeira com uma grande varanda frontal que envolvia um lado do primeiro andar.

Knox continuou o caminho passando pela casa.

— Que pena — murmurou Waylay baixinho quando seguimos em frente.

Na curva seguinte, espiei uma pequena cabana com exterior escuro escondida em um pequeno aglomerado de árvores.

— Esta é a minha casa — disse Knox. — E aquela é a sua.

Logo após, havia uma casa de campo que parecia ter saído de um conto de fadas. Pinheiros se elevavam sobre ela, oferecendo sombra do sol de verão. Seu exterior com tábuas e ripas brancas era encantador. A pequena varanda da frente com tábuas de madeira azuis e alegres, convidativa.

Adorei.

Knox virou no curto caminho de cascalho e desligou o motor.

— Vamos — disse ele, saindo.

— Acho que chegamos — sussurrei para Waylay. Nós duas saímos do veículo.

Era mais frio aqui do que na cidade. Mais silencioso também. O ruído das motocicletas e do tráfego foi substituído pelo zumbido das abelhas e de um avião distante. Um cachorro latiu nas proximidades. Eu podia ouvir o riacho enquanto ele vertia seu caminho através de árvores sussurrantes em algum lugar atrás da casa de campo. A brisa quente carregava o cheiro de flores e terra e sol veranil.

Era perfeito. Perfeito demais para uma noiva fugitiva sem carteira.

— Hã. Knox?

Ele me ignorou e levou os sacos de Waylay e a minha mala para a varanda da frente.

— Vamos ficar aqui? — perguntou Waylay enquanto pressionava o rosto na janela da frente para espiar lá dentro.

— Está empoeirada e provavelmente bolorenta pra caralho — disse Knox enquanto abria a porta de tela e pegava as chaves. — Não é usada há algum tempo. Talvez você precise abrir as janelas. Arejar.

O porquê de ele ter chave de uma casa de campo que parecia ter saído das páginas do meu conto de fadas favorito estava na minha lista de perguntas. Logo acima, havia perguntas sobre aluguel e depósitos de segurança.

— Knox? — tentei outra vez.

Mas ele abriu a porta e, de repente, eu estava de pé no amplo piso de tábuas de madeira de uma aconchegante sala de estar com uma pequena lareira de pedra. Havia uma velha escrivaninha espremida em uma alcova entre as escadas para o segundo andar e o armário de casacos. As janelas traziam ar livre para dentro.

— Sério. Podemos ficar aqui? — perguntou Waylay, seu ceticismo espelhando o meu.

Knox largou nossas bagagens ao pé da escada estreita.

— Sim.

Ela olhou para ele por um instante, em seguida deu de ombros.

— Acho que vou dar uma olhada no andar de cima.

— Espere! Tire os sapatos — falei para ela, não querendo deixar nenhum rastro de sujeira lá dentro.

Waylay olhou para seus tênis imundos. Havia um buraco no dedo do pé esquerdo e um pingente de coração rosa preso ao laço do direito. Com um extravagante revirar de olhos, ela os tirou e levou para cima.

A boca de Knox repuxou no canto enquanto a observávamos se afastar, fingindo não estar nem um pouco animada ou curiosa.

— Que droga, viking! — A ideia de passar algumas semanas longe da bagunça que deixei para trás em uma casa de campo que ficaria perfeita em cartões-postais era inebriante. Eu poderia organizar as ruínas da minha vida enquanto me sentava na varanda dos fundos e observava o riacho fluir. Se eu tivesse como pagar por ela.

— Qual é o seu problema agora? — perguntou ele, entrando na cozinha do tamanho de uma casa de bonecas e olhando pela janela sobre a pia.

— O que você quer dizer é: "Tem alguma coisa errada, Naomi?" Bem, eu vou te contar, Knox. Agora Waylay está toda empolgada com este lugar, e nem sei se posso pagar. Além de abandonada, ela vai ficar desapontada. E se acabarmos de volta à pousada hoje à noite?

— Você não vai voltar para a pousada.

— Quanto é o aluguel? — questionei, mordendo o lábio.

Ele se afastou da vista e se inclinou contra o balcão, parecendo irritado.

— Sei lá.

— Você tem uma chave do lugar e não sabe?

— O aluguel depende — disse Knox, estendendo a mão para limpar uma camada de poeira do topo da velha geladeira branca cor de marshmallow.

— Do quê?

Ele balançou a cabeça.

— De quem.

— Certo. Quem?

— Liza J. Sua nova senhoria.

Minha nova senhoria?

— E essa Liza J sabe que estamos aqui? — Não me dei conta de estar gravitando em direção a ele até meus dedos encostarem nas pontas de suas botas. Aqueles olhos azuis-acinzentados estavam em mim, fazendo eu me sentir como se estivesse sob uma lupa.

— Se não sabe, saberá em breve. Ela é osso duro de roer, mas tem um coração mole — disse ele, o olhar cravado em mim. Eu estava só o pó para fazer qualquer coisa, mas o olhei fixo também.

— Escolhi nossos quartos — gritou Waylay do andar de cima, interrompendo nossa disputa de olhares.

— Estamos combinados? — perguntou ele baixinho.

— Não! Não estamos combinados. Não sei nem onde estamos ou como voltar para a cidade. Aqui tem Uber? Tem ursos?

Seus lábios se curvaram, e senti meu rosto ficar vermelho. Ele estava me estudando de uma forma que as pessoas não faziam em público.

— Jantar — disse ele.

— Hã? — Foi a resposta inteligente que consegui dar. Eu sabia que ele não estava tentando me chamar para sair. Não após passarmos uma manhã inteira como cão e gato.

— Às 19h. Na casa grande seguindo a estrada. É da Liza J. Ela vai querer te conhecer.

— Se ela não sabe que é minha senhoria, então não está nos esperando para jantar — salientei.

— Jantar. Às 19h. Ela estará te esperando.

Eu *não* estava confortável com esse tipo de convite.

— O que devo levar? Onde fica a loja mais próxima? Ela gosta de vinho? — Presentes para um anfitrião não eram apenas respeitosos, neste caso, eles dariam o tom de uma boa primeira impressão.

Seus lábios se curvaram como se minha angústia o divertisse.

— Vá tirar uma soneca, Naomi. Depois vá jantar na casa da Liza J.

Ele se virou e se dirigiu para a porta.

— Espere!

Corri atrás dele, alcançando-o na varanda.

— O que eu digo para Waylay?

Eu não sabia de onde tinha surgido a pergunta ou o tom de pânico na minha voz. Eu não era de ficar uma pilha. Eu fazia milagres sob pressão.

— O que quer dizer com o que vai dizer?

— O que eu digo a ela sobre a mãe e eu e o porquê estamos aqui?

— Diga a verdade.

— Não sei bem qual é a verdade.

Ele começou a descer os degraus da varanda e, mais uma vez, o pânico sufocou minha garganta. O único homem que eu conhecia nesta cidade estava me abandonando com uma criança que eu não conhecia, sem transporte, e apenas as porcarias que minha irmã não havia roubado de mim.

— Knox!

Ele parou de novo e xingou.

— Meu Deus, Naomi. Diga a ela que a mãe a deixou com você, e você está ansiosa para conhecê-la. Não torne mais complicado do que tem de ser.

— E se ela perguntar quando a Tina vai voltar? E se ela não quiser ficar comigo? Meu Deus. Como é que a faço me dar ouvidos?

Ele voltou para a varanda e para o meu espaço, então fez algo que me surpreendeu.

Ele sorriu. Um sorriso completo, conquistador, vivaz.

Eu me senti zonza e quente e como se não soubesse mais como nenhuma das minhas articulações funcionava.

— Uau — sussurrei.

— Uau o quê? — perguntou.

— Hã... Você sorriu. E foi simplesmente uau. Não fazia ideia de que você podia ser tão bonito assim. Quero dizer, você já é... — Acenei minha mão de forma desajeitada na frente dele. — Você sabe. Mas aí você adiciona o sorriso, e parece quase humano.

Seu sorriso se foi, e o aborrecimento de sempre estava de volta.

— Meu Deus, Daisy. Dorme um pouco. Está tagarelando como uma idiota.

Eu não esperei para vê-lo se afastar. Em vez disso, voltei para dentro e fechei a porta.

— O que é que eu vou fazer agora?

O SONO ME ABANDONOU ABRUPTAMENTE, deixando para trás uma confusão grogue e cheia de pânico.

Eu estava de bruços em um colchão sem lençol, uma escova de limpeza ainda agarrada numa mão. O cômodo aos poucos entrou em foco enquanto meus olhos e cérebro voltavam para o mundo dos vivos.

Warner. Urgh.

Tina. Urgh.

Carro. Droga.

Waylay. Minha nossa.

Casa de campo. Uma gracinha.

Knox. Mal-humorado, atraente, péssimo, mas prestativo.

Retomada a linha do tempo das últimas 24 horas, eu me ergui do colchão e me sentei.

O quarto era pequeno, mas bonito, assim como o restante do lugar. Molduras na parede adornavam uma cama de ferro branca, brilhante e antiga. Havia uma cômoda alta em frente à cama e uma mesa fina pintada de azul-pavão debaixo da janela que dava para o riacho sinuoso.

Ouvi alguém cantarolando lá embaixo e lembrei.

Waylay.

— Droga — murmurei, pulando da cama. Meu primeiro dia de serviço como guardiã, e deixei minha nova protegida sem supervisão por sabe-se lá quanto tempo. Ela poderia ter sido sequestrada pela mãe ou atacada por um urso enquanto eu me dava ao luxo de uma soneca da tarde.

Eu era péssima, decidi enquanto corria pelas escadas.

— Puxa. Cuidado para não quebrar o pescoço nem nada.

Waylay estava à mesa da cozinha, balançando um pé descalço enquanto mastigava o que parecia ser um sanduíche feito com uma fatia grossa de pão branco com manteiga de amendoim e geleia suficiente para causar cáries instantâneas.

— Café — resmunguei para ela.

— Cara, você parece uma morta-viva.

— A morta-viva precisa de café.

— Tem refrigerante na geladeira.

Refrigerante dava para o gasto. Arrastei-me até a geladeira e a abri. Eu estava quase pegando a lata de Pepsi quando percebi que havia comida dentro.

— Onde comida vem? — falei atordoada. Eu não era de acordar de cochilos com a corda toda. De manhã, eu podia sair da cama com a energia de uma turma pré-escolar entupida de açúcar. Mas a Naomi pós-cochilo não era bonita. Ou coerente.

Waylay me lançou um olhar demorado.

— Você está tentando perguntar de onde veio a comida?

Levantei um dedo e engoli o resto do refrigerante.

— Sim — sibilei, enfim, enquanto a cafeína fria e o açúcar queimavam minha garganta. — Isso. — Parei para arrotar indelicadamente. — Desculpe.

Waylay sorriu.

— O chefe Nash mandou uma entregadora trazer uma sacola de mantimentos enquanto você babava na cama toda.

Meus olhos pareciam arenosos enquanto eu piscava. O chefe da polícia tinha providenciado a entrega de comida para minha sobrinha enquanto eu estava inconsciente demais para fazê-lo. Eu não ia ganhar uma estrela dourada pela tutela hoje.

— Porcaria — murmurei.

— Não é uma porcaria — argumentou Waylay enquanto mastigava um pedaço grande de sanduíche. — Tem uns doces e salgadinhos.

Eu precisava escalar de volta até o nível de Adulta Responsável e rápido.

— Precisamos fazer uma lista — decidi, esfregando as mãos nos olhos. — Precisamos descobrir a que distância estamos da civilização, como chegar lá e quais suprimentos precisamos para os próximos dias.

Café. Eu precisava mesmo de café.

— Estamos a uns 800 metros da cidade — disse Waylay. Ela tinha uma mancha de geleia no queixo e, além de sua expressão "minha tia é maluca", ela parecia encantadoramente infantil. — Por que seus braços e joelhos estão arranhados?

Olhei para as escoriações na minha pele.

— Eu pulei a janela do porão de uma igreja.

— Maneiro. Então, vamos para a cidade?

— Sim. Só preciso fazer um inventário da cozinha — decidi, encontrando meus leais caderno e caneta.

Café.

Comida.

Transporte?

Trabalho?

Novo propósito na vida?

— Podemos pegar as bicicletas — falou Waylay de repente.

— Bicicletas? — repeti.

— Sim. Liza J as deixou. Disse que temos de ir jantar hoje à noite também.

— Você conheceu nossa senhoria? — chiei. — Quem mais veio? O prefeito? Dormi por quanto tempo?

Seus olhos se arregalaram e ficaram sérios.

— Tia Naomi, você dormiu por dois dias inteiros.

— *Quê?*

Ela sorriu.

— Estou zoando. Você apagou por uma hora.

— Engraçadíssimo. Só por isso, vou comprar couves-de-bruxelas e cenouras.

Ela enrugou o nariz.

— Eca.

— Bem feito, espertinha. Agora, faz um sanduíche para mim enquanto faço o inventário.

— Está bem. Mas só se você pensar em pentear o cabelo e lavar o rosto antes de sairmos em público. Não quero ser vista com a tia morta-viva.

SEIS
ASPARGOS E CONFRONTO

Naomi

A essa altura, eu deveria estar sob os efeitos do jet lag e vagando pelas ruas de Paris em minha lua de mel. Em vez disso, estava agarrada ao guidão de uma bicicleta antiga de dez velocidades, tentando não tombar.

Fazia anos que minha bunda não encostava em um assento de bicicleta. Cada solavanco e buraco na estrada de cascalho fazia os meus dentes e as minhas partes íntimas sacudirem. A primeira e única vez que convenci Warner a tentar uma dessas bicicletas de dois assentos na praia, acabamos mergulhando de cabeça em um arbusto do lado de fora da loja de pipas.

Warner não ficou muito feliz.

Havia muitas coisas que não agradavam Warner Dennison III. Coisas a que eu deveria ter prestado mais atenção.

O matagal de árvores passava como um borrão enquanto atravessávamos redemoinhos de mosquitos e a umidade espessa do Sul. Gotículas de suor escorriam pela minha coluna.

— Você vem ou não? — gritou Waylay parecendo estar um quilômetro à frente. Ela estava com os braços soltos na lateral do corpo enquanto pedalava a bicicleta enferrujada de um garoto.

— Qual é o seu nome do meio? — gritei.

— Regina.

— Waylay Regina Witt, coloque as duas mãos nos guidões agora mesmo!

— Ah, fala sério. Você não é uma daquelas tias que odeia diversão, é?

Pedalei com mais força até a alcançar.

— Eu sou *muito* divertida — bufei, em parte porque fiquei ofendida, mas principalmente porque estava sem fôlego.

Claro, talvez eu não fosse divertida do tipo pedalar sem mãos ou fugir de uma festa do pijama para beijar garotos, ou fingir estar doente para ir a um show, mas eu não *odiava* diversão. Só que, geralmente, eu precisava fazer muitas coisas antes de poder me divertir.

— A cidade fica por aqui — disse Waylay, gesticulando para a esquerda com um movimento do queixo. Foi um gesto tão Tina que tirou o restante do fôlego que eu tinha.

Trocamos o cascalho pelo asfalto liso e, em poucos minutos, vi os arredores de Knockemout à frente.

Por um segundo, perdi-me na velha familiaridade de um passeio de bicicleta. O sol no meu rosto e nos braços, o ar quente acariciando minha pele, o bilhão de insetos no auge do verão. Já fui uma garotinha de 11 anos numa bicicleta. Indo atrás de aventura em manhãs abafadas e não retornando para casa até a fome bater ou os vaga-lumes surgirem.

Havia fazendas de cavalos se alastrando nos arredores da cidade com cercas lustrosas e pastagens verde-esmeralda. O cheiro da riqueza e do privilégio era quase palpável. Fazia me lembrar do clube de campo dos pais do Warner.

Quatro motociclistas vestindo jeans desgastados e couro passaram por nós em suas motocicletas, o motor fazendo uma vibração ressoar em meus ossos, enquanto escapavam dos limites da cidade.

Criadores de cavalos e motociclistas. Era uma combinação única.

As fazendas desapareceram e foram substituídas por casas arrumadas em lotes arrumados que ficavam cada vez mais próximos um do outro até estarmos na via principal. O tráfego era leve. Então pude prestar mais atenção ao centro da cidade do que prestei pela manhã. Havia uma loja de produtos agrícolas e uma loja de presentes ao lado da oficina mecânica. Em frente, estava uma loja de ferramentas e a loja de animais onde meu Volvo havia sido roubado.

— A mercearia é por aqui — gritou Waylay à minha frente enquanto fazia outra curva à esquerda em uma velocidade muito maior do que eu considerava sensata.

— Devagar! — Ótimo. Metade de um dia sob meus cuidados e minha sobrinha ia acabar perdendo os dentes da frente batendo de cara em uma placa de "Pare".

Waylay me ignorou. Ela acelerou pelo quarteirão e entrou no estacionamento.

Adicionei *capacetes de bicicleta* à minha lista mental de compras e a segui.

Após colocar nossas bicicletas no bicicletário ao lado da porta da frente, tirei o envelope que tinha — felizmente — escondido em uma caixa de absorventes. Minutos antes do momento em que era para eu subir ao altar, minha mãe me entregou um cartão cheio de dinheiro.

Era para ser o nosso presente de casamento. Dinheiro para gastar na lua de mel. Agora era o único dinheiro a que eu tinha acesso até poder substituir meus cartões de crédito e débito roubados.

Estremeci ao pensar na quantidade de dinheiro que fiz a besteira de desembolsar de minhas próprias economias para o casamento que nunca aconteceu.

— Acho que não dá para você comprar muitas couves-de-bruxelas já que estamos de bicicleta — observou Waylay de modo convencido.

— Valeu a tentativa, espertinha — falei, apontando para a placa na janela.

Entrega em Domicílio Disponível.

— Qual é! — gemeu ela.

— Agora dá para comprar um caminhão de vegetais — disse alegremente.

— NÃO.

— Como assim "não"? — exigi saber, agitando talos de aspargos para Waylay.

— Não aos aspargos — disse Waylay. — São verdes.

— Você não come alimentos verdes?

— Não, a não ser que sejam doces.

Enruguei meu nariz.

— Você tem que comer vegetais. E frutas?

— Eu gosto de torta — falou ela, cutucando com suspeita um caixote de mangas como se nunca as tivesse visto antes.

— O que você costuma comer no jantar... com sua mãe? — Eu não sabia se Tina era um assunto delicado ou se deixar Waylay à própria sorte era algo rotineiro. Senti como se estivesse sendo forçada a sair do meio de um lago congelado com os olhos vendados. O gelo quebraria sob meus pés mais cedo ou mais tarde, eu só não sabia onde ou quando.

Seus ombros subiram em direção às orelhas.

— Sei lá. O que tinha na geladeira.

— Sobras? — perguntei com esperança.

— Eu faço macarrão instantâneo e pizzas congeladas. Às vezes *nuggets* — disse Waylay, ficando entediada com as mangas e passando a franzir a testa para uma exibição de alfaces de folhas verdes. — Podemos comprar biscoito recheado?

Eu estava ficando com dor de cabeça. Precisava de mais sono e café. Não necessariamente nessa ordem.

— Talvez. Mas primeiro temos de chegar a um consenso sobre alguns alimentos saudáveis.

Um homem usando um avental da Grover's Groceries dobrou a esquina que dava em produtos agrícolas. Seu sorriso educado desapareceu quando nos viu. Os olhos se estreitaram, os lábios se torceram, como se tivesse acabado de nos ver derrubar e chutar um Menino Jesus de plástico iluminado em um presépio ao ar livre.

— Olá — falei, adicionando um toque extra de cordialidade ao sorriso.

Ele fez um "humpf" em nossa direção e bateu em retirada.

Olhei para Waylay, mas ou ela não tinha notado o olhar assassino ou estava imune.

Lá se vai a hospitalidade do Sul. Embora estivéssemos no Norte da Virgínia. Talvez eles não compartilhassem da hospitalidade do Sul aqui. Ou talvez o homem tivesse acabado de descobrir que seu gato tinha um mês de vida. Não dava para saber pelo que as pessoas estavam passando em oculto.

Waylay e eu percorremos a loja, e notei uma reação semelhante de alguns outros funcionários e clientes. Quando a mulher atrás do balcão de frios jogou 500 gramas de peito de peru fatiado em mim, eu dei um basta.

Eu me certifiquei de que Waylay estava ocupada debruçada sobre um freezer aberto de *nuggets* de frango.

— Com licença, eu sou nova aqui. Estou quebrando algum tipo de etiqueta de compras que resulta em frios sendo arremessados?

— Rá! Você não me engana, Tina Witt. Agora, vai pagar por aquele peru ou vai tentar enfiá-lo no sutiã como da última vez?

E lá estava minha resposta.

— Me chamo Naomi Witt. Sou a irmã da Tina e a tia da Waylay. Posso garantir que nunca enfiei frios no sutiã.

— Uma ova — falou ela colocando uma mão na boca como se estivesse usando um megafone. — Você e essa sua cria são duas vigaristas inúteis que só nos atrapalham.

As minhas habilidades de resolução de conflitos eram limitadas à necessidade de agradar às pessoas. Normalmente eu chiaria um pedido de desculpas aterrorizado e depois me sentiria compelida a dar um tipo de presente pequeno e atencioso à parte ofendida. Mas hoje eu estava cansada.

— Tudo bem. Quer saber? Acho que você não deveria falar com clientes assim — falei.

A intenção era de que a frase saísse firme e confiante, mas saiu impregnada de histeria.

— E sabe o que mais? Hoje aturei gritos, fui roubada duas vezes, e transformada em uma mãe inexperiente do nada, e tudo antes do almoço. Dormi cerca de uma hora nos últimos dois dias. E você não *me* vê atirando frios por aí. Tudo o que peço é que você trate a mim e à minha sobrinha com um pouco de respeito enquanto clientes pagantes. Não te conheço. Nunca estive aqui antes. Lamento o que a minha irmã fez com os seios dela e a sua carne. Mas eu adoraria que esse peru fosse fatiado mais fino!

Empurrei o pacote de volta para ela por cima do refrigerador.

Seus olhos estavam arregalados daquele modo "não sei bem como lidar com essa cliente desequilibrada".

— Não está de sacanagem? Você não é a Tina?

— Não estou de sacanagem. — Droga. Devia ter ido atrás de café primeiro.

— Tia Naomi, encontrei os biscoitos recheados — disse Waylay, aparecendo com os braços cheios de guloseimas açucaradas para o café da manhã.

— Que ótimo — falei.

— ENTÃO — comecei, colocando uma vitamina de kiwi e morango na frente da Waylay e me sentando em frente a ela. Justice, o homem dos meus sonhos, tinha feito o meu *latte* da tarde em uma caneca do tamanho de uma tigela de sopa.

— Então o quê? — perguntou Waylay com mau humor. Seu pé calçado com tênis estava chutando a perna do suporte da mesa.

Queria não ter atropelado meu celular na parada de descanso para que eu pudesse pesquisar "maneiras de quebrar o gelo com crianças".

— Hã, o que você anda fazendo no verão?

Ela me olhou nos olhos por um longo tempo e disse:

— É da sua conta?

Pessoas com filhos faziam parecer fácil falar com eles. Enfiei a cara na minha tigela de *latte* e bebi fazendo barulho, orando por uma inspiração.

— Pensei que as damas poderiam querer um lanchinho — disse Justice, deslizando um prato de biscoitos sobre a mesa. — Recém-saídos do forno.

Os olhos azuis de Waylay se arregalaram quando viu o prato e então olhou para o rosto de Justice com suspeita.

— Obrigada, Justice. É muita gentileza sua — agradeci. Dei uma cotovelada na minha sobrinha.

— É. Valeu — falou Waylay. Ela não pegou nenhum biscoito, só ficou parada e encarando o prato.

Este era um caso em que eu me sentia confiante. Peguei um biscoito de manteiga de amendoim e, entre os goles do meu café, dei uma mordida.

— Aimeudeus — consegui dizer. — Justice, sei que acabamos de nos conhecer. Mas eu ficaria honrada se você se casasse comigo.

— Ela já tem o vestido de noiva — disse Waylay.

Ele riu e exibiu o anel de ouro na mão esquerda.

— Fico devastado em dizer, mas já estou comprometido.

— Os bons sempre estão. — Suspirei.

Os dedos de Waylay se aproximaram furtivamente do prato.

— Meu favorito é o de chocolate com gotas de chocolate — disse Justice, apontando para o maior biscoito do prato. Com uma piscadela, ele se foi.

Ela esperou até que ele estivesse atrás do balcão para pegar o biscoito do prato.

— Humm. Que delícia — murmurei, minha boca cheia de biscoito.

Ela revirou os olhos.

— Você é tão estranha.

— Cale a boca e coma seu biscoito. — Seus olhos se estreitaram e eu sorri. — Estou brincando. Então, qual é a sua cor favorita?

Estávamos na pergunta dez do meu quebra-gelo meia-boca quando a porta da cafeteria se abriu, e uma mulher adentrou usando meia-calça rasgada, saia jeans curta e camiseta do Lenny Kravitz. Ela usava os cabelos escuros rebeldes em um rabo de cavalo alto, vários brincos e tinha uma flor-de-lótus tatuada no antebraço. Eu não sabia se ela estava na casa dos 30 ou 40 anos.

— Aí está você — disse ela, sorrindo com um pirulito na boca quando nos viu.

A saudação amigável me deixou logo desconfiada. Todos pensavam que eu era a Tina, o que significava que se alguém estava feliz em me ver, devia ser uma pessoa terrível.

A mulher puxou uma cadeira, girou-a para trás e sentou-se à nossa mesa.

— Uuuuh! Parecem gostosos. — Ela pegou um biscoito com cobertura vermelha, trocando o pirulito pelo doce assado. — Então, Naomi — começou ela.

— Hã, nós te conhecemos?

Nossa convidada inesperada deu um tapa na testa.

— Opa. Que modos! Já estou vários passos à frente em nosso relacionamento. Você terá que correr atrás. Me chamo Sherry Fiasco.

— Sherry Fiasco?

Ela deu de ombros.

— Eu sei. Parece inventado. Mas não é. Justice, quero um café expresso duplo para viagem — gritou.

Meu futuro marido levantou a mão sem se virar do pedido em que estava trabalhando.

— Pode deixar, Fi.

— Então, como eu estava dizendo. Na minha cabeça, já somos amigas. É por isso que tenho um emprego para você — disse ela, mordendo o biscoito ao meio. — E aí, Way.

Waylay analisou Sherry por cima da vitamina.

— E aí.

— Então, o que me diz? — perguntou Sherry, fazendo uma dancinha com os ombros.

— Hein?

— A tia Naomi é uma espécie de planejadora — explicou Waylay. — Só hoje ela já escreveu três listas.

— Ahh. O tipo que prefere olhar antes de saltar — disse Sherry, assentindo de forma sagaz. — Tudo bem. Eu sou gerente comercial, o que me deixa encarregada de várias pequenas empresas na área. Uma delas perdeu um funcionário e precisa de alguém que possa distribuir cerveja e ser charmoso de modo geral com urgência.

— Uma garçonete? — Passei os últimos cinco anos da minha vida presa em um escritório respondendo a e-mails, lidando com papeladas e resolvendo questões de Recursos Humanos por meio de e-mails redigidos com cuidado.

Ficar de pé e perto das pessoas o dia todo parecia divertido.

— É um trabalho honesto. As gorjetas são ótimas. Os uniformes são bonitos. E o restante da equipe é o máximo. A maioria — disse Sherry.

— Eu teria de providenciar alguém que cuida de crianças — hesitei.

— Para quem? — exigiu saber Waylay, a testa franzida.

— Para você — disse, bagunçando o cabelo dela.

Ela ficou horrorizada e se esquivou da minha mão.

— Eu não preciso de babá.

— Só porque você está acostumada a fazer algo de uma forma não significa que seja o jeito certo — falei a ela. — Você passou muito tempo cuidando de si mesma, mas agora essa tarefa é minha. Não vou deixá-la sozinha enquanto vou trabalhar.

— Que estupidez. Não sou um bebê.

— Não, não é — concordei. — Mas a supervisão de um adulto é necessária.

Waylay murmurou algo que parecia muito com "palhaçada". Decidi escolher minhas batalhas e fingi não ter ouvido.

— Se essa é a sua única ressalva, posso facilmente encontrar alguém para ficar com a Way aqui enquanto você fatura gorjetas.

Mordi o lábio inferior. Eu não gostava muito de ter que decidir as coisas na hora. Havia prós e contras para pesar. Pesquisas para fazer. Rotas para calcular. Programações para definir.

— Eu não ficaria confortável em deixar Waylay com uma pessoa estranha — expliquei.

— Claro que não — disse Sherry. — Vou marcar uma reunião, e aí você pode decidir.

— Hã...

Justice assobiou do balcão.

— O pedido está pronto, Fi.

— Obrigada, grandalhão — agradeceu ela, pulando da cadeira. — Vejo as duas depois. O primeiro turno é amanhã à noite. Esteja lá às 17h.

— Espere!

Ela inclinou a cabeça.

— Onde é esse trabalho?

— Honky Tonk — disse ela como se fosse a coisa mais óbvia do mundo. — Tchau!

Fiquei olhando Sherry Fiasco sair desfilando da cafeteria com a confiança de uma mulher que sabia bem aonde estava indo e o que estava fazendo.

Mesmo quando meu plano para os próximos cinco anos estava intacto, eu não tinha esse tipo de confiança.

— O que acabou de acontecer? — sussurrei.

— Você arranjou um emprego e depois me transformou num bebê idiota. — O rosto da Waylay estava inflexível.

— Não te chamei de bebê idiota e eu não aceitei oficialmente — salientei.

Mas eu precisava de uma renda, e quanto mais cedo melhor. O saldo da minha conta-corrente não iria nos sustentar para sempre. Muito menos com aluguel, depósitos de segurança e água, luz e gás para me preocupar. Sem mencionar o fato de que eu não tinha carro, telefone e computador.

Peguei outro biscoito e dei uma mordida.

— Não vai ser tão ruim — prometi a Waylay.

— Até parece — zombou e voltou a chutar a mesa.

SETE

UM SOCO NA CARA

Knox

Aonde pensa que vai? — perguntei preguiçosamente da minha cadeira de jardim colocada no meio da pista.

O para-choque do SUV havia parado a generosos 30 centímetros dos meus joelhos, uma nuvem de poeira subindo atrás do carro.

Meu irmão desceu do volante e contornou o veículo.

— Devia imaginar que o encontraria aqui — disse Nash, com a mandíbula cerrada enquanto tirava um pedaço de papel do bolso do uniforme. Ele o amassou e atirou em mim. Atingiu-me no peito. — Harvey disse para repassar isso para você, já que era culpa sua ele estar acelerando pela cidade esta manhã.

Era uma multa por excesso de velocidade escrita com o garrancho do meu irmão.

— Não faço a menor ideia do que Harvey está falando — menti e guardei a multa no bolso.

— Vejo que você ainda é um babaca irresponsável — disse Nash como se tivesse havido uma chance de eu ter mudado nos últimos anos.

— Vejo que você ainda é um idiota cumpridor da lei metido a besta.

Waylon, meu preguiçoso basset hound, afastou-se da varanda com suas pernas curtas para cumprimentar o tio.

Traidor.

Se houvesse a possibilidade de receber mais atenção ou mais comida humana em outra fonte, Waylon não se deixava abater pela lealdade e debandava sem hesitar.

Apontei para a cabana com minha garrafa de cerveja.

— Eu moro aqui. Lembra? Você não parecia estar desacelerando para me fazer uma visita.

Nash não pisava na minha casa há mais de três anos. Eu lhe fazia a mesma cortesia.

Ele se curvou para fazer carinho em Waylon.

— Tenho uma atualização para Naomi — disse ele.

— E?

— E o quê, porra? Não é da sua conta. Não precisa ficar de sentinela como uma gárgula feia.

Waylon, sentindo que não era o foco da atenção, meandrou até mim e enfiou o focinho na minha mão. Dei uma batidinha na lateral dele e um biscoito que peguei no porta-copos da cadeira. Ele pegou e seguiu de volta para a varanda, a cauda de ponta branca um borrão de felicidade.

Levei a cerveja à boca.

— Eu a vi primeiro — lembrei a Nash.

O lampejo de raiva que vi em seus olhos foi gratificante.

— Ah, vá se foder, cara. Você a aborreceu primeiro.

Dei de ombros com indiferença.

— Dá no mesmo. Pode muito bem arrastar esse seu traseiro cumpridor da lei de volta para a casa da Lisa J. Eu levo Naomi e Waylay até você.

— Não pode me impedir de fazer a porra do meu trabalho, Knox.

Saí da minha cadeira.

Os olhos de Nash se estreitaram.

— Você tem um murro de graça — ofereci, depois drenei o resto da minha cerveja.

— Um por outro? — esclareceu meu irmão. Ele sempre prestou atenção demais às regras.

— É.

Ele colocou o relógio no capô do SUV e arregaçou as mangas. Coloquei minha cerveja no porta-copos e estiquei os braços acima da cabeça.

— Nunca precisei me aquecer antes — observou Nash, adotando a postura de um boxeador.

Relaxei o pescoço e os ombros.

— Vá à merda. Temos mais de 40 anos. Dói pra cacete.

Já tínhamos protelado demais. Por décadas, havíamos usado os punhos para resolver inúmeras discussões. Brigávamos e seguíamos em frente. Até que socar um ao outro na cara deixava de ser suficiente.

— O que deu em você? — desafiei. — Mudou de...

O punho estúpido do Nash se chocando contra minha cara interrompeu o resto da minha frase. Foi certeiro. Bem na porra do meu nariz.

Merda, doeu.

— Caramba — sibilei, examinando o rosto em busca de deformidades.

Meu irmão ficou se balançando de um lado para outro e para cima e para baixo na minha frente, parecendo um pouco orgulhoso demais de si.

Senti o gosto do sangue conforme escorria para o meu lábio superior.

— Tenho mais o que fazer. Não tenho tempo para conversar e chutar o seu...

Deixei meu punho voar, atingindo-o bem na matraca que ele nunca calava. Na boca que ele havia usado para jogar charme para a Naomi. A cabeça dele foi para trás.

— Ai! Caralho! — Ele passou o braço sobre a boca, manchando a manga com o próprio sangue. Outra gota pingou na camisa do seu uniforme. Isso fez com que me sentisse perversamente realizado. Tirar Nash do eixo sempre foi gratificante.

— Vamos fazer isso mesmo? — perguntou ele, olhando para cima enquanto colocava a língua para fora a fim de provar o sangue no canto do lábio.

— Não precisamos. Você sabe como parar.

— Ela te detesta. Você nem gosta dela — salientou.

Usei a bainha da minha camiseta para conter o fluxo de sangue do meu nariz.

— A questão não é essa.

Nash estreitou os olhos.

— A questão é que você sempre quer dar as ordens. Belo irmão.

— E você é o idiota que não sabe agradecer — revidei.

Ele balançou a cabeça, parecendo que ia recuar. Mas eu era esperto. Não ia me deixar enganar. Nós dois queríamos isso.

— Saia da minha frente, Knox.

— Você não vai passar por mim hoje.

— Eu ficaria feliz em atropelar você com minha caminhonete. Posso dizer que você estava bêbado, desmaiou no meio da pista e eu não vi.

— Você estaria atrás das grades antes mesmo de eu chegar ao necrotério — previ. — Todo mundo sabe que se algo acontecer com um de nós por aqui, o primeiro a ser investigado é o outro.

— E o que isso diz da nossa família feliz pra caralho? — proferiu Nash.

Nós estávamos rondando um ao outro agora, mãos para cima, olho no olho. Lutar contra um homem com quem você cresceu fazendo acrobacias era como lutar contra si mesmo. Você sabia todos os movimentos antes mesmo de eles serem feitos.

— Eu vou te perguntar mais uma vez, Knox. Por que está me atrapalhando?

Dei de ombros. Mais para irritá-lo. Mas, em parte, porque eu não sabia de fato por que havia me metido entre meu irmão e Naomi "Olhos de Bambi" Witt. Ela não era o meu tipo. Ele não era da minha conta. Mas aqui estava eu. Toda essa introspecção era outra perda de tempo a que eu não me dava ao luxo. Se eu queria fazer algo, eu fazia.

— Você só quer colocar as mãos em algo belo e estragar, não é? — perguntou Nash. — Você não saberia o que fazer com uma mulher assim. Ela tem classe. É esperta.

— Ela é carente pra caralho. É a sua cara — revidei.

— Então sai do meu caminho.

Cansado da conversa, dei um soco em sua mandíbula. Ele devolveu com um nas minhas costelas.

Não sei por quanto tempo trocamos golpes no meio da pista de terra, chutando poeira e lançando insultos um para o outro. Em algum momento entre ele me chamar de babaca do caralho e eu colocá-lo numa chave de braço para poder socá-lo na testa, reconheci meu irmão pela primeira vez em um bom tempo.

— Jesus Amado, o que você está fazendo? Não pode atacar um policial!

Naomi pairou no meu campo de visão, parecendo exatamente como a mulher de classe alta que eu não queria, exatamente o tipo que meu irmão queria. Seu cabelo agora estava solto e sem margaridas, jogado sobre um ombro, encorpado e sofisticado. Seus olhos haviam perdido a maior parte das olheiras exaustas. Ela estava usando um daqueles vestidos longos de verão que roçavam a parte superior dos pés e faziam os homens se perguntarem quais tesouros estavam escondidos ali.

Estava carregando um buquê de flores e, por um segundo, me perguntei quem diabos o tinha dado a ela para que eu pudesse dar um belo chute na bunda.

Ao lado dela estava Waylay, vestindo shorts e camiseta rosa, segurando um prato coberto por plástico filme. Ela estava sorrindo para nós.

Nash aproveitou a distração para atirar um cotovelo na minha barriga.

O ar me deixou, e eu me dobrei para recuperar o fôlego.

— Seu rosto está sangrando, chefe — observou Waylay com animação. — Tem sangue espalhado por toda essa sua camisa bonita e limpa.

Eu sorri. A garota podia ter nascido da Tina, mas ela era muito hilária. E ia com a minha cara.

Waylon abandonou seu sossego na varanda e caminhou de volta para a estrada para cumprimentar as recém-chegadas.

— Obrigado, Waylay — disse Nash, limpando a boca sangrenta de novo. — Eu estava indo ver vocês.

Enquanto Waylay esmagava as bochechas caídas do meu cachorro entre as mãos, Naomi me espiou por trás do meu irmão.

— Qual é o seu problema? — sibilou ela. — Você não pode simplesmente começar uma briga com um policial!

Eu me endireitei aos poucos, esfregando uma mão no esterno.

— Não conta como policial. Ele é meu irmão.

Waylon enfiou o nariz sob a bainha do vestido de Naomi e pôs-se a seus pés. Ele era um desgraçado carente.

— Ora, olá — cantarolou Naomi, agachando-se para acariciá-lo.

— O nome dele é Waylon — disse Nash.

— Waylon e Waylay — gracejou ela. — Não vai ser nada confuso.

Meu nariz ardia. A minha cara doía pra cacete. Os nós dos meus dedos sangravam. Mas olhar para ela acariciando meu cachorro carente com um braço cheio de flores fez com que todo o resto começasse a desvanecer.

Porra.

Eu entendia de atração. Sabia o que fazer com ela também. Mas não com uma mulher assim. Uma que não sabia que ter medo de mim era uma boa ideia. Uma com vestido de noiva e sem anel. Uma com uma criança de 11 anos. Este era o tipo de situação que me levava a correr para as montanhas. Mas eu não conseguia parar de olhar para ela.

— Você é um idiota.

Nash sorriu, depois estremeceu.

— E você — Naomi se virou para ele —, não me parece que você leva esse distintivo muito a sério se está brigando na rua com o próprio irmão.

— Ele começou — dissemos eu e Nash ao mesmo tempo.

— Então vamos deixá-los à vontade — falou ela com pompa, colocando uma mão no ombro da Waylay. — Vamos.

— Indo à casa da Liza J? — perguntou Nash.

— Sim. Fomos convidadas para o jantar — confirmou Naomi.

Waylay levantou o prato que estava segurando.

— Trouxemos biscoitos.

— Vou acompanhá-las — disse Nash. — Podemos conversar no caminho.

— Me parece ótimo — falei, removendo minha cadeira da estrada.

— Você não está convidado — provocou ele.

— Ah, estou, sim. Às 19h em ponto.

Meu irmão parecia que ia me puxar e me bater de novo, o que me agradou muito. Manchar a onda dele de herói acanhado só favoreceria minha causa. Mas assim que eu estava prestes a incitá-lo, Naomi se colocou entre nós. Waylon a seguiu e sentou-se a seus pés.

A mulher não sabia ler sinais. Ela era um perigo para si mesma, tentando ficar entre dois machos com comichão para briga.

— Você encontrou meu carro? — perguntou ela a Nash.

— Você encontrou minha mãe? — questionou Waylay.

— Talvez devêssemos conversar em particular — sugeriu ele. — Knox, seja um bom vizinho e leve Waylay até a casa enquanto eu troco umas palavras com Naomi.

— De jeito nenhum — disse Waylay, cruzando os braços.

— Porra nenhuma — concordei.

Nossa disputa de quem pisca primeiro durou até que Naomi revirou os olhos.

— Está bem. Vamos acabar logo com isso. Por favor, diga o que descobriu.

Meu irmão de repente pareceu desconfortável e meu interesse despertou.

— Acho que vou direto ao ponto — disse Nash. — Ainda não encontrei seu carro. Mas descobri algo interessante quando chequei a placa. Foi dado como roubado.

— Ora, ora, parece que temos um Xeroque Rolmes. Naomi fez isso esta manhã — lembrei-o.

Nash me ignorou e continuou.

— Foi dada como roubada ontem por Warner Dennison III de Long Island, Nova York.

Naomi parecia querer que a terra a engolisse.

— Você roubou um carro? — perguntou Waylay à tia, parecendo impressionada. Tive de admitir que eu não estava esperando por essa também.

— O carro é meu, mas meu ex-noivo comprou. O nome dele estava com o meu como titular.

Decidi que ela parecia o tipo de mulher para quem um homem compraria carros.

— Você não quer dizer ex-marido? — interrompeu Waylay.

— Ex-noivo — corrigiu Naomi. — Não estamos mais juntos. E não nos casamos.

— Porque ela o deixou no altar — acrescentou a garota com conhecimento de causa. — Ontem.

— Waylay, eu te disse isso em particular — sibilou Naomi. Suas bochechas viraram um tom brilhante de escarlate.

— É você que está sendo investigada por roubo de automóvel.

— Ninguém está sendo investigado — insistiu Nash. — Eu vou falar com o departamento responsável e esclarecer qualquer mal-entendido.

— Obrigada — disse Naomi. Seus olhos estavam se enchendo com o que parecia suspeitosamente com lágrimas.

Cacete.

— Eu não sei vocês, mas uma bebida me cairia muito bem. Vamos até a casa grande e resolver isso com álcool — sugeri.

A centelha de alívio que lampejou em sua carinha linda não foi fruto da minha imaginação.

EU PASSEI a curta caminhada até Liza J me perguntando quando diabos havia me transformado em um cara que curtia vestidos de verão. As mulheres que namorei usavam jeans, couro, camisetas de rock. Elas não tinham vocabulário de escola privada ou vestidos que flutuavam em torno dos tornozelos como uma fantasia.

Eu gostava das minhas mulheres do jeito que gostava dos meus relacionamentos — rápidos, indecentes e casuais.

Naomi Witt não se enquadrava em nenhuma dessas coisas, e eu não podia me esquecer disso.

— Você vai mesmo jantar assim? — perguntou-me Naomi quando Waylon saiu do caminho para levantar a perna em um corniso.

Atrás de nós, Waylay enchia Nash com perguntas sobre crimes em Knockemout.

— Liza J já viu pior — afirmei, mordendo um biscoito.

— Onde você conseguiu esse biscoito? — exigiu ela.

— Waylay — falei.

Naomi parecia que ia dar um tapa na minha mão para soltar o biscoito, então enfiei o resto na boca.

— Eles são para essa misteriosa Liza J a quem eu deveria causar uma boa impressão — reclamou ela. — Esta não é uma boa forma de conhecer uma possível nova senhoria. "Olá, me chamo Naomi. Invadi sua casa de campo, e esses caras estavam brigando na entrada da sua casa. Por favor, me dê um aluguel acessível."

Eu bufei, em seguida estremeci quando meu nariz começou a latejar de novo.

— Relaxe. Liza J ficaria preocupada se Nash e eu não aparecêssemos sangrando e furiosos um com o outro — assegurei.

— Por que vocês estão furiosos um com o outro?

— Linda, você não tem tempo — falei com voz arrastada.

Chegamos aos degraus da casa grande e Naomi hesitou, olhando para as vigas rústicas, o telhado de madeira. Atrás de azaleias crescidas e buxos, a varanda se estendia por quase 5 metros ao longo da fachada.

Tentei ver pelos olhos dela. Nova na cidade, correndo de um casamento, sem lugar para ficar, atirada em uma tutela que não tinha previsto. Para ela, tudo dependia desta refeição.

— Não vá amarelar agora — aconselhei. — Liza J odeia covardes.

Aqueles lindos olhos avelã se estreitaram em fendas.

— Obrigada pelo conselho — disse ela com ironia.

— Casa bonita — comentou Waylay, juntando-se a nós no sopé da escada.

Pensei no trailer. O caos externo àquele pequeno quarto com a placa AFASTE-SE na porta. Ela fez o possível para manter o caos e a imprevisibilidade longe de seu mundinho. Era respeitável.

— Costumava ser uma hospedaria. Vamos. Preciso daquela bebida — falei, subindo os três degraus curtos e alcançando a maçaneta da porta.

— Não precisamos bater ou tocar a campainha? — sibilou Naomi, agarrando meu braço.

E lá estava ela de novo. Aquela carga eletrizando meu sangue, despertando meu corpo como se tivesse sido exposto a algum tipo de ameaça. Algum tipo de perigo.

Nós dois olhamos para a mão dela e ela rapidamente a soltou.

— Não é necessário por aqui — garantiu Nash a ela, sem saber que meu sangue estava pegando fogo e que Naomi estava corando mais uma vez.

— Liza J — gritei.

A resposta foi um ataque febril de latidos.

— Ah, meu Deus — sussurrou Naomi, colocando-se entre Waylay e o circo de pelos.

Waylon se enfiou entre a minha perna e a moldura da porta assim que dois cães correram para o hall de entrada. Fogoso, o beagle, recebeu esse nome por se esfregar em tudo o que via no primeiro ano de vida. Kitty era uma pit bull de um olho só e 22 quilos que pensava ser um cão de colo. Ambos mantinham Liza J entretida em sua solidão.

Estava mais frio lá dentro. Mais escuro também. As cortinas ficavam fechadas hoje em dia. Liza J dizia que era para que ninguém pudesse se meter em sua vida. Mas eu sabia a verdade e não podia a culpar por isso.

— Deixa de gritaria. — Uma voz veio da direção da cozinha. — Qual é o seu problema? A sua mãe te criou num celeiro?

— Não, mas nossa avó criou — respondeu Nash.

Elizabeth Jane Persimmon, com todo o seu 1 metro e 55 centímetros, aproximou-se para nos cumprimentar. Ela usava o cabelo curto ao redor do rosto, como usa desde que eu me lembro. Nunca se esquecia de aparar. Seus tamancos de jardinagem de borracha faziam barulho no chão. Ela vestia seu uniforme típico de calças cargo e camiseta azul. Usava a mesma coisa quase todos os dias. Se estava quente, usava as calças que viravam bermuda. Se estava frio, adicionava um moletom da mesma cor da camiseta.

— Deveria ter afogado vocês no riacho quando tive a oportunidade — disse ela, parando na nossa frente e cruzando os braços, esperando.

— Liza J. — Nash obedientemente deu um beijo em sua bochecha. Repeti a saudação.

Ela assentiu sua satisfação. O clima leve e sentimental passou.

— Então, que tipo de confusão vocês me trouxeram? — Seu olhar caiu em Naomi e Waylay, que estavam sendo cheiradas com ceticismo pelos cães.

Kitty foi a primeira a parar e deu uma cabeçada nas pernas da Naomi em uma tentativa de afeto. Waylon, para não ser deixado de fora, participou usando seus músculos, desequilibrando Naomi. Eu me aproximei, mas Nash chegou lá primeiro e a segurou.

— Coloque os cães do desastre para fora. Deixe-os correr para extravasar por um tempo — ordenou Liza J.

Nash soltou Naomi e abriu a porta da frente. Três manchas de pelo se mandaram.

— Liza J, esta é Naomi e a sobrinha dela, Waylay — apresentei. — Elas vão ficar na casa de campo.

— Elas vão, é?

Ela não gostava que lhe dissessem o que fazer mais do que eu. Nenhum de nós jamais entendeu por que Nash tinha se tornado todo seguidor da lei.

— A menos, é claro, que você queira jogá-las na rua — acrescentei.

— Me lembrei de onde te conheço — anunciou minha avó, olhando para Waylay através de suas lentes bifocais. — Isso tem me incomodado desde que deixei as bicicletas. Você consertou meu iPad na biblioteca.

— Você consertou? — perguntou Naomi à garota.

Waylay deu de ombros, parecendo envergonhada.

— Eu vou lá às vezes. E às vezes os idosos me fazem consertar coisas.

— E você parece que é a mãe problemática. — Liza J apontou para Naomi.

— Essa seria minha irmã — disse ela, com um sorriso fraco.

— Gêmeas — intervi.

Naomi estendeu o buquê.

— Trouxemos flores e biscoitos para agradecer por nos convidar para jantar.

— Flores, biscoitos e dois homens sangrando — observou Liza J. — É melhor vir comigo. O jantar está quase pronto.

"Quase pronto" na casa da Liza J significava que ela ainda não tinha começado.

Nós marchamos para a cozinha, onde todos os ingredientes para sanduíches de carne moída e salada aguardavam.

— Carne — reivindiquei.

— Salada — cedeu Nash.

— Só após os dois se limparem — disse Liza J, apontando para a pia da cozinha.

Nash fez o que mandaram e abriu a torneira. Fui para a geladeira e abri uma cerveja primeiro.

— Recebi uns mimos da padaria hoje — disse Liza J. Ela olhou para Waylay, que observava os ingredientes da salada com suspeita. — Por que você não os coloca numa travessa com os biscoitos que meus netos não comeram e prova alguns para ter certeza de que ainda estão bons?

— Isso! — falou Waylay, indo direto para a caixa da padaria no balcão.

Olhei por cima do ombro dela e peguei um biscoito de limão. O meu favorito.

— Vou pegar o vinho — disse Liza J. — Você parece saber usar um abridor de vinho.

Ela estava se dirigindo a Naomi, que parecia não conseguir decidir se isso era um elogio ou um julgamento.

— Vá em frente — falei a ela quando Liza J saiu do cômodo. Ela se aproximou um passo, e eu senti o cheiro de lavanda.

— Sob hipótese alguma comece outra briga na frente da minha sobrinha — sibilou ela.

— Não posso prometer nada.

Se olhos pudessem disparar fogo de verdade, eu precisaria deixar minhas sobrancelhas crescerem do zero.

— Chefe, confio que você pode preservar a paz por alguns minutos — disse ela.

Nash mostrou um dos seus sorrisos estúpidos e encantadores.

— Pode contar comigo.

— Puxa-saco — tossi no meu punho.

Waylay bufou.

— Volto já — prometeu Naomi a Waylay. — O chefe Morgan está no comando.

A garota pareceu confusa. Eu arriscava dizer que ninguém nunca tinha se dado ao trabalho de dizer a ela que estava saindo, muito menos quando estaria de volta.

Naomi endireitou os ombros e seguiu minha avó para fora do cômodo, aquele maldito vestido flutuando ao seu redor como se ela fosse uma espécie de princesa de conto de fadas prestes a enfrentar um dragão.

OITO
A MISTERIOSA LIZA J

Naomi

Sem saber como me sentia em deixar Waylay em uma sala com dois homens adultos que estavam brigando na estrada poucos minutos antes, segui Liza com relutância até uma sala de jantar escura.

O papel de parede era um verde-escuro em um padrão que eu não conseguia distinguir. Os móveis eram pesados e rústicos. A mesa larga feita de tábuas de madeira se estendia por quase quatro metros e estava enterrada embaixo de caixas e pilhas de papéis. Em vez de rescaldeiros ou fotos de família, o buffet de nogueira estava cheio de garrafas de vinho e licor. Copos altos estavam amontoados em uma cristaleira próxima tão cheia que as portas não fechavam.

Senti uma vontade louca de mexer na bagunça.

A única luz na sala vinha da parede distante, onde uma passagem com teto abobadado levava ao que parecia um solário com janelas do chão ao teto que precisavam de uma boa limpeza.

— Você tem uma bela casa — aventurei-me, deslocando com cuidado meia dúzia de pratos de porcelana empilhados de forma precária no canto da mesa. Pelo que eu tinha visto até agora, a casa tinha muito potencial. Só estava soterrada sob cortinas empoeiradas e montanhas de coisas.

Liza se endireitou do buffet, uma garrafa de vinho em cada mão. Ela era baixa e fofinha por fora, como a avó favorita de qualquer pessoa. Mas Liza recebeu os netos com afazeres e grosseria.

Eu estava curiosa para entender por que as relações familiares dos Morgan não entravam nas apresentações. Se alguém tinha o direito de evitar falar da família nesta cidade, era eu.

— Costumava administrá-la como uma pequena hospedaria — começou ela, colocando as garrafas em cima do buffet. — Não mais. Presumo que você vai querer ficar por um tempo.

Certo, não é muito dada a conversas fiadas. Entendido.

Assenti.

— É uma linda casa de campo. Mas entendo se for um inconveniente. Tenho certeza de que eu posso encontrar uma alternativa em breve. — Era mais uma esperança do que uma verdade. A mulher perante mim era minha maior oportunidade de criar um pouco de estabilidade a curto prazo para minha sobrinha.

Liza passou um guardanapo de pano sobre a poeira na etiqueta do vinho.

— Não precisa. Estava lá parada, sem ser utilizada.

Seu sotaque se aproximou um pouco mais ao do Sul do que o tom do Meio-Atlântico do norte da Virgínia.

Orei para que houvesse uma pitada de hospitalidade do Sul misturada em algum lugar.

— É muito gentil da sua parte. Se não se importa, gostaria de discutir o aluguel e o depósito de segurança.

Ela empurrou a primeira garrafa para mim.

— O abridor está na gaveta. — Abri a gaveta superior do buffet e encontrei um emaranhado de anéis de guardanapo, porta-copos, castiçais, fósforos e, enfim, um saca-rolhas.

Comecei a tirar a rolha.

— Como eu estava dizendo, o dinheiro está um pouco apertado.

— É o que acontece quando você tem uma irmã que te rouba e uma nova boca para alimentar — disse Liza com os braços cruzados.

Knox ou Nash era um linguarudo.

Eu não disse nada e tirei a rolha.

— Presumo que você também precisará de trabalho — previu ela. — A não ser que você trabalhe de casa ou algo assim.

— Larguei meu emprego recentemente — falei com cuidado.

E a minha casa. O meu noivo. E tudo o mais daquela vida.

— Quão recentemente?

As pessoas em Knockemout não tinham vergonha de meter o nariz na vida dos outros.

— Ontem.

— Ouvi dizer que meu neto te trouxe até aqui com um vestido de noiva esvoaçando como uma bandeira pela janela. Você é uma noiva em fuga? — Ela colocou duas taças ao lado da garrafa aberta e assentiu.

Eu os enchi.

— Acho que sou. — Após um ano inteiro de planejamento. De escolher tudo, desde os aperitivos até a cor do trilho da mesa de frios, estava tudo acabado. Desperdiçado. Todo aquele tempo. Todo aquele esforço. Todo aquele planejamento. Todo aquele dinheiro.

Ela pegou uma taça e a ergueu no alto.

— Bom. Preste atenção às minhas palavras. Nunca deixe um homem de quem você não gosta tomar decisões por você.

Foi um conselho esquisito vindo de uma estranha que eu estava tentando impressionar. Mas considerando o dia que tive, levantei minha taça junto à dela.

— Você vai ficar bem aqui. Knockemout vai cuidar de você e daquela garotinha — previu ela.

— Nesse caso. Sobre a casa de campo — pressionei. — Tenho algumas economias que posso acessar. — Tecnicamente, era minha conta de aposentadoria, e eu teria de pegar dinheiro emprestado nessa conta.

— Você e a garota podem ficar sem pagar aluguel — decidiu Liza J.

Minha boca se escancarou mais do que a do peixe fixado na parede acima de nós.

— Você pagará água, luz e gás da casa de campo — continuou ela. — O resto pode trocar por uma ajuda nesta casa. Eu não sou a melhor das donas de casa e preciso de ajuda para limpar as coisas.

Meus gritos foram internos. Liza era minha fada madrinha em tamancos de jardinagem.

— É muita generosidade sua — comecei, tentando processar o que estava acontecendo. Mas depois das últimas 24 horas, meu cérebro estava em hiato.

— Você ainda vai precisar de um salário — continuou ela, sem saber da minha situação mental.

Eu ainda precisava de muitas coisas. Capacetes de bicicleta. Carro. Algumas sessões de terapia...

— Ah, eu recebi uma oferta de emprego hoje. Uma tal de Sherry Fiasco disse que eu poderia trabalhar em um lugar chamado Honky Tonk amanhã à noite. Mas preciso encontrar alguém para tomar conta da Waylay.

Ouvimos o som de patas e, em segundos, Waylon trotou para a sala e olhou para nós com expectativa.

— Way*lay*, não Way*lon* — disse Liza ao cachorro.

Ele farejou tudo, certificando-se de que não deixamos cair comida no chão, e depois voltou à cozinha.

— Você não mencionou por acaso essa oferta de emprego a Knox, mencionou? — perguntou Liza.

— Não temos esse tipo de relacionamento. Acabamos de nos conhecer — falei com diplomacia. Eu não queria dar com a língua nos dentes com minha nova senhoria e dizer que achava que o neto dela era um imbecil bruto com os modos de um saqueador nórdico.

Ela me observou através de seus óculos, e o canto de sua boca se ergueu.

— Ah, dá pra ver. Um conselho: não conte sobre o novo emprego. Ele pode ter algumas opiniões sobre isso e, se tiver, sem dúvida vai compartilhar.

Se Knox Morgan achava que eu estava interessada em suas opiniões a respeito da minha vida, eu poderia adicionar tendências narcisistas à sua longa lista de defeitos.

— O que eu faço é problema meu — falei com pompa. — Além disso, acho que não vou conseguir encontrar alguém com quem eu me sinta confortável em deixar Waylay em tão pouco tempo.

— Já encontrou. Embora a garota provavelmente não precise disso. Deve fazer o próprio jantar desde os 6 anos. Ela pode ficar comigo. Diacho, talvez ela possa fazer o jantar para mim. Traga-a quando estiver a caminho do trabalho amanhã.

Manter um ser humano vivo e seguro entrou na coluna de Grandes Inconveniências na minha planilha interna de Coisas para Evitar a Todo Custo. Pedir à minha fada madrinha e senhoria para, por favor, cuidar da minha sobrinha até sabe-se lá quando enquanto eu trabalhava em um turno tardio em um bar subiu para o topo dessa lista, desbancando me ajudar com a mudança e servir de motorista para me levar e buscar de uma cirurgia.

As Grandes Inconveniências eram impostas apenas a familiares responsáveis e amigos íntimos. Liza não era nenhuma dessas coisas.

— Ah, mas eu não sei a que horas vou sair — enrolei. — Pode ser muito tarde.

Ela deu de ombros.

— Não faz diferença para mim. Vou ficar aqui com ela e os cães, e levo ela de volta para a casa de campo depois do jantar. Não me importo de esperar lá. Sempre gostei daquele lugar.

Ela se dirigiu para a porta, deixando-me com os pés colados ao tapete e a boca ainda aberta.

— Eu vou te pagar — falei atrás dela, enfim redescobrindo a capacidade de me mover e falar.

— Falamos disso depois — disse Liza por cima do ombro. — Eu sei que você acha que está saindo na vantagem, mas não faz ideia da bagunça em que está se metendo.

Encontramos todos, incluindo os cães, vivos e ilesos na cozinha em um cenário estranhamente caseiro. Waylay estava sentada na ilha, julgando cada ingrediente que Nash adicionava à salada enquanto ela acrescentava temperos compostos e condimentos em uma tigela. Knox estava bebendo cerveja e esfaqueando a carne na panela enquanto lia os ingredientes para Waylay.

Parecia não ter havido um novo derramamento de sangue. Os dois homens haviam limpado suas feridas, deixando para trás apenas manchas de sangue e hematomas. Nash parecia um herói que tinha levado umas boas bordoadas por uma donzela em perigo. Knox, por outro lado, parecia um vilão que tinha trocado uns socos com o mocinho e saído vitorioso.

Sem dúvida foi meu equívoco recente com um mocinho — na teoria, pelo menos — que me fez exagerar e achar Knox e sua atitude vilanesca atraentes. Pelo menos foi o que eu disse a mim mesma quando o olhar de Knox pousou em mim e senti como se a gordura quente do bacon tivesse acabado de ser derramada bem na minha coluna vertebral.

Eu o ignorei, assim como sua posição atraente no fogão, optando por me concentrar no resto do cômodo.

A quantidade astronômica de espaço no balcão da cozinha da Liza havia feito a direção das minhas fantasias trocar de rota e ir na direção do potencial de assar biscoitos natalinos. A geladeira era antiga. O fogão praticamente uma antiguidade. As bancadas castigadas eram de madeira. Os armários eram pintados de um lindo verde-musgo. E, a julgar pelo conteúdo visível pelas portas de vidro, todos estavam superlotados.

Eu começaria a limpeza aqui, decidi. A cozinha era o coração da casa, afinal. Embora Liza não parecesse ser do tipo sentimental. Mais o tipo "congelada no tempo". Acontecia. A vida dava zebra e coisas como manutenção doméstica eram largadas de mão. Às vezes de forma permanente.

Quando ficou pronta, levamos a comida e o vinho para o solário, onde uma mesa menor tinha vista para o quintal.

A vista era só floresta e riacho, salpicados de dourado conforme o sol afundava no céu veranil.

Quando me movi para me sentar ao lado da Waylay, Liza balançou a cabeça.

— Hã-hã. Se esses dois se sentarem juntos, vão entrar numa luta livre no chão antes de chegarmos aos biscoitos.

— Tenho certeza de que eles conseguem se comportar durante uma refeição — insisti.

Ela bufou.

— Não conseguem, não.

— Não conseguimos, não — disse Knox ao mesmo tempo.

— Claro que conseguimos — insistiu Nash.

Liza fez um sinal com a cabeça para Waylay, que correu para o lado oposto da mesa com seu prato. Os cães entraram e trotaram para reivindicar suas posições de sentinela ao redor da mesa. Dois deles julgaram Waylay como a mais provável de derrubar comida e se posicionaram ao lado dela.

Waylon se sentou atrás da Liza na ponta da mesa.

Os homens avançaram para ocupar a cadeira ao lado da minha. Knox venceu dando uma cotovelada que quase fez Nash derrubar o prato.

— Está vendo? — disse a avó deles usando o garfo para apontar com triunfo.

Eu me sentei e tentei ignorar o quanto estava consciente da presença de Knox enquanto ele se sentava. A tarefa se tornou totalmente impossível quando sua coxa coberta por jeans encostou no meu braço quando ele se sentou. Eu puxei meu braço para trás e quase coloquei meu prato no colo.

— Por que você está tão nervosa? — perguntou Waylay.

— Não estou nervosa — insisti, quase derramando minha taça de vinho quando a peguei.

— Então, qual o motivo da briga desta vez? — perguntou Liza a seus netos, mudando de assunto de forma magnânima.

— Nada — disseram Knox e Nash em uníssono. O olhar trocado entre eles me fez pensar que eles não gostavam de estar em sintonia em relação a nada.

— Tia Naomi os separou — relatou Waylay, estudando uma fatia de tomate com suspeita.

— Coma sua salada — falei para ela.

— Quem estava ganhando? — perguntou Liza.

— Eu — anunciaram os irmãos juntos.

O pronunciamento foi seguido por outro silêncio gélido.

— Por mais brutas que fossem as brincadeiras desses dois — recordou Liza —, eles naturalmente faziam as pazes após brigar e voltavam a ser unha e carne num piscar de olhos. Acho que se esqueceram dessa parte com a idade.

— Ele começou — reclamou Nash.

Knox bufou.

— Só porque você é o irmão bonzinho não quer dizer que é sempre inocente.

Eu entendia a dinâmica do irmão bom versus o irmão mau muito bem.

— Vocês dois com Lucy jogado no meio? — Liza balançou a cabeça. — A cidade toda sabia que daria em problemas quando esses três se juntavam.

— Lucy? — perguntei antes que pudesse evitar.

— Lucian Rollins — disse Nash enquanto usava o pão para recolher a carne moída que escapou para o prato. — Um amigo de longa data.

Knox grunhiu. Seu cotovelo encostou de leve no meu, e senti minha pele pegar fogo de novo. Eu me afastei até onde era possível sem ir parar no colo de Liza.

— O que Lucy anda fazendo hoje em dia? — questionou ela. — Na última vez que tive notícias, ele era um magnata de terno.

— É isso aí — disse Nash.

— O garoto era um malandro — explicou Liza. — Sempre soube que ele estava destinado a coisas maiores e melhores do que um trailer e coisas de segunda mão.

O olhar de Waylay caiu em Liza.

— Muita gente vem de origens humildes — falei.

Knox olhou para mim e balançou a cabeça como se estivesse se divertindo.

— Quê?

— Nada. Jante.

— Quê? — exigi saber mais uma vez.

Ele deu de ombros.

— Cavalheirismo. Origens humildes. Você fala como se lesse o dicionário como passatempo.

— Fico tão feliz por você achar meu vocabulário engraçado. Salvou meu dia.

— Não ligue para o Knox — interrompeu Nash. — Ele se sente intimidado por mulheres inteligentes.

— Você quer meu punho no seu nariz de novo? — ofereceu Knox de forma corajosa.

Chutei-o debaixo da mesa. Foi puro reflexo.

— Ai! Caralho — murmurou ele, inclinando-se para esfregar a canela.

Todos os olhos se voltaram para mim, e eu percebi o que tinha feito.

— Que ótimo — falei, jogando meu garfo com constrangimento. — Alguns minutos aqui e acolá com você e sou contagiada. Quando me der conta, estarei dando chave de braço em estranhos na rua.

— Pago para ver — gracejou Waylay.

— Eu também — disseram Knox e Nash juntos.

O canto da boca da Liza se levantou.

— Acho que você vai se encaixar muito bem por aqui — previu ela. — Mesmo que fale como um dicionário.

— Acho que isso significa que vai deixá-las ficarem — incitou Knox.

— Vou — confirmou Liza.

O rápido lampejo de alívio que atravessou o rosto da Waylay antes de sua máscara voltar não me escapou. Uma preocupação a menos. Um lugar agradável e seguro onde ficar.

— Meninos, sabiam que a nossa Naomi aqui é uma noiva em fuga?

— Ela deixou um cara esperando numa igreja e roubou o carro dele! — anunciou Waylay com orgulho.

Peguei a garrafa de vinho e enchi a taça da Liza e depois o meu.

— Sabe, de onde eu venho, cuidamos da nossa própria vida.

— É melhor não esperar isso em um lugar como Knockemout — aconselhou Liza.

— O que ele fez? — perguntou Nash. Mas ele não estava perguntando a mim, estava perguntando à Waylay.

Ela deu de ombros.

— Sei lá. Ela não quer dizer. Mas aposto que foi alguma coisa ruim. Porque ela fugiu com um vestido bem bonito. Só alguma coisa muito ruim me faria fugir em vez de exibi-lo a todo mundo.

Senti o calor do olhar de Knox em mim e murchei como uma uva-passa. Waylon deve ter sentido meu desespero porque se deitou em meus pés debaixo da mesa.

— Que tal falarmos de outra coisa? Qualquer outra coisa. Religião? Política? Rivalidades esportivas sanguinárias?

— É bom demais ter vocês dois sentados à mesa ao mesmo tempo — disse Liza. — Isso significa que não preciso dividir a Ação de Graças em dois turnos este ano?

— Vamos ver — disse Nash, de olho no irmão. Eu podia sentir a tensão entre eles.

Como não queria que o jantar terminasse em luta livre, mudei desesperadamente de assunto.

— Sabe, não roubei o carro de verdade.

— Foi o que o Knox disse quando a Sra. Wheelan da loja de conveniências o pegou com o bolso cheio de doces — falou Nash.

— Nem todos nós nascemos com o bom comportamento enfiado na bunda.

— Pelo amor de Deus, Knox. Olha a linguagem. — Eu dei uma cotovelada no braço dele e apontei para Waylay.

Ela deu um sorriso cheio de dentes.

— Eu não ligo.

— Bem, *eu* ligo.

VAGA-LUMES APARECIAM e desapareciam no anoitecer, enquanto Knox e Waylay lançavam seixos no riacho. Os três cães se revezaram correndo para o riacho, depois se virando para se sacudirem na margem.

A risada de Waylay e o baixo murmúrio de Knox ecoados na água me fizeram ter a sensação de que talvez hoje não fosse o pior dia de todos os tempos.

Eu tinha uma barriga cheia de sanduíches de carne moída e uma casa aconchegante para a qual voltar.

— Tudo bem? — Nash se aproximou de mim na grama. Ele tinha uma presença agradável e calmante. Eu não sentia a mesma exasperação perto dele que sentia com Knox.

— Acho que sim. — Virei-me para olhá-lo. — Obrigada. Por tudo. Tem sido um dia estressante. Você e a Liza e acho que até o seu irmão melhoraram o dia para mim e Waylay.

— Way é uma boa garota — disse ele. — Ela é esperta. Independente. Muitos de nós na cidade sabem disso.

Pensei na cena do supermercado.

— Espero que esteja certo. E espero poder fazer o certo por ela até estar tudo resolvido.

— Isso me lembra de algo. Trouxe isto para você — falou ele, entregando um folheto que estava escuro demais para ler. — É sobre providências para tutela familiar.

— Ah. Obrigada.

— Em resumo, você está olhando para um processo de inscrição em que terá que seguir alguns procedimentos legais. Se tudo correr bem, você terá seis meses para decidir se deseja tornar permanente.

Permanente? A palavra me deixou zonza.

Encarei distraída enquanto Waylay e Knox se revezavam jogando uma bola de tênis encharcada para os cães.

— Andei perguntando sobre a Tina — continuou Nash. — Há rumores de que ela arranjou um novo namorado algumas semanas atrás, e havia rumores sobre alguma grande jogada.

Um novo namorado e uma grande jogada eram dolorosamente característicos da minha irmã.

— Acha mesmo que ela pode não voltar?

Nash entrou no meu campo de visão e se inclinou para baixo até que eu o olhasse nos olhos.

— Essa é a questão, Naomi. Ela *vai* voltar, está em sérios apuros. Nenhum tribunal ficará entusiasmado com a ideia de deixá-la ficar com a guarda.

— E se não sou eu, é orfanato — falei, preenchendo os espaços em branco não ditos.

— Resumindo, sim — disse ele. — Sei que é uma grande decisão e não estou pedindo que a tome neste exato momento. Conheça-a. Conheça a cidade. Pense nisso. Tenho uma amiga que pega causas. Ela pode ajudá-la a começar com o processo de requerimento.

Ele estava me pedindo para colocar os próximos seis meses da minha vida em espera por uma menina que eu tinha acabado de conhecer. É. Era seguro dizer que meu plano de vida danificado e maltratado havia oficialmente se desintegrado.

Dei um suspiro e decidi que amanhã era um dia tão bom quanto qualquer outro para entrar em pânico em relação ao futuro.

— Waylay! Está na hora de ir — chamei.

Waylon galopou até mim, as orelhas esvoaçando. Ele cuspiu a bola de tênis nos meus pés.

— Não é você, amigão — falei, inclinando-me para acariciá-lo.

— Temos mesmo que ir? — choramingou Waylay, arrastando os pés como se estivessem envoltos em concreto.

Eu compartilhava sentimentos semelhantes.

Knox colocou a mão no topo da cabeça dela e a guiou na minha direção.

— Acostume-se, garota. Às vezes temos que fazer coisas que não queremos.

NOVE

MICÇÃO NO QUINTAL E CLASSIFICAÇÃO DECIMAL DE DEWEY

Naomi

Descobri que a varanda dos fundos da casa de campo era um cantinho adorável para organizar a minha lista diária de afazeres por prioridade enquanto eu esperava a chaleira de café ferver. Eu tinha dormido. Como um paciente em coma. E quando minhas pálpebras se abriram às 6h15 em ponto, atravessei o corredor nas pontas dos pés até o quarto da Waylay e espiei para ter certeza de que minha sobrinha ainda estava lá.

Ela estava. Enfiada entre lençóis frescos em uma cama branca com dossel.

Olhei para a minha lista e bati a traseira do marca-texto azul na página. Eu precisava entrar em contato com meus pais e informá-los de que eu estava viva e não estava tendo algum tipo de colapso. Mas eu estava insegura quanto ao que mais acrescentar.

Oi, pessoal! Lembram-se da sua outra filha? Aquela que deu dores de cabeça por 20 anos antes de desaparecer das nossas vidas? É, bem, ela tem uma filha que nem sonha que vocês existem.

Eles desembarcariam do cruzeiro na mesma hora e entrariam no primeiro avião que viesse para cá. Waylay tinha acabado de ser abandonada pela própria mãe e agora estava sob o teto de uma tia que nunca vira na vida. Acrescentar os avós na mistura podia não ser a melhor ideia assim logo de cara.

Além disso, eram as primeiras férias dos meus pais juntos em dez anos.

Eles mereciam três semanas de paz e tranquilidade.

A escolha foi apenas *parcialmente* ponderada em favor do fato de que eu não teria de encontrar uma maneira diplomática de explicar que eles haviam perdido os primeiros 11 anos da vida da única neta. Por enquanto.

Eu não gostava de fazer as coisas até saber com exatidão a maneira certa de fazê-las. Então eu esperaria até conhecer Waylay um pouco melhor e meus pais retornarem do cruzeiro de aniversário de casamento, bem descansados e prontos para notícias malucas.

Satisfeita, peguei meu caderno e meus marcadores e estava quase pronta para me levantar quando ouvi o ranger distante de uma porta de tela.

Waylon desceu as escadas para o quintal da casa ao lado, onde sem demora levantou a perna em um canto vazio que ele claramente gostava de usar como banheiro. Eu sorri, e então os músculos do meu rosto congelaram quando outro movimento chamou minha atenção.

Knox "O Viking" Morgan saiu da varanda com nada além de uma cueca boxer preta. Ele era *todo* másculo. Músculos, pelos no peito, tatuagens. Ele esticou um braço sobre a cabeça de forma lânguida e coçou a nuca, criando uma imagem de testosterona sonolenta. Fiquei 10 segundos encarando com a boca aberta até perceber que o homem, assim como seu cachorro, estava fazendo xixi.

Meus marcadores voaram e viraram uma bagunça em dois tempos quando atingiram as pranchas de madeira abaixo de mim. O tempo congelou quando Knox virou na minha direção. Ele estava de frente para mim com uma mão no... Não.

Não. Não. Não.

Deixei meus marcadores onde estavam e fugi para a segurança da casa de campo, o tempo todo me parabenizando por não tentar dar uma olhada melhor no Knox Jr.

— Por que seu rosto está tão vermelho? Está queimada do sol?

Soltei um grito agudo e bati com tudo na porta de tela, quase caindo na varanda.

Waylay estava de pé em uma cadeira tentando alcançar os biscoitos recheados que eu tinha escondido acima da geladeira.

— Você é tão nervosa — acusou ela.

Com cuidado, fechei a porta, deixando todos os pensamentos de homens urinando no mundo exterior.

— Largue os biscoitos. Vamos comer ovos no café da manhã.

— Ahh. Qual é!

Ignorei seu desdém e coloquei a única frigideira da casa no fogão.

— O que acha de ir à biblioteca hoje?

A BIBLIOTECA PÚBLICA DE KNOCKEMOUT era um santuário de frio e sossego no verão abafado da Virgínia. Era um espaço leve e brilhante, com prateleiras de carvalho-branco e mesas de trabalho em estilo rústico. Pares de poltronas macias estavam agrupadas em frente às janelas altas.

Logo na entrada, havia um grande quadro de avisos da comunidade. Tudo, desde aulas de piano a anúncios de venda de quintal e passeios de bicicleta de caridade, pontilhava o mural de cortiça em incrementos uniformemente espaçados. Debaixo estava uma mesa cinza exibindo vários gêneros de livros, desde romance apimentado a autobiografias e poesia.

Plantas verdes e brilhantes em vasos azuis e amarelos adicionavam vida às prateleiras e superfícies planas e ensolaradas. Havia uma seção infantil colorida com papel de parede brilhante e um arco-íris de almofadas de chão. Música instrumental suave saía de alto-falantes ocultos.

Parecia mais um spa sofisticado do que uma biblioteca pública. Aprovada.

Atrás da mesa longa e pouco movimentada estava uma mulher que chamava a atenção. Pele bronzeada. Batom vermelho. Cabelo loiro longo e elegante com mechas rosa-arroxeadas quente. As armações de seus óculos eram azuis e um pequeno piercing brilhava em seu nariz.

A única coisa que gritava "bibliotecária" era a grande pilha de livros de capa dura que carregava.

— E aí, Way — falou ela. — Já tem uma fila te esperando lá em cima.

— Valeu, Sloane.

— Uma fila para o quê? — perguntei.

— Nada — murmurou minha sobrinha.

— Suporte técnico — anunciou a bibliotecária atraente e surpreendentemente alta. — Temos um monte de pessoas mais velhas que não têm acesso às suas próprias crianças de 11 anos para consertar telefones, Kindles e tablets.

Lembrei-me do comentário da Liza no jantar na noite passada. O que me fez lembrar de Knox e seu pênis esta manhã.

Opa!

— Os computadores ficam ali perto da cafeteria e dos banheiros, tia Naomi. Vou estar no segundo andar se precisar de alguma coisa.

— Cafeteria? — repeti, tentando não pensar no meu vizinho quase pelado.

Mas minha protegida já estava passando com determinação pelas pilhas de livros em direção a uma escada aberta nos fundos.

A bibliotecária me lançou um olhar curioso enquanto colocava um livro de Stephen King na prateleira.

— Você não é a Tina — disse ela.

— Como percebeu?

— Nunca vi Tina sequer deixar Waylay aqui, quanto mais passar de bom grado pela porta.

— A Tina é minha irmã — expliquei.

— Cheguei a essa conclusão por vocês serem praticamente iguais. Há quanto tempo está na cidade? Não acredito que essas fofocas quentinhas não chegaram à minha porta.

— Cheguei ontem.

— Ah. Foi meu dia de folga. Sabia que não devia ter feito maratona de *Ted Lasso* pela quarta vez — reclamou ela para ninguém em particular. — Enfim, me chamo Sloane.

Ela fez malabarismos com os livros para estender uma mão.

Sacudi com hesitação, não querendo deslocar os nove quilos de literatura que ela ainda segurava.

— Naomi.

— Bem-vinda a Knockemout, Naomi. A sua sobrinha é uma bênção.

Era bom ouvir coisas positivas sobre a família Witt por estas bandas para variar.

— Obrigada. Estamos, hã, nos conhecendo, mas ela parece inteligente e independente.

Eeeee, espero, não muito traumatizada.

— Quer vê-la em ação? — ofereceu Sloane.

— Quero ainda mais do que quero visitar a sua cafeteria.

Os lábios vermelho-rubi de Sloane se curvaram.

— Venha comigo.

Segui Sloane pela escada aberta até o segundo andar, que abrigava ainda mais pilhas de livros, mais assentos, mais plantas e algumas salas privadas em um dos cantos.

Nos fundos, havia outra mesa longa e baixa sob uma placa suspensa que dizia Comunidade. Waylay estava sentada em um banquinho atrás da mesa, franzindo a testa para um dispositivo eletrônico. O dono do dispositivo, um senhor negro e idoso usando camisa fresca de botões e calças, estava inclinado no balcão.

— Aquele é o Hinkel McCord. Ele tem 101 anos e lê dois livros por semana. O leitor eletrônico dele vive desconfigurando — explicou Sloane.

— Juro que são meus malditos bisnetos. Aqueles pirralhinhos de dedos grudentos vão atrás de dispositivos eletrônicos como as crianças corriam atrás de varetas e doces no meu tempo — reclamou Hinkel.

— Ela começou a vir aqui algumas vezes por semana depois que ela e sua irmã se mudaram para cá. Certa tarde, um vírus veio com uma atualização de software e estava dando pau no sistema e Waylay se cansou de me ouvir gritar com o computador. Ela apareceu atrás da mesa e *voilà*. — Sloane mexeu os dedos no ar. — Consertou tudo em menos de cinco minutos. Então perguntei se ela se importava em ajudar algumas outras pessoas. Eu pago a ela em lanches e a deixo pegar o dobro do número de livros permitidos aos outros. Ela é uma ótima garota.

De repente, eu só queria me sentar e chorar. Ao que tudo indicava, meu rosto transparecia exatamente isso.

— Ai, não! Você está bem? — perguntou Sloane, parecendo preocupada.

Assenti, afastando a umidade dos meus olhos.

— Só estou feliz demais — falei com a voz sufocada.

— Puxa vida. Que tal uma bela caixa de lenços e um café expresso? — sugeriu, guiando-me para longe de um grupo de idosos acomodados em torno de uma mesa. — Belinda, estou com o romance mais recente da Kennedy Ryan que você estava pedindo.

Uma mulher com cabelo branco e um grande crucifixo quase enterrado no decote impressionante bateu palmas.

— Sloane, você é o meu ser humano favorito.

— É o que todos dizem — disse ela com uma piscadela.

— Você disse café expresso? — choraminguei.

Sloane assentiu.

— Temos um café muito bom aqui — prometeu.

— Aceita casar comigo?

Ela sorriu e seu piercing brilhou.

— Sou mais a fim de homens hoje em dia. Mas teve uma única vez na faculdade.

Ela me guiou para uma ala com quatro computadores e uma bancada em forma de U. Havia pia, máquina de lavar louça e uma pequena geladeira com uma placa que dizia ÁGUA LIVRE. Canecas de café estavam penduradas em ganchos fofos.

Sloane foi logo para a cafeteira e começou a trabalhar.

— Você parece gostar de pelo menos um duplo — observou.

— Eu não rejeitaria um triplo.

— Entendi porque fui com a sua cara. Sente-se.

Eu me plantei em frente a um dos computadores e tentei me recompor.

— Nunca vi uma biblioteca como esta — falei, desesperada para jogar uma conversa fora que não me transformaria numa bagunça sentimental.

Sloane sorriu para mim.

— Isso é música para meus ouvidos. Quando eu era criança, a biblioteca local era meu santuário. Só quando envelheci que percebi que ainda não era acessível a todos. Então cursei Biblioteconomia e Administração Pública, e aqui estamos nós.

Ela colocou um copo na minha frente e voltou para a máquina.

— É tudo pela comunidade. Temos aulas gratuitas sobre tudo, desde educação sexual e orçamento até meditação e preparação de refeições. Não temos uma enorme população sem-teto aqui, mas temos vestiários e uma pequena lavanderia no porão. Eu estou trabalhando em programas extracurriculares gratuitos para ajudar as famílias que não podem bancar o custo da creche. E, claro, há os livros.

Seu rosto ficou mais sereno e sonhador.

— Uau. — Peguei meu café, tomei um gole e disse "Uau" de novo.

Um toque suave soou por cima da música.

— É o Bat-Sinal. Tenho que ir — disse ela. — Aproveite seu café e boa sorte com seus sentimentos.

NAOMI WITT VERIFICANDO SALDO DA CONTA CORRENTE:

Negativo. Suspeita de fraude.

QUERIDOS PAIS,

Estou viva, segura e completamente sã. Juro. Sinto muito por ter fugido daquele jeito. Eu sei que foi atípico. As coisas não estavam dando certo com o Warner e... vou explicar em outra ocasião, quando não estiverem navegando para o paraíso.

Enquanto isso, divirtam-se bastante e eu proíbo vocês de se preocuparem comigo. Vim parar em uma cidadezinha encantadora na Virgínia e estou desfrutando o volume que a umidade dá ao meu cabelo.

Aproveitem para tomar um pouco de sol e enviem fotos todos os dias como prova de vida.

Com amor,
Naomi

P. S.: quase esqueci. Houve um acidente com o meu celular e ele infelizmente não sobreviveu. O e-mail é o melhor meio de comunicação por enquanto! Amo muito vocês! Não se preocupem comigo!

CARO STEF,

Eu sei. Desculpa. Desculpa. Desculpa. Por favor, não me odeie! Precisamos nos falar em breve. Mas não pelo meu celular já que o atropelei em uma parada de descanso na Pensilvânia.

História engraçada. Seria de se esperar que minha fuga do casamento fosse a grande novidade (você estava lindo, por sinal). Mas a maior urucubaca é que minha irmã me chamou do nada, me roubou e me deixou com uma sobrinha que eu não sabia que existia.

O nome dela é Waylay. Ela é um gênio da tecnologia de 11 *anos e, debaixo da fachada entediada, pode ser que seja uma garota feminina. Preciso de garantias de que não estou contribuindo para o trauma dela.*

Estou tentando ser a tia legal, mas responsável, neste lugar chamado Knockemout, onde os homens são excessivamente atraentes e o café é excelente.

Entrarei em contato assim que me habituar. Houve um incidente com meu carro e minha conta corrente. Ah, e meu notebook.

Peço desculpas de novo. Não me odeie, por favor.

Beijos,
N

TINA,

Este é o mais recente endereço de e-mail seu que tenho. Onde diabos você se meteu? Como pôde deixar a Waylay? Onde está o raio do meu carro? Volte já para cá. Está em apuros?

Naomi

LISTA DE AFAZERES DA TUTELA FAMILIAR:

- *Completar o requerimento de tutela e verificar antecedentes*
- *Participar de três entrevistas presenciais com o requerente*
- *Fornecer três referências pessoais (experiência com crianças e serviços de cuidados)*
- *Avaliação domiciliar*
- *Audiência de Caráter com a Vara da Família*

DEZ
CORTES DE CABELO E ABORRECIMENTOS

Knox

Eu estava com um humor de cão após uma péssima noite de sono.

Eu culpava Naomi "Flores na Porra do Cabelo" Witt pelos dois. Após passar metade da noite me revirando, acordei para a primeira ida matinal do Waylon ao banheiro com um tesão do caralho graças a um sonho com a língua espertinha da minha nova vizinha deslizando pelo meu pau. O tipo de ruídos com os quais os homens fantasiam saíam de sua garganta.

Foi a segunda noite de sono que ela arruinou e, se eu não colocasse a cabeça no lugar, não seria a última.

Ao meu lado, no banco do passageiro, Waylon expressou sua própria exaustão com um bocejo alto.

— Somos dois, parceiro — falei, entrando numa vaga de estacionamento e olhando para a vitrine.

A combinação de cores — azul-marinho com acabamento marrom — tinha tudo para dar errado. Quando Jeremiah sugerira, tinha parecido burrice. Mas, de alguma forma, deu mais classe aos tijolos aparentes e fez o Whiskey Clipper se destacar no pedaço.

Ele ficava entre um estúdio de tatuagem que mudava de dono com mais frequência do que alguém troca de roupa e o toldo laranja neon da Dino's Pizza and Subs. Eles não abriam até as 11h, mas eu já conseguia sentir o cheiro de alho e molho de pizza.

Até alguns anos antes, a barbearia era um estabelecimento caindo aos pedaços em Knockemout. Com um pouco de visão do meu sócio, Jeremiah, e muito capital — meu — conseguimos trazer o Whiskey Clipper para o século XXI e transformá-lo em uma mina de ouro de uma pequena cidade. Agora um espaço atual, a loja não atendia apenas os senhores de idade nascidos e criados aqui. Ela atraía uma clientela disposta a enfrentar o tráfego da Northern Virginia vinda de tão longe quanto o centro de Washington D.C. pelo atendimento e pela atmosfera.

Com um bocejo, ajudei meu cachorro a sair da caminhonete, e fomos para a porta da frente.

O interior era tão atraente quanto o exterior. Os elementos essenciais do espaço eram tijolos aparentes, teto com painéis de estanho e concreto manchado. Nós adicionamos couro, madeira e jeans. Ao lado da mesa de recepção estilo industrial, havia um bar com prateleiras de vidro que abrigavam quase uma dúzia de garrafas de uísque. Também servíamos café e vinho. As paredes foram decoradas com fotos em preto e branco emolduradas, a maioria destacando a célebre história de Knockemout.

Além dos sofás de couro na área de recepção, havia quatro áreas de atendimento com espelhos grandes e redondos. O banheiro, os lavatórios e os secadores ficavam na parede posterior.

— Bom dia, chefinho. Chegou cedo. — Stasia, abreviação de Anastasia, lavava o cabelo de Browder Klein em um dos lavatórios.

Grunhi e fui direto para a cafeteira ao lado do uísque. Waylon subiu no sofá ao lado de uma mulher tomando café com licor.

O filho adolescente de Stasia, Ricky, girava de um lado para outro de forma ritmada na cadeira da recepção. Entre marcar compromissos e receber dinheiro dos clientes, ele se distraía com um jogo ridículo no celular.

Jeremiah, meu parceiro de negócios e amigo de longa data, levantou a vista do corte degradê que estava fazendo num cliente que usava terno e sapatos caros.

— Você está acabado — observou ele.

Jeremiah, usava seu cabelo cheio e escuro rebeldemente comprido, mas mantinha o rosto sem barba. Ele tinha o braço cheio de tatuagens e usava um relógio Rolex. Fazia manicure a cada duas emanas e passava os dias de folga fazendo ajustes nas bicicletas sujas que ocasionalmente usava para competir. Ele namorava homens e mulheres — um fato com o qual seus pais não se importavam, mas pelo qual sua avó libanesa ainda rezava todos os domingos na missa.

— Valeu, cuzão. Bom te ver também.

— Sente-se — disse ele, apontando com a máquina de cortar cabelo para a cadeira de salão vazia próxima a ele.

— Não tenho tempo para você me arrumar que nem metido a besta. — Eu tinha mais o que fazer. Ser infernizado por papeladas. Evitar pensar em mulheres.

— E eu não tenho tempo para você acabar com o nosso astral parecendo nem ter se dignado a passar um pente e um pouco de bálsamo nessa barba.

Na defensiva, acariciei minha barba com uma mão.

— Ninguém liga para a minha aparência.

— Nós ligamos — exclamou a mulher que bebia café e licor.

— Amém, Louise — exclamou também Stasia, lançando-me um de seus olhares reprovadores.

Browder se levantou e deu um tapinha nas minhas costas.

— Você parece cansado. Está com umas bolsas debaixo dos olhos. Problemas com mulheres?

— Ouvi dizer que você bateu boca com a Não Tina — disse Stasia com inocência enquanto conduzia Browder para a cadeira dela. A única coisa que Stasia e Jeremiah adoravam mais do que um belo cabelo era uma bela fofoca.

Não Tina. Ótimo.

— O nome dela é Naomi.

— Uuuuuuuh — soou o coro irritante.

— Odeio vocês.

— Não odeia, não — garantiu-me Jeremiah com um sorriso enquanto terminava o degradê.

— Vá se ferrar.

— Não se esqueça de que você tem um corte às 14h e uma reunião com os funcionários às 15h — gritou Stasia para mim.

Xinguei baixinho e fui para a minha toca. Eu lidava com a parte financeira, então minha clientela era menor que a de Jeremiah ou Anastasia. Achei que, a essa altura, a maioria dos meus clientes teria se assustado com minha carranca incontrolável e falta de conversa fiada. Mas acontece que algumas pessoas gostavam de ter um babaca como cabelereiro.

— Vou para o meu escritório — falei e ouvi o baque do corpo do Waylon atingindo o chão e os ruídos de suas unhas no piso enquanto me seguia.

Eu já era dono do Honky Tonk quando este prédio foi colocado à venda. Comprei-o de um programador de Baltimore com mocassins brilhantes cuja intenção era abrir uma franquia de bar esportivo e um estúdio de Pilates.

Agora o prédio abrigava meu bar, a barbearia e três apartamentos incríveis no segundo andar, sendo que um estava alugado pelo palhaço do meu irmão.

Passei pelo banheiro e pela pequena cozinha da equipe em direção à porta escrita "Apenas Funcionários". No interior, havia uma sala de suprimentos forrada com estantes e toda a tralha necessária para conduzir um salão de sucesso. Na parede posterior, havia uma porta sem placas.

Waylon me alcançou enquanto eu pescava minhas chaves. Ele era o único permitido no meu refúgio sagrado. Eu não era um daqueles chefes "minha porta está sempre aberta". Se eu precisasse me reunir com a equipe, usava o escritório da minha gerente comercial ou a sala de descanso.

Fui para o corredor estreito que conectava o salão ao bar e digitei o código no teclado da porta do meu escritório.

Waylon disparou para dentro no segundo em que a porta abriu.

O espaço era pequeno e funcional, com paredes de tijolos aparentes e dutos expostos no teto. Havia um sofá, uma pequena geladeira e uma mesa que servia de base para um computador de última geração com dois monitores do tamanho de placares eletrônicos.

Mais de uma dúzia de fotos emolduradas nas paredes retratavam uma colagem aleatória da minha vida. Havia Waylon filhote, tropeçando em suas orelhas compridas. Eu e Nash. Crianças banguelas e sem camisa montadas em bicicletas para ciclismo numa foto. Homens montados nas garupas de motocicletas, a aventura se estendendo diante de nós na faixa de estrada aberta, em outra.

Nós dois viramos três com a adição de Lucian Rollins. Lá, na parede que ninguém mais enxergava, havia uma linha do tempo fotográfica de nós três crescendo como irmãos — narizes escorrendo sangue, dias longos no riacho, depois passando de nossa formatura a carros e garotas e futebol. Fogueiras e jogos de futebol na sexta-feira à noite. Formaturas. Férias. Inaugurações.

Senhor, estávamos envelhecendo. O tempo passou. E, pela primeira vez, senti uma pontada de culpa por Nash e eu não podermos mais contar um com o outro.

Mas servia como mais um exemplo de como os relacionamentos não duravam para sempre.

Meu olhar permaneceu em um dos quadros menores. A cor era mais opaca que o resto. Meus pais agasalhados em uma barraca. Minha mãe sorrindo para a câmera, grávida de um de nós. Meu pai a encarando como se tivesse esperado toda a sua vida por ela. Os dois entusiasmados com a aventura de uma vida juntos.

Não deixei o quadro lá por nostalgia. Ele servia como um lembrete de que, não importa o quanto as coisas fossem boas no momento, elas estavam fadadas a piorar no momento em que aquele futuro radiante ficasse irreconhecível.

Waylon soltou um suspiro, afundando em sua cama.

— Somos dois — falei para ele.

Deixei-me cair na cadeira atrás da mesa e liguei o computador, pronto para governar meu império.

Campanhas publicitárias de mídia social para o Whiskey Clipper e o Honky Tonk lideravam minha lista de coisas para fazer hoje. Eu as estava evitando há bastante tempo porque me irritavam. Crescimento disfarçado de mudança era, infelizmente, um mal necessário.

Sem um pingo de vergonha na cara, enfiei os anúncios no fundo da minha pilha e trabalhei na programação do Honky Tonk para as próximas duas semanas. Havia um buraco. Eu esfreguei a parte de trás do pescoço e liguei para Fi.

— Que foi, chefinho? — perguntou ela. Alguém grunhiu de forma obscena ao seu lado.

— Onde você está?

— Jiu-Jitsu em família. Acabei de jogar o Roger por cima do ombro e ele está à procura dos rins.

A família de Fi era um coquetel de esquisitice. Mas todos pareciam gostar mais da vida assim.

— Minhas condolências aos rins do Roger. Por que há um buraco na programação dos servidores?

— Chrissie se demitiu na semana passada. Lembra?

Lembrei-me vagamente de uma garçonete que se afastava toda vez que eu saía do meu escritório.

— Por que ela se demitiu?

— Porque você a borrava de medo. Chamava-a de interesseira da bandeja frouxa e dizia a ela para desistir de se casar com um rico porque até caras ricos querem cervejas geladas.

Soou familiar. Um pouco.

Grunhi.

— Então quem vai a substituir?

— Já contratei uma nova garota. Ela começa hoje à noite.

— Ela tem experiência ou é outra Crystal?

— Chrissie — corrigiu Fi. — E, a menos que você queira começar a fazer suas próprias contratações, sugiro que recue com graciosidade e diga que tenho feito um trabalho de primeira e que confia nos meus instintos.

Afastei o telefone da minha orelha quando Fi soltou um ensurdecedor "rá-ya!" de lutas marciais.

— Você tem feito um trabalho de primeira, e eu confio nos seus instintos — murmurei.

— Bom rapaz. Agora, se me der licença, preciso deixar meu filho de bunda no chão na frente da paixonite dele.

— Tente não respingar muito sangue. É um saco para limpar.

Waylon soltou um ronco do chão. Rabisquei "Garota Nova" nos turnos vazios e pulei para as papeladas de pagamento de fornecedores e outras palhaçadas do tipo.

Tanto o Whiskey Clipper quanto o Honky Tonk estavam mostrando um crescimento consistente. E dois dos três apartamentos estavam alugados para renda adicional. Eu estava satisfeito com os números, pois significavam que eu tinha conseguido fazer o impossível e transformado pura sorte em um futuro sólido e real. Entre as empresas e meus investimentos, eu havia aproveitado um golpe de sorte para desenvolver a partir dele.

A sensação era boa, mesmo após uma noite insone. Sem mais nada para fazer, abri com relutância o Facebook. A publicidade era um tipo de mal, mas a publicidade que exigia que você tivesse uma presença nas redes sociais que o conectasse a milhões de estranhos? Era uma tremenda palhaçada.

Aposto que a Naomi tinha conta no Facebook. Se calhar, ela gostava de usar a rede social também.

Sem pensar, meus dedos digitaram "Naomi Witt" na barra de pesquisa antes que a minha parte sã e racional pudesse refrear.

— Hum.

Waylon levantou a cabeça, intrigado.

— Estou só checando nossa vizinha. Vendo se ela não está metida com vendas da Amway ou se não está dando um grande golpe como irmã gêmea falsa — falei a ele.

Satisfeito por eu salvá-lo de quaisquer ameaças que as mídias sociais apresentassem, Waylon voltou a dormir com um ronco estrondoso.

Era evidente que a mulher nunca tinha ouvido falar de configurações de privacidade. Havia muitas informações dela nas redes sociais. Fotos de trabalho, férias, feriados em família. Observei que a Tina não estava presente em nenhuma. Ela correu cinco quilômetros por boas causas e levantou fundos para as contas veterinárias da vizinha. E ela morava numa casa bonita com pelo menos o dobro do tamanho da casa de campo.

Ela ia a reencontros do ensino médio e da faculdade e ficava muito bem fazendo essas coisas.

Fotos relembrando o passado provaram minha teoria de que ela tinha sido uma líder de torcida. E alguém no comitê do anuário gostava dela, pois parecia que todo o seu último ano havia sido dedicado a ela. Pestanejei perante as várias fotos de Naomi e Tina. A história de gêmeas era inegável. Assim como o fato de que, sob a superfície, elas eram mulheres bem diferentes.

Eu já estava empenhado. Não havia quem me tirasse da reação em cadeia de bisbilhotá-la online. Especialmente quando as únicas outras coisas que eu tinha para fazer eram um tédio.

Então fui mais a fundo.

Tina Witt sumiu do plano digital de existência após a formatura do ensino médio. Ela não sorriu vestida com as roupas da formatura. Muito menos ao lado da Naomi jovem e cheia de vigor com seus cordões de honra.

Ela já tinha um mandado de prisão a essa altura. No entanto, ali estava Naomi, um braço ao redor da cintura da irmã, radiante o suficiente pelas duas. Apostaria que ela fez o que pôde para ser a irmã boa. Para ser a filha que não dava trabalho. A que não causava insônia aos pais.

Eu me perguntei o quanto ela não deixou de viver desperdiçando todo aquele tempo sendo boa.

Segui a linha da Tina mais a fundo, descobrindo uma trilha nos processos judiciais do Magistrado do Distrito da Pensilvânia e, de novo, em Nova Jersey e Maryland. Conduções sob efeito de álcool, posse ilegal, inadimplência de aluguel. Ela cumpriu pena há cerca de 12 anos. Não por muito tempo, mas o suficiente para ficar manchada. O suficiente para se tornar mãe menos de um ano depois e evitar a polícia.

Voltei ao Facebook da Naomi e parei em uma foto em família de sua adolescência. Tina de cara amarrada, com os braços cruzados ao lado da irmã enquanto seus pais sorriam atrás. Eu não sabia o que se passava a portas fechadas. Mas eu sabia que, às vezes, uma semente ruim era apenas uma semente ruim. Não importa o campo em que foi plantada, não importa como foi cuidada, algumas simplesmente ficavam podres.

Um olhar para o relógio me lembrou de que me restava pouco tempo antes do meu compromisso das 14h. O que significava que eu deveria voltar para as campanhas publicitárias.

Mas, diferente da Naomi, eu não estava nem aí para o que eu "deveria" fazer. Digitei o nome dela em um mecanismo de busca e me arrependi de imediato.

Warner Dennison III e Naomi Witt anunciam seu noivado.

Esse cara, Dennison, parecia o tipo de babaca que andava em campos de golfe e sempre tinha uma história melhor que a dos outros. Claro, ele era Vice-Presidente de Sei Lá o Quê. Mas era em uma empresa que levava seu sobrenome. Eu duvidava que ele tivesse merecido o título pomposo. A julgar pelo rosto da Naomi esta manhã, esse Warner engomadinho nunca tinha mijado ao ar livre.

Ela estava linda de morrer, para não mencionar feliz, na foto do ensaio. O que, por algum motivo ridículo, me irritou. O que tinha eu a ver com o gosto dela por homens que passavam as calças a ferro? A minha vizinha já não era problema meu. Eu encontrei para ela e Way um lugar para ficar. Tudo o que aconteceria daqui em diante seria problema dela.

Fechei a janela na minha tela. Naomi Witt não existia mais para mim. Eu me sentia bem com isso.

Meu telefone tocou na mesa e Waylon levantou a cabeça.

— Sim? — atendi.

— Vernon está aqui. Quer que eu adiante? — ofereceu Jeremiah.

— Dê um uísque a ele. Estou a caminho.

— Pode deixar.

— Olha ele ali! — gritou Vernon Quigg quando voltei à loja. O fuzileiro naval aposentado tinha 1,83 metro de altura, 70 anos e a orgulhosa propriedade de um bigode de leão-marinho impecável.

Eu era a única pessoa com permissão para se aproximar do bigode com tesouras. Era uma honra e um aborrecimento, visto que o homem adorava fofocas fresquinhas mais do que tudo.

— Boa tarde, Vernon — cumprimentei, prendendo a capa em volta do seu pescoço.

— Ouvi falar de você e a Não Tina se batendo de frente no Café Rev ontem — disse ele, alegre. — Parece que essas gêmeas são cópias perfeitas uma da outra.

— Ouvi dizer que ela é o completo oposto da irmã — comentou Stasia, sentando-se na cadeira vazia ao lado de onde eu estava trabalhando.

Peguei meu pente e rangi os dentes.

— Ouvi dizer que há um mandado para Tina e que a Não Tina a ajudou a dar o fora — disse Doris Bacon, proprietária da Bacon Stables, uma fazenda com a reputação de ser campeã de venda de carne equina.

Estou ferrado.

ONZE
CHEFE DOS INFERNOS

Naomi

Eu aceitei o avental de couro e jeans que Sherry "Fi" Fiasco me entregou e amarrei-o em volta da minha cintura.

— A camisa caiu bem em você — disse Sherry, dando um aceno de aprovação para a minha camiseta com gola em V do Honky Tonk.

— Obrigada — falei e puxei nervosamente a bainha. A camiseta era justa e mostrava mais decote do que eu costumava acentuar. Mas, segundo minha pesquisa na biblioteca, mulheres que mostravam suas "meninas" tendiam a ganhar gorjetas mais altas.

Honky Tonk parecia um bar country que teve um caso breve, mas satisfatório, com um bar clandestino espalhafatoso. Eu gostei da pegada "vaqueiro chique".

— Esta aqui é a Maxine, e ela treinará você na caixa registradora — disse Fi, arrancando o pirulito da boca. — Também é lá que você vai marcar sua entrada e saída e pedir as próprias refeições. O seu número pin é este. — Ela entregou uma nota adesiva com 6969 rabiscado em caneta colorida.

Ótimo.

— Oi — falei para Maxine. Sua pele negra tinha glitter polvilhado sobre as maçãs do rosto invejáveis e o decote modesto. Seu cabelo era curto e bem cacheado formando molinhas magenta.

— Me chame de Max — insistiu ela. — Você já serviu bebidas antes?

Sacudi a cabeça.

— Eu trabalhava com RH até dois dias atrás.

Dei pontos a ela por não revirar os olhos para mim. Eu também não gostaria de me treinar.

— Mas aprendo rápido — assegurei-lhe.

— Bem, vai ter que aprender rápido, já que estamos com pouco pessoal esta noite. Então, a menos que você seja uma desgraça, eu vou te atirar do ninho mais cedo.

— Farei o possível para não ser uma desgraça — prometi.

— É isso aí. Vamos começar com as bebidas para a mesa de oito pessoas.

— Dois chopes para o Bud — começou Maxine, com os dedos voando sobre a tela. Suas unhas brilhantes me hipnotizaram com a velocidade.

Eu estava nervosa, mas altamente motivada. Meu banco havia dito que levaria até uma semana para eu receber meus novos cartões de débito e crédito. E Waylay já havia devorado toda a caixa de biscoitos recheados. Se quisesse alimentar bem minha sobrinha, eu teria de ser a melhor garçonete que esta cidade já viu.

— Então você clica em enviar e a impressora no bar ejeta o pedido. O mesmo para a comida, só que vai direto para a cozinha — explicou Max.

— Entendido.

— Ótimo. Aqui está o próximo. É a sua vez.

Eu só me atrapalhei duas vezes e ganhei um aceno de cabeça de "dá para o gasto" da minha treinadora.

— Vamos fazer essas gorjetas fluírem. Espero que seus pés estejam preparados — disse Maxine com um sorriso rápido.

Soltei um fôlego e a segui até a multidão.

MEUS PÉS DOÍAM. Eu estava horas atrasada na minha ingestão de água. E estava cansadíssima de explicar que eu não era Tina. Especialmente porque, pelo visto, isso me rendeu o apelido Não Tina.

Silver, a barman, disse algo que não ouvi devido ao cansaço enquanto eu descarregava os copos no serviço de bar.

— Quê? — gritei por cima da música.

— Tudo sob controle? — repetiu mais alto desta vez.

— Acho que sim. — Max me deixou lidar sozinha com duas mesas de "fregueses compreensivos", e, até agora, ninguém além de mim estava molhado de cerveja ou havia reclamado da demora que levava para sair *nachos* com carne, então considerei estar fazendo um trabalho adequado.

A sensação era a de ter percorrido 16 quilômetros apenas caminhando entre o bar e as mesas.

Os clientes, em sua maioria, pareciam fregueses. Eles conheciam os nomes e as preferências de bebida uns dos outros e se provocavam por rivalidades esportivas.

A equipe da cozinha era simpática. E, embora Silver não fosse muito amigável, ela era profissional em servir cervejas com as duas mãos enquanto recebia pedido por telefone.

Admirei sua eficiência.

Eu havia acabado de entregar uma nova rodada de bebidas quando me dei conta de que passei as últimas horas sem pensar em... bem, nada. Não tive tempo para me preocupar com a Waylay na casa da Liza ou com os quatro e-mails não abertos do Warner. E o pequeno rolo de dinheiro no meu avental fez com que minha irmã salafrária e minhas contas com saldo negativo fossem esquecidas.

Eu também não pensei por um segundo sequer no meu vizinho gostoso e mal-humorado urinando.

Foi quando perdi o foco e dei de cara com uma parede sólida de peito sob uma camiseta preta.

— Perdão — falei, batendo a mão no obstáculo musculoso para me apoiar.

— Que merda você está fazendo?

De. Novo. Não.

— Está de brincadeira comigo? — chiei, olhando para cima e encontrando Knox com cara azeda para mim.

— O que você está fazendo aqui, Naomi?

— Estou conferindo a lista dos travessos para o Papai Noel. O que parece que estou fazendo? Estou trabalhando. Agora saia do meu caminho, ou vou bater em você com minha bandeja e eu bebi *muito* café expresso hoje. Consigo te derrubar no chão em três ou quatro pancadas.

Ele não verbalizou sua resposta. Provavelmente porque estava muito ocupado me levando para o corredor. Ele passou pelos banheiros e pela porta da cozinha e abriu a porta ao lado com um belo chute.

— Boa noite, Knox — disse Fi, sem levantar a vista dos monitores.

— Que porra é isso? — esbravejou ele.

Sherry deu-lhe uma olhadela.

— Isso? — repetiu ela com tédio.

Ele me puxou mais para dentro do cômodo.

— Isso — repetiu ele.

— Isso é a Naomi. Um ser humano que está na metade do seu primeiro turno — disse Sherry, voltando aos monitores.

— Não quero ela trabalhando aqui, Fi.

Cheguei ao limite com seu comportamento rotineiro de irritado com o mundo no geral e comigo em específico. Golpeei Knox no peito com a bandeja.

Sherry olhou para cima de novo, sua boca se abrindo.

— Estou nem aí se você não quer que eu trabalhe aqui, viking. A Fi me contratou. Vou ficar aqui. A menos que você tenha um motivo para me deter em um emprego de que preciso desesperadamente, versão loira do Oscar, o Rabugento, da Vila Sésamo, sugiro que discuta suas preocupações de contratação com o gerente deste estabelecimento.

— Eu *sou* o gerente deste estabelecimento — rosnou ele.

Ótimo. *Claro* que ele era o gerente. Eu tinha atingido meu novo chefe com uma bandeja.

— Eu não teria aceitado este trabalho se soubesse que você gerenciava o lugar — falei, mordaz.

— Agora você sabe. Cai fora.

— Knox — Sherry suspirou, cansada. — Precisávamos de uma substituta para a garçonete que você assustou com toda essa sua cara azeda e atitude de Oscar, o Rabugento.

Ele apontou um dedo ameaçador na direção dela.

— Não faça disso uma piada. Ligue para Seja Lá Qual For o Nome Dela e faça com que ela seja recontratada.

Sherry se inclinou para trás e cruzou os braços.

— Se conseguir lembrar o nome dela, eu ligo agora.

Knox murmurou um palavrão.

— Foi o que eu pensei — disse ela de modo convencido. — Agora, quem toma as decisões de contratação por aqui?

— Não ligo se é a porcaria do Papa — grunhiu ele. — Ela não vai trabalhar aqui. *Eu* não a quero por perto.

Decidindo que não tinha nada a perder, bati nele mais uma vez com a bandeja.

— Ouça, viking. Não sei qual é o seu problema comigo. Seja qual for a montanha-russa delirante e narcisista em que você esteja, eu *não* estou aqui para arruinar sua vida. Estou tentando recuperar parte do dinheiro que a minha irmã roubou de mim, e, até o banco desbloquear a minha conta, não vou deixar que você ou qualquer outra pessoa seja um obstáculo para os biscoitos recheados da Waylay.

— A menos que queira assumir as mesas dela, chefinho, estou do lado da Naomi — disse Sherry.

Os olhos de Knox brilharam com fogo gélido.

— Caralho. Está bem. Um turno. Cometa um erro. Receba uma reclamação, e já era.

— Sua magnanimidade não será esquecida. Tenho mesas à espera.

— Um erro — gritou para mim.

Mostrei o dedo para ele por cima do ombro e fui para o corredor.

— Livre-se dela, Fi. Não vou trabalhar com uma chata arrogante e carente. — Suas palavras chegaram até mim do lado de fora da porta. Minhas bochechas arderam.

Uma chata arrogante e carente. Então era isso que o lindo e mal-humorado Knox Morgan enxergava quando olhava para mim.

MANTIVE-ME FIRME, afastei da mente todos os pensamentos relacionados ao meu chefe idiota e dediquei toda a atenção a levar as bebidas certas para as pessoas certas, limpar e arrumar as mesas para a rotatividade e ser útil onde quer que eu pudesse.

Encaixei a mais breve pausa para jantar na história das pausas, esgueirando uma paradinha para ir ao banheiro e umas beliscadas na salada de frango grelhado do Milford na cozinha. Em seguida, fiz um caminho mais curto para o bar, onde Silver estava jorrando licor em uma coqueteleira com uma mão e abrindo uma garrafa de cerveja com a outra.

Seu cabelo era raspado, levando todo o foco para a maquiagem dramática de olhos esfumados e o minúsculo piercing na sobrancelha. As mangas de seu blazer preto estavam dobradas, e ela usava uma gravata listrada folgada por cima de uma regata Honky Tonk. Ela era atraente de uma forma andrógena, fazendo eu me sentir uma aluna do nono ano com uma paixonite pela garota legal.

— Silver, você se importa se eu usar o telefone para ver como as coisas estão com a minha babá? — perguntei por cima da batida da música.

Ela apontou com a cabeça em direção ao telefone entre os dois sistemas de torneira, e interpretei isso com um sim.

Verifiquei meu relógio e disquei o número da casa. Liza atendeu ao terceiro toque.

— Pedimos pizza em vez de comer aquele monte de vegetais que você deixou para a gente — disse ela por cima do barulho da TV da parte dela.

— Isso são tiros? — perguntei, tapando minha orelha com um dedo para poder ouvi-la por cima dos estilos musicais do cantor country Mickey Guyton da minha parte.

— Dá para acreditar que ela nunca viu *Os Suspeitos*? — zombou Liza.

— Liza!

— Relaxe. Só estamos atirando com armas de verdade dentro de casa, não assistindo a filmes para maiores de 16 anos.

— Liza!

— Você tem razão. Sua tia não dá folga — disse Liza para minha sobrinha linguaruda, presumo. — Está tudo bem. A Way me ajudou no jardim. Comemos pizza e agora estamos assistindo a um filme de ação para maiores de 14 anos editado para a TV. Sylvester Stallone acabou de chamar alguém de cabeça de cocô.

Suspirei.

— Muito obrigada. Fico muito agradecida.

— É bom ter companhia para variar. Quando é o seu próximo turno?

Mordi o lábio.

— Não tenho certeza. Pode ser o único. Meu novo chefe não parece gostar de mim.

Ela riu baixinho.

— Dê tempo a ele.

Percebi que minha fada madrinha e babá havia previsto isso e perguntei-me o que ela sabia que eu não sabia.

— Não é hora de socializar. Sai dessa porra de telefone, Daisy.

Cerrei os dentes com a interrupção do Knox.

— Seu neto mandou um "oi".

Liza riu.

— Diga a ele para ir catar coquinho e comprar um frango assado para mim amanhã. Nos vemos quando você chegar em casa — disse ela.

— Obrigada mais uma vez. Te devo uma. Tchau!

Virei-me e encontrei Knox pairando sobre mim como um urubu atraente.

— Sua avó mandou você ir catar coquinho e levar frango assado para ela.

— Por que você está ao telefone com a *minha* avó no *seu* primeiro e último turno de bar?

— Porque ela está cuidando da minha sobrinha de 11 anos para eu poder ganhar dinheiro para comprar comida e roupas de volta às aulas, seu imbecil descaridoso!

— Típico — murmurou ele.

— Deixa ela em paz, Knox — disse Silver enquanto sacudia duas coqueteleiras de uma só vez. — Você sabe que ser um babaca afeta a rotatividade de pessoal.

— Eu *quero* que essa seja afetada — insistiu ele. — Por que você não se esconde na cozinha e manda mensagens como todo mundo?

— Porque eu não tenho celular — lembrei-o.

— Quem é que não tem celular, caralho?

— Alguém que o perdeu em um trágico acidente na parada de descanso — revidei. — Eu adoraria continuar essa conversa estimulante, mas preciso ajudar Max a limpar e arrumar algumas mesas.

— Solta o verbo nele, Não Tina — vociferou Hinkel McCord de sua banqueta.

Knox parecia que ia pegá-lo e arremessá-lo pela porta. Dei uma respirada para desintoxicar e fiz o que faço de melhor: enfiei todos os meus sentimentos em uma caixinha com tampa justa.

— Há algo de que você necessite antes de eu voltar ao trabalho?

Seus olhos se estreitaram com o meu tom educado. Nós nos encaramos até sermos interrompidos.

— Olha ela aí — ressoou uma voz familiar acima da barulheira.

— Justice! — Meu futuro marido dono de cafeteria estava com o braço em volta de uma mulher bonita.

— Trouxe minha esposa para ela poder conhecer minha noiva — brincou Justice.

— Aguarde até Muriel ouvir isso — gargalhou Hinkel, pegando seu celular.

— Me chamo Tallulah — disse ela, inclinando-se sobre o bar para oferecer a mão. — O maridinho me contou tudo sobre seu primeiro dia na cidade.

Ela era alta com uma cascata de longas tranças nas costas. Vestia camiseta da St. John Garage, jeans e botas de vaqueiro.

— Lamento ter perdido sua primeira aparição na cafeteria. Ouvi dizer que foi um show e tanto.

— Esta também não ficou muito atrás — interveio Hinkel.

— É um prazer conhecê-la, Tallulah — afirmei. — Desculpe ter pedido seu marido em casamento, mas o homem prepara um café que faz os anjos cantarem.

— Eu bem sei — concordou ela.

— Onde fica sua seção? Estamos aqui para ser seus clientes — disse Justice.

Knox revirou os olhos.

— Não ligue para ele — disse Silver, acotovelando o chefe para tirá-lo do caminho. — Ele só está puto porque a Nay ainda não fez besteira.

Eu queria beijá-la por me dar um apelido diferente de Não Tina.

— Ele me concedeu um turno e nada de erros — expliquei, sem me importar que ele estivesse atrás de mim.

— Knox Morgan — repreendeu Tallulah. — Não é assim que recebemos novos Knockemouts. Onde está o seu senso de comunidade?

— Vaza daqui, Tally — resmungou Knox, mas faltava paixão na fala.

— Naomi, eu vou querer a cerveja mais escura e forte que tiver — disse Tallulah. — E o maridinho aqui vai querer uma *piña colada* com chantili.

Justice esfregou as palmas das mãos em antecipação.

— E vamos dividir uma porção de pão sírio com carne de porco desfiada. Pimentas *jalapeños* extras.

— Sem *sour cream* — interveio Tallulah.

— Pode deixar — falei com uma piscadela. — Sentem-se e eu vou trazer suas bebidas assim que ficarem prontas.

— Não vai anotar? — perguntou Knox enquanto o casal tecia seu caminho pela multidão.

Joguei meu cabelo por cima do ombro.

— Não.

Ele olhou para o relógio e sorriu.

— Você não vai chegar nem ao fim do turno nesse ritmo.

— Ficarei feliz em provar que você está errado.

— Neste caso, você acabou de conseguir outra mesa.

Ele apontou para uma mesa barulhenta no canto onde um homem mais velho e barrigudo com chapéu de vaqueiro parecia estar entretendo os clientes.

— Não faça isso com ela na primeira noite, Knoxy — repreendeu-o Max.

— Se ela está tão confiante de que dá conta do recado, não vale a pena deixá-la boiar na piscina infantil. É preciso atirá-la na parte mais funda.

— Há uma diferença entre afundar ou nadar quando se acrescenta tubarões — argumentou Silver.

DOZE
UMA CARONA PARA CASA

Knox

Eu tinha papelada para fazer, mas estava mais interessado no fracasso da minha mais recente funcionária.

Naomi desfilou seu traseiro de classe alta até a mesa como uma professora de jardim de infância idealista em seu primeiro dia de trabalho. Eu odiava Wylie Ogden com razão, mas não me importava de usá-lo para provar meu ponto de vista.

O lugar dela não era aqui. E se eu tivesse que provar isso fazendo-a de isca na frente de um lobo, então que assim seja.

Os olhos pequenos e vesgos do Wylie se concentraram nela e sua língua disparou entre os lábios. Ele conhecia as regras. Sabia que eu não hesitaria em o pôr para correr daqui se ele tocasse em uma das minhas funcionárias. Mas isso não o impedia de ser um velhote repulsivo.

— Qual é o seu problema com a Não Tina? — perguntou Silver, apertando o botão da coqueteleira elétrica e derramando vodca em três copos com gelo.

Eu não respondi. Responder a perguntas apenas incentivava conversas.

Observei enquanto Wylie enchia Naomi com seu tipo pervertido de atenção sem me sentir nem um pouco culpado.

Ela não era meu tipo em nenhum plano de existência. Merda, mesmo vestindo jeans e uma camiseta Honky Tonk, ela ainda parecia de classe alta e exigente. Ela não se contentaria com algumas noites debaixo dos lençóis.

Ela era o tipo de mulher com expectativas. Com planos de longo prazo. Com listas de coisas para fazer e *você se importa se* e *por favor, você poderia*.

Normalmente eu conseguia ignorar uma atração por uma mulher que não era meu tipo.

Talvez eu precisasse de uma pausa? Já tinha se passado um bom tempo desde que eu tirei alguns dias de folga, me diverti, transei.

Fiz as contas e estremeci.

Já tinha se passado mais do que um bom tempo.

Era disso que eu precisava. Uns dias longe. Talvez eu fosse à praia. Lesse as porras de uns romances. Bebesse algumas cervejas do estoque de outra pessoa. Arranjasse uma boa transa sem compromisso ou expectativas.

Ignorei o "que sem graça" automático.

Após chegar aos 40 anos, notei uma ambivalência alarmante em relação à caça. Devia ser preguiça. A caça, o estudo de campo, o flerte. O que antes era divertido passou a parecer trabalhoso demais para apenas uma ou duas noites.

Mas eu iria renovar as energias e aliviar a frustração sexual. Depois eu poderia voltar e *não* me sentir compelido a me tocar toda vez que dava de cara com Naomi Witt.

Assunto resolvido, servi-me de água da máquina de refrigerantes e observei Naomi tentar se afastar da mesa apenas para ser parada por Wylie. O filho da puta teve a audácia de segurá-la pelo pulso.

— Aaaah merda — disse Silver baixinho quando saí da banqueta.

— Puta que pariu — murmurei enquanto atravessava o bar.

— Não vá ficar de bobeira, Naomi — dizia Wylie. — Os rapazes e eu gostamos de olhar para sua carinha.

— Entre outras coisas — disse um de seus amigos idiotas, fazendo a mesa explodir em gargalhadas.

Eu esperava que ela estivesse desesperada tentando se libertar, mas Naomi estava sorrindo.

— Eu sabia que vocês rapazes seriam problema — brincou ela com leveza.

— Há algum problema? — esbravejei.

A mão do Wylie caiu do pulso da Naomi, e não me passou despercebido que ela logo deu um passo para trás.

— Problema? — disse Wylie. — Não vejo problema algum.

— Wylie e os amigos estavam se apresentando — disse Naomi. — Eu já volto com suas bebidas.

Com um olhar mortal na minha direção, ela voltou para o bar.

Entrei no campo de visão do Wylie, arruinando a vista da bunda dela se afastando.

— Você conhece as regras, Ogden.

— Garoto, eu tinha esta cidade na palma da minha mão bem antes de você nascer.

— Agora não tem merda nenhuma, tem? — falei. — Mas este bar? É meu. E se você quiser beber aqui, vai conter a porra das suas mãos.

— Não gosto das insinuações, garoto.

— E eu de ter que servir sua bunda mole. Acho que estamos quites.

Deixei seus amigos e ele e fui à procura da Naomi. Encontrei-a no caixa registradora junto ao bar.

Mordendo o lábio inferior, ela nem sequer levantou a vista da tela em que registrava um pedido com atenção. Pelos *Sex on the Beach* e *Flaming Orgasm*, eu diria ser da mesa de otários do Wylie.

— Você me bateu com uma bandeja por falar merda, mas deixou aquele idiota suado colocar a mão em você?

— Estou ocupada demais para apontar o fato de que você me disse que, se eu aborrecesse uma mesa, você me demitiria, então vai ter que se contentar com isso — disse ela, segurando o dedo do meio na minha cara.

Hinkel McCord e Tallulah começaram a rir.

— Vocês não vieram aqui pra jantar e ver um espetáculo — avisei antes de voltar para Naomi.

— Droga. Cadê o botão de substituir? — murmurou ela.

Aproximei-me dela e naveguei pelas opções para encontrar o certo. Tê-la presa entre mim e a tela estava fazendo mal à minha libido.

Para ser do contra, não recuei enquanto ela digitava o resto do pedido. Quando terminou, Naomi se virou para olhar para mim.

— Você me mandou para lá de propósito, sabendo o que aconteceria. Não reagi como você queria. Supere.

— Eu mandei você para lá para você ficar assustada com Wylie, não para ele poder colocar a porra das mãos em você. Se ele repetir, me avise.

Ela riu. Bem na minha cara.

— É. Claro, viking. Venho correndo avisar.

— Bebidas prontas, Nay — chamou Silver.

— Preciso ir, *chefinho* — disse Naomi com o tipo de polidez falsa e alegre que ela usou com o Wylie. Isso me deu vontade de abrir um buraco na parede.

Dez minutos depois, eu ainda estava pensando em socar algo quando meu irmão passou pela porta. Seu olhar foi direto para Naomi, que estava distribuindo uma segunda rodada de bebidas para os St. John.

Cerca de um segundo depois, ele notou Wylie na mesa. Os dois trocaram um olhar demorado antes do Nash vir em minha direção.

— Olha só quem apareceu — cantarolou Sherry. Minha gerente comercial prestes a ser demitida saiu do escritório para acompanhar o espetáculo da Naomi.

Nash afastou os olhos da bunda da Naomi e deu um sorriso fácil.

— Como vai, Fi? — perguntou ele.

— Sem um pingo de tédio. Veio ver a nova contratada? — questionou ela com malícia, desferindo-me um olhar.

— Pensei em aparecer e ver como anda o primeiro dia da Naomi — disse ele.

— Você e metade da porra da cidade — falou Max enquanto passava com uma bandeja de bebidas.

— Ela está se saindo muito bem — disse Sherry a ele. — Apesar de algumas lavações de roupa suja com o gerente.

Nash olhou para mim.

— Não me surpreende.

— Oi, Nash — gorjeou Naomi enquanto passava por nós a caminho do bar.

Ele assentiu.

— Naomi.

Sherry me acotovelou na barriga.

— Alguém tem uma paixonite — cantou ela.

Grunhi. Dois "alguém" tinham uma paixonite, e, se dependesse de mim, nenhum de nós ia ficar com a garota.

— Puxe um banquinho, chefe — disse Silver.

Nash aceitou a oferta e sentou-se na ponta mais próxima da estação das garçonetes.

— Está de plantão ou de folga essa noite? — perguntou Silver.

— Oficialmente de folga.

— Então vai ser cerveja — disse ela com uma pequena continência.

— Você não tem folha de pagamento para aprovar? — perguntou Sherry com inocência enquanto eu pairava atrás do meu irmão.

— Talvez eu já tenha terminado — enrolei, observando enquanto Naomi se aproximava da mesa do Wylie de novo.

— Eu recebo um alerta quando é enviado, espertalhão.

Tecnologia dedo-duro.

— Vou ver isso. Você não tem negócios para gerenciar?

— No momento, eu tenho um homem para gerenciar. Deixe de ser um idiota com a Naomi. Ela é boa. Os clientes gostam dela. Os funcionários gostam dela. Seu irmão gosta dela. Só você está criando problemas.

— O bar é meu. Se eu quiser ter problema, eu vou ter um problema. — Eu parecia a porra de uma criança cujo biscoito foi negado.

Sherry deu um tapa na minha bochecha e a apertou. Com força.

— Chefinho, você é um babaca perpétuo, mas não costuma ser assim. Você nunca prestou atenção a novos funcionários antes. Por que começar agora?

Naomi passou mais uma vez, e fiquei puto por eu observar cada passo do seu caminho.

— Vem aqui com frequência? — perguntou Naomi, dando ao meu irmão um sorrisão enquanto ela trocava outra rodada de bebidas.

— Pensei em aparecer e lhe dar as boas notícias.

— Que boas notícias? — perguntou ela, parecendo esperançosa.

— Eu esclareci seu pequeno mal-entendido de furto de automóvel.

Era de se pensar que meu irmão tinha acabado de sacar um pau de ouro maciço de 25 centímetros pela maneira como Naomi simplesmente voou para ele e o envolveu em um abraço.

— Obrigada, obrigada, obrigada! — entoou ela.

— Nada de agarrar os clientes — rosnei.

Ela revirou os olhos para mim e deu a Nash um beijo na bochecha que me fez querer incendiar meu próprio irmão.

— Também pensei em ver se você queria uma carona para casa depois do seu turno — ofereceu ele.

Porra.

Ela não tinha carro. Ela devia ter vindo de bicicleta e planejado pedalá-la para casa após fechar. No escuro.

Só por cima da porra do meu cadáver.

— É muita gentileza sua oferecer — disse Naomi.

— Não é necessário — falei, entrando na conversa. — Ela já tem carona. A Sherry vai levá-la.

— Foi mal, Knox. Saio em dez minutos — disse minha gerente comercial, presunçosa.

— Então ela também.

— Não consigo fechar minhas mesas e fazer o resto do meu trabalho em dez minutos — argumentou Naomi. — Max vai me mostrar como fechar caso você não me demita depois desta noite.

— Está bem. Então *eu* vou levá-la para casa.

— Tenho certeza de que você tem coisas melhores para fazer do que levar uma chata carente para casa.

— Acaba com ele — sussurrou Fi, alegre.

— Vou levá-la para casa. O Lei e Ordem mora bem no andar de cima. Você não está no trajeto dele. Seria inconveniente para ele te levar para casa.

Eu sabia que tinha pressionado o botão certo quando o sorriso da Naomi vacilou.

— Eu não me importo — insistiu Nash.

Mas Naomi balançou a cabeça.

— Por mais difícil que seja admitir, seu irmão tem razão. Vai estar tarde, e não estou no seu trajeto.

Nash abriu a boca, mas eu o cortei.

— Vou levá-la.

Eu provavelmente poderia manter minha boca fechada e minhas mãos longe dela por cinco minutos de viagem.

— Neste caso, você tem um minuto? — perguntou ele a Naomi.

— Pode ficar com ela por dez minutos — disse Max, empurrando Naomi para meu irmão.

Ela riu e levantou a mão.

— Na verdade, preciso atender algumas mesas. Precisa de algo, Nash?

Ele olhou na minha direção.

— Os policiais de D.C. encontraram seu carro hoje — disse ele.

O rosto dela se iluminou.

— Que ótima notícia!

Nash estremeceu e balançou a cabeça.

— Desculpe, querida. Não é. Eles encontraram os pedaços em um desmanche.

Os ombros da Naomi caíram.

— E a Tina?

— Nenhum sinal dela.

Ela parecia ainda mais abatida, e eu estava prestes a mandar que ela parasse de se preocupar quando Nash estendeu a mão e inclinou o queixo dela para cima.

— Não deixe isso te derrubar, querida. Você está em Knockemout. Nós cuidamos dos nossos.

UMA VEZ QUE MEU IRMÃO assanhado e Wylie Ogden saíram, eu me tranquei no meu escritório e me concentrei na papelada, em vez de observar Daisy entrar nos corações de Knockemout com seu sorriso corajoso.

O negócio estava bom. E eu sabia como a equipe tinha contribuído para esse resultado. Mas, Jesus. Trabalhar com a Naomi dia após dia? Quanto tempo levaria até que ela soltasse alguma coisa espertinha, e eu a prendesse contra uma parede e a beijasse apenas para calá-la?

Mantive um olho no monitor de segurança enquanto trabalhava na lista de coisas que a Fi precisava que eu fizesse.

Folha de pagamento enviada. Pedido de licor finalizado. E-mails respondidos. E eu enfim comecei a trabalhar nos anúncios. Era meia-noite, hora de fechar, e eu estava mais do que pronto para encerrar a noite.

— Vamos, Waylon — chamei. O cachorro saltou da cama.

Encontramos o bar sem clientes.

— Noite decente hoje — falou Silver do caixa onde estava analisando o relatório do dia.

— Quão decente? — perguntei, fazendo o possível para ignorar Naomi e Max enquanto enrolavam utensílios em guardanapos e riam de algo. Waylon foi até elas para exigir afeto.

— Boa o suficiente para bebidas — disse Silver.

— Alguém disse bebidas? — gritou Max.

Eu tinha um acordo com o pessoal. Toda vez que superávamos as vendas da semana anterior, todo o turno ganhava bebidas.

Ela deslizou o relatório por cima do balcão para mim, e eu passei para a lucratividade. Caramba. A noite havia sido boa.

— Talvez a garota nova seja nosso amuleto da sorte — disse ela.

— Nada em relação a ela dá sorte — insisti.

— Você ainda nos deve.

Suspirei.

— Está bem. Alinhe-os. Teremana. — Olhei por cima do ombro. — Vamos, meninas.

Naomi inclinou a cabeça, mas Max saltou de seu assento.

— Eu sabia que tinha sido uma noite boa. As gorjetas foram generosas também. Vamos lá — falou ela, pondo Naomi de pé.

Não deixei de notar o estremecimento da Naomi quando ela se levantou. Era evidente que ela não tinha o costume de ficar de pé por horas a fio. Mas eu a respeitava por tentar esconder com obstinação seu desconforto no caminho até o bar. Waylon a seguiu no encalço como um idiota apaixonado.

— Chefinho escolheu tequila — disse Silver, pegando a garrafa. Max assobiou e tocou tambores no bar.

— Tequila? — repetiu Naomi com um bocejo.

— Tradição — explicou Silver. — Precisamos comemorar as vitórias.

— Mais um — eu disse antes que Silver começasse a servir.

Suas sobrancelhas se ergueram enquanto ela pegava outro copo.

— O chefão tá dentro. Isso é inédito.

Max também parecia surpresa.

— Espera. Não precisamos de sal, limão, molho picante ou algo assim? — perguntou Naomi.

Silver balançou a cabeça.

— Isso é para tequila ruim.

Copos servidos, nós os seguramos no alto.

— Você precisa fazer o brinde — disse-me Max quando ficou claro que ninguém mais iria.

— Caralho. Está bem. A uma noite boa — falei.

— Capenga — disse Silver.

Revirei os olhos.

— Cale a boca e beba.

— Saúde. — Brindamos copo com copo e depois os descansamos no bar. Naomi nos imitou, e eu a observei enquanto ela virava a bebida.

Eu esperava que ela começasse a ofegar e chiar como uma estudante universitária durante a iniciação em uma fraternidade. Mas aqueles olhos avelã se arregalaram quando ela olhou para o copo vazio.

— Então, pelo visto, eu nunca bebi uma tequila boa antes.

— Bem-vinda ao Honky Tonk — disse Max.

— Obrigada. E agora que meu primeiro turno está oficialmente completo — Naomi colocou seu copo e avental no balcão e se virou para mim. — Eu me demito.

Ela foi em direção à porta.

— Nãoooo! — gritaram Silver e Max para ela.

— É melhor você fazer alguma coisa — disse Silver, encurralando-me com um olhar furioso. — Ela é boa.

— E está tentando sustentar uma criança, Knoxy. Tenha compaixão — apontou Max.

Eu xinguei baixo.

— Acompanhem uma à outra na saída — pedi e depois fui atrás da Naomi.

Eu a encontrei no estacionamento ao lado de uma bicicleta antiga de dez marchas.

— Você não vai pedalar essa coisa para casa — anunciei, agarrando o guidão.

Naomi soltou um longo suspiro.

— Você tem sorte de eu estar cansada demais para pedalar ou brigar. Mas eu ainda me demito.

— Não se demite, não. — Entregando-lhe o avental, eu reboquei a bicicleta para a minha caminhonete e a coloquei na traseira. Ela mancava atrás de mim com os ombros caídos.

— Jesus, você parece ter sido pisoteada por uma manada de cavalos.

— Eu não estou acostumada a ficar de pé por horas a fio. Está bem, Sr. Mexo com Papelada Usando uma Cadeira Confortável?

Abri a porta do passageiro e gesticulei para ela entrar. Ela estremeceu quando subiu.

Esperei até ela estar acomodada para fechar a porta, depois contornei o capô e subi ao volante.

— Você não vai se demitir — falei para o caso de ela não ter me ouvido da primeira vez.

— Ah, estou me demitindo, sim. Foi a única coisa que me fez suportar o turno. Conspirei a noite toda. Eu seria a melhor garçonete que você já viu, e, quando você mudasse de ideia, eu pediria demissão.

— Vai se recontratar.

Ela bocejou.

— Você só está dizendo isso para poder me demitir.

— Não. Não estou — falei, severo.

— Você queria que eu me demitisse — lembrou-me. — Eu me demiti. Você venceu. Oba.

— É, bem, você não se saiu mal. E precisa do dinheiro.

— Sua benevolência é espantosa.

Sacudi a cabeça. Mesmo exausta, seu vocabulário ainda atingia alto nível na escala SAT.

Ela descansou a cabeça no assento.

— O que estamos esperando?

— Estou me certificando de que as meninas saiam juntas e entrem em seus carros.

— Que legal da sua parte — disse ela, bocejando de novo.

— Eu não sou um completo idiota o tempo todo.

— Só comigo então? — perguntou Naomi. — Eu me sinto tão sortuda.

— Cartas na mesa? — Eu não estava com vontade de adoçar. — Você não faz meu tipo.

— Está de gozação comigo? — disse ela.

— Não.

— Você não está atraído por mim, então isso significa que não pode nem ser civilizado comigo?

A porta dos fundos se abriu e vimos Max e Silver saírem com o último saco de lixo. Elas o carregaram para a caçamba juntas e se cumprimentaram após jogá-lo. Max acenou, e Silver fez outra continência para mim de novo a caminho de seus respectivos carros.

— Eu não falei que não estava atraído por você. Falei que você não faz o meu tipo.

Ela gemeu.

— Com certeza vou me arrepender disso, mas acho que você vai ter que destrinçar para mim.

— Bem, Daisy. Significa que o meu pau não está nem aí se você faz o meu tipo. Ainda fica de pé, tentando chamar sua atenção.

Ela ficou quieta por um longo tempo.

— Você dá muito trabalho. Vem com muitas complicações. E não ficaria satisfeita com apenas uma foda rápida.

— Acredito que Knox Morgan acabou de dizer que não conseguiria me satisfazer. Se ao menos eu tivesse um celular para imortalizar essa declaração nas redes sociais.

— A. Você vai arranjar um novo celular para ontem. É irresponsável ficar sem um quando você tem uma criança para criar.

— Ah, fica na sua. Passaram-se alguns dias. Não meses. Eu não sabia que ia ter uma criança para criar — disse ela.

— B. Eu poderia satisfazê-la pra caralho — cortei-a, saindo do estacionamento. — Mas você só iria querer mais, e isso não me convém.

— Porque eu sou uma "chata arrogante e carente" — disse ela para a escuridão do lado de fora de sua janela.

Eu não tinha defesa. Eu era um babaca. Simples assim. E, quanto mais cedo ela percebesse isso, mais longe ela ficaria de mim. Metaforicamente falando.

Naomi soltou um suspiro fatigado.

— Você tem sorte de eu estar cansada demais para te estapear, pular deste veículo e rastejar para casa — disse ela por fim.

Virei na pista de terra que levava para casa.

— Você pode me estapear amanhã.

— É provável que só faça você me querer mais.

— Você é uma chata de galocha.

— Você só está bravo porque agora tem que encontrar um novo local para fazer xixi no seu quintal.

TREZE
AULAS DE HISTÓRIA

Naomi

Waylay e eu sobrevivemos quase uma semana inteira juntas. Parecia uma conquista monumental quando nossas vidas continuavam no limbo.

Ainda não tinha sido contatada pelo sistema judicial ou pelo Conselho Tutelar.

Mas eu tinha adicionado abobrinha e feijão-verde triturados no bolo de carne da noite passada para que passasse despercebido pelo nariz perspicaz da Waylay Witt, no caso de alguém estar observando.

Eu tinha trabalhado mais dois turnos no bar, e as gorjetas estavam começando a se somar. Outro benefício financeiro foi a chegada pelo correio dos meus novos cartões de crédito e débito. Eu não tinha conseguido apagar todas as cobranças da Tina do extrato do meu cartão de crédito, mas ter acesso às minhas economias escassas ajudou bastante.

Eu tive o cuidado de pagar a hipoteca no início deste mês, na expectativa de estar delirando demais de felicidade na minha lua de mel para me preocupar com coisas como contas. Isso mais o fato de que eu não precisava mais me preocupar com prestação de carro ou seguro significava que eu poderia fazer um dólar render de forma impressionante.

Para fazer aquele aluguel gratuito valer, reservei umas horas para passar na casa da Liza.

— Quem é esse? — perguntou Waylay, apontando para uma foto emoldurada que encontrei escondida na parte de trás de um dos armários da sala de jantar.

Levantei a vista do pano de limpeza e do lustra-móveis para olhar. Era uma foto de um homem mais velho parecendo tão orgulhoso que irradiava com o braço em volta de uma ruiva radiante vestindo boné e vestido.

Liza, que tinha dito várias vezes que não gostava de limpar, mas ainda insistia em nos seguir de cômodo em cômodo, olhou para a foto como se a estivesse vendo pela primeira vez. Ela soltou um suspiro lento e trêmulo.

— Esse é, hã. O meu marido, Billy. E essa é a nossa filha, Jayla.

Waylay abriu a boca para fazer outra pergunta, mas eu interrompi, sentindo que Liza não queria falar dos outros membros da família que não tinham sido mencionados até agora. Tinha uma razão para esta grande casa ter sido fechada ao resto do mundo. E eu imaginava que o motivo estava naquela foto.

— Tem planos para este fim de semana, Liza? — cortei, balançando minha cabeça para Waylay com discrição.

Ela colocou a foto virada para baixo na mesa.

— Planos? Rá! — zombou ela. — Eu faço a mesma coisa todos os dias. Arrasto minha bunda para fora da cama e fico zanzando por aí. O dia todo, todos os dias. Do lado de dentro e do lado de fora.

— Vai zanzar onde neste fim de semana? — perguntou Waylay. Fiz um sinal de aprovação para ela sem que Liza pudesse ver.

— O jardim precisa de uma atençãozinha. Acaso alguma de vocês gosta de tomate? Tenho tantos que estão saindo pelos ouvidos.

— Waylay e eu *adoramos* tomate — falei enquanto minha sobrinha fingia vomitar.

— Vou mandar vocês para casa com uma cesta cheia então — decidiu Liza.

— RAIOS ME PARTAM. Você tirou todas as crostas queimadas do fogão — observou Liza duas horas depois. Ela estava debruçada sobre o fogão enquanto eu descansava no chão, com as pernas esticadas à minha frente.

Eu estava suando, e meus dedos estavam com cãibra de esfregar com agressividade. Mas o progresso era inegável. O monte de pratos tinha sido lavado e guardado, e o fogão brilhava em sua cor preta em todas as superfícies. Eu tinha tirado todos os papéis, caixas e sacos da ilha e encarreguei Liza de classificar tudo em pilhas de Manter e Jogar Fora. A pilha Manter tinha quatro vezes o tamanho da pilha Jogar Fora, mas ainda contava como progresso.

Waylay estava fazendo seu próprio tipo de progresso. Assim que ela consertou o leitor eletrônico errante que tinha devorado os arquivos baixados da Liza e uma impressora que tinha perdido sua conexão wi-fi, Liza entregou um Blackberry antigo que eu encontrei na gaveta ao lado da pia. Se Waylay pudesse trazê-lo de volta à vida, Liza disse que eu poderia ficar com ele. Um telefone gratuito com um número que nenhum dos meus contatos antigos tinha? Era perfeito.

— Estou morrendo de fome — anunciou Waylay, jogando-se de forma dramática na bancada agora visível. Fogoso, o beagle, latiu como se para enfatizar a dureza da fome da minha sobrinha. Kitty, a pit bull, estava em sono profundo no meio do chão, com a língua se desenrolando para o chão.

— Então vamos comer — disse Liza, batendo palmas.

Com a palavra "comer", os cães e minha sobrinha se empertigaram.

— Claro que não vou cozinhar aqui. Não com tudo parecendo novinho em folha — acrescentou Liza. — Vamos ao Dino's. Por minha conta.

— O pepperoni deles é o melhor — disse Waylay, animando-se.

— Eu comeria uma torta de pepperoni inteira sozinha — concordou Liza, levantando seus shorts cargo.

Era bom ver minha sobrinha ficando à vontade com um adulto, mas eu teria gostado mais se fosse comigo que ela estivesse compartilhando as preferências por pepperoni.

Eu não conseguia me livrar da sensação de que estava falhando em uma prova numa disciplina a que me esqueci de comparecer o semestre todo.

TROQUEI MINHAS ROUPAS de limpeza e coloquei um vestido de verão, em seguida, Liza nos levou para a cidade em seu velho carro Buick que flutuava nas esquinas como um carro alegórico do desfile do Dia de Ação de Graças da Macy's. Ela se espremeu em uma vaga de estacionamento em frente a uma loja sob um toldo laranja. A placa na janela dizia Dino's Pizza.

A algumas portas de distância estava algum tipo de salão ou barbearia cuja fachada de tijolos estava pintada de um azul-escuro. A disposição de garrafas de uísque e cactos em potes de barro criava uma vitrine atraente.

Quando saímos, dois motociclistas deambularam da pizzaria em direção a duas Harley. Um deles me lançou uma piscadela e um sorriso.

— Essa não é a Tina — berrou Liza.

— Eu sei — gritou ele. — Como vai, Não Tina?

Bem, pelo menos o fato de eu não ser a Tina estava sendo assimilado. Mas não me afeiçoei muito ao apelido Não Tina. Acenei desajeitadamente e empurrei Waylay à minha frente em direção à porta do restaurante, esperando que a coisa de Não Tina não pegasse.

Liza ignorou a placa "Por favor, Espere para Sentar" e se enfiou numa cabine vazia.

Waylay a seguiu enquanto eu hesitava, querendo permissão.

— Atendemos vocês já — gritou o rapaz atrás do balcão. Aliviada, eu deslizei para a cabine ao lado da Waylay.

— Então, o que está achando de Knockemout até agora? — perguntou-me Liza.

— Ah, hã. É bem charmosa — falei, examinando as saladas do cardápio. — Como a cidade recebeu esse nome?

— Não sei se há uma resposta oficial. Só que esta cidade sempre resolveu suas diferenças com uma boa e velha briga. Nada dessas coisas de levar para tribunal e envolver advogados metidos a besta. Se alguém te prejudica, você diz umas verdades para a pessoa, e depois acerta as contas. Simples. Rápido.

— Não é assim que as pessoas resolvem os problemas — falei à Waylay com severidade.

— Não sei. É tão satisfatório dar um soco na cara de alguém — divagou minha sobrinha. — Você já tentou?

— A violência nunca é a resposta — insisti.

— Talvez ela esteja certa — disse Liza, dirigindo-se à Waylay. — Veja os meus netos. Certas coisas não podem ser resolvidas com socos.

— Knox prendeu Nash em uma chave de braço — disse Waylay.

— Cadê o nosso garçom? — perguntei a ninguém em particular.

— É isso aí — concordou Liza com Waylay.

— Qual é o motivo da briga deles? — perguntou minha sobrinha.

— Aqueles meninos teimosos como duas mulas estão sempre brigando.

— Ouvi dizer que o motivo era uma mulher.

Levei um susto quando a garçonete se inclinou sobre a mesa para deixar os guardanapos e canudos.

— Que mulher seria essa, Neecey? — disse Liza.

— Só estou repetindo o que ouvi.

— Já que todo mundo sabe que Knox não namora uma garota desta cidade desde o ensino médio. Você lembra que a Jilly Aucker foi para Canton só para ver se mudar de código postal daria um empurrãozinho nele?

— É. Aí ela conheceu aquele lenhador e teve quatro filhos lenhadores com ele — disse Neecey.

Eu não queria me interessar por esta informação em particular, mas não pude evitar.

— Só estou repetindo o que ouvi. É uma pena que nenhum desses rapazes tenha se casado. — Neecey ajustou os óculos e estourou o chiclete. — Se eu fosse 20 anos mais jovem, eu daria fim à rivalidade me oferecendo para ser compartilhada entre os dois com generosidade.

— Tenho certeza de que seu marido teria uma opinião sobre isso — comentou Liza.

— Vin tem dormido no sofá em cinco das setenoites da semana nos últimos dez anos. Comigo, dormiu, perdeu. Você deve ser a Não Tina — falou a garçonete. — Soube que você e Knox caíram em gritaria na cafeteria e no Honky Tonk, e depois ele se desculpou, mas você quebrou uma cadeira na cabeça dele, e ele precisou de seis pontos.

Fiquei sem palavras. Waylay, por outro lado, irrompeu em gargalhadas.

Esta cidade certamente amava suas fofocas. Com rumores como este, não era de admirar que eu ainda não tivesse notícias da assistente social. Se calhar, estavam trabalhando num mandado para a minha prisão.

— Esta aqui é a Naomi e sua sobrinha, Waylay — disse Liza, fazendo as apresentações.

— E eu não quebrei uma cadeira na cabeça de ninguém, não importa o quanto a pessoa merecesse. Sou uma adulta muito responsável — eu disse à Neecey, na esperança de que ela passasse em frente esse boato.

— Hum. Que pena — disse ela.

— Me dá um dólar para tocar uma música? — perguntou Waylay, apontando para a jukebox no canto depois que fizemos nossos pedidos.

Antes que eu pudesse dizer qualquer coisa, Liza empurrou uma nota de cinco dólares amassada para ela.

— Toca um country. Sinto falta de ouvir.

— Valeu! — Waylay arrancou a nota da mão da Liza e foi para a jukebox.

— Por que você não ouve mais country? — perguntei.

O mesmo olhar que ela tinha quando Waylay lhe perguntou sobre a foto voltou. Melancólico e triste.

— Era minha filha que ouvia. Colocava no rádio de manhã, meio-dia e à noite. Ensinou os meninos a dançar praticamente antes que eles soubessem andar.

Tinha muitos verbos no passado nessa frase. Espontaneamente, estendi a mão e apertei a dela. Seu foco voltou para mim, e ela apertou minha mão antes de soltar.

— Falando em família, meu neto mostrou certo interesse em você.

— Nash tem sido tão prestativo desde que eu cheguei à cidade — falei.

— Nash não, sua tola. Knox.

— Knox? — repeti, certa de que a tinha entendido errado.

— Grandalhão? Tatuado? Irritado com o mundo?

— Ele não demonstrou interesse, Liza. Ele demostrou desdém, repulsa e malícia. — Ele também compartilhou um anúncio ofensivo de que seu corpo achava meu corpo atraente, mas o resto dele achava o resto de mim repugnante.

Ela assobiou.

— Aposto que você é a tal.

— A tal o quê?

— Que o fará reconsiderar todo esse negócio de solteirão. Aposto que você é a primeira garota desta cidade com quem ele sai em mais de 20 anos. E por *sair*, digo...

Levantei o menu para cobrir meu rosto.

— Eu entendo o que você quer dizer, mas você está muito, *muito* enganada.

— Ele é um ótimo partido — insistiu ela. — E não só por causa do dinheiro da loteria.

Eu estava cem por cento certa de que ela estava tirando onda com a minha cara.

— Knox ganhou na loteria? — perguntei num tom seco.

— Onze milhões. Uns anos atrás.

Eu pisquei.

— Você está falando sério, não está?

— Como um infarto. E ele não foi um daqueles vencedores que "compra uma grande mansão e uma frota de carros importados". Ele está ainda mais rico agora do que quando recebeu aquele cheque grande — disse ela com orgulho.

As botas do homem eram mais velhas que Waylay.

Ele morava em uma cabana na propriedade da avó. Pensei em Warner e sua família, que sem sombra de dúvidas não tinham milhões de dólares, mas agiam como se fossem os mais superiores da nata social.

— Mas ele é tão... *mal-humorado.*

Liza sorriu.

— Acho que isso só mostra que o dinheiro não pode comprar felicidade.

TÍNHAMOS ACABADO DE COMEÇAR a comer pepperoni grande e salada — bem, tecnicamente só eu tinha salada no prato — quando a porta da frente se abriu e entrou Sloane, a bibliotecária, seguida por uma jovem.

Hoje, Sloane vestia uma saia longa com estampa tie-dye que chegava aos tornozelos e uma camiseta com as mangas dobradas. Seu cabelo estava solto, criando uma longa cortina dourada que se movia como o material de sua saia. A garota atrás dela era um querubim de bochechas rechonchudas. Ela tinha pele escura e olhos castanhos avaliadores, e o cabelo estava preso em um tufo adorável no topo da cabeça.

— Oi, Sloane! — cumprimentei-a com um aceno de mão.

Os lábios vermelhos da bibliotecária se curvaram em um sorriso e ela apontou com a cabeça para a garota que a seguia.

— Ora, se não é Liza, Naomi e Waylay. Chloe, você conhece a Way? — perguntou Sloane.

A garota bateu um dedo com unha rosa brilhante no queixo.

— Nós almoçamos juntas no ano passado, não foi? Você se sentou com a Nina, a baixinha com cabelo preto, não a alta com mau hálito. Ela é bem legal, só não é muito boa em escovar os dentes. Estou na turma da professora Felch este ano e não estou nada feliz porque todos dizem que ela é uma velha má. Ouvi dizer que ela está pior ainda porque ela e o marido estão falando em divórcio.

Notei que Waylay estava olhando para Chloe com interesse precavido.

— Chloe! — Sloane parecia entretida e envergonhada.

— Quê? Só estou repetindo o que ouvi de várias boas fontes. Quem é sua professora? — perguntou ela à Waylay.

— A professora Felch — disse Waylay.

— O sétimo ano vai ser incrível, mesmo que tenhamos a velha professora Felch, porque podemos trocar de sala e professores para as disciplinas de ciências, arte, educação física e matemática. Além disso, Nina, Beau e Willow estão na nossa turma — prosseguiu Chloe, monótona. — Já escolheu o que vai vestir no primeiro dia? Estou indecisa entre um visual todo rosa ou um visual rosa e branco.

Eram muitas palavras para absorver vindas de uma pessoa tão pequena.

— Se você precisar saber qualquer coisa sobre alguém, pergunte à minha sobrinha Chloe — disse Sloane, parecendo achar graça.

Chloe sorriu, mostrando uma covinha numa bochecha.

— Eu não tenho permissão para visitar a tia Sloane na biblioteca porque ela diz que eu falo demais. *Eu* não acho que falo demais. Eu só tenho muita informação que precisa ser divulgada ao público.

Waylay estava olhando fixamente para Chloe com metade de sua fatia de pizza pendurada na boca. Eu não frequentava a escola e encarava uma garota legal fazia muito tempo. Mas Chloe tinha *garota legal* escrito em toda parte.

— Devíamos pedir às nossas mães, ou acho que à sua tia e minha mãe ou minha tia, para combinar um dia para brincar. Você gosta de artesanato ou fazer caminhadas? Talvez cozinhar?

— Hã — disse Waylay.

— Você pode me avisar na escola — falou Chloe.

— Valeu? — murmurou Waylay.

Ocorreu-me que, se as pessoas no supermercado estavam a olhando torto, Waylay podia não ter um monte de amigos na escola. Afinal, não era difícil imaginar as mães não querendo que suas filhas trouxessem a filha da Tina Witt para casa.

Inspiração me atingiu.

— Ei, vamos dar um pequeno jantar no domingo. Vocês duas gostariam de ir?

— Meu dia de folga *e* eu não tenho que cozinhar? Conte comigo — disse Sloane. — E você, Chlo?

— Vou verificar meu calendário social e falo com você. Eu tenho festa de aniversário e aula de tênis no sábado, mas acho que estou livre no domingo.

— Ótimo! — falei. Waylay me deu um olhar que me fez pensar que eu parecia um pouco desesperada.

— Perfeito! Vamos pegar nosso pedido para viagem antes que esfrie — sugeriu Sloane, dirigindo Chloe em direção ao balcão.

— Caramba, aquela garota fala pelos cotovelos — observou Liza. Ela olhou para mim. — Então, quando você iria me convidar para este jantar?

— Hã... agora?

Nós comemos nossa pizza, eu comi nossa salada, e Liza pagou a conta como a padroeira dos inquilinos temporariamente quebrados. Saímos para a calçada e para o calor da Virgínia. Mas Liza foi na direção oposta do carro. Ela se arrastou até o prédio na esquina e bateu alto na janela de vidro do Whiskey Clipper.

Waylay se juntou a ela, e as duas começaram a acenar.

— O que vocês estão fazendo? — perguntei, correndo atrás delas.

— Knox é dono deste lugar também e faz barba e cabelo — disse Liza com uma pitada de orgulho.

Vestindo seu uniforme habitual de jeans desgastados, uma camiseta justa e botas de motociclista antigas, Knox Morgan estava de pé atrás de uma das cadeiras do salão, passando uma navalha na bochecha de um cliente. Ele usava um avental de couro amarrado baixo em seus quadris com tesouras e outras ferramentas enfiadas nos bolsos.

Eu nunca tinha tido fetiche por barbeiros antes. Eu nem sabia se esse fetiche existia. Mas observando aqueles antebraços tatuados e aquelas mãos hábeis trabalhando, senti um pulsar irritante de desejo ganhar vida sob a pizza que eu tinha ingerido.

Seu olhar encontrou o meu, e, por um segundo, parecia que o vidro não estava lá. Parecia que eu estava sendo arrastada para a sua gravidade contra a minha vontade. Parecia que éramos apenas nós dois compartilhando algum tipo de segredo.

Eu sabia no que eu estaria pensando e pelo que estaria me odiando quando deitasse na cama hoje à noite.

CATORZE
JANTAR

Knox

Cerveja e ver um jogo? Ou cerveja e bater papo no convés? — perguntei ao Jeremiah enquanto ele e Waylon me seguiam pelos degraus que levavam à minha cabana. Uma vez a cada duas semanas ou mais, eu saía cedo, e nos reuníamos fora do trabalho.

— Eu quero descobrir o que deixou sua barba tão abatida. Você estava bem há uns dias. Seu eu mal-humorado de sempre. Agora você está fazendo beicinho.

— Eu não faço beicinho. Eu pondero. Como macho.

Jeremiah riu atrás de mim.

Destranquei a porta e, apesar dos meus melhores esforços, olhei na direção da casa de campo.

Havia carros estacionados em frente à casa, com música tocando. Ótimo. A mulher era muito sociável. Outro motivo para ficar longe dela.

Não que eu precisasse, visto que ela estava me evitando como se *eu* fosse o problema. A semana anterior havia sido difícil. Irritante. Naomi Witt, descobri, era uma pessoa calorosa e amigável. E, quando ela não estava no clima de ser calorosa e amigável com você, você sem sombra de dúvida sentia a frieza. Ela se recusava a fazer contato visual comigo. Seus sorrisos e respostas de "claro, chefe" eram superficiais. Mesmo quando eu a levava para casa e ficávamos sozinhos na caminhonete, a frieza não descongelava um grau. Toda vez que eu pensava que tinha pegado o jeito, ela aparecia. No quintal dela ou na casa da minha avó. No meu próprio bar. Caramba, alguns dias atrás, ela tinha aparecido na janela do Whiskey Clipper como uma porcaria de visão.

Ela estava me deixando louco pra caralho.

— Está vendo? Isso aí mesmo — disse Jer, apontando um dedo na minha cara. — Beicinho. O que está acontecendo contigo, cara?

— Nada. — Notei o veículo do departamento do meu irmão estacionado na casa de campo. — Porra.

— Há um motivo para você não gostar de ver o carro do seu irmão estacionado na casa da Não Tina?

— É a sua parte bissexual que quer falar sobre sentimentos o tempo todo? — perguntei. — Ou a parte "eu venho de uma grande família libanesa que sabe tudo sobre todo mundo" é a culpada?

— Por que não as duas? — questionou ele com um sorriso ligeiro.

Uma gargalhada particularmente alta chamou nossa atenção, assim como o cheiro de carne grelhada.

O nariz do Waylon estremeceu. A ponta branca de sua cauda congelou no ar.

— Não — falei, severo.

Eu poderia muito bem ter dito "claro, amigão. Vai buscar um cachorro-quente", porque meu cachorro disparou como um raio.

— Parece que vamos nos juntar à festa — observou Jeremiah.

— Caralho. Vou buscar uma cerveja primeiro.

Um minuto depois, com cervejas geladas na mão, vagamos pelos fundos da casa de campo e encontramos metade de Knockemout na varanda da Naomi.

Sloane, a linda bibliotecária, estava lá com sua sobrinha, Chloe, que estava caminhando no riacho com água até os joelhos com Waylay e os cachorros da minha avó. Liza J estava sentada ao lado de Tallulah enquanto Justice cuidava da grelha e meu irmão flertava com Naomi.

Ela parecia com o verão.

Considerando que eu tinha bebido dois goles de cerveja, não podia culpar o álcool pela minha prosa mental. Minha boca ficou seca quando meu olhar se voltou para seus pés descalços, em seguida, subiu as pernas longas e bronzeadas, que desapareciam sob o sedutor vestido de verão amarelo-limão.

— Então *esse* é o problema — disse Jeremiah, presunçoso. Ele estava olhando direto para Naomi, e eu não liguei muito para isso.

— Não sei do que você está falando — falei.

Waylon subiu na varanda e fez um caminho mais curto para a churrasqueira.

— Waylon! — Naomi parecia encantada em ver meu cachorro. Ela se agachou para cumprimentá-lo, e mesmo à distância, o vislumbre do decote foi o suficiente para minhas bolas darem um nó.

— Waylon — ladrei.

Meu cachorro idiota estava ocupado demais curtindo o carinho de uma linda mulher para se incomodar em me ouvir.

— Knox! Jer! — gritou Tallulah quando nos viu no quintal. — Juntem-se a nós.

Naomi levantou a vista, e eu vi a alegria desaparecer de seu rosto quando ela me viu. As paredes de gelo subiram.

— Não queremos incomodar — disse Jeremiah, olhando cautelosamente para o banquete. Havia ovos cozidos e recheados, legumes grelhados, algum tipo de molho em camadas num prato chique e quatro tipos de sobremesas. Na grelha, Justice estava virando peitos de frango e cachorros-quentes.

— Fiquem à vontade para se juntar a nós — disse Naomi por meio de um sorriso que era mais dentes cerrados do que encorajamento. Sua mensagem era clara. Ela não me queria aqui no seu pequeno jantar acolhedor.

Bem, eu não a queria na minha cabeça toda vez que eu fechava a porra dos olhos. Então nos considerei quites.

— Se você insiste — disse Jeremiah, lançando-me um olhar triunfante.

— Lindas flores — falei. Havia um vaso azul transbordando de flores selvagens no centro da mesa.

— Nash as trouxe — disse Naomi.

Eu queria esmagar o olhar presunçoso do meu irmão para tirar a satisfação da cara dele.

E daí que ele trouxe flores para a garota, e eu mal conseguia fazer com que ela dissesse duas palavras para mim? Ele deveria saber que era melhor não me desafiar assim.

Eu jogava sujo. Mesmo quando eu não me importava em ganhar. Só queria que Nash perdesse.

ENTRE COMER e bater papo com os convidados ecléticos da Naomi, eu a observei. Ela se sentou entre Waylay e Nash, que quase me tirou da frente como se estivéssemos fazendo dança das cadeiras. A conversa estava animada e o humor alegre.

Naomi riu, conversou e ouviu, enquanto ficava de olho nos pratos e copos de todos, perguntando se queriam repetir com a experiência de alguém que passou a vida cuidando dos outros.

Ela era calorosa, atenciosa e engraçada. Exceto comigo.

Talvez eu tivesse sido uma espécie de idiota. Pessoalmente, eu não via isso como uma infração que justificasse eu ser relegado para a Cidade do Gelo.

Eu notei que toda vez que Sloane ou Chloe mencionava algo relacionado ao começo das aulas, Naomi ficava pálida e às vezes pedia licença para entrar.

Ela conversou com Jeremiah sobre cabelo e o Whisky Clipper. Ela conversou sobre café e pequenos negócios com Justice e Tallulah. E não hesitou em sorrir para qualquer coisa estúpida que saísse da boca do meu irmão. Mas não importava por quanto tempo eu a observava, ela nunca olhava na minha direção. Eu era o convidado invisível do jantar, e isso estava me deixando com os nervos à flor da pele.

— Mais cedo, Liza J estava nos contando histórias de quando você e Nash estavam crescendo — disse-me Justice.

Eu só podia imaginar quais histórias minha avó havia decidido contar.

— Foi a da briga de pedra no riacho ou da tirolesa na chaminé? — perguntei ao meu irmão.

— As duas — disse Nash, com os lábios curvados.

— Foi uma infância e tanto — falei ao Justice.

— Seus pais moravam com vocês? — perguntou Waylay. Era uma pergunta inocente vinda de uma criança que sabia como era não morar com os pais.

Eu engoli e procurei uma fuga.

— Moramos com nossos pais até nossa mãe falecer — respondeu Nash a ela.

— Sinto muito. — Isso veio da Naomi, e desta vez ela estava olhando para mim.

Eu assenti, rígido.

— Naomi, você já pegou o notebook da escola da Waylay? — perguntou Sloane. — Minha irmã disse que o da Chloe estava com defeito.

— Sim, toda vez que abro a internet, ela reinicia. Como vou assistir a vídeos adequados para minha idade no YouTube sem internet? — entrou Chloe na conversa.

— Ou, sei lá, fazer trabalho escolar? — brincou Sloane.

— Eu posso dar uma olhada nisso — ofereceu Waylay.

Os olhos castanhos da Chloe se arregalaram.

— Você é uma garota STEM?

— O que é isso? — perguntou Waylay com suspeita.

— Ciência, Tecnologia, Engenharia e Matemática — preencheu Sloane.

— É. Coisas de nerd — acrescentou Chloe.

Sloane deu uma cotovelada na sobrinha.

— Ai! Eu não digo nerd de forma *negativa*. É bom ser nerd. É legal ser nerd. Nerds são aqueles que crescem e administram empresas e ganham zilhões de dólares — disse Chloe. Ela olhou para Waylay. — É sem sombra de dúvida bom ser nerd.

A parte de cima das orelhas da Waylay ficou rosa.

— Minha mãe sempre disse que os nerds eram otários — falou ela baixinho. Ela desviou o olhar para Naomi. — Ela disse que as meninas que gostavam de vestidos e arrumar o cabelo eram... hã, más.

Eu tive o desejo repentino de caçar Tina e chutar sua bunda para derrubá-la no riacho por não ser o tipo de mãe de que sua filha precisava.

— Sua mãe confundiu muitas coisas, criança — disse Naomi, passando a mão no cabelo da Waylay. — Não entrou na cabeça dela que as pessoas poderiam ser mais de uma coisa ou gostar de mais de uma coisa. Você pode usar vestidos e passar maquiagem e construir foguetes. Você pode usar terno e jogar beisebol. Você pode ser um milionário e trabalhar de pijama.

— Sua mãe não gosta de vestidos e cabelos arrumados? — zombou Chloe. — Ela que está perdendo. Eu renovei meu guarda-roupa *duas* vezes como presente de aniversário no ano passado *e* ganhei um arco e flecha. Seja você mesma. Não deixe ninguém que não gosta de moda te dizer alguma coisa.

— Ouça a Chloe, que está prestes a perder um cachorro-quente do prato... desça, Waylon — disse Liza.

Meu cachorro congelou, no meio do roubo.

— Ainda podemos te ver, mesmo que você não esteja se movendo, idiota — lembrei-o.

Waylay riu.

Amuado, Waylon voltou para debaixo da mesa. Segundos depois, notei Waylay arrancar um pedaço de seu cachorro-quente e jogá-lo embaixo do pano xadrez discretamente.

Naomi percebeu também, mas não dedurou nenhum deles.

— Se você trouxer seu notebook, eu posso dar uma olhada — ofereceu Waylay.

— Bem, se você vai dar um pouco de suporte técnico após o jantar — disse Tallulah, puxando um enorme iPad de sua bolsa de trabalho —, acabei de comprar isso para a loja e estou tendo problemas para transferir tudo do antigo.

— Dez dólares por trabalho — falei, batendo na mesa. Os olhos de todos se voltaram para mim. Os lábios da Waylay se curvaram.

— Waylay Witt não trabalha de graça. Você quer a melhor? Tem que pagar por isso — avisei a eles.

O sorrisinho dela agora era um sorriso pretencioso, que se transformou em um sorriso completo quando Tallulah tirou uma nota de dez dólares da bolsa e lhe entregou.

— Primeira cliente pagante — disse Tallulah com orgulho.

— Tia Sloane! — sibilou Chloe.

Sloane sorriu e foi buscar sua bolsa.

— Aqui está 20 dólares pela sua ajuda. A Miss Moda aqui também derramou mel na barra de espaço quando estava fazendo chá.

Waylay embolsou as notas e se sentou para começar a trabalhar. Desta vez, Naomi fixou os olhos em mim. Ela não sorriu, não disse "obrigada" ou "tire a minha roupa hoje à noite". Mas ainda havia algo lá. Algo latente naqueles olhos avelã que eu ansiei para desbloquear.

E depois desapareceu.

— Com licença — disse ela, afastando-se da mesa. — Eu volto já.

Nash a observou se afastar com aquele tecido amarelo-vivo balançando sobre as coxas bronzeadas.

Eu não podia culpá-lo. Mas também não podia deixá-lo ficar com ela.

Quando Jeremiah chamou a atenção dele com uma pergunta sobre futebol, eu aproveitei a oportunidade para seguir Naomi para dentro. Eu a encontrei curvada sobre a escrivaninha de tampo móvel ao lado das escadas na sala de estar.

— O que está fazendo?

Ela saltou, com os ombros travados. Depois girou, segurando as mãos atrás das costas. Quando ela viu que era eu, revirou os olhos.

— Está precisando de algo? Um tapa na cara? Uma desculpa para ir embora?

Eu fechei a distância entre nós lentamente. Eu não sabia por que estava fazendo isso. Eu só sabia que vê-la sorrir para o meu irmão fez meu peito se apertar, que ser deixado de fora estava me afetando. E quanto mais para perto dela eu me movia, mais quente eu me sentia.

— Pensei que o dinheiro estava apertado — falei quando ela inclinou a cabeça para olhar para mim.

— Ah, vai se danar, viking.

— Só estou dizendo, Daisy, que, na sua primeira noite no trabalho, você me apresentou uma história triste sobre perder suas economias e sustentar sua sobrinha. Agora parece que você está alimentando metade da cidade.

— *Cada um trouxe um prato*, Knox. Aliás, só você não trouxe algo para compartilhar. Além disso, eu não estou fazendo isso para socializar.

Eu gostava da maneira como ela dizia meu nome quando ficava exasperada. Caramba, eu simplesmente gostava do meu nome naqueles lábios.

— Tudo bem então. Por que você está recebendo metade de Knockemout com um prato cada?

— Se eu lhe disser, você promete nos fazer um favor e ir embora?

— Com certeza — menti.

Ela mordeu o lábio e olhou por cima do meu ombro.

— Está bem. É por causa da Chloe.

— Você está dando um jantar para uma criança de 11 anos?

Ela revirou os olhos.

— Não! Aquela tagarela adorável é a garota mais popular do ano da Waylay. Elas têm a mesma professora este ano. Só estou tentando dar a elas a oportunidade de passarem um tempo juntas.

— Você está mediando alunos do sétimo ano?

A mandíbula da Naomi se projetou e ela cruzou os braços sobre o peito. Não me importei, já que isso fez com que seus seios ficassem mais para cima no decote do vestido.

— Você não sabe como é andar pela cidade e ser julgada pelas pessoas só por causa de quem são seus parentes — sibilou ela.

Eu me aproximei dela mais um passo.

— Nisso você está completamente errada.

— Ok. Está bem. Tanto faz. Eu quero que a Waylay vá para a escola com amigas de verdade, não apenas com rumores de que ela é a filha abandonada da Tina Witt.

Provavelmente era algo sensato a se fazer. Eu tive meu irmão e Lucian no primeiro dia de aula quando nos mudamos para cá. Ninguém na escola teve a audácia de falar merda sobre um de nós por estarmos protegidos pela matilha.

— Então o que é isso? — perguntei, agarrando o caderno que ela segurava numa mão.

— Knox! Pare!

— Lista de Emergência de Volta às Aulas — li. — Pegar o notebook. Tentar agendar uma reunião com a professora. Roupas de volta às aulas e material escolar. Dinheiro. — Soltei um assobio baixo. — Muitos pontos de interrogação após o último.

Ela se lançou para pegar o caderno, mas eu o segurei fora de seu alcance e voltei uma página. Encontrei outra lista de tarefas e mais uma.

— Gosta mesmo de listas, hein? — observei.

Sua caligrafia começava bonita e arrumada, mas quanto mais abaixo na lista chegava, eu praticamente sentia o pânico na letra. A mulher tinha muito peso nos ombros. E não havia muito o que fazer se o vislumbre de seus saldos bancários rabiscados na parte inferior de uma lista de compras fosse algum indicador.

Desta vez, permiti que ela pegasse o caderno de volta. Ela o jogou na mesa atrás dela e pegou sua taça de vinho.

— Não se meta nas minhas coisas, Knox — disse ela. Suas bochechas estavam rosadas, e não havia uma pitada de frieza naqueles lindos olhos avelã agora. Toda vez que ela respirava fundo, seus seios roçavam meu peito e me deixavam um pouco mais ensandecido.

— Você não precisa fazer isso sozinha, sabe — falei.

Ela bateu com a mão que não segurava o vinho na testa em falsa emoção.

— É *claro*! É só pedir esmolas a estranhos. Por que não pensei nisso? Não me faria parecer incapaz de cuidar de uma criança aos olhos da lei. Problema resolvido.

— Não há nada de errado em aceitar uma pequena ajuda de vez em quando.

— Eu não preciso de ajuda. Eu preciso de *tempo* — insistiu, com os ombros tensos e a mão fechando em punho nas laterais. — Sloane mencionou que pode abrir uma vaga de meio-período na biblioteca após as aulas começarem. Eu posso economizar e comprar um carro. Posso fazer dar certo. Só preciso de tempo.

— Se quiser turnos extras no Honky Tonk, é só dizer.

Eu não conseguia parar de querer que a órbita dessa mulher se sobrepusesse à minha. Era um jogo estúpido e perigoso que eu estava jogando.

— Isso vindo do homem que me chamou de "chata arrogante e carente" e tentou me demitir assim que me viu. Perdão se eu nunca te pedir nada.

— Ah, fala sério, Naomi. Eu estava puto.

Ela olhou para mim como se quisesse me incendiar.

— E? — disse ela, incisiva.

— E o quê? Eu disse merda porque estava puto da vida. Não era para você ter escutado. Não é minha culpa você ter bisbilhotado uma conversa privada.

— Você gritou dois segundos após eu sair pela porta! Você não pode simplesmente fazer isso! As palavras têm poder. Elas fazem as pessoas *sentirem* coisas.

— Então pare de sentir coisas e vamos seguir em frente — sugeri.

— Essa deve ser a coisa mais ridícula que já ouvi na minha vida.

— Duvido. Você cresceu com a Tina.

O gelo nela havia descongelado e se transformado em lava derretida.

— Eu cresci, sim, com a Tina. Eu tinha 9 nove anos quando a ouvi dizer à minha melhor amiga que era melhor elas brincarem sem mim porque eu era muito esnobe para me divertir. Eu tinha 14 anos quando ela beijou o garoto de quem ela sabia que eu gostava e me disse que eu era muito carente para ele ou alguém me querer.

Caralho. É por isso que eu odiava falar com as pessoas. Mais cedo ou mais tarde, você sempre tocava em uma ferida.

Passei a mão pelo cabelo.

— Então vem Knox Morgan. Que não me quer por perto porque, apesar da minha personalidade defeituosa de ser arrogante e carente, ainda consegue se sentir atraído pelo meu corpo.

— Olha, Daisy. Não é nada pessoal.

— Exceto que é *profundamente* pessoal.

— Teve que pensar muito nisso para ficar puta da vida, hein?

Talvez eu não fosse o único a perder o sono.

— Vai se ferrar, Knox!

A batida rápida na porta da frente fez Naomi pular.

Vinho escorreu da borda de sua taça.

— Estou interrompendo?

A mulher do outro lado da porta de tela estava a alguns centímetros da Naomi e usava um terno cinza amarrotado. Seu cabelo escuro estava puxado para trás em um coque apertado.

— Hummm — conseguiu dizer Naomi enquanto tentava enxugar o vinho em seu peito com as mãos. — Hãaa.

— Me chamo Yolanda Suarez. Sou funcionária do Conselho Tutelar.

Ah. Porra.

O corpo de Naomi ficou com uma rigidez cadavérica ao meu lado. Peguei a caixa de lenços de papel de cima da mesa e entreguei para Naomi.

— Aqui — falei.

Quando ela apenas olhou para a visitante sem se mover, puxei alguns lenços e comecei a secar o desastre.

Levou cerca de duas enxugadas em seu decote antes que ela despertasse e batesse em minhas mãos para afastá-las.

— Hum! Bem-vinda. Este vinho não é meu — disse Naomi, com os olhos arregalados. O olhar da visitante passou para a taça agora vazia que Naomi estava segurando. — Digo, *é*. Não sei por que disse isso. Mas não estou bebendo muito. Sou responsável. E quase nunca grito com homens na minha sala de estar.

— Ceeeeeerto. O chefe Morgan está aqui? Ele me pediu para dar uma passada — perguntou Yolanda com frieza.

QUINZE
KNOX VAI ÀS COMPRAS

Naomi

Dois dias depois, eu ainda estava tendo mini ataques cardíacos toda vez que alguém batia à porta. Nash tinha convidado Yolanda, a assistente social da Waylay, para dar uma passada para que ele pudesse nos apresentar. Ele só não fazia ideia de que ela apareceria quando eu estivesse descarregando uma bagagem de vida inteira no Knox Morgan.

A apresentação havia sido breve e estranha. Yolanda entregou uma cópia impressa do pedido de tutela, e eu pude sentir que ela estava me classificando como uma megera escandalosa que gostava de beber vinho demais. Vendo pelo lado positivo, Waylay havia sido misericordiosamente educada e não mencionou como eu a estava torturando com legumes nas refeições.

Eu analisei tanto nosso encontro informal que cheguei ao ponto de me convencer de que por pouco tinha sobrevivido a um interrogatório e que Yolanda Suarez me odiava. Minha nova missão não era apenas ser julgada como uma guardiã "aceitável" — eu seria a melhor guardiã que a Virgínia do Norte já tinha visto.

No dia seguinte, peguei o carro da Liza emprestado e fui ao brechó de Knockemout. Os colecionadores de tudo que é tralha deram 400 dólares pelo meu vestido de noiva feito sob medida e pouco usado. Depois fui tomar café na cafeteria do Justice e fui direto para casa para finalizar a lista de compras de volta às aulas.

— Adivinha o que faremos hoje — falei à Waylay enquanto almoçávamos sanduíche e palitos de cenoura na varanda dos fundos.

O sol estava brilhando e o riacho gorgolejando preguiçosamente enquanto passava pela borda da grama.

— Deve ser algo chato — previu Waylay enquanto jogava outro pedaço de cenoura por cima do ombro no quintal.

— Compras de volta às aulas.

Ela olhou para mim.

— Isso existe?

— Claro que existe. Você é uma criança. As crianças crescem. Coisas antigas ficam pequenas e novas se tornam necessárias.

— Você vai me levar para comprar. Roupas? — disse Waylay, devagar.

— E sapatos. E material escolar. A sua professora ainda não respondeu aos meus e-mails, então fiz uma cópia da lista de materiais da mãe da Chloe.

Eu estava tagarelando porque estava nervosa. Waylay e eu ainda não tínhamos nos conectado, e eu estava disposta a tentar comprar seu afeto.

— Posso escolher as roupas?

— É você quem vai usá-las. Eu posso manter o poder de veto no caso de você decidir usar um casaco de pele ou um conjunto esportivo de veludo. Mas sim. Pode escolher.

— Hum. Tá bem — disse ela.

Ela não estava exatamente pulando para cima e para baixo e jogando os braços em volta de mim como na minha imaginação. Mas havia o vestígio de um sorriso surgindo nos cantos de sua boca enquanto ela comia peru e provolone.

Depois do almoço, mandei Waylay subir para se arrumar enquanto eu revisava as informações do shopping que imprimi na biblioteca. Eu estava apenas na metade das descrições das lojas quando houve uma batida na porta da frente. Temendo que fosse outra "passada" da Yolanda, parei um instante para ajeitar o cabelo com os dedos, verificar se havia batom nos dentes e fechar o tampo da escrivaninha para que ela não pudesse julgar minha obsessão por cadernos e *planners*.

No lugar da Yolanda, encontrei o homem mais irritante do mundo parado na varanda usando calças jeans, camiseta cinza e óculos de sol aviador. Seu cabelo parecia um pouco mais curto em cima. Acredito que quando se é dono de uma barbearia, você pode cortar o cabelo sempre que quiser. Era irritante o quão atraente ele era, todo barbudo e tatuado e indiferente.

— Olá, vizinha — cumprimentou ele.

— Quem é você e o que você fez com o Oscar loiro? — perguntei.

— Vamos — disse ele, apontando o polegar na direção da caminhonete.

— Quê? Onde? Por que você está aqui?

— Liza J disse que você precisava de carona. Eu sou a sua carona.

Sacudi a cabeça.

— Ah, não. Não vou entrar nessa com você hoje.

— Não estou de brincadeira, Daisy. Coloque seu traseiro na caminhonete.

— Por mais charmoso que seja esse convite, viking, vou fazer compras de volta às aulas com a Waylay. Você não me parece um vizinho do tipo que gosta de "passar o dia fazendo compras com as garotas".

— Você não está errada. Mas talvez eu seja um vizinho do tipo que vai "largar as garotas no shopping e ir buscá-las quando terminarem".

— Sem querer ofender. Mas não. Você também não é assim.

— Podemos ficar aqui discutindo sobre isso pela próxima hora ou você pode colocar seu traseiro na caminhonete.

Ele parecia quase alegre, e isso me deixou desconfiada.

— Por que não posso simplesmente pegar emprestado o carro da Liza? Esse era o plano.

Eu não gostava quando as coisas não saíam conforme o planejado.

— Agora não dá. Ela precisa do carro. — Ele se inclinou ao meu redor e gritou para a casa. — Waylay, ande logo! Está na hora de ir.

Eu ouvi o estrondo de pés no andar de cima conforme minha sobrinha se esquecia de manter a calma.

Coloquei a mão no peito dele e o empurrei para trás até que nós dois estivéssemos na varanda.

— Ouça, esta ida ao shopping é importante. Estou tentando criar laços com a Waylay, e ela nunca fez compras de volta às aulas antes. Então, se você vai fazer alguma coisa para arruinar as compras, prefiro pedir um carro até lá. Na verdade, é isso que vou fazer.

Ele parecia puramente entretido.

— E como você vai fazer isso com um telefone de merda que é velho demais para baixar aplicativos?

Droga.

Waylay entrou na sala de estar, pousando com os dois pés antes de reorganizar sua expressão em um olhar de tédio.

— E aí — disse ela ao Knox.

— Knox vai nos levar — expliquei com zero entusiasmo.

— Maneiro. Você está planejando comprar quantas coisas para precisar de uma caminhonete inteira? — questionou Waylay.

— Sua tia disse que planeja comprar metade do shopping. Achei que era melhor vir preparado — respondeu Knox.

Eu flagrei o meio sorrisinho em seu rosto antes que ela se dirigisse para os degraus da varanda e dissesse:

— Vamos acabar com isso.

MINHAS SUSPEITAS AUMENTARAM ainda mais quando nós entramos na caminhonete e encontrei um café para mim e uma vitamina para a Waylay.

— Qual é o seu jogo? — perguntei ao Knox quando ele assumiu o volante.

Ele me ignorou e franziu a testa para uma mensagem de texto.

Havia algo na maneira como ele hesitou que me deu um mau pressentimento.

— A Liza está bem? Aconteceu alguma coisa no Honky Tonk?

— Relaxe, Daisy. Tudo e todos estão bem.

Ele disparou uma resposta e deu partida na caminhonete.

Fomos para o leste e nos juntamos ao suplício do tráfego da Northern Virginia. Eu verifiquei minha pilha arrumada de dinheiro de novo enquanto Knox e Waylay conversavam. Eu os dessintonizei e tentei conter a ansiedade. Ontem, na biblioteca, entrei em minhas contas para confirmar o orçamento. O dinheiro estava apertado. Os turnos no bar e o aluguel gratuito estavam ajudando. Mas minha renda era insuficiente para impressionar qualquer juiz de qualquer tribunal, especialmente se eu adicionasse prestação de carro à mistura.

Eu tinha três opções: 1. Encontrar um emprego enquanto Waylay estava na escola. 2. Fazer um empréstimo das minhas economias da aposentadoria. 3. Vender minha casa em Long Island.

Eu me encolhi por dentro. A casa tinha representado muito mais para mim do que apenas três quartos e dois banheiros. Era um passo gratificante que fazia parte de um plano maior. Eu havia conseguido um bom emprego na empresa de investimentos da família do Warner, me apaixonado por ele e comprado uma boa casa para começar uma família.

Se eu a vendesse, estaria oficialmente dando adeus ao sonho. Então, para onde eu iria depois que os meus 6 meses de tutela temporária com a Waylay acabassem?

Quando chegamos ao shopping, eu estava marinando na miséria de arrependimentos e fracassos.

— Obrigada pela carona — agradeci ao Knox, que estava agora ao celular tendo uma conversa que parecia consistir em perguntas e respostas monossilábicas. Eu saltei para fora, ainda segurando meu café.

Waylay saiu do banco de trás e bateu a porta.

Eu esperava que ele acelerasse, deixando-nos em uma nuvem de fumaça, mas, em vez disso, ele desceu e enfiou o celular no bolso de trás.

— O que você está fazendo?

— Você vai fazer compras com a gente? — perguntou Waylay. Ela não parecia horrorizada... parecia animada.

Maldito seja, Knox Morgan.

— Tenho algumas coisas na minha própria lista de compras. Imaginei que as duas pudessem me dar uma mãozinha.

Entramos no shopping com ar-condicionado e, com um olhar de relance em minha direção, Waylay foi direto para uma loja de acessórios.

Assim que ela desapareceu na loja, agarrei o braço tatuado do Knox.

— O. Que. Você. Está. Fazendo?

— Compras.

— Você não faz compras. Você não vai a shoppings.

Ele retrocedeu, parecendo achar graça.

— Isso é um fato?

— Você é o tipo de cara que usa as roupas até elas se desintegrarem, e aí ou você começa a usar algo que alguma parente te deu de presente no Natal ou pede online a mesmíssima coisa que usava antes. Você *não* vai a shoppings. Você *não* faz compras com garotas.

Knox se moveu para o meu espaço. Aqueles olhos, mais cinzentos do que azuis hoje, ficaram sérios.

— Você está incomodada com a minha companhia?

— Sim! O que você está fazendo aqui, Knox? Eu estou tentando criar laços com a Waylay. Tudo o mais que eu tentei até agora não fez nem uma rachadura naquelas paredes. Ela tem cara de paisagem aos 11 anos por causa da quantidade de decepção que já enfrentou. Eu quero ver o sorriso dela. Um sorriso verdadeiro.

— Jesus, Naomi. Não estou aqui para ferrar tudo.

— Então *por que* você está aqui?

Waylay bateu no lado da vitrine da loja em que estava e ergueu dois pares de brincos em seus lóbulos sem furos. Eu fiz um sinal de positivo para ela e mentalmente adicionei "Furar as orelhas da Waylay" à lista.

— Eu tenho meus motivos. Assim como tenho meus motivos para não te contar.

— Essa resposta não é aceitável.

Estávamos quase nos tocando agora, e meu corpo estava ficando confuso com o ar-condicionado frio e o calor bombeando de seu corpo espetacular.

— É a única resposta que você vai receber por enquanto.

— É por isso que você está solteiro — salientei. — Nenhuma mulher em sã consciência iria aturar isso.

— Eu estou solteiro porque eu quero estar — contestou ele.

Eu estava revirando os olhos quando ele decidiu mudar de assunto.

— Então você está tentando comprar o afeto da Way?

— Sim, estou. As garotas gostam de presentes.

— Você gosta de presentes?

Sacudi a cabeça.

— Não, Knox. Eu não gosto. Eu *adoro* presentes.

Era verdade. Eu adorava.

O Natal e os aniversários dos últimos anos foram meia-boca por causa do Warner, que fazia eu me sentir materialista ao manifestar qualquer decepção pela falta de consideração com os presentes no tamanho errado.

Knox abriu um meio sorriso.

— E aí, de onde vem a verba para essa farra? Eu sei o quanto você ganha no Honky Tonk.

Estiquei meu pescoço para me certificar de que a Waylay ainda estava dentro da loja. Ela estava experimentando uma faixa de cabelo trançada em rosa e roxo. Era uma fofura, e eu ansiava para entrar e arrastá-la para o balcão com a faixa.

— Não é da sua conta, mas eu vendi meu vestido de noiva.

— As coisas estão tão ruins? — perguntou ele.

— Ruins?

— Você acabou de vender um vestido de noiva para pagar os cacarecos de volta às aulas da sua sobrinha. Você está sem celular. E sem carro.

— Eu tenho um celular — falei, desenterrando o velho Blackberry da Liza e segurando-o na cara dele.

— A letra E acabou de cair do teclado.

Droga. "E" estava em muitas palavras.

— Eu não preciso do seu julgamento. Tá? Hoje, a prioridade é o material escolar da Waylay. Eu vou resolver o resto. Então vá fazer as suas coisas que eu vou agraciar minha sobrinha com compras.

Aquele meio sorriso retornou e estava causando estragos no meu sistema nervoso.

— Combinado.

Fui em direção à loja, depois parei para admirar a vitrine. Uma parede de peito quente e duro bateu em mim.

— O que foi? — perguntou Knox. Sua barba fez cócegas em minha orelha.

Girei para encará-lo e cerrei os dentes.

— Você não vai nos deixar em paz hoje, não é?

— Não — falou ele, me levando de costas para a loja com a mão aberta na minha barriga.

EU JURAVA QUE O PERDERÍAMOS na primeira loja para pré-adolescentes, mas ele ficou colado em nós em todas as lojas. Incluindo a de sapatos. Ele até expressou algumas opiniões quando Waylay as pediu e fez caretas para mantê-la entretida enquanto ela furava as orelhas.

Ela estava radiante. Seu comportamento gélido de "estou nem aí" começou a descongelar no segundo par de sapatos e derreteu em uma poça quando eu insisti que ela pegasse o vestido de verão com flores rosa e amarelas. E isso foi antes do Knox ter sacado seu cartão de crédito quando ela arfou audivelmente por causa de um par de tênis rosa choque com flores deslumbrantes.

— Por que você fica tocando na sua testa, tia Naomi? — perguntou Waylay.

— Estou tentando ver se estou com febre porque sem sombra de dúvida estou alucinando.

A outra opção era eu acidentalmente ter conseguido cair em uma linha do tempo alternativa em que Knox Morgan era um cara legal que gostava de fazer compras.

Encontramos a amiga da escola da Waylay, Nina — a com o hálito agradável e cabelo preto. Fiquei feliz por ser apresentada aos pais dela, Isaac e Gael, que pareceram aceitar quando Knox se apresentou apenas como nossa carona. Nina perguntou se Waylay poderia ir ao fliperama com eles. Eu disse de bom grado que sim e estava trocando números de telefone com Isaac quando Knox tirou uma nota de 20 dólares da carteira.

— Vá com tudo, Way — disse ele.

— Uau. Valeu!

— Não compre muitos doces — gritei atrás dela. — Ainda não jantamos!

Ela acenou por cima do ombro, um gesto que eu presumi significar que ela tinha zero intenção de ouvir. Virei para o Knox.

— Por que você ainda está aqui? Você nos acompanhou em todas as lojas. Ficou checando seu celular como se fosse um adolescente. E não comprou nada para si mesmo. Você é muito confuso e irritante.

Seu rosto permaneceu impassivo, e ele não respondeu.

— Tá. Acho que vou terminar as minhas compras.

Já que eu estava vivendo só com o conteúdo de uma mala, eu precisava de roupas íntimas novas. Entrar na Victoria's Secret não era bem um estratagema para me livrar dele. Mas achei que, de forma alguma, Knox Morgan iria me seguir para dentro.

Eu estava vasculhando a caixa de liquidação quando senti uma presença mal-humorada e iminente. Ele estava atrás de mim, com os braços cruzados sobre o peito. Revirei os olhos e decidi ignorá-lo.

O que eu não podia ignorar era o fato de que toda vez que uma mulher entrava na loja, ela parava e olhava.

Eu não podia culpá-las. Ele era injustamente lindo. Era uma pena dada toda aquela coisa de personalidade medonha.

Eu reduzi a dois pares de calcinhas normais, mas volta e meia eu suspirava por um par de seda com recortes de renda na lateral e atrás quando uma vendedora apareceu.

— Posso separar um provador para você? — perguntou ela.

Eu ponderei. Pelo menos o Knox não poderia me seguir até ao provador.

— Ela vai levar essas — disse ele, tirando as calcinhas da minha mão e as empurrando para a vendedora.

Fiquei boquiaberta quando ele remexeu na caixa e puxou mais três pares das calcinhas impraticáveis e muito sensuais. Rosa, roxa e vermelha. Em seguida, ele pegou um par de calcinhas fofinhas estilo boxer com corações vermelhos por toda parte.

— E estas.

Ele empurrou todas para a mulher, que me deu um sorriso malicioso antes de caminhar para o caixa.

— Knox, eu não vou comprar todas aquelas calcinhas — sibilei para ele.

— Quieta — disse ele e sacou seu cartão de crédito.

— Se você pensa por um segundo que vou permitir que você compre roupas íntimas para mim...

Ele cortou meu discurso atirando um braço sobre meu ombro e cobrindo minha boca com a mão.

— Aqui — disse ele, deslizando seu cartão pelo balcão.

Eu fiquei tentando me desvencilhar dele até que ele se inclinou.

— Se isso é o que é preciso para sair da porra desta loja sem desmaiar por causa de um maldito pau duro, eu vou comprar a porra da calcinha.

Pelas minhas contas, esta foi a segunda vez que ele mencionou suas partes íntimas tendo uma reação a mim. Eu não era uma mentirosa muito boa para fingir não estar feliz por ele se encontrar na mesma situação que eu: com tesão pelo físico, sem tesão pelo resto.

Parei de me contorcer quando ele me puxou para a sua frente. Com as minhas costas para a frente dele, pude sentir a evidência irrefutável de sua afirmação. Meu corpo reagiu inteiramente sem a participação do meu cérebro e entrou em estado de excitação máxima. Eu temia ter que precisar ser carregada para fora da loja.

— Isso foi incrivelmente inapropriado — falei, cruzando os braços sobre o peito quando saímos da loja, o braço dele ainda ao meu redor.

— Você queria que eu comprasse alguma coisa. Comprei uma coisa.

— Calcinha. Para mim — berrei.

— Você parece cansada — disse ele, presunçoso.

— Cansada? Estou exausta. Nós andamos 80 quilômetros em um shopping. Gastei cada centavo e mais alguns. Estou cansada. Estou com fome. Acima de tudo, estou confusa, Knox! Você é tão maldoso o tempo todo, e aí aparece hoje e compra roupa íntima bonita para mim?

— Talvez vá pensar em mim quando as usar — falou ele, com o olhar analisando a nossa frente.

— Você é terrível.

— De nada. Temos mais uma parada — comentou ele, pegando minha mão.

Eu estava cansada. Cansada demais para discutir. Cansada demais para prestar atenção a qual loja ele me arrastou.

— Sr. Morgan. — Um garoto alto e magro com um cavanhaque escuro acenou para nós. — Acabamos de terminar — disse ele.

Estávamos numa loja de celulares. Eu travei meus calcanhares, mas Knox simplesmente me puxou para o balcão.

— Na hora certa, Ben.

— Aqui está ele — disse o garoto, deslizando um celular novo na minha direção. — Está todo configurado e com capinha. Se você precisar de ajuda para baixar seus contatos antigos da nuvem, ficaremos felizes em ajudar. Seu novo número está anotado dentro da caixa.

Perplexa, cansada, com fome, um pouco furiosa e muito confusa, olhei para o celular e depois para Knox.

— Valeu — falou Knox ao Ben, depois me entregou o aparelho. A capinha tinha margaridas brilhantes.

— Você comprou um celular para mim?

— Vamos — disse ele. — Estou com fome.

Eu o deixei me conduzir para fora da loja, lembrando-me na porta de acenar para o Ben e agradecer.

Estávamos a meio caminho do fliperama quando meu cérebro começou a conectar os pontos.

— Caramba, você me acompanhou pelo shopping todo sem reclamar só para me esgotar e eu ficar cansada demais para brigar com você por causa do celular, não foi?

— Hambúrgueres, sushi ou pizza? — perguntou ele.

— Hambúrgueres. Knox?

Ele continuou andando.

— Knox!

Eu o cutuquei no ombro para chamar sua atenção.

Quando ele olhou para mim, não estava sorrindo e não parecia presunçoso.

— Você precisava de um celular. Comprei um para você. Não faça disso algo maior do que é.

— Você me chama de carente. Grita comigo por trabalhar no seu bar e diz que a única parte de mim com que vale a pena passar um tempo é o meu corpo. Daí você aparece na minha ida às compras *sem ser convidado* e compra roupa íntima e celular caro para mim.

— Isso resume tudo, menos a única parte de você com que vale a pena passar um tempo.

— Você é sempre assim tão... tão inconsistente? Tão confuso?

Ele parou de andar e olhou para mim.

— Não, Naomi. Nem sempre sou assim tão incoerente, cacete. E a culpa é sua. Eu não *quero* estar a fim de você. Não *quero* passar um dia inteiro perambulando por um maldito shopping e enfrentando o tráfego por você. Juro que não *quero* ver você provar roupas íntimas. Mas também não quero que você fique sozinha em casa quando há um cara em Knockemout à sua procura.

Uh-oh.

— Um cara? Quem?

— Sei lá. Justice e Wraith estão cuidando disso. Eles vão chamar o Nash se precisar — disse ele, severo.

— O que você quer dizer com "cuidando disso"?

Tive visões de corpos, lonas e fita adesiva.

— Não esquente com isso.

Comecei a rir e continuei a andar. Não pude evitar. Eu passei os últimos quatro anos em um relacionamento em que eu cuidava de tudo. Todas as reservas para jantar. Todas as férias. Todas as lavagens de roupa. Todas as idas ao supermercado.

Aqui estava eu na cidade há menos de 2 semanas, e o cara mal-humorado que mais me odiava tinha acabado de cuidar de mim.

Talvez um dia eu encontrasse alguém que gostasse de mim *e* estivesse disposto a compartilhar a responsabilidade de cuidar do outro. Ou talvez eu acabasse sozinha como a Tina sempre previu.

— Você está tendo algum tipo de colapso? Porque tenho coisas melhores para fazer do que ver isso.

— Ah, bom — falei, sufocando minha histeria. — O Knox mal-humorado está de volta. Como é esse cara?

— De acordo com o Justice, ele se parece com um cara chamado Henry Golding.

— Henry Golding o ator bonitão ou Henry Golding algum motociclista local?

Era uma distinção muito importante.

— Eu não conheço nenhum motociclista chamado Henry Golding. Mas esse cara apareceu na cafeteria perguntando por você. Justice disse que ele se descontrolou quando viu a foto da sua irmã atrás do caixa.

Eu nunca vou me livrar disso.

— Você o conhece?

Foi a minha vez de ser evasiva.

— Podemos pegar a Waylay e ir comer aqueles hambúrgueres?

DEZESSEIS
O INFAME STEF

Naomi

A caminho de casa, programei os números dos pais da Nina no meu celular novinho em folha. Eles não eram os primeiros números no celular. Knox já tinha programado contatos para Liza, Honky Tonk, Sherry, escola da Waylay e Café Rev.

Havia até um para si mesmo.

Eu não sabia qual era o significado disso. E, sendo sincera, eu estava cansada demais para me preocupar com isso. Especialmente quando eu tinha um problema maior.

Esse problema maior estava sentado nos degraus da frente da casa de campo com uma taça de vinho.

— Fique na caminhonete — rosnou Knox.

Mas metade do meu corpo já estava fora do carro.

— Está tudo bem. Eu o conheço.

Waylay, amontoada no banco de trás com todas as nossas compras, baixou a janela e enfiou a cabeça para fora.

— Quem é aquele?

— Aquele é o Stef — falei.

Ele colocou o vinho no chão e abriu os braços.

Corri para eles. Stefan Liao era o homem mais perfeito do mundo. Ele era inteligente, engraçado, atencioso, escandalosamente generoso, e tão bonito que olhar diretamente para ele doía. Filho único de um pai no ramo de desenvolvimento imobiliário e uma mãe no ramo de desenvolvimento de aplicativos, ele nasceu com um espírito empreendedor e gosto requintado para tudo.

E, de alguma forma, tive a sorte de tê-lo como melhor amigo.

Ele me pegou em seus braços e me girou.

— Eu ainda estou muito irritado com você — disse ele com um sorriso.

— Obrigada por me amar mesmo quando você está irritado — falei, envolvendo meus braços em volta do pescoço dele e inalando sua colônia cara.

Só de vê-lo e abraçá-lo, eu me senti mais ancorada.

— Você vai me apresentar ao Loiro e à Fera? — perguntou Stef.

— Ainda não terminei de abraçar — insisti.

— Anda logo. A Fera parece que quer atirar em mim.

— Ele está mais pra viking do pra fera.

Stef inclinou minha cabeça para trás com as mãos e deu um beijo na minha testa.

— Vai ficar tudo bem. Eu prometo.

Lágrimas fizeram os meus olhos arderem. Eu acreditava nele. E o alívio que veio disso foi suficiente para liberar as Cataratas do Niágara feitas de lágrimas.

— Onde você quer que eu coloque suas tralhas? — grunhiu Knox.

Isso foi o suficiente para secar as Cataratas do Niágara. Eu girei e o encontrei parado a apenas 30 centímetros de distância.

— É sério?

— Tenho coisas para fazer, Daze. Não tenho a noite toda para ficar vendo você se agarrar com o Henry Golding.

— Henry Golding? Bacana — disse Stef.

— Waylay, venha conhecer meu amigo — gritei.

Extasiada com suas compras, fliperama e hambúrguer, Waylay se esqueceu de parecer irritada.

— Waylay Witt. Knox Morgan. Este é o Stefan Liao. Stef para abreviar. Way para abreviar. E Leif Eriksson quando ele está de mau humor.

Stef sorriu. Knox grunhiu. Waylay admirou o *smartwatch* brilhante do Stef.

— O prazer é todo meu. Você se parece com sua tia — disse Stef à Waylay.

— Sério? — Waylay não pareceu muito horrorizada com a declaração, e eu me perguntei se meu suborno com as compras havia feito sua mágica. *Um ponto para mim.*

Knox, por outro lado, parecia que queria desmembrar Stef.

— Qual é o seu problema? — articulei em silêncio para ele.

Ele olhou fixo para mim como se eu fosse a culpada por sua súbita mudança de humor.

— Knox — disse Stef, estendendo a mão. — Não sei como te agradecer por cuidar da minha garota aqui.

Knox resmungou e olhou para a mão oferecida por um instante antes de sacudi-la.

O aperto de mão durou mais do que o necessário.

— Por que os dedos deles estão ficando brancos? — perguntou-me Waylay.

— É coisa de homem — expliquei.

Ela pareceu cética.

— Como passar 45 minutos fazendo cocô?

— Sim, algo assim — falei.

O aperto de mão enfim acabou, e os dois homens agora estavam presos em uma disputa de olhares. Se eu não tivesse cuidado, os pênis e as réguas seriam os próximos.

— Knox foi muito gentil e nos levou para fazer compras hoje — expliquei ao Stef.

— Ele comprou um tênis rosa para mim e roupas íntimas e celular para a tia Naomi.

— Obrigada por essa informação, Way. Por que você não entra e para de falar? — sugeri, dando-lhe um empurrão em direção à casa.

— Depende. Posso comer o último sanduíche de sorvete?

— É seu, desde que você enfie na boca em vez de ficar falando.

— Prazer em fazer negócios com você. Até logo, Knox!

Ele já estava a meio caminho de volta para sua caminhonete.

— Não vá embora por minha causa — gritou Stef para ele.

Knox não disse nada, mas eu ouvi algum tipo de rosnado vir de sua direção.

— Espere um segundo — falei ao Stef. — Ele está com a maior parte das compras no banco de trás, e eu não quero que ele leve embora.

Eu o alcancei quando ele estava abrindo a porta.

— Knox. Espere!

— Quê? Estou ocupado. Tenho mais o que fazer.

— Você pode me dar um minuto para tirar as compras da Waylay do seu banco de trás?

Ele murmurou alguns palavrões animados e abriu a porta traseira. Eu enrolei tantas sacolas nos meus pulsos quanto pude antes que sua frustração assumisse. Ele levou todas as coisas novas para a varanda e as colocou em uma pilha ao lado do Stef.

— Você comprou *mesmo* roupas íntimas novas — disse Stef, dando uma espiada na sacola da Victoria's Secret.

Outro rosnado baixo emanou da área ao redor do peito do Knox, e, em seguida, ele voltou tempestuosamente para a caminhonete.

Revirei os olhos e corri atrás dele.

— Knox?

— Meu Deus, mulher — disse ele, voltando-se para mim. — O que é agora?

— Nada. Só... obrigada por tudo hoje. Teve grande importância para a Waylay. E para mim.

Quando me virei para sair, sua mão disparou e agarrou meu pulso.

— Para referência futura, Daze. Meu problema é sempre você.

Não sei por que fiz o que veio a seguir, mas fiz. Eu me levantei na ponta dos pés e dei um beijo em sua bochecha.

Ele ainda estava parado quando Stef e eu entramos com uma dúzia de sacolas de compras em nossas mãos.

COM WAYLAY DORMINDO em um coma induzido por compras, vesti o pijama e me questionei por que é que eu tinha deixado as portas do meu armário escancaradas. Então decidi que devia ter sido Waylay. Era surpreendente o efeito que um humano a mais tinha numa casa. Tubos de pasta de dente eram espremidos de qualquer jeito no meio. Os lanches desapareciam. E o controle remoto da TV nunca ficava onde eu deixava.

Fechei as portas do armário com firmeza e voltei para o andar de baixo. A porta dos fundos estava aberta, e, através da tela, eu vi o Stef na varanda. Ele tinha transformado minha varanda dos fundos em uma terra de fantasia com velas de citronela.

— Você não pode contar aos meus pais sobre nada disso ainda — falei sem rodeios enquanto saía para a varanda.

Stef levantou a vista da bandeja de carnes extravagantes e queijos que ele estava organizando na mesa de piquenique.

— E precisa dizer? Estou sempre no Time Naomi.

— Sei que você fala com eles.

— Não é porque sua mãe e eu temos um encontro no spa todos os meses que eu te denunciaria, Witty. Além disso, não contei a eles que eu vinha.

— Eu só não descobri como contar a eles sobre a Waylay. Levei uma hora ao celular para fazer minha mãe concordar em continuar a viagem depois que dei uma de noiva fugitiva. Sei que se eu contasse a eles o que estava acontecendo, eles estariam fora do barco e em um avião em um segundo.

— Parece mesmo como algo que seus pais fariam — concordou ele, entregando-me um copo de vinho. O homem tinha trazido uma caixa inteira com ele. — Sua fera quer te devorar como uma dúzia de asinhas de frango apimentadas.

Eu me sentei na cadeira do gramado ao lado dele.

— Como essa pode ser a primeira coisa que você me diz?

— É a mais premente.

— Não "Por que você deixou o Warner no altar?" Ou "no que diabos você estava pensando ao responder ao pedido de ajuda da sua irmã?"

Ele apoiou suas longas pernas no guarda-corpo.

— Você sabe que eu nunca gostei do Warner. Eu fiquei em êxtase com o seu sumiço. Só queria que tivesse me deixado a par.

— Desculpe — falei sem convicção.

— Pare de pedir desculpa.

— Des... canso?

— É você que tem que viver a sua vida. Não peça desculpas a outras pessoas pelas decisões que você toma por si mesma.

Meu melhor amigo e minha voz da razão. Sem julgamentos. Sem questionamentos. Apenas amor incondicional e apoio... e ocasionalmente um choque de realidade. Ele era um em um bilhão.

— Tem razão. Como sempre. Mas eu ainda deveria ter avisado que eu ia dar uma de noiva em fuga.

— Sem dúvida. Apesar de que eu tive o grande prazer de ver a mãe do Warner dar a notícia para ele na frente de toda a congregação. Foi cômico assistir aos dois tentando não surtar para manter a reputação de porcelana intacta. Além disso, levei um dos padrinhos para casa.

— Qual deles?

— Paul.

— Bacana. Ele estava bonito de smoking — refleti.

— Ele ficou melhor quando tirou.

— Ei-oh!

— Falando em sexo gostoso. Vamos voltar à fera.

Eu me engasguei com o vinho.

— Nada de sexo acontecendo com a fera. Ele me chamou de "chata", "carente" e "arrogante". Ele é grosseiro. Fica o tempo todo gritando comigo ou reclamando de mim. Dizendo que eu não sou o tipo dele. Como se eu desejasse ser o tipo dele — zombei.

— Por que você está sussurrando?

— Porque ele mora ali — falei, indicando a direção da cabana do Knox com minha taça.

— Uuuh. Vizinho mal-humorado. É um dos meus clichês favoritos.

— Ele me chamou de lixo quando me conheceu.

— Aquele canalha!

— Bem, tecnicamente, quando ele estava gritando comigo na frente de uma cafeteria inteira cheia de estranhos, ele achava que eu era a Tina.

— Aquele canalha com deficiência visual!

— Deus, eu te amo — suspirei.

— Idem, Witty. Então, para esclarecer, você *não* está dormindo com o vizinho gostoso, mal-humorado e tatuado que te levou para comprar roupas íntimas e celular?

— Eu com certeza absoluta não estou dormindo com o Knox. E ele só foi às compras com a gente porque havia relatos de um homem na cidade à minha procura.

— Você está me dizendo que ele é um vizinho mal-humorado, *superprotetor* e gato e que você não vai dormir com ele? Que desperdício.

— Que tal em vez de falar do Knox, eu te contar *por que* eu cantei pneu no estacionamento da igreja e acabei sem-teto em Knockemout?

— Não se esqueça de sem carro — acrescentou.

Revirei os olhos.

— E sem carro.

— Vou pegar as trufas que escondi no seu quarto — ofereceu-se Stef.

— Queria que você fosse hétero.

— Se eu pudesse ser hétero por alguém, seria por você — disse ele, tilintando sua taça na minha.

— De onde estas taças surgiram? — perguntei, franzindo a testa para as louças de bar.

— São as taças de vinho que guardo no meu carro. Eu sempre carrego um par.

— Claro que você carrega.

QUERIDA NAOMI,

Seu pai e eu estamos nos divertindo muito, apesar de você não estar nos atualizando sobre o que está acontecendo na sua vida. Foi uma lindeza visitar Barcelona, mas teria sido ainda mais bonito se soubéssemos que nossa filha não está entrando numa depressão ou em algum tipo de crise de meia-idade.

Chega de peso na consciência. Você devia ter visto o nosso guia, Paolo. Ele é um gatinho, como os jovens dizem. Anexei uma foto que tirei. Ele está solteiro se você quiser que eu leve uma lembrancinha para você.

Com amor,
Mamãe

DEZESSETE
HOMEM PARA HOMEM

Knox

Era muito cedo para alguém estar batendo na minha porta da frente. Quem quer que fosse merecia meu mau humor. Eu vesti um par de shorts de ginástica e me arrastei pelas escadas, esfregando o rosto para afastar o sono.

— É melhor alguém ter morrido — murmurei, quase sendo atropelado pelo Waylon, que acelerou nos últimos três degraus. Ao abrir a porta, falei: — Que foi?

Stef, que tem nome enganoso e idiota e é irritantemente boa pinta, olhou para mim por cima dos seus óculos de sol caros.

— Bom dia para você também.

Ele vestia bermuda social e uma daquelas camisas de botões com estampa que apenas caras esbeltos que passavam horas da semana na academia podiam usar.

Meu cachorro colocou metade do corpo na varanda e olhou com amor para o intruso.

— Quem é um bom menino? Quem é um menino bonito? — disse Stef, agachando-se para acariciá-lo.

Waylon se deleitou com a atenção.

Esfreguei a mão no rosto.

— O que você quer?

O Sr. Sutileza estendeu dois copos de café em um porta-copo para viagem.

— Conversar durante o café.

Eu peguei um copo de sua mão e me afastei da porta, indo em direção à cozinha. Waylon trotou atrás de mim antecipando seu café da manhã.

Tirei a tampa do café e bebi enquanto pegava uma porção de ração.

Com o cachorro alimentado, enfiei minha cabeça sob a torneira e liguei a água fria, querendo despertar o cérebro.

Levantei o rosto para respirar e encontrei uma toalha de mão pairando em frente ao meu rosto.

Peguei sem agradecer e me sequei.

— Por que você está me trazendo café em uma hora desumana?

— Para falar sobre a Naomi, é claro. Achei que você fosse mais rápido que isso.

— Eu sou quando meu sono não é interrompido.

Talvez eu não estivesse puto por estar com sono. Talvez fosse por causa do sonho envolvendo os lábios pintados de cereja da Naomi que havia acabado de começar a ficar mais quente quando esse idiota decidiu ser sociável.

— Peço desculpas. Achei que essa conversa não podia esperar — disse ele, puxando um banquinho do balcão.

Amarrotei a toalha e a joguei na pia.

— Esta é a parte em que você diz para eu me afastar da sua garota?

Stef riu.

— Qual é a piada?

— Você é um daqueles héteros com passado difícil que complicam tudo — disse ele, apoiado no balcão.

— Você tem até eu terminar este café antes de eu te pôr na rua.

— Tá bem. Fico feliz por você ter cuidado da Naomi. Você soube que um estranho a procurava pela cidade e a tirou daqui com Waylay, certificou-se de que estavam seguras. Ela não está acostumada com alguém cuidando dela assim.

— Não fiz isso porque eu quero levá-la para a cama.

— Não, apesar de você querer. Porque você não é burro. Você fez porque queria a proteger. Então, mesmo que você tenha todo esse lance de Oscar, o Rabugento Sexy, você já está a anos-luz do Warner, na minha opinião.

Eu mantive meu rosto neutro, sem querer mostrar qualquer interesse no novo tópico.

— Warner a usou. E eu tentei avisá-la. Caramba, eu até o adverti. Mas Naomi agiu como sempre.

— Cuidou das trapalhadas dos outros.

Stef ergueu uma sobrancelha.

— Ora, ora, ora. Olha só quem tem prestado atenção.

Waylon soltou um arroto vigoroso do chão. Ele se sentou olhando para seu prato agora vazio como se esperasse que ele se enchesse magicamente.

— Onde você quer chegar?

— Ela passou a vida inteira tentando compensar pela irmã, que não presta, aliás. Mas isso continua se voltando contra ela. Ser a aluna perfeita. Conseguir o emprego perfeito. Casar com o cara perfeito. Agora ela se comprometeu a cuidar de uma criança de 11 anos num lugar estranho e espera que, se for boa o bastante, conseguirá impedir que os corações de seus pais se partam novamente.

Passei uma mão pelo meu cabelo.

— O que isso tem a ver comigo?

Stef ergueu as mãos e sorriu.

— Olha. Eu entendo se você está naquela fase de "eu não estou interessado". A última coisa de que Naomi precisa agora é um relacionamento intenso e pesado que vai ficar confuso por causa do seu passado. Mas se você continuar a cuidar dela como fez ontem, não teremos problemas.

— E se eu não fizer isso?

— Se você usar essa natureza complacente de Naomi contra ela, aí vamos ter um problemão. Eu posso ser muito criativo quando se trata de encontrar maneiras de fazer alguém se arrepender de ser um babaca.

Corajoso. Vou dar esse crédito a ele. Aparecer na casa de um estranho com café e depois ameaçá-lo. Parecia algo que eu faria, menos o lance do café.

— Que tipo de problema criativo esse babaca do Warner está enfrentando agora?

Stef tomou um longo gole de café.

— No momento, estou deixando a humilhação de ser deixado no altar pela mulher que ele disse aos amigos estar "abaixo da classe dele" fazer o seu trabalho. Mas, se ele voltar a se aproximar dela, irei arruiná-lo.

— O que ele fez? — perguntei.

Ele suspirou e tomou um gole do próprio café.

— Eu não sabia os detalhes até a noite passada e jurei sigilo.

— Ruim?

A mandíbula do Stef se contraiu.

— Ruim — concordou ele.

Eu não gostava que esse cara tinha a confiança da Naomi. Que ele tinha acesso aos segredos dela, e eu estava do lado de fora tendo que supor. Mas eu poderia pensar em algumas dezenas de coisas que se enquadravam na categoria Ruim. Qualquer uma dessas coisas valeria quebrar a mandíbula de um babaca.

— É melhor ele rezar para nunca ser burro o suficiente para pisar nos limites da cidade — falei, abaixando meu copo vazio.

— Lamento informar — disse Stef, levantando os olhos de onde estava coçando o corpo do Waylon —, mas ele é burro a esse ponto. Além disso, para onde mais ele iria quando se desse conta de que quem resolveu todos os problemas que ele já teve foi a Naomi? Ele já envia e-mail para ela todos os dias. É só uma questão de tempo até ele descobrir onde ela está.

— Eu estarei pronto para ele — disse, severo.

— Bom. Eu ainda vou ficar aqui por um tempo. Pelo menos até eu saber que ela está bem. Mas eu não posso estar ao lado dela o tempo todo. Ajuda saber que há mais alguém cuidando dela.

— Ela não o aceitaria de volta, aceitaria?

Eu surpreendi a mim mesmo com a pergunta.

Stef parecia gostar do fato de eu ter perguntado.

— Não. Mas ela é mole o bastante para tentar ajudá-lo a cuidar das trapalhadas.

— Porra.

— Não há nada que nossa garota ame mais do que colocar as mãos em um desastre e fazê-lo luzir.

Ele me desferiu um olhar demorado, e eu não me importei muito com a conotação.

Eu não era um desastre. Não havia nada de errado comigo. Eu tinha a porra da minha vida resolvida.

— Tá. Então o que fazemos enquanto isso?

— O dinheiro está apertado para ela. Ela gastou a maior parte das próprias economias no casamento.

Românticas *do caralho*. Nunca consideram que as coisas poderiam e iriam dar terrivelmente errado.

— Ela está com um pé atrás quanto a aceitar empréstimos ou doações. Embora ela possa não ter escolha quando seus pais perceberem a situação.

— Eles vão aparecer na cidade irritados com a Gêmea Má e depois vão tentar cuidar da Gêmea Boa azarada — adivinhei.

Ele fez uma continência para mim.

— Isso resume tudo.

Suspirei.

— Ela não tem carro nem computador. Ela está trabalhando em alguns turnos no meu bar.

Mas isso não era suficiente para a sobrevivência de uma família de dois a longo prazo. E os turnos que pagavam mais eram os noturnos, o que significava que alguém precisava cuidar da Waylay.

Mães solo eram os heróis desconhecidos do mundo.

Stef tirou o celular do bolso de trás, os polegares se movendo sobre a tela.

— Vou fazer uma pressãozinha e encorajá-la a vender a casa. Faz dois anos que comprou, mas ela deu uma entrada decente, e os valores das propriedades estão subindo naquele bairro. Deve haver liquidez suficiente para ajudar seu problema de fluxo de caixa.

Procurei em minha memória algo que estava perturbando minha mente.

— A bibliotecária disse algo sobre um bico de meio expediente, se uma doação entrar. Posso garantir que a doação chegue.

Ele olhou para mim por cima da tela.

— Vai fazer bom uso dos ganhos da loteria?

Então o Sr. Sutileza havia pesquisado sobre mim. Não era bem um segredo. E eu teria feito o mesmo em seu lugar.

— O que exatamente *você* faz? — perguntei.

Ele deu de ombros, ainda digitando.

— Um pouco disso. Um pouco daquilo. Eu conheço um cara que pode lidar com a casa. Assim que ela der a aprovação, teremos uma oferta dentro de uma semana. Duas no máximo — previu.

Bebi o resto do café.

— Então ela não morava com aquele babaca?

— Oficialmente não. Ele ia morar com ela depois do casamento. O desgraçado relutante gostava de ter a própria casa. Especialmente porque a Naomi limpava para ele e cuidava de suas refeições e roupas. Espero que o filho da puta esteja sentado usando cuecas sujas e soluçando enquanto come comida enlatada.

Olhei fixo para ele por um instante.

— Quem é você, porra?

— Eu? — riu Stef, guardando o celular de volta no bolso. — Eu sou o melhor amigo. Naomi é família para mim.

— E vocês dois nunca...

Ele ficou lá parado, presunçoso, e esperou que eu falasse.

— Nunca o quê?

— Nunca... namoraram?

— Não, a menos que levá-la ao baile de formatura porque a Tina foi pega com a boca no pau do namorado da Naomi no vestiário da escola conte para você.

Maldita Tina.

— Naomi tem sido minha amiga para todas as horas antes mesmo de amigos para todas as horas existirem. Ela nunca me decepcionou e me perdoou pelas poucas ocasiões em que a decepcionei. Ela é a mulher mais incrível que eu conheço, e isso contando com a mãe dela, que também é incrível pra caralho. Não gosto quando as pessoas se metem com a minha família.

Respeitável.

— Vou aceitar esse grunhido como uma manifestação de que estamos entendidos. Você vai cuidar dela. Não vai sacaneá-la. E juntos vamos garantir que o Warner Imbecil do Caralho Terceiro nunca chegue a um quarteirão dela.

Assenti de novo.

— Tá.

— Me dê o seu celular — disse ele, estendendo a mão.

— Por quê?

— Ah, você quer que eu mande uma mensagem para a Naomi quando o Warner aparecer procurando por ela?

Entreguei o celular. Stef o segurou na frente do meu rosto carrancudo para desbloqueá-lo.

— Hum. Será que ele desbloquearia se você estivesse sorrindo?

— Não sei. Nunca tentei.

Ele sorriu.

— Gostei de você, Knox. Tem certeza de que não está interessado na nossa garota?

— Sem sombra de dúvida — menti.

Stef me encarou.

— Humm. Ou você é mais burro do que parece ou é um mentiroso melhor do que eu pensava.

— Terminou? Eu gostaria de voltar a não te ter na minha casa.

DEZOITO
MUDANÇAS DE VISUAL PARA TODOS

Naomi

Surpresa! — disse Stef enquanto entrava numa vaga de estacionamento bem em frente ao Whiskey Clipper.

Uh-oh.

— O que estamos fazendo aqui? — questionei.

— O cabelo para a volta às aulas — disse Stef.

— Sério? — perguntou Waylay, mordendo o lábio.

O visual de pré-adolescente entediada não caía tão bem nela, e eu sabia que seria uma boa ideia, mesmo que isso significasse encarar um encontro com o Knox.

— Seríssimo, querida — disse Stef, saindo de trás do volante do seu SUV bacana da Porsche. Ele abriu a porta traseira para ela. — O primeiro dia de aula é um novo começo para todos. E, pelas avaliações, este é *o* lugar para cuidar do cabelo.

Desci do carro e me juntei a eles na calçada.

Stef colocou os braços em volta de nós duas.

— Primeiro cabelo. Depois almoço. Depois unhas. Depois desfile de moda para escolher os modelitos do primeiro dia de aula.

Sorri.

— Modelitos?

— Você vai acompanhar a Way até o ônibus. Precisa de algo que diga "tia responsável, mas gostosa".

Waylay riu.

— A maioria das mães simplesmente dão as caras vestindo pijama ou aquelas roupas de ginástica suadas.

— Exato. Precisamos passar a mensagem de que as mulheres Witt são fortes e elegantes.

Revirei os olhos.

Stef me pegou no flagra e cruzou os braços com impaciência.

— O que é que eu sempre te digo, Naomi? E preste atenção também, Way.

— Quando você se veste bem, você se sente bem — recitei.

— Boa menina. Agora entrem lá com suas lindas bundinhas.

O interior do Whiskey Clipper era mais descolado que qualquer salão que já entrei. No lugar de tons pastéis suaves e música de spa típicos da maioria dos salões de beleza, havia paredes de tijolos aparentes e rock dos anos 70. Fotos em preto e branco de Knockemout no início do século XX estavam penduradas em uma galeria de molduras sofisticadas. Uma parede inteira estava ocupada por um bar de decantadores e garrafas de uísque. Arranjos de flores exóticas ocupavam o balcão baixo de atendimento e o bar de uísque.

A área de espera parecia mais uma sala VIP com seus sofás de couro e mesas laterais de vidro. O piso de concreto estava coberto por um tapete de couro sintético.

Eles davam à área uma aparência descolada e retrofuturista. E muito cara.

Virei-me para o meu amigo e abaixei a voz.

— Stef, sei que você estava sendo legal, mas o dinheiro...

— Cale essa sua linda e estúpida boquinha, Witty. É por minha conta.

Ele levantou a mão quando eu abri a boca para discutir.

— Eu não comprei um presente de casamento para você.

— Por que não?

Ele me olhou sem expressão por um momento.

— Certo. Claro que você previu onde ia dar.

— Olha, você vai cortar esse cabelo "meu noivo gosta do meu cabelo comprido" e fazer algo que *você* adora. E aquela sua sobrinha espertalhona e maravilhosa vai fazer um penteado que aqueles pirralhos do sétimo ano vão achar mais interessante.

— É impossível discutir com você, sabia?

— Você pode muito bem poupar energia e parar de tentar.

— Olá, queridos clientes — chamou Jeremiah de uma área de atendimento com um espelho ornamentado e uma capa escarlate pendurada na cadeira. — Quem está pronto para mudar de vida hoje?

Waylay se aproximou de mim.

— Ele está falando sério?

Stef a segurou pelos ombros.

— Escute, baixinha. Você nunca vivenciou o milagre que vem de um corte de cabelo que é tão bom que as nuvens se abrem e faz os anjos cantarem. Prepare-se para se surpreender hoje.

— E se eu não gostar? — sussurrou ela.

— Se não gostar, nossa próxima parada será na Target, e eu vou comprar todos os acessórios de cabelo existentes até encontrarmos a maneira perfeita de arrumar seu novo cabelo.

— Seu cabelo é seu. Você decide o que fazer com ele — assegurei a ela.

— Você decide como se mostra ao mundo. Ninguém mais pode ditar quem você é — disse Stef.

Eu sabia que ele estava dizendo isso pelo bem da Waylay, mas a verdade ressoou no meu íntimo também. Eu tinha perdido a mim mesma enquanto tentava convencer outra pessoa de que eu era o que ele queria. Eu tinha esquecido quem eu era porque havia deixado alguém se apoderar da definição.

— Tá — disse Waylay. — Mas se eu odiar, vou culpar vocês.

— Vamos em frente — falei com convicção.

— É isso aí — disse Stef, tocando meu nariz e, em seguida, o da Waylay. — Agora, vamos nessa.

Ele foi direto até Jeremiah.

— Seu amigo é estranho — sussurrou Waylay.

— Eu sei.

— Eu meio que gosto dele.

— Sim. Eu também.

TALVEZ TENHA SIDO A SEGUNDA TAÇA de champanhe que Jeremiah serviu para mim. Ou talvez fosse o fato de que ter os dedos de um homem massageando meu couro cabeludo e brincando com meu cabelo era uma delícia há muito esquecida. Mas seja qual fosse a razão, eu me senti relaxada pela primeira vez em... tanto tempo que eu não conseguia nem contar.

Não era que eu não tivesse coisas com que me preocupar. Havia muitas preocupações ao meu redor. Como a tutela. E a falta de grana. E o fato de eu ainda não ter contado aos meus pais sobre a neta deles.

Mas agora eu tinha as mãos de um lindo homem esfregando meu couro cabeludo em deliciosos círculos, um copo cheio de borbulhas, e uma sobrinha que não conseguia parar de rir do que a Stasia estava lhe dizendo enquanto fazia mechas temporárias.

Stef e Jeremiah estavam em altos papos sobre texturas de cabelo e produtos. Será que eu estava imaginando uma certa química entre os dois? Os sorrisos prolongados e os olhares de flerte demorados?

Um bom tempo já tinha se passado desde que Stef esteve em qualquer coisa que se assemelhasse a um relacionamento, e o lindo e talentoso Jeremiah era sem sombra de dúvida o seu tipo.

Ouvi o barulho de uma motocicleta na rua. O motor acelerou uma vez antes de parar abruptamente. Alguns segundos depois, a porta da frente se abriu.

— E aí, chefinho — gritou Stasia.

Minha bolha de felicidade estourou.

O grunhido de resposta fez meu coração tentar sair do peito como uma borboleta ansiosa presa em um pote de vidro.

— Quieta — disse Jeremiah com firmeza, pressionando a mão no meu ombro.

Eu não conseguia ver Knox. Mas sentia sua presença.

— Knox — falou Stef com a voz arrastada.

— Stef.

Abri meus olhos, imaginando quando os dois haviam começado a se tratar com relutância pelo primeiro nome.

— E aí, Way — disse Knox, sua voz um pouco mais suave.

— Oi — cantarolou ela.

Ouvi suas botas se aproximarem e todos os músculos do meu corpo ficaram rígidos. Nenhuma mulher ficava bem com o cabelo molhado em uma cadeira de salão. Não que eu tivesse a intenção de estar atraente ou algo do tipo. Embora eu estivesse usando a calcinha que ele comprou para mim.

— Naomi — falou ele com a voz rouca.

O que havia no meu nome saindo daquela boca que dava a sensação de que minhas partes baixas estavam sendo eletrocutadas? De uma forma super sexy e divertida.

— Knox — consegui falar com a voz engasgada.

— Seu rosto está vermelho — observou Jeremiah. — A água está muito quente?

Stef riu.

Juro por Deus que eu conseguia ouvir certa presunção nos passos constantes das botas conforme elas lentamente recuavam para os fundos da loja.

Bela forma de manter a calma, Naomi.

Stef soltou um assobio baixo da cadeira de barbeiro que estava ocupando.

— Químicaaaaa — cantarolou ele baixinho.

Levantei a cabeça da pia, fazendo uma onda de água ultrapassar a borda do lavatório.

— Qual é o seu problema? — sibilei. — Bico. Calado.

Ele levantou as palmas das mãos em rendição.

— Tá bom. Foi mal.

Enquanto Jeremiah gentilmente me enfiava de volta na pia, eu soltava fogo pelas ventas. Eu não queria e nem precisava de química e certamente não queria ou precisava de alguém trazendo isso à tona.

Jeremiah enrolou uma toalha no meu cabelo encharcado e levou-me de volta à sua área de atendimento. Waylay estava na cadeira atrás de mim, discutindo opções de corte e estilo com Stasia e Stef.

— Então. O que acha de se livrar de um peso morto? — perguntou Jeremiah, sustentando meu olhar no espelho. Ele levantou a maior parte do meu cabelo úmido em uma mão e segurou-o acima dos meus ombros.

— Acho ótimo — decidi.

EU ESTAVA NO MEIO DE UM ATAQUE DE PÂNICO por ter mudado de ideia enquanto Jeremiah cortava meu cabelo comprido com determinação quando Knox voltou com um copo de café e algum tipo de avental curto de couro por cima de seu jeans desgastado. Com seus braços adornados por tatuagens, a barba impiedosamente aparada e aquelas botas de motocicleta com marcas de uso, ele parecia a definição de homem.

Nossos olhos se encontraram no espelho e minha respiração ficou presa na garganta.

Após um momento longo demais, Knox assobiou e apontou o polegar para o cliente na área de espera. O homem levantou sua alta estatura da cadeira e se arrastou.

— Como vão as coisas aí, tia Naomi? — gritou Waylay atrás de mim. — Ainda está com cara de esfregão molhado?

Crianças eram uma peste mesmo.

— Ela está sendo transformada nesse mesmo momento — prometeu Jeremiah, deslizando seus longos dedos pelo meu cabelo significativamente mais curto. Reprimi um ronronar.

— Como está o seu cabelo? — perguntei à minha sobrinha.

— Azul. Gostei.

Ela falou com uma mistura de reverência e emoção que me fez sorrir. Desisti de me preocupar se estava ou não compensando demais e transformando a Waylay em um pirralha mimada e decidi me deixar levar.

— Quão azul? Azul tipo Smurfette?

— Quem é Smurfette? — perguntou Waylay.

— Quem é Smurfette?! — zombou Stasia. Eu a ouvi vasculhando seus bolsos e em seguida o som revelador da música tema de *Os Smurfs* vindo de um celular. — Esta é a Smurfette.

— Queria que meu cabelo fosse tão comprido quanto o dela — disse Waylay, melancólica.

— Você cortou bem curtinho antes de vir para cá. Mas vai crescer — falou Stasia com confiança.

Waylay ficou em silêncio por um momento, e eu estiquei meu pescoço para ter um vislumbre dela no espelho.

— Eu não cortei — disse ela, seus olhos encontrando os meus.

— O que disse, querida? — perguntou Stasia.

— Eu não cortei — repetiu Waylay. — Minha mãe cortou. Como punição. Ela não podia me deixar de castigo porque ela nunca estava em casa. Então cortou meu cabelo.

— Aquela filha da p... ai!

Chutei Stef e depois girei minha cadeira.

Waylay deu de ombros para os adultos que, de repente, ficaram em silêncio ao seu redor.

— Não foi nada demais.

Foi o que ela tinha dito a si mesma. Eu me lembrei das caixas de acessórios de cabelo arrumadas em seu antigo quarto. Tina tinha tirado algo dela, algo de que ela se orgulhava.

Stef e Stasia olharam para mim, e eu procurei as palavras certas para remediar isso.

Mas alguém falou primeiro.

Knox deixou cair a navalha em uma bandeja de metal com um estrondo e andou até a cadeira da Waylay.

— Você entende que foi sacanagem, certo?

— Knox, olha a linguagem — sibilei.

Ele me ignorou.

— O que sua mãe fez nasceu de um lugar de infelicidade e maldade dentro dela. Não teve nada a ver com você. Você não causou ou mereceu o que ela fez. Ela só estava sendo uma babaca, tá?

Os olhos da Waylay se estreitaram como se ela estivesse esperando a piada.

— Tá? — falou ela com timidez.

Ele assentiu com vividez.

— Ótimo. Não sei por que a sua mãe faz as coisas que faz. Eu pouco me importo. Alguma coisa está quebrada dentro dela, e isso a faz tratar os outros feito lixo. Entendeu?

Waylay assentiu de novo.

— Sua tia Naomi ali não é assim. Ela não está quebrada. É provável que ela ainda vá ferrar as coisas de vez em quando, mas isso é porque ela é humana, não quebrada. É por esse motivo que quando você fizer besteira, e você vai porque é humana também, vai precisar ter consequências. Não será cortar seu cabelo ou deixá-la sem jantar. Vai ser uma merda chata como tarefas e ficar de castigo e sem TV. Entendeu?

— Entendi — afirmou ela baixinho.

— Daqui em diante, se alguém disser que tem o direito de decidir o que fazer com seu corpo, pequena, chute a pessoa no traseiro e depois me procure — disse Knox a ela.

Ai, que droga. A gostosura do homem havia acabado de aumentar para o nível de derretimento de calcinhas.

— E me procure — concordou Stef.

Jeremiah se abaixou para olhar no nível dos olhos dela.

— Me procure também.

Os lábios da Waylay se curvaram e ela estava tendo dificuldade em manter seu sorriso em segredo. Eu, por outro lado, de repente me senti um pouco úmida nos olhos *e* nas partes íntimas.

— Aí, quando eles terminarem de chutar traseiros, você me procura — disse Stasia.

— E me procura. Mas de preferência me procure primeiro antes que alguém vá parar na cadeia — acrescentei.

— Estraga-prazeres — brincou Jeremiah.

— Você entendeu, Way? — insistiu Knox.

O menor dos sorrisos tocou os lábios dela.

— Sim. Entendi — falou ela.

— Neste caso, vamos voltar a fazer o melhor corte de cabelo do mundo em você — disse Stasia com alegria extra.

Meu telefone vibrou no meu colo e olhei para a tela.

> *Stef: Falei que sua irmã era um gigantesco desperdício de DNA.*

Suspirei e desferi um olhar fixo, depois digitei.

> *Eu: Sou a primeira na fila para esmurrar a cara dela quando ela aparecer.*
>
> *Stef: Boa menina. Além disso, adicionei depilação à cera na virilha ao tratamento de beleza.*
>
> *Eu: Maldade! Por quê?*
>
> *Stef: O Tatuado Resmungão merece transar depois desse discurso. Falando nisso, Jer é cinquenta tons de beleza.*

— Concordo com as duas coisas — disse Jeremiah de onde estava lendo por cima do meu ombro.

Stef riu enquanto eu virava seis tons de escarlate.

— Com o que você está concordando? — exigiu saber Knox.

Agarrei meu telefone junto ao peito e virei-me para encarar o espelho.

— Nada. Ninguém está concordando com nada — falei, severa.

— Seu rosto está queimando, Daisy — observou Knox.

Considerei rastejar para debaixo da minha capa como uma tartaruga e me esconder lá pelo resto da vida. Mas então Jeremiah colocou suas mãos mágicas no meu cabelo e fez algo adorável no meu couro cabeludo, e comecei a relaxar contra a minha vontade.

Todo mundo se voltou para outras conversas enquanto eu esgueirava olhares furtivos na direção de Knox.

Não só o homem tinha acabado de dar à menina um herói, como também parecia ser um barbeiro competente. Eu nunca tinha considerado cortar cabelo algo sexy até este momento, conforme Knox, com os músculos do braço flexionando, aparava e modelava o cabelo grosso e escuro do seu cliente.

Muitas coisas mundanas eram sexy quando Knox Morgan as estava fazendo.

— Pronto para a navalha? — perguntou ele, ríspido.

— Você sabe que sim — murmurou o homem debaixo da toalha quente no rosto.

Assisti fascinada conforme Knox começou a trabalhar com uma navalha e um creme de barbear de cheiro doce no rosto do seu amigo.

Parecia mais relaxante que todos aqueles vídeos de lavagem à pressão em que eu tinha me viciado enquanto planejava o casamento. As passadas fluidas deixavam nada além de brilho suave.

— Você deveria mesmo pensar nisso — sussurrou Jeremiah enquanto retirava um modelador de cachos de um organizador de utensílios.

— Pensar em quê?

Ele me olhou nos olhos pelo espelho e inclinou a cabeça na direção do Knox.

— Dispenso.

— É uma forma de cuidar de si mesma — disse ele.

— Quê?

— Algumas mulheres fazem as unhas. Algumas recebem massagens ou fazem terapia. Algumas vão à academia ou abrem a garrafa favorita de vinho. Mas a melhor forma de cuidar de si mesma, na minha opinião, são orgasmos frequentes e arrasadores.

Desta vez, senti até as pontas das minhas orelhas ficarem rosadas.

— Acabei de fugir de um noivo e um casamento. Acho que meu tanque está cheio por um tempo — sussurrei.

Jeremiah habilmente trabalhou no meu cabelo com o aparelho de ferro.

— Você é que sabe. Mas não se atreva a desperdiçar esse penteado.

Com um floreio, ele tirou a capa de mim e apontou para o meu reflexo.

— Put... caramba.

Eu me inclinei, passando os dedos pelo macio chanel na altura do queixo. Meu cabelo castanho-escuro agora tinha mechas ruivas e estava ondulado no que eu gostava de chamar de "ondas de sexo".

Stef soltou um uivo.

— Caramba, Naomi.

Passei dois anos deixando meu cabelo crescer para o penteado de casamento perfeito porque o Warner gostava de cabelos longos. Dois anos planejando um casamento que não aconteceu. Dois anos desperdiçados quando eu poderia ter ficado assim. Confiante. Elegante. Bem sexy. Até meus olhos pareciam mais brilhantes e meu sorriso maior.

Warner Dennison III oficialmente não ia mais tirar coisas de mim.

— O que acha, tia Naomi? — perguntou Waylay.

Ela entrou na minha frente. Seu cabelo loiro foi cortado curto com uma franja elegante em cima de um olho. Um azul sutil fazia aparição das camadas inferiores.

— Você parece ter 16 anos — gemi.

Waylay experimentou jogar o cabelo para trás.

— Eu gostei.

— Eu adorei — assegurei a ela.

— E com um novo corte ousado, vamos poder modelar um pouco o comprimento do seu cabelo se quiser deixá-lo crescer de novo — disse Stasia.

Ela enfiou uma mecha atrás da orelha e olhou para mim.

— Talvez cabelo curto não seja tão ruim, afinal.

— Stasia, Jeremiah, vocês são santos milagrosos — disse Stef, tirando dinheiro da carteira e pressionando nas mãos deles.

— Obrigada — agradeci, dando um abraço primeiro na Stasia e depois no Jeremiah. Os olhos de Knox encontraram os meus no espelho por cima do ombro do Jeremiah. Eu o soltei e desviei o olhar. — Sério. Ficou incrível.

— Aonde vamos agora? — quis saber Waylay, ainda olhando para si mesma no espelho com aquele pequeno sorriso nos lábios.

— Manicure — disse Stef. — As unhas da sua tia estão parecendo garras.

Senti o peso de olhos azuis-acinzentados e frios em mim e levantei a vista. Knox me observava com uma expressão ilegível. Eu não sabia se ele estava com desejo ou irritado.

— Te vejo por aí, chefinho.

Carreguei o peso de sua atenção comigo enquanto eu desfilava para a porta.

QUERIDOS PAIS,

Espero que vocês estejam se divertindo bastante no cruzeiro! Não acredito que as três semanas estão quase acabando.

Está tudo bem por aqui. Eu tenho novidades para vocês. Na verdade, são novidades da Tina. Tudo bem. Lá vai. A Tina tem uma filha. O que significa que vocês têm uma neta. O nome dela é Waylay. Ela tem 11 anos e eu estou tomando conta dela para a Tina por um tempo.

Ela é fantástica.

Me liguem quando chegarem em casa e eu conto a história toda a vocês. Talvez eu e a Waylay possamos ir passar um fim de semana para vocês a conhecerem.

Com amor,
Naomi

DEZENOVE
APOSTA ALTA

Naomi

Olha só quem trouxe o corpinho lindo para cá — gritou Fi do canto do bar do Honky Tonk, onde ela estava incluindo os especiais da noite no sistema.

Estendi os braços e girei devagar.

Quem diria que um corte de cabelo poderia me dar a sensação de ser dez anos mais jovem e mil vezes mais ousada? Sem mencionar a saia jeans curta que Stef me convenceu a vestir.

O homem definiu o padrão de excelência de um melhor amigo. Enquanto aguardava eu sair do provador com minha nova saia, Stef estava em uma teleconferência com seu "pessoal", organizando para que minhas coisas fossem embaladas e minha casa em Long Island colocada à venda.

Ele ficou de cuidar da Waylay hoje à noite, e eu não sei quem estava mais animado com os planos de fazer uma maratona de *Brooklyn Nine-Nine*.

— Gostou do cabelo, Fi? — perguntei, sacudindo a cabeça para fazer os cachinhos balançarem.

— Adorei. O meu irmão é um gênio com cabelo. Falando do Jer, seu Stef está solteiro e, em caso afirmativo, podemos bancar as cupidas?

— Por quê? Jeremiah comentou algo sobre o Stef? — questionei.

— Ele só mencionou por alto que seu amigo era o gay mais gato a adentrar Knockemout na última década.

Gritei.

— Stef me perguntou se Jeremiah estava saindo com alguém!

— Ah, vai dar certo! — anunciou Fi, tirando o pirulito da boca. — Aliás, tenho boas notícias para você.

Sorri enquanto guardava minha bolsa atrás do balcão.

— Idris Elba caiu em si e se ofereceu para te levar a uma ilha particular?

Ela sorriu com malícia.

— Não chega a ser tão bom. Mas você vai servir uma festa na sala privada a partir das 21h. Altas apostas.

Fiquei animada.

— Altas apostas?

Fi indicou o corredor com a cabeça.

— Jogo de pôquer. Confidencial. Meia dúzia de esbanjadores que gostam de desperdiçar milhares nas cartas.

— Milhares? — Pisquei. — Isso é permitido? — sussurrei apesar de estarmos sozinhas no bar vazio.

O pirulito voltou à sua boca.

— Beeeemm, digamos que, se o chefe Morgan aparecer aqui hoje, ele não entra naquela sala.

Não sabia o que eu achava disso. Como alguém que deveria estar bem aos olhos do tribunal, talvez eu não devesse estar mentindo para a polícia em relação a nada.

Mas deixaria para pensar nisso quando a hora chegasse hoje à noite. Feliz, entrei na cozinha para me preparar para a noite agitada.

MEU CONHECIMENTO de pôquer era inteiramente baseado nos trechos de jogos que eu tinha visto na TV enquanto trocava de canal. Eu tinha certeza de que os jogadores na TV não se pareciam em nada com os que estavam em volta da mesa redonda da sala secreta nos fundos do Honky Tonk.

Sob sua camisa polo turquesa, Ian, que tinha sotaque britânico, tinha músculos que o faziam parecer passar o dia todo levantando carros. Ele tinha pele escura, cabelo curto e o tipo de sorriso que enfraquecia os joelhos de uma mulher. Usava uma aliança cheia de diamantes.

À direita de Ian estava Tanner. Seu cabelo loiro-avermelhado parecia ter acabado de ser acariciado por uma mulher. Ele vestia o uniforme suburbano de D.C. que consistia em calça cara e justa, mangas dobradas e gravata afrouxada. Não usava aliança, ele se certificava de que eu notasse isso toda vez que lhe trazia uísque de primeira. Ele se mexia o tempo todo e se assustava toda vez que a porta se abria.

À direita de Tanner estava um homem que os outros chamavam de Grim, embora eu duvidasse que esse fosse o nome dado por seus pais. Ele parecia ter saído das páginas de um romance sobre o moto clube Silver Fox. Tatuagens entrecortavam cada centímetro de pele visível. Ele manteve seus óculos de sol e a cara fechada firmemente no lugar enquanto relaxava na cadeira, bebendo só refrigerante.

Ao lado de Grim, estava Winona, a única mulher na mesa. Ela era alta, musculosa e negra e usava sombra metálica rosa que complementava os detalhes em seu macacão jeans que abraçava o corpo. Seu cabelo era grande e ousado, assim como sua risada, que ela estava compartilhando com o homem ao seu lado.

— Lucy, Lucy, Lucy — disse ela. — Quando você vai aprender a não blefar para mim?

Lucian era o tipo de bonitão que fazia as mulheres se perguntarem se ele tinha feito algum pacto com o diabo. Cabelo escuro. Olhos escuros e ardentes. Terno escuro. Ele exalava poder, riqueza e segredos como uma colônia.

Ele chegou mais tarde que os outros, despindo a jaqueta e arregaçando as mangas como se tivesse todo o tempo do mundo. Ele pediu seu bourbon puro e não tentou olhar o decote da minha camisa quando o servi.

— Talvez quando você parar de me distrair com sua sagacidade e beleza — brincou ele.

— Até parece — zombou Winona, empilhando elegantemente seus ganhos com longas unhas vermelhas.

Eu estava no meio de tentar descobrir quanto valia uma ficha e encher o jarro de água gelada no canto quando a porta se abriu.

Tanner e eu nos assustamos.

Knox entrou na sala, parecendo irritantemente sexy como sempre.

— Seu filho da puta — disse ele.

Todos prenderam a respiração. Isto é, todos, exceto Lucian, que continuou a distribuição das cartas da rodada seguinte, imperturbável pela interrupção.

— Eu estava me perguntando quanto tempo levaria para a notícia se espalhar — disse ele, sem emoção. Ele abaixou o baralho e se levantou.

Por um segundo, achei que eles iriam se lançar um contra o outro como machos brigando pela dominância em um documentário sobre a natureza... ou, você sabe, na própria natureza.

Em vez disso, a cara fechada de Knox se desfez e foi substituída pelo tipo de sorriso que fazia com que eu me sentisse tão quente e pegajosa por dentro quanto um biscoito de chocolate recém-saído do forno.

Lembrete: fazer biscoitos com gotas de chocolate.

Os dois homens apertaram as mãos e trocaram tapas nas costas tão fortes que me levariam ao consultório de um quiroprático.

— O que você está fazendo aqui? — perguntou Knox, menos agressivo desta vez.

— No momento, estou perdendo para a Winona e pensando em pedir outra bebida.

— Vou buscar. Mais alguém quer outra rodada? — chiei.

O olhar de Knox recaiu em mim. Seu sorriso desapareceu tão rápido que me perguntei se ele tinha distendido um músculo facial. Ele avaliou minha aparência da cabeça aos pés vagarosamente com a cara fechada. Desaprovação emanava dele como corrente elétrica.

— Naomi, lá fora. Agora — rosnou ele.

— Sério? Qual é o problema desta vez, viking?

— Há algum problema? — perguntou Grim, sua voz baixa e perigosa.

— Nenhum que lhe interesse. — A voz de Knox caiu para temperaturas abaixo de zero.

— Vá lá e nos traga uma rodada, Naomi — sugeriu Ian, com os olhos em Knox. Assenti e me dirigi à porta.

Knox estava no meu encalço.

Ele fechou a porta e me pegou pelo braço, guiando-me pelo corredor vazio para longe do bar, passando por seu escritório secreto. Ele não parou até que abriu a porta do outro lado do corredor que dava para a despensa do Whiskey Clipper.

— Que é, Knox?

— Que porra você está fazendo naquela sala vestida assim?

Gesticulei para minha bandeja vazia.

— O que parece? Estou servindo bebidas.

— Isso não é hora do chá num clube de campo, anjo. E aquelas pessoas não estão numa reunião de pais e professores.

Belisquei a ponte do meu nariz.

— Vou precisar de um gráfico pizza ou um diagrama de Venn ou um banco de dados para catalogar todas as formas que eu te irrito. Por que está bravo por eu fazer o meu trabalho?

— Não era para você estar servindo essa festa.

— Olha, se não vai explicar, então eu não sou responsável por ouvir. Preciso entregar as bebidas.

— Você não pode simplesmente entrar em situações perigosas desse jeito.

Levantei os braços.

— Ah, pelo amor de Deus. Eu não *entrei*. Eu vim para o meu trabalho. Fi me deu a mesa porque sabia que dariam boas gorjetas.

Ele se aproximou tanto que suas botas encostaram nas pontas dos meus sapatos.

— Quero você fora daquela sala.

— Como é? É você que deixa eles jogarem aqui e foi você que me contratou para servir bebidas. Portanto, você que é o problema.

Ele se inclinou até que estávamos quase nos tocando.

— Naomi, isso não é só um passatempo ou jogo de fim de semana para eles. Podem ser perigosos quando querem.

— É mesmo? Pois eu também. E se você tentar me tirar daquela mesa, vai descobrir como posso ser perigosa.

— Caralho — murmurou ele baixinho.

— Não vai rolar — zombei.

Ele fechou os olhos, e eu sabia que o bobão estava contando até dez. Eu o deixei chegar a seis antes de desviar dele.

Minha mão tinha acabado de cobrir a maçaneta quando ele me alcançou, prendendo-me entre a porta e seu corpo. Sua respiração estava quente em meu pescoço. Eu sentia meus batimentos cardíacos na cabeça.

— Daze — disse ele.

Arrepios se espalharam pelos meus braços. "Gata" foi o único apelido carinhoso que Warner me deu. E, por um momento, fui paralisada por um desejo tão intenso que não o reconheci como meu.

— Quê? — sussurrei.

— Você não está acostumada com eles. Se aquele idiota do Tanner bebe muito uísque caro, ele começa a dar em cima de qualquer uma e a perder no jogo. Essa saia que mal te cobre já é uma distração. Se ele perde muito, começa a falar besteira e brigar. Grim? Dirige o próprio moto clube em D.C., que está mais voltado para proteção pessoal agora, mas ele ainda se envolve em empreendimentos menos lícitos. Ele está sempre metido em encrenca.

Knox estava tão perto que seu peito roçou de leve minhas costas.

— Ian ganhou e perdeu mais milhões que qualquer outro naquela mesa. Ele tem inimigos suficientes por aí para você não querer estar por perto quando um deles aparecer. E Winona é rancorosa. Se ela achar que foi injustiçada, vai destruir seu mundo com um sorriso no rosto.

— E o Lucian?

Por um momento, não havia nada além do som de nossa respiração para quebrar o silêncio entre nós.

— Luce é outro tipo de perigoso — disse ele, enfim.

Com cuidado, virei para encará-lo. Mal disfarçando a contração quando meus seios roçaram seu peito. Suas narinas se expandiram e minha frequência cardíaca aumentou.

— Não tive problemas com a mesa. E aposto que se fosse Fi, Silver ou Max naquela festa, você não estaria tendo esta conversa.

— Elas sabem lidar com confusões.

— E eu não?

— Linda, você apareceu na cidade com um vestido de noiva e flores no cabelo. Você grita em travesseiros quando fica estressada.

— Isso não significa que eu não dou conta!

Ele colocou a mão na porta atrás de mim e se inclinou, eliminando o restante do espaço.

— Você precisa é de um protetor.

— Não sou uma donzela indefesa em perigo, Knox.

— É mesmo? Onde você estaria se eu não tivesse te encontrado na cafeteria? No trailer ninho de rato da Tina com a Way? Sem emprego. Sem carro. Sem celular.

Eu estava bem perto de atingi-lo na cabeça com minha bandeja.

— Você me encontrou num péssimo dia.

— Péssimo dia? Até parece, Naomi. Se eu não te levasse para o shopping, você ainda estaria sem celular. Goste ou não, você precisa de alguém que cuide de você porque é teimosa demais para fazer isso sozinha. Você está muito ocupada tentando cuidar dos outros para se preocupar consigo mesma.

Seu peito estava encostado no meu, tornando difícil me concentrar na fúria que subiu na minha garganta. Músculo quente e duro contra carne macia. Sua proximidade me deixou embriagada.

— Você não vai me beijar — insisti. Em retrospectiva, o aviso foi um pouco presunçoso, já que ele nunca tinha me beijado antes. Para ser justa, ele *realmente* parecia querer me beijar.

— No momento, prefiro torcer seu lindo pescocinho — disse ele, com os olhos se concentrando na minha boca.

Lambi meus lábios, em preparação para *não* o beijar.

O ruído baixo em seu peito vibrou em meu corpo conforme ele abaixava a cabeça em direção à minha.

Uma nova vibração nos interrompeu.

— Porra — sibilou, tirando o telefone do bolso. — Quê? — Ele ouviu, depois soltou uma série de palavrões. — Não deixe que ele passe do bar. Chego em um segundo.

— O que houve? — perguntei.

— Está vendo? Esse é o seu problema — disse ele, apontando um dedo na minha cara enquanto abria a porta.

— Quê?

— Você está preocupada demais comigo para cuidar de si mesma enquanto serve uma mesa de criminosos.

— Alguém já lhe disse que você é ridiculamente dramático? — perguntei enquanto ele me arrastava para fora. Ele estava mandando mensagens com a mão livre.

— Ninguém que não quisesse morrer. Vamos, Daze. Desta vez, vou deixar você tornar o meu problema seu também.

VINTE
MÃO VENCEDORA

Knox

O meu problema — além do comprimento da saia da Naomi — estava encostado no balcão vestindo uniforme completo e de conversa fiada com alguns fregueses.

Arrastei Naomi comigo para a alcova das portas da cozinha.

— Meu irmão não pode chegar perto daquela sala. Entendeu?

Seus olhos se arregalaram.

— Por que está me dizendo isso?

— Porque você vai distraí-lo e tirá-lo daqui.

Ela fincou os pés e cruzou os braços.

— Não me lembro dessa descrição na vaga de emprego que exigia que eu mentisse para a polícia.

— Não estou dizendo para você mentir. Estou dizendo para você entrar lá com seus olhos de boa moça e com esse decote e dar mole para ele até que ele se esqueça de invadir aquele jogo.

— Não parece nem um pouco melhor que mentir. Parece prostituição, e tenho certeza de que qualquer juiz da Vara da Família desaprovaria isso durante uma audiência de custódia!

Soltei ar pelas narinas, depois puxei minha carteira.

— Tá bem. Te dou 100 dólares.

— Combinado.

Eu ainda estava piscando quando ela tirou a grana da minha mão e foi na direção do meu irmão. Usar sua necessidade de dinheiro e a colocar em uma posição duvidosa foi canalhice da minha parte. Mas eu conhecia meu irmão, e Nash não faria nada que prejudicasse as chances de a Naomi se tornar a guardiã da Waylay. Qualquer idiota que enxergasse veria que a mulher estava várias classes acima da irmã.

— Porra — murmurei sozinho.

— Interessante.

Encontrei Fi encostada na parede, desfrutando presunçosamente de um dos pirulitos que serviam para substituir o cigarro.

— Quê?

Suas sobrancelhas balançaram.

— Você nunca surtou quando Max ou eu servimos aquela festa.

— Você e Max sabem se cuidar — argumentei.

— Parece que Naomi estava se virando bem. Talvez o problema não seja ela?

— Quer ser meu novo problema, Fiasco? — rosnei.

Ela não ficou nem de longe intimidada. Por isso que um chefe não deveria ser amigo dos funcionários.

— Acho que Knox Morgan é o maior problema de Knox Morgan. Mas, ei, quem sou eu para falar? — disse ela com um dar de ombros irritante.

— Você não tem trabalho a fazer?

— E perder o show? — Fi indicou atrás de mim com a cabeça.

Virei e vi Naomi colocar uma mão provocadora no braço do meu irmão.

Quando ela riu e jogou o cabelo para trás, meu plano brilhante não pareceu tão brilhante assim.

— Droga.

Deixei Fi e abri caminho pela multidão, chegando perto o suficiente para ouvir Nash dizer:

— Deixa eu adivinhar. Está rolando jogo de pôquer ilegal na sala dos fundos, e te enviaram para me distrair.

Porra.

Os olhos da Naomi se arregalaram e percebi que a mulher tinha zero habilidade de fazer cara de paisagem.

— Hãaa... Você é sempre tão bonito e inteligente? — perguntou ela.

— Sou — respondeu Nash com uma piscadela idiota que me fez querer dar um soco no seu rosto idiota. — Mas esta cidade não saber ficar de bico calado também ajudou. Não estou aqui pelo jogo.

— Bem, você não está aqui pelos funcionários. Então o que está fazendo aqui? — perguntei, intrometendo-me na conversazinha deles como um idiota ciumento.

Nash me lançou um olhar presunçoso como se soubesse exatamente o quanto eu o achava irritante.

— Ouvi dizer que um velho amigo estava na cidade.

— Os rumores são verdadeiros.

Todos nós nos viramos e encontramos Lucian de pé do lado de fora do nosso círculo.

Meu irmão sorriu e me tirou da frente. Ele deu as boas-vindas ao Lucian com um abraço apertado e um tapinha nas costas.

— É bom ter você de volta, irmão.

— É bom estar de volta — concordou Lucian, devolvendo o abraço. — Especialmente porque o quadro de funcionários ficou ainda mais interessante.

Ele piscou para Naomi.

Caralho, o motivo de toda a cidade de repente ter decidido que piscar para Naomi era uma boa ideia estava além da minha compreensão. Eu ia pôr um fim nisso o mais rápido possível.

— É, é. Está tudo ótimo — falei. — Você não tem bebidas para servir?

Naomi revirou os olhos.

— Não me livrei do seu irmão ainda.

— Pode ficar com os 100 dólares se for embora — disse, precisando afastá-la do meio do meu irmão e do meu melhor amigo.

— Combinado. Lucian, nos vemos lá dentro com uma nova bebida — prometeu ela. — Nash, foi divertido flertar com você.

— O prazer foi todo meu, querida — falou meu irmão com uma voz arrastada, levantado a bebida.

Todos nós a observamos se dirigir ao bar.

Minha cabeça doía com a vontade de gritar. Minha mandíbula estava tão apertada que receei quebrar um dente. Eu não sabia o que tinha em Naomi Witt que me deixava louco. Não gostava nem um pouco.

— O que você está fazendo na cidade? — perguntou Nash ao Lucian.

— Está parecendo um policial — reclamou Lucian.

— Eu *sou* policial.

O chefe Nash me irritava.

Nós três crescemos aprontando e burlando as leis até o limite. Nash crescer e virar policial pareceu um tipo de traição. O caminho do bem era confinador demais para mim. Agora eu já não saía mais tanto da linha, mas eu me certificava de dar uma aprontada de vez em quando pelos velhos tempos.

Lucian era outra história. A confusão não o perseguia. Ele a criava onde quer que fosse. Se ele estava de volta a Knockemout, não era para relembrar os velhos tempos.

— Um homem não pode sentir nostalgia por sua infância? — gracejou Lucian, habilmente evitando a pergunta.

— Sua infância foi péssima — apontou Nash. — Você não volta há anos. Algo te trouxe de volta, e é melhor não ser confusão.

— Talvez eu tenha me cansado de ouvir como os irmãos Morgan são teimosos demais para deixarem de ser bestas. Talvez eu tenha voltado para ajudar vocês a fazerem as pazes.

Naomi passou com uma bandeja cheia de bebidas e um sorriso cativante para Lucian e Nash. O sorriso mudou para uma careta quando ela olhou para mim.

— Ninguém precisa fazer as pazes com ninguém — insisti, entrando na frente dele para bloquear a visão da bunda curvilínea e em retirada da Naomi.

— Essa desavença que vocês têm há anos é ridícula. Superem e sigam em frente, porra — disse Lucian.

— Não venha com esse papinho político para cima de nós — falou Nash.

Lucian firmou uma consultoria política que envolvia muita coisa obscura para o gosto do Nash. Nosso amigo tinha o dom de aterrorizar seus clientes ou as pessoas que estavam entre seus clientes e o que eles queriam.

— Essa merda não funciona em Knockemout — lembrei a ele.

— Vocês dois não têm nada com que se preocupar. Vamos beber pelos velhos tempos — sugeriu.

— Hoje não dá — disse Nash. — De plantão.

— Então acho que é melhor você voltar ao trabalho — falei ao meu irmão.

— É melhor. Tente não deixar nenhum jogador de pôquer chateado arrebentar o lugar hoje à noite. Não estou a fim de lidar com papelada.

— Jantar. Amanhã à noite. Na sua casa — disse Lucian, apontando para cima.

— Por mim tranquilo — falei.

— Beleza — concordou Nash. — É bom te ver, Lucy.

Lucian deu um sorrisinho.

— É bom te ver também.

Ele se virou para mim.

— A gente conversa quando você estiver na cola da Naomi.

Mostrei o dedo para ele.

Quando ele saiu, Nash se virou para mim.

— Você tem um segundo?

— Depende.

— É sobre a Tina.

Cacete.

— Te acompanho até a saída.

A noite de agosto ainda estava bem úmida quando passamos pela cozinha e saímos para o estacionamento.

— Que foi? — perguntei quando chegamos ao SUV do Nash.

— Tenho mais alguns detalhes sobre a Tina. Ela e o novo namorado estavam vendendo mercadoria roubada. Nada grave. TVs e celulares. Tablets. Mas há rumores de que o namorado está ligado a algum empreendimento criminoso maior.

— Quem é o namorado?

Ele balançou a cabeça.

— Ou ninguém sabe o nome ou não querem me dizer.

— Você não sabe muita coisa, né?

— Só tenho um pressentimento de que a Tina não decidiu abandonar a filha do nada por diversão. Acho que ela está enrascada até o pescoço. — Ele encarou a escuridão do céu noturno. — Algumas pessoas acham que a viram em Lawlerville.

Lawlerville ficava a menos de meia hora de carro. O que significava que a Tina não planejava ficar longe.

— Porra — murmurei.

— Sim.

Eu sabia o que Nash queria de mim. Em qualquer outra circunstância, eu o teria feito pedir. Mas como isso envolvia Naomi e Waylay, eu não estava no clima para brincadeiras.

— Vou perguntar por aí. Ver se alguma fonte que evita a polícia abre o bico comigo — falei a ele.

— Agradeço.

EM VEZ DE IR PARA CASA como tinha planejado, fingi verificar algumas coisas da minha lista. Ajudei Silver no bar enquanto Max fazia a pausa para o jantar. Depois respondi às duas dúzias de e-mails que eu estava evitando. Até entrei na despensa da loja e cortei caixas de papelão para o reciclador.

Na quarta vez que me peguei indo na direção do jogo de pôquer, decidi me afastar da tentação e me dirigi para o cômodo onde armazenamos os barris de cerveja. Esperava que o frio e o trabalho físico de mover barris cheios acalmassem minha irritação.

Eu tinha uma lista completa de motivos para estar com raiva com o mundo. E a maioria girava em torno de Naomi Witt. Cada conversa com ela terminava em dor de cabeça e tesão.

Ver outros homens gaguejando quando ela estava por perto só piorava tudo. Eu não a queria. Mas queria reivindicá-la como minha para manter todos os outros idiotas longe dela.

Eu precisava ficar bêbado e transar. Precisava esquecer que ela existia.

Minhas mãos estavam congeladas e meu temperamento estava mais calmo quando terminei de reorganizar os barris. Eram quase 23h. Pensei em ir ao bar e depois ir direto para casa.

Quando cheguei ao bar, Silver levantou a vista da aguardente que estava vertendo.

— Importa-se de dar uma olhada na festa privada? — perguntou ela.

— Por quê?

Ela deu de ombros.

— Já faz um tempo que não vejo a Naomi.

Minha raiva reacendeu como se alguém tivesse jogado uma lata de gasolina e um isqueiro nela.

Não cheguei a abrir a porta com um chute, mas foi uma entrada mais dramática que o normal. Tanner, o idiota magricelo que festejava demais para ter dinheiro, caiu da cadeira.

Naomi, no entanto, nem sequer olhou para cima. Ela estava espremida entre Winona e Grim, com a língua entre os lábios, enquanto avaliava as cartas em sua mão.

— Certo. É o que mesmo que ganha de um par? — disse ela.

Ian começou uma palestra de pôquer para iniciantes enquanto Grim se inclinava para olhar a mão dela.

— Aumente a aposta — aconselhou ele.

Ela pegou uma ficha azul e a encarou com hesitação. Ele fez que não. Ela acrescentou mais duas fichas e, com o consentimento dele, jogou-as na pilha no centro da mesa.

— Aumento — anunciou ela, rebolando na cadeira.

Dei a volta na mesa e me inclinei sobre ela.

— Mas que porra é essa, Naomi?

Ela enfim olhou para mim, confusa.

— Estou aprendendo a jogar pôquer.

— Desisto — suspirou Winona, jogando as cartas. — Nunca confie na sorte de um principiante.

— Cubro a sua aposta e aumento — decidiu Lucian, derrubando um punhado de fichas na mesa.

— Deixe ela em paz, Morgan — disse-me Ian. — Nossos copos estão cheios e ela nunca jogou.

Mostrei meus dentes.

— Relaxe, Morgan — disse Winona. — Todo mundo deu fichas para ela. É só uma mão amiga.

Lucian e Naomi estavam se encarando.

Inclinei-me de novo e sussurrei em seu ouvido:

— Sabe quanto essas fichas valem?

Ela fez que não, observando a vez do Ian, que desistiu.

— Eles disseram para não me preocupar com isso.

— São 20 mil dólares em jogo, Naomi.

Eu tinha tocado no ponto certo. Ela parou de olhar para Lucian e olhou para mim conforme começava a se levantar.

Grim colocou uma mão em seu ombro para impedir, e eu o encarei com um olhar fixo e gélido.

— Relaxe, Knox — disse ele. — Winona tem razão. É uma mão amiga. Sem empréstimos. Sem juros. Ela aprende rápido.

— Vinte mil *dólares*? — chiou Naomi.

— Eu pago — decidiu Tanner, jogando suas fichas.

— Mostre as cartas — grunhiu Grim, empurrando uma pilha de fichas para o centro da mesa.

Tanner abaixou dois pares ruins. Lucian organizou sem pressa suas cartas antes de revelar cinco cartas baixas em sequência.

— Uh-oh — cantarolou Winona baixinho.

— Sua vez, querida — disse Grim, com o rosto ilegível. Naomi colocou suas cartas viradas para cima na mesa.

— Acredito que esta é uma sequência maior que a sua, Lucian — disse ela.

A mesa irrompeu em comemorações.

— Você acabou de ganhar 22 mil dólares — disse Winona a ela.

— Puta merda! Puta merda! — Naomi olhou para mim, e a alegria em seu rosto foi um soco na minha traqueia.

— Parabéns. Agora se levante daí — falei, ainda capaz de ser um babaca.

Lucian gemeu.

— Fui enrolado por aqueles olhos inocentes. É sempre assim.

Eu não queria que ele olhasse para os olhos ou para qualquer outra parte dela. Puxei a cadeira da Naomi para ajudá-la.

— Espere! Tenho direito a uma dança da vitória? Como faço para reembolsar todo mundo?

— Tem direito a uma dança da vitória, sim — disse Tanner, dando tapinhas no colo. Ian me poupou o trabalho e deu um tapa na parte de trás da cabeça dele.

— Naomi. Agora — falei, indicando a porta com o polegar.

— Calma aí, viking.

Ela cuidadosamente contou partes iguais das fichas e começou a devolvê-las a seus proprietários originais.

Grim balançou a cabeça e cobriu a mão dela com a sua tatuada.

— Você ganhou de forma justa e honesta. Fique com os ganhos e as minhas fichas.

— Ah, não posso — começou ela.

— Eu insisto. E quando insisto, as pessoas fazem o que digo.

Naomi não enxergava um motociclista assustador fazendo essa afirmação. Ela enxergava uma espécie de fada-padrinho tatuado e fofinho. Quando ela jogou os braços em volta do pescoço dele e deu-lhe um beijo barulhento na bochecha, eu vi o homem sorrir. Um feito anteriormente considerado impossível.

— Com essa reação, pode ficar com as minhas também — disse Lucian. Naomi gritou e deu a volta na mesa e beijou-o ruidosamente na bochecha.

Ian e Winona fizeram o mesmo e riram dos abraços estranguladores da Naomi.

— Compre algo bonito para sua sobrinha — falou Winona a ela.

Santo Deus, quanto de sua autobiografia ela compartilhou com eles?

— Eu vou, hã, ficar com as minhas — disse Tanner, retirando as fichas que emprestou a ela.

O restante da mesa o encarou.

— Pão-duro — disse Winona.

— Qual é! Foi uma semana difícil — choramingou ele.

— Nesse caso, fique com uma gorjeta minha — falou Naomi, entregando uma ficha de 100 dólares.

A mulher era uma trouxa. E parecia que Tanner estava oficialmente apaixonado.

— Senhoras e senhores, o que acham de ficarmos por aqui? Ouvi dizer que há uma banda hoje. Poderíamos roubar uma ou duas garrafas particulares do Knox e relembrar os bons e velhos tempos — sugeriu Ian.

— Só se Lucy me prometer uma dança — disse Winona.

Esperei até que eles tivessem pagado e saído da sala, deixando Naomi e eu sozinhos.

Ela levantou a vista da pilha de dinheiro que tinham deixado na frente dela. Era uma bela gorjeta.

— Podemos deixar o sermão para amanhã para que eu possa simplesmente aproveitar?

— Tá — falei com os dentes cerrados. — Mas vou levá-la para casa hoje.

— Tá. Mas não pode gritar comigo no trajeto.

— Não prometo nada.

VINTE E UM
EMERGÊNCIA FAMILIAR

Naomi

Meus pés estavam implorando por uma pausa, mas os 20 mil dólares no meu avental me deram energia mais do que suficiente para enfrentar o fim do meu turno.

— Naomi!

Vi Sloane em uma mesa no canto com Blaze e Agatha, motoqueiras de meia-idade e membros da diretoria da biblioteca. Sloane estava com o cabelo puxado para trás em um rabo de cavalo alto e vestia calça jeans rasgada e chinelos. Blaze e Agatha estavam usando o jeans e couro vegano de sempre.

— Oi! — cumprimentei com entusiasmo. — Passeando pela cidade?

— Estamos comemorando — explicou Sloane. — A biblioteca acabou de receber uma doação bem generosa que eu nem lembrava ter solicitado! Isso não só significa que podemos passar a oferecer café da manhã de graça *e* atualizar os computadores do segundo andar, como também posso lhe oferecer oficialmente aquele trabalho de meio expediente.

— Está falando sério? — perguntei, com euforia se alastrando em mim.

— Tão sério quanto uma freira em detenção — disse Blaze, batendo na mesa.

Sloane sorriu.

— É seu se você quiser.

— Eu quero!

A bibliotecária estendeu a mão.

— Bem-vinda à Biblioteca Pública de Knockemout, Srta. Coordenadora de Auxílio Comunitário. Você começa na próxima semana. Passe lá no fim de semana para conversarmos sobre suas novas responsabilidades.

Agarrei sua mão e apertei. Depois a abracei. Depois abracei Blaze e Agatha.

— Posso pagar uma rodada para vocês, damas lindas e incríveis? — perguntei, soltando uma Agatha atordoada.

— Uma bibliotecária funcionária pública não pode negar bebida de graça. Está no estatuto da cidade — disse Sloane.

— Nem nós, lésbicas apoiadoras da literatura — acrescentou Agatha.

— Minha esposa tem razão — concordou Blaze.

Atravessei a multidão na pista de dança e digitei o pedido das minhas novas chefes. Eu estava com a mente no carro que agora poderia pagar e na escrivaninha que queria comprar para o quarto da Waylay quando Lucian apareceu.

— Acredito que você me deve uma dança — disse ele, estendendo a mão.

Eu ri.

— Acho que é o mínimo que posso fazer já que me deixou ganhar.

— Nunca deixo ninguém ganhar — assegurou-me, pegando minha bandeja e a colocando numa mesa de fazendeiras que não pareciam se importar.

— Que mercenário da sua parte — observei. A banda mudou para uma música lenta e vibrante sobre amor perdido.

Lucian me puxou para seus braços, e, mais uma vez, eu me questionei por que Knockemout tinha uma população tão grande de homens inacreditavelmente sexy. Também me questionei o motivo do Lucian me chamar para dançar. Ele parecia o tipo de homem que nunca fazia nada sem um motivo maior.

— Knox e Nash — começou ele.

Parabenizei-me por ser tão perspicaz.

— O que tem eles?

— São meus melhores amigos. A rivalidade deles já deu o que tinha que dar. Quero me certificar de que não será provocada de novo.

— O que isso tem a ver comigo?

— Tudo.

Gargalhei na cara dele.

— Você acha que *eu* vou reacender uma rivalidade com a qual não tive nada a ver?

— Você é uma mulher deslumbrante, Naomi. Mais do que isso, é interessante, engraçada e gentil. Vale a pena lutar por você.

— Agradeço sua opinião gentil, mas esquisita. Mas pode ficar tranquilo que Knox e eu mal aguentamos ficar no mesmo ambiente.

— Isso nem sempre significa o que você acha que significa — disse ele.

— Ele é grosso, inconstante e me culpa por tudo.

— Talvez porque você o faça sentir coisas que ele não quer sentir — apontou Lucian.

— Como o quê? Homicida?

— E quanto ao Nash? — perguntou.

— Nash é o oposto do irmão. Mas acabei de sair de um relacionamento sério. Estou numa nova cidade tentando fazer o que é melhor para minha sobrinha, que não teve uma vida fácil. Não sobra tempo para explorar as coisas com alguém — falei com firmeza.

— Bom. Porque sei que você odiaria lançar mais lenha na fogueira sem querer.

— O que deu início a essa fogueira ridícula para começo de conversa? — perguntei.

— Teimosia. Idiotice. Ego — falou por alto.

Sabia que não devia esperar uma resposta direta de um homem que era como um irmão para os Morgan.

— Ei, Naomi! Podemos adicionar uma porção de... — Sloane parou no meio da frase.

A loira pequenina estava olhando boquiaberta para Lucian como se tivesse acabado de levar um soco. Senti todo o corpo do Lucian enrijecer.

Meu coração apertou com a compreensão de que, de alguma forma, eu tinha traído minha nova amiga.

— Oi — falei sem força. — Conhece...

Minha apresentação sem jeito era desnecessária.

— Sloane — disse Lucian.

Ao passo que eu estremeci com a frieza em seu tom, Sloane teve a reação oposta. Sua expressão se revoltou, e um fogo esmeralda surgiu em seus olhos.

— Há uma convenção de babacas na cidade da qual eu não estava sabendo?

— Simpática como sempre — retrucou Lucian.

— Vá à merda, Rollins.

Com aquela despedida, Sloane girou e marchou em direção à porta.

Lucian ainda não tinha movido um músculo, mas seu olhar se fixou na partida dela. Suas mãos, ainda nos meus quadris, me agarraram com um pouco mais de força.

— Quer tirar as mãos da minha funcionária, Luce? — grunhiu Knox atrás de mim.

Gritei com o susto que levei. Havia muitas pessoas irritadas ao meu redor. Lucian me soltou, com o olhar ainda na porta.

— Você está bem? — perguntei-lhe.

— Ele está bem — disse Knox.

— Estou bem.

Estava na cara que era uma mentira. O homem parecia querer cometer um assassinato a sangue-frio. Eu não sabia quem eu deveria acudir primeiro.

— Jantar. Amanhã — disse ele ao Knox.

— Sim. Jantar.

Com isso, ele se dirigiu para a porta.

— Ele está bem? — perguntei ao Knox.

— E eu lá vou saber? — perguntou ele, irritado.

A porta se abriu assim que Lucian se aproximou, e Wylie Ogden, o medonho ex-chefe de polícia, entrou. O homem se encolheu, depois disfarçou — mal — com um sorriso quando viu Lucian à sua frente. Eles se encararam por um tempo e depois Wylie se afastou, dando-lhe passagem.

— O que foi isso? — perguntei.

— Nada — mentiu Knox.

Silver assobiou do bar e acenou para ele. Knox foi em sua direção, xingando baixinho.

O cara estava mais enrolado que múmia em saia justa.

— Sloane acabou de ir embora? — perguntou Blaze, chegando ao meu lado com Agatha no encalço.

— Sim. Eu estava dançando com Lucian Rollins. Bastou ela olhar para ele e se mandou. Fiz algo errado?

Blaze soltou um suspiro.

— Isso não é bom.

Agatha balançou a cabeça.

— Não é nada bom. Eles se odeiam.

— Quem poderia odiar Sloane? Ela é a pessoa mais legal do norte da Virgínia!

Agatha deu de ombros.

— Esses dois têm uma história complicada. Eles cresceram ao lado um do outro. Não andavam com as mesmas pessoas nem nada. Ninguém sabe o que aconteceu, mas eles não aguentam nem se olhar.

Eu tinha sido pega dançando com o inimigo mortal da minha nova amiga/chefe. Droga.

Eu precisava corrigir isso. Pelo menos a ignorância era uma defesa plausível. Estava pegando meu celular quando ele começou a tocar.

Era Stef.

— Droga. Preciso atender — falei às motoqueiras.

— Oi, está tudo bem?

— Witty, tenho más notícias.

Meu coração parou e depois voltou a bater. Eu conhecia esse tom de voz. Não exprimia "acabou champanhe e sorvete"... exprimia "emergência familiar."

— O que houve? Waylay está bem?

Tampei minha outra orelha com o dedo para conseguir ouvir por cima do som da banda.

— Way está bem — disse ele —, mas Nash foi baleado agora à noite. Não sabem se ele vai sobreviver. Ele está em cirurgia.

— Ai, meu Deus — sussurrei.

— Um sargento chamado Grave comunicou à Liza. Ele a levou para o hospital e mandou alguém para avisar Knox.

Knox. Eu o encontrei no meio da multidão atrás do bar, sorrindo para algo que um cliente disse. Ele levantou a vista e fixou os olhos nos meus.

Meu rosto deve ter transparecido algo porque Knox saltou por cima do balcão e começou a atravessar a multidão na minha direção.

— Sinto muito, amiga — disse Stef. — Estou com a Way e os cães aqui na casa da Liza. Estamos bem. Faça o que precisar fazer.

Knox me alcançou e agarrou meus braços.

— O que houve? Você está bem?

— Preciso ir — falei ao telefone e desliguei.

A porta da frente se abriu e vi dois policiais de uniforme com semblante abatido. Minha respiração acelerou.

— Knox — sussurrei.

— Estou bem aqui, linda. O que aconteceu?

Seus olhos estavam mais azuis na luz baixa, sérios enquanto ele se agarrava a mim.

Balancei a cabeça.

— Não sou eu. É você.

— O que tem eu?

Com um dedo trêmulo, apontei para os policiais que se dirigiam até nós.

— Knox, precisamos conversar — disse o mais alto.

ENGATEI MARCHA À RÉ na caminhonete pela terceira vez e depois fui para frente antes de finalmente ficar satisfeita com a minha baliza. O hospital parecia um farol brilhante à minha frente. Uma ambulância deixou um paciente em uma maca na entrada do pronto-socorro. Sua luz pintou o estacionamento de vermelho e branco.

Suspirei, esperando que isso acalmasse a ansiedade que borbulhava em meu estômago como uma sopa estragada.

Eu podia ter ido para casa.

Devia ter ido. Mas quando terminei meu turno, fui atrás do homem que tinha jogado suas chaves para mim e dito para eu dirigir para casa. Ele me fez prometer que eu faria isso antes de seguir os policiais noite afora.

No entanto, aqui estava eu às 2h da manhã, desobedecendo ordens diretas e metendo o nariz onde não fui chamada.

Eu deveria mesmo ir para casa. É. Com certeza, decidi, saindo da caminhonete e entrando pela porta da frente.

Dada a hora, não havia ninguém sentado ao balcão de informações. Segui as placas até os elevadores e a Unidade de Terapia Intensiva Cirúrgica no terceiro andar.

Estava assustadoramente quieto no andar. Todos os sinais de vida estavam limitados ao posto de enfermagem.

Estava indo nessa direção quando vi Knox, através do vidro, na sala de espera. Seus ombros largos e sua postura impaciente imediatamente reconhecíveis. Ele andava pela sala mal iluminada como um tigre cativo.

Ele deve ter sentido minha presença na porta porque se virou rápido como se fosse enfrentar um inimigo.

Sua mandíbula se contraiu, e foi só então que vi o turbilhão de emoções. Raiva. Frustração. Medo.

— Trouxe café para você — falei, estendendo sem convicção o copo para viagem que preparei para ele na cozinha do Honky Tonk.

— Pensei ter dito para você ir para casa — rosnou ele.

— E eu não dei ouvidos. Vamos pular a parte em que um de nós finge estar surpreso.

— Não quero você aqui.

Eu me encolhi. Não por causa de suas palavras, mas da dor por trás delas.

Coloquei o café em uma mesa cheia de revistas que fingiam poder distrair os visitantes do ciclo interminável de medo.

— Knox — comecei a falar, dando um passo em sua direção.

— Pare — disse ele.

Não dei ouvidos e lentamente diminuí a distância entre nós.

— Sinto muito — sussurrei.

— Dá o fora daqui, Naomi. Vai. Você não pode ficar aqui. — Sua voz estava rouca, frustrada.

— Eu vou — prometi. — Só queria me certificar de que você estava bem.

— Estou bem. — As palavras saíram amargas.

Levantei a mão para apoiá-la em seu braço.

Ele se afastou.

— Não — falou, com dureza.

Não falei nada e me mantive firme. Era como se sua raiva fosse o oxigênio que eu estava respirando.

— Não — repetiu ele.

— Não vou.

— Se você me tocar agora... — Ele balançou a cabeça. — Estou fora de mim, Naomi.

— Me diga do que você precisa.

Sua risada foi seca e amarga.

— O que eu preciso é encontrar o filho da puta que fez isso com meu irmão. O que eu preciso é voltar no tempo para não desperdiçar os últimos anos por causa de uma briga ridícula. O que eu *preciso* é que meu irmão acorde.

Sua respiração acelerou, e eu perdi o controle do meu próprio corpo. Porque em um segundo eu estava em pé à sua frente e no outro estava envolvendo meus braços em sua cintura, tentando absorver sua dor.

Seu corpo estava tenso e trêmulo como se ele estivesse a segundos de desmoronar.

— Pare — sussurrou com aflição. — Por favor.

Mas não parei. Abracei com mais força, pressionando meu rosto em seu peito.

Ele xingou baixinho, e então envolveu seus braços ao meu redor, me apertando. Ele enterrou o rosto no meu cabelo e se agarrou a mim.

Ele era tão quente, tão sólido, tão vivo. Abracei-o como se minha vida dependesse disso e desejei que ele aliviasse um pouco do que guardava dentro de si.

— Por que você nunca me escuta, porra? — resmungou ele, com os lábios encostados no meu cabelo.

— Porque às vezes as pessoas não sabem como pedir o que realmente precisam. Você precisava de um abraço.

— Não. Eu não precisava — falou com a voz rouca. Ele ficou quieto por um tempo, e escutei seu coração bater. — Eu precisava de você.

Minha respiração falhou na garganta. Tentei me afastar para olhá-lo, mas ele me segurou.

— Quietinha, Daisy — aconselhou.

— Certo.

Sua mão acariciou minhas costas para baixo e depois para cima de novo. Mais e mais até eu derreter nele. Não sei quem estava confortando quem agora.

— Ele saiu da cirurgia — disse Knox enfim, afastando-se aos poucos. Seu polegar traçou meu lábio inferior. — Só vão me deixar vê-lo quando ele acordar.

— Ele vai querer te ver? — perguntei.

— Estou nem aí para o que ele quer. Ele vai me ver.

— Qual foi o motivo da briga?

Ele suspirou. Quando ele estendeu a mão e colocou uma mecha de cabelo atrás da minha orelha, desmaiei internamente.

— Não estou com ânimo para falar sobre isso, Daze.

— Tem algo melhor para fazer?

— Sim. Mandar você ir para casa e dormir um pouco. O primeiro dia de aula da Waylay é amanhã. A última coisa de que ela precisa é uma tia morta-viva colocando detergente no cereal.

— Antes de mais nada, vamos comer ovos, frutas e iogurte no café da manhã — comecei, depois percebi que ele estava tentando me distrair. — Foi por causa de uma mulher?

Ele encarou o teto.

— Se começar a contar até dez, vou chutar sua canela — avisei.

Ele suspirou.

— Não. Não foi por causa de uma mulher.

— Além do amor, pelo que vale a pena perder um irmão?

— Românticos do caralho — disse ele.

— Talvez seja melhor desabafar em vez de guardar para si. Você se sentirá melhor.

Ele me encarou por um longo e pensativo tempo, e eu estava certa de que ele estava prestes a me mandar para casa.

— Tá.

Pisquei, surpresa.

— Hum. Certo. Uau. Então é para valer. Talvez seja melhor nos sentarmos? — sugeri, olhando as cadeiras de vinil vazias.

— Por que conversar com as mulheres requer todo um processo? — resmungou enquanto eu nos levava para duas cadeiras.

— Porque se vai fazer alguma coisa, é melhor fazer direito.

Sentei-me e dei um tapinha na cadeira ao meu lado.

Ele se sentou, esticando as longas pernas e olhando fixo para a janela.

— Eu ganhei na loteria — disse ele.

— Eu sei. Liza me contou.

— Ganhei 11 milhões, e pensei que isso resolveria tudo. Comprei o bar. Um imóvel ou dois. Investi no projeto do Jeremiah de um salão chique. Paguei a hipoteca da Liza J. Tem sido um pouco difícil para ela desde que meu avô morreu. — Ele olhou para as mãos enquanto esfregava as palmas nas coxas. — Foi tão bom poder resolver os problemas.

Esperei.

— Quando éramos crianças, não tínhamos muito. E depois que perdemos nossa mãe, ficamos sem nada. Liza J e meu avô nos acolheram e nos deram um lar, uma família. Mas o dinheiro era escasso, e, nesta cidade, alguns moleques vão para a escola de BMW quando fazem 16 anos ou passam os fins de semana competindo em cavalos de 40 mil dólares.

"E aí tinha eu, Nash e Lucy. Não tínhamos nada quando crianças, então talvez tenhamos pegado algumas coisas que não eram nossas. Talvez tenhamos deixado de trilhar o caminho do bem aqui e ali, mas aprendemos a ser autossuficientes. Aprendemos que, às vezes, você tem que pegar o que quer em vez de esperar receber.

Entreguei-lhe o café e ele tomou um gole.

— Aí, do nada, Nash decide ficar todo comportado.

O que percebi que deve ter sido como uma rejeição para Knox.

— Dei grana a ele — disse Knox. — Ou tentei pelo menos. O filho da mãe teimoso disse que não queria. Quem rejeita isso?

— Ao que parece, seu irmão.

— Sim. Ao que parece.

Inquieto, ele passou os dedos pelo cabelo de novo.

— Discutimos por causa disso várias vezes por quase dois anos. Eu tentava fazê-lo engolir, ele rejeitava. Trocamos alguns socos por causa disso. Por fim, Liza J o fez aceitar. E sabe o que o idiota do meu irmãozinho fez?

Mordi o lábio inferior porque eu sabia.

— Aquele filho da mãe doou o dinheiro para a polícia para construir uma nova delegacia. A porra do Prédio Municipal Knox Morgan.

Aguardei um pouco, esperando que houvesse mais na história. Mas, quando ele não continuou, eu me afundei na cadeira.

— Você está dizendo que você e seu irmão mal se falaram por *anos* porque ele colocou o seu *nome* num *prédio*?

— Estou dizendo que ele recusou dinheiro que poderia tê-lo deixado em boas condições pelo resto da vida e deu aos policiais. Policiais esses que adoravam criar problemas com três adolescentes que causavam pequenas confusões. Porra. Lucian passou uma semana na prisão por acusações falsas quando tínhamos 17 anos. Tivemos que aprender a resolver as coisas com nossas próprias mãos, em vez de procurar um chefe desonesto e seus comparsas desgraçados. E Nash foi lá e deu dois milhões de dólares de bandeja para eles.

O cenário estava ficando claro. Limpei a garganta.

— Hã, os mesmos policiais ainda estão no departamento?

Knox deu de ombros.

— Não.

— Nash permite que os policiais abaixo dele tirem vantagem de suas posições? — pressionei.

Ele empurrou a língua no interior de sua bochecha.

— Não.

— É justo dizer que Nash limpou o departamento e substituiu policiais ruins por policiais bons?

— Não sei se o Grave é um policial bom, já que ele ainda gosta de apostar corrida nos fins de semana — disse Knox, teimoso.

Coloquei minha mão em seu braço e apertei.

— Knox.

— Quê? — perguntou olhando para o tapete.

— Olhe para mim.

Quando ele olhou, vi a frustração gravada em seu lindo rosto. Coloquei as mãos em suas bochechas. Sua barba arranhava minhas mãos.

— Vou dizer algo que você e seu irmão precisam saber, e preciso que isso ressoe no fundo da sua alma — falei.

Os olhos dele se fixaram nos meus. Bem, mais na minha boca do que nos meus olhos. Mas servia.

— Vocês dois são idiotas.

Seus olhos se afastaram dos meus lábios e se estreitaram. Apertei suas bochechas antes que ele pudesse falar algo ríspido.

— E se um de vocês desperdiçar mais um dia sequer pelo fato de terem trabalhado tanto e dado tanto a esta cidade *do próprio jeito*, então a idiotice é terminal e não há cura.

Soltei seu rosto e me afastei.

— Se este é o seu jeito de me animar pelo tiro que meu irmão levou, você é péssima nisso.

Meu sorriso se espalhou lentamente.

— Vá por mim, viking. Você e seu irmão têm uma chance de consertar as coisas e ter um relacionamento de verdade. Alguns de nós não têm essa sorte. Algumas pontes desfeitas não podem ser reconstruídas. Não destrua uma por causa de algo tão estúpido quanto dinheiro.

— Isso só funciona se ele acordar — lembrou-me ele.

Suspirei.

— Sim. Eu sei.

Ficamos em silêncio. Seus joelho e braço estavam quentes e firmes onde encostavam nos meus.

— Sr. Morgan? — Uma enfermeira de uniforme azul entrou na sala. Knox e eu nos levantamos. Será que ele percebeu que tinha pegado minha mão?

— Seu irmão está acordado e perguntando por você — disse ela.

Soltei um suspiro de alívio.

— Como ele está? — perguntou Knox.

— Atordoado e diante de uma longa recuperação, mas a equipe cirúrgica está otimista.

A tensão em suas costas e ombros diminuiu.

Apertei a mão dele.

— Dito isso, acho que vou para casa preparar o cereal e o detergente da Waylay.

Ele apertou minha mão com mais força.

— Pode nos dar um minuto? — pediu ele à enfermeira.

— Claro. Estarei lá fora. Vou levá-lo até ele assim que estiver pronto.

Ele esperou até que ela saísse e me puxou para perto.

— Obrigado, Naomi — sussurrou ele pouco antes de seus lábios encontrarem os meus. Quentes, firmes, inflexíveis. Sua mão subiu para minha mandíbula e meu pescoço, mantendo-me parada enquanto ele esvaziava meus pensamentos com seu beijo, deixando nada além de uma profusão de sensações.

Ele recuou com olhos ferozes. Em seguida, deu um beijo na minha testa e saiu da sala.

VINTE E DOIS

UMA CONCILIAÇÃO, DUAS BALAS

Knox

Você está acabado — falou Nash com a voz arrastada.

As luzes estavam fracas no quarto. Meu irmão estava apoiado na cama hospitalar. Seu peito descoberto revelava ataduras e gaze no ombro esquerdo.

As máquinas apitavam e as telas brilhavam.

Ele parecia pálido. Vulnerável.

Minhas mãos fecharam em punhos ao meu lado.

— Eu poderia dizer o mesmo de você — disse, dando a volta na cama lentamente para me sentar na cadeira perto da janela escura.

— Parece pior do que é. — Sua voz era apenas um sussurro.

Descansei meus cotovelos nos joelhos e tentei parecer relaxado. Mas por dentro uma raiva fervia em meu âmago. Alguém tentou acabar com a vida do Nash. Não se mexia com um Morgan e saía impune.

— Um idiota tentou te matar hoje.

— Está bravo porque alguém quase fez o serviço primeiro?

— Eles sabem quem foi? — perguntei.

O canto de sua boca se ergueu como se fosse difícil sorrir.

— Por quê? Quer trazê-lo de volta?

— Você quase morreu, Nash. Grave disse que você quase sangrou até a morte antes de a ambulância chegar.

Bile subiu na minha garganta com a realidade da situação.

— Vai precisar mais do que umas balas e uma briga para acabar comigo — garantiu-me ele.

Passei as palmas das mãos nos joelhos. Para frente e para trás, tentando reprimir a raiva. A necessidade de quebrar alguma coisa.

— Naomi esteve aqui.

Nem eu acreditei que disse isso. Talvez dizer o nome dela em voz alta tenha feito tudo parecer um pouco mais suportável.

— Claro que esteve. Ela me acha gato.

— Não estou nem aí para quantas marcas de bala você tem. Vou tomar a iniciativa — avisei.

O suspiro de Nash estava mais próximo de um chiado.

— Já estava na hora. Quanto mais rápido você estragar tudo, mais rápido eu posso entrar em ação e ser o mocinho.

— Cai fora, idiota.

— Ei, quem é que está na cama do hospital, babaca? Sou um herói. As mulheres não resistem a um herói com marcas de bala.

O herói em questão estremeceu quando mudou de posição, estendendo a mão para a bandeja e depois encostando de volta no colchão.

Levantei-me e coloquei a água da garrafa no copo.

— É, talvez seja melhor você ficar aqui fora do meu caminho por uns dias. Me dar a oportunidade de ferrar tudo.

Empurrei o copo com canudo até a borda da bandeja e o observei alcançá-lo com o braço bom. Gotas de suor apareceram em sua testa e a mão tremeu enquanto os dedos se fechavam em volta do plástico.

Nunca o tinha visto assim. Eu o tinha visto de todas as maneiras. Com ressaca, acabado por causa do vírus da gripe de 1996, exausto após dar tudo de si no jogo de futebol no seu último ano na escola. Mas nunca o tinha visto fraco.

Um enfermeiro puxou a cortina com um sorriso de desculpas.

— Só vou verificar os fluidos — disse ele.

Nash fez um sinal de positivo, e nós caímos em silêncio enquanto o enfermeiro se ocupava com o soro. Meu irmão estava ligado a meia dúzia de máquinas na UTI. E eu tinha passado anos sem falar direito com ele.

— Como está a dor? — perguntou o enfermeiro.

— Bem. Quase inexistente.

Sua resposta foi muito rápida. Sua boca estava muito contraída. Meu irmão jogou a segunda metade daquele jogo com o pulso quebrado. Porque ele podia ser o irmão legal, o irmão bonzinho. Mas, assim como eu, ele não gostava de mostrar fraqueza.

— Ele está com dor — dedurei para o enfermeiro.

— Não dê ouvidos — insistiu Nash. Mas ele não conseguiu esconder a careta quando se mexeu no colchão.

— Uma bala atravessou seu tronco, chefe. Você não precisa sentir dor para melhorar — disse ele.

— Sim. Preciso — respondeu ele. — A dor é o que faz você perceber que está vivo. Se você a entorpecer, como vai saber que ainda está aqui?

— Ela acha que nós dois somos idiotas — comentei quando o enfermeiro saiu.

Nash soltou um chiado seguido por uma tosse que parecia que ia parti-lo em dois antes de desabar na cama. Observei os picos verdes em seu monitor de frequência cardíaca aos poucos se normalizarem.

— Quem? — falou, enfim.

— Naomi.

— Por que Naomi acharia que eu sou idiota? — perguntou cansado.

— Contei por que as coisas estão do jeito que estão.

— Ela não ficou impressionada com seu comportamento de Robin Hood ou minha independência viril?

— Nem um pouco. Ela fez alguns comentários.

— Sobre o quê?

— Sobre como achava ser por causa de uma mulher. Não de dinheiro.

A cabeça de Nash estava lentamente pendendo para o lado, suas pálpebras ficando mais pesadas.

— Então o amor vale uma rivalidade familiar, mas alguns milhões não?

— Basicamente isso.

— Não posso dizer que ela está errada.

— Então por que você não simplesmente engoliu o orgulho e acertou as coisas?

O sorriso de Nash era quase inexistente. Seus olhos estavam fechados.

— Você é o irmão mais velho. E foi você quem me deixou em dívida com você, enfiando dinheiro pela minha goela.

— Só não vou dar um chute sua bunda agora porque você está ligado a muitas máquinas.

Ele levantou o dedo do meio com fragilidade.

— Jesus — resmunguei. — Minha intenção não era que você ficasse em dívida comigo ou algo do tipo, porra. Somos família. Somos irmãos. Se um de nós ganha, os dois ganham.

Também significava que se um de nós perdesse, nós dois perderíamos. E foi o que os últimos anos tinham sido. Uma perda.

Porra. Eu odiava perder.

— Não queria a grana — balbuciou ele. — Queria construir as coisas por conta própria.

— Você poderia ter guardado para a aposentadoria ou algo assim — reclamei. O coquetel de sentimentos de sempre estava tentando crescer em mim. Rejeição. Fracasso. Fúria justiceira. — Você merecia algo de bom. Depois da merda pela qual passamos, seguida pela Liza J perdendo o vovô. Você merecia mais do que um salário de policial de uma cidade de merda.

— *Nossa* cidade de merda — corrigiu. — Nós a tornamos nossa. Você do seu jeito. Eu do meu.

Talvez ele estivesse certo. Mas não tinha importância. O que importava era que se ele tivesse aceitado o dinheiro, ele não estaria aqui neste quarto de hospital. Meu irmãozinho estaria fazendo a diferença de alguma outra forma. Sem andar na linha. Sem pagar o preço.

— Deveria ter guardado o dinheiro. Se tivesse guardado, não estaria aqui deitado como um animal atropelado.

Nash fez que não lentamente encostando no travesseiro.

— Eu sempre seria o mocinho.

— Cale a boca e vá dormir.

— Nós passamos por poucas e boas. Mas eu sempre tive meu irmão mais velho. Sempre soube que podia contar com você. Não precisava do seu dinheiro acima disso tudo.

Os ombros de Nash cederam. O sono tomou conta dele, deixando-me em vigília silenciosa.

AS PORTAS AUTOMÁTICAS SE ABRIRAM, despejando--me na umidade do amanhecer junto com uma nuvem de ar-condicionado. Eu tinha ficado ao lado da cama do Nash, deixando minha raiva ferver. Sabendo o que vinha a seguir.

Eu queria abrir um buraco na fachada do prédio. Queria fazer cair uma onda devastadora sobre a pessoa responsável.

À toa, peguei uma das pedras de um canteiro de flores e passei os dedos sobre ela, querendo arremessá-la. Quebrar algo do lado de fora em vez de sentir todas as rachaduras do lado de dentro.

— Eu não faria isso se fosse você.

Apertei a rocha na minha mão.

— O que você está fazendo aqui, Lucy?

Lucian estava encostado na coluna de calcário logo após a entrada do hospital, a ponta de seu cigarro brilhando mais forte conforme ele tragava.

Ele só se permitia um cigarro por dia. Acho que era o caso.

— O que acha que estou fazendo?

— Segurando o prédio? Dando em cima de cirurgiãs sexy?

Ele jogou cinzas no chão, com os olhos fixos em mim.

— Como ele está?

Pensei na dor, na exaustão. No lado do meu irmão que eu nunca tinha visto antes.

— Bem. Ou pelo menos vai ficar.

— Quem fez isso? — O tom calmo e sereno não me enganou.

Íamos direto ao assunto agora. Lucian podia não ter o sangue, mas ele era um Morgan em todos os sentidos que contavam. E ele queria justiça tanto quanto eu.

— A polícia não sabe. Grave disse que o carro foi roubado. Nash ainda não deu uma descrição do suspeito.

— Ele se lembra do que aconteceu?

Dei de ombros e olhei para o céu que estava ficando rosa e roxo conforme o sol aparecia do horizonte.

— Não sei, cara. Ele estava bem zoado com a anestesia e tudo mais que colocaram no soro.

— Vou começar a investigar — garantiu-me Lucian.

— Me avise o que descobrir. Não me deixe de fora dessa.

— Claro que não. — Ele me observou por um instante. — Você está um lixo. É melhor ir dormir.

— As pessoas não param de me dizer isso.

Lucian, por outro lado, parecia que tinha acabado de sair de uma sala de reuniões com um terno elegante sem gravata.

— Talvez seja melhor dar ouvidos — disse ele.

— Ele quase morreu, Luce. Depois de eu ser um idiota com ele, ele quase sangrou até a morte numa valeta.

Lucian apagou o cigarro no cinzeiro de concreto.

— Nós vamos resolver isso.

Assenti. Eu sabia que sim. Isso não permaneceria desse jeito. E o homem que tinha colocado uma bala no meu irmão pagaria.

— E você também vai resolver o resto — falou ele, com firmeza. — Vocês dois perderam muito tempo, porra. Agora já chega.

Apenas Lucian Rollins poderia fazer uma declaração como essa e fazê-la virar realidade.

Pensei na declaração da Naomi. Talvez tivéssemos sido idiotas perdendo o tempo que pensávamos ter.

— Já chega — concordei.

— Ótimo. Estava cansado de ver meus melhores amigos de infância agindo como se ainda fossem criancinhas.

— Foi por isso que você voltou?

Sua expressão ficou sombria.

— Um dos motivos.

— Um desses outros tem algo a ver com uma bibliotecária bonita que te odeia?

Ele suspirou, dando tapinhas nos bolsos sem perceber.

— Já fumou o do dia — lembrei-lhe.

— Porra — murmurou ele. Saiu tão desconcertado quanto ele se permitiu.

Eu tinha o mau gênio. Nash tinha a boa índole. E Lucian tinha o autocontrole de um maldito monge.

— O que aconteceu com vocês dois, hein? — perguntei, aproveitando a distração do seu desconforto.

— Seu irmão está numa cama de UTI — disse Lucian. — É por isso que eu não estou arrancando seus dentes agora.

Por mais próximos que tivéssemos sido, a única coisa que Lucian nunca compartilhou foi o que fez Sloane odiá-lo. Até ontem à noite, eu pensava que o sentimento era mútuo. Mas eu tinha visto o rosto dele quando a viu, quando ela se afastou. Eu não entendia muito desses sentimentos, mas o que quer que estivesse escrito em seu rosto não parecia ódio para mim.

— Você nem deve lembrar como se dá um soco — brinquei. — Com todas essas negociações em salas de conferência. Você só envia seus advogados em vez de dar um bom gancho de direita na cara. Aposto que é menos satisfatório.

— Você pode tirar o garoto de Knockemout, mas não pode tirar Knockemout do garoto — disse ele.

Eu esperava que fosse verdade.

— Obrigado por estar aqui.

Ele assentiu.

— Vou ficar com ele até Liza voltar.

— Obrigado — falei.

Ficamos em silêncio, com as pernas firmes enquanto o sol raiava, adicionando dourado ao rosa e roxo. Um novo dia tinha oficialmente começado. Muitas coisas iam mudar, e eu estava preparado para fazer tudo acontecer.

— Durma um pouco. — Lucian pegou as chaves no bolso. — Vá no meu carro.

Peguei-as no ar e apertei o botão de destravar. Um Jaguar reluzente piscou os faróis para mim do estacionamento.

— Sempre teve bom gosto.

— Algumas coisas nunca mudam.

Mas algumas coisas precisavam mudar.

— Vejo você mais tarde, cara.

Ele assentiu. E então eu nos surpreendi o envolvendo em um abraço apertado com um só braço.

— Senti saudades, irmão.

VINTE E TRÊS

TOC-TOC. QUEM É?

Naomi

Fui arrancada de um sono agitado no sofá por batidas na porta da frente. Desorientada, contornei a mesa de centro e tentei lembrar onde estava.

Os 20 mil dólares em dinheiro ainda escondidos no meu avental.

Nash.

Knox.

Primeiro dia de aula da Waylay.

Não admirava que eu tivesse sido vítima de um cochilo.

Abri a porta e encontrei um Knox de banho recém-tomado parado no tapete de boas-vindas. Waylon trotou para dentro, abanando o rabo.

— Oi — resmunguei.

Por ser um homem de poucas palavras, Knox não disse nada e atravessou a soleira. Esfreguei os olhos para afastar o sono. Ele parecia tenso como se estivesse pronto para brigar. Bom, se tinha vindo aqui para uma briga, ficaria desapontado. Eu estava cansada demais para uma.

— Como está seu irmão? — arrisquei.

Ele passou uma mão no cabelo.

— Tem uma longa recuperação pela frente. Mas vai ficar bem. Mandou Way para a escola?

Seu irmão tinha sido baleado, e o homem se lembrou de perguntar sobre o primeiro dia de aula da Waylay. Eu não sabia como conciliar isso com o idiota que gritou comigo na frente dos próprios clientes. Se ele pudesse ficar totalmente no modo mal-humorado atencioso e desistisse do bad boy irritado, faria uma mulher muito feliz um dia.

— Sim — bocejei. — Ela dormiu na casa da Liza ontem à noite já que cheguei em casa tarde. Liza, Stef e eu fizemos café da manhã de despedida lá. Stef fez panquecas com gotas de chocolate, embora eu tenha avisado que picos de açúcar no sangue deixam as crianças cansadas e desconcentradas na escola.

Eu estava cansada e desconcentrada, não por causa de panquecas, mas porque o nervosismo do Knox me deixou ansiosa.

— Hã, falando no Stef, acho que ele e Jeremiah podem estar a fim um do outro — falei, agarrando-me a um tópico que garantiria uma reação verbal.

Mas Knox permaneceu em silêncio enquanto perambulava pela pequenina sala de estar, parecendo grande demais para caber aqui. Ele era um homem com muitos sentimentos confinados. Parte de mim queria fazê-lo extravasar. A outra parte queria apenas voltar para a cama e esquecer tudo por algumas horas.

— Quer café? Bebida alcoólica? — ofereci, seguindo-o conforme ele se movia em direção à cozinha, com as mãos abrindo e fechando em punhos. Repetidas vezes.

Eu não tinha cerveja, e o álcool mais forte da casa era um vinho rosé barato que eu estava planejando abrir com Sloane. Mas eu poderia sacrificá-lo pelo cara cujo irmão tinha acabado de ser baleado.

Ele pegou a linda folha amarela no balcão. Eu a tinha encontrado na pista depois de acompanhar Waylay até o ônibus. As temperaturas ainda apontavam para o verão, mas a chegada do outono era inevitável.

Waylon pulou no sofá da sala de estar.

— Sinta-se em casa — falei ao cachorro. Quando me virei para Knox, ele estava diminuindo a distância entre nós.

— Naomi.

Sua voz saiu rouca conforme acariciava as sílabas do meu nome, e então suas mãos estavam em mim, puxando-me para ele. Sua boca encontrou a minha, e fiquei perdida na sensação. Afogando em desejo.

Nenhum de nós queria desejar isso. Talvez fosse o que tornava aquilo tão bom. Uma mão se emaranhou no meu cabelo enquanto a outra segurou minha região lombar até eu estar encostada nele.

— Knox — sussurrei — Não é isso que você quer.

— É o que eu preciso — disse ele antes de voltar ao beijo.

Não era o beijo da sala de espera. Era diferente, desesperado.

Eu me perdi nele. Todos os pensamentos saíram da minha cabeça até que eu não era nada além de sensação. Sua boca era firme e exigente, assim como ele. Amoleci. Recebendo-o.

Ele respondeu puxando meu cabelo para inclinar minha cabeça na direção que queria enquanto juntava nossas bocas. Sua língua não se entrelaçou ou dançou com a minha — lutou contra ela até a submissão.

Ele roubou meu fôlego, minha lógica, todos os motivos pelos quais essa era uma ideia terrível. Ele pegou tudo isso e fez desaparecer.

— É disso que eu preciso, linda. Preciso sentir você se desfazer debaixo de mim. Preciso que me deixe ter você.

Eu não sabia dizer se isso era safadeza ou prosa romântica.

Seja qual fosse a categoria a que suas palavras pertenciam, adorei.

Seus dedos encontraram a alça do meu vestido. Meu batimento cardíaco disparou em alta velocidade conforme ele abaixava o tecido alguns centímetros abaixo do meu ombro, fazendo minha pele queimar.

Ele precisava disso. De mim. E eu vivia para ser necessária.

Peguei sua camisa e deslizei minhas mãos sob a bainha, encontrando o músculo rígido sob a pele quente.

Pela primeira vez em sua vida, Knox parecia estar se sentindo prestativo e puxou a camisa sobre a cabeça com uma mão. Deus, todos aqueles músculos, pele e tinta. Arrastei minhas unhas pelo peito dele, e ele rosnou na minha boca.

Sim, por favor.

Com um gesto hábil, ele tirou uma alça do meu vestido do ombro e fez o mesmo com a outra.

— Já era hora de descobrir o que você tem embaixo desses vestidos — murmurou.

Afundei meus dentes em seu lábio inferior e puxei seu cinto com força.

Amaldiçoei-me por ter vestido a calcinha menos sexy que eu tinha aquela manhã. Mas pelo menos não me dei ao trabalho de colocar um sutiã. Entre calcinha nada sexy e seios livres, percebi que tudo se equilibrava.

Ele ficou sem jeans quase ao mesmo tempo que meu vestido escorregou pelo meu corpo e ficou alojado nos meus tornozelos.

— Caramba, linda. Eu sabia.

Sua boca estava no meu pescoço, mordiscando e fazendo um caminho de beijos até embaixo.

Estremeci.

— Sabia o quê?

— Que você seria assim. Que você tinha um corpo gostoso.

Ele cobriu um peito com a mão avidamente.

Ele me apoiou na geladeira, e o metal frio me fez gritar.

— Knox!

— Eu me desculparia, mas você sabe que não estou nem um pouco arrependido — falou enquanto a língua acariciava meu mamilo dolorido.

Eu não era mais capaz de formar palavras. Não era mais capaz de respirar direito. Tudo o que eu conseguia fazer era segurar sua ereção por cima da cueca boxer como se minha vida dependesse disso. Quando seus lábios se fecharam em meu mamilo, e ele começou a chupar, a parte de trás da minha cabeça bateu na geladeira. Aquelas sucções profundas e obscenas ecoaram por todo o meu corpo, e tive a sensação de que ele sabia disso.

Ele não parou de chupar conforme enfiava a mão livre na minha calcinha nada sexy.

Nós dois gememos quando seus dedos me encontraram.

— Sabia — murmurou outra vez enquanto sua boca se movia para o meu outro seio —, sabia que estaria molhada para mim.

Meu gemido se transformou num grito quando ele tocou minha abertura com dois dedos. O homem sabia o que estava fazendo. Sem hesitação. Sem movimentos desperdiçados e desajeitados. Mesmo impulsionado pela necessidade, cada toque era mágico.

— Preciso sentir você por dentro — disse ele, passando a barba em meu mamilo sensibilizado. Quando seus dedos entraram em mim, meus joelhos cederam.

Ele era demais para se aguentar. Habilidoso demais. Perito. Um arruinador de vaginas profissional. E eu não sabia se daria conta de acompanhar. Quando ele começou a mover aqueles dedos incríveis, decidi que não me importava.

Seu pênis flexionou na minha mão. Abaixei sua cueca sem destreza, liberando seu membro grosso, e agarrei-o com força.

Knox se endireitou com um gemido e encostou a testa na minha enquanto tocávamos um ao outro com mãos ansiosas.

— Preciso de você numa cama — rosnou conforme uma gota de umidade vazava em meus dedos.

Agarrei-o com mais força e acariciei mais rápido.

— Espero que consiga nos levar a uma, porque não consigo andar.

— Droga, linda. Vai mais devagar — ordenou com os dentes cerrados.

Mas não dei ouvidos. Eu estava muito ocupada acompanhando o ritmo de seus dedos dentro de mim.

Arfei quando ele saiu do meu sexo latejante.

— Maldade! — sibilei encostada no pescoço dele.

Mas assim que meu corpo ficou desolado com a perda, ele me jogou por cima do ombro.

— Knox!

Sua única resposta foi um tapa retumbante no meu traseiro.

— Qual quarto? — perguntou, subindo as escadas dois degraus por vez.

Eu estava tonta de luxúria e vertigem.

— Este — consegui dizer.

Em segundos, eu me vi de costas na cama com Knox nu me observando de cima.

— Ai, meu Deus. Isso está mesmo acontecendo?

Opa! Não era para ter saído em voz alta.

— *Não* recupere o bom senso agora — ordenou.

— Nada de bom senso aqui. Prometo.

Ele estava muito ocupado sentindo dor para achar graça. Depois que dei uma boa olhada pela primeira vez em sua ereção, não tinha como culpá-lo. Era excitante e intimidante. Uma referência de grossura e cor no mundo dos pênis eretos. Fiquei um pouco tonta quando Knox o agarrou.

Torcia para que ele soubesse como usá-lo. Poucas coisas eram mais decepcionantes nesta vida do que um homem bem-dotado que não tinha a menor ideia de como usar seu equipamento.

Aparentemente, não era hora de descobrir, porque Knox desceu pelo meu corpo, separando minhas pernas e as colocando sobre seus ombros.

Quando ele pressionou o rosto entre minhas pernas, os músculos do meu estômago se contraíram tanto que fiquei com medo de ter distendido algum membro. *Ah. Deus.* Sua barba era abrasiva entre minhas coxas, e eu adorei.

Sua língua. Para um homem de poucas palavras, sua língua era pura magia.

Ele combinou carícias longas e ávidas com penetrações curtas e rasas.

Em questão de segundos, eu estava pronta para gozar.

— Espere, espere, espere — choraminguei, agarrando seu cabelo. Ele parou imediatamente, ganhando pontos importantes.

— Que foi? Você está bem?

A preocupação guerreava com a necessidade naqueles olhos azuis-acinzentados e frios.

— Isso só vai acontecer dessa vez — precisava dizer em voz alta. Para me lembrar de que essa era a primeira e única vez em que eu deixaria Knox Morgan me fazer gozar.

— Só dessa vez — concordou, ainda me observando de perto. — Oferta final.

— Não fale como um apresentador de game show quando estiver com o rosto entre minhas pernas.

— Não me peça para conversar quando você estava prestes a gozar na minha língua.

— Entendido — falei. Minhas entranhas estavam pulsando com desejo ávido. — Só vai acontecer dessa vez. Faça valer a pena.

— Porra. Então é melhor você se segurar.

Ainda bem que fiz como ele falou, porque em um segundo ou dois após me segurar na cabeceira de ferro, ele fez algo mágico com a língua ao mesmo tempo que torceu os dedos dentro de mim, e todo o meu corpo implodiu.

Apertei tanto seus dedos que fiquei com medo de ele precisar de um raio-x. Claro que não com medo suficiente para parar e verificar. Porque eu estava no meio do melhor orgasmo da minha vida e eu tinha prioridades. Se os dedos tinham quebrado, ele não pareceu se importar, porque continuava me lambendo durante meu orgasmo de quebrar os ossos.

— Ainda está gozando. Consigo sentir — falou com um gemido.

Pelo menos foi o que achei que ele disse. Meus ouvidos estavam zumbindo como se eu estivesse no campanário de uma igreja em um domingo de manhã.

— Vou precisar de um minuto — arfei, lutando para colocar oxigênio em meus pulmões.

— Uh-uh. Fazendo valer a pena — disse ele de algum lugar que soava muito distante. — Além disso, quero entrar em você enquanto ainda está gozando.

— Tá.

Ouvi o barulhinho distinto da embalagem de um biscoito ou de uma camisinha. Parecia ser do último porque a ponta larga de sua ereção estava cutucando meu sexo.

Ele parou por tempo suficiente para passar a língua em cada um dos meus seios antes de ficar de joelhos.

Ele parecia um guerreiro vingativo. Tatuado e musculoso. Com as pálpebras pesadas e o peito arfando. Pelo menos eu não era a única sentindo prazer.

Foi meu último pensamento coerente antes de ele empurrar os quadris e enterrar aquela arma longa e grossa de destruição em massa dentro de mim.

Nossos olhos se encontraram, e seu rosto congelou em prazer agonizante e triunfo quando ele foi fundo em mim.

Não me dei conta de que tinha levantado o tronco com um espasmo até que ele colocou uma daquelas mãos grandes no meu peito e me fez deitar de volta no colchão.

— Relaxa, linda. Relaxa — sussurrou.

Soltei o ar que estava preso em meus pulmões e inspirei. Ele era tão *grande*. E ele estava certo — eu sentia os pequenos tremores nos músculos que estavam em volta dele.

— Se continuar me apertando assim, anjo, vai ter que acontecer duas vezes.

— Mmmph. Ótimo. É.

Ele sorriu para mim.

— Então é isso que faz você perder esse seu vocabulário sofisticado.

— Urgh. Vai falar o dia todo ou vai se mexer? — resmunguei. A necessidade já estava crescendo em mim outra vez. Eu me perguntei se o seu membro era algum tipo de varinha mágica que lançava feitiços de orgasmo, tornando coisas como tempo de descanso e requisitos biológicos inexistentes.

— Olhe para mim, Naomi — disse ele.

Fiz o que mandou.

— Caralho, você é linda. E está encharcada para mim.

E ele estava duro como pedra para mim.

Foi quando ele começou a se mover. Lentamente. Languidamente. O suor brilhava em sua pele. Sua mandíbula estava cerrada. Mas seus quadris se mexiam como um metrônomo enquanto ele entrava e saía de mim.

Eu me sentia no paraíso. Mas notei que ele estava se segurando, e eu queria dar tudo o que ele precisava. Queria que ele recebesse tudo.

— Não seja gentil — gemi.

— Vou no meu ritmo. Vai ter que aceitar.

— Knox, se mais sangue for para o seu pênis, vai explodir.

— Você tem uma opinião sobre tudo. Até sobre como transo com você.

— *Especialmente* sobre como transa comigo.

Ele deve ter me beijado só para me calar, mas não liguei porque quando levantei meus quadris, suas estocadas aceleraram e se profundaram. Ele estava me levando um pouco além da zona de conforto, fazendo-me receber um pouco mais do que eu acreditava que dava conta.

E isso me excitava.

Ele estava dando o que eu precisava sem que eu tivesse que soletrar para ele e destrinçar. Sem que eu tivesse que pedir. Sem ele dizer: "talvez seja mais fácil se você fizer isso sozinha."

— Volte para mim, Daisy.

Pisquei, e o rosto do Knox voltou ao foco, pairando sobre mim e parecendo sério.

— É aqui que tem que estar quando estou dentro de você. Em nenhum outro lugar. Entendeu?

Assenti. Envergonhada por quase ter me perdido dentro da minha cabeça. Ele tinha razão. Quantas vezes eu tinha ficado tão envolvida em meus planos e listas que perdi o que estava bem na minha frente? Ou, neste caso, dentro de mim.

Para provar que estava com ele, afundei minhas unhas em seus ombros e apertei meus músculos em volta dele enquanto ele entrava bem fundo.

— Essa é minha garota — gemeu.

O que estávamos fazendo era tão bom. Tão *certo*.

Seus pelos no peito faziam cócegas em meus mamilos rígidos enquanto meus calcanhares se agarravam às suas nádegas perfeitas. Outro orgasmo já estava começando a se formar.

Parecia de outro mundo.

Ele também sentiu. Suas estocadas estavam mais intensas agora, menos controladas, e eu queria mais.

— Não consigo decidir como quero você — confessou com os dentes cerrados. — Pensei em tantas maneiras.

— Pensou? — sussurrei, tentando parecer surpresa como se eu não fantasiasse todo dia com ele me comendo debruçada na mesa de bilhar no Honky Tonk.

Ele mordiscou meu lábio inferior.

— Apoiada numa parede no meu escritório. Com minha mão cobrindo sua boca para que ninguém escute eu te fazer gozar. Você em cima de mim na caminhonete. Com esses peitos perfeitos na minha cara para eu poder te chupar enquanto transamos. Você de quatro olhando por cima do ombro enquanto eu entro por trás.

Certo, eram ótimas maneiras.

Meus seios ficaram pesados e inchados. Cada terminação nervosa do meu corpo estava em ação. E aqueles músculos abdominais que pensei ter distendido no meu primeiro orgasmo estavam tensos de novo.

— Caralho, linda. Está ficando cada vez mais apertada.

Eu conseguia sentir cada veia, cada saliência, cada centímetro de sua ereção enquanto ele entrava em mim. De novo e de novo, ele arremetia dentro. Euforia preencheu minha cabeça como uma névoa.

Seus músculos ficaram tensos sob meus dedos. Nós dois estávamos tremendo. Eu ia gozar com ele dentro de mim e nunca mais ser a mesma. Ele forçou uma mão entre nós e agarrou meu peito, com meu mamilo ávido e rígido encostado em sua mão.

— Vai com tudo, linda.

E eu fui, abrindo o máximo possível e me segurando como se minha vida dependesse disso enquanto ele me levava ao limite.

Ele não aliviou o orgasmo para mim — ele o detonou. Disparou através de mim como alta tensão, fazendo-me tremer da cabeça aos pés. Enterrei o rosto em seu pescoço e gritei.

— Ah, porra. Porra!

Abri meus olhos e o encontrei me observando, com os olhos semicerrados. Todos os vestígios de controle tinham sumido.

Senti sua ereção inchar dentro de mim enquanto ele grunhia a cada estocada. Eu ainda estava gozando quando ele gozou dentro de mim, soltando um urro gutural de triunfo. Ele se enterrou profundamente e manteve-se lá. Nossos corpos alinhados, com os orgasmos sincronizados. Em cada pulsação dolorosa de sua ereção, meus músculos o agarraram com mais força.

— Naomi — grunhiu em meu pescoço enquanto nos movíamos juntos. Com os corações batendo como um.

VINTE E QUATRO
VISITAS-SURPRESA

Naomi

Um ronco suave me despertou do meu sonho incrivelmente apimentado com Knox Morgan. Quando ouvi o ronco mais uma vez e senti aquele corpo quente e firme encostado no meu, minhas pálpebras se abriram como um personagem de animação.

Não foi um sonho.

Eu acidentalmente tinha transado com meu chefe mal-humorado, vizinho irritante, e mijão de quintais.

Esperei que a debandada de arrependimentos atravessasse meu cérebro como bisões numa pradaria empoeirada. Mas parecia que meu corpo estava saciado demais para permitir. Knox tinha tomado meu cérebro *e* meu corpo em submissão.

Com cuidado para não incomodar meu parceiro de cama que roncava, virei para encará-lo. Ele estava nu, com o lençol emaranhado entre as pernas, deixando a maior parte do corpo espetacular à mostra. Foi a primeira vez que tive a oportunidade de observá-lo de perto sem que ele soubesse.

Aquele cabelo loiro grosso, escuro e sujo estava bagunçado pelas minhas mãos. Havia uma pequena cicatriz entre as sobrancelhas e uma outra, mais longa, mais irregular, perto do contorno do couro cabeludo. Seus cílios eram tão longos que me davam inveja. Seus lábios, sempre fechados naquela linha firme e desaprovadora, estavam ligeiramente separados.

Ele dormia de costas, com um braço tatuado sob a cabeça e o outro me abraçando. Nunca tinha imaginado que ele fosse do tipo que gosta de ficar agarradinho. Ninguém em sã consciência imaginaria. Mas seu braço ao meu redor dizia outra coisa. Seu peito subia e descia em respirações profundas e uniformes. Observei seus músculos abdominais com fascínio. Os meus estavam doloridos com os inesperados orgasmos que os exercitaram. Os dele pareciam suportar qualquer coisa, afinando-se num V retesado que desaparecia sob o lençol.

Ele parecia tão pacífico que até mesmo a linha permanente de aborrecimento entre suas sobrancelhas se suavizou.

Era difícil acreditar que Knox Morgan estava nu na minha cama.

Meu Deus.

Knox Morgan estava nu.

Na minha cama.

E o filho da mãe sorrateiro me deu dois dos orgasmos mais intensos conhecidos pela humanidade. Como é que eu vou olhá-lo nos olhos agora e *não* ter espasmos involuntários na vagina?

Ah, lá estava ele. Meu velho amigo, o pânico desprezível.

O que eu estava fazendo na cama com um homem com quem eu sabia que não deveria dormir meras semanas após fugir do meu próprio casamento?

Eu precisava sair desta cama porque se Knox acordasse e me encarasse com olhos sonolentos, eu jogaria a cautela ao vento e subiria de volta naquele membro dele sem pensar duas vezes.

Foram necessárias algumas tentativas, mas consegui me livrar de seu abraço surpreendentemente confortável. Não querendo acordá-lo vasculhando gavetas, peguei a camisola que eu tinha separado para hoje à noite e a vesti antes de sair na ponta dos pés.

— Foi só dessa vez — entoei para mim mesma enquanto descia as escadas.

Aconteceu. Acabou. Hora de seguir em frente.

Tropecei numa bota descartada a caminho da cozinha.

— Ai! Droga — sibilei.

Waylon levantou a cabeça do sofá, soltou um bocejo e se esticou com pompa.

— Oi — falei, sentindo-me constrangida, pois o cachorro poderia estar me julgando por dormir com seu humano. Mas se o basset hound me criticou, foi por pouco tempo porque ele rolou e prontamente voltou a dormir.

Afastei as botas do Knox do pé da escada.

Tínhamos deixado um rastro de roupas no primeiro andar, outra coisa que eu nunca tinha feito.

Eu reuniria tudo e dobraria assim que tomasse um café.

A madrugada, a preocupação com Nash e o primeiro dia da Waylay, sem mencionar os orgasmos psicodélicos, me deixaram quase em coma.

Rapidamente comecei a preparar café, depois descansei minha testa no balcão enquanto esperava ficar pronto.

Pensei na Waylay, caminhando para o grande ônibus escolar amarelo em seu vestido roxo e tênis rosa. Sua nova mochila cheia de materiais escolares e lanches.

Ela não tinha se mostrado animada para o primeiro dia do sétimo ano. Eu só podia imaginar como deve ter sido horrível o ano passado, seu primeiro em Knockemout. Tomara que com Nina, Chloe e uma nova professora, Waylay tivesse a segunda chance que tanto merecia. E se isso não funcionasse, eu encontraria outra solução. Waylay era uma garota inteligente, engraçada e doce, e eu não deixaria o mundo ignorar isso.

A cafeteira apitou o canto de sereia que indicava que o café estava pronto. Tinha acabado de pegar a alça da jarra de café quando ouvi uma batida animada na porta da frente.

A cabeça do Waylon se levantou do sofá.

Servi uma caneca às pressas e tomei um gole escaldante antes de abrir a porta.

Engasguei-me com a boca cheia de cafeína quando encontrei meus pais parados na varanda.

— Olha a nossa garota aí! — Minha mãe, parecendo bronzeada e feliz, abriu os braços.

Aos 61 anos, Amanda Witt ainda se vestia de forma a acentuar as curvas que chamaram a atenção do meu pai na faculdade. Ela se orgulhava de colorir o cabelo do mesmo ruivo que tinha no dia do casamento, embora agora o usasse num ousado corte curto. Ela jogava golfe, trabalhava meio período como conselheira escolar e dava vida a todos os cômodos em que entrava.

— Mãe? — murmurei, inclinando-me automaticamente para um abraço.

— Lou, não é a casinha *mais fofa* que você já viu? — disse ela.

Meu pai grunhiu. Ele estava com as mãos enfiadas nos bolsos da bermuda e cutucando o corrimão da varanda com a ponta dos tênis.

— Parece firme — disse ele.

Mamãe ficava impressionada com coisas bonitas. Papai preferia apreciar a resistência delas.

— Como você está, filha? — perguntou ele.

Transferi meu abraço para ele e ri quando meus dedos dos pés saíram do chão. Enquanto minha mãe era alguns centímetros mais baixa que eu e Tina, meu pai tinha mais de 1 metro e 80 centímetros de altura. Um homem que mais parecia um urso e sempre me fazia sentir que tudo ia ficar bem.

— O que estão fazendo aqui? — perguntei enquanto ele me abaixava com cuidado.

— Querida, você não pode nos dizer que temos uma neta e não esperar que dirijamos direto para cá. Tiramos você da cama? Que camisola linda — observou a mãe.

Cama.

Camisola.

Sexo.

Knox.

Meu Deus.

— Hãaa...

— Eu te disse que deveríamos ter cancelado aquele cruzeiro, Lou — disse minha mãe, dando um tapa no ombro do meu pai. — Está na cara que ela está deprimida. Ainda está de pijama.

— Ela não está deprimida, Mandy — insistiu meu pai, batendo os nós dos dedos na moldura da porta enquanto entrava. — O que é isso? Carvalho?

— Não sei, pai. Mãe, eu não estou deprimida — falei, tentando descobrir uma maneira de tirá-los de casa antes que meu convidado nu acordasse. — Eu só... hã... trabalhei até tarde na noite passada, e houve uma emergência familiar...

Mamãe arfou.

— Aconteceu alguma coisa com a Waylay?

— Não. Mãe. Desculpe. Não a nossa família. A família da dona deste lugar e do bar em que trabalho.

— Mal posso esperar para conhecer. Como é que se chama? Hanky Pank?

— Honky Tonk — corrigi, espiando meu vestido no chão. — Viram a sala de estar? — Saiu quase como um grito, e meus pais trocaram um olhar antes de fingir estar encantados com o espaço para o qual eu estava acenando.

— Olha só aquela lareira, Lou.

— Sim, olha só a lareira — só faltei gritar. Papai grunhiu.

Enquanto meus pais admiravam a lareira, peguei o vestido com os dedos dos pés e o joguei debaixo da mesa da cozinha.

— E você tem um *cachorro*! Nossa, você andou ocupada desde o casamento.

Waylon levantou a cabeça, com uma bochecha ainda grudada no travesseiro. Sua cauda batia na almofada, e minha mãe se dissolveu em uma poça de afeição.

— Quem é um menino lindo? É você. Sim, é você!

— Está vendo, Mandy, ela não está deprimida. Só anda ocupada — insistiu meu pai.

— A vista do bosque não é ótima? — falei, com as palavras soando estranguladas enquanto apontava freneticamente para as janelas.

Quando eles se viraram para admirar o bosque pela janela, peguei o jeans do Knox do chão e joguei no armário embaixo da pia.

— Beeper, venha conhecer sua sobrinha ou sobrinho cachorrinho! — Minha mãe estava usando sua voz de "boletim cheio de notas dez que iria para a geladeira", que era alta o suficiente para acordar o homem na minha cama no andar de cima.

— Vocês trouxeram a Beeper?

Beeper era a mais recente cadela adotada dos meus pais. Ela era uma mistura de raças — dei de presente o teste de DNA para eles no Natal do ano anterior — que resultou em uma grande palha de aço marrom com patas. A palha de aço apareceu na porta e trotou para dentro.

Waylon se sentou e deu um latido apreciativo.

— Este é o Waylon. Ele não é meu. Ele é do meu... hum. Vizinho? Ei, querem sair daqui e ir tomar café da manhã ou almoçar ou simplesmente sair por qualquer motivo?

Waylon pulou do sofá e encostou nariz com nariz com Beeper. Beeper soltou um latido agudo, e os dois começaram a correr em volta do minúsculo primeiro andar.

— Daisy, linda, o que você está fazendo aí em baixo?

Observei com horror conforme pés descalços presos a pernas nuas e musculosas apareceram nas escadas. Mamãe e eu congelamos conforme uma cueca boxer — graças a Deus pelos milagres que cobrem o pênis — aparecia.

Papai, movendo-se rapidamente para um grandalhão, colocou-se entre nós e a cueca boxer que se aproximava.

— Quem é você? — gritou meu pai para o torso nu do Knox.

— Uau, uau, uau — sussurrou minha mãe.

Ela não estava errada. O homem era espetacular.

Waylon e Beeper escolheram aquele momento para subir as escadas com euforia.

— Daze, quer explicar o que está acontecendo? — falou Knox com a voz arrastada enquanto se desviava da catástrofe canina.

Abaixei-me sob o braço do meu pai e me movi para ficar entre meus pais e meu chefe... er, vizinho? Parceiro sexual de uma única vez?

— Hã. Certo. É o seguinte... eu queria ter tomado mais café.

— Essas tatuagens são de verdade? Quantas vezes por semana você vai à academia? — perguntou mamãe, espiando por baixo da axila do papai.

— O que diabos está acontecendo? — falou meu pai com a voz aborrecida.

— Ah, Lou. Tão conservador — disse mamãe, dando-lhe um tapinha carinhoso nas costas antes de caminhar até Knox e abraçá-lo.

— Mãe!

Knox ficou parado feito uma estátua claramente em choque.

— Bem-vindo à família — disse ela, dando um beijo em sua bochecha.

— Ai, meu Deus. Vou morrer de vergonha — decidi.

Knox deu um tapinha desajeitado nas costas da minha mãe.

— Hã. Valeu?

Ela o soltou e depois me agarrou pelos ombros.

— Ficamos tão preocupados com você, querida. Não era do seu feitio simplesmente ir embora do próprio casamento assim. Não que gostássemos muito do Warner.

— Sempre o achei um babaca pretensioso — cortou papai.

— Achei que talvez você estivesse deprimida — continuou minha mãe —, mas agora tudo faz sentido! Você se apaixonou por outra pessoa e não podia continuar com um casamento ridículo. Não é maravilhoso, Lou?

— Preciso de café — murmurou Knox e foi para a cozinha.

— Não vai nos apresentar? — perguntou meu pai, ainda não parecendo muito satisfeito.

— Naomi — chamou Knox da cafeteira. — Calças?

Estremeci.

— Debaixo da pia.

Ele me deu um olhar demorado e indecifrável antes de se inclinar para vestir os jeans.

Minha mãe fez um sinal de positivo incrivelmente inapropriado para mim quando Knox virou as costas para nós e fechou o zíper.

MÃE! Gesticulei com a boca.

Mas ela continuou fazendo o sinal e dando um sorriso assustador de aprovação.

Isso me lembrou de quando eu a levei para ver a produção do Teatro Comunitário de Andersontown de *Ou Tudo ou Nada*. Minha mãe apreciava o corpo masculino.

— Certo, acho que estamos nos antecipando um pouco. Mãe, pai, este é o Knox. Ele é meu vizinho e chefe. Não estamos apaixonados.

O semblante da minha mãe se entristeceu e meu pai olhou para o chão, com as mãos nos quadris e os ombros curvados. Eu já tinha visto essa reação antes. Apreensão. Decepção. Preocupação. Mas nunca por nada que eu tivesse feito. Era sempre Tina que lhes trazia problemas. Eu odiava que desta vez fosse eu.

— Isso foi sexo casual? Você está tendo algum tipo de crise de meia-idade, e esse cara se aproveitou de você? — Meu pai, que tinha vencido o prêmio de Melhor Abraço três anos consecutivos na reunião da família Witt, parecia pronto para distribuir socos.

— Pai! Ninguém se aproveitou de ninguém.

Calei a boca quando Knox apareceu ao meu lado e me entregou uma xícara de café fresco.

— Por quanto tempo vão ficar na cidade? — perguntou Knox aos meus pais. Papai o encarou.

— Não decidimos — disse minha mãe olhando para as tatuagens dele. — Estamos ansiosos para conhecer nossa neta. E um pouco preocupados com *você sabe quem*. — Ela apontou para mim como se eu não tivesse escutado seu sussurro falso.

Knox olhou para mim e suspirou. Ele colocou a mão livre na minha nuca e me puxou para o seu lado.

— A situação é a seguinte. Sua filha chegou à cidade do nada tentando ajudar a irmã que não é flor que se cheire, sem ofensa.

— Não ofendeu — garantiu mamãe a ele.

— Bastou olhar uma vez para a Naomi que me apaixonei perdidamente.

— Knox — sibilei. Mas ele apertou minha nuca e continuou.

— Estamos apenas vendo onde as coisas vão dar. Pode não dar em nada, mas estamos aproveitando. Você criou uma mulher inteligente, bonita e teimosa.

Mamãe afofou o cabelo.

— Ela herdou isso de mim.

— Com o que você trabalha, Knock? — perguntou meu pai.

— Knox — corrigi. — Ele é dono de empresas e algumas propriedades, pai.

Meu pai bufou com desprezo.

— Um homem trabalhador? Acho que é melhor do que o carinha nepotista. — Presumi que ele estava falando do Warner, que arranjou um emprego na empresa da família após se formar na faculdade.

— Tive sorte uns anos atrás e ganhei na loteria. Investi a maior parte aqui na minha cidade natal — explicou Knox —, pensei que já tinha abusado da sorte até que a Naomi aqui apareceu.

O Falso Romântico Knox ia arruinar todo o romance de verdade para mim se eu não tomasse cuidado.

— O nome dele está na delegacia — falei com entusiasmo forçado.

Ele apertou a mão no meu pescoço outra vez. Belisquei a pele de suas costas logo acima do cós do jeans. Ele apertou com mais força. Eu belisquei com mais força.

— Preciso de um analgésico ou algo assim — murmurou meu pai, esfregando a testa.

— Não era para você sentir dor de cabeça, Lou. Nossa filha está *bem*. Eu que estava preocupada no caminho para cá, lembra? — disse minha mãe como se Knox e eu nem estivéssemos no cômodo.

— É mesmo? Pois agora sou eu que acho que há algo errado com ela.

— Vou pegar algo para sua cabeça — ofereci, tentando me livrar das garras do Knox. Mas ele meramente apertou com mais força e tomou um gole do café.

— Não seja boba. Todos os anti-inflamatórios favoritos do seu pai estão na minha bolsa — anunciou minha mãe. Ela correu para onde tinha deixado a bolsa ao lado da porta da frente. Papai enfiou as mãos nos bolsos e andou pela cozinha. Eu o vi franzir a testa para a camiseta de Knox, que estava amarrotada no fogão.

— Waylay vai ficar tão feliz por conhecer vocês. Onde vão ficar enquanto estiverem aqui? — perguntei, desesperada para jogar conversa fora.

— Há uma pousada na cidade. Vamos ver se tem quarto disponível — disse meu pai, abrindo as portas do armário e batendo nas prateleiras.

Depois de um cruzeiro de luxo de três semanas no Mediterrâneo, eu achava que meus pais não iriam gostar da pousada mofada e dilapidada. Eu já estava balançando a cabeça quando Knox falou.

— Acho que podemos fazer melhor do que isso. Vamos encontrar um quarto para vocês na casa da Liza J.

— Knox — sibilei. Como eu ia fingir estar num relacionamento com Knox com meus pais praticamente ao lado?

Ele se inclinou como se fosse acariciar o lado do meu rosto e sussurrou:

— Fique quieta. — Depois passou os lábios pela minha têmpora, e meus mamilos ficaram rígidos.

Mamãe passou com um frasco de comprimidos, sorrindo para mim. Cruzei os braços sobre o peito.

— Tenho certeza de que gostariam de ficar o mais próximo possível da filha e da neta de vocês — disse Knox.

— Knox, posso conversar com você lá fora? — perguntei com os dentes cerrados.

— Vê como eles não conseguem tirar as mãos um do outro? — comemorou minha mãe atrás de nós.

— Sim. Tem antiácidos aí dentro? — perguntou meu pai, parecendo que queria vomitar.

Fechei a porta e arrastei Knox para a varanda.

— O que nós vamos fazer, hein? Fingir estar num relacionamento até meus pais irem embora?

— De nada. Fica me devendo uma, Daze. Tem ideia do que isso vai fazer com a minha reputação de solteiro?

— Estou nem aí para a sua reputação! Sou eu que vou ter que passar por uma avaliação domiciliar! Além disso, estou cansada de te dever uma! Por que você continua indo ao meu resgate?

Ele enfiou uma mecha de cabelo atrás da minha orelha.

— Talvez eu goste de ser o herói para variar.

Meus joelhos ameaçaram ceder quando o desejo instintivo de desmaiar tomou conta de mim. Seu sorriso era totalmente pecaminoso quando ele me puxou para si.

Entrar em contato com seu corpo tão cedo após O Melhor Sexo De Todos estava fritando meu sistema nervoso. Eu não queria mais gritar com ele. Queria beijá-lo.

— Ou talvez — sussurrou ele com a boca colada na minha —, eu queira descobrir como é ter sua boca gostosa no meu pau.

Pelo menos foi honesto. E safado. Gostei.

Ele corajosamente colocou uma mão na minha bunda. A outra agarrou meu cabelo na base do pescoço.

— Desculpe interromper.

Por instinto, afastei-me de Knox. Bom, tentei. Ele continuou me segurando. O que acabou sendo uma coisa boa, já que eu poderia ter caído por cima do corrimão quando vi a assistente social Yolanda Suarez nos olhando do pé da escada.

— Sra. Suarez, que bom vê-la de novo — falei com a voz engasgada.

VINTE E CINCO
CONFUSÃO FAMILIAR

Knox

Mesmo com as intrusões indesejadas dos pais da Naomi acompanhadas pela assistente social desaprovadora que estava com uma assinatura faltando em uma página, meu humor estava ótimo quando voltei ao hospital.

Claro, fingir estar em um relacionamento provavelmente — com certeza — seria um saco. Mas tiraria a Naomi de uma enrascada e irritaria o meu irmão.

Acordei pela manhã sabendo que uma vez não seria suficiente com ela. Agora poderíamos dar amassos por algumas semanas, tirar um ao outro da cabeça, e, uma vez que seus pais fossem para casa, voltar para nossas vidas normais satisfeitos.

Em suma, não era mau negócio.

Entrei no quarto do Nash e encontrei boa parte da polícia de Knockemout lá dentro.

— Me avise o que descobrir no escritório e no depósito — disse Nash da cama. Sua cor estava um pouco melhor.

— Ainda bem que você não bateu as botas, filho — falou Grave. Os demais concordaram com a cabeça.

— É, é. Agora caiam fora e tentem evitar que Knockemout seja destruída.

Acenei com a cabeça para cada policial que saía, pensando no que Naomi tinha dito sobre Nash limpar o departamento para melhor servir a cidade.

Ela tinha razão. Acho que nós dois queríamos fazer o bem pela cidade que nos deu um lugar para chamar de lar.

— E aí. Como está a Naomi? — perguntou Nash, soando levemente irritado após o último policial sair pela porta.

— Bem — falei.

Os Morgan não beijavam e saíam espalhando ou transavam e saíam espalhando. Mas me permiti o menor dos sorrisos.

— Já estragou tudo?

— Você é hilário quando está cheio de chumbo e drogas.

Ele suspirou, e notei que ele já estava cansado de ficar confinado no hospital.

— Qual é a da reunião de equipe? — questionei.

— Houve alguns arrombamentos ontem à noite. Um escritório e um depósito. Ambos propriedade de Rodney Gibbons. O escritório não ficou detonado. Alguém pegou o dinheiro em caixa e vasculhou o cofre, a combinação estava numa nota adesiva ao lado do computador. Já o depósito foi destruído. Ninguém viu nada em nenhum deles — explicou.

— Por quanto tempo vão te fazer ficar aqui? — perguntei.

Nash usou o polegar para coçar entre as sobrancelhas, entregando a frustração.

— Por tempo demais. Disseram que o mais rápido que posso sair é daqui a alguns dias. Depois vou fazer fisioterapia para ver quanta mobilidade consigo recuperar.

Se Nash não se recuperasse completamente, ele ficaria algemado a uma mesa pelo resto da carreira. Algo que até eu sabia que ele odiaria.

— Então não faça merda — aconselhei —, cumpra as ordens dos médicos. Faça a fisioterapia e tome jeito. Ninguém quer você sentado em uma mesa.

— Sim. Luce está investigando — falou, mudando de assunto.

Ele não parecia feliz com isso.

— Está? — enrolei.

— Você sabe muito bem que ele está. É caso de polícia. Eu não preciso que vocês amadores saiam nas ruas criando confusão.

Fiquei ofendido com o comentário sobre ser amador. Tínhamos sido pestinhas profissionais na nossa época. E embora eu possa estar um pouco enferrujado, algo me dizia que nosso amigo era ainda mais perigoso agora do que aos 17 anos.

— Seu pessoal descobriu alguma coisa sobre o cara? — perguntei.

Nash fez que não.

— Carro roubado. Limpo nos arredores de Lawlerville. Os moradores encontraram há cerca de uma hora.

— Quão limpo?

Ele deu de ombros, depois estremeceu.

— Não sei ainda. O volante e as maçanetas estão sem digitais.

— Se o idiota é burro o bastante para atirar num policial, é burro o bastante para deixar digitais em algum lugar — previ.

— Sim — concordou. Ele estava balançando as pernas impacientemente embaixo do cobertor fino e branco. — Soube que a Liza tem novos hóspedes.

Assenti.

— Os pais da Naomi. Apareceram hoje pela manhã. Acho que estão ansiosos para conhecer a neta.

— Soube disso também. Também soube que você causou uma bela impressão ao descer as escadas como veio ao mundo.

— Sua rede de fofoca precisa dar uma melhorada. Eu estava de cueca.

— Aposto que o pai dela adorou.

— Ele sobreviveu.

— Como você se saiu em comparação ao ex-noivo? — gracejou.

— Os pais dela não gostavam muito dele — falei. Mas eu não tinha certeza de como me saí aos olhos da Naomi.

Olhei para a intocada bandeja de almoço do Nash. Caldo e refrigerante.

— Como é que você vai sobreviver à base de líquidos?

Meu irmão fez careta.

— Tem algo a ver com não tributar o sistema. Eu daria tudo por hambúrguer e batatas fritas. O pessoal tem muito medo da equipe de enfermagem para trazer qualquer contrabando.

— Vou ver o que posso fazer — prometi. — Tenho que ir. Preciso resolver uma coisa antes do grande jantar em família hoje à noite para comemorar o primeiro dia de aula da Way e a chegada dos pais da Naomi à cidade.

— Te odeio — disse Nash. Mas faltava paixão em suas palavras.

— Que isso seja uma lição para você, irmãozinho. Você tem que agir rápido ou então alguém vai agir primeiro.

Fui em direção à porta.

— Diga à Way para me avisar se alguém na escola mexer com ela — falou Nash.

— Vou avisar.

— Diga à Naomi que fique à vontade para vir quando quiser.

— Não vai rolar.

A CASA DA LIZA J não cheirava mais a um museu de naftalina. Talvez tenha algo a ver com a porta estar sempre sendo aberta para deixar quatro cães entrarem ou saírem a cada cinco minutos.

Pensando bem, devia ter mais a ver com o fato de que os cômodos que não eram tocados há 15 anos estavam recebendo os cuidados da Naomi do chão ao teto. As cortinas empoeiradas e as janelas atrás delas estavam abertas.

As luzes estavam acesas na saleta, um cômodo que não era usado desde que a casa recebia hóspedes pagantes. Vi Stef atrás da mesa ao celular, encarando o notebook à sua frente.

Tinha música vindo da cozinha, e eu ouvia o burburinho das pessoas socializando no quintal.

Talvez nem todas as mudanças fossem ruins.

Ajoelhei-me para acariciar os cães. A cadelinha dos pais da Naomi, Beeper, estava sentada em cima das orelhas do Waylon.

— Isso aí, porra!

A exclamação veio da saleta. Stef fechou seu notebook triunfantemente e se levantou atrás da mesa, com os braços jogados para o ar.

Os cães, animados pela animação dele, correram para o cômodo.

— Ah, não. Todos para fora — disse Stef. — Esses mocassins da Gucci que vocês estão destruindo com suas unhas de cachorrinho são caros demais.

— Boas notícias? — perguntei quando ele saiu da saleta. Os cães partiram em direção à cozinha, movendo-se como um único e desajeitado corpo de baba e latidos.

— Não me venha todo amigável, não. Ainda estou bravo com você — disse ele.

Quando Naomi e eu trouxemos os pais dela para conhecer minha avó, Stef tentou encobrir o fato de que estava na cidade há dias.

Ninguém teria acredito em sua historinha de "que coincidência, acabei de chegar essa manhã" por muito tempo.

Apenas encurtei tudo dizendo a Mandy e Lou o alívio que era ter Stef na casa da Liza para uma visita tão prolongada.

— Daqui a pouco passa — previ.

— Espere até você decepcionar a Mandy — disse ele. — É como chutar uma ninhada de gatinhos.

Eu não tinha ninguém na minha vida que pudesse decepcionar.

Segui-o até a sala de jantar, onde o buffet da minha avó tinha sido transformado num bar sofisticado completo com limões e limas cortados, um balde de gelo e várias garrafas de bebida alcoólica decente.

— Quer beber o quê? — perguntou-me ele.

— Bourbon ou cerveja.

— Está muito quente para bebidas à temperatura ambiente e cerveja não é comemorativa o bastante. Vamos tomar gim-tônica.

Dava para o gasto.

— O que estamos comemorando?

— A casa da Naomi — falou ele. — Foi posta à venda dois dias atrás, e ela tem três ofertas. Vamos torcer para que ela ache que são boas notícias.

— Por que ela não acharia?

Stef me lançou um olhar brando, depois começou a colocar gelo em dois copos altos.

— Sabe como algumas pessoas têm a casa dos sonhos? Naomi tinha a casa do próximo passo. Ela adorava. Era o lugar perfeito para começar uma família. O bairro certo. O tamanho certo. O número certo de banheiros. Desistir daquela casa é como desistir de todos os seus sonhos.

— Os planos mudam — falei quando ele abriu uma garrafa de água tônica.

— Eu que o diga já que ela não tinha intenção de ir para a cama com você.

— Aqui vamos nós — murmurei. — Esta é a parte em que você me diz que não sou bom o bastante para ela e eu digo para você ir cuidar da sua vida.

Ele serviu uma quantidade generosa de gim em cada copo.

— Vamos pular para a conclusão. Ela está desistindo de tudo para arrumar a confusão da Tina. Outra vez. Contanto que você seja uma distração agradável e não outra confusão para dar um jeito, não vou destruir sua vida.

— Caramba, obrigado. O mesmo vale se você ficar com o Jer, aliás.

Para crédito do Stef, ele não se atrapalhou com as fatias de limão ou com os raminhos de alecrim que estava colocando em cada copo quando mencionei meu melhor amigo.

— Então essa é a sensação de ter um intrometido irritante enfiando o nariz onde não foi chamado — afirmou sem entonação na voz.

— Sim. A sensação não é boa, né?

— Mensagem recebida. Talvez um tira-gosto de curto prazo seja exatamente do que ela precisa para tirar o Warner Feioso Terceiro da cabeça e começar a planejar uma vida para si mesma e para a Way.

— Um brinde a isso — falei, ignorando como "tira-gosto" não me desceu bem.

— Saúde. Vamos lá dizer à nossa garota que em 15 dias seus problemas financeiros vão acabar se ela estiver disposta a dar adeus aos sonhos.

Passamos pelo solário e fomos para o deque. A umidade tinha diminuído o suficiente para estar quase confortável ao ar livre. Músicas antigas de sucesso tocavam em um alto-falante em cima da mesa.

Lou estava cuidando da churrasqueira. O chiado e o cheiro de carne vermelha davam água na boca. Amanda e minha avó estavam sentadas em cadeiras de jardim feitas de madeira, protegendo os olhos do sol que se punha.

Os cães, agora molhados, se sacudiam e tomavam banho de sol na grama.

Mas o que chamou e prendeu a minha atenção foi Naomi. Ela estava até os joelhos no riacho, com óculos escuros. Uma parte daquele cabelo solto curto e escuro estava preso por uma presilha. Ela estava usando um biquíni coral que exibia todas as curvas que eu tinha aproveitado naquela manhã.

Waylay, usando um maiô rosa de bolinhas, curvou-se e jogou duas mãos cheias da água fria do riacho na tia.

O grito da Naomi e o riso que se seguiu enquanto tentava se vingar da garota me atingiram em um lugar além do pau. Senti um calor no peito que não tinha nada a ver com o bom gim-tônica na minha mão.

Amanda ajustou o chapéu de palha e suspirou.

— Isso é o paraíso — disse ela à minha avó.

— Você deve ter lido uma Bíblia diferente da que cresci lendo — brincou Liza.

— Sempre sonhei em ter uma família grande numa casa grande. Com várias gerações e cães entrelaçados na vida uns dos outros. Acho que às vezes simplesmente não estamos destinados a certas coisas — falou ela, melancólica.

Stef limpou a garganta.

— Senhoras, posso encher seus copos com mais Long Island iced teas?

Liza ergueu o copo vazio.

— Aceito outra rodada.

— Ainda estou bebendo o meu, querido — disse Amanda a ele.

— Você decidiu me perdoar? — perguntou Stef.

— Bem, você *veio* até aqui sem falar nada — disse ela, abaixando os óculos de sol para olhá-lo com o que identifiquei ser um Olhar de Mãe. — Mas você estava apenas cuidando da minha garota. Quem faz isso está sempre bem aos meus olhos.

Stef deu um beijo em cima de sua cabeça.

— Obrigado, Mandy.

Naomi e Waylay estavam agora em uma batalha de espirros de água completa. Arcos de água iam para o alto, captando reflexos do sol de fim da tarde.

— Quanto tempo falta para esses hambúrgueres ficarem prontos, Lou? — gritou Liza.

— Cinco minutos — falou ele.

— Knox — disse Amanda, chamando minha atenção.

— Sim, senhora?

— Dê uma volta comigo — disse ela.

Uh-oh.

Stef me lançou um olhar presunçoso e desapareceu para dentro da casa com o copo da Liza.

Segui Amanda até a extremidade do deque e desci as escadas que levavam ao quintal. Parecia que foi ontem que Nash e eu estávamos no riacho brincando, assustando os peixes, com vovô cuidando da churrasqueira.

Ela colocou o braço no meu enquanto caminhávamos.

— Faz pouco tempo que você conhece a Naomi — começou ela.

Já não gostei do rumo da conversa.

— Às vezes você não precisa de um passado para ver o futuro — falei, parecendo um biscoito da sorte.

Ela apertou meu braço.

— Eu quis dizer que, em toda a vida, minha filha nunca se jogou de cara em nada, especialmente na cama com alguém.

Eu não sabia o que responder, então fiquei calado.

— Ela é prestativa desde criancinha. Sempre se preocupando com os outros. Não me surpreende ela ter se prontificado a cuidar da Waylay mesmo com o resto de sua vida um caos. Ela se doa até não sobrar mais nada.

Nada que eu não soubesse. Se Naomi não estava servindo bebidas para os clientes, estava ajudando alguém na cozinha ou limpando a casa da Liza que mais parecia um mausoléu.

— Você fez a xícara de café do jeito que ela gosta — continuou. — Ela também me disse que foi você quem arranjou essa casa para ela ficar e lhe deu um emprego. Você a leva para casa. Stef mencionou que você comprou um celular para ela quando ela estava sem um.

Eu estava ficando ansioso. Não era conhecido por ser paciente com conversas que eu não sabia que rumo iam tomar.

— Ela é uma pessoa que se preocupa com tudo, mas que não quer que ninguém se preocupe com ela — continuou Amanda.

— Já notei.

— Você se preocupar com ela, cuidar dela quando acabou de conhecê-la, diz muito sobre o seu caráter. Assim como a Naomi te permitir na cama dela sem você precisar passar por uma avaliação e tirar uma nota quase perfeita nela.

Eu estava ao mesmo tempo desconfortável e estranhamente satisfeito.

— Com todo o respeito, Amanda, não gosto de falar sobre a vida sexual da sua filha com você.

— Isso é porque você é homem, querido — disse ela, dando tapinhas no meu braço. — Só quero que saiba que vejo como você está cuidando da minha garota. Durante todo o tempo em que ficaram juntos, eu nunca sequer vi Warner levar uma xícara de café para ela. Nunca o vi fazer nada que a beneficiasse, a menos que também o beneficiasse. Então agradeço. Agradeço por prestar atenção na minha garota e querer estar lá por ela.

— De nada.

Parecia a resposta apropriada.

— A título de curiosidade, por que a chama de Daisy? — perguntou.

— Ela estava com margaridas no cabelo quando a conheci. Esse é o nome em inglês.

O sorriso da Amanda se ampliou.

— Ela deixou o Warner e veio direto para você, mesmo sem saber. Não é o máximo?

Eu não sabia se era o máximo ou não.

— Sim. O máximo.

— Gostei de você, Knox. Lou vai mudar de ideia. Um dia. Mas eu já gostei de você.

— O jantar está pronto — gritou Liza J do deque. — Coloquem seus traseiros em volta da mesa.

— Estou morrendo de fome — anunciou Amanda. — Que tal ir tirar nossas garotas do riacho?

— Hã... claro.

Fiquei parado enquanto a mãe da Naomi foi direto para os degraus da casa.

A risada da Naomi e outro barulho de respingo chamaram minha atenção.

Fui até a beira do riacho e assobiei. Waylay e Naomi pausaram a guerra de água, rindo e ensopadas.

— O jantar está pronto. Tirem suas bundas da água — falei.

— Ele é tão mandão — disse Naomi bem baixo.

Waylay soltou uma risadinha.

Joguei uma toalha com desenhos de estrela-do-mar na cabeça molhada da Waylay.

— Como foi seu primeiro dia, pequena?

— Bem — respondeu ela, olhando intrigada por baixo da toalha.

A garota era durona pra caralho. Foi abandonada por uma mãe imprestável. Acolhida por uma tia que não conhecia. Em seguida, conheceu os avós pela primeira vez no primeiro dia de aula. E estava tudo bem.

Ela se virou e correu para as escadas e a promessa de comida.

— Vá lavar as mãos, Way — gritou Naomi para ela.

— Por quê? Acabei de sair da água! — respondeu Waylay.

— Então pelo menos não faça carinho nos cães até terminar de comer! — falou Naomi para a Way e em seguida falou para mim enquanto eu a ajudava a subir na margem. — Bem. Foi só o que ela me disse também.

— Está preocupada? — perguntei, incapaz de desviar os olhos de seus seios.

— Claro que estou. Como vou consertar um problema que eu não sei que existe?

— Então fale com a professora — falei, observando o contorno de seus mamilos ficar mais pronunciado embaixo dos dois triângulos de tecido que estavam entre mim e o que eu queria.

— Acho que vou — disse ela. — Como está o Nash?

Em vez de responder, agarrei o pulso dela e a levei para o pátio escondido pelo deque. Sua pele estava fria por causa do riacho. Ver suas curvas molhadas assim estava mexendo com a minha cabeça.

Peguei a toalha de praia macia ao lado de sua bem dobrada roupa em uma das espreguiçadeiras que não via a luz do sol há anos e entreguei a ela.

— Obrigada — falou ela, curvando-se na minha frente para passar a toalha no cabelo.

O autocontrole de um homem tinha limite, e eu tinha acabado de atingir o meu.

Tirei a toalha de suas mãos e a fiz andar para trás até que suas costas encostassem na coluna de sustentação.

— Knox... — Pressionei um dedo na sua boca e apontei para cima de nós.

— Quem quer carne malpassada? — perguntou Lou.

— Stef, essa bebida não vai se encher de novo sozinha — disse Liza J.

— O que você está fazendo? — sussurrou Naomi.

Prendi-a com meus quadris e ela entendeu o recado bem rápido. Quando sua boca se abriu em um O, eu afastei os triângulos da parte superior do biquíni.

Cheios, gostosos, molhados. Minha boca se encheu de água, e não tinha nada a ver com a comida sendo distribuída acima de nós.

— Jesus, Daze. Eu te olho assim e não vejo a hora de voltar para a sua cama.

Abaixei a cabeça e coloquei a boca num mamilo gelado. Seu pequeno suspiro sexy, a forma como suas mãos apertaram meus ombros, a forma como ela se inclinou na direção da minha boca como se desejasse aquilo tanto quanto eu. Tudo foi direto para o meu membro.

— Eu transaria com você bem aqui se achasse por um segundo que poderia dar certo.

Ela tirou uma mão do meu ombro e a colocou entre nossos corpos, apalpando minha ereção por cima do jeans. Cobri a mão dela com a minha e apertei. Com força. Comecei a arremeter contra nossas mãos, ávido pelo atrito.

— Crianças! Jantar — chamou Amanda acima de nós.

— Tia Naomi, quantos feijões-verdes tenho que comer?

A visão da Naomi clareou.

— Ai. Meu. Deus — gesticulou com a boca para mim.

Dei um beliscão nos dois mamilos antes de reajustar a parte de cima do biquíni. Eu queria transar com ela naquele biquíni. Desatar uma ou duas daquelas amarrações e garantir todos os acessos necessários. Depois eu a queria ter de todas as maneiras possíveis até que nenhum de nós pudesse andar. Em vez disso, eu ia jantar com tesão e em público.

Porra, às vezes a vida não era justa.

Ela me bateu no ombro.

— Qual é o seu problema? — sibilou. — Nossas famílias estão bem ali em cima!

— Vários — falei com um sorriso.

— Você é terrível. Já vamos comer! — gritou ela.

— Vamos comer, sim, mais tarde — prometi baixinho.

VINTE E SEIS
A TPM E A VALENTONA

Naomi

Cheguei cedo para o meu turno no Honky Tonk com o impecável Ford Explorer do meu pai. Uma vantagem de ter meus pais na cidade. Outra vantagem foi o fato de que eles iam fazer uma festa do pijama com direito a filme com a Waylay na casa da Liza.

Eu estava sob as ordens de comprar um carro o mais rápido possível.

Entre meus ganhos com o pôquer e os rendimentos da venda da minha casa, eu me vi numa posição financeira bastante sólida, mesmo prestes a comprar um carro decente. Também houve a rapidinha que o Knox me convenceu a ter hoje à tarde, quando veio me ajudar a montar a nova escrivaninha da Waylay.

Eu estava feliz da vida quando entrei no Honky Tonk.

— Olá, meninas — falei para Fi e Silver. — Vocês estão lindas hoje.

— Chegou cedo e está de bom humor — observou Fi, fechando a gaveta de dinheiro da caixa registradora. — Odeio essa sua característica.

Silver olhou na minha direção enquanto virava os banquinhos do bar.

Ela fez uma pausa.

— Ela está com cara de que transou. Ela não é uma de nós.

Droga.

A última coisa que Knox ou eu queríamos era que nossos colegas de trabalho fofocassem sobre nossa vida sexual incrivelmente satisfatória.

— Ah, fala sério — zombei, escondendo meu rosto atrás do cabelo enquanto amarrava o avental. — Eu posso estar de bom humor sem ter transado. Qual é a do chocolate e das compressas térmicas?

Ao lado do caixa, tinha um prato de brownies embrulhado com celofane rosa, uma caixa de compressas térmicas e remédio para cólica.

— É o kit de cuidados mensais do Knox — disse Silver. — Quem te deixou com essa cara de que transou?

— Kit de cuidados para quê? — questionei, ignorando a pergunta.

— Nosso ciclo é sincronizado. O da Stasia também — explicou Fi. — Todo mês o chefinho monta um kit de sobrevivência e fica bonzinho com a gente por um ou dois dias.

— Que gentil da parte dele — falei.

Fi deu um tapa no balcão.

— AimeudeusvocêtransoucomoKnox!

— Quê? Eu? Knox? — Senti meu rosto ficando quente. — Por que acha isso? Posso comer um brownie?

— Está na cara que ela está mudando de assunto — decidiu Silver.

— É, Naomi. Você precisa trabalhar na sua cara de paisagem. Isso é demais! Você sabe que ele nunca transou com uma funcionária antes. Cara, eu sabia que rolava uma química! Não te disse que rolava química?

Fi deu um tapinha no ombro da Silver.

— Sim. Química — concordou Silver. — Então vocês estão juntos? Ou foi algo do calor do momento, tipo "meu irmão acabou de ser baleado"?

— Em uma escala de Razoável a Minha Vagina Foi Arruinada para Sempre, como ele se saiu? — perguntou Fi.

Isso não estava indo como o planejado. Meu olhar passou para as portas da cozinha e de volta para os rostos ansiosos diante de mim. As notícias corriam depressa nesta cidade, e eu não queria alimentar as fofocas.

— Sério, gente, não quero falar sobre isso.

Elas ficaram paradas me encarando. Depois se entreolharam e assentiram.

— Certo, vamos fazer assim — disse Fi. — Você vai nos contar tudo e, em troca, não contaremos nada a ninguém.

— Senão o quê? — enrolei.

Silver deu um sorriso malicioso.

— Senão vamos passar o turno inteiro nos perguntando em voz alta quem foi o responsável por colocar esse sorriso no seu rosto na frente de todos os clientes.

— Vocês são cruéis.

— Nós somos cruéis. Mas podemos ser subornadas — lembrou-me Fi.

— SEUS PAIS FLAGRARAM O SEU SEXO CASUAL. Clássico — disse Silver dez minutos depois, quando terminei de contar tudo.

— E sua vagina está oficialmente arruinada — acrescentou Fi.

— E não estamos num relacionamento. A menos que vocês sejam meus pais ou uma assistente social que está avaliando minha estabilidade como guardiã, nesse caso, nós nos entregamos a um romance inesperado.

— Mas vocês *estão* transando — confirmou Silver.

— Temporariamente — falei com ênfase.

Silver levantou uma sobrancelha com piercing. Fi parou de devorar seu brownie.

— Parece idiota quando eu falo em voz alta. Talvez devêssemos terminar de nos preparar para abrir?

— Que nada. Estou de TPM. Prefiro comer outro brownie e falar sobre comprimento de pênis e intensidade de orgasmo — disse Fi.

Fui salva de responder pela chegada de uma mensagem de texto no celular.

Sloane: Minha sobrinha linguaruda me disse algo que eu acho que você deveria saber.

Eu: O quê? Estou fora de moda por partir o cabelo de lado?

Sloane: Sim. Ela também disse que a professora tem sido muito dura com a Way nos últimos dois dias.

Eu: O que você quer dizer com "dura"?

Sloane: Chloe disse que a professora Felch está sendo cruel com a Waylay. Grita com ela na frente da turma. Faz comentários "estranhos" sobre a mãe dela. Chloe e Nina se deram mal por defendê-la.

Eu: Obrigada por me avisar.

Sloane: Você vai partir para cima de uma certa professora do ensino fundamental como uma mãe leoa, né?

Guardei meu celular no bolso.

— Odeio deixar vocês na mão, mas preciso ir à escola da Waylay.

— Way está em apuros? — perguntou Fi.

— Não, mas a professora Felch vai ficar. Importam-se de ficar no meu lugar até eu voltar?

Silver levantou a vista da compressa quente que estava pressionando na barriga.

— Fico no seu lugar se você me trouxer um daqueles *pretzels* com calda de caramelo da loja ao lado da escola.

Os olhos da Fi se iluminaram.

— Uuuuh! Traga dois!

— Melhor trazer três — alterou Silver. — Max chega às 16h30 e ela está no Segundo Dia da Maré Vermelha.

— Três *pretzels* com calda de caramelo. Entendido — falei, desatando o avental e pegando minha bolsa. — Tem certeza de que não se importam de ficar no meu lugar?

Fi descartou minha preocupação.

— O movimento é sempre lento nas primeiras duas horas após a abertura. E Knox não virá com todas as garotas no meio da Semana do Código Vermelho.

— Semana do Código Vermelho?

Ela apontou para o remédio e os brownies.

— Ah, sim. Aquela Semana do Código Vermelho. Obrigada por ficarem no meu lugar!

Mandei beijos e fui para a porta.

A escola ficava a menos de dois quarteirões, então fui a pé. Isso me deu tempo para ficar mais irritada. Eu estava cansada de as pessoas acharem que podiam julgar alguém pelo comportamento da família. Vivi na sombra das transgressões da Tina toda a minha vida e eu odiava que a Waylay estivesse passando pelo mesmo tipo de problema.

Ela era apenas uma criança. Deveria estar tendo festas do pijama, brincando, comendo besteira escondido. Não lidando com as consequências da reputação da mãe.

Pior ainda, ela não tinha confiado em mim o bastante para contar que estava tendo problemas com a professora. Como eu poderia corrigir um problema que eu não sabia que existia?

A Knockemout Elementary School ficava em um edifício baixo de tijolos no meio da cidade. Tinha o parquinho padrão feito de madeira à direita e a longa passagem para veículos na frente, onde os ônibus deixavam e buscavam as crianças todos os dias.

O horário escolar já tinha terminado, mas eu esperava conseguir encontrar a professora Felch no prédio.

As portas da frente ainda estavam abertas pelo êxodo em massa de estudantes que tinha passado, então entrei. Cheirava a enceradeira e desinfetante. Ainda estávamos na primeira semana de aula, mas os murais fora das salas de aula do sétimo ano já estavam cheios de obras de arte. Exceto o da Sala 303. O mural estava vazio, a não ser por um calendário com uma contagem regressiva e um pedaço de papel com o nome Sra. Felch.

Eu não a tinha conhecido na Reunião de Pais e Mestres. Ela estava doente e eu passei a maior parte do tempo lembrando gentilmente aos pais e funcionários da escola que eu não era minha irmã. A culpa era minha por não ter me esforçado mais para a conhecer antes de deixá-la responsável pelo ensino da minha sobrinha.

Vi uma mulher sentada atrás da mesa na frente da sala de aula. Ela devia estar em seus 50 e poucos anos. Seu cabelo grisalho estava preso em um coque tão apertado que devia lhe causar dores de cabeça. Ela estava vestida em tons de bege da cabeça aos pés, e seus lábios estavam franzidos numa linha fina enquanto ela rolava a tela do celular. Ela exalava o ar de alguém que tinha se desapontado com quase tudo que a vida tinha a oferecer.

Dei uma batidinha na porta e entrei na sala.

— Sra. Felch, você não me conhece, mas...

A mulher levantou a vista e quase derrubou o celular, estreitando os olhos atrás dos óculos.

— Não brinque comigo. Eu sei quem você é.

Meu Senhor. A fofoca ainda não tinha alcançado o corpo docente?

— Não sou a Tina. Me chamo Naomi Witt. Minha sobrinha, Waylay, está na sua turma, e eu gostaria de conversar sobre como você a tem tratado.

Nunca fui boa em confrontos. Caramba, eu tinha espremido minha bunda para passar por uma janela do porão da igreja para fugir de um casamento em vez de dizer ao noivo que não ia me casar com ele.

Mas, naquele momento, senti um fogo arder em minha barriga. Recuar não era uma opção. Nem bater em retirada.

— Como eu a tenho tratado? Eu a tenho tratado da forma que ela merece ser tratada — rosnou a professora Felch. As linhas de expressão em seu rosto se aprofundaram. — Eu a trato da forma que a filha de uma vagabunda merece ser tratada.

— *Como* é?

— Você me ouviu.

Um movimento chamou minha atenção pelo canto do olho, e me dei conta de que eu tinha um problema muito maior do que uma péssima professora do sétimo ano.

VINTE E SETE
A VINGANÇA DOS RATINHOS

Knox

Entrei no Honky Tonk pela cozinha, girando minhas chaves no dedo e assobiando.

— Alguém está de bom humor — observou Milford, o cozinheiro.

Perguntei-me qual era o nível da minha babaquice no dia a dia para meu bom humor ser novidade, mas depois decidi que não estava nem aí.

Certificando-me de transformar minha expressão na cara fechada de sempre, fui para o bar. Tinha cerca de meia dúzia de madrugadores espalhados pelo local. Max e Silver estavam comendo brownies atrás do balcão e apertando o abdômen.

Fi saiu do banheiro com as mãos na lombar.

— Deus. Por que eu tenho que fazer xixi 147 vezes por dia quando estou nesta fase do mês? — Ela gemeu quando me viu. — O que você está fazendo aqui? É a Noite da Menstruação.

— Sou o dono daqui — lembrei-a, examinando o bar.

— É. E também sabe que não deve aparecer quando tem três mulheres menstruadas no turno.

— Cadê a Naomi? — perguntei.

— Não use esse tom comigo hoje, Knoxy. Eu quebro a sua cara.

Eu não tinha usado nenhum tom com ela, mas eu sabia que era melhor não apontar isso.

— Trouxe brownies para vocês.

— Você trouxe brownies para não chorarmos na cozinha.

Ela tinha razão.

Fi sabia o meu segredo. Lágrimas eram minha criptonita. Eu não aguentava ver uma mulher chorando. Fazia eu me sentir desesperado, impotente e irritado.

— Cadê a Naomi? — perguntei mais uma vez, tentando modular meu tom.

— Estou bem, Knox. Obrigada por perguntar. Estou *super empolgada* para trabalhar hoje à noite mesmo que eu sinta que meu útero está sendo amassado dentro do meu corpo para que possa ser expelido pelo meu canal vaginal.

Abri a boca para retrucar, mas ela levantou um dedo.

— Uh-uh. Eu não faria isso — aconselhou.

Fechei a boca e me dirigi à Silver no balcão.

— Cadê a Naomi?

Sua expressão permaneceu cuidadosamente impassível, mas seus olhos desviaram para Fi, que estava fazendo um exagerado movimento de corte na garganta.

— Sério? — perguntei.

Minha gerente comercial revirou os olhos.

— Bom. Naomi esteve aqui, mas houve uns problemas com a professora da Waylay. Ela foi resolver e nos pediu para ficar no lugar dela.

— Ela vai trazer *pretzels* para a gente depois — disse Max com o brownie que segurava entre os dentes enquanto passava com duas cervejas geladinhas nas mãos. Eu tinha certeza de que era uma violação à saúde, mas eu sabia bem que não deveria trazer à tona.

Encarei as mulheres diante de mim.

— Vocês acharam que eu ficaria irritado por ela ir resolver algo na escola?

Fi sorriu.

— Não. Mas é dia de pouco movimento. Achei que seria mais divertido assim.

Fechei os olhos e comecei a contar até dez.

— Por que ainda não te despedi?

— Porque eu sou incrível! — cantarolou, abrindo os braços.

Ela se encolheu e apertou a barriga.

— Menstruação do caralho.

— Amém — concordou Silver.

— Usem uma daquelas compressas térmicas e se revezem descansando os pés — aconselhei.

— Olha só quem é craque em menstruação — disse Fi.

— Trabalhar com as Irmãs Sincronizadas me educou de formas que eu nunca quis. Quem é a professora?

— Que professora? — perguntou Max enquanto passava por nós outra vez com garrafas vazias. O brownie tinha desaparecido. Eu esperava que não tivesse caído em uma das cervejas.

— A professora da Waylay — falei, exasperado. — Ela disse qual era o problema?

— Há um motivo para você estar tão interessado? — perguntou Fi, parecendo presunçosa demais para o meu gosto.

— Sim. Estou pagando para ela estar aqui, e ela não está.

— Seu tom está agressivo, e eu não reajo bem à agressividade durante meu Assunto de Mulher — alertou Silver.

Era por isso que eu não me aproximava do Honky Tonk durante o Código Vermelho, que é como eu rotulei no meu calendário.

— A Sra. Felch — gritou Max da mesa para dois de canto que ela tinha confiscado. Ela estava sentada em uma cadeira com os pés apoiados na outra e uma toalha úmida sobre a testa e os olhos.

— Não sou muito fã da Sra. Felch. Um dos meus filhos teve aula com ela. Ela passou lição de casa no Natal — lembrou Fi.

— Porra.

Fi e Silver se viraram para olhar para mim. Max espiou debaixo de sua compressa fria.

— A Sra. Felch é casada — falei.

— É o que Sra. costuma significar — disse Silver, sendo condescendente comigo.

— A Sra. Felch é casada com o Sr. Felch. *Nolan* Felch.

Fi entendeu primeiro.

— Uuuuuh, merda. Isso não é bom.

— Espere aí, a Tina não...

— Sim. Isso mesmo. Preciso ir. Tentem não assustar todos os clientes.

Fi bufou.

— Eles estão aqui pelos shots gratuitos de Bloody Mary que distribuímos durante o Movimento Baixo.

— Tanto faz. Até logo.

A caminho do estacionamento, jurei nunca mais voltar ao Honky Tonk durante um Código Vermelho.

Estava perto da caminhonete quando o carro Buick da Liza estacionou. Mas era o pai da Naomi, com linhas de preocupação esculpidas na testa, quem estava atrás do volante no lugar da minha avó. Amanda estava no banco do passageiro, parecendo agitada.

— Está tudo bem? — perguntei, decifrando os ânimos.

— Waylay sumiu — anunciou Amanda, com a mão pressionada no peito. — Ela foi até a casa de campo pegar as lições da escola e devia voltar direto para a casa da Liza. Nós íamos jantar e assistir a filmes.

— Ela não voltou e a bicicleta dela desapareceu — disse Lou, ríspido. — Estamos torcendo para que Naomi a tenha visto.

Xinguei baixinho.

— Naomi não está aqui. Houve um problema na escola com a professora da Way, e ela foi resolver.

— Talvez seja para onde Waylay foi — disse Amanda, agarrando o braço do marido.

— É para onde estou indo agora — falei, sério.

— Você fazendo parte de uma reunião de pais e mestres? — zombou Lou.

— Não, mas sem sombra de dúvida vou apoiar sua filha quando ela entrar numa emboscada.

IGNOREI O LIMITE DE VELOCIDADE e as placas de pare na curta viagem até a escola de ensino fundamental e notei que Lou fez o mesmo atrás de mim. Estacionamos em vagas adjacentes e marchamos em direção às portas, em uma frente unida.

Eu não tinha colocado os pés na escola desde que estudava aqui. Não parecia ter mudado muito.

— Como vamos saber para onde ir? — perguntou-se Amanda quando entramos pelas portas da frente.

Ouvi vozes alteradas vindo de um dos corredores.

— Aposto que é por aqui — falei.

— Sua irmã arruinou minha vida!

Não esperei pelos Witt. Fui correndo na direção dos gritos. Cheguei à porta aberta bem a tempo de ver uma Sra. Felch furiosa fechando as mãos ao lado do corpo enquanto se inclinava em direção ao espaço pessoal da Naomi.

Entrei na sala, mas nenhuma das mulheres prestou atenção.

— Pelo que você me disse, seu marido arruinou o casamento. Uma criança inocente de 11 anos certamente não é a culpada — disse Naomi, com as mãos nos quadris, sem ceder um centímetro para a mulher.

Ela estava usando outra saia jeans sedutora. Esta tinha uma bainha desfiada que roçava suas coxas. Amava como caía bem nela e odiava o fato de que ela estava usando para servir cerveja para homens que não eram eu.

— Ela tem o sangue da mãe, não tem? Não há nada de inocente em nenhuma de vocês — sibilou a Sra. Felch, apontando um dedo acusador na cara da Naomi.

Meus planos para Naomi e sua sainha apertada teriam que esperar.

— Quanta baboseira.

Meu pronunciamento fez as duas mulheres se voltarem para mim.

Os olhos da Sra. Felch se arregalaram atrás dos óculos. Eu era um cara assustador quando queria ser, e nesse momento eu queria ser absolutamente aterrorizante. Dei dois passos à frente e ela recuou para a mesa como um rato de óculos encurralado.

— Knox — disse Naomi com os dentes cerrados. — Estou tão feliz que você esteja aqui.

Ela estava inclinando a cabeça e sutilmente apontando para a parede divisória suspensa que servia de guarda-volume na entrada.

Olhei na direção e tive um vislumbre de cabelo loiro e azul. Waylay, segurando um pote de Deus sabe o quê, acenou desajeitadamente com os dedos para mim de onde estava deitada de bruços.

— Puta merda — murmurei.

— Não precisa usar esse linguajar — ladrou a Sra. Felch.

— O caralho que não precisa — respondi, inclinando-me para bloquear a visão de parte da abertura inferior do guarda-volume. — E acredito que os avós da Waylay vão concordar.

Indiquei Lou com a cabeça que, até aquele momento, estava contendo bem a Amanda pelo suéter de crochê.

— Parece que temos uma reunião com os familiares — falei, cruzando os braços sobre o peito.

— A julgar pelo que sua filha se tornou, não pense por um segundo que estou sendo enganada dessa demonstração de apoio familiar — desprezou a Sra. Felch. — Waylay Witt é uma delinquente juvenil, e a mãe dela é uma destruidora de lares, noiada que veio da escória da sociedade.

— Pensei que você tinha dito que esse tipo de linguajar não era necessário.

— Crendeuspai — sussurrou Amanda, e deduzi que ela tinha acabado de ver o esconderijo da neta.

— Hein? — Lou foi um pouco mais lento na assimilação, até que sua esposa apontou a situação. — Misericórdia — murmurou ele baixinho. Ele se aproximou para ficar ombro a ombro comigo. Amanda se moveu para ficar à sua direita. Juntos, criamos um muro entre Waylay e sua péssima professora.

Naomi ficou aliviada, depois se voltou para enfrentar kraken, o monstro marinho.

— Sra. Felch — esbravejou ela, trazendo a atenção da mulher de volta para si.

Estalei meus dedos para a Waylay e apontei para a porta. Ela começou a rastejar com a barriga na direção indicada.

Naomi acenou com os braços e caminhou em direção ao lado oposto da sala de aula como se estivesse fazendo barraco.

— Tenho empatia pela sua situação. Tenho mesmo. Você não merecia o que seu marido e minha irmã fizeram com você. No entanto, *você* é responsável não apenas por ensinar esses alunos, mas por fazê-los se sentirem seguros na sua sala de aula. E soube de uma fonte segura que você está falhando de forma espetacular no que diz respeito a esse dever.

Os tênis da Waylay desapareceram no corredor.

— Tina levou meu marido para a cama dela e...

— Chega — vociferei a palavra, e o lábio da mulher tremeu.

— Isso. O que ele disse — concordou Amanda, recuando em direção à porta. — Ah, querido! Acabei de lembrar. Deixei minha bolsa no corredor.

Ela saiu correndo pela porta... segurando sua bolsa.

Naomi voltou a ficar na minha frente.

— Eu vou te dar o fim de semana para decidir se você vai mudar seu comportamento de forma que *todos* os seus alunos, incluindo minha sobrinha, se sintam seguros na sua sala de aula. Se recusar, então eu não só vou remover a Waylay da sua turma, como vou procurar o conselho escolar e fazer da sua vida um inferno.

Envolvi um braço em volta do peito dela e a puxei para a parte da frente do meu corpo. A Naomi Furacão era um pouquinho mais aterrorizante quando não estava gritando suas frustrações em um travesseiro.

— Ela vai fazer isso mesmo — interrompeu Lou, orgulhoso. — Ela não vai parar até você estar fora da sala de aula. E todos nós estaremos lá para a apoiar durante todo o processo.

— Não era para ser assim — sussurrou a Sra. Felch. Ela se sentou desgastada na cadeira da mesa. — Era para nos aposentarmos juntos. Iríamos percorrer o país de trailer. Agora nem consigo olhar para ele. A única razão pela qual ele ficou é porque ela o largou tão rápido quanto o conquistou.

Imaginei que não devia ser nada fácil para Lou ouvir isso sobre uma das filhas. Mas o homem escondeu bem.

Senti a raiva da Naomi escoar de si.

— Você não merecia o que aconteceu com você — repetiu Naomi mais uma vez, sua voz mais branda agora. — Mas Waylay também não. E não vou deixar que ninguém a faça sentir que é responsável pelas decisões que os adultos tomam. Você e a Waylay merecem algo melhor do que aquilo que o destino deu a vocês.

A Sra. Felch estremeceu, depois recuou na cadeira. Apertei Naomi em aprovação.

— Vamos deixá-la aproveitar seu fim de semana — disse ela. — Fique à vontade para me enviar sua decisão por e-mail. Caso contrário, nos veremos na segunda-feira de manhã.

— WAYLAY REGINA WITT!

Aparentemente, Naomi não tinha terminado de gritar quando voltamos para o estacionamento, onde Amanda e Waylay estavam ao lado do carro da minha avó.

— Calma, Naomi — começou Amanda.

— Não me diga para ter calma, mãe. É melhor alguém com menos de um metro e meio e com mechas azuis no cabelo começar a explicar por que eu vim até a escola discutir uma situação com a professora e encontrei minha sobrinha escondida no guarda-volumes com um pote de ratos! Era para você estar na casa da Liza com os seus avós.

Waylay encarou os tênis. Eram os rosa que eu tinha comprado para ela. Ela tinha adicionado um pingente de coração aos cadarços. Tinha dois ratos aninhados em uma almofada de grama seca dentro do pote a seus pés.

— A professora Felch estava sendo uma...

— *Não* termine essa frase — disse Naomi. — Você já está encrencada.

O rosto da Waylay demonstrou rebeldia.

— *Eu* não fiz nada de errado. Fui à escola no primeiro dia, e ela foi má comigo. Muito má mesmo. Ela gritou comigo na frente de todo mundo na cafeteria quando derramei meu achocolatado. Tirou tempo do recreio de todo mundo e disse que era minha culpa por não respeitar o que pertencia a outras pessoas. Depois, quando ela estava distribuindo papéis sobre uma venda de bolos estúpida para entregarmos aos nossos pais, disse que eu não precisava de um, já que minha mãe estava muito ocupada no quarto para encontrar a cozinha.

Naomi parecia que estava prestes a ter um aneurisma.

— Controle-se — avisei, colocando-a atrás de mim.

Coloquei minha mão no ombro da Waylay e apertei.

— Olha, pequena. Acho que todos nós entendemos que você não está acostumada a ter um adulto por perto que te proteger. Mas você precisa se acostumar com isso. Naomi não vai a lugar nenhum. Você também tem seus avós. E você tem eu, Liza J e Nash. Mas você pregou um susto em todos nós ao fugir assim.

Ela arrastou o pé no asfalto.

— Desculpe — disse ela, solene.

— O que estou dizendo é que você tem muitas pessoas do seu lado agora. Não precisa agir sozinha. E sua tia Naomi pode fazer muito mais do que deixar alguns ratos na gaveta da mesa de uma professora.

— Eu também ia colocar um vírus no computador dela. Um daqueles irritantes que adiciona letras e números extras quando se está digitando — disse ela, com as bochechas rosadas de indignação.

Mordi o interior da bochecha para esconder meu sorriso.

— Certo. Foi uma ótima ideia — admiti. — Mas não é uma solução de longo prazo. Sua professora é um problema que você não pode resolver sozinha. Você precisa contar essas coisas à sua tia para que ela possa lidar com isso como acabou de fazer.

— A professora Felch parecia assustada — disse Waylay, olhando atrás de mim para Naomi.

— Sua tia pode ser bem assustadora quando deixa de gritar em travesseiros.

— Estou encrencada? — perguntou Waylay.

— Sim — afirmou Naomi com firmeza.

Ao mesmo tempo em que Amanda insistiu:

— Claro que não, querida.

— Mãe!

— Quê? — questionou Amanda, de olhos arregalados. — Ela passou por dias traumáticos na escola, Naomi.

— Sua mãe está certa — disse Lou. — Deveríamos marcar uma reunião de emergência com o diretor e o superintendente. Talvez eles possam convocar uma reunião especial do conselho escolar para hoje à noite.

— Que vergonha — gemeu Waylay.

Eu não sabia o que diabos estava fazendo entrando em um desentendimento familiar, mas entrei mesmo assim.

— Por que não deixamos a Sra. Felch pensar um pouco no fim de semana? Naomi já esclareceu tudo para ela. Vamos lidar com o que for necessário lidar na segunda-feira de manhã — falei.

— Por que é que você está aqui? — perguntou Lou, voltando sua raiva para mim.

— Pai! — Parecia que era a vez de a Naomi ficar envergonhada conforme ela se colocava ao meu lado.

— Waylay, vá soltar os ratos lá fora perto das árvores — pedi.

Ela me lançou um olhar cauteloso antes de correr em direção às poucas árvores que ficavam entre a escola e a Pretzels Knockemout. Esperei até que ela estivesse fora do alcance de voz antes de me voltar para Lou.

— Eu estou *aqui* porque a Naomi estava entrando numa situação sobre a qual nada sabia. Felch detesta Tina desde que o marido transou com a Tina no verão. Foi o assunto da cidade. Agora, mais uma vez, Naomi está limpando uma bagunça que Tina deixou para trás. Algo que tenho a sensação de que ela passou a vida inteira fazendo. Então talvez você possa dar uma folga ou, melhor ainda, ajudá-la com a limpeza desta vez.

Lou parecia que queria atirar em mim, mas vi que minhas palavras tinham surtido efeito na Amanda. Ela colocou a mão no braço do marido.

— Knox tem razão, Lou. A gente ficar dando palpites não está ajudando ninguém.

Naomi inspirou fundo e soprou lentamente. Subi minha mão pelas costas dela, depois abaixei.

— Preciso voltar ao trabalho — disse ela. — Já perdi uma hora do meu turno. Vocês podem levar Waylay para casa e tentar impedi-la de fugir outra vez, por favor?

— Claro, querida. E agora que sabemos que ela é sorrateira, vamos vigiá-la mais de perto.

— Vou tirar o pneu dianteiro da bicicleta dela — decidiu Lou.

— Preciso adiantar meu livro da biblioteca para o capítulo sobre disciplina — decidiu Naomi. — Droga! Odeio ler fora da ordem cronológica.

— A filha da Judith muda a senha do wi-fi e só volta a deixar a que estava quando os filhos saem do castigo — sugeriu Amanda.

Waylay voltou com um pote agora vazio, e senti Naomi respirar fundo mais uma vez.

— A Sra. Felch está bem mais encrencada que você, Waylay. Mas Knox tem razão. Você precisa me procurar quando essas coisas acontecem. Não me diga que está tudo bem quando não está. Estou aqui para ajudar. Você não pode ficar fugindo e se vingando de todos que te ofendem. Ainda mais com ratinhos inocentes.

— Eu trouxe comida e ia colocar água na gaveta com eles — explicou Waylay.

— Vamos falar disso pela manhã — disse Naomi. — Seus avós vão te levar para casa. Cabe a eles decidir se você tem que esfregar o chão ou se ainda pode assistir a filmes hoje à noite.

— Vai ser filmes — sussurrou Lou.

— Mas vai ter que lavar todos os pratos do jantar — acrescentou Amanda.

— Desculpe por te deixar preocupada — disse Waylay em voz baixa. Ela levantou a cabeça para olhar para Naomi. — E desculpe por não te contar.

— Desculpas aceitas — falou Naomi. Ela se abaixou e deu um rápido abraço na garota. — Agora, preciso voltar ao trabalho.

— Vou te levar — ofereci-me.

— Obrigada. Vejo todo mundo de manhã — disse ela, cansada.

Houve um coro de despedidas, e Naomi foi para a caminhonete.

Esperei até que ela abrisse a porta do passageiro, depois interrompi Amanda, que estava fazendo planos de ir tomar sorvete a caminho de casa.

— Vocês podem me fazer um favor e passar no Honky Tonk para pegar o carro de vocês? Vou levar a Naomi para casa hoje à noite.

Eu tinha planos para ela.

VINTE E OITO
SINAL VERDE

Knox

Ela fugiu de casa — disse Naomi, olhando pela janela e segurando o saco de *pretzels* quentes no colo.

— Ela não fugiu. Ela escapou — argumentei.

— De qualquer forma, o que isso faz com a minha reputação como guardiã? Deixei uma criança de 11 anos caminhar até a cidade com um pote de ratos e um vírus de computador.

— Daze, você precisa parar de ficar tão preocupada com essa coisa de custódia. Acha mesmo que algum juiz em sã consciência vai decidir que é melhor a Way ficar com a mãe?

Ela se virou para mim com os olhos piscando.

— Quando as decisões que *você* toma na vida forem avaliadas de pertinho pela justiça, você pode decidir não se preocupar?

Balancei a cabeça e entrei em uma trilha que mal dava para a minha caminhonete passar.

— O trabalho não é por aqui — observou ela.

— Ainda não vamos voltar ao trabalho — disse a ela enquanto sacolejávamos na pista esburacada.

— Eu preciso voltar. Tenho um turno no qual já devia estar trabalhando — insistiu.

— Linda, você precisa parar de ficar obcecada com as coisas que deveria fazer e reservar um tempo para as coisas que quer fazer.

— Eu *quero* voltar ao trabalho. Não tenho tempo para você me matar na floresta hoje.

As árvores se separaram e um campo de grama alta se abriu diante de nós.

— Knox, o que você está fazendo?

— Acabei de ver você enfrentar aquela valentona que estava tentando descontar os problemas dela numa criança — comecei.

— Algumas pessoas não sabem o que fazer com sua dor — disse Naomi, olhando outra vez pela janela. — Então elas descontam em quem está por perto.

— Sim, bem, gostei de ver você naquele projeto de saia enfrentando uma valentona.

— Aí me sequestrou? — perguntou. — Onde estamos?

Parei a caminhonete no limite florestal e desliguei o motor.

— No Sinal Verde. Pelo menos, era assim que se chamava quando eu estava no ensino médio. Costumávamos pegar cervejas escondido e fazer fogueiras aqui. Metade da minha turma perdeu a virgindade neste campo.

Um sorriso discreto surgiu em seus lábios.

— Você também?

Coloquei meu braço na parte de trás do assento dela.

— Não. Perdi a minha no celeiro da Laura Beyler.

— Knox Morgan, você me trouxe aqui para ficar de pegação quando eu deveria estar no trabalho?

Ela parecia adoravelmente horrorizada.

— Ah, eu planejo mais do que pegação — falei, inclinando-me para soltar seu cinto de segurança. Tarefa cumprida, tirei os *pretzels* do colo dela e joguei a bolsa no banco de trás.

— Não pode estar falando sério. Tenho que trabalhar.

— Linda, eu não brinco quando se trata de sexo. Além disso, você trabalha para mim.

— Isso. No seu *bar*, que está cheio de mulheres de TPM esperando por seus *pretzels*.

Balancei a cabeça.

— Todo mundo na cidade sabe que é um Código Vermelho. Vai ser uma noite de pouco movimento.

— Estou muito desconfortável com a ideia de uma cidade inteira monitorar os ciclos menstruais de sua população feminina.

— Ei, estamos normalizando a menstruação — argumentei. — Agora traga sua bunda sexy aqui.

A Naomi Boa Menina estava em guerra com a Naomi Menina Má, mas eu sabia qual iria ganhar pela forma como ela estava mordendo o lábio.

— Entre essa saia e a forma como você defendeu Way, quase não consegui deixar minhas mãos longe de você na frente da Way e dos seus pais, e isso quase me matou. Temos sorte de eu ter nos trazido aqui, dirigindo com meu pau tão duro que não sobrou sangue para o cérebro.

— Você está dizendo que está excitado por eu ter gritado com as pessoas?

— Daze, quanto mais cedo você parar de falar, mais cedo eu posso te passar para este lado do painel e fazer você esquecer tudo que tenha a ver com trabalho e péssimas professoras.

Ela olhou para mim com pálpebras pesadas por um instante.

— Certo.

Não dei a ela a chance de reconsiderar. Envolvi-a por baixo dos braços e a puxei para o meu colo para ela ficar em cima das minhas coxas com a saia jeans enrolada na cintura.

— Já mencionei o quanto amo essa saia? — perguntei antes de esmagar minha boca na dela.

Ela se afastou.

— Na verdade, você disse que odiava. Lembra?

Cerrei meus dentes enquanto ela sorria com malícia e se esfregava no meu membro por cima do meu jeans.

— Eu menti.

— Isso é muito irresponsável da nossa parte — disse ela.

Puxei para baixo o decote da sua regata do Honky Tonk, levando seu sutiã junto para que seus seios nus ficassem na minha cara. Seus mamilos já estavam implorando pela minha boca. Se ainda houvesse uma gota de sangue no meu cérebro, ela tinha descido com aquela visão.

— É mais irresponsável fazer com que eu te veja trabalhar até o fim do expediente naquela saia sem te fazer gozar primeiro.

— Sei que deveria me sentir ofendida quando você fala assim, mas...

Inclinei-me e coloquei um mamilo rosa e excitado entre os lábios. Não era preciso que ela terminasse a frase. Por cima da calça, eu já sentia como ela estava molhada para mim. Eu sabia o que minhas palavras faziam com ela. E não era nada comparado ao que o resto de mim era capaz de fazer.

Ela estremeceu contra mim assim que comecei a chupar, e então seus dedos foram para o meu cinto.

Levantei meus quadris para dar melhor acesso, e a buzina soou.

Ela arfou.

— Opa! Desculpe. Foi minha bunda. Digo, minha bunda batendo na buzina. Não a minha bunda em si.

Vi-me sorrindo encostado no peito dela. A mulher era divertida em níveis além dos mais óbvios.

Trabalhando em conjunto, conseguimos abaixar minha calça até o meio da coxa, liberando minha ereção latejante e acionando a buzina só mais uma vez. Eu não queria esperar. Eu precisava estar dentro dela e, a julgar pelos pequenos gemidos ofegantes que estavam escapando de sua garganta, Naomi estava na mesma. Levantei-a com um braço em volta dos quadris e usei minha outra mão para guiar a cabeça do meu pau exatamente para onde eu precisava, aninhado naquele país das maravilhas apertado e molhado.

Meu país das maravilhas apertado e molhado.

Naomi pertencia a mim. Pelo menos por enquanto. E isso era o suficiente.

Com as duas mãos nos seus quadris, puxei-a para baixo enquanto me lançava para cima, embainhando-me dentro dela.

Ela gritou meu nome, e eu tive que me concentrar não gozar ali mesmo. Seu sexo palpitante apertava cada centímetro do meu pau.

Eu a mantive lá, empalada em mim, enquanto minha boca redescobria seu peito perfeito. Eu podia sentir o eco de cada forte sucção nas paredes que me mantinham cativo.

Parecia que eu estava no paraíso. Parecia...

— Porra, linda — falei, soltando o peito dela. — Porra. A camisinha.

Ela soltou um gemido baixo.

— Knox, se você mover um músculo, vou gozar. E se eu gozar...

— Você vai me apertar até eu gozar — presumi.

Seus olhos estavam fechados, os lábios separados. A imagem do êxtase no sol de fim da tarde.

Eu não era um adolescente. Não me esquecia do preservativo. Caramba, não só eu tinha uma camisinha na minha carteira como qualquer homem responsável, como também tinha um monte no meu porta-luvas.

— Você já...

Ela fez que não antes que eu pudesse terminar a pergunta.

— Nunca.

— Eu também.

Passei levemente meus dedos por cima e em volta de seus seios. Ela abriu os olhos e mordeu o lábio.

— Isso é bom demais.

— Não quero que você faça nada que não queira fazer — avisei.

Mas *eu* queria isso. *Eu* queria terminar com nada entre nós. *Eu* queria me perder dentro dela e sentir nossos orgasmos se misturarem. Queria ser o primeiro homem a fazer isso. Marcar suas lembranças como o primeiro de algo memorável.

— Eu... eu tomo anticoncepcional — disse ela, hesitante.

Coloquei minha língua para fora para provocar seu outro mamilo.

— Estou limpo — murmurei. — Posso te mostrar.

Naomi era uma garota que gostava de dados. Se ela quisesse dar uma olhada na minha ficha médica, por mim tudo bem. Especialmente se isso significasse que eu podia me mexer dentro dela, senti-la se mover em cima de mim até que ela gozasse com nada entre nós.

— Certo — repetiu ela.

Foi melhor do que ganhar a porra da loteria. Foi uma sensação que iluminou meu peito. Saber que ela confiava em mim para cuidar dela.

— Tem certeza? — insisti.

Seus olhos estavam abertos e fixos nos meus.

— Knox, está bom demais. Não quero agir com cautela. Não desta vez. Quero ser imprudente e... sei lá. Só se mexa, por favor!

Eu faria com que fosse a melhor experiência que ela já teve.

Coloquei minhas mãos atrás e debaixo dela, envolvendo as curvas de sua bunda.

Testando nós dois, eu a levantei, afastando poucos centímetros.

Nós dois gememos, e a testa dela encontrou a minha. Mover-se dentro dela com nada entre nós era bom demais. Era *certo*.

Quando ela estremeceu, cansei daquele ritmo. Era hora de ir com tudo.

— É melhor você se segurar, linda — avisei. Meu coração já estava batendo como se eu tivesse subido seis lances de escada.

Esperei até que ela agarrasse a parte de trás do meu assento.

— É o seguinte, Naomi. Vou começar a me mexer, e você vai gozar o mais rápido e mais forte que puder. Depois vou entrar em você sem pressa, e quando você gozar pela segunda vez, eu estarei lá com você.

— Bom plano. Bem-organizado. Com metas mensuráveis — disse ela, e então tirou o ar dos meus pulmões com um beijo. Recuei mais alguns centímetros e capturei seu gemido com minha boca.

— Segure-se — lembrei-a, e então a puxei de volta para baixo enquanto levantava meus quadris.

Precisei de todas as minhas forças para não me descontrolar e penetrá-la repetidas vezes.

— Céus, Naomi — sussurrei enquanto seu sexo apertava meu pênis sem parar.

— Falei que estava perto — disse ela, parecendo irritada e envergonhada.

— Tudo em você me faz te querer mais — grunhi. Antes que ela pudesse reagir à minha confissão estúpida, enterrei meu rosto em seu outro peito e comecei a me mover. Devagar, propositalmente. Mesmo que isso me custasse.

Na minha terceira investida, ela gozou como um raio, disparando a buzina como um grito de vitória. Enquanto o resto de seu corpo ficava tenso, suas paredes apertaram meu pau no tipo mais doce de tortura. Quase fiquei vesgo tentando segurar meu orgasmo onde se formava nas bolas.

Nunca tinha ficado com uma mulher como ela. Nunca tinha sentido nada assim antes. E se eu parasse por tempo suficiente para pensar sobre isso, reconheceria que era um alerta vermelho. Mas, no momento, eu não estava nem aí. Eu poderia ignorar isso enquanto Naomi Witt estava em cima de mim.

— Essa é minha garota — gemi enquanto ela me apertava e me soltava em um ritmo mais bonito que música.

— Ai, meu Deus. Ai, meu Deus — gritou ela até que seu corpo finalmente amoleceu em cima de mim.

Fiquei parado dentro dela e a abracei. Eu sentia o coração dela batendo de encontro ao meu. Então ela me cutucou no ombro.

— Você me prometeu outro — disse, as palavras abafadas no meu pescoço.

— Linda, estou tentando me segurar para te dar outro.

Ela levantou a cabeça para olhar para mim através das mechas de cabelo castanho e caramelo. Afastei-o para trás, enfiando-os atrás das orelhas. O gesto parecia estranhamente íntimo. E desejei não o ter feito. Porque parecia mais uma corda se atando, amarrando-me a ela.

— Então é bom assim para você também? Digo, para você não é só "dá para o gasto"?

Para ilustrar o que dizia, ela acrescentou um impulso sem entusiasmo com os quadris, e não consegui conter o gemido.

— Naomi, não há nada "para o gasto" quando se trata de como é ter você gozando no meu pau. Por que acha que eu disse que faria essa palhaçada de namorado falso?

Ela sorriu.

— Porque você viu como meus pais estavam desapontados comigo e queria me ajudar, como o herói mal-humorado de uma cidadezinha que você é.

— Engraçadinha. Fiz isso porque acordei, e você não estava ao meu lado, e eu queria você lá.

— Queria?

— Eu queria você lá para que eu pudesse te virar de joelhos e transar com você com tanta força que você não conseguiria se sentar pelas próximas 48 horas sem pensar em mim.

Ela abriu a boca e algo entre um gemido e um suspiro saiu.

— Ainda não terminei com você, Daisy — falei. Interiormente, encolhi-me com a dureza dessa afirmação. Eu não era assim tão tagarela durante o sexo. Mas Naomi estava duvidando do que eu a tinha feito sentir. E não dava para ser assim. Nem mesmo em um relacionamento de curto prazo.

— Posso voltar a me mexer? — perguntou ela.

— Jesus. Deus. Sim.

E então ela subiu e desceu no meu pau como se ele fosse um garanhão precisando de treino. A cada movimento escorregadio, a cada pequeno gemido, a cada vez que uma unha cravava minha pele, eu sentia o resto do mundo recuar um pouco mais até que só restava Naomi e eu.

Nossa pele suada. Nossa respiração misturada enquanto ofegávamos juntos.

Não existia nada como estar totalmente dentro dela.

Nada como reivindicá-la e ser reivindicado.

— Naomi! — gritei o nome dela conforme a sentia começar a me apertar outra vez em pequenas pulsações que me enlouqueciam.

— Knox. Sim. Por favor — choramingou.

Dei uma chupada longa e profunda em seu mamilo. Foi demais para nós dois. Quando a primeira onda do orgasmo tomou conta dela, perdi o controle, entrando e saindo de seu canal quente e apertado como se minha vida dependesse disso.

Talvez dependesse.

Porque quando o primeiro jorro quente escapou. Quando ela gritou meu nome para o mundo ouvir. Quando ela me apertou e me fez jorrar uma segunda e terceira vez, eu me senti renascido. Vivo. Esvaziado e recarregado até transbordar com algo que eu não reconheci. Algo que me assustou demais.

Mas continuei gozando, e ela também. Nossos orgasmos infindáveis.

Isso. Era por isso que uma vez não era suficiente. Era por isso que agora eu não tinha certeza do que era suficiente.

VINTE E NOVE
CASA DO KNOX

Knox

— Bela casa — observou Naomi enquanto eu trancava minha porta da frente e acendia as luzes.

— Valeu. Meu avô que construiu — falei com um bocejo. Tinha sido um longo dia seguido por uma longa noite no Honky Tonk, e eu precisava dormir.

— Sério? — perguntou ela, seu olhar se elevando para o sótão acima da sala de estar, o teto de madeira e o lustre de chifres que estava pendurado lá.

A cabana era pequena e tendia para o rústico. Tinha dois quartos e um banheiro. Os pisos eram de pinho. A lareira de pedra precisava de uma boa lavagem, mas ainda dava conta do recado. O sofá de couro estava enfim amaciado do jeito que eu queria.

Era meu lar.

— São seus pais? — questionou ela, pegando um porta-retrato em uma das mesas de canto. Não sei por que eu ainda mantinha a foto. Meus pais estavam dançando country em um piquenique no quintal da Liza J e do vovô. Com um sorriso no rosto e os pés em sincronia. Tempos mais felizes que, no momento, pareciam que iriam durar para sempre.

Era, claro, uma mentira.

Tempos mais felizes sempre chegavam ao fim.

— Escuta só, Daze. Estou exausto.

Entre meu irmão levar um tiro, o súbito ataque de orgasmos e o trabalho, eu precisava de oito horas de sono antes de prestar para alguma coisa.

— Ah. Sim. Claro — disse ela, colocando cuidadosamente a foto de volta na mesa. Mas notei que ela a deixou virada para o sofá, não para o outro lado como eu tinha feito. — Vou para casa. Obrigada pelo apoio hoje com a professora da Way... e com meus pais. E todos os orgasmos depois e tal.

— Linda, você não vai para casa. Só estou te contando por que não vou fazer nada quando subirmos.

— Acho que é melhor eu ir para casa, Knox. Tenho que acordar cedo para buscar a Way na casa da Liza.

Ela parecia tão exausta quanto eu.

Eu não tinha pensado muito nisso no passado, mas minhas garotas do Honky Tonk iam para casa às 2h ou 3h da manhã e nos dias de semana tinham que se levantar de novo às 6h ou 7h, dependendo da colaboração de seus companheiros.

Lembrei-me de quando Fi passou um ano inteiro dormindo sentada na mesa dela porque seus filhos não dormiam direito. Chegou ao ponto em que eu tive que fazer o que eu odiava. Meter o bedelho.

Soltei Liza J nela e, em menos de uma semana, minha avó tinha feito com que as duas crianças seguissem a rotina de dormir dez horas por noite.

— Você está de folga amanhã, certo? — perguntei.

Ela fez que sim, depois bocejou.

— Então vamos nos levantar daqui a — olhei para o meu relógio, depois soltei um palavrão — três horas e depois tomar café da manhã na casa da Liza J.

Era a coisa cavalheiresca a fazer. O que geralmente não era uma grande preocupação para mim. Mas senti uma pequena pontada de culpa ao pensar em ficar na cama enquanto Naomi se arrastava para a droga do café da manhã em família e depois tentava evitar que Waylay infringisse a lei pelo resto do dia.

Além disso, eu poderia voltar para casa depois do café da manhã e dormir até quando eu quisesse.

Gostei da forma como seus olhos ficaram brandos e sonhadores por um segundo. Então a Naomi prática e que gostava de agradar todo mundo voltou.

— Não precisa se levantar comigo. Você precisa dormir. Vou para casa hoje à noite, e talvez a gente possa... — Seu olhar deslizou pelo meu corpo, e suas bochechas se tornaram um delicado tom de rosa. — Pôr a conversa em dia outra hora — terminou.

— Ah é. Boa tentativa. Quer água? — perguntei, puxando-a em direção à cozinha.

Era maior do que a da casa de campo. Mas não muito. Talvez alguns visitantes a achassem "encantadora" com os armários de nogueira, a bancada em um verde-floresta escuro e uma pequena ilha com rodinhas na qual eu costumava empilhar correspondência fechada.

— Água? — repetiu ela.

— Sim, linda. Quer beber água antes de irmos para a cama?

— Knox, estou confusa. Estamos só transando. Nós dois concordamos. A menos que meus pais estejam por perto, e aí é um relacionamento. Mas meus pais não estão aqui, e estou tão cansada que nem um orgasmo poderia me manter acordada. Então, o que estamos fazendo?

Enchi um copo com água da torneira e depois a peguei pela mão e abri caminho em direção às escadas.

— Se você sair, vou ter que acompanhá-la para casa no escuro, depois voltar para cá. O que vai me custar pelo menos 15 minutos de sono, e, Daze, estou muito cansado.

— Minhas coisas estão em casa — disse ela, mordendo o lábio em hesitação.

— Do que vai precisar nas próximas 3 horas, Daisy?

— Escova de dentes.

— Tenho uma extra lá em cima.

— Meu sabonete e hidratante faciais.

— Tenho água e sabão — falei, conduzindo-a pelas escadas.

— Eu ainda não...

Parei e a encarei.

— Linda, não quero pensar sobre isso ou me perguntar o que tudo isso significa. Só quero deitar minha cabeça num travesseiro e saber que você está segura e dormindo. Prometo a você que amanhã podemos esmiuçar essa confusão. Mas agora tudo de que eu preciso é fechar os olhos e não pensar em nada.

Ela revirou os olhos.

— Tá bom. Mas amanhã sem falta vamos esmiuçar essa confusão e reforçar as regras básicas.

— Ótimo. Mal posso esperar.

Antes que ela pudesse mudar de ideia, terminei de conduzi-la pela escada em direção ao meu quarto.

— Uau — bocejou ela, piscando para a minha cama.

A cama e o sofá de um homem eram os móveis mais importantes da casa. Eu tinha optado por uma cama king-size grande de madeira escura com cabeceira.

Estava desarrumada, como sempre. Nunca entendi o sentido de arrumar uma cama se você teria que desarrumá-la para usar. Ainda bem que Naomi estava quase dormindo em pé, porque se os lençóis amarrotados não a afugentassem, a pequena pilha de cuecas e camisetas ao lado da minha mesa de cabeceira teria.

Levei-a na direção do banheiro e vasculhei debaixo da pia até encontrar uma escova de dentes sobressalente ainda na embalagem original e empoeirada.

— Presumo que você não passa a noite com muitas convidadas? — perguntou ela, limpando a poeira do plástico.

Dei de ombros. Nunca tinha passado a noite com uma mulher nesta casa. Eu já estava cruzando os limites invisíveis do nosso acordo ao fazê-la passar a noite. De jeito nenhum eu ia discutir com ela o que isso significava.

Era ela quem estava acostumada a compartilhar uma vida, uma pia, uma cama com alguém. Era ela quem tinha acabado de sair de um relacionamento.

Ótimo. Agora eu estava cansado e irritado.

Ficamos lado a lado, escovando os dentes. Por alguma razão, escovar os dentes acompanhado me lembrou da minha infância. Todas as noites, quando éramos crianças, Nash e eu nos sentávamos na cama de nossos pais, esperando que eles terminassem de escovar os dentes para que pudessem ler para nós o próximo capítulo do livro que estivéssemos lendo.

Afastei a lembrança e olhei para Naomi. Ela tinha um olhar distante.

— Que foi? — perguntei.

— Todo mundo está falando de nós — disse ela, lavando a escova de dentes.

— Quem é todo mundo?

— A cidade inteira. Todo mundo está dizendo que estamos namorando.

— Duvido. A maioria só deve estar dizendo que estamos transando.

Ela jogou uma toalha de rosto em mim, que eu peguei com uma mão.

— Tá bom. Os meus pais e a assistente social da Waylay acham que estamos num relacionamento, e o resto da cidade acha que estamos só fazendo sexo.

— E daí?

Ela pareceu exasperada.

— E daí? E daí que me faz parecer uma... bem, a minha irmã. Só te conheço há três semanas. Você não liga para o que as pessoas pensam de você? Para o que dizem de você?

— Por que eu ligaria? Eles podem falar pelas minhas costas o quanto quiserem. Contanto que ninguém seja burro ao ponto de dizer na minha cara, eu não estou nem aí para o que dizem.

Naomi balançou a cabeça.

— Queria poder ser mais como você.

— Como? Um babaca egoísta?

— Não. Seja lá qual for o oposto de alguém que gosta de agradar todo mundo.

— Uma pessoa que gosta de desagradar tudo mundo? — sugeri.

— Você não faz ideia de como é cansativo se preocupar com todo mundo o tempo todo, sentir-se responsável por eles, querer que sejam felizes e gostem de você.

Ela tinha razão. Eu não fazia ideia de como era.

— Então pare de ligar.

— Claro que você diria isso — disse ela, soando exasperada. Ela pegou a toalha de rosto, secou a escova de dentes e depois o balcão. — Você faz parecer tão fácil.

— Mas é assim tão fácil — argumentei. — Não gosta de fazer algo? Deixe isso para lá.

— A filosofia de vida de Knox Morgan, senhoras e senhores — disse ela com um revirar de olhos.

— Cama — ordenei. — É tarde demais para filosofia.

Ela olhou para a roupa que estava vestindo. Seus pés estavam descalços, mas ela ainda estava usando aquela saia jeans e a camisa do trabalho.

— Não tenho pijama.

— Acho que isso significa que você não dorme nua?

Assim como arrumar a cama, usar pijama era inútil na minha opinião.

Ela me encarou.

— Claro que você não dorme nua.

— Pode ter um incêndio no meio da noite — insistiu ela, cruzando os braços.

— Não tenho nenhuma roupa de combate a incêndio para você dormir.

— Rá, rá.

— Tá bom. — Deixei-a no banheiro e fui para a minha cômoda, onde encontrei uma camiseta limpa. — Aqui — falei, passando para ela.

Ela olhou para a roupa, depois para mim de novo. Gostei de como ela estava. Sonolenta e um pouco menos perfeita, como se o trabalho e a madrugada tivessem desgastado sua armadura.

— Obrigada — disse ela, olhando para a camiseta e depois para mim outra vez até que entendi o recado.

— Você sabe que eu já te vi nua, certo?

— Isso é diferente. Se manda.

Saí do banheiro balançando a cabeça e fechei a porta.

Dois minutos depois, Naomi estava no batente da porta usando minha camiseta. Ela era alta, mas a camisa ainda a cobria até o meio da coxa. Seu rosto estava limpo e ela havia prendido parte do cabelo para trás num pequeno coque no topo da cabeça.

A garota certinha estava prestes a dormir na minha cama. Eu sabia que era um erro. Mas era um que eu queria cometer. Só desta vez.

Trocamos de lugar, com Naomi entrando no meu quarto e eu ocupando o banheiro para remover as lentes de contato dos meus olhos cansados.

No limite das minhas forças, apaguei a luz do banheiro e fui para o meu lado da cama. Ela estava de costas, com os braços enfiados embaixo da cabeça, encarando o teto. Apaguei a luz da cabeceira e me despi no escuro, jogando minhas roupas na direção da pilha de roupa suja.

Puxei os cobertores e enfim caí na cama com um suspiro. Esperei um pouco, encarando a escuridão. Isto não tinha de significar nada. Isso não tinha de ser outro laço, outro nó.

— Confortável? — perguntei.

— Meu travesseiro está com um cheiro estranho — disse ela, soando descontente.

— Você está dormindo no lado do Waylon.

Tirei o travesseiro de sua cabeça e joguei o meu para ela.

— Ei!

— Melhor?

Ouvi-a cheirar o travesseiro.

— Melhor — concordou.

— Boa noite, Naomi.

— Boa noite, Knox.

ACORDEI COM UM BAQUE, UM GRITO E UM PALAVRÃO.

— Naomi? — chamei com a voz rouca, descolando minhas pálpebras. Ela aos poucos entrou em foco ao pé da cama, onde estava realizando algum tipo de manobra para colocar a saia de volta.

— Desculpe — sussurrou. — Preciso tomar banho antes de ir para o café da manhã na casa da Liza.

— Aqui tem chuveiro — salientei, apoiando-me num cotovelo e a vendo colocar a camisa do avesso.

— Mas eu preciso de roupas limpas e rímel. Secador de cabelo. Volte a dormir, Knox. Senão vamos ser dois mortos-vivos ambulantes.

Com a vista embaçada, olhei a hora no meu celular. 7h05. Decidi que 4 horas *não* contava como passar a noite com uma mulher.

O apelo de ser solteiro era o fato de que meus dias eram ditados por mim. Eu não tinha que contornar os planos de ninguém ou deixar de fazer o que eu queria fazer só para que pudessem fazer o que queriam.

Mas até para mim parecia injusto Naomi ter que passar o dia exausta enquanto eu dormia. Além disso, café da manhã parecia uma boa ideia.

Meus pés atingiram o chão com um baque.

— O que você está fazendo? — perguntou ela, tentando ajeitar a blusa. Agora estava do lado certo, mas ao contrário.

— Não faz sentido você ir para casa, tomar banho e voltar para a casa da Liza. Não quando há um chuveiro funcionando perfeitamente bem aqui.

— Não posso aparecer no café da manhã vestindo o uniforme — disse ela, exasperada. — *Não* vou aparecer no café da manhã em família com cara de que acabei de transar.

— Tá bom. Me dê uma lista.

Ela me olhou como se eu tivesse acabado de falar grego.

— Uma lista do quê?

— Do que você precisa para passar o café da manhã sem constrangimento. Vá tomar banho. Vou buscar as suas coisas.

Ela me encarou.

— Você está se esforçando demais por uma ficante.

Eu não sabia dizer o porquê, mas essa afirmação me irritou. Levantando-me, peguei uma calça jeans do chão.

— Me dê uma lista.

Vesti o jeans.

Ela colocou as mãos nos quadris e me encarou.

— Alguém já lhe disse que você é mal-humorado de manhã?

— Sim. Todas as pessoas que tiveram a infelicidade de me ver antes das 10h da manhã. Diga o que você quer da sua casa, depois coloque sua bundinha no chuveiro.

Quatro minutos depois, eu estava me dirigindo à porta com uma lista obscenamente longa para um café da manhã de sábado que minha avó presidiria usando seu pijama de estampa de camuflagem.

Corri pelo meu quintal, entrei no dela e subi a varanda dos fundos da casa de campo. A chave escondida estava no mesmo lugar de que eu me lembrava. Embaixo de uma pedra falsa em uma das floreiras no corrimão. Peguei a chave, encaixei-a na fechadura e descobri que a porta já estava destrancada.

Ótimo, agora eu ia ter que dar um sermão sobre segurança.

A casa cheirava a ar fresco, doces assados e limões.

A cozinha estava tão limpa que brilhava, exceto pela correspondência aberta na bancada. Naomi a organizava em uma pilha vertical, provavelmente em ordem alfabética, mas agora todos os envelopes estavam espalhados em uma pilha desleixada.

A escrivaninha antiga de tampo removível no canto da sala de estar estava aberta, revelando uma área de trabalho em sua maior parte arrumada com o notebook da Naomi, um porta-caneta cheio de canetas coloridas e uma pilha de cadernos. A gaveta inferior estava aberta alguns centímetros.

Embora não fosse uma montanha de roupas íntimas e camisetas, fiquei feliz em ver um pouco de desordem. Notei que quanto mais estressada Naomi ficava, mais limpeza ela fazia. Certa bagunça era um bom sinal.

Subi as escadas dois degraus por vez e entrei no banheiro primeiro para pegar os produtos de higiene pessoal e o secador de cabelo. Depois fui ao quarto da Naomi, peguei um short e — por ser homem — uma blusa feminina de renda com botões.

Itens garantidos, tranquei a porta dos fundos e voltei para minha casa.

Quando entrei no quarto, encontrei Naomi parada no banheiro cheio de vapor com o cabelo molhado e vestindo nada além de uma toalha.

A visão me levou a uma parada repentina. Gostei de vê-la assim. Gostei de ter uma Naomi despida e de banho tomado na minha casa.

Gostei tanto que parti para o ataque.

— Você tem que trancar suas portas, Daisy. Sei que não é a cidade grande, mas merdas ainda acontecem por aqui. Como o meu irmão levar um tiro.

Ela piscou para mim, depois pegou a sacola de coisas de garota das minhas mãos.

— Sempre tranco as portas. Não sou uma adulta incompetente.

— A porta dos fundos estava destrancada — relatei.

Ela vasculhou a bolsa e colocou os produtos de higiene pessoal enfileirados na minha pia. Trouxe coisas extras já que eu estava pouco me lixando para a diferença entre delineador e lápis de sobrancelha.

— Tranco as portas toda vez que saio e toda noite — argumentou ela, pegando a escova e a passando no cabelo úmido.

Encostei-me casualmente na moldura da porta e curti o show enquanto ela metodicamente passava seus cosméticos.

— O que é essa tralha toda, afinal?

— Nunca viu uma mulher se arrumar? — perguntou ela, direcionando um olhar de suspeita para mim enquanto desenhava um contorno em volta dos lábios.

— É só café da manhã — salientei.

— Mas não quero parecer que acabei de sair da cama com você. — Ela me lançou um olhar aguçado. Olhei no espelho e notei que meu cabelo estava espetado em todas as direções. Minha barba estava amassada de um lado. E tinha um vinco de travesseiro embaixo do meu olho esquerdo.

— Por que não? — perguntei.

— Porque não é educado.

Cruzei os braços e sorri.

— Linda, não estou entendendo nada.

Ela voltou sua atenção para uma paleta de cores e começou a passar algumas nas pálpebras.

— Vamos tomar café da manhã — disse ela como se isso explicasse algo.

— Com a família — acrescentei.

— E eu não quero dar as caras parecendo que passei as últimas 24 horas transando com você. Waylay precisa de um bom exemplo. Além disso, meus pais já têm preocupações demais sem a adição de uma segunda filha promíscua com que se preocupar.

— Naomi, transar não te torna promíscua — falei, dividido entre diversão e aborrecimento.

— *Eu* sei disso. Mas toda vez que tomo uma decisão que beire qualquer coisa que Tina faria, sinto que é minha obrigação deixar claro que eu não sou ela. — Ela largou a sombra e pegou uma daquelas coisas de curvar os cílios.

Eu estava começando a ter uma imagem mais clara da mulher que eu não conseguia parar de imaginar nua.

— Você dá um trabalhão, sabia?

Ela conseguiu me olhar com cara feia, apesar de estar usando uma engenhoca num dos olhos.

— Nem todo mundo pode desfilar pela cidade sem ligar para o que as outras pessoas pensam.

— Que uma coisa fique bem clara, Daisy. Eu não desfilo.

Ela olhou para mim pelo espelho.

— Tá bom. Você rebola.

— Por que você sente que precisa continuar provando aos seus pais que não é a Tina? Qualquer pessoa com olhos e ouvidos que passe 30 segundos com você é capaz de notar.

— Os pais têm expectativas para os filhos. É assim que as coisas são. Algumas pessoas querem que os filhos cresçam e se tornem médicos. Algumas querem que os filhos cresçam e se tornem atletas profissionais. Outras só querem criar adultos felizes e saudáveis que contribuam para a sociedade.

— Certo — falei, esperando que ela terminasse.

— Meus pais estavam no último grupo. Mas a Tina não colaborou. Ela nunca colaborou. Enquanto eu ia para casa com notas altas, ela ia com notas abaixo da média. No ensino médio, quando entrei para o time de hóquei sobre grama e um programa de tutoria, Tina matava aula e foi pega com maconha embaixo da arquibancada depois das aulas.

— Escolha dela — ressaltei.

— Mas imagine como foi ver os pais que você tanto ama se magoarem repetidas vezes. Eu *tinha* que ser a filha boazinha. Não tive escolha. Eu não podia me dar ao luxo de qualquer tipo de rebeldia adolescente ou ficar trocando de curso na faculdade até encontrar o que queria. Não quando eles já não tinham tido êxito com uma filha.

— Foi por isso que você decidiu se casar com aquele cara lá, o Warner? — perguntei.

Seu rosto se fechou no espelho.

— Acho que é parte do motivo — disse ela com cuidado. — Ele era uma boa escolha. Em tese.

— Você não pode passar a vida inteira tentando fazer todo mundo feliz, Naomi — avisei.

— Por que não?

Ela parecia genuinamente confusa.

— Vai chegar o momento em que você vai dar um pouco demais de si e não terá sobrado o suficiente para si mesma.

— Você está parecendo o Stef — disse ela.

— Agora quem está sendo maldoso? — provoquei. — Seus pais não querem que você seja perfeita. Eles querem que você seja feliz. Mas, outra vez, você está se metendo e limpando a bagunça da sua irmã. Você assumiu o papel de mãe sem aviso prévio, sem preparação.

— Não tinha outra opção.

— Uma opção não deixa de ser opção só porque ela não é boa. Você sequer queria filhos? — perguntei.

Ela encontrou meu olhar no espelho.

— Sim. Eu queria. Muito, na verdade. Pensei que seria por meios mais tradicionais. E que pelo menos iria aproveitar a parte de fazer bebês. Mas eu sempre quis uma família. Agora estou transformando tudo numa zona e nem consigo preencher um requerimento corretamente. E se eu não quiser que essa tutela seja temporária? E se eu quiser que a Waylay fique comigo de forma permanente? E se ela não quiser ficar comigo? Ou o juiz decidir que não sou boa o bastante para ela?

Ela empunhou um brilho labial para mim.

— É assim que é morar dentro da minha cabeça.

— É exaustivo.

— É, sim. E na *única vez* que eu faço algo que é puramente egoísta e só para mim, o tiro sai pela culatra.

— O que você fez por você? — perguntei.

— Fiz sexo casual com um barbeiro mal-humorado e tatuado.

TRINTA
CAFÉ DA MANHÃ DA VERGONHA

Naomi

Não precisa vir junto, sabe — salientei. — Você não dormiu muito nas últimas 48 horas.

— Nem você — disse Knox, trancando a cabana com toda uma encenação antes de sairmos. Eu sabia que ele estava jogando uma indireta.

Eu não gostava de pessoas que jogavam indiretas. Pelo menos não antes de eu tomar café.

Fizemos a curta caminhada até a casa da Liza em silêncio. Os pássaros cantavam, o sol brilhava e minha mente girava como uma secadora tombando para um lado.

Nós dormimos juntos. No sentido de *adormecemos* na mesma cama sem transar. Não só isso, como também acordei com Knox "viking" Morgan de conchinha comigo.

Eu não sabia muito sobre relacionamentos sem compromisso. Caramba, eu era tão compromissada com tantas coisas, que passei a maior parte da minha vida adulta ocupada. Mas até mesmo *eu* sabia que compartilhar uma cama e abraçar era íntimo demais para o que nós dois tínhamos concordado.

Digo, não me interprete mal. Acordar com o corpo duro — e eu digo *duro* — do Knox nas minhas costas e seu braço fazendo peso na minha cintura era uma das melhores formas do mundo de despertar.

Mas não fazia parte do acordo. Havia um motivo para as regras. Elas impediriam que eu me apaixonasse pelo viking mal-humorado e que gosta de ficar agarradinho.

Mordi o lábio inferior.

Quando os homens estavam cansados, não queriam levar as mulheres para casa ou deixar que elas fossem para casa sozinhas para serem comidas por animais selvagens. O homem havia passado por 24 horas traumáticas. Ele não devia estar tomando as decisões mais racionais, decidi. Talvez Knox tivesse apenas um sono agitado. Talvez ele dormisse de conchinha com o cachorro todas as noites.

Claro, isso não explicava por que ele se ofereceu para ir à casa ao lado e pegar um monte de coisas minhas enquanto eu tomava banho ou por que ele escolheu cuidadosamente qual roupa eu ia vestir. Olhei para o short verde e branco de cintura alta e a linda blusa rendada. Ele até pegou roupas íntimas para mim. Claro, era um fio-dental e não combinava com meu sutiã. Mas mesmo assim.

— Terminou de esgotar seus pensamentos?

Balancei a cabeça para me afastar do devaneio e encontrei Knox dando um daqueles sorrisos de canto.

— Estava apenas repassando minha lista de tarefas — menti, com desdém.

— Claro que estava. Podemos entrar agora?

Percebi que estávamos em frente à casa da Liza. O cheiro do Bacon com Xarope de Bordo Mundialmente Famoso do Stef atravessou a porta de tela.

Houve um único uivo seguido por um coro de latidos conforme quatro cães passaram pela porta e saíram na varanda.

Waylon foi o último, com as orelhas esvoaçando atrás dele e a língua estendida para fora da boca.

— Oi, amigão — disse Knox, ficando de joelhos para cumprimentar seu cachorro e os outros três que pulavam e ganiam com entusiasmo.

Abaixei-me e troquei cumprimentos mais dignos com a matilha antes de me endireitar.

— Certo, qual é o plano? — perguntei-lhe.

Knox deu uma última coçadinha nas orelhas do Waylon.

— Que plano?

— Café da manhã? Com a minha família? — ajudei.

— Bom, Daze, não sei você, mas meu plano é beber meio bule de café, comer um pouco de bacon e depois voltar para a cama por mais quatro ou cinco horas.

— Digo, ainda estamos... você sabe... fingindo?

Algo que eu não consegui decifrar passou por seu rosto.

— Sim. Ainda estamos fingindo — disse ele enfim.

Eu não sabia se estava aliviada ou não.

Lá dentro, encontramos Liza e meu pai de sentinelas atrás do Stef conforme ele olhava o forno que continha duas assadeiras de bacon com cheiro delicioso. Minha mãe estava arrumando a mesa no solário. Waylay estava dando a volta na mesa, ainda usando seu novo pijama de estampa tie-dye rosa, cuidadosamente servindo suco de laranja nos copos.

Senti uma rápida onda de afeição por ela e, em seguida, lembrei que tinha que encontrar uma punição adequada para ela hoje. Eu precisava chegar o mais depressa possível ao capítulo sobre disciplina no livro da biblioteca.

— Bom dia, pombinhos. Não esperava te ver aqui, Knox — disse Liza, avistando-nos enquanto se arrastava para a cafeteira, usando um robe azul e macio por cima do leve pijama de camuflagem.

Knox colocou um braço em volta dos meus ombros.

— Bom dia — respondeu ele. — Eu não podia perder o bacon.

— Ninguém pode — falou Stef, retirando as bandejas do forno e colocando-as nas duas grades de resfriamento que encontrei escondidas atrás da cristaleira na sala de jantar da Liza.

Waylay, descalça, parou e cheirou o ar com suspeita.

— Que cheiro estranho é esse?

— Em primeiro lugar, lindeza, *você* está com cheiro estranho — disse Stef, dando-lhe uma piscadela. — Segundo, é o xarope de bordo caramelizado.

Waylay se animou.

— Eu gosto de xarope. — Seus olhos se voltaram para mim. — Bom dia, tia Naomi.

Passei minha mão por seu cabelo loiro bagunçado.

— Bom dia, princesa. Se divertiu com seus avós ontem à noite, ou eles fizeram você esfregar o chão?

— Eu, a vovó e o tio Stef assistimos a *A Princesa Prometida*. Vovô adormeceu antes das enguias carnívoras — contou ela. — Ainda estou de castigo?

Minha mãe abriu a boca, olhou para mim e voltou a fechá-la.

— Está — decidi. — Durante o fim de semana.

— Ainda podemos ir à biblioteca?

Eu era nova nessa coisa de disciplina, mas achei que a biblioteca não seria problema.

— Claro — bocejei.

— Alguém está precisando tomar café — cantarolou minha mãe. — Noite longa?

Ela olhou diretamente para Knox e depois piscou para mim.

— Sabe onde mais as duas deveriam ir hoje? — disse meu pai. Agora que o bacon estava em segurança fora do forno, ele estava olhando por cima do ombro da Liza enquanto ela virava uma omelete.

— Onde? — perguntei, esperançosa.

Ele se virou para me encarar.

— Comprar um carro. Você precisa de um — disse meu pai com autoridade, como se a ideia de comprar um carro nunca tivesse me ocorrido.

— Eu sei, pai. Está na lista.

Estava em uma lista de verdade. Mais precisamente em uma planilha que comparava marcas e modelos classificados por confiabilidade, consumo de combustível e custo.

— Você e Waylay precisam de algo confiável — continuou ele. — Não podem andar de bicicleta para sempre. Quando se derem conta, o inverno terá chegado.

— Eu sei, pai.

— Se estiver precisando de dinheiro, sua mãe e eu podemos ajudar.

— Seu pai tem razão, querida — disse minha mãe, entregando uma xícara de café ao Knox e outra a mim. Ela estava usando um short de pijama xadrez e uma blusa de botão que combinavam.

— Não preciso de ajuda financeira. Eu tenho dinheiro — insisti.

— Vamos hoje à tarde — decidiu meu pai.

Balancei a cabeça.

— Não é necessário.

Ainda não tinha terminado minha planilha e eu *não* ia entrar numa concessionária sem saber exatamente o que eu queria e o quanto custava.

— Já temos planos de ver carros hoje — anunciou Knox.

O que foi que o viking ranzinza disse? Esses planos eram novidade. E, diferente de ter um namorado, a compra de um carro não era nem de longe tão fácil de fingir para meus pais.

Ele me arrastou para o seu lado. Foi um movimento possessivo que me confundiu e excitou.

— Pensei em levar Naomi e Waylay à procura de um carro — disse ele.

Meu pai bufou com desprezo.

— Eu vou junto? — perguntou Waylay, ficando de joelhos na banqueta.

— Bom, já que o carro é nosso, você tem que me ajudar a decidir — falei a ela.

— Vamos comprar uma moto!

— Não — respondemos eu e minha mãe ao mesmo tempo.

— Bom, *eu* vou comprar uma assim que tiver idade.

Fechei os olhos, tentando afastar todas as catástrofes que surgiram na minha mente como um vídeo da aula de direção do ensino médio.

— Mudei de ideia. Você está de castigo até os 35 anos.

— Acho que por lei você não pode fazer isso — disse Waylay.

— Desculpe, Witty. Estou com a garota nessa — falou Stef, apoiando-se nos cotovelos ao lado dela na ilha. Ele partiu uma tira de bacon ao meio e entregou um pedaço à minha sobrinha.

— Tenho que concordar com a Way — disse Knox, apertando de leve meu ombro, com um daqueles sorrisos dançando nos cantos dos lábios. — Você só pode deixá-la de castigo até os 18.

Waylay deu um soco vitorioso no ar e deu uma mordida no bacon.

— Tá. Você está de castigo até os 18 anos. E não é justo se juntarem contra mim — reclamei.

— Tio Stef — disse Waylay, com os olhos arregalados e solenes. — Este é o melhor bacon que já comi na vida.

— Eu *avisei* — falou Stef, triunfante. Ele deu um tapa no balcão. Os cães, confundindo o barulho com uma batida, correram para a porta da frente em uma explosão de latidos.

— Tenho novidades — anunciou Liza. — Nash vai voltar para casa.

— Cedo demais, não? — perguntei. O homem tinha dois buracos de bala no corpo. Isso requeria mais do que alguns dias no hospital.

— Ele está enlouquecendo, enfiado lá. Vai se recuperar melhor em casa — previu Liza.

Knox concordou com a cabeça.

— Bom, isso significa que a casa dele irá precisar de uma boa limpeza. Não podemos deixar germes entrar nas feridas de bala, não é? — disse minha mãe como se conhecesse pessoas que levavam tiros todos os dias.

— Também deve precisar de comida — disse meu pai. — Aposto que tudo na geladeira está podre. Vou começar uma lista.

Liza e Knox trocaram olhares confusos. Eu sorri.

— É o Método Witt — expliquei. — Melhor ir na onda.

— DORMI COM O KNOX DUAS VEZES nas últimas 48 horas e aí *literalmente* dormi com ele ontem à noite. E não sei o quanto disso é um erro. E era para ter sido só uma ficada sem passar a noite, mas ele continua mudando as regras — deixei escapar para Stef.

Estávamos na varanda da frente de Liza, esperando que Waylay pegasse suas coisas para que pudéssemos voltar para a casa de campo e nos preparar para a compra antecipada do carro. Era a primeira vez que conseguia ficar a sós com ele desde O Sexo... e a chegada subsequente dos meus pais.

Havíamos passado os últimos dois dias trocando mensagens.

— Vocês ficaram de novo? Eu *sabia*! Eu *sabia*, porr... poxa — disse ele, balançando-se de um pé para outro.

— Ótimo. Parabéns, Seu Sabe-Tudo. Agora me diga: o que tudo isso significa?

— Como é que eu vou saber o que significa? Fui eu que amarelei na hora de pedir o número do celular daquele deus gato pra cacete do salão.

Meu queixo caiu.

— Com licença, mas Stefan Liao nunca amarelou diante de um cara gostoso antes.

— Não vamos focar em mim e no meu colapso mental temporário. Volte para a parte do sexo. Foi bom?

— Fenomenal. Melhor sexo de todos. Mas agora eu o prendi em algo parecido com um relacionamento e não tenho ideia do que dizer à Way sobre isso. Não quero que ela ache que é certo pular de relacionamento em relacionamento. Ou que não é certo ficar sozinha. Ou que é certo transar sem compromisso com um cara gostoso.

— Lamento informar, Pequena Miss Certinha, mas todas essas coisas na verdade *são* certas.

— A mulher adulta de 36 anos que eu sou sabe disso — falei. — Mas essas coisas não caem bem aos olhos da Vara da Família, e será que é esse o exemplo que eu quero dar para uma criança de 11 anos?

— Posso ver que você entrou na parte de análise excessiva de tudo da sua piração — brincou Stef.

— Pare de ser um idiota e comece a me dizer o que fazer!

Ele estendeu a mão e apertou minhas bochechas entre as mãos.

— Naomi. Alguma vez lhe ocorreu que talvez esta seja sua chance de começar a viver a vida que *você* escolher? Começar a fazer coisas que *você* quer fazer?

— Não — falei.

A porta de tela se abriu e Waylay saiu com Waylon no encalço.

— Não consigo achar meu livro de matemática.

— Onde você o viu pela última vez? — perguntei a ela.

— Se eu soubesse, saberia onde ele estava.

Nós três fomos na direção da casa de campo. Waylon saiu correndo à nossa frente, parando a cada poucos metros para cheirar coisas e fazer xixi nelas.

— Knox sabe que você está com o cachorro dele? — perguntei.

— Sei lá. — Waylay deu de ombros. — Então você e Knox estão juntos?

Tropecei nos meus próprios pés.

Stef riu sem compaixão ao meu lado.

Soltei um suspiro.

— Sinceramente, Way, não faço ideia. Não sei o que somos ou o que eu quero dele ou o que ele quer de mim. Então provavelmente não ficaremos juntos para sempre. Mas talvez a gente passe mais tempo com ele por enquanto. Se você não se importar.

Ela franziu a testa para o chão pensativamente enquanto chutava uma pedra.

— Quer dizer que você não sairia com ele e tal se eu não quisesse?

— Bom, sim. Você meio que é muito importante para mim, então sua opinião conta.

— Hum. Então acho que ele pode vir jantar hoje à noite, se ele quiser — disse ela.

NASH ESTAVA EM CASA e descansando em seu apartamento limpo e reabastecido. Meus pais estavam aproveitando seu encontro semanal com um jantar em um restaurante libanês cinco estrelas em Canton. Liza tinha convidado Stef para ser seu "acompanhante gato" em um jantar numa "fazenda de cavalos chique" local.

Quanto a mim, eu tinha um novo (para mim) SUV na garagem, e meu meio que namorado e minha sobrinha no quintal acendendo uma fogueira na braseira enquanto eu guardava as sobras.

Waylon estava na cozinha comigo para o caso de eu deixar cair uma das sobras.

— Tá. Mas não ache que se me olhar com essa carinha de pidão vai ganhar um petisco toda vez — avisei o cachorro conforme eu pegava o pote de petisco para cães que não resisti e comprei na loja de animais do pai da Nina.

Waylon devorou o biscoito abanando o bumbum em completa apreciação.

— Ai! Droga!

— Waylay! Olha o linguajar! — gritei.

— Desculpe! — respondeu ela.

— Foi pega — cantarolou Knox não muito baixo.

— Knox!

— Desculpe!

Balancei a cabeça.

— O que vamos fazer com eles? — perguntei ao Waylon.

O cachorro arrotou e abanou o rabo.

Lá fora, Waylay deu um grito triunfante, e Knox jogou os dois punhos para o ar quando faíscas se tornaram chamas. Eles levantaram as mãos e se parabenizaram.

Tirei uma foto deles comemorando e enviei para Stef.

Eu: Passando a noite com dois piromaníacos. Como vai a sua noite?

Ele respondeu menos de um minuto depois com uma imagem aumentada de um cavalo de porte elegante.

Stef: Acho que estou apaixonado. Quão sexy eu seria como fazendeiro de cavalos?

Eu: O mais sexy.

— Tia Naomi! — Waylay irrompeu pela porta de tela enquanto eu limpava as bancadas. — Começamos a fogueira. Já podemos assar os marshmallows!

Ela tinha sujeira no rosto e manchas de grama na camiseta. Mas parecia uma criança feliz de 11 anos.

— Então acho que é melhor começarmos.

Com um floreio, descobri o prato de marshmallows que montei.

— Uau.

— Vamos, meninas — gritou Knox do lado de fora.

— Você o ouviu — falei, levando-a em direção à porta.

— Ele faz você sorrir.

— Quê?

— Knox. Ele faz você sorrir. Bastante. E ele te olha como se gostasse muito de você.

Senti minhas bochechas corarem.

— É mesmo?

Ela assentiu.

— Sim. É legal.

Comemos marshmallows demais e nos sentamos ao redor da fogueira até escurecer. Eu esperava que Knox desse uma desculpa para ir para casa, mas ele nos seguiu para dentro e me ajudou a limpar enquanto Waylay — e Waylon — subiam as escadas para escovar os dentes.

— Acho que meu cachorro está apaixonado pela sua sobrinha — observou Knox. Ele tirou uma garrafa aberta de vinho e uma cerveja da geladeira.

— Com certeza há uma paixonite acontecendo — concordei.

Ele pegou uma taça de vinho, encheu-a e entregou a mim. Certo, talvez tivesse *duas* paixonites acontecendo.

— Obrigado pelo jantar — agradeceu ele, abrindo a cerveja e se encostando no balcão.

— Obrigada por convencer o vendedor a baixar o preço — falei.

— É um bom veículo — disse ele, prendendo os dedos na cintura do meu short e me puxando para mais perto.

Passamos a maior parte do dia juntos, mas sem nos tocar. Foi um tipo especial de tortura estar tão perto de um homem que me fazia sentir tanto que eu me esquecia de pensar, mas sem poder tocá-lo.

Ele cheirava a fumaça e chocolate. Meu novo cheiro favorito. Era demais. Eu queria prová-lo. Então foi o que fiz. Levando minha boca à dele, experimentei seu sabor. Tranquilamente. Deliberadamente.

Sua mão livre me rodeou, estendendo-se na minha lombar, encostando-me nele.

Respirei seu ar, deixando seu calor afastar o frio da minha pele.

De repente, houve um estrondo na escada quando tanto Waylay quanto o cachorro desceram.

— Droga — murmurou Knox.

Pulei para trás e peguei meu vinho.

— Podemos assistir à TV antes de dormir? — perguntou Waylay.

— Claro. Vou só dar boa noite ao Knox.

Eu estava lhe dando a escapatória. O homem tinha que estar exausto, e eu estava certa de que ele tinha coisas melhores para fazer do que assistir a garotas adolescentes passando maquiagem no YouTube conosco.

— Eu topo um pouco de TV — disse ele, entrando na sala de estar com sua cerveja. Waylay se lançou no sofá, enrolando-se em seu canto favorito. O cachorro pulou ao lado dela. Knox se sentou na extremidade oposta e deu um tapinha na almofada ao lado.

Então me sentei com minha sobrinha, meu meio que namorado e seu cachorro, e assistimos a uma criança de 15 anos com 2 milhões de inscritos nos dizer como escolher o delineador certo de acordo com a cor dos nossos olhos.

O braço do Knox estava quente e reconfortante atrás de mim no encosto do sofá.

Cinco minutos de episódio depois, ouvi um ronco suave. Knox estava com os pés apoiados na mesa de centro e a cabeça inclinada para trás na almofada. Seus olhos estavam fechados e sua boca estava aberta.

Olhei para Waylay e ela sorriu para mim.

Knox roncou novamente, e nós duas rimos baixinho.

TRINTA E UM
TRAMBIQUEIRO NA BIBLIOTECA

Naomi

A primeira semana de setembro chegou à cidade com a umidade do verão e o primeiro indício de mudança de cores das folhas. Após alguns dias de cuidados sufocantes, Nash insistiu que estava bem o bastante para o serviço administrativo e voltou a trabalhar algumas horas por dia.

A atroz professora Felch anunciou do nada sua aposentadoria e se mudou para a Carolina do Sul para morar com a irmã. Waylay tinha uma queda pelo novo professor, o Sr. Michaels, e entrou para o time de futebol. Tínhamos sobrevivido à nossa primeira entrevista oficial com a assistente social e, embora minha sobrinha tivesse anunciado que não gostava dos vegetais que eu a estava forçando a comer, a Sra. Suarez agendou a avaliação domiciliar, o que eu interpretei como um sinal de esperança.

Quando eu não estava torcendo das arquibancadas ou dormindo com Knox ou lendo livros para pais, eu estava trabalhando. Tinha começado meu novo trabalho na biblioteca e estava adorando. Entre o Honky Tonk e o serviço de Auxílio Comunitário na biblioteca, senti que estava começando a encontrar um ritmo que era todo meu. Sobretudo porque a maior parte da cidade finalmente tinha parado de me chamar de Não Tina.

Naomi,

Meu Deus, me desculpe. Sinto sua falta. As coisas não estão bem aqui sem você. Eu não tinha o direito de descontar o meu estresse em você. Só estava tentando te proporcionar uma vida melhor. Se tivéssemos esperado como eu queria, nada disso teria acontecido.

Com amor,
Warner

SAÍ DA CAIXA DE ENTRADA do meu e-mail com um clique eficiente e um gemido baixo.

— Warner de novo? — Stef levantou a vista do seu notebook. A biblioteca estava quase vazia hoje, e meu melhor amigo tinha confiscado a mesa ao lado do balcão de atendimento de Auxílio Comunitário.

— Sim, Warner de novo — confirmei.

— Falei para parar de abrir — disse Stef.

— Eu sei. Só abro um aqui e outro ali. Progresso, certo?

— Você está tirando a roupa com o viking. Não precisa abrir os e-mails queixosos, passivo-agressivos, "por que você não está aqui para lavar minha roupa?" de outro homem.

Estremeci e olhei em volta para ter certeza de que não tinha clientes ouvindo.

— Parte de mim gosta de vê-lo se humilhar, mesmo que de forma passivo-agressiva.

— Justo — ponderou ele.

— E a outra parte mais lógica de mim sabe que nada disso realmente importa. O relacionamento que tive com o Warner não era mais real do que o que estou fingindo ter com Knox.

— Falando nisso, vocês dois estão fingindo bastante.

— Eu sei em que pé estamos — assegurei-lhe. — O que é mais do que posso dizer de quando estive com o Warner. Eu não entendia que o Warner não queria estar comigo de verdade. Knox não tem sido nada além de transparente com suas intenções.

Stef se recostou na cadeira para me observar.

— Que foi? — perguntei, verificando se não tinha migalhas do café da manhã no meu suéter.

— Uma mulher tão linda, inteligente e divertida como você não deveria ter tantos relacionamentos irreais. Estou começando a achar que o denominador comum é você, Witty.

Dei língua para ele.

— Quanta gentileza, migo.

— Estou falando sério. Entendi o Knox e a bagagem que ele tem 30 segundos depois de conhecê-lo. Mas você carrega a sua mais pertinho. Como se ela estivesse numa pochete emocional.

— Você nunca me deixaria usar uma pochete, emocional ou não — brinquei. — Quando vamos falar sobre o fato de que você ainda não pediu o número do Jeremiah?

— Nunca. Além disso, ele também não pediu o meu.

As portas do elevador se abriram, e Sloane emergiu, empurrando um carrinho de livros.

— Como vão as coisas aqui em cima? — A roupa de não-bibliotecária de hoje era jeans justo que terminava acima dos tornozelos, botas de salto alto de camurça e um suéter preto com remendos no cotovelo em formato de coração. As armações de seus óculos eram vermelhas para combinar com os corações.

— Nada mal. Stef aqui acabou de me acusar de carregar bagagem numa pochete emocional, e agendei para Agatha e Blaze uma consulta com o advogado *pro bono* de Direito de Idosos para que eles possam conversar sobre opções de cuidados de longo prazo para o pai da Agatha — falei.

Sloane se dobrou sobre o carrinho e apoiou o queixo nas mãos.

— Antes de tudo, ótimo trabalho com nossas motoqueiras favoritas. Segundo, Stef e suas piadinhas intermináveis, por favor, me diga que você tem um irmão, primo de primeiro grau, ou sobrinho velho hétero. Não sou exigente.

Stef sorriu.

— Ah, mas você *é*.

Ela enrugou o nariz.

— Deixe para lá. Só é divertido quando você faz isso com a Naomi.

— Você sabe o que dizem — disse ele.

— É, é. Se não aguenta a pressão, fique longe do segundo andar da biblioteca.

Com isso, ela desapareceu com o carrinho entre as estantes.

Alguns minutos depois, Stef saiu para fazer uma teleconferência sobre um de seus misteriosos negócios, enquanto eu ajudava Wraith, o motoqueiro corpulento, a marcar uma hora com o escritório da Previdência Social mais próximo e enviava um e-mail aos frequentadores da biblioteca sobre os eventos do Livro ou Travessura de outubro.

Eu estava terminando de fazer anotações relacionadas ao capítulo sobre a puberdade no livro para pais quando alguém limpou a garganta.

— Com licença, pode me ajudar?

Ele tinha olhos verdes e cabelo ruivo curto e espetado. Tatuagens no dorso das mãos espreitavam das mangas de sua camisa social branca. Ele tinha um sorriso tímido, um relógio de aparência cara e uma corrente de ouro em volta do pescoço.

Havia algo estranho na forma como ele olhava para mim.

Não que isso fosse incomum. Qualquer pessoa que tivesse tido a infelicidade de conhecer a Tina geralmente precisava de um tempo para processar a história toda de gêmeas.

— Como posso ajudar? — perguntei com um sorriso.

Ele deu tapinhas no notebook fechado debaixo do braço.

— Estou procurando alguém que possa prestar um suporte técnico simples. Este danado parou de reconhecer meu mouse sem fio e ler pen drives. Conhece alguém que possa ajudar?

Seu contato visual era intenso, e isso me deixou um pouco desconfortável.

— Bem, sem sombra de dúvida não seria eu — brinquei com uma risada forçada.

— Nem eu. A minha mulher que costuma quebrar o galho para coisas assim. Mas ela está numa viagem de negócios, e não dá para esperar até que ela volte — explicou. — Só preciso de alguém para me ajudar. Não precisa ser profissional nem nada. Eu aceitaria até mesmo pagar uma criança.

Algo estava errado. Talvez eu estivesse com fome. Ou talvez meu Código Vermelho estivesse chegando. Ou talvez o passatempo desse cara fosse pisar em ninhadas de gatinhos, e minha intuição como tutora estivesse reagindo.

A única pessoa que eu conhecia que se encaixava no perfil era Waylay. E eu não ia deixar alguém que me dava calafrios chegar perto dela.

Dei um sorriso que ia um pouco além do superficial.

— Puxa. Sabe de uma coisa? Sou nova na cidade e ainda estou me ambientando. Não sei o nome de ninguém de cabeça, mas se você me der um número de telefone ou e-mail, entrarei em contato assim que encontrar alguém.

Seus dedos indicador e médio da mão esquerda batiam levemente na tampa do notebook. *Um, dois. Um, dois. Um, dois.*

Por alguma razão, eu me vi prendendo a respiração.

— Sabe de uma coisa? Isso ajudaria muito — disse ele com um sorriso caloroso. — Tem uma caneta?

Aliviada, empurrei pelo balcão um bloco de notas da Biblioteca Pública de Knockemout para ele e estendi uma caneta.

— Aqui está.

Nossos dedos roçaram quando ele pegou a caneta, e ele me olhou fixo por bastante tempo.

Daí ele sorriu outra vez e se inclinou para rabiscar um número no bloco.

— Me chamo Flint — falou ele, indicando seu nome com a caneta para dar ênfase. Seus olhos analisaram meu crachá. — Naomi.

Não gostei de como ele disse meu nome como se me conhecesse, como se já estivesse intimamente familiarizado comigo.

— Tenho certeza de que vou conseguir encontrar alguém para ajudar — murmurei.

Ele assentiu.

— Ótimo. Quanto mais cedo melhor. — Flint pegou o notebook e me olhou de alto a baixo. Ele fez uma continência para mim. — Até mais, Naomi.

— Tchau.

Eu o observei caminhar até as escadas. Levei um minuto inteiro para entender o que estava me incomodando. Eram as mãos dele. Especificamente sua mão esquerda, que não tinha aliança.

Eu estava apenas sendo paranoica. Talvez fosse um sinal de que eu estava ficando melhor nessa coisa de guardiã. Deixei o encontro de lado e fui ao meu pequenino escritório para adicionar *Suporte local de TI* à lista de perguntas que eu tinha para a Sloane.

A mulher poderia ser do tamanho de um duende, mas ela tinha grandes ideias sobre como expandir os serviços da biblioteca para a comunidade. Era emocionante e interessante fazer parte de algo tão focado em ajudar as pessoas.

Um vulto na porta chamou minha atenção.

Pulei e levei uma mão ao peito.

— Crendeuspai, Knox. Você me matou de susto!

Ele se apoiou no batente da porta e ergueu uma sobrancelha.

— Linda, não quero te dizer como fazer o seu trabalho nem nada, mas não era proibido gritar numa biblioteca?

TRINTA E DOIS
ALMOÇO E AVISO

Knox

Eu tinha coisas para fazer. Empresas para administrar. Funcionários com os quais gritar. Mas eu não estava pensando nisso tudo. Eu estava pensando nela.

E aqui estava eu na biblioteca, ignorando todo o resto porque acordei pensando nela e queria vê-la.

Eu tinha passado muito tempo pensando em Naomi Witt desde que ela chegou à cidade. Fiquei surpreso que ia só ladeira abaixo quanto mais tempo eu passava com ela.

Ela estava muito bonita hoje, de pé atrás de sua mesa, perdida em alguma lista mental de tarefas, vestindo um suéter que abraçava as curvas em um rosa ridiculamente feminino.

— O que você está fazendo aqui? — perguntou ela, sua surpresa se transformando em felicidade. Ela diminuiu a distância entre nós, parando pouco antes de me tocar. Eu gostava de como ela estava sempre se inclinando em direção a mim, para mim. Como se o corpo dela quisesse estar o mais próximo possível do meu o tempo todo. Não parecia pegajoso como sempre achei que seria. Parecia... nada terrível.

— Pensei em te levar para almoçar.

— Sério? — Ela pareceu entusiasmada com o convite, e eu decidi que também não me importava com isso. Ter uma mulher como Naomi olhando para mim como se eu fosse o herói do dia era bom demais.

— Não, Daisy. Só apareci aqui para brincar com você. Sim, sério.

— Bom, eu *estou* com fome. — Aqueles lábios pintados com batom rosa escuro se curvaram em um convite que eu não iria ignorar.

Eu estava com fome de algo diferente de comida.

— Bom. Vamos lá. Quanto tempo dura o seu intervalo?

— Tenho uma hora.

Graças a Deus, porra.

Um minuto depois, estávamos saindo da biblioteca e entrando no sol de setembro. Levei-a em direção à minha picape com a mão na sua lombar.

— E aí, qual restaurante fino vamos frequentar hoje? — perguntou ela quando subi ao volante.

Alcancei o banco de trás e deixei cair um saco de papel no colo dela. Ela abriu e olhou dentro.

— É de manteiga de amendoim e geleia — expliquei.

— Você fez um sanduíche para mim.

— Tem batatinha frita aí também — falei, na defensiva. — E aquele chá de que você gosta.

— Certo. Estou tentando não me encantar com o fato de que você embalou um almoço de piquenique para mim.

— Não é piquenique — falei, girando a chave.

— Onde vamos comer nosso almoço que não é piquenique?

— No Sinal Verde, se você estiver a fim.

Ela apertou os joelhos e se contorceu um pouco no assento. Prendeu o lábio inferior entre os dentes.

— Mas e a buzina? — perguntou ela.

— Trouxe um cobertor.

— Cobertor e almoço embalado. Com certeza não é um piquenique — brincou ela.

Ela não ficaria tão presunçosa quando eu colocasse minha mão por baixo daquela calça apertada que ela estava usando.

— A gente pode simplesmente dar meia-volta e almoçar na sala de descanso da biblioteca — ameacei.

Ela estendeu a mão e agarrou minha coxa.

— Knox? — A seriedade em seu tom fez minha guarda subir.

— Quê?

— Não parece que estamos fingindo.

Bati minha cabeça no encosto do assento. Eu já sabia que essa conversa chegaria e mesmo assim não queria tê-la.

Até onde eu sabia, nós dois paramos de fingir quase assim que começamos. Quando eu a tocava, era porque eu queria. Não porque queria que alguém me visse fazendo isso.

— Daisy, temos mesmo que ter essa conversa, quando seu intervalo do almoço tem os minutos contados?

Ela olhou para o colo.

— Não. Claro que não.

Cerrei os dentes.

— Sim, temos. Se é algo que você quer falar, então fale. Pare de se preocupar em me irritar porque nós dois sabemos que é inevitável.

Seu olhar se levantou para o meu.

— Eu só estava me perguntando... o que estamos fazendo.

— Não sei o que estamos fazendo. O que eu estou fazendo é desfrutar do tempo que passo com você sem me preocupar com o que vem em seguida ou o que acontece daqui a um mês ou um ano. O que você está fazendo?

— Além de desfrutar do tempo que passo com você?

— Sim.

Aqueles lindos olhos avelã voltaram para o colo dela.

— Estou me preocupando com o que vem em seguida — confessou ela.

Levantei seu queixo para que ela olhasse para mim.

— Por que tem que haver algo que vem em seguida? Por que não podemos apenas aproveitar como as coisas estão sem nos preocupar demais com algo que ainda não aconteceu?

— Geralmente é assim que eu funciono — disse ela.

— Que tal tentarmos fazer isso do meu jeito por um tempo? O meu jeito te proporciona um almoço que não é piquenique e pelo menos um orgasmo antes de 1h da tarde.

Suas bochechas ficaram rosadas, e embora seu sorriso não fosse tão grande quanto o que eu tinha ganhado ao surpreendê-la mais cedo, era bom o bastante.

— Vamos — disse ela.

Fiquei duro na hora. Todos os pensamentos que tinha tido de deitá-la num cobertor, nua e suspirando meu nome, voltaram com força. Eu queria prová-la sob o sol, na brisa quente. Queria senti-la se mover debaixo de mim enquanto o resto do mundo se detinha.

Coloquei a caminhonete em marcha à ré e pisei no acelerador.

Percorremos uma quadra antes que o celular da Naomi tocasse das profundezas de sua bolsa. Ela o retirou e franziu a testa para a tela.

— É o Nash.

Peguei o telefone dela e atendi a ligação.

— Knox! — reclamou ela.

— Quê? — esbravejei ao celular.

— Preciso falar com a Naomi — disse Nash. Ele parecia soturno.

— Ela está ocupada. Fale comigo.

— Tentei, babaca. Te liguei primeiro e você não atendeu. Tenho notícias da Tina.

Lá se foi a porra do meu piquenique.

ENQUANTO EU ADMIRAVA a visão da bunda curvilínea da Naomi à minha frente, eu me perguntei como meu irmão estava lidando com o longo lance de escadas com seus ferimentos. A casa do Nash ficava no segundo andar acima do Whiskey Clipper. E quando eu o trouxe para casa no fim de semana passado, ele só conseguiu terminar de subir depois que eu ameacei levantá-lo e carregá-lo.

Ele abriu a porta assim que levantei meu punho para bater.

Parecia pálido, cansado. E o babaca estava sem camisa, revelando seu curativo. Ele estava segurando gaze limpa e um rolo de fita adesiva.

— Ah, tadinho — entoou Naomi, pegando os itens de suas mãos. — Deixa eu te ajudar.

Nash me deu um sorriso quando Florence Nightingale invadiu o apartamento. Se ele continuasse com esse comportamento de herói ferido com a Naomi, eu ia aumentar o aluguel e empurrá-lo escada abaixo.

— É melhor que isso seja importante — avisei, seguindo-a para dentro.

O apartamento tinha pé direito alto, tijolos aparentes e janelas altas e abobadadas com vista para a via principal. Tinha dois quartos, um banheiro no qual eu já tinha vomitado, e uma sala de estar de conceito aberto com uma cozinha pequena, mas do caralho.

Sua mesa de jantar estava coberta de papelada e o que parecia ser arquivos de casos. Ele claramente não estava seguindo as ordens do médico. Os homens Morgan não estavam nem aí para o que achavam que deveríamos fazer.

— Sente-se — disse Naomi, puxando um banquinho da ilha da cozinha. Ele se abaixou, com a mandíbula apertada como se aquele mínimo movimento doesse.

— Você está tomando os analgésicos? — perguntei. Eu o tinha forçado a comprar o remédio. Mas o frasco ainda estava ao lado da pia onde eu o tinha deixado.

Meu irmão encontrou meu olhar.

— Não.

Eu sabia por quê. Porque a geração passada tinha o potencial de envenenar a seguinte. Era algo que nós dois sabíamos.

— Está feio, Naomi — advertiu Nash enquanto ela se dirigia à pia para lavar as mãos.

— Feridas sempre são. É para isso que servem os primeiros socorros.

Ela secou as mãos e me deu um sorriso ensolarado quando voltou para o lado dele.

— Você não vai desmaiar, né? — perguntei a ela.

Ela mostrou a língua para mim.

— Para sua informação, fiz um extenso treinamento de primeiros socorros.

Nash encontrou meu olhar conforme Naomi gentilmente tirava a fita de seu ombro.

— Alguns anos atrás, me deparei com a cena de um acidente de carro. Era tarde da noite, estava chovendo. Um cervo tinha atravessado na frente do motorista, e ele desviou para não o acertar. Ele bateu de frente numa árvore. Tinha sangue por todo o lado. Ele estava com tanta dor, e tudo o que eu pude fazer foi ligar para a emergência e segurar sua mão. Nunca me senti mais impotente em toda a minha vida — explicou ela.

Ela tinha odiado essa sensação, percebi. A mulher que vivia para deixar os outros seguros e felizes teria odiado se sentir impotente quando alguém estava com dor.

— Então você fez um curso? — adivinhou Nash enquanto ela removia a gaze da ferida.

Vi o aperto na mandíbula dele, notei a tensão no tom. Ela sibilou e eu olhei para cima.

O ombro do Nash estava exposto. Não era um buraco bonito e agradável. Era um abismo de tecido inflamado, pontos pretos e sangue seco.

— Fiz *três* cursos — disse Naomi.

Uma lembrança surgiu. Nash de costas no parquinho, com sangue escorrendo do nariz enquanto Chris Turkowski se sentava em seu peito e socava o rosto do meu irmão.

Chris saiu pior do que Nash naquele dia. Fiquei suspenso por dois dias. Uma consequência que tanto meu pai quanto eu sentimos que valeu a pena.

— A família cuida da família — tinha dito ele. Na época, ele foi sincero.

Eu não conseguia parar de olhar para as feridas do meu irmão enquanto o sangue pulsava dentro da minha cabeça.

— Knox? — A voz da Naomi estava mais perto agora.

Senti mãos nos meus ombros e percebi que ela estava parada na minha frente.

— Quer se sentar um pouco, viking? Acho que não consigo lidar com dois pacientes ao mesmo tempo.

Percebendo que ela achava que eu ia desmaiar, abri minha boca para esclarecer o equívoco e explicar que era raiva masculina, não tremedeira nos joelhos. Mas mudei de ideia e fui na onda quando percebi que sua preocupação por mim tinha superado os buracos de bala do Nash.

Deixei-a me ajudar a sentar numa das poltronas de couro na sala de estar.

— Você está bem? — perguntou ela, inclinando-se para me olhar nos olhos.

— Melhor agora — falei.

Por cima do ombro dela, meu irmão me mostrou o dedo médio.

Ela deu um beijo na minha testa.

— Fique aqui. Pego já um copo de água para você, tá bom?

Nash tossiu algo que parecia muito com "fingido", mas a tosse terminou num gemido de dor.

Bem-feito para ele. Fiz o cumprimento com o dedo quando Naomi correu de volta para o seu lado.

— Nunca vi você se sentir mal ao ver sangue antes — observou Nash.

— Quer ir logo direto ao assunto, ou é assim que você arruma visitas sociais, já que ninguém quer ficar perto de você?

Naomi me lançou um olhar de "comporte-se" quando abriu uma nova tira de gaze. Vi o queixo do meu irmão ficar cerrado quando ela a pressionou no ferimento. Desviei o olhar até que Nash limpou a garganta.

— Tenho notícias da Tina — disse ele.

Naomi congelou, segurando uma tira de fita adesiva.

— Ela está bem?

Sua irmã gêmea a tinha roubado, abandonado a filha, e a primeira pergunta da Naomi era se Tina estava bem ou não.

A mulher precisava aprender que alguns laços precisavam ser cortados.

— Não sabemos o paradeiro dela, mas parece que há alguma coisa na cidade que ela não quis deixar para trás. Encontramos as impressões digitais dela no arrombamento do depósito.

Fiquei tenso, lembrando-me da conversa em seu quarto de hospital.

— Que arrombamento de depósito? — perguntou Naomi conforme se movia para a ferida mais baixa no torso dele.

— O proprietário do parque de trailers relatou duas invasões diferentes. Uma no escritório e outra no depósito dele, onde ele guarda as coisas de valor que os inquilinos esquecem. O depósito foi um caso de vandalismo e furto. A fechadura foi arrombada. Algumas coisas foram quebradas. Faltava um monte de coisas. Encontramos as impressões digitais da Tina por todo o lado.

Esqueci-me do meu falso desmaio e saí da cadeira.

— É uma cidade pequena, porra — salientei, atravessando para a cozinha.

— Como é que ela está se esgueirando sem que ninguém a veja?

— Tenho uma teoria sobre isso. Recebemos algumas imagens de uma câmera de segurança na entrada — disse Nash, usando seu braço bom para puxar uma pasta de arquivo para mais perto dele. Ele abriu, e uma foto granulada mostrou uma mulher com cabelos longos e escuros usando um vestido longo.

Naomi se inclinou por cima do meu irmão para olhar a foto. Não sei ao certo, mas pareceu que Nash estava cheirando o cabelo dela.

Arrastei-a para o meu lado, longe do meu irmão, e entreguei-lhe a foto.

— Que porra é essa? — esbocei com a boca para Nash. Ele deu de ombros, depois estremeceu.

— Idiota teimoso do caralho — murmurei. Guiei Naomi para um banquinho fora do alcance de Nash, depois fui até a pia. Ele ainda guardava os remédios de venda livre e sua coleção excessiva de suplementos no armário. Peguei um frasco de Tylenol e enchi um copo de água da torneira, depois deslizei os dois pelo balcão para o bocó do meu irmão.

Vi uma assadeira no balcão com algum tipo de sobremesa. Levantando o filme plástico, cheirei. Torta de pêssego. Bacana.

Já que eu estava perdendo meu almoço e Nash era o culpado, peguei um garfo.

— Esse vestido é meu — afirmou Naomi, devolvendo a foto ao Nash. Ela ficou pálida. Tirei-a da mão dele e olhei para a imagem.

Cacete. Era o vestido dela.

— Imaginei que ela estivesse se vestindo como você no caso de encontrar alguém na cidade — explicou Nash. — Ela deve ter pegado quando invadiu seu quarto da pousada.

Naomi estava mordendo o lábio mais uma vez.

— O que foi? — indaguei. Ela balançou a cabeça.

— Nada.

O meu detector de mentiras apitou.

— Daisy.

— É só que Tina costumava fazer isso quando éramos crianças. Certa vez, eu estava doente no nosso segundo ano do ensino médio. Ela foi para a escola vestida como eu e disse ao meu professor de história, por quem eu tinha uma paixonite, para ir se foder. Levei detenção. Tudo porque meus pais me deram o carro no fim de semana anterior já que ela estava de castigo.

Cristo.

— É melhor você não ter ficado de bico calado e ido para a detenção — falei, jogando o garfo na assadeira com nojo.

— Ela conseguiu o que queria? — perguntou Naomi ao Nash.

— Não sabemos. Ouvi dizer que a Tina começou a sair com outro cara há umas semanas. Lucian fez umas investigações. Disse que esse era um cara barra pesada de D.C. e que Tina se gabou para uns amigos que eles tinham uma grande jogada vindo aí.

— Essa é a torta de pêssego da minha mãe? — perguntou ela, indicando o prato que eu segurava.

— Ela passou aqui pela manhã para deixar. Ela também roubou minha roupa para lavar e regou minhas plantas.

Naomi lhe deu um sorriso vacilante.

— Bem-vindo à família. Prepare-se para ser sufocado.

Algo estava errado, e ela estava tentando esconder. Abaixei a torta e peguei a foto outra vez.

— Porra.

— Quê? — perguntou Nash.

— Te vi usando este vestido. Do lado de fora da loja — falei, recordando-a parada na janela do Whiskey Clipper com Liza e Waylay. Ela tinha parecido um sonho de verão naquele vestido.

Suas bochechas não estavam pálidas agora. Estavam coradas.

— O que significa que Tina não pegou da pousada. Ela invadiu a casa de campo.

Naomi se ocupou organizando os suprimentos de primeiros socorros.

Nash soltou um palavrão e esfregou a mão boa no rosto.

— Preciso ligar para o Grave.

Ele se levantou e pegou o celular da mesa de jantar.

— Alô, Grave — disse ele. — Temos um novo problema.

Esperei até que ele entrasse no quarto antes de voltar minha atenção para Naomi.

— Ela invadiu sua casa e você não ia dizer uma só palavra.

Ela olhou para cima enquanto eu contornava a ilha. Ela levantou as mãos, mas continuei me aproximando até que suas palmas estavam pressionadas no meu peito.

— Não esconda merdas assim de mim, Naomi. Você não deve nada a ela. Você não pode viver a sua vida toda protegendo pessoas que não merecem. Não quando coloca a *sua* segurança em risco.

Ela estremeceu, e eu percebi que estava gritando.

— Onde está com a cabeça? Você tem a Way. Se a Tina e algum namoradinho criminoso estão invadindo a porra da *sua* casa, não encubra. Não se protege o bandido, se protege a criança.

Ela me empurrou, mas eu não me movi.

— Você viu meu quarto de pousada. Ouviu o que Nash disse... o depósito foi destruído. É o que a minha irmã faz. Ela destrói — esbravejou Naomi. — Se a Tina tivesse invadido a casa de campo, ela teria destruído o lugar. Ela nunca suportou a ideia de eu ter algo melhor do que o que ela tinha. Então sim. Talvez eu tenha notado algumas coisas fora do lugar uma ou duas vezes, e eu atribuí isso a Waylay ou você ou Liza. Mas a Tina não invadiu.

— O que está falando?

Ela umedeceu os lábios.

— E se alguém a deixou entrar?

— Alguém, ou seja, Waylay?

Naomi lançou um olhar nervoso na direção de Nash.

— E se Tina disse a ela que precisava entrar e Waylay deixou uma porta destrancada? Foi você que gritou comigo por deixar a porta de trás destrancada. E se a Tina disse o que ela precisava, e a Waylay pegou para ela?

— Você acha que aquela garota perderia o tempo dela com a Tina após passar algumas semanas com você? Com os seus pais? Caramba, até com o babaca do Stef e a Liza. Você criou uma grande família feliz para ela. Por que ela arriscaria arruinar isso?

— Tina é a *mãe* dela — insistiu Naomi. — A família não deixa de ser família só porque alguém faz coisas horríveis.

— Isso é exatamente o que acontece com as famílias, e você precisa abandonar essa lealdade à sua irmã. Ela não merece.

— Não é lealdade à Tina, seu idiota — gritou Naomi.

Ela empurrou meu peito de novo, mas eu estava imóvel.

— Me esclareça — insisti.

— Se Waylay teve algo a ver com deixar a Tina entrar, como isso vai parecer para a audiência de tutela? Como estou apta a assumir a custódia quando não consigo nem mesmo manter criminosos fora da minha casa? Eles vão tirá-la de mim. Eu a terei decepcionado. Terei decepcionado meus pais. Waylay vai acabar com estranhos... — Sua voz travou.

Agarrei-a e puxei-a para mim.

— Linda. Pare.

— Eu tentei — disse ela, com os dedos apertando minha camiseta.

— Tentou o quê?

— Tentei não odiar a Tina. Por toda a minha vida, tentei tanto não a odiar.

Coloquei a mão na parte de trás de sua cabeça e enterrei seu rosto no meu pescoço.

— Porra. Não chore, Daze. Não por causa dela. Você já deu o bastante a ela.

Ela respirou fundo e soltou o ar.

— Você pode me usar como travesseiro se quiser gritar — ofereci.

— Não seja gentil e engraçado agora.

— Linda, tá aí duas coisas que ninguém nunca me acusou de ser.

Ela recuou e inspirou firme.

— Não era isso o que eu esperava quando você disse que estava me levando para almoçar.

— Eu esperava os gritos, só que achei que estaríamos pelados. Estamos bem?

Seus dedos estavam traçando pequenos círculos no meu peito.

— Estamos bem. Por ora. Vou me recompor no banheiro.

— Vou comer um pouco mais da torta da sua mãe.

Ela me deu outro daqueles sorrisos vacilantes que me faziam sentir coisas que eu não queria sentir. Estendi a mão e coloquei seu cabelo atrás da orelha.

— Vai ficar tudo bem. Ninguém vai levar a Way embora. Eu e o Nash vamos cuidar disso.

Ela acariciou a bochecha na minha mão.

— Você não pode resolver meus problemas por mim.

— Ah, mas você pode resolver os de todo mundo? — apontei. — Você tem que parar de se preocupar em fazer com que tudo fique bem para todo mundo e começar a pensar em fazer tudo ficar bem para você.

Ela não disse nada, mas senti que minhas palavras tinham a atingido.

Dei um tapa brincalhão na bunda dela.

— Vá lá. Vá gritar numas toalhas de mão.

Um minuto depois, Nash saiu do quarto.

— Grave está enviando alguns rapazes para ver se podemos recolher alguma impressão digital. Cadê a Naomi?

— No banheiro. Encontrou impressões digitais no escritório do senhorio? — perguntei ao Nash.

Ele fez que não.

— Não deixaram rastros.

— Quais são as chances de eles terem se separado? Tina ter ficado com o depósito e o namorado assumido o escritório.

Nash pensou por um instante.

— Faz sentido.

— Naomi não acha que Tina invadiu. Ela tem medo de que a Way tenha deixado Tina entrar. Tem medo de como isso vai afetar a tutela.

Nash soltou um suspiro.

— Qualquer juiz que olhar para essas duas irmãs e decidir que Naomi não é adequada está no mundo da lua.

— Ela se preocupa demais com as coisas. É por isso que não quero que ela se preocupe com um estranho entrando na sua casa e mexendo nas coisas dela.

— Melhor o mal conhecido — disse ele.

Assenti.

— Falando nisso, você vai vê-lo neste fim de semana? — perguntou Nash.

Deliberadamente, coloquei outra garfada de torta na boca, embora meu apetite tenha de repente desaparecido.

— Se ele estiver lá.

— Entregue isso a ele por mim. — Nash mancou até a mesa e pegou uma mochila. — E talvez considere não dar dinheiro.

— Você tem sorte de eu estar cansado de brigar por causa disso — falei e peguei a bolsa.

— As pessoas continuam me dizendo como sou sortudo — disse ele.

— Você ainda está aqui, não está?

— Você lembra o que ela estava vestindo quando passou pela sua janela? — disse ele, indicando a porta do banheiro com a cabeça.

— Sim. E daí?

— Ela significa algo para você.

— A perda de sangue te deixou estúpido? — perguntei-me.

— Só estou dizendo que você se importa com ela. Se fosse outra mulher, você não teria se dado ao trabalho de falar que ela estava de papo furado. Você não teria conhecido outra mulher bem o suficiente para saber que ela estava de papo furado, muito menos se importaria com isso.

— Já está chegando ao que interessa?

— Sim. Não estrague tudo como costuma fazer.

TRINTA E TRÊS
UM CHUTE LIGEIRO

Naomi

Por que os esportes infantis começam tão absurdamente cedo? E por que a grama está tão molhada? Olha para estes sapatos. Eles nunca vão se recuperar — reclamou Stef enquanto nos sentávamos em nossas cadeiras dobráveis na lateral do campo de futebol.

— São 9h da manhã, não 4h — falei secamente. — Talvez se você e Liza não tivessem feito e bebido uma jarra inteira de margaritas na noite passada, você não estaria se encolhendo como um vampiro à luz do dia.

Ele desabou em sua cadeira, parecendo incrivelmente elegante com óculos Ray-Ban e suéter de malha grossa.

— Foi minha última noite na cidade antes da minha viagem a Paris. Não podia rejeitar margaritas. Além disso, é fácil ser um poço de alegria quando se está transando com frequência.

— Cale essa boca, boca de sacola — falei, dando uma olhada no resto da seção de torcida da Waylay. Meus pais estavam sentados com Liza, que parecia tão acabada quanto Stef depois de beber metade das margaritas. Minha mãe estava fazendo sua coisa de mãe e se apresentando a todos em um raio de seis metros, perguntando-lhes os nomes de suas jogadoras e orgulhosamente apontando para Waylay, que vestia sua camisa número seis.

Wraith, motoqueiro da pesada e membro de moto clube, aproximou-se a passos largos pela lateral do campo.

Ele estava com uma camiseta do Metallica, jeans preto e uma cara fechada perfeitamente emoldurada por seu bigode grisalho de Fu Manchu.

— Linda como sempre, Liza — disse ele com um sorrisinho.

— Vá com esse charme para outro lugar, motoqueiro — respondeu ela. Mas notei dois pontos de cor em suas bochechas.

— Venham cá, Nocauteadoras — gritou Wraith. Quinze meninas de todos os formatos, tamanhos e cores correram e se dirigiram para o improvável técnico.

— Aquele cara parece uma violação de liberdade condicional, não um técnico de futebol feminino — observou Stef.

— Aquele é o Wraith. A neta dele, Delilah, é a de tranças. Ela é atacante. Ela é incrivelmente rápida — disse a ele.

Waylay levantou a vista da sua reunião de equipe e acenou para mim.

Sorri e acenei de volta.

O árbitro deu dois sopros breves no apito, e duas meninas de cada time correram para o círculo central.

— O que está acontecendo? O jogo começou? — perguntou Stef.

— Elas estão jogando cara ou coroa. Você tem sorte de ser tão bonito. E se o seu futuro marido gostar de esportes?

Stef estremeceu.

— Deus me livre.

— O cara ou coroa determina qual time começa com a bola e em qual direção elas vão tentar fazer gol.

— Olha só para você, mãe de jogadora — brincou ele.

Constrangida, endireitei meu moletom das Nocauteadoras. Graças a uma arrecadação de fundos da escola, eu agora tinha uma coleção de roupas de torcida da escola. A mascote era uma luva de boxe gigante chamada Soquinho, o que achei charmoso e inadequado.

— Li um pouco sobre o esporte — falei. Eu fiz muita pesquisa. Reli *Rock Bottom Girl* e assisti a *Ted Lasso, Driblando o Destino,* e *Ela é o Cara* por via das dúvidas.

O apito no campo sinalizou o início do jogo, e eu aplaudi junto com a multidão quando o jogo começou.

Dois minutos de jogo e eu estava prendendo a respiração e a mão do Stef em um aperto mortal quando Waylay pegou a bola e começou a driblar para o gol.

— Vai, Waylay! Vai! — gritou meu pai conforme saía da cadeira. Quando tínhamos dez anos, Tina jogou softball por uma temporada. Papai tinha sido seu maior fã. Foi bom ver que ele não tinha perdido o entusiasmo.

Waylay fingiu um movimento para a direita antes de seguir na direção oposta em volta da zagueira e lançar um passe para Chloe, sobrinha da Sloane.

— Isso foi bom, certo? — perguntou Stef. — Pareceu bom. Sorrateiro e cheio de manha.

— O treinador diz que ela tem talento nato — falei com orgulho antes de gritar: — Vai, Chloe!

Chloe jogou a bola para fora de campo, e o jogo foi pausado para que três jogadoras pudessem amarrar seus cadarços.

— Talento nato. Impressionante!

— Ela é rápida, é sorrateira, sabe jogar em equipe. Há apenas uma ou duas coisinhas que precisam ser trabalhadas.

— Que tipo de coisinhas? — perguntou Stef.

— O que eu perdi? — Sloane apareceu ao meu lado vestindo jeans e regata do Nirvana sob um cardigã cinza-claro. Ela estava com o cabelo rosa e loiro preso em um coque no topo da cabeça e usando óculos de sol elegantes. Seus lábios estavam pintados de batom vermelho-rubi. Ela acenou para Chloe e se sentou em sua própria cadeira dobrável.

— Está nos primeiros dois minutos. Sem pontuação. E Wraith ainda não gritou "vamos, meninas!" — relatei.

No mesmo momento, o motoqueiro corpulento colocou as mãos na boca e gritou:

— Vamos, meninas!

— E o mundo continua igual — disse Sloane com um sorriso satisfeito. — Way já recebeu cartão amarelo?

Balancei a cabeça.

— Ainda não.

No entanto, se os dois últimos jogos forem indicadores precisos, era só uma questão de tempo.

— Isso é um prêmio? — perguntou Stef.

— Não exatamente — disse ela, piscando para mim antes de se voltar para o meu melhor amigo. — Você está irritantemente lindo hoje.

Ele se aprumou, afofando a gola do suéter.

— Ora, obrigado, bibliotecária sexy. Adorei essas botas.

Ela levantou os pés para admirar o calçado à prova d'água que ia até a altura do joelho.

— Valeu. Descobri no início da carreira de futebol da Chloe que eu não era fã de sapatos molhados e meias úmidas.

— Agora que ela me avisa — reclamou ele.

— A propósito, estou amando toda essa *vibe* cacheada — disse Sloane, acenando com a mão na frente do meu rosto.

Joguei meu cabelo para trás dramaticamente.

— Valeu. Waylay me mostrou um tutorial.

— Somos a nova geração de mães gatas de jogadoras — decidiu Stef.

— Um brinde a isso — concordou Sloane, erguendo seu copo que tinha escrito: Isso Não É Vinho.

— E aí, onde está o pai gato de jogadora? — perguntou-me Stef.

— Graças a Deus alguém perguntou — disse Sloane, mudando de posição em sua cadeira. — Eu tenho um monte de perguntas acumuladas. Quão bom é o sexo? Ele é tão mal-humorado logo após o orgasmo quanto é no restante do tempo, ou há rachaduras no muro de pedra que revelam o coração mole e de ursinho de pelúcia que bate por baixo?

— Ele já rasgou alguma roupa sua? — perguntou Stef. — Se sim, conheço um cara que faz guarda-roupas inteiros com fechos de velcro.

— Claro que conhece — falei secamente.

Sloane se inclinou para a frente.

— Ele é do tipo que dá flores e cozinha para você? Ou ele é mais do tipo que rosna para qualquer homem que se atreve a olhar para seus peitos?

— Sem dúvida do tipo que rosna — decidiu Stef.

— Pessoal! Meus pais e a avó dele estão bem ali — sibilei. — Além disso, estamos num jogo de futebol infantil.

— Ela vai dizer que estamos sendo muito inapropriados, mas o que passa despercebido por ela é que todas as conversas que acontecem neste campo são sobre sexo — reclamou ele.

— Não são — insisti.

— Ah, pode acreditar. São sim. Chloe joga desde os seis anos. Aqueles pais ali podem parecer que estão falando sobre ferramentas elétricas e cortadores de grama, mas na verdade estão falando sobre vasectomia — disse Sloane, apontando para um grupo de pais ao lado das arquibancadas.

— Esqueci. Você nos contou por que Knox não está aqui? — perguntou Stef, fingindo inocência.

Suspirei.

— Ele não está aqui porque eu não o convidei.

O que não contei foi que não o convidei porque achei que ele não viria. Knox Morgan não parecia ser o tipo de homem que iria voluntariamente aparecer no evento esportivo de uma criança e jogar conversa fora por uma hora.

Ele era o tipo de homem que te segurava e te fazia gozar em posições que deveriam ser impossíveis. Como ontem à noite, quando ele me colocou de barriga para baixo e entrou em mim por trás...

Minhas paredes internas se apertaram involuntariamente com a lembrança indecente.

— Por que você não o convidou? — insistiu Sloane, ignorando o jogo em favor do interrogatório na lateral do campo.

Revirei os olhos.

— Sei lá. Talvez porque ele não teria vindo. E não quero que a Waylay se habitue a tê-lo por perto.

— Naomi, eu digo isso com amor. Esta é a primeira vez desde o ensino médio que o Knox namora alguém da cidade. É um grande passo. Isso significa que ele vê algo especial em você que não viu em mais ninguém.

Sentia-me uma fraude.

Eu não era especial. Não tinha conquistado um solteiro que nunca se apaixonava. Eu tinha me envolvido com um sexo sem compromisso, sem dúvida muito quente e ele ficou preso nas consequências de transar com uma boa garota.

— Aquele é o Nash? — perguntou Stef, graças a Deus mudando de assunto.

Olhei para cima e o vi andando devagar na minha direção.

Sloane cantarolou.

— Certeza que esses irmãos Morgan foram feitos para chamar a atenção.

Ela não estava errada.

Cada centímetro de Nash Morgan exalava herói ferido. Notei algumas das mães e até mesmo um ou dois dos pais pensando a mesma coisa. Ele estava usando jeans *destroyed* e uma camiseta de mangas compridas. Usava um boné de beisebol puxado para baixo, e notei que ele tinha se livrado da tipoia. Estava caminhando devagar, com cuidado. Parecia casual, mas imaginei que o ritmo era ditado mais pela dor e exaustão do que pelo desejo de parecer descolado.

— Bom dia — disse ele quando chegou.

— Oi — falei. — Quer se sentar?

Ele fez que não, com os olhos no campo enquanto as Nocauteadoras jogavam na defesa.

Waylay olhou para cima e acenou quando o viu.

Ele acenou com o braço bom, mas vi a careta sob o sorriso.

O homem devia estar sentado em casa descansando e melhorando, não passeando pela cidade sem a tipoia. Percebi que meu aborrecimento com o irmão dele estava se alastrando para Nash.

— Sente-se — insisti, levantando-me. Quase o forcei a sentar na minha cadeira.

— Não preciso me sentar, Naomi. Não preciso ficar em casa descansando. Preciso estar aqui fazendo aquilo no que eu sou bom.

— Que é o quê? — perguntei. — Ficar parecendo que foi atropelado por uma frota de ônibus escolares?

— Ai — disse Stef. — É melhor fazer o que ela diz, chefe. Ela é má quando está irritada.

— Eu não fico irritada — bufei.

— Você tem motivos para ficar irritada depois da bomba que caiu em você — disse Nash.

Uh-oh.

— Mudei de ideia. Pode se levantar e ir embora — decidi.

Ele ficou presunçoso.

— Não contou a eles?

— Nos contou o quê? — disseram Sloane e Stef ao mesmo tempo.

— Não tive a oportunidade — menti.

— Você teve a oportunidade de contar aos seus pais? Ou à Liza J, já que ela é dona da propriedade em questão?

— O que está rolando aqui? — perguntou Sloane.

Os olhos do Stef se estreitaram.

— Acho que nossa amiguinha caladona está escondendo mais de nós do que apenas suas façanhas na cama.

— Ah, pelo amor de Deus — suspirei.

— Naomi não mencionou para vocês que Tina estava ligada a um arrombamento na cidade? — perguntou Nash, sabendo muito bem que eu não tinha.

— Ela não mencionou de forma alguma.

— E que para cometer o roubo, Tina invadiu a casa de campo da Naomi e roubou um dos vestidos dela?

Sloane abaixou os óculos de sol no nariz para olhar para mim.

— Nada legal, amiga. Nada legal mesmo.

— Ela deu o golpe da Gêmea Errada de novo, não foi? — questionou Stef, sem olhar para mim. Isso não era um bom sinal.

— Olha. Acabei de descobrir sobre isso...

— Eu te disse há três dias, Naomi — lembrou-me Nash.

— Não estou muito a par da lei na Virgínia. É permitido colocar fita adesiva na boca de um policial?

— Não quando ele está em serviço — disse Nash com um sorriso.

— Por que não queria nos contar? Por que não ia dizer nada? Se precisamos estar atentos à sua irmã, é melhor sabermos disso — apontou Sloane.

— Vou explicar algo sobre nossa pequena Witty aqui — disse Stef à Sloane.

— Aqui vamos nós — murmurei.

— Veja, Naomi não gosta de ser um transtorno para ninguém ao fazer algo irritante, como falar sobre o que está errado. Pedir ajuda. Ou defender o que ela precisa e quer. Ela prefere correr como um ratinho, certificando-se de que as necessidades de todos os outros sejam atendidas.

— Bom, isso é maluquice — decidiu Sloane.

Estremeci.

— Olha, pessoal. Entendo que estão preocupados. Entendo. Eu também estou. Mas, neste momento, a minha prioridade é conseguir a custódia da minha sobrinha. Não tenho tempo nem energia para me preocupar com mais nada.

— Sua gêmea do mal esteve na casa que você compartilha com a filha dela — interveio Sloane.

— Ela roubou você. Ela cometeu um crime disfarçada de você, de forma que mais uma vez fosse você a sofrer as consequências. E você achou que não valia a pena mencionar?

— Muito obrigada, Nash — falei.

Sloane cruzou os braços sobre o peito.

— Não jogue culpa num homem que acabou de levar duas balas — disse ela.

— Pessoal, vocês não acham que estão exagerando?

— Não. Estamos reagindo como se deve. É você que está muito calma. A sua segurança e a segurança da Waylay estão em jogo. Isso merece uma reação — disse Stef.

Olhei para as minhas mãos.

— Então, vocês se sentiriam melhor se eu estivesse aterrorizada, paralisada no cerne da minha alma, com medo de que algo acontecesse e Waylay fosse tirada de mim? De que um estranho acabasse criando minha sobrinha, ou pior, que minha irmã, a pessoa de quem eu deveria ser mais próxima neste mundo, poderia voltar à cidade e tirá-la de mim sem que eu soubesse? Que entre tentar provar a uma assistente social, que continua me vendo nos piores momentos, que eu sou a opção mais responsável que ela tem, dando conta de dois empregos, e lembrando a uma garotinha que nem tudo precisa ser como foi nos primeiros 11 anos de sua vida, vocês querem que eu exponha como tenho que me exaurir para conseguir dormir à noite em vez de ficar encarando o teto enquanto penso em todas as formas pelas quais isso poderia dar terrivelmente errado?

— Hã, sim. Isso faria com que eu me sentisse melhor do que ser deixada às cegas de propósito — falou Sloane.

— *Obrigado* — disse Stef. — Nash, quer deixar isso claro para nós?

— Naomi, muitas pessoas se preocupam com você. Talvez seja hora de deixá-las cuidar de você em vez de ser quem cuida para variar.

Projetei meu queixo.

— Vou levar em consideração — falei.

— Esse é o tom esnobe dela — disse Stef. — Ela não vai ouvir até que se acalme.

— Vou dar uma volta — falei em um ataque de fúria.

Eu mal tinha me distanciado quando ouvi:

— Naomi, espere.

Eu queria continuar andando e mostrar o dedo do meio para ele, mas por ser quem eu era, parei e esperei que Nash me alcançasse.

— Não estou fazendo isso para te irritar — afirmou ele. Seus olhos eram mais azuis que os de Knox, mas queimavam naquela intensidade que os Morgan tinham e que fazia meu estômago virar de cabeça para baixo e de dentro para fora. — Você precisa ficar atenta. Sua família também. Esconder coisas assim deles é irresponsável, e esse é o tipo de coisa que não é bem-vista em casos de tutela.

— Você disse que eu não tinha nada com que me preocupar!

— Estou falando com você em um idioma que você entende. Ser guardiã, ser mãe, não se trata de ganhar estrelas douradas de alguma figura autoritária. Trata-se de fazer o que é certo, mesmo quando é difícil. *Especialmente* quando é difícil.

Fácil para ele dizer, uma assistente social não o pegou quase pelado depois de um sexo casual.

Ele estendeu a mão e agarrou meu ombro com uma mão.

— Está me entendendo? — perguntou.

— Eu pensaria seriamente em remover essa mão se eu fosse você.

Minha cabeça girou, e foi quando eu o vi. Knox caminhando devagar em nossa direção. Mas não havia nada casual em seu olhar. Ele parecia irritado.

Nash manteve a mão onde estava, mesmo quando Knox entrou em nossa pequena conversa.

Um segundo depois, eu me vi puxada para o lado do Knox, com seu braço jogado por cima do meu ombro. Nosso público estava dividindo a atenção entre o jogo no campo e o drama fora dele.

Sorri como se estivéssemos conversando sobre borboletas e o clima.

Os irmãos se encararam.

— Eu estava apenas lembrando sua garota aqui que a família cuida da família — disse Nash.

— Agora já lembrou. Por que não volta para casa e descansa para que esteja em forma para cuidar da família?

— Estou gostando do jogo. Acho que vou ficar por aqui — falou Nash. — Foi bom te ver, Naomi.

Eu não disse nada e o vi ir até Liza e meus pais. Nenhum dos irmãos Morgan parecia ficar de bom humor pela manhã.

— O que você está fazendo aqui? — perguntei, inclinando minha cabeça para trás para olhar para Knox.

Seu olhar estava no campo onde Nina errou totalmente a bola e acertou as canelas da jogadora adversária.

— Ouvi dizer que tinha um jogo. Pensei em dar uma passada.

Seu polegar estava fazendo círculos preguiçosos no meu braço. Senti um formigamento que se originou no local do seu toque e atravessou o resto do meu corpo. Meu meio que namorado mal-humorado e tatuado tinha se arrastado para fora da cama em uma manhã de sábado após o encerramento de um turno no bar para ser presente para mim e Waylay. Eu não sabia o que fazer com essa informação.

— Está cedo — salientei.

— Sim.

— Nash só está preocupado — falei, tentando levar a conversa adiante.

— De praxe.

O barulho da multidão aumentou, e o jogo atraiu minha atenção. Senti Knox tenso ao meu lado conforme Waylay interceptava um passe e driblava pelo campo.

— Vá até o fim, Way — gritou Wraith.

— Continue, Waylay — gritou meu pai.

— Vamos, pequena — disse Knox baixinho, sua atenção voltada para a camisa número seis.

Meus dedos apertaram a camisa do Knox conforme ela se aproximava do gol.

Assim que ela ergueu a perna para trás para fazer a bola voar, outra jogadora correu até ela, e as duas caíram no chão.

Houve um gemido coletivo dos fãs.

Nina e Chloe levantaram Waylay, e eu vi como seu rosto estava vermelho.

— Ai, não.

— Não o quê? — perguntou Knox.

— Que merda é essa, árbitro? — gritou Waylay.

— Droga — sussurrei.

— Ela acabou de dizer "merda" para o árbitro? — perguntou Knox.

O árbitro apitou e caminhou até Waylay, pegando algo no bolso da frente.

Gemi quando o cartão amarelo apareceu e foi erguido na frente do rostinho revoltado da minha sobrinha.

— Ela faz isso em todos os jogos. É como se ela não conseguisse controlar a boca — gemi.

— Qual é, árbitro — gritou Wraith. — Foi uma falta.

— Desculpe, treinador. Não pode usar esse linguajar em campo — disse o árbitro.

Waylay abriu a boca outra vez. Felizmente Chloe teve o cuidado de tapar a boca dela com a mão para impedir a saída da palavra de cinco letras. Waylay tentou se soltar dela.

— É o terceiro cartão amarelo em três jogos. Não consigo fazê-la parar.

Knox enfiou os dedos na boca e assobiou.

Todos olharam em nossa direção, incluindo Waylay.

— Way — disse ele, chamando com o dedo. — Venha aqui.

Chloe a soltou, e Waylay, com os olhos voltados para os pés e as bochechas vermelhas, marchou para fora do campo.

Knox me soltou e colocou a mão na nuca da Waylay.

— Eu entendo, pequena. Entendo mesmo. Mas você não pode dizer essa merda no campo ou na escola.

— Por que não? Você diz. A minha mãe diz.

— Nós somos adultos e não temos um monte de outros adultos na nossa cola, nos dizendo o que não fazer.

— Então o que é que vou fazer? Eu levei uma rasteira! Poderia ter feito gol.

— Pode dizer tão alto quanto quiser na sua cabeça. Pode deixar sair pelos olhos, pelos poros, em cada expiração, mas você *não* pode dizer no campo de novo. Porra. Você é melhor do que isso, Way. Você é temperamental, mas há muito mais poder em controlar a vontade de falar do que em soltar o verbo. Controle a vontade, ou ela vai controlar você. Me entendeu?

Ela assentiu solenemente.

— Acho que sim. Quando posso falar palavrão?

— Quando você e eu estivermos assistindo ao futebol.

O olhar da Waylay pousou no meu rosto, medindo minha reação.

— Não se preocupe com sua tia. Ela está muito orgulhosa de você. Mas você só está se prejudicando quando explode assim. Então, vamos dar a ela outro motivo para se orgulhar. Tá?

Ela suspirou. Depois assentiu de novo.

— Tá. Certo. Mas eu posso falar palavrão quando assistirmos futebol?

— Pode crer que sim — disse Knox, bagunçando o cabelo dela.

— E quando eu sair da escola?

— Você pode falar o quanto quiser após sair da faculdade. Talvez depois da pós-graduação também, se você quiser um PhD ou algo assim.

O canto da sua boca se levantou.

— Assim é melhor — falou ele. — Agora, volte para lá e coloque a bola no fundo da rede para que possamos tomar sorvete depois.

— Mas é de manhã — disse ela, olhando para mim outra vez como se eu fosse um monstro antipalavrões e antissorvete.

— Não há melhor momento para sorvete do que depois de uma grande vitória — garantiu ele.

Ela sorriu para ele.

— Certo. Obrigada, Knox. Desculpe, tia Naomi.

— Está perdoada — assegurei-lhe. — Eu já estou orgulhosa de você. Agora, vá ser incrível.

Não foi o meu melhor conselho. Mas eu estava me sentindo como se estivesse prestes a ter um treco quando Knox ficou ombro a ombro com Wraith. Meu pai, depois Nash, se juntou a ele. Juntos, eles criaram uma parede de testosterona, pronta para proteger e guiar suas meninas.

— Justamente quando você acha que ele não pode ficar mais gostoso — disse minha mãe, ao meu lado.

— Está falando do Knox ou do meu pai? — perguntei.

— Os dois. Todos eles, na verdade. O técnico Wraith tem um certo charme. E Nash é tão sexy quanto o irmão.

— Mãe!

— É só uma observação. Nós mulheres Witt temos um excelente gosto para homens. Bom, a maioria de nós.

Cobri a boca com a mão e tentei sufocar a risada.

O TEMPO ESTAVA PASSANDO, e o placar ainda estava empatado por um a um.

— Vamos, meninas. — gritou Wraith.

Vi Waylay olhar em nossa direção, notei o pequenino sorriso em seu rosto, e senti o frio na barriga outra vez. Ela tinha uma torcida esperando para comemorar sua vitória, e isso significava muito.

— Você está fazendo um trabalho incrível com ela — disse minha mãe.

— Sério?

— Veja só aquele sorriso. Veja como ela continua olhando para cá, certificando-se de que ainda estamos aqui. Diga o que quiser sobre a Tina, mas te dar a filha dela foi a melhor escolha que ela já fez.

Meus olhos ficaram cheios de lágrimas.

— Obrigada, mãe — sussurrei.

Ela colocou o braço no meu, depois ficou tensa.

— Ela está com a bola de novo!

A neta do Wraith tinha sido encurralada por duas zagueiras e mandado a bola para os pés da Waylay.

— Vai! — gritamos juntas, a multidão se levantando.

Minha mãe e eu nos agarramos uma à outra conforme Waylay driblava a última zagueira entre ela e o gol.

— Meu Deus, eu vou vomitar.

— Vai com tudo, Waylay — gritou minha mãe.

Foi o que ela fez. Prendi a respiração enquanto observávamos a bola partir em câmera lenta em direção ao gol.

A multidão estava gritando. Eu conseguia ouvir Stef gritando acima de todos:

— Joga naquela coisa de rede!

A goleira se jogou para impedir.

Mas a bola passou espiralando na ponta dos seus dedos em direção ao fundo da rede.

Gritei com minha mãe enquanto pulávamos juntas.

— Essa é minha neta! — berrou ela.

— Isso aí, porra! — bramou Wraith.

— É isso mesmo — exclamou Liza.

Sloane e Stef estavam se abraçando. O árbitro soprou o apito final.

— Fim do jogo!

Waylay ficou imóvel, olhando para a bola no fundo da rede como se não pudesse acreditar no que tinha acabado de fazer. E então ela se virou. Seus colegas de time correram até ela, gritando e rindo. Mas ela estava olhando além delas. Ela estava olhando para mim. E então estava correndo.

E eu também. Eu a peguei quando ela pulou em meus braços e a girei.

— Você ganhou!

— Você viu? Viu o que eu fiz, tia Naomi?

— Eu vi, querida. Estou tão orgulhosa de você!

— Podemos ir comprar sorvete, e eu posso falar palavrão quando assistir futebol com o Knox?

— Sim e acho que sim.

Ela abraçou meu pescoço com força e sussurrou:

— Este é o melhor dia da minha vida!

Eu estava tentando segurar as lágrimas quando alguém a tirou dos meus braços. Era Knox, e ele estava colocando Waylay nos seus ombros enquanto as outras jogadoras e os outros pais se reuniam para parabenizá-la. Knox lançou para mim um de seus raros sorrisos de felicidade que me deixavam tonta.

— Sloane e eu conversamos, e você está perdoada — disse Stef, envolvendo o braço em volta de mim.

— Desde que sejamos convidados para o sorvete — acrescentou Sloane.

— E incluídos na sua vida — insistiu Stef.

Puxei os dois para um abraço apertado, e, por cima dos seus ombros, vi meu pai dar tapinhas nas costas do Knox.

TRINTA E QUATRO
O NOIVO

Naomi

Enfiei a haste do brinco no meu lóbulo e me inclinei para admirar o efeito.

— O que acha? — perguntei à Waylay, que estava esparramada de bruços na minha cama, com o queixo apoiado nas mãos.

Ela avaliou os brincos.

— Melhor — concordou. — Eles brilham como o Honky Tonk escrito na sua camisa e se destacam mais quando você joga o cabelo para trás.

— Eu não jogo meu cabelo para trás — falei, bagunçando o dela. Minha sobrinha estava cada vez mais disposta a tolerar meu carinho hoje em dia.

— Ah, joga, sim. Sempre que você pega Knox olhando para você, você fica toda... — Ela fez uma pausa para sacudir o cabelo loiro e piscar os olhos.

— Não fico!

— Fica sim!

— Eu sou a adulta e estou no comando e digo que não — insisti, caindo na cama ao lado dela.

— Você também fica com cara de apaixonada sempre que ele chega em algum lugar ou recebe uma mensagem dele.

— Ah, igual a cara de apaixonada que você faz sempre que alguém diz o nome do professor Michaels? — provoquei.

O rosto da Waylay se transformou no que poderia ser apropriadamente descrito como cara de apaixonada.

— Rá! Tá vendo? *Essa* é uma cara de apaixonada — falei, acusando-a com o dedo.

— Até parece — zombou ela, ainda sorrindo. — Posso usar um pouco do seu laquê já que você bagunçou meu cabelo?

— Claro — falei.

Ela deslizou para fora da cama e pegou a lata que eu deixei na cômoda.

— Tem certeza de que colocou na bolsa tudo de que precisa? — perguntei, olhando para a mochila rosa na porta. Waylay tinha sido convidada para a festa do pijama de aniversário da Nina. Era a primeira vez que ela iria passar a noite com alguém que não era membro da família, e eu estava ansiosa.

— Tenho — respondeu. Ela colocou a língua entre os dentes enquanto cuidadosamente escovava o cabelo em cima da testa antes de passar um jato de spray.

— Vou trabalhar no último turno hoje à noite, então se decidir que não quer passar a noite, pode ligar para a vovó e o vovô, a Liza ou o Knox, e um deles irá te buscar.

Ela olhou para mim pelo espelho.

— Por que eu não iria querer passar a noite? É uma festa do pijama. — Ela já estava vestida de pijama, como estava escrito no convite. Mas ela estava usando os tênis cor-de-rosa que Knox lhe tinha dado e o pingente de coração que nunca tirava.

— Só quero que saiba que não importa o que aconteça, você sempre pode ligar e alguém estará disponível — falei. — Mesmo quando você estiver mais velha.

Limpei minha garganta e Waylay largou o spray de cabelo.

— Que foi? — perguntou ela, virando-se para me encarar.

— O que foi o quê? — enrolei.

— Você sempre limpa a garganta antes de dizer algo que acha que alguém não vai gostar.

Droga de garota esperta.

— Tem notícias da sua mãe?

Ela olhou para os pés.

— Não. Por quê?

— Alguém disse que ela esteve na cidade pouco tempo atrás — falei.

— Esteve? — Waylay franziu a testa como se a notícia fosse perturbadora.

Assenti.

— Eu não falei com ela.

— Isso significa que vou voltar a morar com ela? — perguntou ela.

Comecei a limpar minha garganta e depois parei. Eu não sabia como responder a isso.

— É algo que você gostaria? — questionei em vez disso.

Waylay estava olhando fixo para seus sapatos agora.

— Gosto de morar aqui com você — disse ela enfim.

Senti a tensão sair dos meus ombros.

— Eu gosto de ter você aqui comigo.

— Gosta?

— Gosto. Mesmo que você seja péssima em imitar como jogo o cabelo para trás.

Ela sorriu e depois parou.

— Ela sempre volta.

Soou diferente quando ela disse desta vez. Parecia mais um aviso.

— A gente vai cuidar disso quando precisar — disse a ela. — Vamos para a sua festa do pijama. Tem certeza de que guardou a escova de dentes?

— Caramba, tia Naomi! Não é minha primeira festa do pijama!

— Tá bom. Tá bom. E calcinhas?

Eu: Como está Paris?

Stef: Bebi muito champanhe e dancei com um homem chamado Gaston. Bom demais. Mas ainda sinto saudades sua e da família.

Eu: Também sentimos saudades.

Stef: Algum drama acontecendo que você "esqueceu" de me contar?

Eu: Adoro como você não guarda rancor. E não. Nenhum drama para relatar, exceto que Waylay está indo para uma festa do pijama.

Stef: Isso significa que você terá sua própria festa do pijama? Se sim, vista o body que te mandei! Vai derreter o cérebro do Knox! Opa. Tenho que ir. Gaston está acenando!

O HONKY TONK era muito tumultuado nas noites de sexta-feira. As multidões eram grandes, a música era alta, e ninguém se importava se ia estar de ressaca pela manhã, então os pedidos de bebida eram abundantes.

Tirei meu cabelo da nuca enquanto esperava que Max terminasse de digitar um pedido.

— Onde está o Knox? — perguntou Silver de trás do bar.

— Saiu com o Lucian — respondi por cima de *Sweet Home Alabama*. A banda era decente, mas estava abafada pela multidão que acompanhava a música. — Ele disse que viria mais tarde.

Max se afastou do ponto de venda e começou a colocar bebidas em bandejas.

— As gorjetas estão boas hoje — disse ela.

— Parece que hoje vai ter noite de comemoração — falei com um movimento de sobrancelha.

— Há um cara novo na sua seção — disse Max, apontando para a parede do outro lado da pista de dança. — Como vai a festa do pijama?

— Way me mandou uma mensagem dizendo para parar de enviar mensagens para ela, e Gael me enviou uma foto das garotas fazendo as unhas e os pés e usando máscaras faciais — disse a ela. — Ela parece estar se divertindo bastante.

Deixei duas cervejas fresquinhas em uma mesa de equitadores e dei um olá rápido para Hinkel McCord e Bud Nickelbee enquanto atravessava o bar.

Tive um vislumbre do novo cliente. Ele tinha apoiado a cadeira na parede, meio na sombra. Mas eu ainda conseguia distinguir seu cabelo ruivo. O cara da biblioteca. Aquele que solicitou suporte técnico.

Senti um incômodo nervoso na parte de trás do pescoço. Talvez ele morasse em Knockemout. Talvez eu estivesse pensando demais, e ele fosse apenas uma pessoa comum com um notebook quebrado que gostava de cerveja gelada em uma sexta-feira à noite.

E talvez ele não fosse.

— Prontinho, pessoal — falei, distribuindo bebidas para uma mesa de quatro lugares que tinha transformada em uma de seis.

— Valeu, Naomi. E obrigado por desenrolar aquele serviço de saúde domiciliar para a minha tia — disse Neecey, a garçonete fofoqueira da Dino's.

— Imagina. Alguém conhece aquele cara encostado na parede dos fundos? — perguntei.

Quatro cabeças giraram em simultâneo. Knockemout não ligava muito para sutileza.

— Ele não parece familiar — falou Neecey. — Aquele cabelo ruivo sem sombra de dúvida não passa despercebido. Sinto que me lembraria dele se o conhecesse.

— Ele está te incomodando, Nay? — exigiu saber Wraith, falando bem sério.

Forcei uma risada.

— Não. Acabei de reconhecê-lo da biblioteca. Eu não sabia se ele morador local.

De repente, desejei que Knox estivesse aqui.

Dois segundos depois, fiquei muito feliz por ele não estar. Porque, desta vez, quando a porta da frente se abriu, rezei para que o chão se abrisse e me engolisse.

— Ora, quem diabos é aquele almofadinha? — perguntou-se Wraith em voz alta.

— Ah, não. Não, não, não, não, não — sussurrei.

Warner Dennison Terceiro estava passando o olho pelo bar, com uma expressão de menosprezo em seu rosto bonito.

Considerei me virar e fugir para a cozinha. Mas era tarde demais. Ele fixou os olhos em mim sem se preocupar em esconder a surpresa.

— Naomi — chamou assim que a banda parou de tocar. Cabeças se viraram para olhar para mim e depois para Warner.

Fiquei presa ao chão, mas ele não, tecendo seu caminho pelas mesas para chegar até mim.

— O que você está fazendo aqui? — indaguei.

— Eu? Que diabos você está fazendo em um lugar como este? E o que você está vestindo? — disse ele, estendendo os braços. Suas mãos agarraram meu bíceps como se ele fosse me puxar para um abraço, mas resisti.

— Eu trabalho aqui — falei, plantando uma mão firme em seu peito.

Uma motocicleta acelerou o motor do lado de fora, e ele recuou.

— Não trabalha mais — disse Warner. — Isso é ridículo. Já provou o que queria. Vai voltar para casa.

— Para casa? — Consegui dar uma risada seca. — Warner, eu vendi minha casa. Eu moro aqui agora.

— Não seja ridícula — disse ele. — Vai voltar para casa comigo.

Não querendo causar uma cena, desisti de tentar me livrar de suas garras.

— Do que você está falando? Não estamos mais juntos.

— Você fugiu do nosso casamento e ignorou minhas ligações e e-mails por semanas. Você queria provar algo e provou.

— O que exatamente você acha que eu estava querendo provar?

Suas narinas inflaram, e notei sua mandíbula ficar cerrada. Ele estava ficando irritado, e isso fez meu estômago revirar.

— Você queria que eu visse como seria a vida sem você. Mensagem recebida.

Tínhamos a atenção extasiada do bar.

— Warner, vamos conversar em outro lugar — sugeri. Puxei-o e passei pelo bar em direção ao corredor perto dos banheiros.

— Sinto sua falta, Naomi. Sinto falta dos nossos jantares juntos. Sinto falta de voltar para casa e descobrir que você lavou toda a minha roupa por mim. Sinto falta de te levar para sair e te exibir.

Balancei minha cabeça em negativa, na esperança de chacoalhar algum sentido na minha cabeça. Não conseguia acreditar que ele estava aqui.

— Olha, — disse ele — peço desculpas pelo que aconteceu. Eu estava estressado. Tinha bebido demais. Não vai voltar a acontecer.

— Como você me encontrou? — perguntei, enfim me libertando de suas garras.

— Minha mãe é amiga da sua no Facebook. Ela viu algumas das fotos que sua mãe tem postado.

Pela primeira vez, arrependi-me de não ter dito à minha mãe por que eu tinha fugido no meu casamento. Se ela soubesse por que eu deixei o Warner, ela com certeza não teria apontado o caminho até aqui.

Warner pegou meus pulsos em suas mãos.

— Tudo bem aqui? — perguntou Max, aparecendo na entrada do corredor.

— Está tudo bem — menti.

— Cuide da sua própria vida — murmurou Warner sem tirar os olhos de mim.

— Warner! — Lembrei-me de todos os pequenos insultos dirigidos a mim e a inúmeros outros que ele dizia baixinho.

— Vamos a algum lugar onde possamos conversar — disse ele, apertando meus pulsos com mais força.

— Não. Você precisa me ouvir. Não vou a lugar nenhum com você e *não* vou voltar com você. Acabou. Acabamos. Não há mais nada para conversar. Agora vá para casa, Warner.

Ele deu um passo à frente.

— Não vou a lugar nenhum a menos que você vá comigo — insistiu ele.

Senti o cheiro de álcool em seu hálito e estremeci.

— Quanto você bebeu?

— Puta que pariu, Naomi. Pare de tentar colocar a culpa de tudo em um drinque ou dois. Agora, deixei você ter seu espaço e veja só o que aconteceu. — Ele afastou um braço. — Esta não é você. Você não pertence a um lugar como este, com pessoas como estas.

— Me solte, Warner — falei, calma.

Em vez de me soltar, ele me empurrou contra a parede e me manteve lá presa pelos braços.

Não gostei. Não era como quando Knox me prendia e meus sentidos eram tomados por ele, quando eu queria fazer qualquer coisa para ficar mais perto dele. Isso era diferente.

— Você precisa ir embora, Warner — falei.

— Se quiser que eu vá, vai ter que ir comigo.

Fiz que não.

— Não posso sair. Estou trabalhando.

— Foda-se este lugar, Naomi. Foda-se essa sua birra. Estou disposto a te perdoar.

— Tire suas mãos dela, porra. Agora.

Meus joelhos ficaram fracos com a voz do Knox.

— Se toca, idiota. Isso é entre mim e minha noiva — disse Warner.

— Essa não foi a resposta mais inteligente — falou Lucian, calmo.

Knox e Lucian estavam parados na entrada do corredor. Lucian estava com a mão no ombro do Knox. Eu não sabia se ele o estava contendo ou avisando que ele tinha seu apoio.

Então, de repente, Knox não estava parado na entrada do corredor, e Warner não estava mais com as mãos em mim.

— Acerte ele primeiro — disse Lucian.

Warner virou, e eu assisti com horror quando ele acertou um soco que jogou a cabeça do Knox para trás.

— Deu para o gasto — comentou Lucian, com as mãos nos bolsos da calça, o epítome do relaxamento.

Knox deixou seus punhos falarem. O primeiro soco se conectou com o nariz do Warner, e eu o ouvi sendo quebrado. Às cegas, Warner atacou. O golpe atingiu o ombro do Knox. Quando sangue jorrou do nariz do Warner, Knox deu outro soco e mais um antes que Warner desmoronasse no chão. Antes que Knox pudesse se abaixar, Lucian o puxou.

— Chega — disse ele calmamente enquanto Knox lutava para se libertar. — Vá cuidar da Naomi.

Quando Lucian falou meu nome, o olhar de Knox abandonou meu ex-noivo ensanguentado e me encontrou.

— Mas que caralho? — rosnou Warner enquanto Lucian o levantava. — Vou ligar para o meu advogado! De manhã você vai estar atrás das grades!

— Boa sorte com isso. O irmão dele é o chefe de polícia, e o meu advogado é dez vezes mais caro que o seu. Cuidado com a porta — avisou Lucian. E então ele usou o rosto do Warner para abrir a porta da cozinha. Uma comemoração começou no bar quando os dois homens desapareceram.

Em seguida, eu não estava pensando em quem iria limpar a mancha de sangue no vidro porque Knox estava na minha frente, com a aparência furiosa.

TRINTA E CINCO
A HISTÓRIA TODA E UM FINAL FELIZ

Knox

Preciso ir ao banheiro — anunciou Naomi e entrou no banheiro feminino.

— Porra — murmurei, cerrando as mãos em punhos. Adrenalina e raiva correram pelas minhas veias, aquecendo meu sangue até ferver.

Debati ir atrás dela na Terra Sem Homens, mas Max, Silver e Fi entraram primeiro.

— Vocês não podem abandonar o serviço todas ao mesmo tempo — gritei pela porta.

— Cai fora, Knoxy. A gente cuida disso — gritou Fi.

— E a gente cuida disso, Knox — disse Wraith, jogando uma toalha de bar por cima do ombro e caminhando para trás do bar. — Vai todo mundo tomar cerveja ou *shots* porque eu não sei servir mais nada.

Uma comemoração estridente surgiu dos clientes.

A porta da cozinha se abriu, e Milford, o cozinheiro, saiu com duas cestas de *brisket nachos* em uma mão e uma bolsa de gelo enrolada em uma toalha na outra. Ele jogou o gelo para mim, em seguida, soltou um assobio ensurdecedor.

Sloane apareceu e pegou as cestas.

— Ei! Quem foi que pediu *brisket nachos*?

Mãos foram levantadas por todo o bar.

— Se eu descobrir que alguém está mentindo, eu mesma vou arruinar a vida dessa pessoa por um ano inteiro.

Sloane não era uma bibliotecária gentil. Ela tinha um temperamento lendário que, quando despertado, era uma Confusão de Categoria Cinco.

Todas, com exceção de duas mãos, sabiamente se abaixaram.

— Assim é melhor — disse ela.

— A gente cuida disso, chefinho. Vá ver sua garota — insistiu Milford.

— O Lucian...

— O Sr. Rollins está colocando o lixo para fora — disse ele com um sorriso antes de voltar para a cozinha.

Eu queria ir atrás dela, mas temia que seu pelotão não me deixasse chegar perto. Eu podia esmurrar um idiota sem pensar duas vezes, mas eu era inteligente e sabia que era melhor temer as mulheres do Honky Tonk.

— Naomi — falei, batendo o punho na porta do banheiro. — Se você não sair, ou eu vou entrar aí ou eu vou meter mais juízo naquele filho da puta.

A porta se abriu e Naomi, com maquiagem manchada nos olhos, olhou para mim.

— Você não vai fazer uma coisa dessa.

Alívio se apoderou de mim, e me debrucei para ela.

— Vou tocar em você agora porque preciso. E eu estou avisando com antecedência porque se eu te tocar e você recuar, vou partir para o estacionamento e começar a chutar o traseiro dele até que ele esteja quebrado demais para encostar em outra mulher de novo.

Seus olhos se arregalaram, mas ela assentiu.

Tentei ser gentil enquanto a pegava pela mão.

— Estamos bem? — perguntei.

Ela assentiu de novo.

Foi o suficiente para mim. Eu a conduzi, passando pelos banheiros e pelo escritório da Fi até o corredor seguinte que levava ao meu escritório.

— Não acredito que isso aconteceu — gemeu ela. — Estou tão envergonhada.

Ela não tinha ficado envergonhada. Ela tinha ficado aterrorizada. A expressão em seus olhos quando entrei no corredor era uma que eu não esqueceria enquanto vivesse.

— A ousadia dele de aparecer aqui, dizendo que me quer de volta porque sente falta de como eu limpava a bagunça dele.

Apertei a mão dela.

— Preste atenção, Daisy.

— Em quê? Em como você transformou a cara dele em carne moída? Acha que quebrou o nariz dele?

Eu sabia que sim. A ideia foi essa.

— Preste atenção nisso — falei, apontando para o teclado ao lado da porta. — 0522.

Ela olhou para o teclado, em seguida, de volta para mim.

— Por que você está me dando o código?

— Se aquele cara ou qualquer outra pessoa que você não queira ver aparecer, volte aqui e digite 0522.

— Estou prestes a ter um treco, e você quer que eu decore números.

— Digite o código, Naomi.

Ela fez o que eu mandei enquanto murmurava sobre como todos os homens eram uns pés no saco. Ela não estava errada.

— Boa menina. Está vendo a luz verde?

Ela assentiu.

— Abra a porta.

— Knox, eu deveria voltar para lá. As pessoas devem estar comentando. Eu tenho seis mesas — disse ela, com a mão pairando sobre a maçaneta.

— Você deveria abrir a porcaria da porta e respirar fundo.

Aqueles lindos olhos avelã dela se arregalaram, e eu senti o mundo desacelerar até parar. Quando ela fazia isso, quando ela olhava para mim com esperança, confiança, e apenas um pouco de luxúria, eu sentia coisas. Coisas que eu não queria dissecar porque era bom, e eu não queria perder tempo me perguntando como aquilo ia dar errado.

— Ok — confirmou ela enfim, abrindo a porta.

Eu a fiz passar pelo vão e fechei a porta.

— Uau. A Fortaleza da Solidão — disse ela com reverência.

— É o meu escritório — falei secamente.

— É o seu local seguro. A sua toca. Ninguém além do Waylon é permitido aqui. E você acabou de me dar o código.

— Não faça com que eu me arrependa — falei, aproximando-me para encostá-la na porta, lutando contra a necessidade de agarrá-la e abraçá-la forte.

— Vou tentar — prometeu ela em um suspiro ofegante.

— O que aconteceu lá fora foi um show de horrores — comecei, colocando minhas mãos em ambos os lados da sua cabeça.

Ela estremeceu.

— Eu sei. Desculpe. Não fazia ideia de que ele viria. Não falo com ele desde o jantar de ensaio de casamento. Tentei afastá-lo da multidão e lidar com isso em particular, mas...

— Linda, se um homem fizer você passar por isso outra vez, quero que você acerte o joelho nas bolas dele o mais forte que puder, e, quando ele se inclinar, o atinja bem na fuça. Daí corra como nunca. Estou pouco me lixando para barracos. Mas me importo em entrar no meu bar e encontrar um homem com as mãos na minha garota.

Seu lábio inferior tremeu, e tive vontade de caçar Warner Qualquer que Fosse a Porra do Sobrenome e meter a cabeça dele em uma janela de vidro.

— Desculpe — sussurrou ela.

— Linda, não quero que você se desculpe. Não quero que tenha medo. Quero que fique tão zangada quanto eu porque um idiota achou que podia pôr as mãos em você. Quero que você saiba o seu valor para que ninguém em sã consciência pense que pode te tratar assim. Entendeu?

Ela assentiu, hesitante.

— Bom. Daze, acho que está na hora de me contar a história toda.

— Não precisamos falar...

— Você não vai sair daqui até me contar tudo. E digo tudo mesmo.

— Mas não estamos juntos de verdade...

Fechei seus lábios com os dedos.

— Uh-uh, Naomi. Não importa o rótulo que damos, eu me preocupo com você, e se você não começar a falar, eu não vou poder fazer o que for necessário para garantir que isso nunca se repita.

Ela ficou quieta por um longo tempo.

— Se eu lhe contar, vai me deixar voltar ao trabalho? — perguntou ela entre meus dedos.

— Sim. Vou te deixar voltar ao trabalho.

— Se eu lhe contar, vai prometer não ir atrás do Warner?

Eu já sabia que não ia gostar nem um pouco disso.

— Sim — menti.

— Tá.

Tirei minha mão, e ela passou por baixo do meu braço para ficar no meio da sala, entre a mesa e o sofá.

— A culpa é minha — começou ela.

— Mentira.

Ela girou e me encarou.

— Não vou dizer nada se você for ficar me interrompendo como um daqueles Muppets idosos que ficam na varanda. Nós dois vamos acabar morrendo de fome aqui, e um dia alguém vai sentir o odor dos nossos corpos se decompondo e vai arrombar a porta.

Encostei-me na frente da minha mesa e estiquei as pernas.

— Tá. Continue sua análise asnática.

— Excelente assonância — disse ela.

— Desembucha, Daze.

Ela suspirou.

— Tá. Certo. Estivemos juntos por um tempo.

— Assunto batido. Você deu um basta. Seguiu em frente, e ele não.

Ela assentiu.

— Nós estávamos juntos há tempo suficiente para que eu estivesse de olho no próximo passo. — Ela me encarou. — Não sei se você sabe dessa característica minha, mas gosto muito de riscar itens da minha lista.

— Não brinca.

— Enfim, no papel, éramos compatíveis. Fazia sentido. Nós fazíamos sentido. E não era como se ele estivesse fazendo planos para as férias do ano que vem. Mas ele não estava agindo tão rápido quanto eu achava que deveria.

— Aí você disse a ele para cagar ou sair da moita — adivinhei.

— Com mais eloquência, é claro. Disse a ele que via um futuro para nós. Eu estava trabalhando para a empresa da família dele, estávamos namorando há três anos. Fazia sentido. Falei que se ele não quisesse ficar comigo, ele precisava terminar. Quando ele me deu uma caixa de joias na mesa do seu restaurante italiano favorito algumas semanas depois, parte de mim ficou tão aliviada.

— A outra parte?

— Acho que percebi ali que era um erro.

Balancei a cabeça em negativa e cruzei os braços.

— Linda, você sabia que era um erro muito antes disso.

— Bom, você sabe o que dizem sobre olhar as coisas em retrospectiva.

— Que faz você se sentir um idiota?

Seus lábios se curvaram.

— Algo assim. Você não quer ouvir tudo isso.

— Termine — rosnei. — Falei tudo para você na noite em que Nash foi baleado. Isso vai nos deixar quites.

Ela suspirou, e eu sabia que tinha vencido.

— Aí nós começamos a planejar o casamento. E por *nós,* digo eu e a mãe dele, porque ele estava ocupado com o trabalho e não queria lidar com os detalhes. Tinha coisas acontecendo com a empresa. Ele estava sob muito estresse. Começou a beber mais. Surtar por pequenas coisas. Tentei melhorar, fazer mais, esperar menos.

Minhas mãos queriam apertar a garganta daquele desgraçado.

— Cerca de um mês antes do casamento, saímos para jantar com outro casal, e ele bebeu demais. Eu estava nos levando para casa de carro, e ele me acusou de flertar com o outro cara. Eu ri. Era tão absurdo. Ele não achou engraçado. Ele...

Ela parou e estremeceu.

— Diga — falei, ríspido.

— E-ele me agarrou pelo cabelo e puxou minha cabeça para trás. Fiquei tão espantada que desviei e quase bati em um carro estacionado.

Tive que me segurar com todas as forças para não pular da mesa e correr para o estacionamento para acabar com aquele cara.

— Ele disse que não teve a intenção — continuou ela como se suas palavras não tivessem acabado de detonar uma bomba-relógio dentro de mim. — Ele se desculpou profusamente. Mandou flores todos os dias durante uma semana. "Foi o estresse", ele disse. Ele estava tentando conseguir uma promoção para garantir o nosso futuro.

Eu estava sufocando com raiva reprimida e não sabia ao certo por quanto tempo eu poderia fingir estar calmo.

— Estávamos tão perto do dia do casamento, e ele parecia estar mesmo arrependido. Eu era tão estúpida e estava tão ansiosa para dar o próximo passo que acreditei nele. As coisas estavam bem. Melhores do que bem. Até a noite do ensaio.

Finquei os dedos no meu bíceps.

Ela agora estava andando de um lado para o outro na minha frente.

— Ele apareceu no ensaio cheirando a bebida e tomou vários drinques durante o jantar. Ouvi a mãe dele fazendo comentários sarcásticos sobre como ela gostaria de ter convidado mais pessoas, mas que não podia porque meus pais não tinham condições de pagar.

A mãe do desgraçado parecia que precisava de seu próprio tipo de chute na bunda.

— Eu estava tão brava que o confrontei quando saímos do restaurante. — Ela estremeceu, e eu temi transformar minhas obturações em pó. — Graças a Deus estávamos sozinhos no estacionamento. Meus pais já tinham ido para casa. Stef e os outros convidados do casamento ainda estavam lá dentro. Ele estava tão zangado. Foi como se um interruptor tivesse ligado. Nem imaginei o que ia acontecer.

Ela fechou os olhos, e eu sabia que ela estava revivendo o momento outra vez.

— Ele bateu na minha cara. Com força. Não o suficiente para me derrubar, mas o suficiente para me humilhar. Eu fiquei lá parada em choque, segurando a bochecha. Eu não conseguia acreditar que ele era capaz de algo assim.

Eu duvidava que Naomi estivesse ciente de que tinha colocado a mão na bochecha como se ainda pudesse sentir o golpe.

Não deu mais para me conter. Virei-me para a porta e estava pronto para arrancar a maçaneta quando senti as mãos dela nas minhas costas.

— Knox, aonde você vai?

Destranquei a fechadura e abri a porta.

— Cavar uma cova rasa para ter onde colocá-lo depois que eu me cansar de socar a cara dele.

Suas unhas cravaram em minha pele por baixo da minha camisa, fazendo-me sentir outra coisa além da fúria.

— Não me deixe sozinha — disse ela, depois se encostou nas minhas costas.

Cacete.

— Ele começou a andar de um lado para outro e gritar. A culpa foi minha, ele falou. Ele não estava pronto para se casar. Ele tinha objetivos que queria realizar antes de se concentrar em sua vida pessoal. A culpa foi minha por pressioná-lo. Tudo o que ele estava tentando fazer era me dar tudo o que eu queria, e lá estava eu reclamando com ele na noite anterior ao casamento que ele não queria ter.

— Isso é uma mentira do caralho, Naomi, e você sabe.

— Sim — chiou ela, descansando a testa entre minhas omoplatas. Senti algo úmido molhar a camisa.

Droga.

Virei-me e a peguei em meus braços, segurando seu rosto em meu peito. Sua respiração acelerou.

— Linda, você está me matando.

— Estou tão envergonhada — sussurrou ela. — Foi um tapa. Ele não me fez ir parar no hospital. Não ameaçou a minha vida.

— E não foi nem um pouco certo. Um homem não pode tocar uma mulher assim. Nunca.

— Mas eu não fui inocente. Tentei forçar um homem a se casar comigo. Eu quase disse "sim" mesmo depois de ele ter me batido. Que patético, né? Eu estava no porão da igreja vestida, preocupada com o que as outras pessoas iriam pensar se eu não fosse em frente com o casamento. Preocupada em decepcioná-los.

Afastei as lágrimas que escorreram por suas bochechas.

Cada uma parecia uma faca no meu coração.

— Ainda não sei se teria feito a escolha certa se Tina não tivesse me ligado e dito que estava em apuros. Foi quando eu soube que não iria dar sequência ao casamento.

Depois de tudo o que Tina fez, pelo menos ela deu a desculpa de que a Naomi precisava no momento certo.

— Daisy, você deu a ele uma escolha. Não importa quão ruim fossem as opções. A escolha ainda era dele. Ele poderia passar o resto da vida com ou sem você. Ele *não* te deu uma escolha quando te machucou.

— Mas eu deveria ter escutado o que ele estava tentando me dizer. Ele não queria se comprometer, e eu o forcei.

— Ele tinha uma escolha — repeti. — Olha. Há sempre um motivo para um homem não dar tudo de si para uma mulher. Talvez esteja à procura de algo melhor. Talvez ele esteja confortável com o lugar dele no mundo dela e não queira abrir um espaço para ela no dele. Seja como for, ele não faz progresso a menos que seja forçado a isso. Depois disso, mesmo que ele faça o pedido, mesmo que apareça no altar, ele vai se apegar ao fato de que não foi ideia dele. Ele lava as mãos da responsabilidade por toda a relação. Mas a questão é, ele teve escolha a cada passo do caminho. Você não o obrigou a nada.

Ela olhou para baixo.

— Ele nunca achou que eu fosse boa o bastante para ele.

— Linda, a verdade é que, nem nos melhores dias, ele seria bom o bastante para *você*, e ele sabia disso.

Então ele a manipulou e tentou provar que era melhor, mostrando que era mais forte, mais poderoso. Usando a força. E as coisas só teriam piorado.

— Droga, Knox. Você não pode ser meigo comigo agora!

— *Não* chore. Não derrame mais uma lágrima por causa de um babaca que nunca mereceu você. Ou vou partir os braços e as pernas dele.

Ela olhou para baixo e depois para mim.

— Obrigada.

— Pelo quê?

— Por estar aqui. Por... cuidar de mim e dar um jeito na minha confusão. Muito obrigada mesmo.

Afastei outra lágrima perdida.

— O que eu disse sobre chorar?

— Essa foi por sua causa, não dele.

Em vez de ir atrás do Warner e chutá-lo na barriga até desgastar minha bota, fiz algo mais importante. Abaixei minha boca para beijar a dela.

Seu corpo instantaneamente relaxou contra mim. Rendendo-se. Girei-nos de modo que ela ficasse encostada na porta.

— Knox? — sussurrou ela.

Então pressionei meu joelho entre suas coxas e a prendi contra a porta com meus quadris enquanto tomava sua boca. Ela derreteu quando veio de encontro a mim, ávida e carente.

Fiquei duro na hora.

O gemido sexy que ela fez na parte de trás da garganta quando posicionei minha ereção nela fez com que eu perdesse a porra da sanidade. Lambi, beijei e a provei até que o ar ao nosso redor ficasse eletrificado, até que a pulsação em meu sangue sincronizasse com a batida de seu coração.

Esfreguei meu membro nela uma, duas, três vezes, antes de colocar minha mão entre nossos corpos e embaixo daquela saia que eu adorava odiar.

Quando encontrei a borda de seda da sua calcinha, emiti um som gutural. Eu sabia apenas pelo toque que era uma das que eu tinha comprado para ela. E amava saber que ela tinha algo que eu lhe dei em contato com sua pele e em um lugar que só eu poderia ver.

— Ele não merece um segundo da sua energia. Nunca mereceu — falei, puxando a calcinha para o lado com mais pressa do que sutileza.

— O que você está fazendo? — perguntou ela, com os olhos vidrados de desejo.

— Lembrando o que você merece.

Enfiei dois dedos em seu calor úmido e engoli seu gemido com a boca. Ela já estava pulsando ao meu redor, implorando para gozar.

— Quer que eu pare? — Minha voz saiu mais ríspida do que pretendia, mas não tinha como ser suave ou gentil quando ela estava me deixando mais duro que concreto.

— Se você parar, eu te mato — gemeu ela.

— Essa é minha garota — falei, beliscando a pele sensível de seu pescoço.

Entrei e saí dela com meus dedos, começando devagar e aumentando a velocidade. Sustentei seu olhar com um desejo obsessivo de assistir ao orgasmo que eu lhe dava se tornar a sua perdição. Mas eu precisava de algo mais. Eu precisava prová-la.

Ela choramingou quando eu caí de joelhos. O choramingo se tornou um gemido baixo quando pressionei minha boca entre as pernas dela.

— Rebola na minha mão, Naomi. Rebola enquanto eu te faço gozar. Lembre quem você é. O que você merece.

Foi a última ordem que dei, porque minha língua estava ocupada fazendo círculos provocadores em seu clitóris sensível. Ela tinha um gosto maravilhoso conforme se esfregava no meu rosto.

Meu pau latejava atrás do zíper com uma necessidade tão intensa que não reconheci. *Minha.* Eu queria reivindicá-la, torná-la minha para que os idiotas soubessem que não tinham chance.

— Knox — choramingou ela, e eu senti os apertos nos meus dedos. Era lindo pra caralho.

— Isso mesmo, linda — murmurei. — Me sinta em você.

Chupei suavemente enquanto acariciava o seu ponto inchado com a língua.

Ela soltou um gemido agonizante, e eu a senti se desfazer em meus dedos. Ela era um milagre. Uma obra-prima. E ninguém a merecia. Nem Warner. Nem mesmo eu.

Mas não merecer algo não ia me impedir de tê-lo.

As ondas quebraram. O aperto se tornou uma palpitação lânguida, e meu pau ainda doía. Eu queria penetrá-la e sentir os ecos de seu orgasmo no meu pênis.

Então ela estava me colocando de pé, e seus dedos estavam no meu cinto. Minhas mãos foram para a porta quando ela reverentemente libertou minha ereção e caiu de joelhos.

— Não precisa fazer isso, Naomi. — Meu sussurro saiu rouco com a necessidade.

— Eu quero.

Seus lábios estavam separados. Senti seu hálito quente na minha coxa, e meu pau balançou. Ela fez um barulho de aprovação, e, antes que eu pudesse dizer ou fazer qualquer coisa, aqueles lábios rosados e perfeitos estavam se separando, e a cabeça do meu membro desapareceu entre eles.

Foi como ser atingido por um raio.

Meu último pensamento coerente foi que o Warner Desgraçado tinha se safado de levar a maior surra da vida dele e o motivo era a boca perfeita da Naomi no meu pau.

TRINTA E SEIS
O ARROMBAMENTO

Knox

Nash bocejou e passou a mão no rosto. Ele estava sentado em sua mesa de jantar vestindo calça de moletom. Seu focinho geralmente bem barbeado estava com a barba começando a crescer.

— Olha, eu te disse. Não lembro merda nenhuma do tiroteio. Nem me lembro de ter parado o carro.

Era mais de 2h da manhã, e Lucian insistiu que juntássemos esforços acerca da situação.

Virei meu telefone para ver se Naomi já tinha me mandado mensagem. Ela tinha ficado de mandar mensagem assim que chegasse em casa. Depois da noite que ela teve, não parecia certo a deixar dirigir para casa sozinha. Mas Lucian insistiu que precisávamos conversar com Nash.

— Isso é normal? Não se lembrar? — perguntei.

Nash deu de ombros com o que estava bom.

— Como é que eu vou saber, porra? É a primeira vez que levo um tiro.

Ele estava sendo petulante, mas havia olheiras sob seus olhos que não tinham nada a ver com a hora da noite.

Lucian, por outro lado, parecia que estava apenas começando o dia. Ele usava parte de outro terno caro. Sua gravata e terno estavam pendurados nas costas do sofá do Nash. Mesmo quando criança, ele dormia pouco e tinha o sono leve. Em todas as festas do pijama que fizemos, ele era o último a adormecer e o primeiro a acordar. Nunca conversamos sobre quais demônios o mantinham acordado à noite. Não era necessário.

— Precisamos da filmagem da câmera do painel — disse Lucian. Ele se inclinou para a frente, com os cotovelos nos joelhos e um copo de bourbon na mão.

Meu irmão já estava balançando a cabeça em negação.

— Vá se foder, Luce. Você sabe que não posso fazer isso. É uma prova numa investigação em curso. Sei que a lei não significa muito para vocês dois...

— Temos o mesmo objetivo. Descobrir quem decidiu colocar duas balas em você e deixá-lo para morrer — intervi. — Se eu fosse você, não ficaria irritado em ter um par de olhos e ouvidos extras.

Virei meu telefone de novo. Sem mensagens.

— O que é que tá pegando? — perguntou Nash, indicando meu celular com a cabeça. — Liza J está te dando outra surra no joguinho de palavras-cruzadas?

— Naomi ainda não chegou em casa.

— São cinco minutos de carro — salientou Nash.

Lucian olhou para mim.

— Você não contou a ele?

— Contou o quê?

— O ex da Naomi apareceu no Honky Tonk hoje à noite. Ficou todo agressivo para o lado dela. Assustou ela.

— Jesus. Onde você colocou o corpo?

Lucian sorriu com malícia.

— Você não quer saber.

Nash beliscou a ponte do nariz.

— Não quero essa papelada.

— Relaxe — falei. — Ele não está morto. Mas se ele voltar a dar as caras nesta cidade, não prometo nada.

— Knox deixou ele dar o primeiro soco na frente de testemunhas — explicou Lucian.

— O que mais ele fez na frente de testemunhas? Partiu o pescoço dele?

— Só o nariz do idiota. Eu o escoltei até o estacionamento e o ajudei a entender que se ele chegasse a 100 quilômetros de distância da Naomi outra vez, meu advogado faria com que sua missão pessoal fosse a falência dele, de sua família e dos negócios da família.

— Luce também esmagou a cara dele na porta da cozinha — acrescentei animado, querendo dar crédito onde era devido.

Meu irmão pegou o bourbon intocado que Lucian tinha colocado na frente dele e bebeu.

— Droga. Odeio ficar de fora das coisas.

— Você não perdeu muito — disse a ele.

— O que é que você está fazendo aqui? — exigiu saber Nash, olhando para mim.

— Eu estou olhando para vocês dois, idiotas.

— O que diabos você está fazendo aqui olhando para nós quando deveria estar em casa com ela? Ela deve estar perturbada com tudo o que aconteceu. Com medo. Envergonhada. Preocupada com as consequências disso numa audiência de tutela. Isso somado ao que a Tina aprontou é a última coisa de que ela precisa.

Eu não gostava de como meu irmão conhecia Naomi bem.

— Ela está bem. Nós conversamos. Vou para a casa dela assim que você deixar de ser tapado desse jeito e entregar as imagens da câmera.

— O que a Tina aprontou? — perguntou Lucian.

Nash estava o informando dos detalhes das invasões da Tina quando meu celular tocou. Só faltei saltar da cadeira para atender.

— Já estava na hora, Daisy.

— Knox?

Meus pelos eriçaram com a maneira que ela disse meu nome.

— Que foi? — falei, já pegando as chaves do meu carro.

Nash e Lucian também se levantaram.

— Alguém esteve aqui. Alguém invadiu. Está tudo uma bagunça. Vou levar uma eternidade para limpar isso.

— Saia da casa — rosnei.

Lucian estava colocando seu terno, e Nash estava se esforçando para vestir uma camisa por cima do moletom. Joguei os tênis para ele.

— Não tem ninguém aqui. Eu verifiquei — disse Naomi no meu ouvido.

— Vamos ter uma conversinha sobre isso — assegurei-lhe, severo. — Agora volte para a porra do seu carro, tranque a porra das portas e dirija até a casa da Liza. Não saia da porra do seu carro até que seu pai saia para te buscar.

— Knox, estamos no meio da noite...

— Estou nem aí se ele está no meio de uma colonoscopia. Entre no carro agora. Vou desligar e quero que ligue para o Nash. Fica na linha com ele enquanto eu ligo para o seu pai.

— Knox...

— Não discuta comigo, Naomi. Entre na porcaria do carro.

Eu a ouvi resmungando baixinho e então os sons reveladores de um motor sendo ligado.

— Boa menina. Ligue para o Nash.

Desliguei antes que ela pudesse dizer qualquer outra coisa e procurei o número do Lou nos meus contatos.

— Casa de campo? — perguntou Nash. O celular dele acendeu. Tinha o nome da Naomi.

— Sim.

— Eu levo o Nash — disse Lucian, arrancando as chaves do gancho perto da porta.

— Você não pode dirigir um veículo da polícia, Luce — argumentou Nash.

— Saca só.

— Alô, Lou? — falei quando o pai da Naomi atendeu. — Temos um problema.

NÓS CHEGAMOS COM TUDO, parecendo uma perseguição de carro em alta velocidade comigo na liderança, seguido por Lucian e Nash, com as luzes piscando no SUV da Polícia de Knockemout.

Minhas mãos apertaram o volante quando vi todos, incluindo os cães, na varanda da Liza. Qual parte de "fiquem dentro" eles não entenderam?

Pisei no freio na frente da casa de campo da Naomi. Lucian parou ao meu lado.

Virei-me para ele.

— Faça-me um favor e coloque todos para dentro em vez de deixá-los parados enquanto esperam que alguém comece a eliminar um por um.

Sem dizer uma palavra, Lucian assentiu e fundiu-se na noite.

— Os reforços estão a caminho — disse Nash conforme subíamos os degraus da varanda às pressas. A porta de tela estava pendurada por uma dobradiça e a porta atrás dela escancarada.

— Naomi disse que não tem ninguém dentro.

— E ela sabe disso como? — perguntou Nash, soando quase tão zangado quanto eu me senti.

— Porque antes de me ligar, ela caminhou pela casa segurando uma faca de pão.

— E você vai ter uma conversinha com ela sobre isso, certo?

— O que acha?

— Eu acho que você vai ter uma conversinha.

Tive que admitir, foi bom ter meu irmão de volta.

— Porra — falei quando entramos.

"Bagunça" era um eufemismo. As almofadas do sofá estavam jogadas no chão. As gavetas da mesinha foram todas retiradas e seu conteúdo despejado. O armário de casacos estava aberto e seu inventário espalhado pela sala de estar.

Os armários e as gavetas da cozinha tinham sido todos esvaziados. A porta da geladeira estava aberta com metade da comida despejada no piso de linóleo.

— Alguém estava irritado e com pressa — observou Nash.

Comecei a subir os degraus, tentando segurar as rédeas da minha raiva. Ela foi violada duas vezes em uma mesma noite, e eu tinha estado um passo atrás nas duas. Senti-me... impotente, inútil. De que eu valia se não conseguia mantê-la segura?

Ouvi meu irmão atrás de mim nas escadas, sua subida mais lenta do que a minha.

Avistando o edredom rosa da Waylay no corredor, entrei no quarto dela. Ele estava pior do que o primeiro andar. Suas roupas novas tinham sido removidas do armário e da cômoda. A roupa de cama estava rasgada, o colchão virado e encostado na parede. As molduras que estiveram penduradas nas paredes pela maior parte da minha vida estavam no chão. Algumas quebradas.

— O ex ou a irmã? — perguntou-se Nash em voz alta.

O quarto da Naomi tinha sido revirado às pressas. A cama despida, o armário aberto e esvaziado. O mesmo com a cômoda.

Havia uma bagunça de cosméticos em cima da cômoda que eu duvidava que Naomi tivesse feito. A palavra vadia estava rabiscada com batom no espelho.

Eu estava com sangue nos olhos e não tinha nada a ver com o tom do batom vermelho.

— Fique frio — aconselhou Nash. — Você estourar e perder o controle num acesso de birra não vai ajudar.

Vasculhamos cada canto e recanto no andar de cima, certificando-nos de que o lugar estava vazio. Quando chegamos ao primeiro andar outra vez, Nash estava pálido e suado, e mais duas viaturas tinham chegado.

Os bosques ao redor estavam tingidos de azul e vermelho pelas luzes de emergência.

Fui para a varanda da frente para que a entrada do ar fresco nos meus pulmões pudesse sufocar a raiva crescente.

Eu a encontrei, de pé na pista de terra ainda vestida com seu uniforme de trabalho e uma das velhas camisas de flanela do meu avô por cima. Waylon estava encostado em suas canelas, tão protetor quanto um basset hound.

Nem me dei conta de que estava correndo pelos degraus da varanda. Eu só sabia que estava sendo levado até ela.

— Você está bem? — perguntou ela, parecendo preocupada.

Balancei minha cabeça em afirmação e envolvi meus braços ao seu redor.

Ela estava *me* perguntando se eu estava bem.

— Estou bem — menti.

TRINTA E SETE

FAZER A BARBA E UM CORTE DE CABELO

Naomi

Aonde vamos? — perguntei ao Knox conforme deixávamos Knockemout para trás.

— Vamos fazer compras? — questionou Waylay esperançosa do banco de trás.

Ela recebeu bem a notícia de que estávamos nos mudando temporariamente para a casa da Liza J. Claro, eu tinha mentido para ela, dizendo que a casa estava com um problema de insetos e que ficaríamos com todo mundo na casa da Liza por alguns dias.

Waylay ficou empolgada por prolongar a festa do pijama.

Meus pais, por outro lado, estavam mal. Não por ficarmos todos morando sob o mesmo teto. Essa parte os deixou quase em êxtase. Mas Knox insistiu que eu contasse a verdade. Toda a verdade, começando com o porquê de eu ter terminado com o Warner.

Enquanto minha mãe escrevia uma mensagem com palavras fortes para a mãe do Warner no Facebook às 4h da manhã, Knox teve que fisicamente impedir meu pai de ir atrás do Warner.

Meu pai ficou bem mais calmo depois que Lucian garantiu a ele que Knox não apenas tinha usado Warner para esfregar o chão, como ele mesmo também tinha quebrado o nariz do homem.

A verdade doeu, como eu imaginei que doeria — por isso que eu não tinha contado para começo de conversa. Mas meus pais não se deixaram abater.

Eu e minha mãe conversamos até quase 5h da manhã enquanto comíamos as panquecas que ela fazia quando se sentia ansiosa antes de eu adormecer com Knox no seu quarto de infância. Eu estava certa de que não conseguiria dormir, mas com seu braço pesado me ancorando ao seu lado, caí em um sono profundo sem sonhos e fiquei lá até 10h.

Quando acordei, eu estava sozinha porque Knox tinha dirigido até a cidade para ir buscar a Waylay na festa do pijama.

Eu tinha levado minha gigantesca xícara de café para a varanda da frente e esperado por eles, pensando em como ele continuava distorcendo os limites do nosso acordo. E quando eles voltaram, quando Knox colocou a mão em cima da cabeça loira da Waylay, bagunçou o cabelo dela e deu-lhe um empurrãozinho afetuoso.

Percebi como esses limites estavam ficando confusos no meu coração. Eu estava enrascada. E não tinha nada a ver com uma invasão, uma irmã criminosa ou um ex-noivo.

Eu estava me apaixonando pelo homem pelo qual jurei não me apaixonar. Mas Knox tornou isso impossível. Tornou inevitável.

Infelizmente, naquele momento, a assistente social apareceu pronta para fazer a avaliação domiciliar da qual eu tinha esquecido completamente. O olhar de surpresa no rosto da Sra. Suarez quando tentei conduzir Waylay para a casa de Liza enquanto dava uma desculpa vaga sobre por que estávamos despreparadas para sua visita não era fruto da minha imaginação.

Felizmente, Knox entrou em cena mais uma vez, pedindo que Waylay fosse à cozinha pegar café para levarmos para a viagem. Quando ela estava fora do alcance da voz, foi ele quem explicou a situação à Sra. Suarez.

Eu *não* tinha um bom pressentimento em relação ao que isso significaria para a audiência de custódia.

— Não vamos fazer compras — disse Knox à Waylay enquanto pegava a saída para a rodovia.

— Por que tem um monte de coisas lá atrás? — perguntou Waylay.

Em meio a surtar com o que a nossa assistente social achava de eu permitir que várias invasões acontecessem, eu também fiquei curiosa. Antes de ele cobrir a caçamba da caminhonete, vimos mais de uma dúzia de sacolas de compras.

— Materiais — disse ele, misterioso.

Seu telefone tocou, e eu vi o nome do Jeremiah na tela.

— Quê? — atendeu Knox.

Ele não era muito de rodeios.

— Chegaremos em uns 45 minutos — disse ele ao telefone. — Sim. Até lá.

"Lá" se revelou ser o Hannah's Place, um abrigo para os sem-teto nos arredores de Washington, D.C.

Era um prédio de tijolos novo em um grande terreno cercado. Knox passou pelo portão com a caminhonete e girou-a em direção à entrada, onde vi Jeremiah parado embaixo de um toldo.

— O reserva chegou — disse Jeremiah com um sorriso enquanto tirávamos as coisas do carro. — Belo penteado, Way.

Waylay deu tapinhas orgulhosos na trança embutida que tinha feito em volta da cabeça como uma coroa.

— Valeu.

A mulher ao lado do Jeremiah era baixa, robusta e muito, muito corajosa porque ela se jogou em cima de Knox e o envolveu em um abraço apertado.

— Olha o meu segundo barbeiro favorito aí — disse ela.

Knox retornou o abraço.

— Como foi que eu perdi o primeiro lugar desta vez?

Ela se inclinou para trás e abriu um sorrisinho.

— Jer me trouxe duzentos rolos de papel higiênico.

— Vamos ver o que acha de mim após ver o que eu trouxe — disse ele.

— Vejo que você me trouxe duas novas voluntárias — falou ela.

— Shirley, conheça Naomi e Waylay — disse Knox. — Shirley saiu de um negócio milionário para administrar este abrigo.

— Quem precisa de salas de reuniões e escritórios de canto quando se pode passar os dias fazendo o bem? — disse Shirley, apertando minha mão e depois a da Waylay.

— É um prazer te conhecer — falei.

— Digo o mesmo. Especialmente se você tem duas mãos que funcionam e não se importa de repor prateleiras e empacotar caixas.

— Pronta para fazer e acontecer — falei, dando cotoveladas na Waylay, que parecia um pouco taciturna.

— Coloque-as onde precisar — disse Knox. — Vou organizar a loja, e aí começamos.

Waylay e eu seguimos Shirley enquanto ela abria caminho para dentro.

— Prefiro fazer compras — sussurrou Waylay para mim.

— Talvez possamos encontrar um shopping depois — falei, apertando os ombros dela.

Uma coisa era certa: Knox Morgan era cheio de surpresas.

— ATÉ QUE É LEGAL eles fazerem isso — disse Waylay enquanto observávamos pelas janelas altas Knox e Jeremiah administrando seu salão improvisado ao ar livre.

Enquanto tínhamos passado duas horas separando doações de alimentos e roupas com outros voluntários, Knox e Jeremiah entretiveram um fluxo interminável de residentes do abrigo nas cadeiras sob o toldo na calçada.

Era um belo dia em que já sentíamos a chegada do outono, e o clima era festivo.

A equipe, os voluntários e os moradores formavam uma espécie de família grande e indisciplinada, fazendo com que algo tão desolador quanto falta de moradia parecesse um desafio a ser vencido. Não um estigma a ser reforçado.

Juntos, Knox e Jeremiah transformaram cabelos ignorados, indisciplinados e desgrenhados em elegantes e estilosos. E, ao fazer isso, percebi que eles também estavam mudando a maneira como cada cliente se via.

No momento, Jeremiah estava passando uma navalha no cabelo escuro de um menino, mantendo-o em um estado quase constante de risos. O homem na cadeira do Knox tinha se sentado com uma barba longa e desgrenhada e cabelos grisalhos. Seu rosto bronzeado estava profundamente enrugado e seus ombros finos curvados. Ele usava calça de moletom limpa e uma camiseta de mangas compridas, ambas muito grandes.

Seus olhos estavam fechados no que parecia ser um momento de felicidade vulnerável enquanto Knox colocava uma toalha quente sobre o rosto dele e preparava os materiais de barbear.

— Sim. Até que é legal — concordei, acariciando o cabelo da Waylay.

— Eles fazem isso uma vez por mês há anos — disse Shirley, aparecendo ao meu lado. — Nossos residentes se sentem bem em ter cortes de cabelo de 200 dólares, e isso sem dúvida muda a maneira como as outras pessoas os veem. Nós nos consideramos muito sortudos por ter chamado a atenção de Knox Morgan com nosso trabalho aqui.

Perguntei-me se o nome dele estava neste prédio também. E se estava, incomodava-o menos do que a delegacia?

Eu o vi remover a toalha com um floreio, fazendo o homem na cadeira sorrir.

— PEGUEI UM CAFÉ PARA VOCÊ.

Um enorme copo para viagem se materializou diante dos meus olhos enquanto eu me endireitava da mesa na qual estava dobrando camisetas.

Knox ficou parado, segurando um segundo copo menor com o tipo de olhar que fazia meu coração dar cambalhotas no peito.

O homem tinha bancado o herói para duas dúzias de pessoas hoje — sem contar comigo — e ainda correu para comprar um caldeirão de café para mim.

Isso me atingiu como uma onda quente e incandescente que tirou meus pés do chão.

— Obrigada — falei, ficando emotiva.

— Que foi, Daze?

Claro que ele notou que eu estava prestes a chorar por causa da cafeína.

Porque ele percebia tudo.

— Linda, qual o problema? Alguém disse alguma coisa para você? — Ele estava olhando pela janela como se estivesse procurando o culpado.

— Não! — assegurei. — Eu só... isso é... incrível, Knox. Sabe disso, certo?

— É só corte de cabelo, Naomi — disse ele, seco.

Fiz que não. Por ser mulher, eu entendia por natureza que um corte de cabelo raramente era apenas um corte de cabelo.

— Não. É mais do que isso. Você está mudando a maneira como o mundo vê cada uma dessas pessoas. E você está mudando a maneira como eles se sentem sobre si mesmos.

— Para de encher o saco, vai — disse ele, grosseiro. Mas o canto de sua boca se levantou, e daí ele estava arrancando o café das minhas mãos, colocando-o na mesa ao lado da pilha de camisas, e me puxando para seu peito.

— Para de encher o saco, você — falei, colocando minhas mãos em seus ombros.

— Onde está a Way? — perguntou, aqueles olhos azuis procurando por ela.

Droga.

Aquela incandescência estúpida estava de volta e ameaçando explodir do meu peito. O homem tinha passado o dia cortando cabelo de pessoas sem-teto. Depois me trouxe café e agora estava em alerta, certificando-se de que Waylay estava segura. Ele era tão protetor com ela quanto era comigo.

Eu estava apaixonada por ele.

— Ela está ali com a Shirley — falei, apontando na direção do parquinho onde Waylay estava empurrando uma garotinha no balanço enquanto Shirley liderava algum tipo de jogo.

Waylay nos viu a observando e acenou.

Acenei de volta, aquela incandescência no meu peito se recusando a ceder agora.

Eu precisava sair daqui. Afastar-me daqueles braços fortes para que eu pudesse lembrar por que não daríamos certo. Por que não estávamos realmente juntos.

Porque Knox não queria estar. Porque quando chegava a hora, ninguém de fato me escolhia.

Essa vozinha cruel resolveu o caso, estourando meu lindo balão de esperança como um dardo.

Knox ficou tenso contra mim, abraçando-me com mais intensidade.

— Você está bem? — perguntei.

— Arranjou uma garota, Knox? — indagou uma voz fina e esganiçada.

Virei-me em seus braços e vi o homem que tinha sido atendido pelo Knox antes. Agora, em vez de uma alma perdida, ele parecia anos mais jovem. Um homem maduro com cabelo curto e penteado para longe do rosto. Sua barba estava grisalha e aparada ao longo da forte linha do maxilar.

Os braços de Knox se apertaram ao meu redor, mantendo minhas costas encostadas na frente dele.

— Duas, na verdade — falei com um sorriso, apontando para onde Waylay estava rindo de algo que um garoto de sua idade disse.

— Linda — disse o homem. — Assim como a mãe.

Tecnicamente, eu poderia tê-lo corrigido. Mas como a mãe da Waylay era minha irmã gêmea idêntica, decidi aceitar o elogio pretendido.

— Obrigada — falei.

— Não vai nos apresentar? — perguntou o homem ao Knox enquanto coçava o antebraço. Havia um sutil desequilíbrio em seus movimentos.

Passaram-se alguns instantes de silêncio constrangedor, que fui obrigada a interromper.

— Sou a Naomi — apresentei-me, estendendo a mão para o homem.

— Naomi — repetiu ele. — Eu sou...

— O nome dele é Duke — interrompeu Knox.

Duke assentiu, olhando para os pés por um instante.

— É um prazer te conhecer, Duke — afirmei, com minha mão ainda estendida.

— O prazer é todo meu — disse ele enfim. Ele aceitou minha mão, sua palma áspera e quente de encontro à minha. Ele tinha olhos marcantes da cor de prata esterlina.

— Cuide bem delas, Knox — acrescentou ele por fim.

Knox grunhiu em resposta e me fez dar um passo para trás, separando minha mão e a do Duke. O homem se afastou na direção da grande cozinha industrial.

— Estamos indo embora — anunciou Knox. — Vá chamar a Way.

Algum bicho mordeu Knox. Ótimo. Isso impediria que eu me apaixonasse completamente por ele.

Sem dizer uma só palavra, peguei o café que ele me trouxe e fui buscar Waylay.

Eu a convenci a sair do parquinho, dizendo que era hora de ir para casa. Enquanto nos despedíamos, vi Knox ao lado da caminhonete com Duke.

Ele estava entregando uma mochila que parecia estar cheia. Eles estavam tendo algum tipo de discussão que parecia intensa. Duke continuou assentindo enquanto olhava para os pés e coçava distraidamente os braços.

Ele não levantou a vista até que Knox estendeu um envelope branco e disse algo.

— Com quem Knox está falando? — perguntou Waylay.

— Um homem chamado Duke, que cortou o cabelo com ele mais cedo.

— Ele está bem?

Não sabia se ela se referia a Knox ou ao Duke.

— Não sei, querida.

TRINTA E OITO

B.E.M

Knox

Eu já tinha estragado tudo de tantas maneiras que eu não conseguia me impedir de piorar as coisas. Mesmo sabendo o que tinha que fazer a seguir.

— Knox — gemeu Naomi, com a voz abafada por um travesseiro. Desta vez, ela não estava gritando de frustração. Ela estava fazendo o possível para ficar quieta enquanto eu transava com ela na casa da minha avó. No quarto em que cresci.

Ela estava de quatro na minha frente.

Achei que seria mais fácil se eu não pudesse ver aqueles olhos. Se eu não conseguisse vê-los ficarem vidrados sob pálpebras pesadas enquanto eu a fazia gozar uma última vez.

Eu estava errado pra caralho.

Intensifiquei a pegada na parte de trás do pescoço dela e moderei minhas investidas. Foi difícil. Mas me conter, dentro dela o máximo possível, valeu a pena.

Ela estremeceu contra mim, em volta de mim, quando dei um beijo de boca aberta em sua omoplata. Minha língua provou sua pele. Eu queria respirá-la. Guardar cada segundo dessa sensação na minha memória.

Eu estava envolvido demais. Eu estava me afogando. Ela tinha feito eu ultrapassar meu limite, e eu era o idiota que tinha ido de bom grado. Esquecendo tudo o que eu tinha aprendido, todas as promessas que fiz, todas as razões pelas quais não podia fazer isso.

A possibilidade de que já era tarde demais parecia enorme.

— Knox. — Seu suspiro saiu fraco, e senti suas paredes apertarem meu pau latejante. Meu sangue pulsou em resposta.

Acariciei as costas dela, adorando o calor sedoso sob a palma da minha mão.

Naomi levantou a cabeça do travesseiro e olhou por cima do ombro — para mim. Seu cabelo estava uma bagunça, seus lábios inchados, as pálpebras pesadas. Ela estava a segundos de gozar. De me dar esse milagre. Minhas bolas se apertaram, e eu cravei os dentes no lábio.

Eu precisava disso. Precisava dar isso a ela. Uma última vez.

Arrastei-a para cima, de modo que nós dois estávamos de joelhos. Suas costas rentes à minha frente.

Ela levantou os braços por cima da cabeça, estendendo a mão para trás para agarrar meu pescoço e meu ombro.

— Por favor, Knox. Por favor — implorou ela.

Eu não precisava de mais incentivo. Agarrei seu peito com uma das mãos e levei a outra para baixo, entre suas pernas, onde ainda estávamos unidos.

Uma só estocada, e sua cabeça caiu no meu ombro.

Saí quase por completo e entrei de novo.

Ela estava gozando. Seus músculos pulsaram ao meu redor, apertando meu pau, enquanto eu acariciava seu clitóris, levando-a ao êxtase sem pensar.

E então eu a estava acompanhando. Saltando para o precipício atrás dela, deixando seu orgasmo provocar o meu. Gozei com força, com tudo. Ceder àquele primeiro jorro quente por ela parecia tão certo.

Ela se curvou, aceitando o que eu tinha para dar.

Até mesmo se deliciando naquilo.

Amei pra caralho.

Eu *a* amava pra caralho.

Não foi até eu estar vazio, ainda me movendo nela, ainda prolongando aquele êxtase, que me lembrei de como era errado. Quão fodido eu era por fazer isso com ela quando sabia o que viria a seguir.

Mas não consegui me conter.

Assim como não consegui me impedir de nos deitar no colchão, com meus braços apertados em volta do seu peito, abraçando-a junto a mim.

Eu ainda estava dentro dela enquanto planejava como iria acabar com tudo.

UMA HORA DEPOIS, Naomi estava dormindo enquanto eu saía da cama.

Eu queria um drinque. Um duplo de algo forte o bastante para me fazer esquecer, para me fazer parar de me importar. E por ansiar pelo entorpecimento, ignorei a vontade e enchi um copo de água.

— Alguém está desidratado.

Eu estava tão abalado que me assustei com minha própria avó.

— Jesus, Liza J. Por que está zanzando pela casa?

Ela ligou o interruptor da luz, olhando-me atentamente através de suas lentes bifocais.

— Faz um bom tempo que você não traz uma garota aqui pra dormir com você — observou ela. Ela estava usando short de pijama xadrez e uma blusa de manga curta que combinava. Ela parecia um lenhador nas férias de verão.

— Nunca trouxe uma garota para dormir na sua casa — menti.

— Que papo furado. Vai dizer que Callie Edwards estava dando uma olhada no telhado da varanda à 1h da manhã no verão do seu último ano na escola?

Tinha me esquecido da Callie. E de todas as outras. Era como se meu cérebro só tivesse espaço para uma mulher agora. E esse era o problema.

— Não me importo de ver você com elas — disse ela, tirando-me da frente para poder pegar seu próprio copo d'água.

— Me ver com quem?

Liza me desferiu um olhar de "deixa dessa conversinha".

— Naomi. Waylay também. Você parece feliz.

Não estava. Eu estava tudo menos feliz. Eu estava a um passo de chegar ao fundo de um poço do qual nunca me recuperaria. Um poço que destruiria tudo o que eu construí.

— Não é nada sério — falei, sentindo-me na defensiva.

— Vi o olhar no seu rosto quando você chegou ontem à noite. Quando viu como o perigo quase tinha alcançado sua garota.

— Ela não é minha garota — insisti, ignorando deliberadamente onde ela queria chegar.

— Se ela não é sua, está fadada a ficar com outra pessoa. Linda daquele jeito? Atenciosa. Doce. Engraçada. Mais cedo ou mais tarde alguém com um QI maior do que o seu irá aparecer.

— Ótimo.

Ela encontraria outra pessoa. Ela merecia outra pessoa. Alguém longe daqui, onde eu não teria que me deparar com ela no corredor do supermercado ou vê-la do outro lado do bar ou da rua. Naomi Witt simplesmente desapareceria como uma simples lembrança.

Só que eu sabia que não era verdade. Ela não desapareceria. O anzol estava montado. Eu tinha mordido a isca. Não haveria um só dia no resto da minha vida em que eu não pensaria nela. Que eu não diria o nome dela na minha cabeça uma dúzia de vezes apenas para me lembrar de que ela já foi minha.

Bebi a água, tentando lutar contra o aperto na minha garganta.

— Seu irmão olha para ela como se ela fosse um jantar caseiro de domingo — observou Liza, astuta. — Talvez ele seja inteligente o bastante para saber a sorte que teria.

Parte da água errou minha garganta e atingiu meus pulmões. Engasguei-me, depois tossi.

Enquanto buscava por ar, o cenário se desenrolou na minha cabeça. Naomi e Waylay sentadas do outro lado da mesa de Ação de Graças. A mão de Nash na nuca dela. Sorrindo para ela, sabendo o que os esperava quando todos fossem para casa à noite.

Eu podia vê-la subindo em cima dele no escuro, aqueles doces lábios abertos. Seu cabelo caindo sobre os olhos conforme ela sussurrava o nome. *Nash.*

Outra pessoa ouviria o próprio nome saído da sua boca. Alguém se sentiria o homem mais sortudo do mundo. Outra pessoa levaria café para ela no meio da tarde e observaria aqueles olhos avelã se iluminarem.

Alguém a levaria para fazer compras de volta às aulas.

E esse alguém poderia muito bem ser meu próprio irmão.

— Você está bem? — perguntou Liza, tirando-me da minha visão.

— Estou bem.

Outra mentira.

— Você sabe o que dizem sobre estar bem. Fodido. Inseguro. Neurótico. E emotivo — murmurou Liza. — Apague as luzes quando terminar. Não sou sócia da companhia elétrica.

Apaguei as luzes e fiquei lá na cozinha escura odiando a mim mesmo.

TINHA CACOS DE VIDRO nas paredes do meu intestino.

Essa foi a sensação que tive ao segurar a porta da Dino's aberta para a Naomi. Ela estava usando outro vestido, mas em vez da silhueta longa e fluida de seus vestidos de verão, este tinha mangas compridas. Por ter me vestido ao lado dela esta manhã, eu sabia que ela também estava usando uma das calcinhas que eu tinha comprado.

Quase caí de joelhos esta manhã quando me dei conta de que eu não mais teria o direito de vê-la se vestir e que aquela tinha sido a última vez.

Assim como tomar café da manhã com toda a família dela.

Uma grande família feliz reunida em volta da mesa. Até mesmo o Nash do trabalho administrativo tinha se juntado à diversão. Caramba, até Stef tinha feito chamada de vídeo de Paris só para avaliar o bacon que a Naomi fez.

Amanda ficou emocionada por ter todos sob o mesmo teto e preparou um café da manhã chique. Lou, que tinha passado a maior parte do tempo na cidade me odiando, agora agia como se eu fosse uma adição à família tal qual o Stef.

Ele mudaria o discurso em breve.

Esse negócio de *uma família grande e feliz* não era real, e quanto mais cedo todos parassem de fingir que era, melhor.

Eu tinha acompanhado Waylay até o ponto de ônibus enquanto Naomi se arrumava para o trabalho. Eu não me sentia confortável em deixar nenhuma delas fora da minha vista enquanto havia a possibilidade de que a pessoa que tinha invadido ainda estivesse na cidade. Querendo causar mais danos.

O que tornava o que eu estava prestes a fazer um problema ainda maior.

Quando Naomi começou a procurar uma mesa perto da janela, eu a conduzi para uma nos fundos. Pública, mas não pública demais.

— Fiz uma lista para Nash — disse ela, tirando um pedaço de papel da bolsa e alisando-o sobre a mesa. Felizmente inconsciente do que eu estava prestes a fazer.

O nome do meu irmão me pegou desprevenido.

— Uma lista do quê? — indaguei.

— Das datas em que eu acho que Tina pode ter invadido a casa e de qualquer pessoa suspeita de que eu me lembrasse. Não tem muita coisa, e eu não sei como isso vai ajudar. Mas ele disse que ajudaria se eu pudesse pelo menos delimitar o momento da primeira invasão — disse ela, pegando um menu.

— Vou passar para ele — falei, desejando uma bebida forte.

— Está tudo bem? — perguntou ela, inclinando a cabeça para me olhar com atenção. — Você parece cansado.

— Daze, precisamos conversar. — As palavras estavam me sufocando. Minha pele estava tensa. Tudo parecia errado.

— Desde quando você gosta de juntar palavras? — brincou ela.

Ela confiava em mim. Pensar nisso fez com que eu me sentisse como uma merda de cachorro. Aqui estava ela, achando que o namorado estava levando-a para almoçar no meio do dia. Mas eu tinha avisado, não tinha? Eu tinha dito a ela para não se apegar muito a mim.

— As coisas ficaram... complicadas — falei.

— Olha, sei que está preocupado com o arrombamento — disse Naomi —, mas acho que quando o novo sistema de segurança estiver funcionando, será uma preocupação a menos em nossas mentes. Warner voltou para casa, então se era ele em alguma birra destrutiva, ele está muito longe para repetir. E se foi a Tina, as chances são de que ela encontrou o que estava procurando ou percebeu que não está comigo. Não precisa se preocupar comigo e com a Way.

Não respondi. Não consegui. Eu só precisava pronunciar as palavras.

Ela estendeu o braço e apertou meu pulso.

— Aliás, quero que saiba o quanto sou grata por você estar aqui. E pela sua ajuda. Faz com que eu não me sinta sozinha. Como se talvez pela primeira vez, eu não tenha que ser completamente responsável por cada coisinha. Obrigada por isso, Knox.

Fechei os olhos e tentei não vomitar.

— Olha. Como eu disse. — Tive que cerrar os dentes para conseguir continuar. — As coisas estão complicadas, e parte disso é culpa minha.

Ela olhou para cima e franziu a testa.

— Você está bem? Parece cansado.

Eu estava exausto. E cheio de desprezo por mim mesmo.

— Estou bem — insisti. — Mas acho que é hora de seguir em frente.

Arranjou uma garota? As palavras ecoaram em minha mente.

A mão dela congelou no meu braço.

— Seguir em frente?

— Eu me diverti bastante. Espero que você também. Mas precisamos pôr um fim nisso antes que um de nós fique muito apegado.

Ela olhou para mim, com aqueles olhos avelã chocados e sem piscar.

Porra.

— Você quer dizer eu — disse ela, sua voz pouco acima de um sussurro.

— Quero dizer, o que estamos fazendo está... — *Deixando-me apavorado.* — Essa coisa entre nós deu o que tinha que dar. — *Porque eu não confio em mim mesmo com você,* pensei.

— Você me trouxe a um lugar público para terminar comigo? Inacreditável.

Sua mão agora havia me deixado, e eu sabia que nunca mais a sentiria. Eu não sabia o que tinha o poder de acabar comigo mais rápido: saber disso ou saber o que aconteceria se eu não terminasse isso agora.

— Olha, Naomi, nós dois sabíamos em que pé estávamos quando começamos isso. Só acho que temos de recuar antes de um de nós ficar envolvido demais.

— Sou uma idiota mesmo — sussurrou ela, levando as pontas dos dedos para as têmporas.

— Sei que você tem a audiência de custódia no mês que vem, e eu estou disposto a manter a fachada de que estamos juntos, se achar que isso vai te ajudar no tribunal. E ainda vou ficar de olho em você e na Way até termos certeza de quem invadiu sua casa.

— Que magnânimo da sua parte — disse ela, o tom gélido.

Eu poderia lidar com raiva. Caramba, eu poderia me servir de raiva no café da manhã todos os dias. Eram as lágrimas, a dor, o *sofrimento* que eu não sabia como lidar.

— Falei desde o início que não namoro sério. — Eu a tinha avisado. Tentado fazer a coisa certa. No entanto, aqui estava ela me olhando como se eu a tivesse ferido de propósito.

E então, de repente, o olhar desapareceu. A suavidade desapareceu de seu rosto e do fogo de seus olhos.

— Entendo — falou ela. — Sou um peso muito grande. A Way é um peso muito grande. Isso tudo é um peso muito grande. Até nos meus melhores dias, sou demais e ainda assim não o bastante.

Sua risada era sem graça.

— Não faça isso, Daisy — pedi antes que pudesse evitar.

Ela respirou devagar e profundamente e me deu um sorriso superficial que pareceu uma facada no coração.

— Acredito que essa vá ser a última vez que você terá o direito de me dizer o que fazer e me chamar de Daisy.

Senti algo subindo dentro de mim que não tinha nada a ver com o alívio que eu esperava. Não. Esta coisa crescendo dentro de mim parecia as bordas incandescentes do pânico.

— Não seja assim.

Ela deslizou para fora da mesa e se levantou.

— Não precisava fazer isso desse jeito. Em público para que eu não armasse algum tipo de barraco. Sou crescidinha, Knox. E um dia vou encontrar o tipo de homem que queira uma chata arrogante e carente. Um que queira entrar na minha confusão e permanecer até o fim. Obviamente, você não é essa pessoa. Pelo menos você me avisou desde o início.

Também fiquei de pé, sentindo que, de alguma forma, tinha perdido o controle da situação.

— Eu não disse isso.

— Essas palavras são suas, e você está certo. Eu devia ter dado ouvidos quando você falou da primeira vez.

Ela pegou a bolsa e tirou o papel da mesa na minha frente.

— Agradeço sua oferta de fingir estar interessado em mim, mas dispenso.

Ela não me olhava nos olhos.

— Nada precisa mudar, Naomi. Você ainda pode trabalhar no bar. Você e a Liza ainda têm um acordo. Todo o resto pode permanecer o mesmo.

— Preciso ir — disse ela, dirigindo-se à porta.

Agarrei-lhe o braço e a puxei contra mim. Parecia tão natural, e tinha o outro benefício de forçá-la a olhar para mim. O nó no meu estomâgo afrouxou temporariamente quando o olhar dela encontrou o meu.

— Aqui — falei, tirando o envelope do meu bolso de trás e entregando a ela.

— O que é isso? Uma lista de motivos pelos quais eu não era boa o bastante?

— É dinheiro — falei.

Ela recuou como se eu tivesse dito a ela que era um envelope de aranhas.

— Aceite. Vai ajudar você e a Way.

Ela bateu o envelope no meu peito.

— Não quero o seu dinheiro. Não quero nada que venha de você agora. Principalmente o seu dinheiro.

Com isso, ela tentou se soltar. Por reflexo, segurei-a ainda mais.

— Tire. Suas. Mãos. De. Mim, Knox — disse Naomi, com mansidão.

Não havia fogo em seus olhos agora. Havia gelo.

— Naomi, não precisa ser assim.

— Adeus, Knox.

Ela se desvencilhou de minha mão, deixando-me olhando para ela como um idiota.

TRINTA E NOVE

TERMINAR, DESMORONAR E SUPERAR

Naomi

Complicada demais. Peso grande demais. Carente demais. Não vale a pena.

Os pensamentos giravam em minha cabeça como um carrossel quebrado enquanto eu caminhava pela calçada. Knockemout era um borrão ao meu redor em meio às lágrimas não derramadas.

Eu tinha construído uma vida aqui. Tinha criado uma fantasia em minha mente. Tomado cafés da tarde e sussurrado safadezas que no fim significavam algo totalmente diferente. Ele não me queria. Nunca quis.

Pior, ele também não queria Waylay. Eu tinha arrastado a minha jovem e impressionável tutelada para dentro do meu relacionamento com um homem que nunca estaria lá para ela a longo prazo.

Eu tinha visto nos olhos dele. A piedade. Ele sentia pena de mim. *A pobrezinha e estúpida Naomi, apaixonada pelo bad boy que não tinha feito promessa alguma.*

E o dinheiro. A *audácia* dele de achar que poderia partir meu coração e, em seguida, desembolsar dinheiro como se eu fosse uma prostituta e isso de alguma forma consertasse tudo. Ele adicionou uma camada a mais à humilhação.

Eu ia para a casa da Liza, fingir uma enxaqueca e passar o resto do dia na cama. Depois eu teria uma conversa há muito adiada comigo mesma sobre escolher a porcaria do cara errado. Outra vez.

E quando eu terminasse de me dar um sermão, me certificaria de que Waylay nunca se metesse em situações como essa.

Meu Deus. Eu morava na cidade pequena das cidades pequenas. Eu ia vê-lo por aí. Em todo canto. Na cafeteria. No trabalho. Esta era a cidade *dele*. Não a minha.

Será que eu pertencia a esse lugar?

— Ei, Naomi! — chamou Bud Nickelbee conforme saía da loja de ferragens. — Só queria que você soubesse que dei uma passadinha hoje pela manhã e consertei sua porta da frente.

Parei de caminhar.

— Verdade?

Ele fez que sim.

— Soube do ocorrido e não queria que você tivesse que se preocupar com os reparos.

Abracei-o com força.

— Você não faz ideia do quanto isso significa para mim. Obrigada, Bud.

Ele deu de ombros encostado em mim, depois deu tapinhas desajeitados nas minhas costas.

— Imaginei que você tivesse coisas demais com que lidar e achei que poderia precisar de uma folga.

— Você é um cara legal, Bud.

— Ceeeeeerto — disse ele. — Você está bem? Precisa que eu ligue para alguém? Posso pedir ao Knox para vir te buscar.

Balancei minha cabeça rápido de um lado para o outro até que a loja de ferragens e seu dono ficaram borrados diante de mim.

— Não! — ladrei. — Digo, obrigada, mas não.

A porta da Dino's se abriu e meu estômago foi parar nos dedos dos pés quando Knox saiu para a calçada.

Virei, implorando para ser invisível.

— Naomi — chamou ele.

Comecei a andar na direção oposta.

— Fala sério, Naomi. Pare — disse Knox.

Mas com apenas algumas palavras, ele tinha perdido para sempre o privilégio de eu lhe dar ouvidos quando ele me dizia o que fazer.

— Ora, Knox. Acho que a dama não quer falar com você agora. — Ouvi Bud aconselhar.

— Chega para lá, Bud. — Ouvi Knox rosnar.

Eu era uma idiota. Mas pelo menos eu era uma idiota veloz.

Andei rápido pelo quarteirão, determinada a deixar Knox para trás, tal como meu ex-noivo.

Há sempre um motivo para um homem não dar tudo de si com uma mulher.

Talvez esteja à procura de algo melhor.

Meu peito doeu fisicamente conforme as palavras de Knox sobre o Warner ecoaram em minha mente.

Será que havia alguém por aí que me acharia suficiente? Nem de mais nem de menos, mas a pessoa por quem esperaram toda a vida.

Lágrimas queimaram meus olhos quando virei a esquina correndo.

Coloquei a culpa nelas por não ter visto a mulher que saiu da loja.

— Desculpe — falei, uma fração de segundo depois de esbarrar nela.

— Srta. Witt.

Meu Deus, não.

Yolanda Suarez, a assistente social severa que nunca me via nos melhores momentos, parecia perplexa com o contato de corpo inteiro.

Abri minha boca, mas nenhum som saiu.

— Você está bem? — perguntou ela.

A mentira estava na ponta da minha língua. Tão familiar que quase parecia verdade. Mas não era. Às vezes a verdade era melhor do que qualquer intenção.

— Não, não estou.

Dez minutos depois, eu encarava um coração desenhado na espuma do café com leite à minha frente.

— Então, foi isso. Fingi estar em um relacionamento com um homem que me disse para não me apaixonar por ele e acabei me apaixonando. Meu ex-noivo apareceu no meu trabalho e armou uma confusão. Alguém invadiu nossa casa e ninguém sabe ao certo se foi ele, Tina ou um criminoso aleatório. Ah, e Waylay tentou usar ratinhos para se vingar de uma professora malvada.

Sentada na minha frente, Yolanda pegou seu chá verde e tomou um gole. Ela abaixou a caneca.

— Puxa.

— Trouxe biscoitos para vocês — disse Justice, parecendo desolado. Ele deslizou um prato sobre a mesa perto do meu cotovelo.

— Eram corações? — perguntei, segurando o que era claramente a metade de um coração rosa com cobertura.

Ele estremeceu.

— Eu os parti ao meio. Esperava que você não reparasse.

— Obrigada, Justice. É muito gentil da sua parte — falei. Antes de sair, ele apertou meu ombro, e eu tive que mordiscar o interior da minha bochecha para não chorar.

— Basicamente, o que estou dizendo é que sou uma bagunça tão grande que não dá para esconder, e você merece saber a verdade. Mas juro a você, mesmo que não seja o que minha vida demonstre, sou extremamente organizada, engenhosa, e farei o que for preciso para manter Waylay segura.

— Naomi — disse ela —, Waylay tem sorte de ter você como guardiã, e qualquer tribunal do estado chegará à mesma conclusão. A frequência dela na escola melhorou. As notas dela estão altas. Ela tem amigos de verdade. Você está causando um impacto positivo na vida daquela menina.

Pela primeira vez na vida, eu não queria uma estrela dourada. Queria que alguém me visse. Realmente me visse como a bagunça que eu era.

— E todas as coisas que estou fazendo de errado?

Pensei ter detectado uma pitada de pena no sorriso da Sra. Suarez.

— Criar filhos é assim. Estamos todos dando o nosso melhor. Ficamos exaustos, confusos e sentindo que estamos constantemente sendo julgados por aqueles que parecem ter tudo resolvido. Mas ninguém tem. Está todo mundo improvisando à medida que avança.

— Sério? — sussurrei.

Ela se inclinou para frente.

— Ontem à noite eu deixei meu filho de 11 anos de castigo por 3 dias porque ele estava torrando a minha paciência antes de me dizer que gostava mais das almôndegas da mãe do seu amigo Evan do que das minhas. — Ela tomou outro gole de chá. — E hoje vou pedir desculpas e tirá-lo do castigo se ele tiver arrumado o quarto. Mesmo que a mãe do Evan compre as almôndegas na seção de congelados da Grover's Groceries.

Consegui esboçar um sorriso trêmulo.

— É que a vida é muito mais difícil do que eu achava que seria — confessei. — Achei que se eu tivesse um plano e seguisse as regras, seria fácil.

— Posso lhe dar uns conselhos? — perguntou ela.

— Sim, por favor.

— Em algum momento, você vai ter que parar de se preocupar tanto com o que todo mundo precisa e começar a pensar no que você precisa.

Pisquei.

— Achei que o altruísmo fosse uma boa qualidade numa guardiã — falei com uma fungadela defensiva.

— Assim como mostrar à sua sobrinha que ela não precisa se virar do avesso para ser amada. Que ela não precisa se incendiar para manter outra pessoa aquecida. Exigir que suas próprias necessidades sejam atendidas não é problemático... é heroico, e as crianças estão observando. Elas estão sempre observando. Se você der um exemplo que lhe diga que a única maneira de ela ser digna de amor é dando tudo a todos, ela irá internalizar essa mensagem.

Deixei minha testa cair na mesa com um gemido.

— Há uma diferença entre cuidar de alguém porque você a ama e cuidar de alguém porque você quer que ela te ame — continuou ela.

Havia uma *grande* diferença. Um era genuíno e generoso, e o outro era manipulador, controlador.

— Você vai ficar bem, Naomi — garantiu-me Yolanda. — Você tem um coração enorme e, mais cedo ou mais tarde, quando todo esse drama acabar, alguém vai olhar para você e reconhecê-lo. E esse alguém vai querer cuidar de você para variar.

Até parece.

Eu estava me dando conta de que a única pessoa com quem eu podia contar nesta vida era eu. E Stef, claro. Mas ele ser gay sem dúvida prejudicava nosso romance.

— Em relação ao Knox — disse ela.

Levantei a cabeça da mesa. Ouvir o nome dele era o mesmo que ter farpas pontiagudas no coração.

— O que tem ele?

— Não conheço nenhuma mulher na cidade que não teria sucumbido aos encantos de Knox Morgan, dado o tempo e a atenção que ele lhe deu. Também vou dizer isso: nunca o vi olhar para ninguém do jeito que ele olha para você. Se ele estava fingindo esses sentimentos, alguém precisa dar um Oscar a esse homem.

"Eu o conheço há bastante tempo. E em todo o tempo que o conheci nunca o vi fazer algo que não queria, especialmente quando se trata de mulheres. Se ele concordou de bom grado com um relacionamento de fachada, foi porque quis."

— Foi ideia dele — sussurrei. Uma centelha de esperança acendeu dentro de mim. Uma que eu imediatamente extingui.

Há sempre um motivo para um homem não dar tudo de si com uma mulher.

— Ele passou por maus bocados com a morte da mãe e tudo o que aconteceu depois — continuou ela. — Ele não teve o exemplo do feliz para sempre com o qual você cresceu. Às vezes, quando você não sabe o que é possível, não consegue ter esperanças de que aconteça com você.

— Sra. Suarez.

— Acho que a esta altura você pode me chamar de Yolanda.

— Yolanda, temos praticamente a mesma idade. Como pode ter toda essa sabedoria?

— Fui casada duas vezes e tenho quatro filhos. Meus pais estão casados há 50 anos. Os pais do meu marido se divorciaram e se casaram de novo tantas vezes que perdemos a conta. Se há uma coisa de que eu entendo, é do amor e de quão confuso ele pode ser.

— OI, MEU AMOR. COMO FOI O ALMOÇO? — Minha mãe estava vestida com uma camiseta listrada e chapéu de praia. Ela estava com um copo de chá gelado em uma mão e uma luva de jardinagem na outra.

— Oi, mãe — cumprimentei, tentando não olhar em sua direção enquanto me dirigia para a varanda da frente. Amanda Witt tinha um senso aguçado de quando algo estava errado com alguém, e essa não era uma conversa que eu queria ter. — Cadê a Way?

— Seu pai a levou para o shopping. O que foi? O que aconteceu? Alguém se engasgou com um palitinho de pão torrado no almoço?

Balancei a cabeça em negativa, não confiando na minha voz.

— Aconteceu alguma coisa com o Knox? — perguntou mais suavemente agora.

Tentei engolir o nó na garganta, mas eu estava sufocando com lágrimas não derramadas.

— Ok. Vamos nos sentar — disse ela, guiando-me pelo corredor até o quarto que ela estava compartilhando com meu pai.

Era um quarto luminoso e bonito decorado em cores creme e cinza. Tinha uma grande cama com dossel e janelas com vista para o quintal e o riacho. Um vaso de flores naturais estava em uma mesa escondida entre duas poltronas que ocupavam o espaço em frente às janelas.

— Vou estender isso aqui — disse minha mãe, colocando o roupão de banho do meu pai em uma das poltronas. Ela odiava o roupão e tinha tentado se livrar dele de todas as formas possíveis ao longo dos anos. Mas meu pai sempre encontrava uma maneira de ressuscitá-lo.

Ela se abaixou na cadeira em que estava o roupão e deu um tapinha na que estava ao lado.

— Sente-se. Fale.

Balancei a cabeça em negativa mesmo enquanto me sentava.

— Mãe, não estou com vontade de conversar agora.

— Bom, azar o seu, querida.

— Mãe!

Ela deu de ombros.

— Já deixei você se safar desse comportamento de "não ser um fardo" por muito tempo. Era mais fácil para mim confiar que você sempre iria se comportar. Sempre seria a filha fácil. E isso não foi justo com você.

— Do que está falando?

— Estou falando, minha filha querida, doce e do coração de ouro para você parar de tentar ser tão perfeita.

Não sabia ao certo se eu estava mais preparada para ter essa conversa ou a sobre Knox.

— Você passou toda a sua vida tentando compensar sua irmã. Tentando nunca sobrecarregar ninguém, nunca pedir nada de que precisasse, nunca decepcionar.

— Acho que isso não é algo de que um pai ou mãe reclamaria — falei, na defensiva.

— Naomi, nunca quis que você fosse perfeita. Só queria que fosse feliz.

— Eu sou... feliz — menti.

— Seu pai e eu fizemos o possível para ajudar Tina a ser feliz e saudável. Mas não era o que ela queria. E levou anos, mas enfim entendemos que não cabia a nós transformá-la em alguém que ela não é. Tentamos tudo o que podíamos com a sua irmã. Mas as escolhas da Tina não são uma medida do nosso valor. É uma lição difícil, mas aprendemos. Agora é a sua vez. Você não pode viver sua vida toda tentando compensar os erros da sua irmã.

— Eu não diria que vivi *toda* a minha vida assim — enrolei.

Mamãe passou a mão pela minha bochecha. Senti um grão de sujeira se transferir para a minha pele.

— Opa! Foi mal.

Ela lambeu o polegar e se inclinou para fazer a limpeza típica de mãe.

— Estou velha demais para isso — reclamei, recuando.

— Ouça, meu amor. Você tem todo o direito de ter vontades. Tem todo o direito de cometer erros. Tem todo o direito de tomar decisões com as quais seu pai ou eu podemos não concordar. A vida é sua. Você é uma mulher bonita, de coração grande e inteligente que precisa começar a descobrir o que quer.

O que eu queria?

Agora eu só queria rastejar para a cama e puxar as cobertas sobre minha cabeça por uma semana. Mas eu não podia. Eu tinha responsabilidades. E uma dessas responsabilidades tinha convencido meu pai a levá-la ao shopping.

— Você ao menos quer ser guardiã? — perguntou mamãe.

Congelei com a pergunta.

— Não imagino que assumir a responsabilidade de uma criança de 12 anos estava no seu plano de vida.

— Mãe, eu não poderia simplesmente deixá-la ficar com estranhos.

— E seu pai e eu? Achou que não ficaríamos felizes em abrir espaço em nossas vidas para uma neta?

— Vocês não deveriam ter que criar a filha da sua filha. Não é justo. O pai está aposentado. Logo a senhora também. Aquele cruzeiro foi a primeira grande viagem que vocês dois fizeram juntos.

— Você quer ser a guardiã dela? — repetiu minha mãe, ignorando meus excelentes argumentos.

Eu queria? Eu queria ser uma mãe substituta para a Waylay?

Senti um eco daquela luz incandescente no meu peito. Ela reagiu contra o frio que tinha se estabelecido lá.

— Sim — afirmei, sentindo minha boca fazer o impossível e se curvar em um leve sorriso. Era a verdade. Eu queria isso mais do que eu quis qualquer outra coisa em minha lista de tarefas. Mais do que qualquer objetivo para o qual eu estava focada. — Quero muito. Eu a amo. Amo estar perto dela. Amo quando ela chega da escola cheia de novidades para me contar. Amo vê-la se transformar nessa garota inteligente, forte e confiante que, de vez em quando, baixa a guarda e me deixa entrar.

— Conheço bem a sensação — disse minha mãe, gentil. — Eu gostaria que isso acontecesse com mais frequência.

Ai. Golpe certeiro.

— Knox e eu terminamos — falei com pressa. — Nunca estivemos juntos de verdade. Nós estávamos apenas tendo uma transa ótima, mas ótima mesmo. Mas eu acidentalmente me apaixonei por ele, o que ele me avisou para não fazer. E agora ele acha que eu sou complicada demais e que não valho a pena.

Mamãe olhou para o chá gelado dela, depois para mim.

— Acho que vamos precisar de uma bebida mais forte.

HORAS DEPOIS, fui para o deque na ponta dos pés com o celular na mão. O celular que *ele* tinha comprado para mim. O que significava que precisava ser esmagado em um milhão de pedaços o mais breve possível.

O restante da família estava limpando os utensílios do jantar. Um jantar do qual Knox estava visivelmente ausente. Minha mãe tinha distraído Waylay de sua ausência, exigindo um desfile de moda após o jantar para mostrar o novo casaco de inverno e os suéteres que o bobalhão do meu pai tinha comprado para ela.

Eu estava com uma dor de cabeça ocasionada por fingir sorrisos. Disquei o número antes que eu pudesse amarelar.

— Witty! E aí? Encontraram o desgraçado que invadiu?

Eu tinha mandado mensagem para ele e a Sloane sobre a invasão. Mas isso merecia um telefonema.

— Stef. — Minha voz falhou ao dizer seu nome.

— Droga. O que aconteceu? Você está bem? Waylay está bem?

Balancei a cabeça, tentando desalojar o nó na garganta. Foi quando me lembrei do que Knox tinha dito.

"Não derrame mais uma lágrima por causa de um babaca que nunca mereceu você."

Limpei a garganta.

— Knox terminou tudo.

— Aquele belo traste. Terminou as coisas de mentira ou terminou as coisas de verdade?

— Terminou as coisas de verdade. Sou complicada demais.

— O que diabos ele quer? Uma tonta? Tontas são terríveis na cama e são piores ainda em boquetes.

Consegui dar uma risada patética.

— Escute o que vou te dizer, Naomi. Se aquele homem não é esperto o bastante para reconhecer como você é incrivelmente inteligente e bonita e gentil e carinhosa e diabolicamente incrível em jogos de tabuleiro, quem perde é ele. O que torna ele o tonto. Proíbo você de perder um segundo do seu tempo pensando demais nisso e chegando à falsa conclusão de que o problema é você.

Bom, lá se foram os meus planos para a noite.

— Não acredito que me apaixonei por ele, Stef. No que eu estava pensando?

— Você estava pensando: "olha só que homem lindo e que é ótimo na cama e que leva minha sobrinha até o ponto de ônibus, quebra o nariz do meu ex e me traz café no meio da tarde para que eu não fique irritada." Todos os sinais estavam lá porque ele os colocou lá. Se você me perguntar, o que sei que você não iria, aposto que ele não estava fingindo. Ele estava sendo sincero, e isso o assustou. Aquele titica de galinha lindo e tatuado.

— Preciso mesmo parar de enviar mensagens de texto sobre tudo o que acontece no meu dia — decidi. — É codependência.

— Vou abordar o assunto com a nossa terapeuta de casais — brincou Stef. — Escuta. Volto a Knockemout daqui a uns dias. O que quer fazer até lá? Dar o fora daí? Comprar roupas novas que dizem "vá se ferrar"?

Ele falava sério. Se eu dissesse que estava com vontade de voar para Roma e gastar uma quantia absurda de dinheiro em sapatos, ele reservaria as passagens de avião. Se eu dissesse que queria ajustar as contas com o Knox enchendo a casa dele de flocos de isopor e caixas de areia, Stef apareceria na minha casa com um caminhão de mudanças cheio de materiais de vingança.

Talvez eu não precisasse de um parceiro de vida. Talvez eu já tivesse um.

— Acho que quero fingir que ele não existe até esquecer que ele existe — decidi.

Eu queria que ele não tivesse importância. Queria não sentir nada quando ele chegasse a um recinto. Queria esquecer que já me apaixonei por ele.

— Isso é tão maduro da sua parte que chega a ser irritante — observou Stef.

— Mas quero que ele sofra enquanto eu esqueço — acrescentei.

— Essa é minha garota — disse ele. — Então se trata de uma Rainha do Gelo com uma pitada de Cisne.

Consegui dar um sorriso fraco, apesar do buraco na minha cavidade torácica.

— Mais ou menos por aí.

— Fique de olho na sua caixa de correio para pegar um pedido da Sephora — disse Stef.

Nenhuma quantidade de cosméticos caros faria com que eu me sentisse melhor. Mas eu também sabia que isso era o Stef me mostrando o quanto ele me amava e que eu podia contar com ele.

— Obrigada, Stef — sussurrei.

— Ei. Cabeça erguida, Witty. Você precisa ser o exemplo para uma criança. Resiliência não é uma característica ruim de se passar adiante. Saia e vá se divertir. Se não parecer divertido na hora, finja até que seja.

Eu tinha a sensação de que iria fingir por muito tempo.

Knox Morgan não era o tipo de homem que se superava. Nunca.

QUARENTA
AS CONSEQUÊNCIAS DE SER UM IDIOTA

Knox

Pare de me olhar assim — mandei.

Waylon bufou um suspiro que agitou suas papadas.

Ele parecia mais triste que o normal, o que era bem significativo para um basset hound. Ele também estava sentado no meu colo, com as patas no meu peito, olhando-me estranho.

Aparentemente, meu cachorro não gostava do fato de estarmos de volta à cabana em tempo integral.

Ele não encarava isso como poupar a Naomi de me ver na mesa de jantar.

Ele não se importava que fosse a coisa certa a fazer. *Era* a coisa certa a fazer, tratei de me lembrar.

Não importava quão magoada tivesse aparentado.

— Porra — murmurei para mim mesmo, passando a mão pela barba.

Adiar só teria tornado as coisas mais complicadas, magoado mais.

Ela estava tão relaxada e feliz, sentada à minha frente na Dino's. Tão linda que eu não conseguia olhar diretamente para ela ou desviar o olhar. Então a luz a deixou.

Eu tinha feito isso. Eu a tinha apagado.

Mas foi a coisa certa.

Eu me sentiria melhor em breve. Sempre me sentia. O alívio de dar fim a uma complicação viria, e eu não me sentiria tão... angustiado.

Com nada melhor para fazer, abri minha terceira cerveja.

Era segunda-feira. Eu tinha passado a tarde inteira no Whiskey Clipper, mas fugi para o meu escritório quando clientes e funcionários começaram a me olhar feio. As notícias se espalhavam rápido em Knockemout. Eu tinha planejado trabalhar hoje à noite no bar, mas Max e Silver me vaiaram quando passei pela porta do Honky Tonk. Então Fi me mostrou o dedo do meio e me disse para voltar quando eu aprendesse a ser menos babaca.

Era por isso que eu não me metia com as mulheres de Knockemout.

Elas ficavam bravas como uma cascavel quando irritadas. Então aqui estava eu. Passando a noite em casa. Desfrutando da minha solidão.

Tudo acabaria em breve. Eu iria parar de me sentir um merda. Naomi iria superar. E todos seguiriam em frente.

Waylon soltou outro resmungo e indicou com um olhar desolado seu prato de comida vazio.

— Tá bom.

Ele pulou do meu colo, e eu o alimentei, depois voltei para a sala de estar, onde caí no sofá e estiquei a mão para pegar o controle remoto.

Meus dedos acabaram encontrando o porta-retrato. Como não tinha nada melhor para fazer, peguei e fiquei olhando. Meus pais tinham sido felizes. Eles tinham construído uma vida para mim e Nash. Uma boa.

Até que tudo desmoronou porque a fundação era instável.

Passei um dedo pelo rosto sorridente da minha mãe na foto e me perguntei por apenas um instante qual seria a opinião dela sobre Naomi e Waylay.

A opinião dela sobre mim.

Depois de um longo gole direto da garrafa, voltei minha atenção para o rosto do meu pai. Ele não estava olhando para a câmera, para quem tinha tirado a foto. Sua atenção estava na minha mãe. Ela tinha sido a luz e o elo. Tudo o que tinha feito nossa família forte e feliz. E quando ela se foi, nós desmoronamos.

Coloquei a foto para baixo, virada em um ângulo no qual eu não tivesse que olhar mais para o passado.

O passado e o futuro eram dois lugares onde eu não deveria estar. A única coisa que importava era o agora. E agora... bem, eu ainda me sentia um merda.

Pronto para adormecer, estendi a mão para o controle remoto de novo quando uma batida forte fez Waylon galopar para a porta da frente, com as orelhas balançando.

Segui em um ritmo mais digno.

Fresco, o ar da noite de setembro entrou quando abri a porta.

Nash estava na soleira da porta, com a mandíbula cerrada e as mãos fechadas em punhos ao seu lado.

— Você tem sorte de eu ter que fazer isso com a mão direita.

— Fazer o q...

Não tive a chance de terminar a pergunta antes que o punho do meu irmão se conectasse com o meu rosto. Como qualquer soco bem dado, perdi o equilíbrio e dei um passo para trás.

— Ai! Caralho! Qual é a sua, Nash?

Ele passou por mim e pisou para dentro.

— O que eu te disse? — rosnou ele por cima do ombro. Ele abriu minha geladeira e pegou uma cerveja.

— Jesus. Disse sobre o quê? — perguntei, movimentando minha mandíbula de um lado para o outro.

— Naomi — disse Lucian.

— Meu Deus, Lucy. De onde você surgiu?

— Eu dirigi. — Ele deu um tapinha amigável no meu ombro e seguiu Nash até a cozinha. — Está se sentindo melhor? — perguntou ao meu irmão.

Nash lhe entregou uma cerveja e deu de ombros.

— Não muito. Ele tem um rosto duro que combina com aquela cabeça dura.

— O que vocês idiotas estão fazendo aqui? — exigi saber, pegando a cerveja de Lucian e segurando-a contra minha mandíbula.

Nash lhe entregou outra.

— Naomi, é claro — disse Lucian, aceitando a cerveja e se agachando para acariciar Waylon.

— Puta que pariu. Essa merda não é da sua conta.

— Talvez não. Mas você é — falou Lucian.

— Falei que não era para você estragar tudo — disse Nash.

— Que palhaçada. Vocês não podem simplesmente entrar na minha casa, me dar um soco na cara, brincar com meu cachorro e beber minha cerveja.

— Podemos, sim, quando você está sendo um filho da mãe estúpido e teimoso — esbravejou meu irmão.

— Não. Não se sentem. Não se sintam confortáveis. Eu finalmente tenho uma noite para mim e não vou desperdiçá-la com vocês.

Lucian pegou sua cerveja e se dirigiu para a sala de estar. Ele se sentou em uma das poltronas e colocou os pés na mesa de centro, parecendo contente o bastante para ficar lá pelo resto da noite.

— Tem vezes que eu odeio mesmo vocês, seus babacas — reclamei.

— O sentimento é mútuo — rosnou Nash. Mas sua mão foi gentil quando ele se inclinou para dar ao Waylon o amor que ele exigia. A cauda do cachorro se desfez em felicidade.

— Você não nos odeia — declarou Lucian, com suavidade. — Você se odeia.

— Vá à merda. Por que eu me odiaria?

Eu precisava me mudar. Eu precisava comprar mil hectares de terra e construir uma cabana no meio e não contar a uma só alma onde eu morava.

— Porque você acabou de mandar à merda a melhor coisa que já aconteceu com você — disse Nash.

— Uma mulher nunca será a melhor coisa que me acontecerá — insisti. As palavras tinham um gosto suspeito de mentira.

— Você é o filho da mãe mais estúpido do estado — disse meu irmão, cansado.

— Ele não está errado — concordou Lucian.

— Por que é que vocês estão tão nervosinhos por causa de quem eu namoro ou deixo de namorar? Nunca foi real mesmo.

— Você está cometendo um grande erro — insistiu Nash.

— O que te importa? Agora você tem sua chance com ela.

Só de pensar nisso, só de imaginá-lo com a Naomi por uma fração de segundo, quase caí de joelhos.

Meu irmão colocou a cerveja na mesa.

— É isso aí, vou bater nele outra vez.

Lucian deixou a cabeça cair na almofada.

— Eu disse que te daria uma oportunidade. Já teve. Arrume um novo jeito de fazer o juízo entrar naquela cabeça dura.

— Tá. Vamos tentar algo novo. A verdade.

— Que poético — disse Lucian.

Eu não ia me livrar de nenhum deles até que eles dissessem o que queriam.

— Digam logo o que vocês precisam dizer, e deem o fora.

— Isso acontece toda vez que ele o vê — reclamou Nash para Lucian.

Lucian assentiu.

— Estou ligado.

Não gostei que meu irmão e meu melhor amigo parecessem ter um histórico de inventar e discutir meus problemas.

— Vê quem?

Nash me olhou impassível.

Revirei os olhos.

— Ah, corta essa. Terminei com a Naomi porque ela ia acabar se magoando. Fiz a coisa certa, e não teve nada a ver com mais ninguém. Pare de tentar me analisar, caralho.

— Então é apenas uma coincidência que você o viu e no dia seguinte decidiu que as coisas estão ficando muito sérias?

— Ele não tem nada a ver com nada que eu faço — insisti.

— Quanto você deu a ele? — perguntou Nash.

— Do que você está falando?

— Quanto dinheiro você deu a ele? É isso que você faz. Tenta resolver os problemas com dinheiro. Tenta usar o dinheiro para se livrar de sentir dor. Mas não pode. Você não pode usar o dinheiro para fazer com que o nosso pai fique sóbrio. Você não pôde usar o dinheiro para me dar uma vida com a qual você se sentisse confortável. E sem sombra de dúvida não pode se sentir melhor por partir o coração da Naomi entregando a ela um maço de dinheiro.

O olhar de Lucian se voltou para mim.

— Diga que você não fez isso.

Bati minha garrafa no balcão, fazendo jorrar cerveja para todo canto.

— Eu a *avisei*. Eu *falei* para ela não se apegar. Ela sabia que não tinha chance. Não é minha culpa que ela seja romântica a ponto de achar que eu poderia mudar. Eu *não posso* mudar. Eu não *quero* mudar. E por que é que estou tendo essa conversa com vocês? Não fiz nada de errado. Falei para ela não se apaixonar.

— Ações falam mais alto que palavras, imbecil. — Nash ergueu sua mão boa. — Luce, você assume.

Lucian se inclinou para a frente na cadeira, com os cotovelos apoiados nos joelhos.

— Acredito que o que seu irmão está tentando lhe dizer é que, embora você tenha dito que não podia e não iria se importar, suas ações disseram a ela outra coisa.

— Nós transamos — falei categoricamente. Transas *fantásticas*. Transas *alucinantes*.

Lucian fez que não.

— Você a acudiu várias vezes. Deu a ela um lugar onde morar, um emprego. Foi à escola da sobrinha dela. Bateu na cara do ex.

— Comprou um celular para ela. Ajudou a arranjar um carro — acrescentou Nash.

— Olhou para ela como se ela fosse a única mulher que enxergava. Você a fez acreditar — continuou Lucian. Waylon trotou até ele e colocou seu corpo no colo do meu amigo.

— E aí tentou suborná-la — disse Nash.

Fechei os olhos.

— Não tentei suborná-la. Eu queria me certificar de que ela ficaria bem.

E ela rejeitou.

— E que parte disso diz "eu não me importo com você"? — perguntou Lucian.

— Você não pode usar o dinheiro como substituto da sua presença. — A voz de Nash estava tão triste que abri os olhos e olhei para ele. Realmente olhei para ele.

Foi isso que ele achou que eu tinha feito quando lhe ofereci o dinheiro da loteria? Quando eu quase tinha enfiado a grana pela goela dele?

Sua carreira na polícia tinha sido um ponto de discórdia entre nós. Mas em vez de me sentar e conversar com ele sobre isso, tentei mexer os pauzinhos com a promessa de uma pilha de dinheiro. O suficiente para que ele nunca tivesse que se preocupar ou trabalhar de novo. Eu enxerguei isso como cuidado.

— Deveria ter guardado o dinheiro. Talvez aí você não tivesse sangrado em uma maldita vala — afirmei com o tom uniforme.

Nash fez que não.

— Você ainda não entendeu, não é, Knox?

— Entendi o quê? Que você é mais teimoso do que eu? Que, se tivesse me dado ouvidos, aquele ladrão de carros covarde não teria quase acabado com a sua vida? Aliás, Luce, já descobriu alguma coisa?

— Estou tentando — respondeu Lucian.

Nash ignorou o comentário paralelo.

— Você não entende que eu ainda assim vestiria aquele uniforme. Mesmo se eu soubesse que ia levar outro tiro amanhã. Eu ainda entraria naquele prédio que seu dinheiro pagou, mesmo sabendo que era meu último dia na Terra. Porque é isso que se faz quando se ama alguma coisa. Você não a abandona. Mesmo que esteja se mijando de medo. E se vocês dois não deixarem de se meter nos assuntos da polícia, ou sequer pensarem em ser vigilantes, vou meter os dois numa cela.

— Concordo em discordar — disse Lucian. A cauda do Waylon batia no braço da cadeira.

— Já terminou? — perguntei, de repente cansado demais para brigar.

— Já. Se quiser fazer a coisa certa, precisa dizer à Naomi o verdadeiro motivo que fez você desistir dela.

— Ah, é? E que motivo é esse? — perguntei, cansado.

— Que você está morrendo de medo de se apaixonar demais e acabar como o pai. Como a Liza J. De não resistir aos momentos difíceis.

Suas palavras acertaram como flechas em um alvo que eu não sabia que estava em mim.

— Engraçado. Eu costumava achar que meu irmão mais velho era o cara mais inteligente do planeta. Agora percebo que ele é apenas um tolo delirante. — Ele começou a se dirigir à porta, parando quando chegou lá. — Você poderia ter sido feliz, cara. Não apenas ficado em segurança. Sido feliz. Como costumávamos ser.

Lucian colocou Waylon no chão e seguiu meu irmão.

QUANDO ELES PARTIRAM, levando minhas cervejas e suas justas frustrações com eles, sentei-me no escuro e encarei a TV em branco, fazendo o possível para não pensar no que eles disseram.

Cheguei ao ponto de começar a procurar grandes lotes de terra longe de Knockemout.

Meu celular sinalizou uma mensagem de texto.

Stef: Sério? Eu te avisei, cara. Não dava para não ter sido um babaca egoísta?

Joguei meu celular de lado e fechei os olhos. Será que era verdade que meus melhores esforços para cuidar das pessoas com quem me importava equivaliam a empurrar uma montanha de dinheiro entre nós? O dinheiro lhes dava segurança, e me protegia.

A batida na minha porta acordou Waylon com um susto.

Ele deu um latido breve e forte, daí decidiu que a cadeira era mais confortável e logo voltou a dormir.

— Vá embora — bradei.

— Abra essa porta, Morgan!

Não era Nash nem Lucian de volta para a segunda rodada. Era pior.

Abri a porta e encontrei o pai da Naomi parado lá usando calça de pijama e moletom. Lou parecia puto da vida. Mas eu estava entorpecido pelo bourbon que tinha passado a beber depois que minhas últimas visitas-surpresa acabaram com toda a minha cerveja.

— Se veio aqui para me dar um soco na cara, alguém chegou primeiro.

— Ótimo. Espero que tenha sido Naomi — disse Lou, abrindo caminho para dentro.

Eu precisava mesmo daqueles mil hectares.

— Ela é classuda demais para isso.

Lou parou no hall de entrada e se virou para mim.

— Ela é, sim. Ela também está muito magoada para ver a verdade.

— Por que está todo mundo tão obcecados com "a verdade"? — perguntei, fazendo aspas no ar. — Por que as pessoas não podem simplesmente cuidar da própria vida e se ater a suas próprias verdades?

— Porque é mais fácil ver a de outra pessoa. E é mais divertido chutar a bunda de outra pessoa quando estão com a cabeça enfiada nela.

— Achei que você, mais que ninguém, estaria comemorando. Você nunca gostou de me ver com ela.

— Eu nunca *confiei* em você com ela. Há uma diferença.

— E acredito que veio aqui para me dar uma lição.

— Creio que sim. Alguém precisa.

Vou adicionar um fosso ao redor do meu esconderijo como último recurso de defesa.

— Tenho 43 anos, Lou. Não preciso de um momento pai e filho.

— Azar seu. Porque é o que vai ter. Lamento que tenha sofrido tantas perdas tão cedo na vida. Lamento que a sua mãe tenha morrido e o seu pai tenha te abandonado. A Liza nos contou alguns detalhes da história. Lamento que tenha perdido o seu avô poucos anos depois. Não é justo. E eu não te culpo por querer se esconder de toda essa dor.

— Não estou me escondendo. Sou um livro aberto. Eu disse à sua filha o que ela poderia esperar de mim. Não é culpa minha que ela tivesse esperanças.

— Isso seria verdade se não fosse por uma coisa.

Esfreguei minha mão no rosto.

— Se eu deixar você me dizer, você vai embora?

— Você não fez isso porque não se importava. Você fez isso porque se importava demais, e isso te assustou.

Bufei no meu copo, tentando ao máximo ignorar o aperto no meu peito.

— Filho, você fez uma grande besteira — continuou ele. — Posso ser o pai da Naomi, e isso pode ser tendencioso da minha parte, mas eu sei que minha filha é sem igual. Uma mulher única na vida. Tal como a mãe dela. E eu não gosto do que indica sobre como você se sente em relação a si mesmo que faz com que ache que não a merece.

Coloquei o copo na mesa. Ele não tinha dito que eu não a merecia. Ele tinha dito que eu achava que não a merecia.

— Você merece a Amanda? — perguntei.

— Nem pensar! Ainda não mereço. Mas eu passo todos os dias da minha vida desde que a conheci tentando ser o tipo de homem que merece. Ela me tornou uma pessoa melhor. Ela me deu o tipo de vida que eu nunca sonhei que teria. E sim, tivemos nossas fases difíceis. A maioria envolveu a Tina. Mas a verdade é que nunca me arrependi de ter ficado com ela.

Permaneci em silêncio, desejando poder estar em qualquer outro lugar, exceto aqui.

— Mais cedo ou mais tarde, você tem que aceitar que não é responsável pelas escolhas de outras pessoas. Pior, às vezes você não consegue consertar o que há de errado com elas.

Ele me olhou bem nos olhos quando disse isso.

— Eu não sou responsável pelas escolhas da minha filha ou pelos resultados dessas escolhas. Você não é responsável pelas do seu pai. Mas é responsável pelas escolhas que você faz. E isso inclui se afastar da melhor coisa que já te aconteceu.

— Olha, Lou, foi um bom papo e tal...

Ele deu um tapinha amigável no meu ombro. Seu aperto era sólido, firme.

— Você não conseguiu salvar sua mãe de um acidente, assim como não conseguiu salvar seu pai do vício. Agora você se preocupa em não poder salvar mais ninguém. Ou suportar perder outra pessoa.

Minha garganta estava apertada e ardia.

Lou intensificou a mão no meu ombro.

— Em algum lugar lá no fundo há um homem mais forte do que seu pai jamais foi. Eu vejo. Sua avó vê. Minha filha vê. Talvez seja hora de você dar uma olhada no espelho.

QUARENTA E UM
A NOVA NAOMI

Naomi

Knox: Olha. Sei que eu poderia ter lidado com as coisas de forma diferente. Mas confie em mim. É melhor assim. Se você ou a Waylay precisarem de alguma coisa, quero saber.

Knox: Liza já deve lhe ter dito, mas a empresa de segurança vai instalar o alarme na casa de campo no sábado. A que horas é o jogo de futebol da Waylay?

Knox: Você está bem?

Knox: Só porque não estamos juntos não significa que deixei de querer que você e Waylay estejam seguras.

Knox: Não pode me evitar para sempre.

Knox: Não podemos agir como adultos, porra? É uma cidade pequena. Mais cedo ou mais tarde vamos nos esbarrar.

ABRI UM OLHO EMBAÇADO e olhei para a tela do meu celular.

Satisfeita em ver que não era um certo irmão Morgan que morreu para mim, deslizei a tela para responder.

— Quê? — resmunguei.

— Acorda, Witty — veio a voz alegre do Stef a meio mundo de distância.

Dei um gemido abafado em resposta e virei na cama.

Eu tinha colocado as cobertas por cima da minha cabeça em uma tentativa juvenil de bloquear o mundo inteiro. Infelizmente, isso teve a consequência não intencional de também me cercar com o cheiro *dele*. Dormir na cama que tínhamos compartilhado enquanto eu me apaixonava pela farsa não era propício a nada além de fazer as coisas irem de mal a pior.

Se eu quisesse sobreviver a isso, eu precisava queimar esses lençóis e comprar um novo conjunto para a Liza.

— A julgar pela sua saudação efusiva, imagino que ainda não tenha arrastado a sua bundinha que vai Sem Sombra de Dúvida Superá-lo Hoje para fora da cama — supôs Stef.

Grunhi.

— Você tem sorte de eu não estar no mesmo continente que você agora porque seu tempo acabou — cantarolou ele.

— Que tempo?

— Seu tempo de "Ai de mim, sinto falta do meu namorado falso, estúpido e gato". Já se passaram cinco dias. O período aceitável de luto acabou. Você está oficialmente renascendo como a Nova Naomi.

Renascer parecia dar muito trabalho.

— Não posso simplesmente definhar como a Velha Naomi? — A Velha Naomi tinha passado os últimos dias dando sorrisos falsos para a Waylay e os clientes da biblioteca, depois passado algumas horas por dia tentando sem entusiasmo limpar os destroços na casa de campo. Tudo isso evitando pensar no Knox.

Eu estava exausta.

— Não é uma opção. São 6h30 no seu fuso horário. Seu dia começa agora.

— Por que você é tão malvado? — gemi.

— Sou seu fada-padrinho malvado. Você tem uma transformação para iniciar, minha pequena lagarta.

— Não quero ser uma borboleta. Quero ficar aconchegada no meu casulo.

— Azar seu. Se não sair da cama nos próximos dez segundos, vou trazer a artilharia pesada.

— Saí — menti.

Ele disse algo debochado em francês.

— No caso de precisar da tradução, eu disse que isso era conversa fiada em francês. Agora, quero que tire a bundinha da cama e tome um banho porque a Liza disse que o seu cabelo está mais oleoso que fritadeira em bar desportivo em noite de frango à passarinho. Daí, quero que abra o pedido da Sephora que lhe enviei e saia desse desânimo.

— Eu gosto de desânimo.

— Não gosta, não. Você gosta de táticas e listas de tarefas. Estou te dando os dois.

— Ter amigos que te conhecem muito bem é superestimado — reclamei voltada para meu travesseiro.

— Ok. Tá bom. Mas quero que fique registado que você me obrigou a fazer isso.

— Fazer o quê?

— Você tem uma garota de 11 anos que te admira. Quer mesmo ensiná-la que quando um garoto magoa seus sentimentos, deve desistir da vida?

Sentei-me.

— Eu te odeio.

— Não odeia, não.

— Por que não posso me sentir infeliz?

Era mais do que sentimentos feridos, e ele sabia disso. Knox tinha me avisado. Ele disse para não me apaixonar por ele, para não confundir suas ações com sentimentos reais. E eu *ainda assim* tinha me apaixonado por ele. Isso me tornava uma idiota. Pelo menos Warner tinha tentado esconder seu verdadeiro eu de mim.

Era uma desculpa, não uma grande, mas uma desculpa mesmo assim.

Mas não havia tal desculpa com Knox.

Eu o amava. Eu o amava de verdade. Amava-o o bastante para não saber se conseguiria sobreviver à angústia de ser largada.

— Porque todo esse diálogo interno negativo de "eu sou tão idiota" e "como pude me apaixonar por ele" é uma perda de tempo e energia. Também dá um péssimo exemplo para Waylay, que já teve péssimos exemplos suficientes para durar a vida toda. Tire sua bunda da cama, tome um banho e se arrume para mostrar à Waylay como se reduz a vida de um idiota a cinzas.

Meus pés atingiram o chão.

— Você é muito bom nesse negócio de discurso motivacional.

— Você merece algo melhor, Witty. Sei que em algum lugar lá no fundo você não pensa assim. Mas você merece um homem que vai te colocar em primeiro lugar.

— Eu te amo.

— Também te amo, amiga. Preciso ir. Mas eu quero uma selfie pós-banho e maquiada. E vou mandar por e-mail a sua tática do dia.

De: Stef
Para: Naomi
Assunto: Nova Naomi – Dia Um

1. *Tirar a bunda da cama.*
2. *Banho.*
3. *Maquiagem.*
4. *Cabelo.*
5. *Roupa. (Eu sei o quanto você gosta de riscar as coisas da sua lista)*
6. *Café da manhã reforçado.*
7. *Treino de futebol da Waylay. Sorria. Ilumine a porcaria do campo com sua graciosa beleza.*
8. *Organizar um encontro social espontâneo. Convide amigos, familiares e o Nash (essa parte é muito importante). Fique linda (também muito importante). Divirta-se de verdade (o mais importante) ou finja até conseguir.*
9. *Ir dormir satisfeita.*
10. *Acordar. Repetir.*

COM A SATISFAÇÃO de já ter riscado quatro itens da minha lista de tarefas, aventurei-me para o andar de baixo. O resto da casa ainda estava em silêncio.

Stef me conhecia muito bem. E era mesmo mais fácil fingir uma atitude positiva quando eu estava bonita.

Tinha café fresco esperando por mim. Servi uma quantidade generosa em uma caneca vermelha bem-humorada e observei a cozinha enquanto bebia.

O cômodo tinha ganhado uma nova vida desde a primeira vez que tinha sido convidada a entrar. Parecia que a maior parte da casa tinha. As cortinas não só tinham sido abertas, mas lavadas, passadas a ferro e recolocadas. O sol da manhã fluía através de um vidro limpo.

Anos de poeira e sujeira tinham sido removidos, armários e gavetas de tralha organizados. Os quartos fechados por quase duas décadas agora estavam cheios de vida. A cozinha, a sala de jantar e o solário se tornaram o coração de uma casa cheia de pessoas.

Juntos, tínhamos voltado a dar vida ao espaço que tinha passado muito tempo sem uma.

Levei meu café para o solário e fiquei nas janelas, observando o riacho pegar folhas caídas e levá-las rio abaixo.

A perda ainda estava lá.

Os buracos deixados pela filha e pelo marido da Liza não tinham sido magicamente preenchidos. Mas me parecia que havia mais nos arredores desses buracos agora. Jogos de futebol aos sábados.

Jantares em família. Noites de filme em que todos falavam demais sem que desse para ouvir o que estava acontecendo na tela. Noites relaxantes passadas grelhando o jantar e brincando no riacho.

Cachorros. Crianças. Vinho. Sobremesa. Noites de jogo.

Nós tínhamos construído algo especial aqui em volta da Liza e de sua solidão. Ao meu redor e dos meus erros. Isto não era o fim. Os erros existem para se aprender com eles, para superá-los. Não para nos destruir.

Resiliência.

Na minha opinião, Waylay já era o epítome da resiliência. Ela tinha lidado com uma infância de instabilidade e insegurança e estava aprendendo a confiar nos adultos em sua vida. Talvez fosse um pouco mais fácil, porque ela nunca tinha decepcionado a si mesma como eu tinha. Eu a admirava por isso.

Eu deveria aprender com o exemplo dela.

Ouvi o arrastar de pés pontuados pelas animadas batidas de unhas de cachorro no piso.

— Bom dia, tia Naomi. O que tem para o café da manhã?

Waylay bocejou na cozinha.

Saí da minha manhã triste e voltei para a cozinha.

— Bom dia. Está com vontade de comer o quê?

Ela deu de ombros e se acomodou em um banquinho na ilha. Seu cabelo loiro estava levantado em um lado de sua cabeça e esmagado no outro. Ela estava usando pijamas com estampa de camuflagem rosa e chinelos fofos que Fogoso e Kitty tentavam roubar e esconder em suas caminhas de cachorro pelo menos uma vez por dia.

— Hum. Que tal ovos com queijo? — disse ela. — Uau. Está bonita.

— Obrigada — agradeci, pegando uma panela.

— Cadê o Knox?

A pergunta da Waylay pareceu uma facada no coração.

— Ele voltou para a cabana dele — falei com cuidado.

Waylay revirou os olhos.

— Eu sei *disso*. Por quê? Achei que as coisas estavam bem entre vocês? Vocês estavam se beijando o tempo todo e rindo tanto.

Meu instinto era mentir. Protegê-la. Afinal, ela era apenas uma criança. Mas eu já a tinha protegido demais, e o tiro continuava saindo pela culatra.

— Precisamos conversar sobre algumas coisas — falei a ela enquanto pegava a manteiga e os ovos da geladeira.

— Eu só chamei o Donnie Pacer de imbecil porque ele empurrou a Chloe e disse que ela era otária e idiota — disse Waylay, na defensiva. — E eu não usei a palavra com P porque não tenho permissão.

Endireitei-me com uma caixa de ovos na mão e pisquei.

— Sabe de uma coisa? Voltaremos a isso num minuto.

Mas minha sobrinha não tinha terminado sua defesa.

— Knox disse que é bom defender as pessoas. Que cabe aos fortes cuidar daqueles que precisam ser protegidos. Ele disse que eu sou uma das mais fortes.

Droga.

Engoli em volta do nó na garganta e pisquei as lágrimas que queimavam meus olhos, ameaçando estragar meu rímel.

Desta vez, a dor não era só por mim. Era pela garotinha com um herói que não queria nenhuma de nós.

— Isso é verdade — falei. — E é bom que você seja uma das fortes, porque eu preciso te contar algumas coisas difíceis.

— Minha mãe vai voltar? — sussurrou Waylay.

Eu não sabia como responder a isso. Então comecei por outro tópico.

— A casa de campo não está infestada de insetos — contei. Fogoso, o beagle, pulou em minhas pernas e olhou para mim com olhos castanhos comoventes. Inclinei-me para coçar suas orelhas.

— Não está?

— Não, querida. Falei isso porque não queria te preocupar. Mas acontece que é melhor para você saber o que está acontecendo. Alguém invadiu. Fez uma bagunça enorme e levou algumas coisas. O chefe Nash acha que a pessoa estava procurando algo. Não sabemos o que estava procurando ou se encontrou.

Waylay estava encarando o balcão.

— Foi por isso que nos mudamos para cá com a Liza e seus avós.

— E o Knox?

Engoli com força.

— Nós terminamos.

O dedo que ela estava usando para passar um grão de um lado para outro no balcão parou.

— Por que vocês terminaram?

Droga de crianças e suas perguntas irrespondíveis.

— Não sei bem, querida. Às vezes as pessoas só querem coisas diferentes.

— O que ele queria então? Não éramos boas o bastante para ele?

Cobri a mão dela com a minha e apertei gentilmente.

— Acho que somos mais do que boas o bastante para ele, e talvez isso o tenha assustado.

— Você deveria ter me dito.

— Tem razão — concordei.

— Não sou uma criancinha que vai surtar, sabe — disse ela.

— Eu sei. De nós duas, eu que sou a grande criancinha.

Isso me rendeu o mais leve dos sorrisos.

— Foi minha mãe?

— Foi sua mãe o quê?

— Que invadiu? Ela faz esse tipo de coisa.

Era por isso que eu não tinha conversas sinceras com as pessoas. Elas faziam perguntas que exigiam ainda mais sinceridade.

Soltei um suspiro.

— Sinceramente não sei. É possível. Há alguma coisa que você imagina que ela estaria procurando?

Ela encolheu os ombros de menina que já carregavam mais peso do que era justo.

— Sei lá. Talvez algo que valha muito dinheiro.

— Bom, quer tenha sido sua mãe ou não, não precisa se preocupar. A Liza mandou instalar um sistema de segurança hoje.

Ela assentiu, com os dedos traçando padrões no balcão de novo.

— Quer me dizer como você está se sentindo em relação a tudo isso? — perguntei.

Ela se inclinou para coçar a cabeça da Kitty.

— Sei lá. Mal, eu acho. E brava.

— Eu também — concordei.

— Knox nos deixou. Achei que ele gostava da gente. Que gostasse de verdade.

Meu coração se partiu de novo, e jurei que faria Knox Morgan pagar. Fui até ela e envolvi um braço ao seu redor.

— Ele gostava, querida. Mas às vezes as pessoas ficam assustadas quando começam a se importar demais.

Ela grunhiu.

— Acho que sim. Mas eu ainda posso ficar brava com ele, certo?

Tirei o cabelo de seus olhos.

— Sim. Pode. Seus sentimentos são reais e válidos. Não deixe ninguém lhe dizer que você não deve se sentir do jeito que se sente. Tá bom?

— Sim. Tá bom.

— E aí, o que acha de dar uma festa hoje à noite se a Liza concordar? — perguntei, apertando-a com gentileza outra vez.

Waylay se animou.

— Que tipo de festa?

— Eu estava pensando em uma fogueira com cidra de maçã e outras coisinhas — falei, quebrando um ovo em uma tigela de vidro.

— Legal. Posso convidar a Chloe e a Nina?

Adorava que ela tinha amigas e uma casa que queria compartilhar com elas.

— É claro. Vou falar com os pais delas hoje.

— Talvez possamos fazer com que a Liza escolha algumas músicas country que a mãe do Knox e do Nash gostava — sugeriu ela.

— É uma ótima ideia, Way. Falando em festas...

Waylay deu um suspiro e olhou para o teto.

— Seu aniversário está chegando — lembrei-a. Liza, meus pais e eu já tínhamos um armário cheio de presentes embrulhados. Estávamos no pé dela em relação ao seu grande dia há semanas, mas ela continuava irritantemente evasiva. — Já decidiu como quer comemorar?

Ela revirou os olhos.

— Ai, meu deus, tia Naomi! Já te disse nove milhões de vezes que não gosto de festas de aniversário. Elas são ridículas, decepcionantes e chatas.

Apesar de tudo, sorri.

— Não querendo te deixar culpada, mas sua avó vai ficar histérica se você não a deixar fazer pelo menos um bolo.

Vi o olhar ponderador em seu rosto.

— Que tipo de bolo?

Dei uma encostadinha no nariz dela com uma espátula.

— Esta é a melhor parte dos aniversários. Você escolhe.

— Hum. Vou pensar nisso.

— É tudo que peço.

Eu tinha acabado de colocar os ovos na frigideira quando senti braços em volta da minha cintura e um rosto pressionado nas minhas costas.

— Lamento que o Knox tenha sido um idiota, tia Naomi — disse Waylay, com a voz abafada.

Minha garganta se fechou enquanto eu apertava as mãos dela com as minhas. Era uma coisa tão nova e frágil esse carinho que ela me mostrava nos momentos em que eu menos esperava. Eu estava com medo de fazer ou dizer a coisa errada e assustá-la.

— Eu também. Mas vamos ficar bem. Vamos ficar melhores do que bem — prometi.

Ela me soltou.

— Ei. Aqueles idiotas não roubaram a minha calça jeans nova com flores cor-de-rosa quando invadiram, né?

FI: NÃO SEI O QUE ESTÁ ROLANDO *entre vocês dois. Mas o Knox me ofereceu mil dólares para colocar você na programação de hoje à noite, já que você alegou estar doente nos dois últimos turnos. Posso dividir com você ou mandar ele ir se danar. A decisão é sua!*

Eu: Desculpe. Não dá. Vou fazer uma fogueira hoje à noite e você está convidada.

Fi: É isso aí! Posso levar minha família irritante?

Eu: Ficaria desapontada se você não trouxesse.

QUARENTA E DOIS
O VELHO KNOX

Knox

De jeito nenhum que eu ia admitir, mas o tratamento de princesa do gelo estava me matando. Já tinham se passado cinco dias desde que eu tinha contado a verdade à Naomi. Desde que eu tinha terminado as coisas para poupar os sentimentos dela. E eu estava deprimente.

O alívio que eu tinha esperado sentir por terminar as coisas nunca chegou. Em vez disso, eu me sentia mal e inquieto. Quase culpado. Eu estava me sentindo pior do que quando tive minha primeira ressaca há mais de 30 anos.

Eu queria que as coisas voltassem ao jeito que eram antes de a Naomi aparecer com margaridas no cabelo. Mas não era possível. Não com ela na cidade me evitando.

Não era uma tarefa fácil, já que ela morava com minha avó. Ela tinha cancelado seus turnos no Honky Tonk. Eu esperava sentir alívio por não ter que enfrentá-la, mas quanto mais ela ficava sem responder às minhas mensagens de texto ou ligações, mais inquieto eu me sentia.

Ela já devia ter superado a esta altura. Inferno. Eu já devia ter superado a esta altura.

— O cliente das 17h cancelou — disse Stasia quando voltei ao Whiskey Clipper após minha pausa para o almoço na Dino's, onde recebi olhares raivosos e pizza fria que eu nem tive vontade de comer.

Ela e Jeremiah estavam arrumando para fechar.

— Sério?

Era o terceiro cliente que cancelava comigo essa semana. Dois tinham remarcado com Jeremiah e se sentado na cadeira dele me desferindo olhares críticos. Nenhum teve coragem de dizer nada. Mas não precisavam. Eu já tinha levado uma baita surra das meninas do Honky Tonk.

— Acho que você deve os ter irritado de alguma forma — gracejou Stasia.

— Não é da conta de ninguém quem eu vejo ou deixo de ver — falei, mergulhando o pente de volta no álcool e guardando minha tesoura.

— Esse é o problema de uma cidade pequena — disse Jeremiah. — Tudo é da conta de todos.

— É mesmo? Bom, todo mundo pode ir se danar.

— Realmente, ele parece bem mais feliz desde que saiu daquele relacionamento horroroso — disse Stasia, que fingiu coçar o nariz com o dedo do meio.

— Quem assina seus contracheques? — lembrei-a.

— Algumas coisas valem mais do que dinheiro.

Eu não precisava desses insultos. Eu tinha mais o que fazer. Uma vida para viver. E esses idiotas poderiam simplesmente andar logo e esquecer tudo que tinha a ver comigo e Naomi.

— Estou indo para o Honky Tonk — avisei.

— Tenha uma ótima noite — gritou Jeremiah depois que eu passei. Mostrei o dedo do meio na sua direção.

Em vez ir para o bar, entrei no meu escritório. Não parecia um santuário. Parecia uma prisão. Eu tinha passado mais tempo trancado aqui esta semana do que no mês anterior inteiro. Nunca tinha estado tão em dia com a papelada. Ou tão desconectado do que estava acontecendo com meus negócios.

— Por que é que as pessoas nesta cidade ficam se preocupando com quem eu namoro ou deixo de namorar? — murmurei para mim mesmo.

Peguei o cheque do aluguel de um dos apartamentos lá de cima. O inquilino também incluiu um bilhete rabiscado em uma nota adesiva que dizia "Você ferrou tudo".

Eu estava começando a temer que todo mundo estivesse certo. Que eu tinha feito a coisa errada. E isso se assentou tão bem em mim quanto a ideia de usar terno e gravata todos os dias pelo resto da vida.

Eu gostava de liberdade. Por isso que eu tinha meus próprios negócios. Aquele bilhete de loteria me proporcionou estabilidade e liberdade. Embora administrar meus próprios negócios, às vezes, também desse a sensação de que mil braçadeiras me amarravam à responsabilidade. Mas era uma responsabilidade que eu escolhi.

Eu poderia administrar meus negócios sem me preocupar com outras pessoas... bem, exceto as que eu empregava. E servia.

Porra.

Eu precisava sair da minha cabeça.

Atravessei o corredor e entrei no Honky Tonk. Ainda era cedo para uma sexta-feira, mas a música estava alta, e eu sentia o cheiro de asas de frango assando na cozinha. Senti-me em casa. Mesmo que meus olhos tenham feito uma rápida varredura no bar, procurando pela Naomi. Ela não estava lá e a decepção que senti me cortou como uma faca.

Silver e Max estavam atrás do balcão. Fi estava jogando conversa fora com Wraith. As três olharam para mim.

— Boa noite — cumprimentei, testando as águas.

— Uuu! — entoaram em coro. Silver e Max estavam com o polegar para baixo. Fi estava com um polegar para baixo e um dedo do meio levantado. O outro funcionário, Brad, uma contratação nova para equilibrar o estrogênio, recusou-se a fazer contato visual comigo.

— Sério?

A meia dúzia de clientes riu.

— Eu poderia despedir cada uma de vocês — lembrei-as.

Elas cruzaram os braços ao mesmo tempo.

— Gostaria de ver você tentar — disse Max.

— É. Não tenho dúvida de que você iria cuidar do bar, servir e gerenciar muito bem sozinho numa noite de sábado — disse Silver. Seu piercing de nariz se moveu quando suas narinas inflaram.

Porra.

Eu sabia quando não era benquisto.

Tudo bem. Eu poderia ir para casa e desfrutar da paz e tranquilidade da vida de solteiro. Outra vez. Talvez esta noite não parecesse tão vazia. Eu me acostumaria com isso.

— Tá. Estou indo embora — falei.

— Ótimo — disse Max.

— Tchau — disse Silver.

— Foda-se — falou Fi. — Vou embora também.

— Tá. Tanto faz. — Eu iria para casa e elaboraria um novo cronograma em que essas três nunca mais trabalhassem ao mesmo tempo no bar, decidi. Mesmo que isso significasse contratar mais cinco pessoas. Eu iria contratar caras que não menstruavam e que estavam pouco se lixando para mim.

Fantasiei essa vida no passeio tranquilo que fiz na minha bicicleta, serpenteando por Knockemout e além antes de enfim ir para casa. Afinal, eu não tinha ninguém esperando por mim. Ninguém a quem prestar contas. Eu podia fazer o que quisesse. Que era exatamente o que eu queria da vida.

Fiquei tão distraído me lembrando de como minha vida era ótima sem Naomi que quase não notei os veículos na casa da Liza.

Por um segundo, entrei em pânico, perguntando-me se algo tinha acontecido. Se tinha ocorrido outra invasão ou pior.

Então ouvi a música, o riso.

Pedalei lentamente, esperando ter um vislumbre dela. Não tive tanta sorte. Estacionei minha bicicleta na minha garagem e estava indo para a porta da frente quando o cheiro de fogueira atingiu minhas narinas.

Se Liza queria dar uma festa sem me dizer, o problema era dela, decidi, abrindo a porta.

Waylon atacou, suas patas arranhando minha calça conforme ele latia e gemia sobre como ele estava com fome desde o seu lanche da tarde.

— É, é. Vamos. Intervalo para xixi primeiro, depois janta.

Fui direto para a cozinha e abri a porta dos fundos.

O cachorro passou entre as minhas pernas.

Ele não parou em sua parada de xixi habitual. Suas pernas atarracadas estavam muito ocupadas galopando em direção à casa da Liza.

Eu podia ver o fogo de onde eu estava. Alguém tinha montado uma fogueira ao lado do riacho. Havia mesas com comida, cadeiras de acampamento e mais de uma dúzia de pessoas circulando, parecendo estar se divertindo muito.

Os cães da Liza, Fogoso e Kitty, se afastaram das mesas de comida para cumprimentar Waylon. Vi Waylay, com seu cabelo loiro embaixo de um gorro rosa choque que aposto que Amanda tinha tricotado para ela. Suas amigas Nina e Chloe estavam brincando no pátio lateral. A pontada no meu peito me pegou de surpresa. Waylay ficou de joelhos na grama e acariciou Waylon. Ele rolou de costas em êxtase.

Esfreguei minha mão distraidamente sobre o peito, questionando-me se era indigestão por causa da pizza fria e ruim.

Faróis cortaram o quintal quando outro carro entrou. Reconheci a minivan. Fi, seu marido e seus filhos carregando cadeiras de acampamento, pratos cobertos, e um pacote de seis latinhas.

Ótimo. Minha própria família e agora meus funcionários estavam do lado dela em tudo isso. Era por isso que eu precisava de mil hectares longe daqui.

Então eu a vi.

Naomi à luz do fogo.

Ela usava aquela legging apertada que exibia cada centímetro de suas pernas quilométricas. Botas femininas com revestimento de pele. Um suéter grosso e curto por baixo de um casaco térmico. Seu cabelo era um amontoado de cachos que brilhavam na cor âmbar à luz do fogo. Ela estava usando um gorro de tricô parecido com o da Waylay, só que vermelho-escuro.

Ela estava sorrindo. Rindo. Brilhando.

A pontada no meu peito se tornou uma dor física, e eu me perguntei se deveria ligar para um cardiologista. Isto não era normal. Não era assim que deveria ser.

Eu terminava as coisas antes que ficassem pegajosas demais e não sentia nada além de alívio imediato depois. Se eu voltava a me deparar com uma das minhas conquistas outra vez, o que era raro, era fácil. Agradável. Nunca prometia nada, e elas nunca esperavam nada.

Mas desta vez, apesar dos meus melhores esforços, tinha havido expectativas. Embora ela não parecesse estar sofrendo. Ela estava junto ao riacho, parada perto do meu irmão idiota, tendo o que parecia ser uma conversa íntima.

Sua mão enluvada se estendeu e apertou o braço dele.

Meus punhos se cerraram ao meu lado. Raiva se filtrou na minha visão.

O meu irmão não tinha perdido um segundo, não é?

Não foi uma decisão consciente ir até ela, mas meus pés tinham uma consciência própria. Caminhei pela grama em direção ao grupinho feliz com destruição em mente.

Eu não a queria com ele. Não a queria com ninguém.

Eu não suportava a ideia de vê-la ao lado dele, muito menos o que mais eles estivessem fazendo. Porra.

Liza J me chamou, e Amanda me deu um sorriso de pena conforme eu passava pelas festividades.

— Vocês dois não perderam tempo, né? — esbravejei quando os alcancei do outro lado do fogo.

Nash teve a audácia de rir bem na minha cara.

Mas Naomi agiu diferente. O sorriso fácil em seu rosto desapareceu, e, quando ela olhou para mim, não foi uma princesa do gelo que eu vi, pronta para me congelar. Foi uma mulher em chamas pronta para me queimar vivo.

O alívio foi rápido e avassalador. O aperto no meu peito afrouxou em milímetros. Ignorar-me significava que ela não se importava. Mas o fogo que vi naqueles lindos olhos avelã me dizia que ela me odiava.

Isso era melhor do que o desinteresse frio.

Nash deu um passo à frente, efetivamente se colocando entre mim e Naomi, o que só serviu para me irritar ainda mais.

— Há algum problema? — perguntou-me ele.

Eu tinha um problema de 1 metro e 83 centímetros com buracos de bala nele.

— Problema? Com você pegando as minhas sobras? Não. Melhor que ela não é desperdiçada.

Eu era um babaca do caralho e tinha ido longe demais. Eu merecia o sopapo que Nash estava prestes a me dar. Parte de mim queria. Queria que o castigo físico tomasse o lugar da tempestade emocional que estava me destruindo por dentro.

Eu não conseguia pensar direito com ela tão perto. Tão perto, e sem poder tocá-la. Sem poder estender a mão e reivindicar o que eu tinha jogado fora.

O punho do Nash recuou, mas antes que ele pudesse deixá-lo voar, outro corpo se interpôs entre nós.

— Você é uma criança fazendo birra — falou Naomi, a centímetros de mim. — E não foi convidado. Então vá para casa.

— Daisy — falei, estendendo as mãos para ela no piloto automático. No entanto, mais um corpo se enfiou entre nós.

— Se não quiser entrar para a história como o maior idiota desta cidade, sugiro que recue — disse Sloane.

Ela estava me encarando como se eu tivesse acabado de derrubar o Papai Noel em um almoço na biblioteca.

— Saia da minha frente, Sloane — rosnei na cara dela.

Então uma mão surgiu no meu peito, e eu estava sendo empurrado para trás *com força*.

— Alvo errado, amigo. — Lucian, parecendo mais casual em jeans e lã do que eu já o tinha visto em uma década, agarrou meu casaco.

A raiva em seus olhos me deu a entender que eu estava brincando com fogo. Eu dava conta do meu irmão, especialmente porque ele estava com um braço só. Mas eu não era burro a ponto de achar que poderia enfrentar Nash e Lucian e viver para contar a história.

— Não preciso da sua proteção, seu grande idiota ricaço — vociferou Sloane para Lucian.

Ele a ignorou em favor de me afastar do fogo. Da minha família. Do meu cão estúpido que estava com o focinho no que parecia ser uma caçarola de cachorros-quentes.

— Me solte, Luce — avisei.

— Eu vou quando você não estiver determinado a ir lá e afetar pessoas que não têm nada a ver com o assunto.

Interessante. Ele estava bravo não porque eu tinha atacado Nash e Naomi, mas porque eu tinha gritado na cara da Sloane.

— Achei que você não a suportava — zombei.

Lucian me deu outro empurrão, e eu tropecei para trás.

— Caramba, Knox. Não precisa ser tão babaca o tempo todo.

— Nasci assim — revidei.

— Que papo furado. O que você mostra ao mundo é uma escolha. E agora você está fazendo uma escolha burra.

— Eu fiz a coisa certa, cara.

Lucian pegou um cigarro e um isqueiro.

— Continue repetindo a si mesmo se isso o ajuda a dormir à noite.

— Falei para ela para não se apegar. Eu a avisei.

Olhei por cima do ombro de Lucian e vi Naomi parada ao lado do fogo, de costas para mim. Com o braço do Nash em volta dela.

Meu peito se apertou outra vez, e aquela dor se transformou em um ferimento de faca agora.

Talvez eu tenha dito a ela para não se apegar, mas eu não me concedi a mesma cortesia. Nunca pensei que era algo com que eu tinha que me preocupar.

Mas Naomi Witt, a noiva fugitiva com mania de limpeza, tinha me fisgado.

— Fiz a coisa certa — repeti como se isso tornasse aquilo verdade.

Com os olhos em mim, Lucian acendeu seu cigarro.

— Nunca lhe ocorreu que a coisa certa teria sido ser o homem que seu pai não pôde ser?

Porra. Essa me atingiu com força.

— Vá se ferrar, Lucy.

— Tente se desferrar, Knox. — E com isso, ele voltou para a fogueira, deixando-me sozinho no escuro.

Vi um lampejo de rosa com o canto do olho e encontrei Waylay parada a poucos metros de mim. Waylon sentado a seus pés.

— Oi, Way — falei, de repente me sentindo o maior e mais estúpido babaca do planeta.

— Oi, Knox.

— Como vão as coisas?

Ela deu de ombros, com aqueles olhos azuis fixos em mim e o rosto neutro.

— Como foi o treino de futebol? Eu quis passar lá, mas...

— Tudo bem. Não precisa fingir. Eu e a tia Naomi estamos habituadas a não sermos queridas pelas pessoas.

— Way, isso *não* é justo, porra. Não foi por isso que as coisas não deram certo comigo e sua tia.

— Tanto faz. Talvez não devesse xingar na frente de crianças. Elas podem aprender com você.

Ai.

— Estou falando sério, pequena. Vocês são boas demais para mim. Mais cedo ou mais tarde, vocês teriam chegado a essa conclusão. Vocês merecem algo melhor.

Ela encarou as botas. Seu pequeno pingente de coração reluzia nos cadarços, e eu percebi que ela não estava usando os tênis que eu dei. Isso também doeu.

— Se pensasse mesmo assim, teria dado mais de si para ser bom o bastante. Não nos descartado como se fôssemos lixo.

— Nunca disse que vocês eram lixo.

— Você nunca disse muita coisa, né? — falou ela. — Agora, deixe a tia Naomi em paz. Você tem razão. Ela merece algo melhor do que um cara que não é esperto a ponto de ver como ela é incrível.

— Eu sei o quão incrível ela é. Eu sei o quão incrível você é — argumentei.

— Só não incríveis a ponto de fazer você ficar — disse ela. O olhar que ela me desferiu estava anos-luz dos onze em maturidade. Eu me odiava por lhe dar mais um motivo para duvidar de que era tudo menos a inteligente, linda e corajosa que era.

— Waylay! Vamos — chamou Nina, erguendo no alto um saco gigante de marshmallows.

— É melhor você ir — disse-me Waylay. — Você deixa a tia Naomi triste e eu não gosto disso.

— Você vai colocar ratinhos na minha casa? — perguntei, esperando que uma piada consertasse alguns dos danos.

— Para que me dar ao trabalho? Não adianta se vingar de alguém burro demais para se importar.

Ela se virou e se dirigiu à fogueira, depois parou outra vez.

— Vou ficar com seu cachorro — falou ela. — Vamos, Waylon.

Observei uma criança de quem eu não só gostava, mas respeitava, afastar-se em direção à festa com meu próprio cachorro. Naomi cumprimentou Waylay com um abraço de um braço só, e as duas viraram as costas para mim.

Para ser do contra, peguei um dos cachorros-quentes da mesa e uma cerveja. Fiz uma continência meia-boca para a minha avó e depois voltei para minha casa sozinho.

Quando cheguei lá, joguei os dois no lixo.

QUARENTA E TRÊS
BEBEDEIRA

Naomi

Knox: Te devo um pedido de desculpas pela noite passada na casa da Liza. Eu passei dos limites.

RESPIREI FUNDO, desliguei meu carro e encarei a porta lateral do Honky Tonk. Era meu primeiro turno desde O Término, e eu estava tensa. Era um turno de almoço de fim de semana. As chances de o Knox estar lá dentro eram negativas.

Mas ainda assim precisei de umas palavras de incentivo antes de sair do carro.

Eu me senti razoavelmente bem no meu outro trabalho durante a semana. A biblioteca parecia um recomeço e não tinha lembranças do Knox em cada esquina. Mas o Honky Tonk era diferente.

— Você consegue. Saia do carro. Fature o dinheiro das gorjetas e sorria até o rosto doer.

Knox tinha dado chilique na fogueira e teve que ser escoltado por Lucian. Eu tinha feito um trabalho meia-boca enchendo a Sloane para obter informações sobre o cavalheirismo do Lucian. Mas por dentro eu estava me recuperando de estar tão perto do Knox outra vez.

Ele pareceu zangado e quase magoado. Como se eu ter estado ao lado de seu irmão tivesse sido algum tipo de traição. Era risível. O homem tinha me descartado como um pano usado e teve a coragem de me dizer que eu estava seguindo em frente rápido demais quando tudo o que tinha feito foi dar a Nash a lista que eu estava fazendo sobre pessoas ou incidentes que pareceram estranhos para mim.

Olhei no espelho retrovisor.

— Você é uma Cisne Rainha do Gelo — disse ao meu reflexo. Saí do carro e fui para dentro.

Alívio se apoderou de mim quando não o vi. Milford e outro cozinheiro já estavam aprontando a cozinha, preparando-se para o dia. Cumprimentei-os e fui para o bar. Ainda estava escuro. Os bancos estavam empilhados, então liguei a música e as luzes e comecei a deixar o lugar pronto.

Eu tinha virado todos os bancos, remontado a máquina de refrigerante e estava ligando o aquecedor de sopa quando a porta lateral se abriu.

Knox entrou, seus olhos se voltando diretamente para mim.

O ar saiu do meu peito e, de repente, eu não conseguia me lembrar de como inspirar.

Droga. Como um homem que me machucou tanto podia ser tão bonito? Não era justo. Ele estava usando calça jeans destroyed e outra camiseta de mangas compridas. Esta tinha um tom verde florestal. Havia um hematoma no queixo que lhe conferia um ar de encrenca. O tipo de encrenca sexy e deliciosa.

Mas a Nova Naomi era mais inteligente. Eu não ia cair nessa outra vez.

Ele acenou para mim, mas voltei minha atenção para a sopa e tentei fingir que ele não existia. Pelo menos até que ele chegou perto demais para que isso fosse possível.

— Oi — disse ele.

— Oi — repeti, cobrindo o aquecedor com a tampa de metal e jogando fora o filme plástico.

— Estou no bar hoje — falou ele depois de um momento de hesitação.

— Certo. — Relei nele para chegar à lava-louças industrial onde duas bandejas de copos limpos esperavam. Levantei uma, até que ela foi arrancada de minhas mãos.

— Eu dou conta — insisti.

— Agora eu dou conta — disse Knox, carregando-a até a máquina de refrigerante e colocando no balcão de aço inoxidável.

Revirei os olhos e peguei a segunda bandeja. Ela, também, foi prontamente removida de minha posse. Ignorando-o, acendi as lâmpadas de aquecimento do balcão expositor e fui para o ponto de venda para verificar a fita do recibo.

Eu podia senti-lo me observando. Seu olhar era pesado e quente. Eu odiava estar tão ciente dele.

Praticamente podia senti-lo me olhando da cabeça aos pés. Eu estava usando calça jeans hoje em vez de uma das minhas saias, sentindo que cada camada de proteção era necessária.

— Naomi. — Sua voz saiu rouca ao pronunciar meu nome, e isso me fez estremecer.

Olhei para ele e lancei o meu melhor sorriso falso.

— Sim?

Ele enfiou a mão no cabelo, depois cruzou os braços.

— Devo um pedido de desculpas. Ontem à noite...

— Não esquente com isso. Está esquecido — falei, verificando meu dinheiro e meu caderno no meu avental com todo um espetáculo.

— Isso não precisa ser... você sabe. Esquisito.

— Ah, não está esquisito para mim — menti. — Está tudo no passado. Águas passadas. Nós dois estamos seguindo em frente.

Seus olhos pareciam prata derretida conforme ele me encarava. O ar entre nós estava carregado com o que parecia a queda de um raio iminente. Mas eu me forcei a sustentar seu olhar.

— Certo — disse ele cerrando a mandíbula. — Que seja.

EU NÃO SABIA o quanto Knox havia seguido em frente até que uma hora se passou no turno mais lento de todos os tempos. Normalmente, um turno de almoço de sábado poderia ser rentável para alguns negócios, mas os sete clientes pareciam se contentar em saborear suas cervejas e mastigar a comida 137 vezes. Mesmo com o novo funcionário, Brad, para treinar, eu tinha tempo demais para pensar.

Em vez de ficar pelo bar e lidar com o olhar temperamental do Knox, fiz faxina.

Eu estava esfregando a parede ao lado do bar, removendo uma mancha particularmente complicada, quando a porta da frente se abriu, e uma mulher entrou. Ou desfilou. Ela usava botas de camurça preta com salto agulha, o tipo de calça jeans que parecia ter sido pintada no corpo, e uma jaqueta de couro curta.

Ela tinha três pulseiras no pulso direito. Suas unhas estavam pintadas de um vermelho lindo e mortal. Fiz um lembrete mental para perguntar a ela qual era a cor.

Seu cabelo escuro era curto e estava ondulado em cima. Ela tinha maçãs do rosto que podiam cortar vidro, uma sombra esfumaçada habilmente aplicada e um sorriso irônico.

Eu queria ser amiga dela. Fazer compras com ela. Descobrir tudo sobre ela para que eu também pudesse refazer seus passos e descobrir esse tipo de confiança para mim.

Aquele sorrisinho se alargou quando ela viu Knox atrás do balcão, e de repente eu não sabia se queria mais ser sua amiga. Dei uma olhada no Knox e sabia, sem sombra de dúvida, que não queria ser amiga. Não com a maneira que ele a olhava com familiaridade afetiva.

Ela não disse uma só palavra, apenas desfilou pelo bar, com os olhos nele. Quando ela chegou ao balcão, ela não se sentou em um banquinho e pediu o que eu imaginei que seria a bebida mais legal do mundo. Não. Ela estendeu a mão, agarrou-o pela camisa e tascou um beijo na boca dele.

Meu estômago caiu do meu corpo e continuou a despencar em direção ao núcleo da Terra.

— Ah, droga — gemeu Wraith de sua mesa.

— Hã, essa é a namorada do chefe? — perguntou Brad, o funcionário que eu deveria estar treinando.

— Acho que sim — falei, soando como se estivesse sendo estrangulada. — Volto já. Segura isso aqui.

Entreguei o pano sujo ao Brad e me distanciei do bar.

— Naomi! — chamou Knox, bravo. Mas seu humor não era mais problema meu.

Meu coração estava batendo tão forte que eu podia ouvi-lo em meus ouvidos enquanto me dirigia para o banheiro com todos os olhos do lugar em mim.

Fingi que não o ouvi chamar meu nome ou ela o cumprimentar.

— Knox? Sério? Até que enfim — disse uma voz gutural.

— Caralho, Lina. Não podia ter ligado antes? Você apareceu na pior hora.

Não ouvi mais nada porque empurrei a porta do banheiro e fui direto para a pia. Eu não sabia se queria chorar, vomitar ou pegar a lixeira e jogá-la na cabeça do Knox. Eu estava tentando me controlar e pensando em um plano que envolveria todas as três opções quando a porta se abriu.

Minha ex-amiga imaginária entrou desfilando, com as mãos nos bolsos traseiros e o olhar em mim.

Eu só podia imaginar o que ela via. Uma otária patética, apaixonada e de 30 e poucos anos com gosto horrível para homens. Isso é o que eu via no espelho todas as manhãs antes de cobri-lo com rímel e batom.

— Naomi — disse ela.

Limpei a garganta, na esperança de dissolver o caroço que tinha se instalado lá.

— Sou eu — falei com emoção. Parecia que eu estava me engasgando com tachinhas, mas pelo menos eu tinha reorganizado meu rosto em uma expressão cuidadosamente neutra.

— Uau. Cara de decidida. Gostei. Bom para você — disse ela. — Não é de admirar que ele esteja amarradão em você.

Eu não sabia o que dizer, então puxei uma toalha de papel e a passei no balcão perfeitamente seco e limpo.

— Me chamo Lina — falou ela, diminuindo a distância entre nós, com a mão estendida. — Angelina, mas é comprido demais para o meu gosto.

Peguei automaticamente a mão oferecida e apertei.

— Prazer em conhecê-la — menti.

Ela riu.

— Não é, não. Não com essa primeira impressão. Mas vou compensar e te pagar uma bebida.

— Não me leve a mal, Lina, mas a última coisa que quero fazer é me sentar no bar do meu ex-namorado e beber com a nova namorada dele.

— Não levei. Mas não sou a nova namorada dele. Na verdade, eu sou uma ex bem anterior a você. E não vamos beber aqui, é claro. Temos que ir a algum lugar longe dos ouvidos grandes e tontos do Knox.

Eu realmente torcia para que ela não estivesse zombando de mim.

— O que me diz? — perguntou Lina, inclinando a cabeça. — Knox está lá fora tendo palpitações cardíacas, e todas as outras pessoas estão ao telefone espalhando boatos do que acabou de acontecer. Sugiro darmos a todos um motivo para pirar.

— Não posso simplesmente sair no meio de um turno — falei.

— Claro que pode. Temos histórias para compartilhar. Solidariedade para prestar. Bebidas para tomar. Ele tem aquele ajudante bonito. Vai ficar bem. E você merece uma pausa depois desse show de horrores.

Respirei fundo e considerei. A ideia de ficar no turno aqui com Knox estava logo abaixo de ter minhas unhas arrancadas uma após a outra durante um exame ginecológico.

— Qual é a cor do seu esmalte? — perguntei.

— Banho de Sangue Bordô.

Sloane: Acabei de saber que a nova namorada do Knox apareceu no bar e eles começaram a transar na mesa de bilhar. Você está bem????? Precisa de pás e lonas?

Eu: Fui sequestrada pela nova namorada que é uma ex-namorada, na verdade. Estamos bebendo no Hellhound.

Sloane: Vou só pegar uma calça! Chego em 15 minutos!

HELLHOUND ERA um bar de motoqueiros que ficava a 15 minutos da cidade em direção aos arredores de D.C., cujo estacionamento estava quase lotado de motocicletas. O horroroso tapume de tábuas marrom nas paredes não fazia com que o lugar parecesse mais acolhedor.

No interior, as luzes estavam fracas, as mesas de bilhar eram abundantes e as batidas das músicas de Rob Zombie vinham de um jukebox no canto. O bar estava pegajoso, e eu tive que reprimir a vontade de pedir uma esponja e um pouco de Pinho Sol.

— O que vão querer? — perguntou o barman. Ele não estava sorrindo, mas também não era excessivamente intimidante. Ele era o tipo alto e corpulento com cabelos grisalhos e barba. Ele usava um colete de couro por cima de uma camiseta branca de mangas compridas. As mangas foram puxadas até os cotovelos, revelando tatuagens em ambos os braços.

Elas me fizeram pensar no Knox. O que me fez querer beber.

— Qual é o seu nome, bonitão? — perguntou Lina, acomodando-se em um banquinho.

— Joel.

— Joel, vou querer seu melhor uísque. Faça um duplo — decidiu ela.

Droga. Sabia que ela pediria uma bebida legal.

— Pode deixar. E você, querida?

Ele olhou para mim.

— Ah. Hã. Vou tomar vinho branco — falei, sentindo-me a pessoa menos interessante do bar.

Ele piscou para mim.

— É pra já.

— Ele não é nenhum Knox, mas curti esse lance de motoqueiro grisalho — refletiu Lina.

Meu "hum" foi evasivo.

— Ah, fala sério. Mesmo que Knox seja um idiota, o que ele é, ainda dá pra apreciar o belíssimo exterior — insistiu Lina.

Eu não estava com vontade de apreciar nada em relação ao viking que destroçou meu coração.

O motoqueiro grisalho Joel colocou as bebidas na nossa frente e saiu novamente.

— O que estamos fazendo aqui? — perguntei.

Lina levantou o copo.

— Tomando uns drinques. Conhecendo uma à outra.

— Por quê?

— Porque você não viu o olhar no rosto do Knox logo depois que eu dei aquele selinho nele.

Pelo menos foi um selinho.

Espere.

Não. Não importava.

Mesmo que a Lina não estivesse com o Knox, ele tinha me largado. Eu não precisava me preocupar com a concorrência.

Passei o dedo na borda do meu copo.

— O que aconteceu com o rosto dele?

Ela apontou um dedo indicador para mim.

— Medo. Conheço aquele homem desde que ele mal era um homem, e eu *nunca* o vi assustado. Mas eu o vi com medo quando observou você se afastar.

Suspirei. Eu não queria ouvir isso. Não queria fingir que havia esperança onde não havia nenhuma.

— Não sei por que ele teria medo de eu me afastar. Foi ele quem se afastou primeiro.

— Deixe-me adivinhar. Não foi você. Foi ele. Ele não curte relacionamentos sérios ou complicações ou responsabilidades. Como não há futuro, ele terminou com você para que você possa seguir em frente.

Pisquei.

— Você o conhece *mesmo*.

— Só para você saber, tenho o impressionante título de primeira não-namorada oficial, muito obrigada. Era meu primeiro ano na faculdade. Ele tinha 24 anos. Nós nos conhecemos numa festa, e durou quatro semanas gloriosas e cheias de hormônio e ressaca até que o idiota deu para trás e me deu um fora.

— A julgar por como o cumprimentou, acho que as coisas terminaram melhor para você do que para mim.

Lina sorriu e tomou um gole de uísque.

— Ele subestimou minha teimosia. Eu poderia viver sem o ter como namorado. Mas eu queria mantê-lo por perto como amigo. Então o forcei a ter uma amizade. Nos falamos a cada dois meses. Antes de ele ganhar na lotaria, nos encontrávamos a cada dois anos. Sempre em algum lugar neutro. Agíamos como cupidos um do outro.

Bebi o vinho em três grandes goles. Antes mesmo de colocar o copo no bar, outro chegou.

— Obrigada, Joel. — Troquei o copo vazio pelo cheio.

— Qual é o problema dele, afinal?

Lina bufou e bebeu outra vez.

— Qual é o problema de todo mundo? Bagagem. As pessoas se conhecem, química rola, e aí passam o tempo todo tentando esconder quem realmente são para que possam se manter atraentes. Daí ficamos surpresos quando não dá certo.

Ela tinha razão.

— Se todo mundo se apresentasse com sua bagagem, imagine quanto tempo economizaríamos. Olá, me chamo Lina. Tenho problemas decorrentes de traumas paternos e um ciúme aliado a um temperamento difícil que significa que é melhor você nunca pisar no meu calo. Além disso, sou conhecida por comer uma bandeja inteira de brownies em uma tacada só e nunca dobrar as roupas — continuou.

Não pude deixar de rir.

— Sua vez — disse ela.

— Olá, Lina. Me chamo Naomi e continuo me apaixonando por caras que não veem um futuro comigo. Mas continuo a ter esperança de que o futuro que vislumbro por nós dois seja bom o bastante para mantê-los por perto. Além disso, odeio minha irmã gêmea, e isso faz com que eu me sinta uma pessoa ruim. Ah, e Knox Morgan arruinou os orgasmos para mim pelo resto da vida.

Foi a vez de Lina rir. Outro uísque apareceu na frente dela.

— Esse cara sabe das coisas — falou ela, apontando para o nosso amigo barman.

— Se duas damas vêm a este lugar falando do mesmo homem, não vou deixar os copos vazios — garantiu ele.

— Joel, você é um verdadeiro cavalheiro — disse Lina.

A porta da frente se abriu e Sloane apareceu. Ela estava sem maquiagem e usando botas Ugg falsificadas, legging e uma enorme camisa de futebol do Virginia Tech. O cabelo estava pendurado em uma trança grossa por cima do ombro.

— Você deve ser a nova piranha — disse Sloane.

— E você deve ser a cavalaria vindo salvar a Princesa Naomi da Besta — adivinhou Lina.

Bufei no meu vinho.

— Sloane, esta é a Lina. Lina é a ex-namorada original do Knox. Sloane é uma bibliotecária superprotetora que tem um lindo cabelo. — Indiquei na direção do balcão. — E aquele é o Joel, nosso barman motoqueiro.

Sloane se sentou no banquinho ao meu lado e antes que sua bunda ficasse confortável, Joel apareceu.

— Você namorou o mesmo cara também? — perguntou ele.

Ela descansou o queixo na mão.

— Não, Joel, não namorei. Só estou aqui para dar apoio moral.

— Quer beber enquanto apoia moralmente?

— Claro que sim. Como é seu Bloody Mary?

— Picante pra caralho.

— Vou querer um Bloody Mary e uma rodada de uísque Fireball.

Joel fez uma continência e se afastou para preparar as bebidas.

Um dos homens na mesa de bilhar mais próxima de nós se aproximou. Ele tinha espinhos de metal impressionantes nos ombros da jaqueta e um notável bigode de Fu Manchu.

— Posso comprar uma bebida para vocês, vadias?

Giramos ao mesmo tempo nos banquinhos.

— Não, obrigada — falei.

— Cai fora — respondeu Lina com um sorriso de poucos amigos.

— Se você acha que ao se referir a nós como "vadias" vai fazer com que você seja convidado para a conversa, quem dirá para uma de nossas camas, está prestes a ficar profundamente desapontado — disse Sloane.

— Circulando, Reaper — disse Joel a ele sem levantar a vista da vodca que estava servindo no copo da Sloane.

Meu celular tocou no balcão, e eu olhei para baixo.

Knox: Não era o que parecia. Eu não estou saindo com a Lina.

Knox: Não que seja da sua conta.

Knox: Porra. Pelo menos me envie uma mensagem e diga onde está.

Para alguém que terminou comigo, ele mandava muita mensagem.

Naomi: Estou nesse lugar incrível chamado Não É da Sua Conta. Pare. De. Mandar. Mensagem.

Deslizei meu celular para Sloane.

— Aqui. Você cuida disso.

Lina levantou o celular para nos mostrar uma mensagem de texto.

Knox: Aonde você a levou, porra?

— Tá vendo? — disse ela. — Medo.

— Acho que não vou voltar ao trabalho hoje — falei.

— Ei, a Waylay está se divertindo no museu em D.C. com a Nina e os pais da amiga. Não há nada melhor do que passar um sábado de outono enchendo a cara.

— O que é uma Waylay? — questionou Lina.

— Minha sobrinha.

— A sobrinha que a Naomi não conhecia porque a irmã gêmea distante dela é uma merda — acrescentou Sloane. Ela girou a ponta de sua trança nos dedos e olhou fixamente para o jogo de futebol na tela.

— Você está bem? — perguntei a ela.

— Estou. Só estou farta de homens.

— Amém, irmã — falei, levantando meu copo para ela.

— Minha irmã, a mãe da Chloe? Ela é bi. Toda vez que ela namora um homem que a tira do sério, ela passa a namorar só mulheres por 12 meses. Ela é a minha heroína. Me faz desejar não gostar tanto de pênis.

Joel colocou um Bloody Mary com um pedaço de bacon flutuante na frente de Sloane sem hesitar diante da palavra pênis.

Estremeci.

— Por favor, não diga pênis.

— Minha experiência com o equipamento do Knox tem quase 20 anos. Então só posso imaginar o quanto ele ficou melhor com a idade — disse Lina com simpatia.

— Sabe, com toda essa coisa de tutela, talvez seja melhor me concentrar em ser uma figura parental e me esquecer de ser uma mulher com...

— Necessidades sexuais? — completou Sloane.

Peguei meu vinho.

— Quantos copos seriam necessários para esquecer sexo?

— Geralmente em torno de uma garrafa e meia. Mas vem acompanhada de uma ressaca que te humilha por três dias, então eu não recomendaria — disse Lina.

— Ele realmente me fez acreditar — sussurrei.

Joel alinhou os shots na nossa frente, e eu encarei o meu.

— Sei que ele disse que as coisas não iriam a lugar nenhum. Mas ele me fez acreditar. Ele esteve sempre lá. Não só para mim, mas para a Waylay também.

— Volta a fita aí. Knox Morgan? Conviveu com sua sobrinha? Por livre e espontânea vontade?

— Ele a levou às compras. Apareceu no jogo de futebol dela e fez com que ela parasse de xingar. Disse a ela que pessoas fortes defendem aqueles que não podem se defender sozinhos. Ele a buscou numa festa do pijama. Assistiu futebol com ela.

Lina balançou a cabeça.

— Ele é tão fodido.

— Todos os homens são — falou Sloane.

Joel parou e a encarou.

— Exceto você, Joel. Você é um herói entre vilões — emendou ela.

Com um aceno de cabeça, ele me entregou um copo de vinho e desapareceu outra vez.

Sloane se prendeu ao canudo de sua bebida como se fosse um shake de proteína após uma competição de fisiculturismo.

— Tá, sério agora. O que houve com você? — perguntei. — Isso tem algo a ver com o Lucian ontem à noite?

— Lucian? Esse, sim, é um nome sexy — disse Lina.

Sloane bufou.

— Um nome sexy que combina com um homem sexy — concordei.

— Não há nada de sexy em Lucian Rollins — disse Sloane quando parou para respirar.

— Ok. Você sem dúvida está mentindo. Ou isso ou uma seção inteira da Classificação Decimal de Dewey caiu em sua cabeça.

Ela fez que não e pegou o shot dela.

— Não vou falar do Lucian. Ninguém aqui vai falar do Lucian. Estamos falando do Knox.

— Podemos parar de falar dele? — perguntei. Parecia que uma faca Tramontina era enfiada no meu coração toda vez que ouvia o nome dele.

— Claro — disse Lina.

— Saúde — falou Sloane, levantando o copo.

Nós batemos os copos e bebemos o uísque.

Um homem com palito pendurado precariamente na boca se levantou e apoiou o cotovelo no balcão, sufocando Lina. Sua camiseta não cobria bem a barriga que espreitava por cima de sua calça jeans preta.

— Qual de vocês quer ir dar uma conferida na traseira da minha moto?

Joel alinhou outra rodada de shots na nossa frente.

Lina pegou o seu. Sloane e eu seguimos o exemplo e os viramos. Ela colocou o copo no balcão, e, antes que o Palito de Dentes se desse conta, tinha colocado no peito dele o estilete tirado da bota.

— Vá embora antes que eu faça você sangrar na frente de seus amigos — disse ela.

— Gostei dela *e* dos sapatos — sussurrou Sloane ao meu lado.

— Meu Deus, Python, deixe elas em paz antes que a sua mulher apareça e corte suas bolas.

— Ouça o bom homem, Python — disse Lina, dando-lhe um empurrão com o pé. Ele se afastou uns 30 centímetros do balcão e, em seguida, ergueu as mãos.

— Foi só uma pergunta. Não sabia que eram lésbicas.

— Porque esse é o único motivo para não querermos transar com você, né? — questionou Sloane.

Sloane não aguentava muita bebida, e ela já tinha tomado dois shots e um Bloody Mary bem forte.

— Será que podemos tomar um pouco de água? — perguntei ao Joel.

Ele assentiu, depois fechou as mãos em concha.

— Atenção, imbecis. As damas não estão atrás de dar uma voltinha ou se dar bem. O próximo idiota que as incomodar será expulso.

Houve um murmúrio geral ao nosso redor, e então todos voltaram ao que estavam fazendo.

— Joel, você é casado? — perguntei.

Ele levantou a mão esquerda para me mostrar uma aliança dourada.

— Todos os bons já estão comprometidos — reclamei.

A porta da frente se abriu mais uma vez.

— Só pode ser piada — gemeu Sloane. Joel entregou um novo Bloody Mary, e ela logo pegou.

Girei no meu banquinho, um pouco tonta conforme o álcool conflitava com o meu equilíbrio.

— Nossa — ronronou Lina ao meu lado.

— Quem são eles?

— Mais cavalaria — murmurou Sloane.

Lucian e Nash caminharam até o bar em seis tons de beleza.

QUARENTA E QUATRO
AS BABÁS

Naomi

Isso não pode ser uma coincidência — observei.

— Knox chamou a polícia — disse Lucian, indicando Nash com a cabeça. — E a polícia me chamou.

Nash me deu uma olhada.

— Você está bem?

— Estou. Por que está aqui?

Nash suspirou, seu olhar se voltando para Lina. Ela arqueou uma sobrancelha para ele.

— Estamos de babás — respondeu ele enfim.

Fiquei boquiaberta.

— Não precisamos de babás. Ainda mais babás que só vão relatar para o Knox tudo o que dizemos.

— Odeio apontar o óbvio, mas dado tudo o que aconteceu, não acho que você deveria estar desprotegida assim — disse Nash.

— Quem disse que estou desprotegida? Lina quase perfurou o esterno de um homem com os saltos agulha dela — reclamei. — Como nos encontrou?

— Eu não me preocuparia com isso — disse Lucian sem desviar o olhar de Sloane, que estava olhando para ele como se ele fosse Satanás encarnado.

— Você deve ser um Morgan — disse Lina, apoiando os cotovelos no balcão e dando uma conferida da cabeça aos pés no Nash.

— Lina, este é o Nash. Irmão do Knox — apresentei.

— E com isso, acho que vou voltar para casa — disse Sloane, deslizando de seu banquinho. Ela não foi longe. Lucian se colocou na frente dela, prendendo-a entre o balcão e seu corpo sem tocá-la.

Ela inclinou a cabeça para trás a fim de olhar para ele.

Ela era uns 30 centímetros mais baixa do que ele, mas isso não impediu Sloane de atirar estrelas ninjas com os olhos.

— Você vai ficar — insistiu ele de forma sombria.

— Vou embora — alegou ela.

— Estou vendo três copos vazios no balcão à sua frente. Vai ficar.

— Vou chamar um táxi. Agora sai da minha frente antes que eu te faça cantar fino.

Lina desistiu de secar o Nash e se inclinou na direção do meu ombro.

— Certo. Qual é a história deles?

— Sei lá. Eles não contam a ninguém.

— Uuuuh. Adoro um passado tórrido e secreto — disse ela.

— A gente pode ouvir vocês — disse Sloane num tom seco sem interromper a sexy disputa de olhares com Lucian.

— Somos todos amigos aqui — comecei.

— Não somos, não — insistiu Lucian.

Os olhos de Sloane o fuzilaram, dando a ela a aparência de uma fada impetuosa prestes a cometer um homicídio.

— Finalmente. Algo em que concordamos.

Meu celular vibrou ao lado do cotovelo da Sloane. Segundos depois, o telefone da Lina sinalizou uma mensagem de texto. Nash e Lucian levaram suas mãos aos bolsos ao mesmo tempo.

— Para alguém que não se importa com você, Knox parece bem preocupado com o que você anda fazendo — disse Lina, erguendo o celular outra vez.

— E com o que você anda dizendo dele — falou Lucian com um sorriso.

Balancei a cabeça.

— Acho que vou dividir o táxi com a Sloane.

— Não! — Lina agarrou minha mão e a apertou gentilmente. — Não dê a ele a satisfação de arruinar seu dia. Fique. Vamos pedir mais drinques. Conversar mais besteira. E todo mundo que ficar tem que fazer um juramento de sangue de que não vai reportar ao Knox.

— Se ele ficar, vou embora — disse Sloane, lançando um olhar assassino para Lucian.

— E você só vai sair daqui no meu carro, então sente-se e peça comida — disse Lucian.

Sloane ficou boquiaberta, e por um segundo temi que ela fosse mordê-lo.

Tapei sua boca com uma mão.

— Vamos pedir nachos e outra rodada de bebidas.

CHAMADAS PERDIDAS: *Knox quatro.*

— Não é justo! Você disse que elas eram zona proibida, Joel — reclamou um bêbado com uma calota craniana e tatuagens sob os olhos de uma das mesas de bilhar no instante em que nos sentamos a uma mesa com Lucian e Nash.

Joel levantou o dedo do meio enquanto nossas babás trocavam olhares.

— Está vendo? Eu disse que não precisávamos de babás. Temos o Motoqueiro Joel — falei.

— Talvez só queiramos estar com vocês — disse Nash, dando--me o sorrisinho sensual patenteado dos Morgan.

Suspirei com força suficiente para soprar um guardanapo pela mesa.

— Que foi, Nae? — perguntou Sloane.

Refleti um pouquinho sobre a pergunta.

— Tudo — respondi por fim. — Tudo está errado, acabado ou uma bagunça. Eu tinha um plano. Tinha tudo sob controle. Sei que vocês podem não acreditar nisso, mas as pessoas não costumavam invadir minha casa. Eu não precisava afastar ex-noivos ou me preocupar com o exemplo que estava dando para uma criança de 11 anos que parece ter 30.

Olhei para os rostos preocupados na mesa.

— Desculpe. Não devia ter dito isso. Esqueçam as palavras que saíram da minha boca.

Sloane apontou um dedo na minha cara.

— Pare com isso.

Peguei meu copo de água e soprei bolhas nele.

— Parar com o quê?

— Pare de agir como se você não tivesse o direito de expressar seus próprios sentimentos.

Lina, que não parecia embriagada apesar de estar em seu quarto uísque, bateu os nós dos dedos na mesa.

— Apoiado, apoiado. Por que diz isso?

— Ela é a gêmea boa — explicou Sloane. — A irmã dela é um horror e faz a família passar por poucas e boas. Então Naomi fez de sua missão de vida ser a filha boa e não incomodar ninguém com besteiras como seus sentimentos ou desejos e necessidades.

— Ei! Maldade! - reclamei.

Ela apertou minha mão.

— Falo a verdade com amor.

— Sou nova aqui — disse Lina —, mas não seria uma boa ideia mostrar à sua sobrinha como as coisas são quando uma mulher forte e independente vive sua própria vida?

— Por que todo mundo fica me dizendo isso? — gemi. — Sabe o que eu fiz por mim? Só por mim?

— O que você fez? — perguntou Lucian gentilmente. Notei que sua cadeira estava voltada na direção da Sloane, bem achegada a ela quase que de forma protetora.

— Knox. Fiquei com o Knox só por mim. Eu queria me sentir bem e esquecer o furacão de confusões por apenas uma noite. E olha só no que deu! Ele me avisou. Disse para não me apegar. Que não havia chance de futuro. E eu ainda assim me apaixonei por ele. O que há de errado comigo?

— Fiquem à vontade para comentar, senhores — sugeriu Lina.

Os homens trocaram outro olhar cheio de significado viril.

— Consigo ouvir vocês repassando na mente o apêndice do Código Masculino — sussurrei.

Nash passou a mão no cabelo com cansaço. Foi um gesto que me lembrou seu irmão.

— Você está bem? Precisa descansar? — perguntei.

Ele revirou os olhos.

— Estou bem, Naomi.

— Nash foi baleado — explicou Sloane à Lina.

Seu olhar avaliador deslizou sobre ele como se ela pudesse ver através de suas roupas até a pele.

— Que péssimo — disse ela, levantando o copo para tomar um gole.

— Não foi uma das minhas experiências favoritas — admitiu ele. — Naomi, você tem que parar de se perguntar o que há de errado com você ou o que você fez de errado e entender que o problema é com o Knox.

— Concordo — disse Lucian.

— Olha, tivemos muitas perdas quando éramos crianças. Isso pode ferrar a cabeça de algumas pessoas — falou Nash.

Lina o estudou com interesse.

— O que isso fez com a sua?

O sorriso dele foi um lampejo de humor.

— Sou muito mais inteligente que meu irmão.

Ela olhou para mim.

— Está vendo? Ninguém quer ser real e trazer a bagagem à tona.

— Quando você confia em deixar alguém vê-lo por quem você realmente é, a traição é mil vezes pior do que se você não tivesse entregado as armas a esse alguém para começo de conversa — falou Lucian baixinho.

Ouvi Sloane arfar com força.

Nash deve ter percebido também, porque mudou de assunto.

— E aí, Lina. O que te traz à cidade? — perguntou, cruzando os braços e recostando-se na cadeira.

— Você é da polícia por acaso? — brincou ela.

Achei isso bem divertido. Sloane achou eu borrifar uma fina névoa de água na mesa tão engraçado quanto, e nós duas nos dissolvemos em gargalhadas.

Uma sombra de sorriso tocou nos lábios do Lucian.

— Nash é da polícia — contei à Lina. — Ele é *o* policial. Aquele grande, importante.

Ela o olhou por cima da borda de seu copo.

— Interessante.

— O que te trouxe à cidade? — perguntei a ela.

— Eu estava com uns dias de folga e nas redondezas. Pensei em fazer uma visita ao meu velho amigo — disse ela.

— Com o que você trabalha? — perguntou Sloane.

Lina passou o dedo por um anel de água na mesa.

— Trabalho com seguros. Eu diria mais, mas é chato pra dedéu. Nem de longe tão emocionante quanto levar um tiro. Como aconteceu? — perguntou ela ao Nash.

Ele deu de ombro com o bom.

— Uma abordagem no trânsito deu errado.

— Pegaram quem fez isso? — perguntou ela.

— Ainda não — respondeu Lucian.

A frieza em seu tom fez um arrepio percorrer minha espinha.

— VOU AO BANHEIRO — falei.

— Vou junto — ofereceu-se Sloane, pulando da cadeira como se ela a estivesse eletrocutando.

Eu a segui até o corredor escuro, mas quando ela segurou a porta aberta para mim, Nash me parou.

— Você tem um segundo? — perguntou ele.

Minha bexiga estava quase explodindo, mas o que ele tinha para dizer parecia importante.

— Claro — falei, sinalizando para Sloane começar a fazer xixi sem mim.

— Só queria que você soubesse que estou investigando a lista que me deu — disse ele. — Não estou oficialmente de volta ao serviço, então estou com a atenção voltada totalmente para isso.

— Obrigada, Nash — falei, apertando o braço dele.

Não era crime apreciar o músculo, certo?

— Caso se lembre de outros detalhes desse cara ruivo, você me avisa?

— Claro — concordei, assentindo. — Só falei com ele uma vez. Mas ele se destaca na multidão. Musculoso, tatuado, cabelo bem ruivo.

Os olhos de Nash ficaram com um engraçado olhar distante.

— Você está bem? — perguntei mais uma vez.

Ele assentiu de forma quase imperceptível.

— Sim. Estou.

— Acha que ele poderia ter algo a ver com a invasão?

Nash fez o tique nervoso dos Morgan de passar a mão pelo cabelo.

— Ele é um fator surpresa e não gosto de fatores surpresas. Esse cara apareceu do nada na biblioteca só para falar com você.

— Ele disse que precisava de ajuda com um problema no computador.

Ele assentiu, e eu pude vê-lo tentando encaixar as peças do quebra-cabeça em sua mente a fim de encontrar o padrão.

— Daí você o vê no bar na noite em que alguém invade sua casa. Não é coincidência.

Estremeci.

— Só espero que, quem quer que tenha sido, tenha encontrado o que estava procurando. Se encontrou, não há motivos para voltar.

— Também espero — disse ele. — Você falou com a Waylay sobre isso?

— Finalmente falei. Até que ela aceitou bem. Ficou mais preocupada com a possibilidade de uma de suas roupas novas ter sido roubada do que com a própria invasão. Ela não parecia saber o que a Tina ou qualquer outra pessoa estaria procurando. Não é como se tivéssemos uma pilha de televisões roubadas na sala de estar.

— Andei pensando — disse Nash, esfregando a mão na mandíbula. — Não precisa ser objetos roubados. Se a Tina estava se gabando de uma grande recompensa, poderia ter sido um tipo diferente de trabalho.

— Por exemplo?

— As pessoas são pagas para fazer um monte de coisa. Talvez ela tenha desistido de vender mercadoria roubada e se meteu em outra coisa. Talvez eles tenham descoberto informações que outra pessoa queria. Ou que alguém não queria que mais ninguém soubesse.

— Como alguém perde ou esconde informações?

Ele sorriu docemente para mim.

— Nem todo mundo é tão organizado quanto você, querida.

— Se tudo isso é por causa de algo que a Tina foi irresponsável a ponto de perder, eu vou ficar brava — eu disse a ele. — Ela passou por nove trancas da casa. Nove. E nem vou falar das chaves do carro.

Seu sorriso ficou fixo no lugar.

— Vai ficar tudo bem, Naomi. Prometo.

Assenti. Mas eu não conseguia parar de pensar em todas as maneiras pelas quais Tina conseguiu me machucar, apesar de todos os esforços dos meus pais. Como um departamento de polícia de uma pequena cidade e um chefe ferido poderiam nos proteger?

Então caiu a ficha. Talvez fosse a hora de eu começar a me defender.

Nash se encostou na parede. Sua expressão nada demonstrava, mas eu apostaria que ele estava com dor.

— Tem algo que eu queria perguntar a você — disse ele, parecendo sério.

— Tem? — chiei. Claro, Nash era tão injustamente lindo quanto seu irmão idiota. Ele certamente tinha uma personalidade mais agradável. E era ótimo com crianças. Ótimo com a Waylay. Mas se ele me convidasse para sair poucos dias depois do irmão, eu teria que rejeitá-lo com jeitinho.

Eu estava sem cabeça para outro irmão Morgan e precisava me concentrar na minha sobrinha e na tutela.

— Você se importa se eu der uma palavrinha com a Waylay? — perguntou.

Com um sobressalto, rebobinei suas palavras para ver se de alguma forma perdi o convite para o jantar. Não.

— Waylay? Por quê?

— Posso fazer a pergunta certa e ajudá-la a se lembrar de algo importante que aconteceu antes de a mãe se mandar. Ela conhece a Tina melhor do que qualquer um de nós.

Arrepiei-me.

— Você acha que ela tem algo a ver com isso?

— Não, querida. Não acho. Mas eu sei o que é ser uma criança que fica quieta, que não abre tanto o jogo.

Eu conseguia ver isso nele. Knox era o tipo de cara que surtava e ficava uma fera. Por fora, Nash era o cara bonzinho, mas havia uma profundidade tranquila lá, e eu me perguntava quais segredos se escondiam debaixo dessa superfície.

— Tá bom — concordei. — Mas eu gostaria de estar presente quando você falar com ela. Ela enfim está começando a confiar em mim. A se abrir comigo. Então quero estar presente.

— Claro. — Ele enfiou uma mecha de cabelo atrás da minha orelha, e eu pensei em como ele era um cara legal. Então desejei que fossem os dedos do Knox no meu cabelo. E aí voltei a ficar brava.

A porta do banheiro se abriu, e Sloane saiu. Para ser mais precisa, ela saiu aos tropeços. Eu a peguei, e ela sorriu para mim e apertou minhas bochechas entre as mãos.

— Você é tãaaao bonita!

— Vou escoltar essa aqui de volta à mesa — ofereceu-se Nash.

— Você também é muito bonito, Nash — disse Sloane.

— Eu sei. É uma maldição, Sloaney Bologna.

— Ownn. Você lembra — cantarolou ela enquanto ele a levava de volta ao bar.

Entrei no banheiro feminino e decidi que não era um lugar em que eu queria me demorar. Então tratei de fazer o que precisava fazer bem rápido e depois voltei para o corredor. Como não havia babás à espreita, peguei meu celular e abri meu e-mail.

Olhando por cima do ombro para ter certeza de que Lucian ou Nash não tinha se materializado, digitei uma nova mensagem.

Para: Tina
De: Naomi
Assunto: O que você está procurando
Tina,
Não faço ideia do que você está procurando. Mas se vai te tirar da minha vida, ajudo a encontrar. Diga o que preciso encontrar e como posso levar até você.

N

Se eu pudesse encontrar o que a Tina queria primeiro, teria a vantagem de que precisava para tirá-la da minha vida. Se não fosse algo como códigos nucleares, eu entregaria a ela ou poderia pelo menos usar como isca para atraí-la para fora do esconderijo.

Esperei pela pequenina fisgada de culpa. Mas não aconteceu. Eu ainda estava esperando quando o celular tocou na minha mão.

Knox Morgan.

Eu não sabia se era o uísque ou todas as conversas consoladoras, mas me senti mais do que pronta para tomar as rédeas. Endireitando meus ombros, atendi a chamada.

— Quê?

— Naomi? Graças a Deus.

Ele parecia aliviado.

— O que você quer, Knox?

— Olha, não sei o que a Lina te disse, mas não aquilo não foi o que você acha.

— O que acho — falei, interrompendo-o —, é que sua vida amorosa não é da minha conta.

— Ah, fala sério. Não seja assim.

— Vou ser do jeito que eu quiser, e você não tem o direito de opinar. Você precisa parar de enviar mensagens e ligar. Nós terminamos. A decisão foi sua.

— Naomi, só porque não estamos juntos não quer dizer que não queira a sua segurança.

Sua voz, a crueza nela, foi direto para o meu peito. Senti que não conseguia respirar.

— É muito cavalheiresco da sua parte, mas não preciso que garanta a minha segurança. Há toda uma outra linha de defesa no seu lugar. Você está oficialmente livre. Aproveite.

— Daze, não sei como fazer você entender.

— Essa é a questão, Knox. Eu *entendo*. Entendo que você se importava, e isso te assustou. Entendo que Waylay e eu não éramos uma recompensa boa o bastante para levá-lo a enfrentar esse medo. Eu entendo. Estou levando numa boa. A escolha foi sua, agora você tem que lidar com as consequências. Mas não sou como a Lina. Não vou insistir em ser sua amiga. Na verdade, considere este o meu aviso. Amanhã à noite é o meu último turno no Honky Tonk. Só porque moramos na mesma cidadezinha não quer dizer que temos que nos ver o tempo todo.

— Naomi, não era isso que eu queria.

— Sendo sincera, não estou nem aí para o que você quer. Pela primeira vez, estou pensando no que *eu* quero. Agora pare de ligar. Pare de mandar mensagens. Mande suas babás embora e me deixe viver minha vida. Porque você não faz mais parte dela.

— Olha. Se isso é por causa do que eu disse sobre você e Nash, peço perdão. Ele me disse...

— Vou parar você aí mesmo antes que você me chame de *suas sobras* outra vez. Não estou nem aí para o que você diz ou pensa sobre mim e qualquer homem com quem eu possa escolher sair. Não preciso das suas opiniões nem das suas desculpas. Quem pede desculpas dizendo "peço perdão"? — quis saber, certificando-me de que minha imitação dele passou longe de ser lisonjeira.

Houve silêncio do outro lado da linha, e por um segundo tive a esperança de que ele tivesse desligado.

— Quanto você bebeu? — perguntou ele.

Segurei o celular na minha cara e gritei para ele.

Ouvi o arrastar das cadeiras e momentos depois Lucian e Nash estavam parados na entrada do corredor. Levantei um dedo para mantê-los afastados.

— Sugiro que apague este número, porque se me ligar mais uma vez, não vou fazer com que a Waylay devolva o seu cachorro.

— Naomi...

Desliguei e enfiei o celular no bolso.

— Um de vocês pode me dar carona para casa? Estou com dor de cabeça.

Mas não era nada comparada com a dor no meu peito.

QUARENTA E CINCO
A BRIGA DE BAR

Knox

Entrei no Honky Tonk a todo vapor. Eu não tinha conseguido dormir ontem à noite. Não depois daquele telefonema com a Naomi. A mulher era a teimosia em pessoa. Ela não estava nem aí que eu estava tentando fazer o que era melhor para ela. Ela não queria enxergar da minha perspectiva. Deixar um bom emprego só porque estava magoada era um motivo estúpido para virar as costas para o dinheiro.

E eu ia dizer isso a ela.

Em vez dos cumprimentos habituais da equipe da cozinha, recebi alguns olhares furtivos, e, de repente, todos estavam ocupados demais com o que estavam fazendo para olhar para mim.

Todo mundo precisava baixar a bola e superar.

Empurrei as portas que levavam ao bar e encontrei Naomi inclinada sobre uma mesa no canto, rindo de algo que sua mãe estava dizendo. Lou e Amanda estavam lá para a parte de bebidas de seu encontro semanal.

Eu sabia que não tinha nada a ver com apoiar meu negócio e tudo a ver com mostrar apoio à filha.

O resto da seção dela já estava cheio. Porque ela atraía pessoas.

Knockemout a havia acolhido assim como a mim e meu irmão tantos anos atrás. Se ela achou que ia me deixar para trás, estava prestes a ficar desapontada.

Uma perna longa e vestida de calça jeans apareceu na minha frente, bloqueando meu caminho.

— Opa, caubói. Parece que estás prestes a matar alguém.

— Não tenho tempo para joguinhos, Lina — disse a ela.

— Então pare de jogá-los.

— Não sou eu quem está jogando. Eu disse a ela como ia ser tal e qual fiz com você. As coisas correram como eu falei. Ela não tem o direito de ficar brava comigo.

— Já pensou em dizer a ela o verdadeiro motivo pela qual você é do jeito que é? — perguntou ela, levantando um copo do que eu tinha a sensação de ser meu estoque particular de bourbon.

— Do que você está falando? — perguntei sem entonação.

Ela girou o pescoço como se estivesse se aquecendo para uma briga.

— Escuta, Knox. As mulheres têm um sexto sentido para quando nos dizem meias-verdades.

— Vai chegar a algum lugar?

Naomi deixou sua mesa com um pequeno aceno e foi para a próxima, uma mesa de quatro lugares cheia de motociclistas.

— Ela sabe que há coisas além daquilo que você está falando. Eu sabia. E aposto que todas as mulheres com que você ficou durante esse tempo também sabiam. Nós temos um fraquinho por homens feridos. Achamos que podemos ser a que vocês vão deixar entrar. Aquelas que vão magicamente consertá-los com o nosso amor.

— Qual é, Lina.

— Estou falando sério. Mas vocês continuam afastando todas nós. E eu acho que é porque vocês não querem admitir suas verdades.

— Está parecendo uma terapeuta de TV.

— Conclusão, meu amigo. A Naomi merece a sua verdade. Mesmo que seja feia. Ela não vai perdoar você e "superar", como você disse com tanta eloquência, a menos que seja direto com ela. Acho que você lhe deve isso.

— Eu te detesto neste momento — disse a ela.

Ela sorriu.

— E eu não ligo. — Ela esvaziou a bebida e colocou o copo vazio no bar.

— Te vejo mais tarde. Tente não ferrar tudo ainda mais.

Foi com essas palavras ecoando em meus ouvidos que eu contornei o balcão e peguei a Naomi no ponto de venda.

Ela ainda não me tinha visto. Então fiquei lá olhando enquanto podia, meu corpo tenso com a necessidade de tocá-la. Seu rosto estava corado. Seu cabelo estava estilizado em ondas sensuais. Ela estava usando de novo uma daquelas malditas saias jeans. Esta parecia nova e ainda mais curta que as outras. Ela usava botas de caubói e uma camisa do Honky Tonk de mangas compridas e decote em V. Ela era a fantasia de todo homem.

Ela era a *minha* fantasia.

— Preciso falar com você — falei.

Ela se assustou quando eu falei, depois me olhou de alto a baixo e me deu as costas.

Agarrei seu braço.

— Não estou pedindo.

— Caso não tenha notado, eu tenho sete mesas para atender, chefinho. Estou ocupada. É a minha última noite. Não há nada que precise ser dito.

— Você está errada, Daisy. Não é a sua última noite, e há muita coisa que eu preciso que você ouça.

Estávamos perto. Perto demais. Meus sentidos estavam cheios dela. Seu perfume, a suavidade aveludada de sua pele, o som de sua voz. Tudo correu direto para o meu íntimo.

Ela também sentiu. A atração não tinha simplesmente desaparecido porque eu tinha acabado tudo. Se calhar, a última semana sem ela me fez querê-la ainda mais.

Eu sentia falta pra caramba de acordar ao lado dela. Sentia falta de vê-la na mesa da Liza. Sentia falta de levar a Waylay ao ponto de ônibus. Sentia falta do que sentia quando Naomi me beijava como se não pudesse se conter.

A música dos alto-falantes mudou para um hino country animado, e o bar comemorou.

— Estou ocupada, viking. Se me arrastar para fora daqui, só estará prejudicando suas próprias margens de lucro.

Cerrei minha mandíbula.

— Sirva suas mesas. Intervalo em 15 minutos. Meu escritório.

— Ah, mas é claro — disse ela, seu tom transbordando sarcasmo.

— Se não estiver no meu escritório em 15 minutos, vou vir até aqui, jogá-la por cima do meu ombro e carregá-la até lá. — Eu me inclinei para mais perto, quase perto o bastante para beijá-la. — E de jeito nenhum essa sua saia foi feita para isso.

Senti-a tremer de encontro a mim quando meus lábios encostaram em sua orelha.

— Quinze minutos, Naomi — falei e a deixei lá parada.

DEZESSEIS MINUTOS DEPOIS, eu estava sozinho no meu escritório e muito puto. Abri a porta com tanta força que as dobradiças sacudiram. Quando cheguei ao bar, a cabeça da Naomi se ergueu no serviço de bar como uma corça sentindo perigo.

Fui direto até ela.

Aqueles olhos se arregalaram quando ela entendeu minha intenção.

— Te avisei — falei conforme ela dava um passo para trás e depois outro.

— Não se atreva, Knox!

Mas eu me atrevi.

Segurei seu braço e a dobrei na cintura. Ela estava por cima do meu ombro em menos de um segundo. Foi como parar a música. O bar ficou completamente silencioso, exceto por Darius Rucker nos alto-falantes.

— Max, sirva essas bebidas — falei, indicando a bandeja da Naomi com a cabeça.

Naomi se contorceu, tentando se endireitar, mas eu não estava para brincadeira. Dei uma palmada na bunda dela, pegando jeans, algodão e pele.

O bar irrompeu em balbúrdia.

Naomi deu um gritinho e tentou cobrir a bainha da saia.

Ela estava usando a calcinha que comprei, e eu sabia que, por mais gelo que estivesse me dando, ela sentia a minha falta.

— Todo mundo está vendo a minha calcinha! — gritou ela. Coloquei minha palma em cima da sua bunda.

— Melhor?

— Vou te dar um tapa tão forte que a sua cabeça vai girar — ameaçou ela enquanto eu nos levava para fora do bar e em direção ao meu escritório.

Quando digitei o código na porta, ela já tinha parado de se debater e estava pendurada de cabeça para baixo com os braços cruzados no que eu só poderia assumir ser um beicinho.

Eu odiei ter que afastar minhas mãos dela. Gostaria que houvesse uma maneira de passar por isso sem soltá-la. Mas eu não era um bom conversador em circunstâncias normais, e quando meu pau estava dolorido, eu era ainda pior.

Agarrei-a pelos quadris e deixei-a deslizar pelo meu corpo até que os dedos dos seus pés atingissem o chão. Por um momento, ficamos ali, pressionados um contra o outro como se fôssemos um. E por apenas um segundo, enquanto ela olhava nos meus olhos com as palmas das mãos pressionadas no meu peito, tudo pareceu certo.

Em seguida, ela começou a se afastar de mim e recuar.

— Que diabos você quer de mim, Knox? Você disse que não queria que ficássemos juntos. Não estamos juntos. Não estou te seguindo por aí, implorando por outra chance. Respeitei os seus desejos.

Preocupado que ela entendesse errado se olhasse abaixo do meu cinto, direcionei-a para a cadeira atrás da minha mesa.

— Sente-se.

Ela me encarou por 30 segundos inteiros com os braços cruzados antes de ceder.

— Tá bom — disse ela, jogando-se na minha cadeira.

Mas a distância não fez com que eu sentisse melhor. Eu estava começando a perceber que só o que ajudava era ficar perto dela.

— Você não para de dizer que quer uma coisa e em seguida agir como se quisesse algo completamente diferente — falou ela.

— Eu sei.

Isso a calou.

Eu precisava me mover, então andei de um lado para outro na frente da mesa, precisando manter algo entre nós.

— Há algo que você não sabe.

Seus dedos batucavam em seus braços.

— Vai esclarecer em breve, ou eu tenho que dar adeus a todas aquelas gorjetas lá fora?

Enfiei as mãos no cabelo, depois passei uma pela barba. Eu me sentia suado e irrequieto.

— Não me apresse, está bem?

— Trabalhar para você não vai fazer falta — disse ela.

— Porra. Naomi. Só me dê um segundo. Eu não falo sobre essa merda com ninguém. Tá bom?

— Por que começar agora? — Ela se levantou.

— Você conheceu meu pai. — Deixei escapar as palavras.

Lentamente, ela se sentou de volta na cadeira.

Voltei a andar de um lado para outro.

— No abrigo — falei.

— Ai, meu Deus. Duke — disse ela, dando-se conta. — Você cortou o cabelo dele. Nos apresentou.

Eu não os tinha apresentado. Naomi se apresentou.

— Quando minha mãe morreu, ele não aguentou. Começou a beber. Parou de ir trabalhar. Foi preso por dirigir alcoolizado. Foi quando a Liza e o vovô nos acolheram. Eles também estavam de luto. Para eles, estar perto de mim e Nash não era um lembrete doloroso do que eles perderam. Já meu pai... ele nem conseguia olhar para nós. A bebedeira continuou aqui. Bem aqui antes de esse bar ser o Honky Tonk.

Talvez tenha sido por isso que o comprei. Por isso que me senti compelido a transformá-lo em algo melhor.

— Quando o álcool parou de entorpecê-lo, ele foi atrás de coisas mais pesadas.

Tantas memórias que pensei ter enterrado retornaram.

Meu pai com olhos avermelhados, arranhões e crostas nos braços. Hematomas e cortes no rosto de que ele não se lembrava.

Meu pai curvado no chão da cozinha, gritando sobre insetos.

Meu pai inerte na cama do Nash, com um frasco de comprimidos vazio ao lado dele.

Dei uma olhada para cima — para ela. Naomi estava sentada imóvel, com os olhos arregalados e triste. Era melhor que a indiferença fria.

— Ele entrou e saiu da reabilitação meia dúzia de vezes antes de meus avós o expulsarem de casa. — Enfiei a mão no cabelo e agarrei minha nuca.

Naomi não disse nada.

— Ele nunca conseguiu pôr a cabeça no lugar. Nunca tentou. Nash e eu não éramos motivos suficientes para ele dar o seu melhor. Nós perdemos a nossa mãe, mas ela não escolheu nos deixar. — Engoli com força. — Meu pai? Ele escolheu. Ele nos abandonou. Ele acorda todos os dias e faz a mesma escolha.

Ela deu um suspiro trêmulo, e eu vi lágrimas em seus olhos.

— Não — avisei.

Ela assentiu de leve e piscou para afugentá-las. Eu me afastei, determinado a dizer tudo.

— A Liza J e o vovô fizeram o possível para melhorar as coisas para nós. Tínhamos o Lucian. Tínhamos a escola. Tínhamos os cães e o riacho. Demorou alguns anos, mas as coisas melhoraram. Nós ficamos bem. Estávamos tocando nossas vidas. E aí o vovô teve um ataque cardíaco. Desmaiou consertando a calha na parte de trás da casa. Morreu antes de cair no chão.

Ouvi a cadeira se mover e, um segundo depois, os braços da Naomi envolveram minha cintura. Ela não disse nada, apenas se pressionou contra minhas costas e se manteve lá. Eu deixei. Era egoísta, mas eu queria o conforto do corpo dela ao encontro do meu.

Respirei fundo para lutar contra o aperto no meu peito.

— A sensação foi de perder todo mundo outra vez. Tantas perdas inúteis. Foi demais para Liza J. Ela desabou e chorou na frente do caixão. Um poço silencioso e sem fim de lágrimas enquanto ela pairava sobre o homem que amou por toda a vida. Nunca me senti mais impotente em toda a minha existência. Ela fechou a hospedaria. Fechou as cortinas para impedir a luz de entrar. Parou de viver.

Mais uma vez, eu não tinha sido o bastante para fazer alguém que eu amava querer seguir em frente.

— Aquelas cortinas ficaram fechadas até você chegar — sussurrei.

Senti sua respiração ficar presa, depois irregular.

— Porra, Naomi. Eu disse para não chorar.

— Não estou chorando — fungou ela.

Levei-a para a minha frente. Lágrimas corriam por seu lindo rosto. Seu lábio inferior tremia.

— Isso está no meu sangue. Meu pai. Liza J. Eles não conseguiram lidar com os momentos difíceis. Eles se perderam, e tudo ao redor saiu do controle. Eu venho disso. Não posso me dar ao luxo de desistir assim. Eu já tenho pessoas que dependem de mim. Caramba, tem dias que parece que toda a cidade precisa de algo de mim. Não posso me colocar numa posição em que eu vou decepcioná-los.

Ela soltou uma respiração lenta e trêmula.

— Entendo por que você se sentiria assim — disse ela enfim.

— Não sinta pena de mim. — Apertei seus braços.

Ela passou a mão sob os olhos.

— Não estou sentindo pena de você. Estou me perguntando como você não é uma confusão maior de traumas e inseguranças. Você e seu irmão deveriam se sentir muito orgulhosos de si mesmos.

Bufei, então cedi ao desejo de puxá-la para mais perto. Descansei meu queixo no topo de sua cabeça.

— Sinto muito, Naomi. Mas eu não sei como ser diferente.

Ela congelou contra meu corpo, depois inclinou a cabeça para trás para me olhar.

— Uau. Knox Morgan acabou de pedir desculpa.

— Sim, bem, não se acostume.

Ela fez cara feia e percebi que aquilo foi uma merda estúpida de se dizer.

— Droga. Desculpe, linda. Sou um idiota.

— É mesmo — concordou ela, fungando heroicamente.

Olhei para cada canto do meu escritório. Mas eu era homem. Eu não deixava uma caixa de lenços à mão.

— Aqui — eu disse, manobrando-nos em direção ao sofá onde minha bolsa de ginástica estava. Tirei uma camiseta e a usei para limpar as lágrimas que estavam me rasgando em retalhos por dentro. O fato de ela me permitir fazer isso as tornou um pouco mais fácil de lidar.

— Knox?

— Sim, Daze?

— Espero que um dia você conheça a mulher que faz tudo isso valer a pena.

Levantei seu queixo.

— Linda, acho que você não entendeu. Se não foi você e a Way, nunca será ninguém.

— Isso é tão lindo e tão confuso ao mesmo tempo — sussurrou.

— Eu sei.

— Obrigada por me dizer.

— Obrigado por ouvir.

Eu me sentia... diferente. Mais leve de alguma forma, como se eu tivesse conseguido abrir minhas próprias cortinas ou algo assim.

— Estamos bem? — perguntei, enfiando meus dedos em seu cabelo e os colocando atrás de suas orelhas. — Ou você ainda me odeia?

— Bom, eu te odeio bem menos do que quando comecei meu turno.

Meus lábios se curvaram.

— Isso significa que estaria disposta a ficar? Os clientes te adoram. A equipe te adora. E o chefe tem um grande carinho por você.

Eu sentia mais do que um grande carinho por ela. Segurando-a assim. Falando com ela assim. Algo estava acontecendo no meu peito, e parecia fogos de artifício.

Ela apertou os lábios e levou as mãos ao meu peito.

— Knox — disse ela.

Balancei a cabeça.

— Eu sei. Não é justo pedir que fique quando não posso ser o que você merece.

— Não acho que meu coração esteja seguro perto de você.

— Naomi, a última coisa que quero fazer é te machucar.

Ela fechou os olhos.

— Eu sei disso. Já entendi. Mas não sei como me proteger da esperança.

Levantei seu queixo.

— Olhe para mim.

Ela fez o que eu disse.

— Fale.

Ela revirou os olhos.

— Olha só para nós, Knox. Nós dois sabemos que isso não vai a lugar nenhum, mas ainda assim estamos literalmente entrelaçados.

Deus, eu amava esse vocabulário chique dela.

— Eu vou ser capaz de me lembrar por um tempo que você não pode estar comigo. Mas, mais cedo ou mais tarde, vou começar a esquecer. Porque você é você. E quer cuidar de tudo e de todos. Você vai comprar um vestido que a Waylay ama. Ou minha mãe vai convencê-lo a jogar golfe com ela nos fins de semana. Ou vai me trazer café quando eu mais precisar outra vez. Ou vai dar mais um murro na cara do meu ex. E eu vou esquecer. E vou me apaixonar mais uma vez.

— O que você quer que eu faça? — perguntei, trazendo-a para junto de mim novamente. — Não posso ser quem você quer que eu seja. Mas não posso te deixar ir.

Ela colocou a mão na minha bochecha e olhou para mim com algo que parecia muito com amor.

— Infelizmente, viking, essas são suas duas únicas opções. Alguém me disse uma vez nesta mesma sala que não importa quão ruim sejam as opções. Ainda é uma escolha.

— Acho que esse cara também te disse que havia um homem por aí que sabia que nem em seus melhores dias seria bom o bastante para *você*.

Ela me deu um aperto gentil e então começou a sair do meu abraço.

— Preciso voltar para lá.

Soltei-a contra todos os instintos, mas soltei mesmo assim.

Eu me sentia esquisito. Aberto, exposto, cru. Mas também melhor. Ela tinha me perdoado. Eu tinha mostrado a ela quem eu realmente era, do que vim, e ela tinha aceitado tudo.

— Alguma chance de eu conseguir meu cachorro de volta? — perguntei.

Ela me deu um sorriso triste.

— Isso é entre você e a Waylay. Acho que ela também precisa de um pedido de desculpas seu. Ela está com a Liza hoje à noite.

Assenti.

— Ok. Certo. Naomi?

Ela parou na porta e olhou para trás.

— Acha que se tivéssemos continuado... quero dizer. Se não tivéssemos terminado tudo, é possível que você tivesse... — Não consegui pronunciar as palavras. Eles entupiram minha garganta e a fecharam.

— Sim — respondeu ela com um sorriso triste que fez meu íntimo dar voltas.

— Sim, o quê? — insisti.

— Eu teria te amado.

— Como sabe? — quis saber, minha voz soando rouca.

— Porque eu já amo, bobinho.

E com isso, ela saiu do meu escritório.

QUARENTA E SEIS
TINA NÃO PRESTA

Naomi

Fui direto ao banheiro para ajeitar meu rosto. Knox Morgan sem dúvida sabia desfazer a maquiagem de uma mulher. Depois que limpei o triste rosto de palhaço e reapliquei meu batom, dei ao meu reflexo uma boa olhada.

Os pequenos fragmentos do meu coração partido agora estavam moídos em uma fina poeira graças à confissão do Knox.

— Não é de admirar — sussurrei ao meu reflexo.

Havia coisas que uma pessoa nunca superava. Nós dois só queríamos que alguém nos amasse o bastante para compensar todas as vezes que não tínhamos sido o suficiente. Parecia um desperdício nós dois nos sentirmos do jeito que nos sentíamos, mas nenhum de nós poderia ser essa pessoa para o outro.

Eu não poderia fazer Knox me amar o bastante, e quanto mais cedo eu superasse isso, melhor. Talvez um dia poderíamos ser amigos. Se eu ganhasse a audiência de custódia, e se eu e a Waylay decidíssemos fazer de Knockemout o nosso lar permanente.

Pensando em Waylay, tirei meu celular do avental para verificar minhas mensagens. No início desta semana, eu tinha autorizado que ela instalasse um aplicativo de mensagens no notebook a fim de me mandar mensagens se precisasse. Em troca, ela baixou um teclado de GIFs no meu celular para que pudéssemos trocá-los ao longo do dia.

— Ah, ótimo — gemi quando vi as várias novas mensagens.

Silver: Bela calcinha.

Max: Espero que isso signifique que vocês estão fazendo as pazes!!!!

Mãe: Seis emojis de chama.

Fi: Estamos cobrindo suas mesas, então fique à vontade para ter quantos orgasmos precisar no escritório do Knoxy.

Sloane: Lina acabou de enviar uma mensagem (junto com outras nove pessoas que estão no bar). Aquele filho da mãe te carregou como se fosse um homem das cavernas mesmo? Espero que tenha reorganizado a cara e as bolas dele.

Waylay: Tia Naomi, estou em apuros.

O ar em meus pulmões congelou quando li a última mensagem. Ela tinha enviado há 15 minutos. Com as mãos trêmulas, disparei uma resposta enquanto saía correndo do banheiro.

Eu: Você está bem? O que houve?

Havia muitas razões pelas quais uma criança de 11 anos poderia pensar que estava em apuros, racionalizei. Isso não significava que uma emergência real estava acontecendo. Talvez tenha esquecido o trabalho de matemática. Talvez tenha acidentalmente quebrado o querubim de jardim favorito da Liza. Talvez ela tivesse menstruado.

Eu também tinha perdido três chamadas nos últimos cinco minutos de um número desconhecido. Algo estava errado.

Fui para a cozinha e verifiquei meus contatos em busca do número da Liza.

— Está tudo certinho, Naomi? — perguntou Milford enquanto eu corria para o estacionamento.

— Sim. Acho que sim. Só tenho que fazer uma ligação rápida — falei antes de empurrar a porta externa e sair para o ar frio da noite.

Eu estava me preparando para clicar em ligar quando os faróis de um carro me cegaram. Levantei a mão para bloquear a luz e recuei.

— Naomi.

Meus braços caíram sem força para o meu lado. Eu conhecia aquela voz.

— Tina?

Minha irmã gêmea se inclinou para fora da janela do lado do motorista. Senti como se estivesse olhando no espelho de novo. Um espelho de casa maluca. Seu cabelo anteriormente descolorido estava agora marrom- escuro e curto em um estilo semelhante ao meu. Nossos olhos tinham o mesmo tom avelã. As diferenças eram sutis. Ela estava usando uma jaqueta barata de couro falso. Tinha vários brincos nas duas orelhas. Seu delineado era grosso e azul.

Mas ela parecia tão preocupada quanto eu me sentia.

— Ele está com a Waylay! Ele a levou — disse ela.

Meu estômago foi ao chão e uma onda de náusea tomou proporções maiores conforme todos os músculos do meu corpo se contraíam.

— Quê? Quem a levou? Cadê ela?

— É tudo culpa minha — lamentou Tina. — Precisamos ir. Você tem que me ajudar. Sei para onde ele a levou.

— Melhor chamar a polícia — falei, lembrando que estava com o celular na mão.

— Ligue para eles no caminho. Temos que agir rápido — disse ela. — Vamos.

Agindo no piloto automático, abri a porta do passageiro e entrei. Eu estava pegando meu cinto de segurança quando algo peludo apertou meu pulso.

— O que você está fazendo? — berrei.

Tina agarrou meu outro braço, com suas unhas fincando em meu pulso. Tentei me afastar, mas não fui rápida o bastante. Ela prendeu outra algema.

— Para quem é a inteligente, você até que é burra — disse ela, acendendo um cigarro.

Minha gêmea do mal tinha acabado de me algemar ao painel com algemas de sexo peludas.

— Cadê a Waylay?

— Relaxa. — Ela soprou uma nuvem de fumaça na minha direção. — A garota está bem. Você também vai ficar se cooperar.

— Cooperar como? Com quem?

Puxei as algemas. Ela soltou uma gargalhada enquanto saiu do estacionamento.

— São bem engraçadas, né? Encontrei elas numa caixa de brinquedos sexuais na unidade de armazenamento do meu antigo senhorio idiota.

— Eca! — Eu ia precisar me esfregar com água sanitária quando isso acabasse.

Meu celular estava virado para baixo no chão. Se eu pudesse alcançá-lo, poderia ligar para alguém. Puxei as algemas outra vez, gritando quando elas beliscaram minha pele.

— Recebi seu e-mail — disse minha irmã com naturalidade. — Imaginei que entre você e minha cria, encontraríamos rapidinho o que estou procurando.

— Encontraríamos o quê? — Cutuquei meu celular com a ponta da minha bota em um esforço para virá-lo. O ângulo não estava certo e, em vez de virar, ele deslizou ainda mais sob o painel.

— Não me surpreende que você não saiba. Uma coisa que presta na minha cria é que ela sabe como manter o bico calado. Eu e meu namorado colocamos as mãos em algumas informações bem importantes que várias pessoas pagariam muito dinheiro para obter. Guardei num pen drive. O pen drive desapareceu.

— O que isso tem a ver com a Waylay? — Desta vez, o cutucão foi suficiente para virar o celular... e infelizmente ligar a tela. O brilho não foi sutil.

— Oh-ho! Boa tentativa, Certinha.

Minha irmã se inclinou para pegar o celular. O carro desviou da estrada para o acostamento, com os faróis iluminando uma longa extensão de cerca de pasto.

— Cuidado! — Eu me abaixei quando quebramos a cerca e paramos no pasto de cavalos. Minha cabeça bateu no painel, e eu vi estrelas.

— Opa! — disse Tina, sentando-se com o celular na mão.

— Ai! Meu Deus, não aprendeu a dirigir melhor, não?

— Orgasmos e calcinhas — gracejou ela, vendo minhas mensagens. — Hum. Talvez você tenha ficado mais interessante desde o ensino médio.

Inclinei-me a fim de que eu pudesse usar uma mão algemada para cutucar minha testa dolorida.

— É melhor você não ter machucado a Waylay, sua ignara irresponsável.

— O vocabulário ainda está funcionando bem. O que você pensa que eu sou? Eu não machucaria minha própria filha.

Ela parecia insultada.

— Olha — falei, cansada. — Só me leve até a Waylay.

— Esse é o plano, Certinha.

Certinha era a forma curta de Certinha e Boazinha, o apelido que Tina tinha me dado quando tínhamos nove anos e ela queria ver a que altura conseguíamos atirar flechas no ar com a balestra do nosso tio que ela encontrou.

Eu gostaria de ter essa balestra agora.

— Não acredito que somos parentes.

— Somos duas — disse ela, jogando o cigarro pela janela e em seguida meu celular.

Ela ligou o rádio e pisou no acelerador. O carro derrapou descontroladamente na grama úmida antes de passar pelo buraco na cerca cantando pneu.

TRINTA MINUTOS DEPOIS, Tina saiu da estrada esburacada que cortava uma indústria de aparência degradada no subúrbio de D.C. Ela estacionou em frente a uma cerca de arame e pressionou a buzina.

Sutileza não era a especialidade da minha irmã.

Eu tinha passado toda a viagem pensando na Waylay. E no Knox. Em meus pais. Liza. Nash. Sloane. As meninas do Honky Tonk. Em como finalmente tinha conseguido fazer um lar para mim só para a Tina aparecer e arruinar tudo. Outra vez.

Duas figuras sombrias vestindo calça jeans e couro apareceram e abriram com dificuldade o portão, provocando um rangido ensurdecedor.

Eu precisava me ater aos meus pontos fortes e agir com inteligência. Eu iria pegar a Waylay e depois encontrar uma saída. Eu conseguia.

Passamos pelo portão e Tina parou o carro em frente a uma doca de carga e descarga. Ela acendeu outro cigarro. Seu quarto da viagem.

— Você não devia fumar tanto.

— Você é o quê? Da polícia pulmonar?

— Dá rugas.

— É para isso que servem cirurgiões plásticos — disse Tina, levantando seus seios falsos significativamente maiores. — Esse é o seu problema. Sempre muito preocupada com as consequências para se divertir.

— E você nunca pensou nas consequências — apontei. — Olha só para onde isso te levou. Abandonou e depois raptou a Waylay. Me sequestrou. Sem mencionar que me roubou em várias ocasiões. Agora você está vendendo mercadorias roubadas.

— É mesmo? E quem de nós duas está se divertindo mais?

— Na verdade, tenho dormido com Knox Morgan.

Ela me olhou através da fumaça.

— Você está me sacaneando.

Balancei a cabeça.

— Não estou te sacaneando.

Ela bateu no volante e gargalhou.

— Ora, ora. Olha só a pequena Certinha e Boazinha enfim se soltando. Quando se der conta vai estar dançando *pole dance* na noite do strip-tease e roubando raspadinhas.

Eu duvidava seriamente disso.

— Quê? Quem sabe? Talvez você se solte tanto que poderemos encontrar aquele vínculo fraternal do qual você estava sempre reclamando — disse Tina, batendo na minha coxa com o que poderia ter sido carinho. — Mas primeiro, temos que cuidar desse negócio.

Levantei minhas mãos algemadas.

— De que tipo de negócio posso cuidar com algemas sexuais?

Ela enfiou a mão no compartimento da porta e pegou um molho de chaves.

— É o seguinte: preciso que me faça um favor.

— O que quiser, Tina — falei secamente.

— Apostei 100 dólares com meu namorado que poderia te trazer aqui sem te derrubar ou forçar. Disse a ele que você era uma otária nata. Ele disse que de jeito nenhum eu conseguiria levar você a entrar lá por vontade própria e tal. Então é assim que faremos. Vou tirar as algemas e te levar lá para cima onde meu namorado e minha cria estão. Você vai ficar muda sobre essas coisinhas.

Ela acariciou o pelo de leopardo roxo na algema mais próxima a ela.

A minha irmã era uma idiota.

— Se eu te soltar e você tentar correr ou se abrir sua boca mexeriqueira lá em cima, vou me certificar de que você nunca veja Waylay outra vez.

Uma idiota com uma compreensão surpreendente do que motivava as pessoas.

Ela sorriu.

— Sim. Sabia que ia gostar dela. Imaginei que ela também iria gostar de você, já que você gosta dessas coisas de menininha. Sabia que você seria o melhor lugar para estacionar a minha cria até que estivesse pronta para pegar a estrada.

— Waylay é uma ótima garota — falei.

— Ela não é uma tagarela chorona como *certas* pessoas — disse ela, lançando-me um olhar aguçado. — Enfim, eu ganho minha aposta e você passa um bom tempo com a minha cria antes de partirmos para a nossa recompensa.

Ela queria levar Waylay com ela. Senti uma náusea fria se instalar nas minhas entranhas, mas não disse nada.

— Temos um acordo?

Assenti.

— Sim. Temos. Nós temos um acordo.

— Vamos pegar meus 100 dólares — disse Tina com alegria.

Contei mais três degenerados em roupas escuras, todos com armas, dentro do armazém. O primeiro andar tinha quase uma dúzia de veículos chamativos estacionados. Alguns estavam sob lonas, alguns estavam com capôs e portas abertas. Do outro lado da doca de carga e descarga havia caixas de TVs e o que pareciam ser outros bens roubados.

Estava frio, e eu não estava vestida para isso.

— Vamos, Certinha. Tenho mais o que fazer — falou Tina, subindo as escadas de metal que levavam ao segundo andar, uma área que parecia ter outrora abrigado escritórios.

Minha irmã abriu a porta e entrou.

— Mamãe chegou — anunciou ela.

Hesitei do lado de fora da porta e fiz uma oração silenciosa aos deuses das gêmeas boas. Eu estava com medo. Eu teria dado qualquer coisa para ter Knox ou Nash ou todo o Departamento Policial de Knockemout comigo. Mas isso não ia acontecer.

Eu precisava ser meu próprio herói esta noite ou eu ia perder tudo.

Endireitei meus ombros e atravessei a soleira para fazer o que fazia de melhor, a triagem da bagunça. Havia calor lá dentro, graças a Deus. Não muito, mas o suficiente para que pelo menos as minhas partes íntimas não congelassem. Havia também um odor distinto de comida para viagem velha, provavelmente vindo da pilha de caixas de pizza e recipientes para viagem em uma longa mesa dobrável.

Janelas de vidro sujas tinham vista para o chão do armazém e o exterior. Encostado em uma terceira parede, havia um futon coberto com o que pareciam lençóis caríssimos e nada menos que seis travesseiros.

Havia duas prateleiras de roupas de grife que criavam um armário improvisado. Uma dúzia de pares de tênis e mocassins masculinos de alta qualidade estavam organizados em outra mesa dobrável.

O chão estava pegajoso. O teto tinha buracos. E havia uma espessa camada de sujeira nas janelas.

Fiquei com vontade de ir procurar o desinfetante e começar a esfregar até que eu vi a mesa empilhada, quase 30 centímetros de altura, com maços de dinheiro.

— Não disse? — falou Tina triunfante, apontando com o polegar na minha direção. — Entrou direto, não foi?

Parei quando reconheci o homem na grande cadeira de escritório de couro em frente à TV de tela plana.

Era o ruivo da biblioteca e do Honky Tonk. Só que desta vez, ele não estava vestido para passar despercebido. Ele estava usando uma calça jeans chamativa e um moletom Balenciaga laranja neon.

Ele estava esfregando um pano em uma arma já reluzente.

Engoli em seco.

— Ora, ora. Se não é a cópia da minha namorada. Lembra de mim? — disse ele com um sorriso vilanesco.

— Sr. Flint — confirmei.

Tina bufou.

— O nome dele é Duncan. Duncan Hugo. Que você deve reconhecer do cartel criminoso Hugo.

Ela estava se gabando, fazendo-o parecer como se ela tivesse acabado de me dizer que estava namorando um advogado humanitário e sexy ou um ortodontista com uma casa de praia.

— O que eu te disse, T? Não diga a porra do meu nome para ninguém — ladrou Duncan.

— Pfft. Ela é minha irmã — disse ela, abrindo uma caixa de pizza e tirando uma fatia. — Se não posso contar a ela, a quem posso contar?

Duncan beliscou a ponte do nariz. Um movimento que eu tinha visto meu pai e Knox fazerem. Eu me perguntei se todas as mulheres Witt tinham esse efeito nos homens.

— Esta não é a Noite das Garotas, mulher — lembrou-a Duncan. — Isso é negócio.

— É negócio depois que você pagar. Você perdeu. Eu ganhei. Desembolsa a grana.

Não achei que fosse uma boa ideia insultar o homem que segurava a arma, mas Tina fazia o que Tina sempre fazia: o que queria fazer, independente das consequências.

— Coloque na minha conta — disse o homem, continuando a me estudar.

Ele levantou o cano da arma para coçar a têmpora.

— Não acho que seja uma maneira segura de manusear uma arma de fogo — intervi.

Ele me estudou por vários segundos, em seguida, seu rosto se abriu em um sorriso maldoso.

— Que engraçado. Você é engraçada.

Ótimo. Agora ele estava apontando a arma para mim como se fosse um dedo.

— Foda-se a sua conta, Dunc. Me dê o dinheiro — insistiu Tina.

— Cadê a Waylay? — exigi saber.

— Ah, é. Cadê a garota? — perguntou Tina, olhando em volta.

O sorriso de Duncan ficou mais largo e maldoso. Com a bota, ele deu um chute na cadeira ao lado dele. Ela rodopiou no chão, o assento lentamente ficando de frente para nós.

— Mmmph mmm!

Waylay, usando pijama e tênis, estava amordaçada e amarrada à cadeira. Ela parecia revoltada, sua expressão espelhando a de sua mãe. Waylon estava sentado em seu colo. Sua cauda se agitou quando ele me viu.

Esqueci o medo e quase senti pena do palerma ruivo. Se a Tina ou eu não o matássemos por amarrar a Waylay, Knox mataria por roubar o cachorro dele.

— Por que ela está amarrada? — exigiu saber Tina.

Duncan deu de ombros e usou o cano da arma para coçar entre as omoplatas.

— Essazinha aí me chamou de troglodita e tentou me chutar nas bolas. Me mordeu também — disse ele, levantando o antebraço para mostrar o curativo.

— Bom, você estava sendo um troglodita? — perguntou minha irmã, cruzando os braços.

Waylay, com os olhos estreitados, assentiu com veemência.

— Eu? — Ele apontou a arma para o peito, todo inocente. — Eu apenas disse a ela para não comer outro pedaço de pizza, senão ela engordaria e ninguém gosta de garotas gordas.

Tina caminhou até ele e enfiou um dedo no peito dele.

— Não fale com a *minha* cria sobre engordar. Essa merda fica na cabeça de uma garota. Dismorfia corporal e coisas assim.

Fiquei impressionada.

— Mulheres são tão sensíveis — disse-me Duncan como se estivesse esperando que eu concordasse.

— Dê meu dinheiro e a desamarre — exigiu Tina.

Não pude deixar de notar a ordem de suas prioridades e cancelei meu novo respeito pela minha irmã.

Exasperada, comecei a ir na direção da Waylay. Waylon saiu do colo e tentou se aproximar, mas foi parado pela coleira.

— Uh-uh. Mais um passo, e teremos um problema, Não Tina. — O aviso foi acompanhado pelo carregamento de uma arma conforme Duncan se levantava.

Eu o encarei.

— Meu nome é Naomi.

— Estou nem aí se seu nome é Queen Latifah. Preciso que permaneça onde está. — Ele gesticulou com a arma. — Agora, Waylay, seja lá que porra de nome seja esse, onde está o pen drive? Você tem dez segundos para me dizer, ou vou atirar na sua tia bem entre os olhos.

O cigarro na boca da Tina caiu ao chão enquanto ela ficava boquiaberta.

— Que porra é essa? Isso não fazia parte do plano, seu idiota!

— Cala a boca, ou eu vou derrubá-la ao lado da sua irmã. Ei! O que é mais triste do que uma gêmea morta? *Duas* gêmeas mortas!

Duncan berrou com seu próprio humor mórbido.

— Seu traidor nojento — rosnou Tina.

Ele parou de rir.

— Agora espere aí, T. Eu ainda não traí você. Estava falando sério. Podemos pegar o carro, vendê-lo e começar a construir algo de verdade. Algo que não tenha nada a ver com meu pai ou o negócio da família!

Seus braços se agitaram, o cano da arma apontando para todo canto de uma só vez.

— Você poderia gesticular sem a arma, por favor? — sugeri.

— Meu Deus. De novo com os problemas com o papai — zombou Tina do Duncan. — Meu pai é um grande chefe criminoso. É tão difícil seguir seu exemplo. Buááá.

Mais uma vez, comecei a avançar em direção à Waylay.

— Você sabe que eu não gosto quando você fala comigo como minha mãe — vociferou Duncan.

— Você está agindo como se fosse grande e poderoso. Mas quem é que atraiu a garota para dentro do carro fingindo ser minha irmã? Quem é que trouxe a Naomi até aqui?

— Ei! Estou fazendo isso por você, T. Podemos enfim comprar o equipamento para fazer as identidades falsas que você não para de comentar. Ou criar uma fazenda de doadores de órgãos no mercado negro.

Enruguei meu nariz.

— Eca! Isso existe?

— Gosto não se discute, Gata Tina — disse-me ele.

Ah, não.

Tina lhe deu um tapa no ombro.

— Do que você acabou de chamá-la?

Aproveitei a distração para me aproximar da Waylay.

— Ai! Eu quis dizer *Não* Tina — insistiu Duncan.

Minha sobrinha escolheu aquele momento para se jogar para frente, tentando dar uma guinada, apenas fazendo com que a cadeira batesse na mesa com os grandes maços de dinheiro.

Corri para a frente, desembaraçando a coleira do cachorro e a corda.

— Mais um movimento, e as duas levam bala — advertiu Duncan, com a arma apontada para mim enquanto olhava para Waylay. — Você tem cinco segundos para começar a falar, garota. Cadê o pen drive?

Os olhos da Waylay estavam arregalados, assustados e fixos em mim.

— Cinco... quatro... três... dois...

QUARENTA E SETE
DESAPARECIDAS

Knox

O que diabos você fez com a Naomi? — quis saber Fi, acenando com seu pirulito na minha cara quando cheguei ao bar. Notei que os pais da Naomi não estavam mais à vista, e a mesa deles estava vazia.

— Falei com ela. *Gentilmente* — afirmei quando seus olhos se estreitaram. — Por quê?

— Não pode ter sido tão gentilmente assim, já que todas as mesas dela estão ficando impacientes com os copos vazios.

Olhei por cima do ombro da Fi, fazendo o que sempre fiz: procurando pela Naomi. Mas Fi tinha razão. Ela não estava lá.

— Se você a afugentou no meio de um turno...

— Eu não a afugentei. Nós conversamos. Foi bom. Nós estamos bem. Verificou o banheiro?

— Uau, nossa, por que não pensei nisso? — disse Fi, sua voz transbordando sarcasmo.

— Perguntou o que diabos ele fez com a Naomi? — perguntou Max enquanto passava.

Algo frio se instalou nas minhas entranhas. Ignorando minhas funcionárias, empurrei as portas que levavam à cozinha.

— Naomi está aqui?

Milford levantou a vista do frango que estava grelhando e indicou a porta do estacionamento com a cabeça.

— Saiu há alguns minutos para fazer uma ligação. Ela parecia irritada. Você disse alguma coisa cruel para ela de novo?

Não me dei ao trabalho de responder. Em vez disso, fui direto para a porta e a abri. Fi estava no meu encalço. O ar noturno estava tão frio e seco que não apaziguou em nada o medo gélido dentro de mim. Não havia sinal da Naomi.

— Porra.

Eu não estava com um bom pressentimento em relação a isso.

— Ela deve estar apenas tomando um pouco de ar fresco já que você partiu o coração dela e depois a envergonhou na frente de metade da cidade — supôs Fi, examinando o estacionamento comigo. Mas ela também não parecia ter certeza.

— Não estou gostando disso — murmurei. — Naomi!

Mas não houve resposta.

— Naomi, o Knox pede desculpa por ser babaca! — gritou Fi ao meu lado para a noite.

Nada.

Meu telefone vibrou no bolso, e eu o peguei.

Nash.

— Quê?

— Só para te avisar. Estou a caminho da casa da Liza. Ela disse que a Waylay está desaparecida. Levou seu cachorro para fazer xixi, e nenhum deles voltou.

O gelo nas minhas entranhas se transformou em um iceberg.

— Há quanto tempo?

— Cerca de 40 minutos. Liza saiu à procura deles. Acha que viu lanternas traseiras retomando a estrada. Disse que tentou ligar para a Naomi, mas ela não atende o celular. Também tentei e fui redirecionado para o correio de voz. Tenho certeza de que não é nada, mas preciso que avise à Naomi.

Caralho. Caralho. Caralho.

Meu coração estava batendo como um maldito bumbo.

— Naomi saiu para fazer uma ligação e ninguém a viu desde então. Estou no estacionamento e ela não está aqui.

— Mas que droga!

— Não estou gostando disso — falei, passando a mão no meu cabelo. — Vou procurá-las.

— Me faça um favor primeiro e ligue para os pais da Naomi. Vou buscar a Liza e mandar alguns dos meus homens inspecionar o bosque.

— Ela não vai estar lá — disse a ele.

— Tenho que começar por algum lugar. Ligo depois — disse Nash.

Liguei imediatamente para o número da Naomi e voltei para dentro. Fi me seguiu com olhos arregalados e preocupados.

Estalei meus dedos para ela.

— Acesse as câmeras de segurança do estacionamento.

Ela não fez nenhuma provocação, apenas balançou a cabeça e correu na direção do escritório.

— Naomi está bem, chefinho? — perguntou Milford.

— Ela não está lá fora.

— Ei! Preciso de uma mãozinha aqui. O pessoal está ficando inquieto e com sede — disse Max, passando pelas portas da cozinha. Ela deu uma olhada em nós e parou. — Quê?

— Não consigo encontrar a Naomi — falei a ela enquanto o celular tocava e tocava no meu ouvido.

— O que diabos você disse a ela desta vez? — exigiu saber Max.

"Olá, você ligou para Naomi Witt. Obrigada por ligar! Deixe uma mensagem."

Liguei novamente conforme a preocupação pairava sobre mim como uma nuvem fria e negra.

— Vamos, Daze. Atende — murmurei.

— Deixe-me tentar — disse Max, pegando seu celular.

— Me avise assim que conseguir falar com ela. Preciso saber onde ela está.

— O que está acontecendo? — perguntou Silver, enfiando a cabeça na porta.

— Waylay e Naomi estão desaparecidas — esbravejei. Todos os olhos pousaram em mim.

— Quais são as chances de as duas desaparecerem ao mesmo tempo? — perguntou Max.

Balancei minha cabeça e verifiquei meus contatos. Minhas mãos estavam tremendo. Liguei para o número do Lou.

— Sei que é a noite de encontro, e sei que não sou sua pessoa favorita no momento, mas acho que temos um problema — disse a ele quando me atendeu.

— O que houve?

— Liza disse que a Waylay desapareceu outra vez. Ela e o Nash estão procurando por ela agora, mas Naomi saiu do bar para fazer uma ligação, e eu também não consigo encontrá-la.

— Te encontro no Honky Tonk em dois minutos — disse ele.

— Se algo aconteceu com elas, Lou... — Não consegui nem terminar o pensamento.

— Nós vamos encontrá-las. Aguente firme, filho.

— Knox.

A preocupação no tom da Fi me fez virar rápido.

— Preciso ir — falei e desliguei. — O que você descobriu?

— O casaco e a bolsa dela ainda estão atrás do balcão. E a câmera a registrou entrar num carro no estacionamento há cerca de dez minutos.

Dez minutos pareciam uma vida inteira.

— Que tipo de carro? Quem estava dirigindo?

— Não deu para notar bem. Nenhum dos dois. Um sedã lata velha e escuro.

Mas parece que ela entrou de bom grado.

— O que diabos está acontecendo? — exigiu saber Wraith, colocando a cabeça na cozinha. — Haverá um motim aqui em breve se alguém não começar a servir cervejas.

— Naomi está desaparecida — disse Fi a ele.

— Cacete.

— Waylay também — acrescentou Max com uma fungada chorosa.

— Cacete duplo — falou Wraith, depois desapareceu de volta no bar.

— O celular — disse Fi. — Ela não está atendendo.

— Mas ela está no seu plano familiar, não?

Minha mente estava indo a mil por hora. Eu precisava sair e começar a procurá-la. Cada segundo que eu desperdiçava era um segundo que ela ficava mais longe.

— Sim.

Max deu um tapa no meu braço.

— Você pode rastreá-la!

Vitória da tecnologia, porra! Joguei meu celular para ela.

— Encontre-a.

Enquanto ela movia dedos hábeis sobre a tela, fui para o meu escritório. Peguei meu casaco e as chaves e voltei para o bar.

Não era o pandemônio que eu esperava de consumidores irritados em uma noite de sábado. Era um caos organizado. Wraith estava no bar, com as botas plantadas entre copos de cerveja. Todos estavam reunidos, vestindo casacos.

— Vista pela última vez entrando em uma sucata cinza-escuro de quatro portas vestindo saia jeans e uma camisa de mangas compridas que tem escrito Honky Tonk.

— Que diabos é isso? — exigi saber.

— Grupo de busca — disse Silver enquanto enfiava os braços em um sobretudo de tweed cinza.

A porta da frente se abriu e todos se viraram com expectativa. Era Lou e Amanda.

— Deixem passar — ordenou Wraith. A multidão abriu caminho, e eles se apressaram.

— Localizei ela! — disse Max, segurando meu celular com triunfo. — Parece que ela está na saída da Rota sete, perto da Fazenda Lucky Horseshoe.

Tirei-o da mão dela.

— Ligue para o Nash — falei, apontando para Lou.

Lou se virou para Amanda.

— Ligue para o Nash. Vou com ele.

Não perdi tempo discutindo. Fomos para o estacionamento, e eu liguei a caminhonete antes de qualquer um de nós fechar as portas. Saí derrapando do estacionamento para a estrada.

— Quem a levou?

— Não sei ao certo — falei, agarrando o volante com mais força. — Mas se a Waylay também está desaparecida, aposto que foi a Tina.

Lou xingou baixinho.

Meu celular tocou. Era Nash. Apertei o botão do alto-falante.

— Encontrou a Way? — perguntei.

— Não. Estou levando Liza J para a cidade. Tenho algumas imagens da câmera da campainha dos Morrison. Um sedã velho e escuro saiu da casa da Liza há cerca de uma hora. Um SUV grande e preto estava parado no acostamento, esperando. Os faróis acionaram o sensor de movimento. A linha do tempo se encaixa com o momento que a Liza viu as luzes de freio. Também recebi denúncia de uma batida seguida de fuga. Alguém esmagou a cerca do Loy que fica perto da estrada em Lucky Horseshoe.

Lou e eu olhamos um para o outro.

— Estamos a caminho de lá agora, rastreando o celular da Naomi.

— Não faça nada estúpido — ordenou Nash.

Lucky Horseshoe ficava a uma curta distância de viagem, encurtada mais ainda pelo fato de que eu estava a 145 quilômetros por hora.

— Deve ser por aqui — disse Lou, olhando meu celular.

Tirei o pé do acelerador. Em seguida, pisei no freio com força quando vi a cerca.

— Caramba.

Marcas de pneus saíam da estrada e atravessavam a cerca. Virei o volante para que meus faróis pudessem iluminar o trajeto e estacionei a picape.

O casal Loy estava de pé no pasto investigando os danos. A Sra. Loy estava enrolada em uma jaqueta de flanela grande e fumava um pequeno charuto. Sr. Loy veio na nossa direção.

— Dá para acreditar nisso? Algum filho da puta quebrou a cerca e depois deu marcha à ré e se mandou!

— Pegue a lanterna no porta-luvas — disse ao Lou.

— Naomi! — chamei no segundo em que meus pés atingiram o chão. A grama gelada se esmagou sob minhas botas.

Não houve resposta.

Lou lançou a luz no pasto, e seguimos os rastros.

— Parece que pararam aqui antes de voltar para a pista — disse ele. — Deve ter sido um bêbado idiota.

Algo chamou minha atenção na grama, e eu me inclinei para pegar. Era um celular com margaridas brilhantes na capa.

Um calafrio parou meu coração e me fez faltar o ar.

— Isso é dela? — perguntou Lou.

— Sim.

— Droga.

— O que é isso? São provas? — quis saber o Sr. Loy.

DIRIGI DE VOLTA para o Honky Tonk distraído e preocupado. Lou estava falando, mas eu não estava ouvindo. Estava muito ocupado repetindo minha última conversa com a Naomi. Eu não queria perdê-la, então a tinha afastado e a perdido de qualquer forma.

Ela tinha razão. Isso foi pior. Muito pior.

Alguém tinha planejado isso. Alguém tinha conspirado para tirar as duas de mim. E eu ia fazer esse alguém pagar.

Parei na porta da frente do bar, e metade da cidade saiu de lá.

— Onde ela está?

— Você a encontrou?

— Parece que ele a encontrou, Elmer, seu idiota?

— Ele parece irritado pra caramba.

Ignorando a multidão e as perguntas, abri caminho para dentro e encontrei metade da polícia de Knockemout cercada pela outra metade da cidade. O quadro de especiais tinha sido apagado e substituído por um mapa desenhado à mão de Knockemout dividida em quadrantes.

Fi, Max e Silver vieram na minha direção, e Nash olhou para cima.

— Você não as encontrou — disse Fi.

Balancei a cabeça.

Um assobio estridente cortou o barulho e todos se calaram.

— Obrigado, Luce — disse Nash a Lucian, que imediatamente voltou à ligação que estava fazendo. — Como eu estava dizendo, emitimos um alerta para Naomi Witt, Waylay Witt, um sedan cinza e um modelo Chevy Tahoe preto e mais novo. Vamos começar a busca na cidade e expandir para fora.

Amanda, arrastando Liza J com ela, correu para Lou, que a puxou para o lado dele.

— Vamos encontrá-las — prometeu ele. Então ele passou o braço livre em volta da minha avó.

Eu não conseguia respirar. Não conseguia engolir. Não conseguia sair do lugar. Achei que tinha sentido medo antes. Medo de me tornar meu pai. De desmoronar depois de uma perda. Mas este medo era pior. Eu não tinha dito que a amava. Não tinha dito a nenhuma delas. E alguém tinha tirado elas de mim. Eu não tinha desmoronado. Foi pior. Eu não tinha tido a coragem de amar alguém o bastante para desmoronar.

Passei minhas mãos no cabelo e as mantive lá enquanto a realidade do que eu tinha me afastado se instalava.

Senti um aperto de uma mão no meu ombro.

— Mantenha-se firme — disse Lucian. — Nós vamos encontrá-las.

— Como? Como é que vamos encontrá-las? Não sabemos porcaria nenhuma.

— Temos o número da placa de um Ford Taurus cinza de 2002 que foi roubado em Lawlerville há uma hora — disse Lucian.

— Ainda não temos números de placa — retrucou Nash, parando para olhar o celular. — Esquece. Cinza Ford Taurus de 2002 com o puxador do porta-malas prateado. — Ele leu um número de placa.

— Lawlerville fica a meia hora daqui — falei, fazendo os cálculos na cabeça. Era a periferia de um subúrbio de D.C.

— Tem que ser muito burro para roubar um carro e depois levá-lo de volta à cena do crime — disse Lucian.

— Se a Tina estiver envolvida nisso, burrice é um fator.

A porta da frente se abriu e Sloane e Lina entraram correndo. Sloane parecia sem fôlego e com medo. Lina parecia assustadora.

— O que posso fazer? — perguntou Sloane.

— Quer que eu chute a bunda de quem? — quis saber Lina.

Eu precisava me mexer. Eu precisava sair daqui e encontrar minhas meninas, estraçalhar cada pessoa que contribuiu em levá-las, e depois passar o resto da minha vida implorando pelo perdão da Naomi.

— Só um instante, meninas — disse Lucian e me guiou de volta para fora. — Tem mais.

— O quê?

— Eu tenho um nome.

Agarrei-o pelas lapelas do casaco de lã.

— Me dê o nome — rosnei.

As mãos de Lucian se fecharam sobre as minhas.

— Não vai ajudar como você acha que vai.

— Comece a falar antes que eu comece a socar.

— Duncan Hugo.

Eu o soltei.

— Hugo da família do crime Hugo?

Anthony Hugo era um chefe criminoso que operava tanto em D.C. quanto em Baltimore. Drogas. Prostituição. Armas. Execução. Chantagem política. O que se possa imaginar, tinha seus dedos imundos.

— Duncan é o filho. Ele é um fracassado. Foi na oficina dele que o carro usado no tiroteio do Nash foi encontrado. Não achei que fosse uma coincidência, mas queria mais informações para corroborar antes de falar para você e o Nash.

— Há quanto tempo você sabe? — exigi saber, minhas mãos se fechando em punhos.

— Não há tempo suficiente para você perder tempo e energia comigo esta noite.

— Mas que droga, Luce.

— Há rumores de que ele teve uma briga desagradável e recente com o pai. Parece que Duncan quer agir por conta própria. Os rumores também mencionam uma mulher com quem ele tem trabalhado e transado nos últimos meses.

Isso se encaixava tão bem quanto a última peça de um quebra-cabeça.

A porra da Tina Witt.

— Onde ele está?

Lucian enfiou as mãos nos bolsos, sua expressão impassível.

— Esse é o problema. Desde que ele teve o desentendimento com o pai, ninguém parece saber seu paradeiro.

— Ou não querem te dizer.

— Mais cedo ou mais tarde, todo mundo me conta tudo — disse ele.

Eu não tinha tempo para me preocupar com o quão sombrio isso soava.

— Você contou ao Nash? — questionei, tirando minhas chaves do bolso.

— Apenas o número da placa. Pode ser uma coincidência.

— Não é.

A porta se abriu atrás de mim, e Sloane saiu.

— Vai procurá-las? — perguntou ela.

Assenti e depois me virei para Lucian.

— Vou começar em Lawlersville e avançar na direção de D.C.

— Espere — disse ele.

— Vou com você — anunciou Sloane.

Lucian pisou na frente dela.

— Você vai ficar aqui.

— Ela é minha amiga e Waylay é praticamente uma segunda sobrinha.

— Você vai ficar aqui.

Eu estava com pressa demais para ouvir Lucian usar sua assustadora voz de intimidação.

— Acho que você está fazendo uma suposição para lá de ignorante de que pode ditar o que faço ou deixo de fazer.

— Se eu descobrir que você saiu dos limites da cidade hoje à noite, irei me certificar de que sua amada biblioteca nunca mais receba um centavo de verba. Depois vou comprar cada pedaço de terra ao redor da sua casa e construir complexos de apartamentos tão altos que você nunca mais verá o sol.

— Seu rico filho de uma...

Deixei que eles se resolvessem. Abri a porta da minha picape e subi ao volante. Um segundo depois, a porta do passageiro se abriu e Lucian entrou.

— Aonde vamos?

— Vou começar do início. Vou dar uma surra no Anthony Hugo até ele nos dizer onde está o filho idiota. Em seguida, vou encontrá-lo e dar uma surra nele até quebrar cada osso do rosto. Depois vou me casar com a Naomi Witt.

— Isso vai ser divertido — disse meu melhor amigo, pegando seu celular.

— Pode avisar o Nash no caminho e depois contatar sua assustadora rede de fontes para que encontrem Anthony Hugo para mim.

Estávamos há dez minutos da cidade com duas localizações confiáveis que levavam ao maior chefe criminoso de Washington D.C. Uma das fontes até tinha informado o código do portão da propriedade. Lucian Rollins era um filho da mãe assustador.

Seu telefone tocou mais uma vez.

— Lucian falando. — Ele ouviu por alguns segundos e depois me entregou o celular. — Para você.

Devia ser meu irmão reclamando por eu estar fazendo justiça com minhas próprias mãos.

— Quê? — falei.

— Knox. Aqui é o Grim.

Grim era o presidente do, em sua maior parte legal, clube de motociclismo e jogador de pôquer de altas apostas.

— Este não é um bom momento para planejar outro jogo de pôquer, cara.

— Não é relacionado ao pôquer. É sobre negócios do clube. Tenho algumas informações que achei que poderiam te interessar.

— A menos que seja o paradeiro de Anthony ou Duncan Hugo, não estou interessado.

— Então você está prestes a ficar bem interessado. Aquela sua linda garçonete acabou de entrar no novo desmanche do Duncan Hugo.

Meu coração estava martelando de encontro à minha caixa torácica.

— O que acabou de dizer?

— Meu pessoal tem vigiado o prédio por razões pessoais.

— Não sou da polícia — lembrei-o.

— Vamos apenas dizer que algumas empresas locais não estão muito felizes com a concorrência.

Tradução: o clube do Grim estava planejando dar cabo do desmanche.

— Tenho estado de olho em todas as idas e vindas. Acabei de receber a confirmação por foto. Ela é gêmea, né?

— Sim, por quê?

— Lembro dela comentar sobre a irmã gêmea no último jogo. Parece que ela não estava mentindo. A mulher algemou a Naomi ao painel.

Pisei no acelerador.

— Endereço — exigi.

QUARENTA E OITO

O VELHO TROCA-TROCA

Naomi

Cinco... quatro... três... dois...

— Espere! O que te faz pensar que a Waylay sabe onde está o que você está procurando? — perguntei, desesperada para distrair Duncan de sua contagem regressiva mortal. — Ela é apenas uma criança.

— Mmmph mmm — resmungou Waylay, claramente ofendida. Tina não disse nada. Seus olhos estavam colados em Duncan, e fiquei surpresa por ele não ter se incendiado com as chamas que disparavam deles. O homem não tinha ideia do fusível que tinha acabado de acender. Só esperava que a explosão iminente da minha irmã não matasse a todos nós.

— É uma soma simples. Tina pegou o pen drive, e ele desapareceu. Só havia mais uma pessoa naquela casa. A pirralha que gosta de tecnologia e roubar coisas.

— Tina que disse ter desaparecido?

— Não, o Papai Noel — disse Duncan, revirando os olhos.

— Já lhe ocorreu que a Tina está escondendo o pen drive? Talvez ela o tenha pegado para te tirar do negócio.

Tina e Duncan agora estavam olhando para mim. Eu não sabia se tinha melhorado ou piorado as coisas, mas pelo menos a arma estava apontando para o chão. Fiquei de joelhos e ataquei o nó no pulso da Waylay.

— Não dê ouvidos a ela — falou Tina parecendo voltar à vida. — Ela só está fazendo o que costumava fazer com nossos pais. Tentando te manipular.

— Odeio essa merda — disse ele, levantando a arma mais uma vez. — Agora onde eu estava? Cinco?

— Nove? — sugeri sem força.

— Você precisa ir ao banheiro — declarou Tina para mim.

— Quê?

Ela me lançou um olhar atento.

— Você precisa ir ao banheiro — repetiu ela antes de se voltar para Duncan. — Ela menstruou. Você não quer atirar nela *e* espalhar menstruação para todo canto, não é, Dunc?

— Que nojo. Não me diga essas merdas de mulher — reclamou ele, parecendo estar prestes a vomitar.

— Vou levá-la ao banheiro e aí a gente faz com que a criança abra o bico e conte onde escondeu o pen drive — disse ela com um olhar aguçado na direção da Waylay. — Depois vou dar uma saidinha para comprar um pouco daquele frango frito que você gosta.

Tina sem sombra de dúvida estava tramando alguma coisa. Ela estava com aquele olhar astucioso no rosto. E eu não tinha menstruado. O Código Vermelho do Honky Tonk tinha sido há duas semanas.

— Assim que eu gosto — disse Duncan, convencido de que sua mulher estava andando na linha de novo. — Não ia atirar em você de verdade, T.

— Sei que está sob muito estresse, gatinho — falou Tina enquanto me arrastava pela sala em direção a uma porta em que estava escrito BAN IRO. — Descanse um pouco. Beba uma cerveja. Voltamos já — disse ela por cima do ombro.

Ela me empurrou pela porta em direção a um banheiro que precisava ser lavado com um caminhão cheio de água sanitária.

— Tire a roupa — disse ela quando a porta se fechou.

— Quê? Tina, não podemos deixar a Waylay sozinha com ele. Ele é biruta.

— Estou percebendo. Agora tire suas roupas, droga — falou ela, abaixando a calça.

— Você perdeu o juízo. Isso aqui não é apenas mais uma decisão ruim com consequências horríveis. Você chegou mesmo ao fundo do poço, não foi?

— Por Deus. Não estou tentando cometer incesto com você. Isso aqui não é pornô. Estamos trocando de lugar. Ele não vai deixar *você* sair daqui e pedir ajuda. Já a mim é outra história. — Ela tirou a camisa sobre a cabeça e jogou-a na minha direção. Acertou-me na cara.

— Então saia e chame a polícia — sibilei.

— Não vou sair e deixar a Way com aquele imbecil pamonha.

— Você já a abandonou uma vez!

— Eu a deixei com *você*, espertalhona. Sabia que você tomaria conta dela até que eu tivesse a sorte grande.

Eu sabia que não deveria considerar isso um elogio, mas foi o mais perto que a Tina chegou de fazer um.

— Ele está acariciando aquela Beretta como se fosse o próprio membro e tem uma pistola carregada embaixo da caixa de pizza — continuou ela. — Você sabe usar uma? Está disposta a atirar bem nas bolas dele e arriscar ir parar na prisão?

— Não e sim. Se fizer com que a Waylay saia viva daqui.

— Bom, as minhas respostas são sim e sim. Sou muito boa de tiro também. Então me dê sua saia. E vá chamar a polícia.

— Não dá para enviar uma mensagem para o Knox ou o Nash e dizer onde estamos?

— O celular está no carro — disse ela, puxando minha saia pelos quadris. — Dunc tem paranoia de ser rastreado pelo governo. Não deixa celulares chegarem perto dele.

Passei a camisa dela por cima da minha cabeça.

— Tá. Certo. Qual é o plano então?

— Vamos sair daqui. Vou agir como se fosse você, mas vou falar o código para a Waylay.

— Qual é o código?

— Eu digo "li um artigo sobre a devastação das florestas tropicais", e ela sabe que é um código para se preparar para fugir.

Devia ser a versão da Tina de uma simulação de incêndio em família.

— Certo. E depois?

— Ela vai inventar a localização de onde quer que tenha escondido o troço. Dunc vai mandar os homens dele ir buscar. Você vai sair para comprar frango para comemorar, mas na verdade vai até o carro ligar para a emergência.

Não me parecia um ótimo plano. E eu não confiava na minha irmã nem de longe, o que não ela estava. Mas eu não tinha outras opções.

— O que você vai fazer? — Paralisei. — Ainda que você passe pelo Duncan, há homens armados do lado de fora.

— Vou fazer o que for preciso para tirar Waylay daqui.

Fechei o zíper de sua calça jeans e depois calcei suas botas. Nós olhamos uma para a outra.

— Seus seios estão rebentando minha camisa — observei. Ela pegou o rolo de papel higiênico.

— Enche.

— Sério? — chiei.

— Contanto que você e eu tenhamos peitos grandes, ele não vai notar a diferença. Ele está na sétima cerveja da noite.

— Você *precisa* melhorar seu gosto para homens — reclamei enquanto enfiava maços de papel higiênico no sutiã.

Ela deu de ombros.

— Ele não é tão ruim quando não está bêbado.

— Ei! Meninas! Voltem já para cá. Estou pronto para atirar em alguém.

— Ele parece ser uma gracinha — resmunguei.

— Tente não andar toda metida — sibilou Tina, empurrando-me em direção à porta.

— Tente falar como se não tivesse precisado colar para passar no nono ano.

Voltamos para a Central dos Solteiros, e fiquei aliviada ao ver que Waylay ainda estava viva e parecendo revoltada. Waylon estava sentado ao lado de sua cadeira como um guarda. Sua cauda se agitou quando ele me viu, e fiquei preocupada que Duncan notasse.

Felizmente, ele estava muito absorto em um videogame que pelo que parecia envolvia atirar em mulheres seminuas.

— Rá! Toma essa, sua vadia!

Tina limpou a garganta e olhou para Waylay.

— Li um artigo sobre a devastação das florestas tropicais.

Os olhos da Waylay se arregalaram por cima da fita adesiva. Assenti para ela e indiquei sua mãe com a cabeça. Ela piscou duas vezes. Tina me deu uma cotovelada.

— Ai! Digo, pare de tagarelar sobre ler essas porcarias e vá se sentar para lá... com minha cria — falei, jogando meu cabelo por cima do ombro e gesticulando na direção da Waylay.

— Waylay, meu chuchuzinho, você está bem? Lamento muito que tudo isso esteja acontecendo. É tudo culpa minha, provavelmente porque sou tão esnobe e ajo como se fosse melhor do que todos — disse Tina, caindo no pufe rasgado ao lado da filha. Seus joelhos se abriram, e eu pude ver diretamente por baixo da minha... er, sua saia.

Waylay revirou os olhos.

Atrás de mim, ouvi Duncan se levantar. Fui surpreendida por um tapa na minha bunda.

— Essa bunda está maravilhosa hoje nessa calça jeans, Teen — disse ele antes de tomar o resto de sua cerveja. Ele jogou a lata por cima do ombro e arrotou.

— Eu tenho o *melhor* gosto para homens — falei, olhando para Tina.

— Hã. Sua irmã está usando a mesma tanguinha que você — disse Duncan, apontando para a virilha exposta da Tina. — Vocês são mesmo gêmeas.

O homem era um tapado. Infelizmente, era um tapado armado. E o plano da Tina era a melhor opção que eu tinha.

— Ti... digo Naomi e eu estávamos conversando — comecei.

— Ela não espalhou menstruação por todo canto, não é?

Cerrei os dentes.

— Não. Só os fluidos corporais de sempre pelo chão e pelas paredes.

Tina limpou a garganta com força. Pobre Waylon estava olhando de um lado para outro entre ela e eu como se estivesse tentando decifrar o que estava acontecendo.

— De qualquer forma, eu e sua tia que te ama muito conversamos, Waylay. Concordamos que pode contar ao Duncan onde você escondeu o pen drive sem se preocupar — falei.

— Sim. Pode me contar, criança. Sou confiável pra burro — disse Duncan, aparentemente esquecendo que tinha acabado de ameaçar a vida da mãe e da tia dela poucos minutos antes.

— Conte a ele onde você se evadiu, e ele vai mandar os homens dele irem buscar — disse Tina, pronunciando devagar.

Essa *não* era a aplicação correta da palavra evadir.

Duncan me cutucou com o cotovelo.

— Vá tirar a fita da boca da menina.

Aproximei-me da Waylay e me inclinei.

— Sou eu, Naomi — sussurrei.

Ela deixou os olhos estrábicos como se dissesse "Dã!".

Waylon se levantou e lambeu minha canela.

— Ah, agora ele gosta de você — disse Duncan. — Os cães são inconstantes pra caralho. Uma hora atrás, ele não conseguia parar de rosnar para você, agora quer agarrar sua perna.

Retirei o canto da fita.

— Desculpe, amorzinho — sussurrei e puxei a fita.

— Ai, filho da puta do caralho! — gritou Waylay.

Do nada, senti falta do Knox do fundo da minha alma.

— Conte onde está o pen drive, garota — disse Duncan. A arma apareceu na minha visão periférica enquanto ele avançava sobre nós.

Waylay deu o que parecia ser uma respirada heroica.

— Escondi na biblioteca de Knockemout. Colei embaixo de uma prateleira na seção de ficção histórica.

Garota *muito, muito esperta.* Se Duncan mandasse seus homens invadir a biblioteca, eles estariam praticamente invadindo uma delegacia.

— Obrigada por nos contar. Estou muito orgulhosa de você por sua honestidade e integridade — disse Tina no que presumi ser sua imitação de mim. Ela soava britânica.

— Talvez seja melhor ir buscar agora enquanto a biblioteca está fechada — aconselhei Duncan.

— Sim, talvez — disse ele, mas não tirou os olhos da Tina, e parecia pensativo.

— Acho que vou lá comprar aqueles frangos — falei, indo em direção à porta.

— Não tão rápido.

Senti metal frio na base do meu pescoço e congelei. O plano da Tina oficialmente não prestava.

Waylon rosnou baixo. E isso também me fez sentir falta do Knox. Ainda que ele não me amasse, eu sabia que ele não hesitaria em transformar o rosto do Duncan em uma pintura abstrata.

— Por toda a minha vida, as pessoas me subestimaram — disse Duncan com naturalidade. — Me chamaram de idiota. Disseram que eu era estúpido e burro. Então fui na onda. Banquei o tonto. As pessoas não observam o que dizem perto de um tonto. E não se esforçam tanto para esconder o que estão fazendo, *Naomi.*

Droga.

— Vocês são as tontas aqui. Acharam mesmo que eu cairia no velho troca-troca? — zombou ele.

— Como soube? — perguntei, ganhando tempo.

— Seus peitos não estão tortos.

— Você quer dizer que os da Tina não estão.

— Não, sua jumenta. Os da Tina são tortos. Não os seus. Quem é o idiota agora? — Ele disse isso enquanto gesticulava com a arma. Como não estava apontada para mim, virei para encará-lo.

Tina estava tentando desatar os nós da Waylay desesperadamente.

Joelho. Bolas. Nariz.

As instruções do Knox voltaram à minha mente quase como se ele estivesse ao meu lado.

— Eu gostei de você, Tina. Gostei mesmo e agora tenho que matá-la. Como acha que isso faz com que eu me sinta?

Ele levantou a arma, e eu sabia em algum lugar lá no fundo que desta vez ele pretendia usá-la.

Tina estava me encarando com intensidade. E, pela primeira vez na minha vida, pude ler a mente dela.

— Ô, Duncan? — falei.

No segundo em que seus olhos se voltaram para mim, tudo se moveu em câmera lenta. Tina deu um empurrão na cadeira da Waylay para tirá-la da linha de fogo e se jogou na direção oposta, alcançando a caixa de pizza.

— Isso! — Agarrei os ombros dele e bati com o joelho em sua virilha. A arma disparou quando ele se dobrou.

Meus ouvidos zumbiram. Mas eu ainda podia ouvir Knox na minha cabeça.

Nariz.

Agarrando seus ombros, levantei meu joelho de novo, e desta vez o levei de encontro ao seu rosto.

Não escutei se houve estalo, mas a julgar pela maneira como ele caiu no chão, eu fiz direitinho.

Por cima do zumbido nos ouvidos, pensei ter ouvido mais tiros. Mas eles pareciam estar mais distantes. Uma sirene também.

Deixei Duncan lá deitado e corri para Waylay. Girando sua cadeira, fiquei mais do que aliviada ao ver que ela estava ilesa.

— Você está bem? — perguntei, quando meus dedos trêmulos começaram a desamarrá-la.

— Isso foi incrível, tia Naomi! — disse ela.

— Seu filho da mãe! — Tina estava com a arma da pizza apontada para Duncan conforme ele se levantava e se apoiava nas mãos e nos joelhos. — Você ia atirar na minha filha, na minha irmã e em *mim*?

— Mãe, a polícia está aqui — declarou Waylay quando eu enfim libertei seus pulsos.

Tina deu um chute na cintura do Duncan.

— Tem sorte de eu não ter tempo para atirar em você. — Então ela se afastou dele. — Aqui — disse ela, entregando-me a arma.

Segurei-a longe de mim e rezei para que não disparasse.

— Você não vai mesmo fugir, vai? — perguntei.

Eu admitia que foi uma pergunta estúpida.

Claro que minha irmã ia fugir. Era o que ela fazia depois de armar confusão.

Tina pegou uma mochila preta e suja do chão e enfiou vários maços de dinheiro. Então jogou o resto da pizza dentro, deixando a fatia com buraco de bala de fora.

— Sou alérgica à polícia — disse ela, colocando a alça no ombro, e olhou para a filha. — Te vejo por aí, cria.

— Tchau, mãe — falou Waylay, acenando com a mão solta.

Atrás de mim, Duncan gemeu no chão. Waylon rosnou.

— Foi divertido. Valeu pela saia, Certinha. Cuide da minha filha — disse ela com uma pequena continência e depois desapareceu pela janela em direção à escada de emergência.

A corda finalmente se soltou e eu a joguei no chão.

— Ela vai voltar — previu Waylay, levantando-se e sacudindo as mãos.

Eu não duvidava.

— Venha. Vamos sair daqui — falei, abaixando a arma e soltando a coleira do Waylon da perna da mesa. Não eram apenas minhas mãos que tremiam. Agora era todo o meu corpo. Eu não me sentiria segura até estarmos em nosso lar na casa da Liza. Talvez nem mesmo lá.

A imagem da arma apontada para a minha sobrinha estava gravada permanentemente no meu cérebro. Eu duvidava que um dia voltaria a dormir.

— Tia Naomi!

O pânico na voz da Waylay me fez girar. Por instinto, coloquei-me entre ela e o perigo, caindo bem no aperto contundente do Duncan.

Sua mão se fechou em volta do meu pescoço, cortando minha respiração.

Sangue jorrava de seu nariz. Por um breve momento, senti um lampejo de satisfação por ter feito isso. Eu o tinha enfrentado. Mas o momento foi fugaz já que a escuridão penetrava nos cantos da minha visão.

— Você arruinou tudo! — grunhiu ele.

Tudo congelou e se solidificou em uma imagem do fim quando ele levou a arma para minha cabeça.

As coisas não podiam terminar assim. Não com Waylay assistindo.

Não com ajuda no prédio.

Não sem o Knox.

Senti os braços da Waylay me envolverem por trás. Um último abraço. Eu não conseguia me mover ou falar. Não conseguia lhe dizer para fugir. Meu mundo estava ficando escuro.

A porta se abriu com um estrondo, assustando tanto eu quanto Duncan. Ele virou a cabeça a tempo de ver um de seus homens cair de costas na sala. Retificando. Ele não caiu. O homem foi jogado como uma boneca de pano.

Com o que restava da minha energia, acertei um chute na canela do Duncan.

— Corre, Waylay! — ordenou alguém. A voz soava familiar de forma tão bela, mas tão distante.

A ajuda tinha chegado. Waylay ficaria bem.

Fui consumida pela escuridão.

QUARENTA E NOVE
CAVALARIA

Knox

Lancei seu corpo ao chão com um golpe baixo e forte. Alguma parte de mim estava ciente da Naomi desmoronando.

Eu precisava ir até ela. Mas eu não conseguia parar de bater no homem debaixo de mim.

Meu punho atingiu seu rosto várias vezes até que alguém me puxou por trás.

— Chega — disse Lucian.

Duncan Hugo deixou de existir para mim.

Havia apenas Naomi e Waylay. Waylay se ajoelhou ao lado dela, segurando a mão da Naomi contra seu peito. As lágrimas escorrendo de seus olhos azuis foram uma facada em meu âmago.

— Acorda, tia Naomi — sussurrou ela.

Diminui a distância entre nós e agarrei Waylay, abraçando-a junto a mim.

— Faça ela acordar, Knox — implorou.

Meu cachorro idiota abriu espaço entre elas e começou a uivar.

Lucian estava ao celular, com os dedos pressionando o pescoço machucado da Naomi.

— Precisamos de uma ambulância — disse ele de maneira concisa.

Ainda segurando Waylay junto a mim, inclinei-me sobre a Naomi e coloquei a mão no rosto da mulher que eu amava. A mulher que eu tinha perdido. A mulher sem a qual não poderia viver.

— Porra, Daze, acorda. — grunhi. Meus olhos e garganta queimavam. Minha visão ficou turva conforme lágrimas obscureciam tudo.

Quase não vi. A tremulação daqueles longos cílios. Eu estava certo de que era uma alucinação quando aqueles lindos olhos avelã se abriram.

— Café — resmungou ela.

Meu Deus, eu amava essa mulher.

Waylay ficou tensa, seu braço quase me sufocando em volta do pescoço.

— Você não me abandonou!

— Graças a Deus, porra — sussurrou Lucian, passando o dorso da mão na testa e desmoronando com os cotovelos apoiados no chão.

— Claro que não te abandonei — disse Naomi, rouca. Os hematomas em sua garganta me deram vontade de acabar com a vida do homem que os ocasionou. Mas eu tinha uma prioridade mais importante.

— Bem-vinda de volta, Daze — sussurrei. Inclinei-me e dei um beijo em sua bochecha, sentindo seu cheiro.

— Knox — suspirou ela. — Você veio.

Antes que eu pudesse responder, a porta lateral que eu tinha usado para entrar enquanto Lucian criava a distração foi aberta com tudo. Eu vi a arma e o brilho nos olhos do homem e sabia o que estava para acontecer. Agindo por instinto, puxei Waylay para a minha frente e usei meu corpo para prender ela e Naomi no chão.

Dois tiros soaram em rápida sucessão, mas não senti nada.

Nenhuma dor. Apenas minhas meninas, quentes e vivas abaixo de mim.

Olhei para cima e vi o atirador no chão.

— Seus idiotas — disse Nash, encostado na parede. Ele estava com um corte no rosto, sangue na camiseta e suando profusamente.

— Você fez isso com a mão direita? — perguntou Lucian, impressionado.

Meu irmão levantou o dedo do meio para ele enquanto escorregava na parede.

— Falei que sou muito bom no que faço, seus idiotas.

— Estamos vivos? — perguntou Waylay debaixo de mim.

— Estamos vivos, querida — garantiu Naomi.

Com cuidado, aliviei meu peso de cima delas. As duas olharam para mim com sorrisos idênticos. Apontei para Waylay.

— Você vai ganhar uma maldita festa de aniversário.

Virei-me para Naomi e disse:

— E depois disso, vamos nos casar.

Os olhos da Naomi se arregalaram e ela estendeu a mão para mim, verificando freneticamente meu torso.

— Que foi, linda?

— Você foi baleado? Bateu com a cabeça?

— Não, Daze. Estou bem.

— Eu bati minha cabeça?

— Não, linda.

— Devo ter batido. Achei ter escutado você dizer que íamos nos casar.

— Acha que eu sou burro a ponto de me separar de vocês?

— Hã, sim — disseram Waylay, Lucian e Nash juntos.

— Posso usar um vestido para a festa *e* outro para o casamento? — perguntou Waylay.

— Pode usar dez vestidos — prometi a ela.

— Você vai deixá-la mimada — disse Naomi, passando a mão no cabelo da Waylay.

— Pode apostar que eu vou. Também vou te mimar.

Seu sorriso juntou pedaços dentro de mim que eu nem tinha notado que estavam quebrados.

— Cadê o Duncan? — perguntou Waylay.

Lucian se levantou e examinou o cômodo.

— Ele sumiu.

— Só pode estar de brincadeira — murmurou Nash. — Caralho! É por isso que amadores não devem se envolver em questões policiais.

— Não vejo a hora de ser adulta e poder xingar o tempo todo — anunciou Waylay.

Ao mesmo tempo, ouvimos passos nas escadas. Nash apontou sua arma para a porta. Puxei a minha da cintura da calça e apontei.

Lina e Sloane invadiram o cômodo.

— Meu Deus, eu poderia ter atirado em vocês — reclamou Nash, abaixando a arma. — Que diabos estão fazendo aqui? Como nos encontraram?

Sloane parecia um pouco pálida.

— Seguimos o Nash.

— Você deixou um rastro de corpos no estacionamento. Não deixou nenhuma diversão para nós — disse Lina, ajoelhando-se ao lado do meu irmão. Gentilmente, levantou a manga da camisa dele. — Estourou os pontos, seu convencido.

— Mal estou sentindo — mentiu Nash entre os dentes.

Sloane avistou Naomi e veio em nossa direção. Mas Lucian já estava cruzando a sala como um deus prestes a partir um mortal ao meio.

Eles se encontraram no meio da sala, a centímetros de distância.

— Falei para você ficar na cidade — rosnou ele.

— Saia da minha frente, seu grande... — Sua voz minguou, e vi que ela estava encarando o corpo que Nash tinha derrubado. Seu rosto ficou branco.

— Sloane.

Quando a bibliotecária não olhou em sua direção, Lucian pegou seu queixo e o virou firmemente para ele.

— Joelho. Bolas. Nariz — sussurrou Naomi para mim.

— Essa é minha garota. — Dei-lhe um aperto gentil.

— Naomi, você está bem? — perguntou Lina de onde estava cuidando do meu irmão.

— Estou ótima — respondeu Naomi, olhando para mim com o tipo de sorriso que poderia iluminar a vida de um homem.

— Eu te amo — sussurrei para ela. Ela abriu a boca, mas eu balancei a cabeça. — Não. Não pode dizer o mesmo ainda. Vou passar pelo menos uma semana repetindo antes de merecer ouvir a mesma coisa. Entendido?

Seu sorriso ficou incrivelmente mais iluminado e seus olhos se encheram de lágrimas.

— Desculpe — fungou ela, levando as mãos ao rosto. — Sei que você não gosta de lágrimas.

— Acho que essas não me incomodam — falei e levei minha boca em direção à dela.

— Eca — reclamou Waylay.

Naomi tremeu de riso encostada em mim. Às cegas, estendi a mão, encontrei o rosto da Waylay e dei um empurrão gentil na garota. Ela tombou, rindo.

Houve outra enxurrada de passos nas escadas e, em seguida, a porta se encheu de policiais. — Larguem as armas!

— Já não era sem tempo — murmurou Nash, largando a pistola e mostrando o distintivo.

SENTEI-ME na parte de trás da ambulância no meio da noite ao lado da Naomi enquanto uma detetive nos fazia mais uma rodada de perguntas. Eu não suportava estar a mais de um passo ou dois de distância dela. Quase tinha perdido ela e Waylay.

Se Grim não tivesse aparecido... se eu tivesse chegado um minuto depois... se Nash não tivesse sido tão preciso com a mão direita...

Apesar de todos os "se", eu ainda estava aqui, agarradinho à melhor coisa que já aconteceu comigo.

— Mas o que é isso? Um desfile? — perguntou um dos oficiais uniformizados. Uma motocicleta apareceu. Seguida por outra e mais outra. Uma dúzia no total. Logo atrás, quatro veículos.

Motores foram desligados. Portas abertas. E Knockemout apareceu.

Pisquei algumas vezes quando vi Wraith ajudar minha avó a descer da traseira de sua moto. Lou e Amanda saíram do SUV e começaram a correr. Jeremiah, Stasia e Stef estavam logo atrás. Silver e Max saltaram da minivan da Fi junto com Milford e quatro fregueses do Honky Tonk.

Justice e Tallulah desceram de suas respectivas motos e se adiantaram.

— Podemos encerrar isso? — perguntei à detetive.

— Só mais uma pergunta, Srta. Witt — disse ela. — Uma viatura capturou uma mulher que alegava ser Naomi Witt. A pegaram tentando roubar um Mustang a dois quarteirões daqui. Faz alguma ideia de quem possa ser?

— Só pode ser brincadeira — gemeu Naomi.

Vi Nash e Lucian deixarem um grupo de policiais. Meu irmão acenou para que eu me juntasse a eles.

Fiz um gesto para Lou tomar o meu lugar.

— Já volto, Daze — disse a ela.

Naomi sorriu para mim enquanto seu pai se aproximava, com Amanda no encalço. Ela parou por tempo suficiente para me dar um beijo barulhento na bochecha e um tapa forte na bunda.

— Obrigada por salvar minhas meninas — sussurrou para mim antes de voltar sua atenção para a filha. — Trouxemos café para você, querida!

— Já parou de estragar tudo? — perguntou-me Stef.

— Acabei de dizer à nossa garota que vamos nos casar. Então sim. Parei.

— Ótimo. Assim não preciso destruir sua vida — disse ele. — Deixo você sozinha por menos de duas semanas, e olha o que acontece, Witty.

— Ai, meu Deus, Stef! Quando você chegou?

Senti uma mão na minha enquanto atravessava o asfalto e olhei para baixo. Waylay tinha entrelaçado seus dedos nos meus. Ela segurava a coleira do Waylon com a outra mão. Meu cachorro parecia só querer se deitar e dormir por um mês.

— Falou sério sobre os vestidos? — perguntou ela enquanto caminhávamos em direção ao meu irmão.

Soltei a mão dela e a puxei para o meu lado com um braço em volta de seus ombros.

— Claro que sim, pequena.

— Você falou sério sobre o que você disse à tia Naomi? Sobre amá-la e tal?

Parei nós dois e a virei de frente para mim.

— Nunca falei mais sério sobre nada na minha vida — assegurei-lhe.

— Então não vai nos deixar de novo?

Dei-lhe um aperto gentil nos ombros.

— Nunca. Fiquei infeliz sem vocês.

— Sem mim também? — perguntou ela.

Vi a centelha de esperança que ela rapidamente afastou.

— Way, você é inteligente. É corajosa. É linda. E vou detestar quando você começar a namorar. Eu te amo pra caralho. E não só porque você faz parte de um pacote.

Ela parecia tão séria que quase esmagou meu coração.

— Você ainda vai me amar se eu lhe contar algo? Algo ruim?

Se Duncan Hugo colocou as mãos na Waylay, eu ia caçá-lo, cortar suas mãos e alimentá-lo com elas.

— Pequena, não há nada que você diga que me fará deixar de te amar.

— Promete?

— Juro pelos seus tênis fenomenais.

Ela olhou para eles, depois de volta para mim — o canto de sua boca se ergueu.

— Talvez eu também te ame pra caralho.

Eu a puxei para um abraço, segurando o rosto dela contra meu peito. Quando ela passou os braços em volta da minha cintura, senti que meu coração estava subitamente grande demais para o meu peito.

— Mas não diga à tia Naomi que eu falei assim.

— Combinado.

Ela recuou.

— Tá bom. É o seguinte...

Dois minutos depois, escoltei Waylay até Nash e Lucian. Um paramédico tinha fechado os pontos do Nash. Os dois estavam curativos em ponto falso cobrindo vários cortes e arranhões visíveis. Nós três íamos sofrer amanhã. E no dia seguinte. E provavelmente no seguinte.

— Naomi disse que Tina e Hugo estavam procurando um pen drive com algum tipo de informação — explicou Nash. — Ninguém parece saber quais informações continha ou o que aconteceu com ele.

— Waylay, por que não vai ver se sua tia precisa de alguma coisa — sugeriu Lucian.

Segui a direção de seu olhar e vi que estava travado em Sloane, que estava perto da Naomi, dos pais dela e do Stef.

— Na verdade, Way tem algumas informações que quer compartilhar — falei. Dei-lhe um aperto gentil nos ombros. — Pode contar, pequena.

Ela respirou fundo e depois se abaixou para desamarrar o sapato.

— Eles estavam procurando por isso — disse ela, endireitando-se com o pingente de coração na mão.

Nash o pegou. Ele segurou o pingente entre os dedos, depois franziu a testa. Com cuidado, ele o separou no meio.

— Por essa eu não esperava.

— É um pen drive — explicou Waylay. — Minha mãe estava toda preocupada com o pen drive que levou para casa. Ficava repetindo que enfim ia ter a sorte grande e que logo estaria dirigindo um SUV grande e comendo bife em todas as refeições. Fiquei curiosa e dei uma olhadinha. Era apenas uma lista de nomes e endereços. Achei que pudesse ser importante. Então copiei o arquivo para o meu disco por via das dúvidas. Ela está sempre perdendo as merd... digo, coisas.

Acenei com a cabeça para ela continuar.

— Minha mãe tinha ficado brava comigo por algo estúpido e cortado meu cabelo como punição. Então decidi a punir também. Roubei o pen drive para que ela achasse que perdeu, e aí escondi na biblioteca, mas não na seção de ficção histórica, como contei ao Duncan. Na verdade, está colado com fita adesiva no fundo de uma das gavetas de arquivo. Eu não sabia que iam invadir a casa da tia Naomi e nos raptar. Juro — disse ela.

Nash colocou a mão no ombro dela.

— Não está encrencada, Waylay. Você fez a coisa certa ao me contar sobre isso.

— Ele disse que ia atirar na tia Naomi se eu não contasse onde estava. Eu estava tentando contar, mas ele tinha tapado minha boca com fita — disse ela.

Grunhi com essa nova informação.

— Nada disso é culpa sua — garantiu Nash a ela mais uma vez.

Mas da mãe era, e não senti nem um pingo de pena por ela estar detida. No entanto, decidi que não era a melhor hora para contar à Waylay sobre isso.

— Tem mais uma coisa — disse ela.

— O quê? — perguntou Nash.

— Seu nome estava na lista. — Lucian e eu trocamos um olhar.

— Precisamos ver a lista — anunciou Lucian.

Nash estendeu as mãos e cobriu as orelhas da Waylay.

— O caralho que precisam, seus babacas. Assuntos policiais. Vamos, Way. Vamos esclarecer tudo com a sua tia, e depois convencer a Sloane a nos deixar entrar na biblioteca.

— Tá bem — disse ela. — Knox?

— Sim, pequena?

Ela pediu com o dedo que eu me aproximasse, e eu me inclinei. Tentei não sorrir quando ela terminou de sussurrar no meu ouvido.

— Entendido. Te vejo em casa — falei, bagunçando seu cabelo. Observamos Nash guiá-la até a ambulância.

— Precisamos dessa lista — disse Lucian. Senti meus lábios se curvarem.

— Quê? — perguntou ele.

— Aquela não é a única cópia. Ela também transferiu para o servidor da biblioteca.

Ele ficou parado por um instante, depois soltou uma gargalhada. O olhar de Sloane logo se voltou para ele, e percebi que Lucian raramente ria. Não como costumava rir, quando éramos crianças e tudo era uma piada prestes a acontecer.

— Você vai detestar sua vida quando ela começar a namorar — disse ele.

Eba, mal podia esperar.

Começamos a caminhar de volta na direção da Naomi, que estava de pé debaixo de um cobertor e segurando café. Apesar de tudo que eu tinha visto esta noite, apesar de tudo que eu tinha feito de errado, o sorriso que ela direcionou a mim iluminou meu ser de dentro para fora.

Dei um tapa leve no ombro do Lucian.

— Ei. O que acha de ser um segundo padrinho?

EPÍLOGO
HORA DA FESTA

Naomi

Mmmph. Knox. Precisamos voltar para a festa — murmurei encostada na sua boca.

Ele me prendeu contra a parede na saleta da casa da Liza enquanto a festa mais épica de décimo segundo aniversário acontecia no quintal. E no jardim da frente. E na cozinha, na sala de jantar e no solário.

Havia crianças, pais e motociclistas por todo lado.

O homem que estava roubando meu ar com seu beijo tinha se sentado com Waylay e pedido uma lista de todas as coisas que ela poderia querer. E então tinha realizado todas e cada uma.

Era por isso que havia uma pista de obstáculos inflável no quintal, um mini zoológico com animais mansos no jardim da frente, e nenhum vegetal à vista na mesa de comida que estava cedendo com o peso de pizza, nachos, pipoca, e *dois* bolos de aniversário.

Sua língua entrou na minha boca outra vez, e meus joelhos ficaram fracos. A ereção que ele encostou no meu estômago fez minhas partes íntimas irem à loucura.

— Seus pais, Liza, Stef e Sloane estão lá fora bancando os anfitriões. Me dê cinco minutos — grunhiu em meus lábios.

— Cinco minutos?

Ele enfiou a mão entre nossos corpos e a colocou por baixo do meu vestido. Quando seus dedos me encontraram, meus quadris involuntariamente se esfregaram nele.

— Talvez só precise de quatro para te fazer gozar — decidiu.

Ele poderia ter me feito gozar em 15 segundos, mas eu estava me sentindo gananciosa.

— Combinado — sussurrei.

Ele me arrastou com ele para trancar as portas de vidro, depois nos guiou até o aparador encostado na parede e me colocou lá.

— Para que servem todas essas caixas? — perguntei, notando uma pilha no canto.

— Não esquente com isso — disse ele.

Decidi seguir seu conselho quando ele puxou minha calcinha pernas abaixo até que eu pudesse sair dela.

— Cinco minutos — lembrou ele enquanto prendia meus calcanhares na borda da madeira e separava meus joelhos. Antes que eu pudesse dizer algo esperto, ele liberou seu membro grosso e duro da calça jeans e o colocou em meu corpo centímetro por centímetro.

Gememos juntos quando ele foi para frente com força para me encher por completo.

— Não. Acredito. Que me convenceu. A isso — falei, com meus dentes tremendo quando ele começou a entrar e sair sem dó nem piedade.

— Você já está me apertando, linda. — Ele pronunciou as palavras com os dentes cerrados.

Knox tem sido insaciável desde o que eu tinha apelidado de "incidente". Ele mal me deixava sair de sua vista. E por mim, tudo bem. Especialmente porque a maior parte do tempo que passávamos juntos era pelado. Bom, entre o tempo que falávamos com a polícia.

Tanto com a Polícia de Knockemout quanto com os outros departamentos envolvidos.

Descobriu-se que a lista infame incluía os nomes de vários policiais e seus informantes criminais espalhados por cinco condados da Virgínia do Norte.

O pai de Hugo tinha obtido a informação e pretendia usar a lista para eliminar todos os policiais e seus informantes. Hugo, querendo impressionar o pai, decidiu se arriscar com um desses nomes da lista: Nash.

Mas depois que o trabalho malfeito trouxe a ira de seu pai sobre ele, Hugo decidiu que era mais lucrativo roubar a informação e vendê-la a quem pagasse mais.

Todas essas informações vieram da minha irmã. Tina tinha contado tudo para a polícia em seu uniforme de presidiaria em troca de um acordo que a beneficiasse se sua informação derrubasse qualquer parte da família criminal Hugo.

Com Tina atrás das grades, o caminho para a tutela estava o mais desimpedido possível. Ainda seria longo, mas pelo menos tínhamos eliminado os principais obstáculos.

E embora Duncan Hugo ainda estivesse lá fora em algum lugar, com a polícia de todo o estado procurando por ele, eu tinha a sensação de que sua liberdade estava chegando ao fim.

— Mais filhos — disse Knox.

— Quê? — perguntei, afastando-me de sua boca.

Ele empurrou os quadris para a frente e entrou o mais fundo possível.

— Eu quero mais filhos.

Senti a pulsação dos meus músculos em volta dele e sabia que gozaria a qualquer momento.

— Quê? — repeti estupidamente.

— Way daria uma ótima irmã mais velha — disse ele. Com um sorriso malicioso, ele enganchou os dedos na gola do meu vestido e o puxou para baixo junto com meu sutiã, expondo meus seios. Ele mergulhou a cabeça, sua boca pairando poucos centímetros acima do meu mamilo rígido. — O que acha?

Ele queria filhos. Ele queria uma família comigo e Waylay. Meu coração estava prestes a explodir. E a minha vagina também.

— S-Sim — consegui dizer.

— Ótimo. — Sua expressão era presunçosa, vitoriosa e tão sexy quando levou a boca ao meu seio.

Eu me curvei para trás e deixei ele me levar além do limite.

Eu ainda estava no meio de um orgasmo devastador quando ele parou o movimento bem lá dentro e por lá ficou. Um gemido gutural se libertou quando senti o primeiro pulso quente do seu orgasmo dentro de mim.

— Eu te amo, Naomi — sussurrou ele, com seus lábios adorando minha pele nua.

— Eu t... — Mas ele cobriu minha boca com sua mão enquanto continuava a entrar e sair de mim, como se estivesse tentando saborear cada segundo de nossa proximidade.

— Ainda não, linda.

Uma semana tinha se passado desde o incidente, desde seu primeiro "Eu te amo" e ele ainda não me deixava dizer o mesmo.

— Em breve? — perguntei.

— Em breve — prometeu ele.

Eu era a mulher mais sortuda do mundo.

KNOX DEIXOU O SOLÁRIO PRIMEIRO, alegando que tinha algo de que precisava cuidar. Eu ainda estava tentando arrumar meu cabelo e vestido na esperança de que não estivesse parecendo que eu havia acabado de sair de uma parede de escalada ou um balão de ar quente quando saí do cômodo e dei de cara com Liza, que estava empoleirada em uma cadeira estofada floral que eu tinha desenterrado do porão e levado para o hall de entrada.

— Você me assustou!

— Estive pensando — disse ela sem preâmbulo. — Esta casa é grande demais para uma velha.

Meus dedos desistiram do cabelo.

— Não está pensando em vender, está? — Não conseguia imaginar esta casa sem ela. Não conseguia imaginá-la sem esta casa.

— Não. Tem muitas lembranças. Muita história. Estou pensando em voltar para a casa de campo.

— Ah? — Senti minhas sobrancelhas se erguerem. Eu não sabia o que dizer. Sempre assumi que Waylay e eu fôssemos voltar para a casa de campo num dado momento. Agora eu me perguntava se esse era o jeitinho da Liza de nos expulsar.

— Este lugar precisa de uma família. Uma grande e caótica. Fogueiras e bebês. Adolescentes espertalhões. Cachorros.

— Bom, já tem cachorros — salientei.

Ela assentiu rápido.

— Sim. Está resolvido então.

— O que está resolvido?

— Eu fico com a casa de campo. Você, Knox e Waylay moram aqui.

Minha boca se abriu ao passo que meu cérebro começou a imaginar uma dúzia de novas possibilidades de disposição de mobílias.

— Hum. Eu... eu não sei o que dizer, Liza.

— Não há nada a dizer. Já conversei sobre isso com Knox esta semana.

— O que ele disse?

Ela olhou para mim como se eu tivesse acabado de lhe pedir para deixar de comer carne vermelha.

— O que você acha que ele disse? — perguntou ela, parecendo descontente. — Ele está lá fora dando a melhor festa que esta cidade já viu para a sua garota, não está? Ele já está planejando o casamento, não está?

Assenti. Incapaz de falar. Primeiro a festa da Waylay. Depois a conversa sobre filhos. Agora a casa dos meus sonhos. Era como se Knox tivesse pedido que *eu* fizesse uma lista de tudo o que eu queria e estivesse fazendo tudo acontecer.

Liza estendeu a mão e apertou a minha.

— Foi bom falar com você. Vou ver se já podemos cortar aqueles bolos.

Eu ainda estava olhando para a cadeira que ela desocupou quando Stef apareceu no corredor.

— Waylay precisa de você, Witty — disse ele.

Saí de transe.

— Certo. Cadê ela?

Ele indicou a direção do quintal com o polegar.

— Lá atrás. Você está bem? — perguntou com um sorrisinho perspicaz.

Balancei a cabeça.

— Knox acabou de me esgueirar para uma rapidinha, disse que quer ter mais filhos comigo, e depois Liza nos deu esta casa.

Stef soltou um assobio baixo.

— Parece que está precisando de uma bebida.

— Ou sete.

Ele me acompanhou pela sala de jantar, onde por acaso havia duas taças de champanhe esperando. Ele entregou uma para mim, e saímos pelas portas do solário em direção ao deque.

— Surpresa!

Dei um passo para trás e levei a mão ao coração enquanto boa parte dos cidadãos de Knockemout aplaudia do quintal abaixo.

— Não é uma festa surpresa, pessoal — disse a eles.

Houve uma onda de risadas, e me perguntei por que estavam parecendo tão felizes, como se estivessem antecipando algo.

Meus pais apareceram na lateral do deque com Liza e Waylay, todos sorrindo para mim.

— O que está acontecendo? — Virei-me para Stef, mas ele estava se afastando e mandando beijos para mim.

— Naomi.

Virei-me e encontrei Knox parado atrás de mim, seu rosto tão sério que meu estômago foi ao chão.

— O que houve? — perguntei, girando e olhando para ver se alguém estava ferido ou desaparecido. Mas todos estavam aqui. Todos por quem tínhamos carinho estavam bem aqui neste quintal, sorrindo.

Ele estava com uma caixinha na mão. Uma pequena caixinha de veludo preto.

Meu Deus.

Olhei para Waylay por cima do meu ombro, temerosa de estar arruinando sua festa. O dia que era dela, não meu. Mas ela estava segurando a mão da minha mãe e saltando na ponta dos pés, com o maior sorriso que eu já tinha visto em seu rosto.

— Naomi — repetiu Knox.

Voltei-me para ele e pressionei os dedos na boca.

— Sim? — Saiu como um grito abafado.

— Eu disse que queria um casamento.

Assenti, não mais confiando em minha voz.

— Mas não te disse o porquê.

Ele deu um passo à frente, depois outro até estarmos cara a cara. Senti que não conseguia recuperar o fôlego.

— Eu não te mereço — disse ele, desferindo um olhar por cima do meu ombro. — Mas um homem inteligente uma vez me disse que o que mais importa é que eu passe o resto da minha vida tentando ser o tipo de homem que te merece. Então é isso que vou fazer. Vou me lembrar todos os dias da sorte que tenho. E vou fazer o possível para ser o melhor para você.

"Porque você, Naomi Witt, é incrível. É linda. É doce. Tem um vocabulário chique. Faz as pessoas se sentirem vistas e ouvidas. Faz coisas quebradas se tornarem inteiras novamente. Eu. Você fez com que *eu* ficasse inteiro. E toda vez que você sorri para mim, sinto que mais uma vez tirei a sorte grande na loteria."

Lágrimas ameaçavam transbordar e não havia nada que eu pudesse fazer para detê-las. Ele abriu a caixinha, mas eu não conseguia ver nada em meio às lágrimas. Conhecendo Knox, o anel era exagerado e de alguma forma exatamente perfeito.

— Então eu te disse uma vez. E agora vou perguntar. Case-se comigo, Daze.

Não comentei que o que ele tinha feito não era bem uma pergunta — estava mais para uma ordem. Eu estava muito ocupada assentindo.

— Preciso que diga, linda — persuadiu ele.

— Sim.

Consegui dizer a palavra e quando dei por mim estava encostada no peito muito sólido e muito quente do meu noivo. Todo mundo que eu amava estava comemorando por nós, e Knox estava me beijando — de uma forma muito inadequada para quem tinha uma audiência.

Ele recuou poucos centímetros.

— Eu te amo muito, Daisy.

Ofeguei e tentei não começar a chorar. Consegui assentir de forma não muito digna.

— Agora você pode dizer — incentivou-me ele, segurando meu rosto com as mãos, aqueles olhos azuis-acinzentados me dizendo exatamente o que ele precisava ouvir.

— Eu te amo, Knox.

— Pode crer que sim, linda.

Ele me abraçou com força, depois soltou um braço e o abriu. Waylay apareceu e passou por baixo, sorrindo para mim em meio às suas próprias lágrimas. Envolvi meu braço livre em volta dela, ligando-nos juntos. Waylon enfiou a cabeça entre nós e latiu.

— Você se saiu bem, Knox — disse Waylay. — Estou orgulhosa de você.

— Está pronta para o bolo? — perguntou ele a ela.

— Não se esqueça de fazer um pedido, querida — falei a ela.

Ela sorriu para mim.

— Não preciso. Já tenho tudo o que queria.

E assim, as lágrimas voltaram.

— Eu também, querida. Eu também.

— Certo. Nova regra familiar. Nenhuma de vocês tem permissão para chorar outra vez — disse Knox, com a voz rouca.

Ele parecia falar muito sério. O que só nos fez chorar mais.

MAIS TARDE NAQUELA NOITE, depois que a festa acabou, os convidados foram para casa e Knox me deixou nua novamente, deitamo-nos no escuro em nosso quarto. Seus dedos traçavam linhas preguiçosas para cima e para baixo em minhas costas enquanto eu me aconchegava ao seu peito.

No final do corredor, meia dúzia de garotas riam no quarto da Waylay.

Liza não perdeu tempo cumprindo sua promessa. Arrumou uma mala e as tigelas dos cachorros e foi passar sua primeira noite na casa de campo.

— Hoje foi o melhor dia — sussurrei, admirando como o anel do meu dedo captava a luz do banheiro e cintilava. Eu tinha acertado. Era exagerado. Um enorme diamante solitário ladeado por três pedras menores de cada lado. Eu iria precisar começar a levantar pesos com a outra mão só para manter meus músculos equilibrados.

Knox deu um beijo no topo da minha cabeça.

— Todos os dias desde que te conheci tem sido o melhor dia.

— Não seja meigo ou eu vou quebrar sua nova regra familiar — avisei.

Ele se mexeu debaixo de mim.

— Tenho outras coisinhas para você.

— Knox, sem ofensa, mas depois da melhor festa de aniversário que esta cidade já viu, de a Liza nos ter dado a casa, e você exigir que eu me case com você na frente de todos os nossos amigos e familiares, acho que eu não aguento mais nada.

— Você quem sabe — disse ele.

Segurei-me por um total de dez segundos.

— Certo. Me dá!

Ele se sentou e acendeu a lâmpada de cabeceira. Ele estava sorrindo, e isso fez meu coração se transformar em ouro líquido.

— Primeiro, amanhã você tem que me ajudar a empacotar as coisas.

— Empacotar as coisas?

— Vou me mudar de vez para cá e não sei o que seus pais vão querer ou não.

— Meus pais?

— Liza J nos deu a casa. Vou dar a cabana aos seus pais.

Sentei-me e puxei o lençol até o peito.

— Você vai dar a cabana aos meus pais — repeti.

Ele me olhou com uma carinha provocadora.

— Seus ouvidos ainda estão zumbindo, Daze?

— Talvez. Ou talvez sejam os orgasmos que você não para me dar que estão deixando meu processamento auditivo lento.

Ele me envolveu pela nuca e me puxou para mais perto.

— Sua mãe acabou de arrumar um emprego na escola da Waylay. Meio período como conselheira. Ela começa em janeiro.

Passei a parte inferior das mãos nos meus olhos.

— Meus pais estão...

— Se mudando para Knockmount.

— Como você fez isso? Como você... Waylay vai poder crescer com os avós ao lado! — Cada sonho que eu já tive estava se tornando realidade, e ele estava fazendo isso acontecer.

— Você tem que entender uma coisa, Naomi. Se houver alguma coisa neste mundo que você queira, vou buscar para você. Sem perguntas. Você quer, é seu. Aqui. Ele me entregou uma pilha de papéis.

Às cegas, eu os peguei. Pareciam algum tipo de contrato legal.

— O que é isso?

— Passe para a página de assinatura — instruiu ele.

Segui a útil guia amarela e encontrei a assinatura da minha irmã rabiscada na linha.

As palavras "tutela" e "direitos parentais" saltaram da página.

— Ai, meu Deus — sussurrei.

— Ela passou os direitos parentais para você. É oficial. Não há mais audiências ou visitas domiciliares. A Way é nossa.

Eu não conseguia falar. Não conseguia respirar. Só conseguia chorar silenciosamente.

— Droga, linda. Detesto quando você faz isso — resmungou Knox, abraçando-me e colocando-me em seu colo.

Assenti, ainda chorando enquanto envolvia meus braços em volta dele e abraçava firme.

— Agora é hora de algo que eu quero.

Se dependesse de mim, o homem poderia ter qualquer coisa. Meus dois rins. Minha bolsa favorita. Seja lá o que for.

— Se estiver tentando transar comigo pela quarta vez hoje, vou precisar de analgésico, bolsa de gelo e um galão de água primeiro — brinquei em meio aos soluços e fungadas.

Sua risada foi um estrondo em seu peito enquanto ele entrelaçava os dedos no meu cabelo e acariciava.

— Quero me casar o mais rápido possível. Não vou perder nem mais um minuto sem fazer de você minha mulher. Pode ter o que quiser. Um grande casamento na igreja. Um churrasco no quintal. Um vestido de noiva de cinco dígitos. Mas eu tenho uma exigência.

Claro que era uma exigência e não um pedido.

— O quê?

— Quero margaridas no seu cabelo.

EPÍLOGO BÔNUS
CINCO ANOS DEPOIS

Knox

Com muita cautela, entreguei o pacote para Waylay na varanda e tirei as chaves do bolso da frente.

Ela sorriu para o rosto minúsculo e com cílios longos, depois para mim.

— Vocês se saíram bem — disse ela.

Ela tinha 17 anos agora, e eu tinha palpitações cardíacas toda vez que pensava que ela nos deixaria para ir à faculdade daqui a um ano. Eu não estava pronto. Mas eu sabia pelo olhar em seu rosto que ela faria mais viagens para casa do que tinha planejado para ver as irmãs.

Irmãs.

Vi minha esposa balançar de um lado para o outro em um daqueles vestidos longos e esvoaçantes que ainda conseguiam me deixar louco. Eu me certifiquei de que ela tivesse um armário cheio deles.

A criança em seu quadril estava com o polegar na boca, suas pálpebras ficando pesadas.

O sorriso da Naomi era meigo, contente e estava focado em mim.

Naquele momento, senti tudo. Amor pela mulher que me trouxe de volta à vida. Que me deu uma razão para acordar todas as manhãs com um sorriso. Que me amava o suficiente para corrigir minhas imperfeições.

Nós tínhamos passado por maus bocados no começo, e outra vez quando construir aquela grande família não funcionou da maneira que tínhamos planejado. Mas enfrentamos esse desafio assim como fazíamos tudo. Juntos.

Agora aqui estávamos nós com nossas três filhas. Duas delas eram o maior segredo que já guardamos. Depois de anos de preparação, a adoção caiu do céu.

Nem tivemos tempo de preparar os quartos quando recebemos a ligação. Bridget, de três anos, e sua nova irmãzinha, Gillian.

Deslizando a palma da mão na bochecha da minha esposa, coloquei a mão em sua nuca e a puxei para mais perto. Beijei sua testa, depois passei os lábios no cabelo da nossa filha.

— Minha mãe, meu pai e a Liza não vão caber em si de tanta alegria — previu Naomi enquanto eu colocava a chave na fechadura. — Queria que houvesse uma maneira de contar a todo mundo de uma só vez.

Por um segundo, desejei ferozmente que minha própria mãe tivesse tido a oportunidade de conhecer as netas. Que ela pudesse ver como os filhos cresceram e conhecer as mulheres que escolhemos. Mas a perda fazia parte do amor.

— Quantos segundos você vai aguentar antes de fazer uma ligação? — provoquei.

— Quantos segundos forem necessários para fazer xixi, pegar um lanche para Bridget e preparar uma mamadeira para Gilly.

— Lanche! — Minha filha estava repentinamente bem acordada.

— Escuta. Sobre isso... — disse Waylay, seu sorriso um pouco envergonhado.

— O que você fez, Way? — eu quis saber.

— Eu não contei nada específico a ninguém — disse ela. — Mas *contei* que tínhamos uma grande notícia para compartilhar hoje.

Na mesma hora, a porta da frente foi escancarada por dentro.

— Seu pai e eu passamos *o dia todo* subindo pelas paredes — anunciou Amanda, com as mãos nos quadris. Vi Lou na sala de estar, assistindo TV com Nash e Lucian.

— Só sua mãe. Eu fiquei bem tranquilo — gritou Lou.

— O que é essa grande notícia? — perguntou Stef, aproximando-se por atrás da minha sogra.

— É? Por que todo o sigilo? — quis saber a esposa do meu irmão.

— Trouxe o jantar? — questionou minha avó, aparecendo ao lado deles.

— Tem a ver com a bolsa de futebol da Waylay? — perguntou Wraith. Não importava quanto tempo passasse, eu ainda não conseguia me acostumar com o motociclista namorando minha avó. Mesmo que eles parecessem fazer um ao outro delirantemente feliz.

— Hã, pessoal — disse Jeremiah, apertando o ombro do Stef. Sloane espiou por cima do ombro da Amanda enquanto eu me afastava.

— Olha — sussurrou ela.

Amanda notou primeiro. Seu grito de alegria fez Lou, Nash e Lucian saírem da saleta, procurando pela ameaça. Também acordou a bebê, que não ficou satisfeita por ter sido acordada com gritos.

Fi veio da cozinha fazendo estardalhaço.

— Posso saber o porquê de todos esses gritos... — Ela se interrompeu com seu próprio grito de gelar o sangue.

— Bebês! — Soluçou Amanda quando Waylay entregou para ela Gillian chorando. — Nós temos bebês!

— Venha para o vovô — disse Lou, estendendo as mãos para Bridget. — Prometo que sempre terei doces para você.

Ela recusou timidamente por um momento, mas a palavra doce funcionou que nem mágica, e ela estendeu os braços para ele.

Eu não sabia se estava equivocado, mas meu sogro teve de sufocar um soluço.

— Olha como ela é perfeita — disse Amanda à Sloane enquanto fazia cócegas nos dedos minúsculos da bebê.

— Agora eu entendi por que você estava me mandando mensagens com todas aquelas perguntas sobre cabelo de menina — disse Jeremiah com um sorriso.

Eu o vinha enchendo de perguntas sobre os melhores produtos e técnicas de modelagem porque minhas filhas teriam o melhor cabelo de Knockemout.

O namorado da Waylay, Theo, deu um passo à frente e a puxou para o lado. Eu o encarei, mas não tinha a intensidade que costumava ter.

— Theo — falei.

— Sr. Morgan — disse ele.

Eu estava mesmo perdendo o jeito porque ele não tirou o braço dos ombros da minha filha.

Naomi me deu uma cotovelada nas costelas.

— Pai, comporte-se — disse Waylay, revirando os olhos.

Liza estava abraçando Gillian agora, e Nash estava fazendo malabarismo com Bridget, fazendo-a dar boas gargalhadas.

— Bom, acho que isso pede uma pizza — decidiu Amanda. — Lucian, você pede. Lou, vá buscar a fita métrica do Knox.

— Para quê? — perguntou Lou.

— Você e os homens vão medir os quartos das meninas para que possamos começar a arrumar os quartos das crianças. Meninas, à adega. Temos cores e temas para escolher, creches para pesquisar e listas de compras para fazer — ordenou Amanda.

— Vou com as mulheres — decidiu Stef. Ele fez uma pausa e deu um beijo na boca do Jeremiah.

— Guarde uma taça para mim — exclamou seu marido depois que ele se afastou.

Naomi me deu um aperto leve na cintura.

— Eu te amo, Knox Morgan — sussurrou.

Eu nunca me cansava de ouvir isso.

— Te amo, linda. — Ela saiu do meu alcance, e eu a observei seguir as mulheres para a sala de jantar, com seu vestido esvoaçando nos tornozelos.

— Você se saiu bem, Knoxy — disse Lina, permanecendo no hall de entrada.

Eu a abracei apertado.

— É você quem tem gêmeos — lembrei-a.

— Que estão cochilando no quarto da Way agora. Não me deixe esquecê-los.

Uma nova geração nesta casa e nossa família enfim estava completa.

Houve uma batida na porta aberta atrás de mim.

— Pai.

— Interrompo? — Ele parecia bem. Saudável. Firme. O que ainda conseguia me surpreender toda vez que eu o via.

John Wayne Morgan estava agora sóbrio há três anos. Ele morava em D.C. com a namorada e seus dois gatos adotados. Ele trabalhava como um angariador de fundos muito eficaz para a Hannah's Place, que havia se expandido para o centro de D.C. e Maryland.

— Waylay mandou mensagem. Disse que você tinha uma grande notícia. Posso voltar quando não estiver ocupado — ofereceu.

— Pai — Nash abaixou a escada que estava transportando sabe-se lá por qual motivo e o cumprimentou com um abraço e um tapinha gentil nas costas. Eu ainda não tinha chegado a esse nível com o nosso pai. Mas cada visita, cada ligação, cada promessa não quebrada nos aproximava um milímetro.

— Chegou a tempo de conhecer suas novas netas — falei para ele.

O rosto do meu pai se iluminou.

— Netas.

— A agência ligou há três dias e disse que tínhamos duas meninas prontas para se juntar à família — expliquei. — Não queríamos contar a ninguém até as trazermos para casa.

— Netas — repetiu ele maravilhado, como se se sentisse o homem mais sortudo do mundo. Senti outro milímetro entre nós desaparecer.

— Entre — falei, colocando minha mão em seu ombro e guiando-o para o centro de operações cheio de estrogênio, onde Amanda e Liza olhavam amostras de tinta e todos os notebooks e tablets disponíveis estavam espalhados pela mesa.

Sloane estava alimentando a bebê com uma mamadeira enquanto Bridget estava sentada no centro da mesa, comendo uma tigela de uvas cortadas. Minhas filhas estavam cercadas de amor e mulheres fortes e inteligentes.

— Duke! Estou tão feliz que você pôde vir — disse Amanda, levantando-se para dar um beijo na bochecha do meu pai. — Venha conhecer suas novas garotas!

Meu pai foi absorvido pelo círculo de mulheres e pelo Stef.

Senti mãos em meu cinto, e então Naomi estava me arrastando de costas para fora da sala.

— Aonde está me levando? — perguntei, achando graça.

Ela soltou meu cinto e me pegou pela mão, levando-me para a sala de estar, onde nosso retrato de casamento estava pendurado acima da lareira. Ainda me atingia em cheio no peito toda vez que eu olhava para ele. Naomi — deslumbrante e corada em seu vestido, com margaridas entrelaçadas no cabelo como uma coroa. Ela estava com o braço em volta da Waylay, que tinha insistido em usar um vestido amarelo-limão que ia até o chão e as próprias margaridas. As duas estavam rindo. Quanto a mim? Eu estava muito bonito no meu terno. E muito feliz enquanto cuidava da minha esposa e da minha filha.

— Sei que a vida vai ser uma loucura nos próximos anos — disse Naomi, colocando meu rosto em suas mãos. — Sei que vamos ficar exaustos, sobrecarregados e apavorados na maior parte do tempo, se não o tempo todo. Mas também sei que nada disso estaria acontecendo se não fosse por você.

— Linda, não vou conseguir me segurar se você começar a chorar agora — avisei.

Uma vantagem dos problemas de infertilidade era que eu não precisava ver minha esposa sofrer com os hormônios da gravidez. Eu teria lidado com suas lágrimas, mas provavelmente não muito bem.

— Não vou chorar — disse ela.

Minha esposa era uma mentirosa de uma figa porque eu já podia ver o brilho se formando naqueles olhos avelã que eu tanto amava.

— Mas vou dizer que você faz de cada dia o melhor da minha vida. Que eu nunca vou deixar de ser grata por você...

— Ter deixado de ser teimoso? — sugeri.

Ela fez que não.

— Por decidir que Way e eu valíamos a pena. Obrigada por esta vida, Knox Morgan. Mais ninguém faria tal aventura de me dar tudo o que eu sempre quis.

De alguma forma, ela tinha feito de novo. Eu sempre me surpreendia quando Naomi encontrava outro pedaço quebrado em mim e o tornava inteiro novamente.

— Eu te amo, Knox. E eu nunca vou deixar de ser grata por tudo o que você é e tudo o que você fez.

Minha garganta estava terrivelmente apertada. E havia uma sensação de queimação na parte de trás dos meus olhos à qual não dei muita atenção.

Agarrei Naomi e a levei de encontro a mim, enterrando meu rosto em seu cabelo.

— Eu te amo — falei com a voz rouca.

Mas as palavras não eram suficientes. Elas não chegavam perto da sensação que eu tinha no peito quando acordava com ela aninhada ao meu lado, segura e dormindo. Elas não faziam justiça ao que eu sentia quando ela chegava a um recinto e trazia o sol com ela. E elas sem sombra de dúvida não chegavam aos pés do jeito que eu me sentia quando ela me olhava nos olhos e dizia que eu tinha dado a ela tudo o que queria.

Decidi que passaria o resto da minha vida me certificando de mostrar a ela como me sentia, já que eu não tinha palavras suficientes para dizer.

NOTA AO LEITOR

Caro Leitor,

Terminei este livro às 23h03 do dia 4 de novembro de 2021 e imediatamente comecei a chorar.

Comecei a escrevê-lo cinco meses antes. Apenas alguns dias antes de David, amado marido de Claire Kingsley e meu querido amigo, falecer de repente. Não só fiquei abalada por sua morte, como ele foi o terceiro marido de minhas amigas em dois meses a deixar este mundo precocemente.

Eu estava arrasada. Nunca tinha pensado que haveria um mundo sem David. Muito menos um mundo em que três das minhas amigas mais próximas ficariam viúvas tragicamente na casa dos quarenta.

Eu não sabia o que eu abordaria nesse livro quando o comecei. Até mesmo quando estava na metade, ainda não tinha certeza. Mas agora que terminei, finalmente entendi. Este livro é sobre a coragem que precisamos ter para amar alguém quando sabemos como toda história de amor termina. É sobre escolher o amor em vez do medo repetidas vezes.

É sobre estar lá para alguém e ser corajoso, mesmo quando sabemos que isso vai doer pra caramba.

O medo do Knox de perder alguém que amava e desmoronar era tão real para mim. Acabei enfrentando muito da minha própria dor e do meu próprio medo enquanto escrevia esta história. Às vezes eu não conseguia superar o sofrimento das perdas de minhas amigas. Outras vezes tive a presença de espírito de lembrar como todos nós somos sortudos por amar tanto alguém que sua perda é devastadora.

Meu desejo para todos nós é que amemos com todo o coração e estejamos presentes o suficiente em nossos relacionamentos para que, quando nos separarmos, nosso único arrependimento seja quantidade, não qualidade. Que todos nós entendamos que a dor da perda é o que dá ao resto de nossa vida cor, sabor e textura.

Obrigada por lerem e serem corajosos, meus amigos.

Beijos e abraços,

Lucy

AGRADECIMENTOS

- Kari March Designs pelo design de capa perfeito.
- Jessica, Dawn e Heather pelo belo trabalho editorial.
- Joyce e Tammy pela leitura beta de *As Coisas que Nunca Superamos* e por me assegurar de que a obra não era um desastre emocional ambulante.
- Josie, Jen e Claire por serem fortes o bastante para confortar os outros, mesmo diante de sua pior perda.
- Meu marido por me dizer para parar de me preocupar com prazos e datas de publicação e me concentrar apenas em escrever a melhor história que pudesse.
- Água com gás por fingir ser refrigerante.
- Meus leitores por me apoiarem, mesmo quando levei todo esse tempo para escrever este livro. Vocês são o máximo.

SOBRE A AUTORA

LUCY SCORE É autora best-seller do *USA Today* e do *Wall Street Journal* e nº 1 da Amazon. Ela cresceu em uma família de escritores que insistia que a mesa de jantar servia para ler e se formou em jornalismo. Escreve em tempo integral em sua casa da Pensilvânia, que ela e o marido dividem com sua gata irritante, Cleo.

Quando não passa horas criando heróis destruidores de corações e heroínas incríveis, Lucy pode ser encontrada no sofá, na cozinha ou na academia. Ela espera um dia escrever de um veleiro, condomínio à beira-mar ou ilha tropical com Wi-Fi confiável.

Assine a newsletter e fique por dentro de todas as últimas novidades dos livros da Lucy. Você também pode segui-la aqui:

Website: lucyscore.net

Facebook: lucyscorewrites

Instagram: scorelucy

TikTok: @lucyferscore

Binge Books: bingebooks.com/author/lucy-score

Grupo de Leitores: facebook.com/groups/BingeReadersAnonymous

Este livro foi impresso nas oficinas gráficas da Editora Vozes Ltda.,
Rua Frei Luís, 100 – Petrópolis, RJ.